KB207001

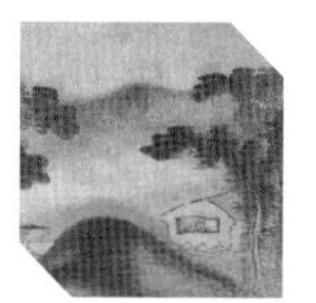

조선 전기 사대부가사

한국
고전
문학
전집
013

조선 전기 사대부가사

최현재 옮김

문학동네

머리말

조선시대에 가사라는 문학 갈래는 시조와 함께 우리말 노래의 쌍두마차 역할을 톡톡히 하였다. 그러나 이제는 지난 시대의 유산으로 기억될 뿐 역사의 뒤안길로 종적을 감추고 말았다. 지금도 여전히 시조는 현대문학의 한 분과로서 활발하게 창작되고 있지만, 가사는 더이상 짓는 사람을 찾아보기 힘들 정도로 쇠락하였다. 박물관의 유물처럼 기껏해야 교과서에서나 볼 수 있을 뿐이다.

그렇다고 해서 우리 선인들의 숨결이 스며 있는 가사를 창고에 쌓아두고 지켜보고만 있을 수 없지 않은가? 빗장을 걸어둔 채 잘 보존해서 후대에 물려주는 것만으로 소임을 다했다고 할 수는 없을 것이다. 요즘 사람들이 관심을 두지 않는다고 남 탓만 할 것이 아니라, 창고를 개방해서 켜켜이 쌓인 먼지를 털어내고 햇볕에 잘 말려 누구나 이들 작품을 향유할 수 있을 때 가사는 다시 오늘의 예술로 살아 숨쉴 것이다. 그러자면 일반인들도 언제든지 볼 수 있게끔 정리하고, 어려운 구절은 쉽게 풀어주고, 작품의 의미도 설명하는 등 노력을 기울여야 한다. 그래야 독자들도 가사를 흥미롭게 받아들일 것이고, 그 색다른 감동과 독특한 가치 역시 재평가될 수 있을 것이다.

그래서 이 책을 펴냈다. 조선시대에 창작된 수많은 가사 중 조선 전기 사대부들의 가사 43편을 추려 대중이 읽기 쉽도록 현대어로 바꾸고 설명을 덧붙였다. 또한 원본에서는 가사를 전공하는 연구자들을 위해 원문을 일일이 대조하여 기존 주석서의 오류를 바로잡고 상세한 주석을 보탰다. 주제별로 9개의 부部로 작품을 나누어 배치함으로써 같은 부에 속한 다른 작품들과 견주어 감상할 수 있게 했으며, 보다 깊이 있는 감상을 위해 전체 가사 작품에 대한 총괄적 해설과 26명의 작자들에 대한 간략한 설명도 책의 말미에 마련했다.

이 책에서 다룬 작품들을 통해 한가로움과 여유로움의 미학을 맛볼 수도 있고, 명승지에 대한 견문을 넓히고 그곳의 흥취를 느낄 수도 있으며, 유배지에서 절망감을 토로하는 작자의 고뇌를 감지할 수도 있을 것이다. 전란의 참상에 함께 비분강개하고, 부조리한 현실을 통탄하며, 담담하게 일생을 술회하는 데에서는 인생무상을 느낄 수도 있다. 그러나 이것은 어디까지나 한두 가지 예일 뿐, 독자마다 관점에 따라 보다 자유롭게 해석하고 전혀 다른 방식으로 감상할 수도 있다. 같은 작품을 두고도 사람 수만큼 다른 독법으로 읽어내려갈 수 있다는 점이 바로 가사를 감상하는 묘미일 것이다. 그만큼 가사는 다양한 내용과 복합적인 정서를 담고 있다.

이 책을 간행하기 위해 되도록 많은 연구 저서와 논문을 찾아보려 애썼다. 비록 여기서 일일이 다 거론하진 못했지만, 선학의 노고 덕분에 이 책이 세상에 나올 수 있었다는 것만은 밝혀두고자 한다. 그럼에도 미처 살피지 못한 미흡함이 있다면 그 책임은 전적으로 역주자에게 있다.

간행을 눈앞에 두고 머리말을 쓰노라니 만감이 교차한다. 5년이 넘는 긴 시간을 공들인 작업을 비로소 마무리한다는 생각에 뿌듯하기도 하고, 짐짓 홀가분함도 느낀다. 하지만 그도 잠시뿐, 좀더 부지런하게 몸을 움직이고 더 깊이 생각하지 못했다는 아쉬움이 온몸을 엄습해온다. 그러나 이러한 아쉬움을 내일을 기약하는 각오로 삼고자 한다.

이 책을 간행하는 데 많은 분들의 도움을 받았다. 그중에서도 특히 동문수학한 김광조, 송재연 두 선생님은 마치 본인의 일처럼 수고를 아끼지 않아 고마운 마음 이루 말할 수 없을 정도다. 그리고 모교의 은사이신 권두환 선생님께도 이 자리를 빌려 평소 베풀어주신 은혜에 고개 숙여 감사드린다는 말씀을 올린다. 끝으로 이 책의 간행에 애써주신 문학동네 편집부에도 감사드린다.

2012년 12월

최현재

차례

【제2부 | 세태비판가사】

【제3부 | 기행가사】

【제4부 | 전쟁가사】

〖 일러두기 〗

현대어역본

◉— 체제

• 이 책은 조선 전기 사대부가사 작품 43편을 주제별로 분류하고 각 부별로 작품이 창작된 연도에 따라 수록하였다. 창작연도가 불명확한 경우에는 작자의 생몰연대를 고려하여 순서를 정했다.

• 각 작품마다 도입부에 해설을 붙여 대상으로 삼은 저본 및 이본 사항을 명시하고, 작품의 창작 배경과 의도, 개략적인 특징과 문학사적 의의 등을 설명하였다.

• 원문에 부기된 서문, 발문 등의 기록도 제시하였으나, 한문으로 되어 있는 경우 번역문만 제시하고 한문 원문은 원본에만 제시하였다.

◉— 표기

• 원전의 뜻을 해치지 않는 범위에서 현대 독자들이 쉽게 읽을 수 있도록 한글 맞춤법과 표준어 규정에 따라 표기하였다. 또한 가사 읽기의 맛을 살리기 위해 율격적 측면을 고려하여 행 구별을 하고 어미나 어조는 가급적 원전 그대로 쓰려고 하였다.

• 원문에는 장의 구분이 없으나 독자의 편의를 위해 장을 나누고 각 장마다 소제목을 붙였다. 또한 본문에 띄어쓰기를 하고 문장부호를 사용했으며, 인물의 직접 서술은 줄을 바꾸어 적고 따옴표(" ")를 써서 구분하였다.

• 본문의 한자어에는 한 작품 내에서 계속 되풀이되는 말을 제외하고 가능한 한 한자를 병기하였다.

• 의미 파악이 어려운 어휘나 구절은 독자의 이해를 돕기 위해서 가급적 문맥에 따라 추정해 풀어썼으나, 의미를 전혀 알 수 없는 어휘나 구절은 추정해 풀어쓰지 않고 미상未詳으로 처리하거나 뺐다. 판독할 수 없는 글자는 글자 수만큼 ㅁ로 나타냈다.

• 저본에는 없지만 이본에는 있는 구절, 저본과 상당히 다른 이본의 구절 등은 〔 〕를 사용하여 제시하였다.

원문주석본

◉— 체제

• 작품의 수록 순서는 현대어역본의 것을 그대로 따랐다.

• 원문에 부기된 서문, 발문 등의 기록도 제시하였으며, 한문으로 되어 있는 경우 번역문은 현대어역본에만 제시하였다.

◉— 표기

• 표기는 저본을 그대로 따르되, 독자의 편의를 위해 현대어역본과 마찬가지로 장을 나누고 각 장마다 소제목을 붙였다. 또한 가사의 율격을 고려하여 행 구별을 하였으며, 띄어쓰기 외에는 다른 문장부호를 사용하지 않고 원전 그대로 제시하였다.

• 원문의 작은 글자는 글자의 크기를 줄여 구분하였으며, 판독할 수 없는 글자는 글자 수만큼 □로 나타냈다.

• 저본에는 없지만 이본에는 있는 구절, 저본과 상당히 다른 이본의 구절 등은 〔 〕를 사용하여 제시하였다.

◉— 주석 및 교감

• 주석의 표제어는 가급적 현대어 표기로 바꾸었으며, 표제어가 한자어인 경우 한자를 병기하였다. 표제어가 한문 구절이나 한자인 경우 한자어를 앞세우고 해당 한글음은 괄호 안에 제시하였다.

• 주석에서 한문 원전을 인용할 때는 반드시 번역문을 앞에 두고 한문 원전을 괄호 속에 넣었다.

• 의미 파악이 어려운 어휘나 구절은 독자의 이해를 돕기 위해서 가급적 문맥에 따라 의미를 추정해 제시하였으나, 의미를 전혀 알 수 없는 어휘나 구절은 미상未詳으로 처리하였다.

• 교감주석에는 〔교감〕의 표시를 하였으나, 한두 글자의 교감이나 이체자異體字에는 별도의 표시를 달아두지 않았다.

제1부

은일가사

「상춘곡」은 정극인이 말년에 벼슬을 그만두고 전라도 태인泰仁으로 돌아와 지은 강호가사江湖歌辭다. 작품의 제목에서 드러나는 것처럼 이 작품에는 봄을 완상玩賞하며 자연을 찬미하는 작자의 태도가 나타나 있다. 어지러운 속세를 떠나 자연에 몰입하여 봄날의 경치를 구경하고 인생을 즐기는 안빈낙도安貧樂道의 풍류가 잘 나타난 작품이다.

「상춘곡」은 가사문학의 효시로 알려져 있다. 그러나 형식이 매우 정제되어 있으며, 작품의 표기가 후대의 것이라는 점 등을 들어 「상춘곡」을 가사문학 최고最古의 작품으로 인정할 수 없다는 견해도 있다. 또한 이 작품에 나타난 시어라든가 작품에 반영된 사상이 정극인과는 거리가 있다는 점 때문에 정극인 창작설에 의문을 제기하기도 한다. 이러한 논란들은 정극인의 문집인 『불우헌집不憂軒集』이 후대에 간행되었기 때문에 일어난 것이다. 그러나 「상춘곡」의 내용이 『불우헌집』에 수록된 행장行狀, 죽은 사람이 평생 살아온 일을 적은 글이나 다른 한시 작품들과 부합하고 있어 대체로 작자를 정극인으로 보고 있다.

이 작품은 세속에서 벗어나 자연에 묻혀 살며 여유롭게 지내는 즐거움과 그 자부심을 노래하는 것으로 시작한다. 다음으로 시적 화자는 봄날의 경치에 도취되어 천천히 거닐며 시를 읊는 한가로운 모습을 보인다. 자연에서의 유유자적悠悠自適한 삶이 때로는 고독하고 쓸쓸하기도 하지만, 그 속에서 참된 즐거움을 찾아 누리는 기쁨을 표출하고 있는 것이다. 이어서 아름다운 봄날 풍광에 도취되어 한잔 술과 더불어 풍류를 즐기는 사대부의 모습을 그리고 있다. 마침내 화자는 자신이 묻혀 사는 자연을 이상향인 무릉도원에 빗대어 표현할 정도로 만족해한다. 마지막으로 화자는 사대부로서 세속의 부귀공명富貴功名을 멀리하고 초연하게 사는 모습과 자연과 벗하여 청빈淸貧한 삶을 사는 데서 오는 보람을 드러내며 작품을 끝낸다.

「상춘곡」은 서정성이 매우 뛰어난 작품으로 평가되고 있다. 자연의 주인이 된 작자의 기쁨과 여유 있는 생활태도가 작품에 잘 드러나 있으며, 사대부로서 세속에 얽매이지 않고 청빈하게 살아가려는 태도가 낙천적으로 표현되어 있다. 또한 표현방식과 수사법도 뛰어나 강호가사의 수작으로 꼽힌다.

「상춘곡」에 나타난 자연친화적 삶은 후대에 창작된 송순의 「면앙정가」와 정철의 「성산별곡」 및 「관동별곡」 등에 영향을 준 것으로 이해되고 있다.

이 작품은 작자의 문집인 『불우헌집』에 실려 전한다.

상춘곡賞春曲

정극인丁克仁

자연에 묻혀 사는 즐거움을 노래하다

속세에 묻힌 분들, 이내 생애 어떠한가.
옛사람 풍류에 미칠까 못 미칠까.
이 세상 남자 몸이 나만 한 이 많건마는
자연에 묻혀 산다고 즐거움을 모르겠는가.
초가집 몇 칸을 푸른 시내 앞에 두고
송죽松竹 울창한 곳에 자연의 주인 되었구나.

봄날의 아름다운 경치를 읊다

엊그제 겨울 지나 새봄이 돌아오니
복숭아꽃, 살구꽃은 석양에 피어 있고

푸른 버들, 향긋한 풀은 가랑비에 푸르도다.
칼로 재단했는가, 붓으로 그려냈는가.
조물주의 솜씨가 사물마다 신비롭구나.
수풀에 우는 새는 봄 흥취에 겨워 소리마다 교태로다.
물아일체[1]이니 흥이야 다를쏘냐.
사립문 주변 걸어보고 정자에도 앉아보고
산보하며 읊조리니 산중생활 적적한데,
한가함 속 즐거움을 알 이 없이 혼자로다.

산수를 완상하는 기쁨을 읊다

이봐, 이웃들아, 산수 구경 가자꾸나.
답청[2]은 오늘 하고 욕기[3]는 내일 하세.
아침에 나물 캐고 저녁에 낚시 하세.
갓 익은 술을 갈건葛巾으로 걸러놓고
꽃나무 가지 꺾어 잔 수 세며 먹으리라.
화창한 바람이 살짝 불어 푸른 시내 건너오니
맑은 향은 잔에 지고 붉은 꽃잎은 옷에 지네.
술독이 비었거든 나에게 아뢰어라.
아이더러 술집에서 술 받아오라 하여

---

1) 물아일체(物我一體): 자연과 인간이 하나가 됨. 곧 자연에 동화되어 한가롭게 지내는 상황을 이르는 말.
2) 답청(踏靑): 봄에 파랗게 난 풀을 밟고 거닒.
3) 욕기(浴沂): 기수(沂水)에서 목욕함. 명리(名利)를 잊고 유유자적함을 이르는 말. 공자(孔子)가 제자들에게 자신의 뜻을 말해보라고 하자, 증점(曾點)이 기수에서 목욕하고 무우대(舞雩臺)에서 바람을 쐬고 노래하며 돌아오겠다고 대답한 고사에서 유래하였다.

어른은 막대 잡고 아이는 술을 메고
흥얼대며 걸어서 시냇가에 혼자 앉아
맑은 모래 깨끗한 물에 잔 씻어 부어 들고
맑은 물 굽어보니 복숭아꽃 떠오는구나.
무릉도원[4] 가깝도다, 저 들이 그곳인가.
솔숲 오솔길에 진달래 부여잡고
봉우리에 급히 올라 구름 속에 앉아보니
수많은 집들이 곳곳에 벌여 있네.
연하일휘[5]는 비단을 펼친 듯,
엊그제 검던 들이 봄빛도 넘치는도다.

자연에 묻혀 사는 보람을 드러내다

공명功名도 날 꺼리고 부귀도 날 꺼리니
청풍명월清風明月 외에 어떤 벗이 있으리오.
단표누항[6]에 헛된 생각 아니하네.
아무튼, 한평생 삶이 이만한들 어떠하리.

---

4) 무릉도원(武陵桃源): 선경(仙境)이나 낙원을 이르는 말. 중국 진(晉)나라 도잠(陶潛)의 「도화원기桃花源記」에서 유래하였다.
5) 연하일휘(煙霞日輝): 안개와 노을과 빛나는 햇살. 곧 아름다운 자연 경치를 비유적으로 이르는 말.
6) 단표누항(簞瓢陋巷): 누추한 시골에서 먹는 한 바구니의 밥과 한 표주박의 물. 곧 선비의 청빈(淸貧)한 생활을 이르는 말. 공자가 제자 안회(顔回)의 청빈한 삶을 칭찬한 데서 유래하였다.

「매창월가」는 이인형이 68세 때인 1503년에 벼슬에서 물러난 후 고향으로 돌아와 한가로이 지내는 심경을 읊은 은일가사隱逸歌辭다. 제목에서 드러나듯 이 작품은 자연에 묻혀 매화, 창문, 달을 벗하여 유유자적悠悠自適하는 처지와 심정을 읊은 것이다.

「매창월가」는 매화, 창문, 달이라는 시적 대상에서 얻은 체험적 정취情趣에 다양한 고사를 결부시켜 지적인 의미를 더하고 있다. 각각의 대상으로부터 체험한 시적 정서는 임포林逋와 매화, 도잠陶潛과 창문, 이백李白과 달에 대응되면서 더욱 구체적인 의미를 지니게 된다. 뜰에 심은 매화는 중국 송나라 때 임포가 서호西湖에서 매화를 아내로 삼고 학을 자식 삼아 살던 매화에, 집의 창문은 도잠이 풍류생활을 즐기던 취옹정醉翁亭의 창문에, 매화 핀 창문에 비치는 달은 이백이 채석강采石江에서 뱃놀이할 때 보던 달에 대응되는 것이다.

작자 이인형은 매화, 창문, 달이라는 시적 대상을 인격화하여 문답 기법을 통해 옛사람들의 탈속한 삶과 낙천적인 생활에 대한 동경을 드러내고 있다. 더불어 옛사람들과 함께하지 못하는 안타까움과 삶의 덧없음, 속세를 벗어나 은일자적隱逸自適하고자 하는 뜻을 잘 담아내고 있다.

「매창월가」는 1929년경 간행된 작자의 문집 『매헌선생실기梅軒先生實記』에 실려 전한다.

매창월가梅牕月歌

이인형李仁亨

매창梅牕에 달이 뜨니 매창의 경치로다.
매梅는 어떠한 매화인가.
서호 임포[1]의 빙기옥혼[2]과
맥맥청소[3]에 음영吟詠하던 매화로다.
창은 어떠한 창인가.
도잠 선생[4] 갈건으로 술 거르고
무현금[5] 짚으며 맑은 바람에 기대었던 창이로다.

1) 서호(西湖) 임포(林逋): 중국 송나라 때 은사(隱士). 평생 동안 장가도 들지 않고 서호에서 학을 자식처럼, 매화를 아내처럼 사랑하며 살았다고 한다.

2) 빙기옥혼(氷肌玉魂): 얼음처럼 깨끗하고 흰 살결과 백옥처럼 맑은 정신.

3) 맥맥청소(脈脈淸宵): 서로 정을 품고 바라보기만 하는 맑은 밤하늘.

4) 도잠(陶潛) 선생: 중국 진(晉)나라의 시인으로, 벼슬을 그만두고 고향으로 돌아와 술을 즐기며 자연에서 생활하였다.

5) 무현금(無絃琴): 줄 없는 거문고. 줄이 없어도 마음속으로는 울린다고 하여 자연의 소리 또는 마음의 소리를 이르는 말이다.

달은 어떠한 달인가.
이백李白 호걸이 채석강가에 낚싯배 띄워두고
신선의 풍모에 두건 거꾸로 쓴 채 옥잔에 술을 부어
푸른 하늘 향하여 묻던 달이로다.
매도 이 매요 창도 이 창이요
달이 이 달이니 있으면 한잔 술이요 없으면 청담淸談이니
평생토록 시 읊기를 좋아하노라.

「낙지가」는 이서가 1523년중종 18을 전후한 40세 무렵에 지은 은일가사隱逸歌辭다. 양녕대군讓寧大君의 증손인 이서는 모반의 누명을 쓰고 1507년중종 2에 전라도 명양현鳴陽縣에 유배된다. 그후 14년 만인 1520년중종 15에 유배에서 풀려나지만 스스로 귀경歸京을 단념하고 전라도 담양潭陽 대곡大谷에 은거하며 일생을 마친다. 이 작품은 유배에서 풀려난 후 담양에 은거하고 있을 때 지은 것이다.

'뜻을 즐기는 노래'라는 제목처럼 「낙지가」는 은거생활의 즐거움과 기쁨을 찾으려는 내용을 담고 있다. 이는 중국 후한後漢 때 은사隱士인 중장통仲長統의 「낙지론樂志論」을 본받겠다는 작품의 마지막 구절에서도 확인된다. 중장통이 「낙지론」을 통해 벼슬하지 않고 자연에 묻혀 살고자 하는 뜻을 밝힌 것처럼, 작자 역시 이를 본받아 자연에 묻혀 살면서 안빈낙도하겠다는 의지를 노래하고 있다.

중국 곤륜산의 한 줄기를 이어받은 조선이 태평성세를 누릴 것을 축원하면서 「낙지가」는 시작된다. 이어서 작자가 은거한 담양의 경치와 미풍양속을 찬양하고, 마지막으로 선현先賢의 도를 본받아 안빈낙도의 청빈한 삶을 살겠다는 포부를 담담하게 읊고 있다. 특히 이 작품은 왕손으로 태어나 비록 버림받은 처지가 되었지만 작자 스스로 택한 은거의 삶에 자부심을 드러내고 있다는 점에서 눈여겨볼 만하다.

「낙지가」는 한문 고사의 과다한 인용과 관념적이고 추상적인 표현 등으로 고루한 느낌을 주지만, 왕손이 지은 은일가사라는 점에서 이색적이다. 작자의 문집인 목판본 『몽한영고夢漢零稿』에 실려 전한다.

낙지가 樂志歌

이서 李緖

조선의 태평성세를 축원하다

곤륜산[1] 한 줄기 뚝 떨어져 조선으로 들어올 때
요임금의 화산[2]으로, 공자의 태산[3] 되어
칠백동정[4] 내려오며 십이무산[5] 슬쩍 짓고

1) 곤륜산(崑崙山): 중국의 서쪽에 있는 산으로, 불사(不死)의 물이 흐르고 선녀인 서왕모(西王母)가 살았다고 하며 옥이 많이 나는 곳으로 유명하다.
2) 요(堯)임금의 화산(華山): 중국 상고시대 요임금이 화(華) 땅으로 시찰 나갔을 때, 그 지방의 관리가 요임금의 만수무강(萬壽無疆)과 부귀영화(富貴榮華), 그리고 다산(多産)을 축원한 고사를 말한다.
3) 공자(孔子)의 태산(泰山): 중국 춘추시대 노(魯)나라의 공자가 호연지기(浩然之氣)를 길렀던 태산. 공자는 동산(東山)에 올라 노나라가 좁다는 것을 알았고, 태산에 올라 천하가 작다는 것을 알았다고 한다.
4) 칠백동정(七百洞庭): 둘레가 칠백 리가 넘는 동정호를 이르는 말. 중국 호남성(湖南省)에 있는 호수로, 악양루(岳陽樓)와 소상팔경(瀟湘八景) 등의 명승지가 있다.
5) 십이무산(十二巫山): 중국 중경시(重慶市)에 있는 무산의 열두 봉우리로, 그 아래에는 초나라 회왕(懷王)과 운우의 정(雲雨之情)을 나눈 신녀(神女)의 묘가 있다.

진시황제 만리장성 천지를 갈랐도다.
흰 구름 위에 올라 해동조선海東朝鮮 돌아보니
천부금성[6] 터로구나, 만세 기틀 지어보세.
한강물 멀리 둘러 남산南山이 되었구나.
좌청룡 우백호 우뚝한 삼각산三角山이
도읍지 터를 지어 군자[7]를 기다렸네.
하늘에서 내린 황하黃河 천 년 만에 맑아지니[8]
요임금의 축원이며 구오룡이 비룡[9]이라.
먹여살릴 모든 백성 재앙에서 건지시고
즉위하여 임금 되니 조선의 세상이라.
주 문물 팔백이요, 노 의관 칠십이라.[10]
요순시절 오백 년에 탕무휴치湯武休治 일천 년이라.[11]
자손들이 계승하여 천만년 끝없어라.

6) 천부금성(天府金城): 하늘의 곳간과 같은 땅과 끓어오르는 못에 둘러싸인 무쇠성. 곧 산물(産物)이 풍부하고 방비가 아주 견고한 땅을 이르는 말.
7) 군자(君子): 문맥상 조선을 건국한 이성계(李成桂)를 가리킨다.
8) 하늘에서~맑아지니: 중국 황하의 물은 늘 흐린데, 천 년에 한 번 맑아지면 성군(聖君)이 탄생할 조짐이라는 고사에 빗대어 조선을 건국한 이성계가 탄생할 상서로운 징조를 표현한 구절이다.
9) 구오룡(九五龍)이 비룡(飛龍): 『주역周易』에서 천자(天子)의 지위를 뜻한다.
10) 주 문물~칠십이라: 중국 고대의 이상적인 나라인 주(周)나라의 팔백 년 문물(文物)과 칠십 년간 살았던 노나라 공자의 의관(衣冠)을 따르는 나라가 조선임을 표현한 구절이다.
11) 요순시절~일천 년이라: 성군으로 추앙받는 요임금과 순임금의 통치기간 오백 년에 탕왕(湯王)이 세운 은(殷)나라와 무왕(武王)이 세운 주(周)나라의 존속기간 천 년을 더하여 조선이 오랜 세월 태평성대를 누리기를 기원한 구절이다.

은거지인 전라도 담양의 경치와 미풍양속을 찬양하다

하늘이 도우시어 조선 팔도 명산이라.
경기도는 도읍지니 수많은 기봉奇峯이요,
황해도라 구월산九月山은 해마다 구월九月이요,
강원도라 금강산金剛山은 일만이천 봉우리요,
충청도라 속리산俗離山은 우뚝 솟은 봉우리요,
평안도라 묘향산妙香山은 험준함이 장관이요,
경상도라 태백산太白山은 장엄함이 변함없고
함경도라 석황산石荒山은 화려함이 봄빛이요,
전라도라 지리산智異山은 만 팔천 년 늘 푸르고 천 리 호남 승지勝地 되어
오십삼주五十三州 각 고을 곳곳에 벌였는데 추월산秋月山이 담양潭陽이라.
천만년의 주산主山이요, 십오면十五面의 표준이라.[12)]
가고 오는 태수太守마다 할 일 없어 태평하고
어질다는 소문이요, 백성에게 선정善政이라.
어른 봉양은 미풍양속, 백성 사랑은 넉넉한 예의로다.
대궐에선 어진 신하, 고을에선 어진 태수로다.
육 년의 임기를 늘려달라 민원民願이라.
담양 남쪽 삼십 리에 청산靑山이 우뚝하여
팔학동八鶴洞 지나와서 응봉鷹峯이 되었구나.
앞쪽 기봉은 득인산得仁山, 왼쪽 명산은 만덕산萬德山이라.
뒤쪽 금성산錦城山은 세 봉우리, 오른쪽 장산獐山은 아홉 마을이네.
응봉 아래 터를 닦고 이내 인생 살자꾸나.

12) 천만년의~표준이라: 지리산이 아주 오랜 세월 중심 산의 역할을 했고, 인근 열다섯 개 면의 표준이 되었다는 뜻이다.

성군聖君과 어진 신하가 다스리니 할 일 없이 편히 살며
득인산의 인仁을 얻어 어버이를 봉양하니
효성은 지극하고 모친 안녕安寧 바라도다.
만덕산의 덕을 받아 사람들 가르칠 때
초가삼간 지어놓고 달맞이 한가롭네.
푸른 대 무성할 때 기욱시[13]를 읊조리니
우리 대왕 성덕聖德이라, 다듬은 듯 빛나도다.
칡덩굴 무성할 때 갈담시[14]를 외우니
우리 대비大妃 어진 은혜 골고루 베풀도다.
흙계단 높이 쌓고 은행나무 심으니
기상 높은 공자의 노랫소리 들려오고[15]
한밤에 배회하며 매화 송이 살펴보니
초야에 묻혀 살던 소옹의 매화심역 분명하다.[16]
모든 사람 요순堯舜같이 본성을 보존하세.
우산벌목 사람들아, 벌목 마소 벌목 마소.[17]
숲속에 밤이 드니 맑은 기상 더욱 맑네.
하늘이 준 인의예지仁義禮智 버리로 삼자꾸나.
전계격수 아이들아, 격수 마라 격수 마라.[18]
푸른 물이 넓고 넓어 흐르는 모양 아름답다.

13) 기욱시(淇澳時): 중국 위(衛)나라 무공(武公)의 덕을 칭송한 『시경詩經』의 노래.
14) 갈담시(葛覃詩): 시집간 여인이 친정 어버이에 대한 효성을 읊은 『시경』의 노래.
15) 흙계단~들려오고: 공자가 은행나무 옆의 단(壇)에 앉아 거문고를 타면서 노래를 부르고 제자들은 책을 읽은 고사에 빗대어 작자가 후진을 양성한 사실을 나타낸 구절이다.
16) 초야에~분명하다: 중국 송나라 때 은사(隱士)인 소옹(邵雍)이 초야에 묻혀 살면서 『역경易經』을 연구하여 『매화심역梅花心易』을 창안한 것을 말한 구절이다.
17) 우산벌목(牛山伐木)~벌목 마소: 우산이 황폐한 것은 원래부터 그러했던 것이 아니라 사람들이 우산의 나무를 함부로 베어낸 결과라는 이야기에 빗대어 사람의 본성이 원래 선하다는 것을 깨우친 맹자(孟子)의 가르침을 말한 구절이다.

증장통의 「낙지론」을 본받아 안빈낙도를 다짐하다

소학 이치 배워서 쇄소응대灑掃應對 이룬 후에
대학의 도道 달려들어 궁리정심窮理正心 하여라.[19]
"순임금은 누구이며, 나는 누구인가?" 안회 말씀 순박하며
"문왕이 스승이니 어찌 나를 속이랴." 주공 말씀 크도다.[20]
언덕에서 벗 찾는 꾀꼬리도 앉을 곳을 아는데
천지간 이내 몸이 지극히 선한 경지를 모를쏘냐.
달밤에 봉황도 덕을 구별하는데
만물영장 이내 몸이 구분할 줄 모를쏘냐.[21]
와룡선생 제갈량은 남양 땅의 밭을 갈며
축연처사逐鷰處士 도잠은 북창北窓 아래 술을 걸러
부귀영화 버리고 은거한 뜻 좋을시고.[22]
단표누항 본받아서 안빈낙도 하여보세.
평원식객 삼천 중에 모수자천毛遂自薦 우습도다.[23]

---

18) 전계격수(前溪擊水)~격수 마라: 흐르는 물을 인위적으로 가두어서 역류하게 하거나 손으로 쳐서 튀게 할 수는 있지만 역류하거나 튀는 것이 물의 본성이 아니듯이 사람의 악한 성품도 본성이 아니라고 한 맹자의 가르침을 말한 구절이다.
19) 소학~하여라: 물을 뿌려 쓸고 난 후에 웃어른의 부름에 응대하라는 『소학小學』의 가르침을 배운 후에, 이치를 궁구하고 마음을 바르게 하는 『대학大學』을 깨우치는 학문 수련의 절차를 설명한 구절이다.
20) 순(舜)임금은~크도다: 덕행(德行)으로 유명한 안회(顔回)의 말과 주(周)나라의 기초를 닦은 주공(周公)의 말을 인용하여 성인을 스승으로 삼아야 함을 나타낸 구절이다.
21) 달밤에~모를쏘냐: 봉황도 덕이 있는지 없는지 구별할 줄 알듯이, 만물의 영장인 사람이 덕이 있는지 없는지 구별할 줄 알아야 함을 표현한 구절이다.
22) 와룡선생(臥龍先生)~좋을시고: 제갈량이 벼슬하기 전에 남양(南陽)에서 밭을 갈며 은거한 사실과 도잠(陶潛)이 벼슬을 버리고 고향에서 술을 즐기며 은거한 사실을 들어 부귀영달을 구하지 않는 기상을 높이 평가한 구절이다.
23) 평원식객(平原食客)~우습도다: 중국 전국시대에 조(趙)나라의 재상인 평원군의 식객들 중 모수(毛遂)가 자신을 스스로 추천하여 벼슬길에 나아간 것을 비판함으로써 작자는 벼슬에 뜻이 없음을 나타낸 구절이다.

비바람에 도롱이 입고 비옥한 땅 경작하니
육국六國 재상 소진의 황금 도장 부러워하랴.[24)]
대숲에서 거문고 타는 왕유[25)]가 기품 있고
냇가에서 꽃을 찾는 정호[26)]가 현명하네.
이루 표현할 길 없는 이내 일을 누가 알랴.
중장통의 낙지론[27)]을 나 역시 따르리라.

24) 비바람에~부러워하랴: 중국 전국시대의 유세가로 합종설(合從說)을 주장한 소진(蘇秦)이 비옥한 땅 몇 이랑만 있었다면 재상이 되지 않았을 것이라고 말한 고사를 비판함으로써 작자가 벼슬에 뜻이 없음을 나타낸 구절이다.

25) 왕유(王維): 중국 당나라의 시인이자 화가. 고위관직을 역임하였지만 말년에 벼슬살이에 환멸을 느껴 은둔하면서 시 짓기와 불교 연구에 몰두하였다.

26) 정호(程顥): 중국 송나라의 유학자. 아우 정이(程頤)와 함께 주돈이(周敦頤)에게 배워 이학(理學)의 기초를 세웠다.

27) 중장통(仲長統)의 낙지론(樂志論): 중국 후한(後漢) 때 은사인 중장통이 벼슬하지 않고 자연에 묻혀 살고자 하는 뜻을 읊은 글.

「면앙정가」는 송순이 전라도 담양潭陽의 기촌企村에 면앙정을 짓고, 정자 주변의 아름다운 풍경과 자신의 생활을 노래한 은일가사隱逸歌辭다. 면앙정에서의 풍류생활을 노래하면서도 유학자 본연의 자세를 드러내고 있어 강호가도江湖歌道를 확립한 대표작으로 평가받고 있다.

「면앙정가」의 창작 시기에 대해서는 작자의 나이 40대에 지었다는 견해와 만년에 지었다는 견해가 제기되어 있다. 그런데 면앙정이 1533년에 창건되었다는 사실과 이 작품이 면앙정의 창건 이후 지은 한시 「면앙정삼언가俛仰亭三言歌」와 유사하다는 점을 감안할 때, 40대에 이 작품을 지었다는 견해가 더 신뢰할 만하다.

면앙정이 위치한 제월봉霽月峯의 근원과 형세를 노래하는 것으로 시작하는 이 작품은 사계절에 따른 면앙정의 아름다운 모습을 묘사하는 것으로 이어지고 있다. 마지막으로 강호에서의 풍류생활과 자연에 묻혀 사는 여유, 그리고 호연지기浩然之氣를 드러내는 것으로 끝맺고 있다.

이 작품은 고유어를 자유자재로 구사하고 시어 사용이 뛰어나며 구성에서도 완성도가 높다는 평가를 받는다. 일찍이 이수광李睟光의 『지봉유설芝峯類說』을 비롯하여 심수경沈守慶의 『견한잡록遣閑雜錄』, 홍만종洪萬宗의 『순오지旬五志』, 어숙권魚叔權의 『패관잡기稗官雜記』 등에서도 이 작품을 한결같이 높이 평가하였다. 정극인의 「상춘곡」에서 자연친화 사상을 이어받은 이 작품은 이후 정철의 「성산별곡」과 「관동별곡」을 잇는 교량적 구실을 한다는 점에서 주목할 만하다.

「면앙정가」는 필사본筆寫本 『잡가雜歌』에 수록되어 있다. 또한 작자의 문집인 『면앙집俛仰集』에는 한역가漢譯歌가 실려 있다.

면앙정가 俛仰亭歌

송순 宋純

면앙정의 위치를 노래하다

무등산 한 줄기 동쪽으로 뻗어 있어
멀리 떨쳐와 제월봉霽月峯이 되었거늘,
넓은 들판에 무슨 짐작 하느라
일곱 굽이 한데 모아서 우뚝우뚝 벌였는 듯.
가운데 굽이는 구멍에 든 늙은 용이
선잠을 갓 깨어 머리를 얹었으니
너럭바위 위에 송죽松竹을 헤치고 정자를 얹었는데
구름 탄 청학이 천 리를 가리라 두 날개 벌였는 듯.

면앙정 주변의 경치를 묘사하다

옥천산玉泉山, 용천산龍泉山 내린 물이
정자 앞 넓은 들에 올올이 펼친 듯이
넓거든 길지 말든지, 푸르거든 희지 말든지
쌍룡이 뒤트는 듯, 긴 비단을 펼친 듯.
어디로 가느라고 무슨 일 바빠서
내닫는 듯 따르는 듯, 밤낮으로 흐르는 듯.
물가의 모래밭은 눈같이 펼쳐져 있는데
어지러운 기러기는 무엇을 어르노라
앉았다 날았다, 모였다 흩어졌다,
갈대꽃 사이 두고 울면서 따르는가.
넓은 길 바깥, 긴 하늘 아래
두르고 꽂은 것은 산인가 병풍인가, 그림인가 아닌가.
높은 듯 낮은 듯, 끊는 듯 잇는 듯
숨거니 뵈거니, 가거니 머물거니
어지러운 가운데 이름난 양하여
하늘도 두려워 않고 우뚝이 섰는 것이 추월산 머리 이루고
용귀산龍歸山, 봉선산鳳旋山, 불대산佛臺山, 어등산漁燈山,
용진산湧珍山, 금성산錦城山이 허공에 벌였으니
원근遠近의 푸른 절벽에 머문 것도 많기도 많다.

계절에 따른 면앙정 주변의 모습을 묘사하다

흰 구름, 뿌연 안개와 놀, 푸른 것은 산 아지랑이라.

수많은 바위, 골짜기를 제집으로 삼아두고
나면서 들면서 아양도 떠는구나.
오르거니 내리거니, 하늘로 떠나거니 광야로 건너거니
푸르락 붉으락, 옅으락 짙으락
석양과 섞이어 가랑비마저 뿌리네.
가마를 급히 타고 솔 아래 굽은 길로 오며 가며 하는 때
녹양綠楊에 우는 꾀꼬리 교태 겨워하는구나.
나무, 풀 우거지어 녹음이 짙어진 때
기다란 난간에서 긴 졸음을 내어 펴니
물 위의 서늘한 바람은 그칠 줄을 모르도다.
된서리 걷힌 후에 산빛이 금수錦繡로다.
누렇게 익은 벼는 또 어찌 넓은 들에 펼쳐졌는가.
어부 피리도 흥에 겨워 달을 따라 부는구나.
초목이 다 진 후에 강산이 묻혔거늘
조물주 야단스러워 빙설氷雪로 꾸며내니
경궁요대[1]와 옥해은산[2]이 눈 아래 벌였구나.
천지가 풍성하여 간 데마다 승경勝景이로다

자연에서 풍류를 즐기며 호연지기를 노래하다

인간 세상 떠나와도 내 몸이 쉴 틈 없다.

1) 경궁요대(瓊宮瑤臺): 아름다운 구슬로 장식한 집과 누각. 여기서는 눈 덮인 산천을 아름답게 표현한 말이다.
2) 옥해은산(玉海銀山): 옥같이 맑은 바다와 은빛의 산. 여기서는 눈이 내려 산천이 하얗게 변한 모습을 아름답게 표현한 말이다.

이것도 보려 하고 저것도 들으려 하고,
바람도 쐬려 하고 달도 맞으려 하고.
밤일랑 언제 줍고 고기는 언제 낚고,
사립문 뉘 닫으며 진 꽃일랑 뉘 쓸려뇨.
아침 시간 모자라니 저녁이라 싫을쏘냐.
오늘이 부족하니 내일이라 넉넉하랴.
이 산에 앉아보고 저 산에 걸어보니
번거로운 마음에도 버릴 일이 전혀 없다.
쉴 사이 없는데 오는 길을 알리랴.
다만 지팡이가 다 무디어가는구나.
술이 익었으니 벗이야 없을쏘냐.
노래 부르게 하고, 악기를 타고, 또 켜게 하고, 방울 흔들며
온갖 소리로 취흥醉興을 재촉하니
근심이라 있으며 시름이라 붙었으랴.
누웠다가 앉았다가, 굽혔다가 젖혔다가
읊다가 휘파람 불다가 마음 놓고 노니
천지도 넓디넓고 세월도 한가하다.
태평성대 몰랐는데 이때가 그때로다.
신선이 어떠한가 이 몸이 그로구나.
강산풍월 거느리고 내 백 년을 다 누리면
악양루[3] 위의 이백이 살아온들
호탕한 회포는 이보다 더할쏘냐.
이 몸이 이러함도 역군은亦君恩이샷다.

3) 악양루(岳陽樓): 중국 호남성(湖南省) 동정호(洞庭湖)에 있는 누각으로, 당나라 시인 이백(李白)이 시를 지으면서 풍류를 즐긴 곳.

「서호별곡」은 조선 전기에 허강이 서울 근처의 한강 풍경을 노래한 서경가사敍景歌辭이자 유람의 흥취를 그린 기행가사紀行歌辭다. 이 작품은 지금의 서강西江 부근인 한강의 서호를 노래한 유일한 가사 작품일 뿐만 아니라, 당시에 가사 갈래가 어떤 방식으로 향유되었는지를 추정할 수 있는 '악조樂調'가 붙어 있어 중요한 가치를 지닌다.

「서호별곡」은 삼월 늦봄에 배를 타고 바라본 한강 주변의 풍경을 중국의 명승지에 빗대어 칭송하고, 『시경詩經』 『논어論語』 「어부사漁父詞」 「적벽부赤壁賦」 등의 시문을 인용하여 봄날의 흥취를 노래한 작품이다. 즉 태평성대에 자연에 묻혀 한가로이 사는 '일민逸民'을 자처한 작자가 늦봄을 즐기기 위해 한강을 유람하면서, 동작에서부터 서호에 이르는 정경 묘사와 함께 자신의 소회를 드러낸 것이다.

작자의 손자 허목許穆이 1680년숙종 6에 이 작품의 발문인 「서호사발西湖詞跋」을 썼는데, 이를 통해 창작 동기나 창작 상황 등을 파악할 수 있다. 이에 의하면 허강은 그 부친인 허자許磁가 이기李芑의 횡포를 탄핵하다가 귀양 가서 죽게 되자 벼슬을 마다하고 서강에 은거하여 다시는 세상에 나오지 않아 '서호처사西湖處士'로 불렸다고 한다. 또한 서호에 은거하던 작자가 자신의 소회를 읊은 「서호사육결西湖詞六闋」을 짓고 양사언楊士彦이 '전강前腔', '중강中腔' 등의 악조를 붙여 노래로 만들고 「서호별곡」이라 하였다. 이를 작자가 나중에 수정하였다고 하는데, 이것이 지금 전하고 있는 「서호사西湖詞」이다.

그러므로 지금 전하지 않는 작자의 「서호사육결」에 양사언이 악조를 붙인 것이 바로 「서호별곡」이며, 추후에 작자가 수정하여 개작한 것이 「서호사」인 셈이다. 「서호별곡」은 악조가 붙어 있는 것으로 보아 당시에 가창되었을 것이며, 악조가 붙어 있지 않은 「서호사」는 의미 전달이 더 분명해진 것으로 보아 작자가 노랫말을 혼자서 음미하면서 읊조리기 위해 개작한 작품이라고 추정할 수 있다.

「서호별곡」은 「서호사」와 함께 허목의 『선조영언先祖永言』에 실려 있다. 또한 양사언의 자필 첩책帖冊에도 전하는데, 표기에서 약간의 차이가 있을 뿐이다. 여기서는 『선조영언』에 수록된 작품을 대상으로 한다.

서호별곡 西湖別曲

허강 許橿

봄날 한강에서 배 띄우고 흥겹게 노닐다

전강前腔 성대聖代에 일민[1] 되어 강호에 누웠더니

중강中腔 계절을 잊었구나, 삼월이 저물도다.

후강後腔 두건 쓰고 봄옷 입고 서너 벗 데리고

대엽大葉 전나무 노, 소나무 배로 창오단[2] 건너

물가의 모래밭에 앉았다 일어났다, 오며 가며 하는구나.

부엽附葉 한 점 봉래도[3]는 눌 위하여 떠오는가.

대엽大葉 봄날이 따뜻하여 꾀꼬리 우는데

---

1) 일민(逸民): 학문과 덕행이 있으면서도 벼슬하지 않고 자연에 묻혀 사는 사람.

2) 창오단(蒼梧灘): 중국 호남성(湖南省) 영원(寧遠) 창오산에 있는 여울 이름. 여기서는 서울의 한남나루 옆을 흐르는 여울을 가리키는 듯하다.

3) 봉래도(蓬萊島): 신선이 산다고 하는 봉래산(蓬萊山). 여기서는 서울 동작나루 앞의 작은 섬을 가리킨다.

광주리 든 아가씨들 연한 뽕잎 따러 가네.

한강 주변의 풍경을 바라보며 봄날의 흥취를 노래하다

이엽二葉 강물을 바라보니 임금의 덕 알리로다.

삼엽三葉 한수漢水는 넓고 넓어 헤엄쳐 못 건너고

장강長江은 길고 길어 뗏목으로 못 건너네.

부엽附葉 묻노라, 동작나루 붉은 절벽에 단사丹砂 천 섬을 그 누가 머물게 했나.

전강前腔 옛날 임원현臨沅縣 요씨廖氏의 옛집이로다.[4)]

중엽中葉 외딴 어촌이 노들강[5)]이란 말인가.

왕유의 망천[6)]이며 유주의 노강[7)]이라.

통발이 어량[8)]에 있으니 이 너의 생애로다.

대엽大葉 제천의 배와 노는 부열의 부암이요,[9)]

---

4) 묻노라~옛집이로다: 중국 삼국시대 오(吳)나라의 임원현에 요씨 집안이 대대로 장수했는데, 이 집안 우물 밑에는 단사 수십 섬이 묻혀 있었다고 한다. 이 고사에 빗대어 동작나루의 붉은 절벽을 형용한 구절이다.

5) 노들강: 서울 여의도와 노량진 사이를 흐르는 한강을 달리 이르는 말.

6) 왕유(王維)의 망천(輞川): 중국 당나라 때 남종화(南宗畫)의 창시자이자 자연시인의 대표로 꼽히는 왕유가 벼슬을 버리고 은거한 곳.

7) 유주(柳州)의 노강(露江): 중국 당나라 때 문인인 유종원(柳宗元)이 좌천되어 머물렀던 유주의 노강.

8) 어량(魚梁): 한 군데로만 흐르도록 물길을 막고, 그곳에 통발을 놓아 물고기를 잡는 장치.

9) 제천(濟川)의~부열(傅說)의 부암(傅巖)이요: 서울 한남동 제천정(濟川亭) 아래를 흐르는 제천과 거기에 있는 배와 노를 중국 은(殷)나라 고종(高宗)이 "내가 만일 큰 내를 건너게 되면 그대를 배와 노로 삼겠다"라면서 부열을 재상으로 등용한 고사와 관련지어 표현한 구절이다. '제천의 배와 노'는 임금을 보필하는 재상의 역할을 비유한 말이며, '부암'은 부열이 재상으로 등용되기 전에 죄를 짓고 부역(賦役)을 한 곳이다. 은나라 고종이 꿈에 만난 열(說)이라는 성인을 신하들로 하여금 찾게 했는데, 죄를 짓고 끌려가서 길을 닦고 있는 그를 부암 땅에서 찾았다는 고사가 전한다.

굽이치는 용단[10]은 용문의 팔절[11]이요,
십 리 들판은 낙양의 천진교[12]요,
용산의 낙모대落帽臺는 맹가孟嘉의 자취[13]요,
즐비한 민가民家는 등왕각[14]의 옛 고을이요,
마포나루 돛대는 기원[15]의 푸른 대요,
옹점[16]의 연기는 순임금의 하빈[17]이요,
서강西江을 바라보니 임포의 서호[18]요,
덜머리[19] 굽어보니 소식의 적벽[20]인 듯.

부엽附葉 파릉이 어디요, 동정호洞庭湖 청초호青草湖가 칠백 리 휘돌아 팽려彭蠡와 태호太湖, 운몽雲夢과 소상瀟湘이 형양衡陽의 명승지로다.[21]

소엽小葉 물가 모래밭엔 기러기 머무는도다.

---

10) 용단(龍潭): 서울 원효동 앞을 흐르는 한강을 달리 이르는 말.
11) 용문(龍門)의 팔절(八折): 거센 물살로 유명한 용문을 지나는 황하(黃河)의 여덟 굽이.
12) 낙양(洛陽)의 천진교(天津橋): 중국 전설상 여신인 복비(宓妃)를 그리워하여 하늘과 통하는 나루와 다리라는 뜻으로 수(隋)나라 양제(煬帝) 때 낙양에 세운 다리.
13) 용산(龍山)의~자취: 중국 진(晉)나라 때 맹가가 용산(龍山, 중국 호북성에 있는 산)의 홍취를 노래한 문장이 아름다워 감탄을 불러일으켰다는 고사에 빗대어 그와 이름이 같은 서울 용산 부근의 한강 경치를 형용한 구절이다.
14) 등왕각(滕王閣): 중국 당나라 고조(高祖)의 아들이자 태종(太宗)의 아우인 등왕 이원영(李元嬰)이 세운 누각. 강남의 3대 누각 중 하나로 여러 문헌에 인용되거나 문장가들이 소재로 즐겨 사용하였으며, 특히 당나라 시인 왕발(王勃)이 지은 「등왕각서滕王閣序」로 유명하다.
15) 기원(淇園): 대나무숲으로 유명한 중국 위(衛)나라의 동산.
16) 옹점(瓮店): 서울의 노량진. 그 일대에 옹기나 그릇을 굽는 집이 많았기에 붙여진 이름이다.
17) 순(舜)임금의 하빈(河濱): 중국의 순임금이 요(堯)임금에게서 왕위를 물려받기 전에 질그릇을 구우며 살았던 곳.
18) 임포(林逋)의 서호(西湖): 중국 송나라 때 은사(隱士)인 임포가 장가도 들지 않고 학을 자식처럼, 매화를 아내처럼 사랑하며 살았던 곳.
19) 덜머리: 서울 마포에 있는 절벽인 절두(切頭).
20) 소식(蘇軾)의 적벽(赤壁): 중국 송나라 때 시인인 소식이 배를 띄우고 유람하며 「적벽부赤壁賦」를 지은 황강(黃岡)의 적벽강(赤壁江).
21) 파릉(巴陵)이~명승지로다: 중국의 유명한 호수와 강에 빗대어 한강의 경치를 칭송한 구절이다.

대엽大葉 삼산은 반락청천외요, 이수는 중분백로주라.[22)]

중엽中葉 너우섬[23)]의 저 아이야, 네 양羊이 어디 가느냐.

금화석실[24)] 울람동천[25)]에 머무른 지 사십여 년이라.

소엽小葉 물가에 안개 낀 누각은 바람과 달 한가하여 임자 없는 너로구나.

대엽大葉 송호[26)]를 돌아보니 사영운의 회계[27)]이며 대규의 섬계[28)]라.

이엽二葉 사립문 아래여, 마음 편히 살 만하네.

넘치는 샘물이여, 배고픔을 즐길 만하네.

삼엽三葉 봄풀 돋은 못은 사영운의 영가[29)]이며 주돈이의 염계[30)]로다.

사엽四葉 이끼 낀 물가는 동강桐江의 낚시터라,

양가죽 옷과 긴 낚싯대에 이 한 몸 부쳤도다.[31)]

---

22) 삼산(三山)은 반락청천외(半落靑天外)요, 이수(二水)는 중분백로주(中分白鷺洲)라: 중국 당나라 시인 이백(李白)의 「등금릉봉황대登金陵鳳凰臺」에 나오는 "삼산의 봉우리 푸른 하늘에 반쯤 솟아 있고, 두 줄기 물은 백로주를 사이에 두고 흐르네(三山半落靑天外, 二水中分白鷺洲)"라는 대목을 인용하여 한강 주변의 경치를 표현한 구절이다.

23) 너우섬: 한강 가운데 있는 섬.

24) 금화석실(金華石室): 중국 한나라 때 황초평(黃初平)이 양을 먹이러 나갔다가 도사를 만나 40년간 도를 닦아 신선이 되었던 금화산 석실.

25) 울람동천(蔚藍洞天): 금화산 위의 하늘. 곧 신선이 사는 곳을 이르는 말.

26) 송호(松湖): 한강의 서강 부근에 있는 곳.

27) 사영운(謝靈運)의 회계(會稽): 중국 남북조시대 사영운이 은거했던 산. 사영운은 사치를 좋아하고 호방했으며 산수를 좋아하여 산수시에 능했다.

28) 대규(戴逵)의 섬계(剡溪): 중국 진(晉)나라 때 거문고의 명수인 대규가 은거했던 강.

29) 사영운의 영가(永嘉): 중국 남북조시대 사영운이 태수로 부임하여 놀던 곳.

30) 주돈이(周敦頤)의 염계(濂溪): 중국 송나라의 도학자인 주돈이가 살았던 곳.

31) 이끼 낀~부쳤도다: 중국 후한 광무제(光武帝) 때의 은사인 엄광(嚴光)의 고사에 빗대어 숨어 사는 작자의 모습을 표현한 구절이다. 엄광은 벼슬을 거부하고 부춘산(富春山)에 있는 동강의 칠리탄(七里灘) 가에서 양가죽 옷을 입고 낚시를 즐기며 숨어 살았다.

풍류에 대한 자부심을 드러내다

부엽附葉 하양河陽 땅 은사隱士의 어초문대[32]를 아느냐 모르느냐.

대엽大葉 새로운 은거지와 율리[33]의 전원에 할 일이 다가오네.

중엽中葉 복숭아꽃 흩날리고 무창武昌의 새 버들이 가지마다 봄이로다.[34]

삼엽三葉 포도주와 아황주[35]를 노자작[36] 앵무배[37]에 매일 삼백 잔 먹고

사엽四葉 잘 드는 칼로 송강의 농어[38]를 손질하니
은빛 비늘이 눈 내리듯 하네.

오엽五葉 거문고 타면서 떠가는 구름 보니
푸른 물, 은은한 달 또 우리의 무리로다.

전강前腔 날아가는 우의도사[39] 강둑을 지나며 묻되,
"그대들 노는 것이 즐거운가 어떠한가?"

중강中腔 천 년의 강호에 아름다운 일은
절로 된 것이 아니라 사람이 한 것이니

후강後腔 산음의 난정蘭亭도 왕희지가 아니면
맑은 여울, 고운 대나무도 쓸모없는 것이라네.[40]

---

32) 어초문대(漁樵問對): 중국 송나라 때 은사인 소옹(邵雍)이 낙양(洛陽) 부근의 하양에 은거하며 어부와 나무꾼의 문답 형식으로 천지만물의 이치를 드러낸 글.

33) 율리(栗里): 중국 진(晉)나라 때 은사인 도잠(陶潛)이 은거한 곳.

34) 복숭아꽃~봄이로다: 중국 진(晉)나라의 명장(名將)인 도간(陶侃)이 무창에 주둔했을 때 군영을 엄폐하기 위해 버드나무를 심었다는 고사를 원용하여 봄이 되었음을 나타낸 구절이다.

35) 아황주(鵝黃酒): 새끼거위의 색깔처럼 노란 빛깔을 띠는 좋은 술.

36) 노자작(鸕鶿爵): 가마우지 모양으로 꾸민 술구기, 즉 술을 뜨는 국자.

37) 앵무배(鸚武盃): 앵무새 부리 모양으로 만든 술잔.

38) 송강(松江)의 농어: 중국 진(晉)나라 때 장한(張翰)이 가을바람이 불자 고향인 송강의 농어가 생각나서 벼슬을 버리고 고향으로 돌아간 데서 유래한 말.

39) 우의도사(羽衣道士): 새의 깃으로 만든 옷을 입은 도사. 곧 신선(神仙)을 이르는 말. 여기서는 날아가는 새를 가리킨다.

대엽大葉 우주의 승경勝景을 찾는 이 없어서 조물주가 숨겼다가
천유성적[41]을 우리에게 열어주었네.
중엽中葉 달빛에 돛대 놓고 물 흐르는 대로 지내리라.
삼엽三葉 무우대의 증점 기상[42] 어떻던가 하노라.

40) 산음(山陰)의~것이라네: 중국 진(晉)나라 때 시인인 왕희지(王羲之)가 쓴 「난정서蘭亭序」로 인해 산음현(山陰縣, 지금의 소흥紹興)의 난정 땅이 세상에 이름나게 되었다는 뜻으로, 아름다운 자연도 사람에 의해서 세상에 드러나게 된다는 앞의 뜻을 부연한 구절이다.
41) 천유성적(天遊盛跡): 사물에 구속되지 않고 자연을 벗삼아 자유롭게 놀았던 성대한 자취.
42) 무우대(舞雩臺)의 증점(曾點) 기상(氣像): 명리(名利)를 잊고 유유자적함을 이르는 말. 공자(孔子)가 제자들에게 자신의 뜻을 말해보라고 하자, 증점이 기수(沂水)에서 목욕하고 무우대에서 바람을 쐬고 노래하며 돌아오겠다고 대답한 고사에서 유래하였다.

「성산별곡」은 정철이 전라도 담양의 성산을 중심으로 살아가는 서하당棲霞堂 김성원金成遠의 삶을 노래한 은일가사隱逸歌辭다. 작자인 정철이 25세 되던 해인 1560년명종 15에 창작한 것이라 하지만, 확실한 것은 아니며 이에 대해 많은 논란이 있다. 정철의 문집에는 이 작품의 창작 시기를 알려주는 기록이 전혀 없고, 김성원의 연보年譜나 임억령林億齡의 『석천시집石川詩集』에 창작 시기를 추정할 수 있는 기록이 있으나 미심쩍은 데가 많다.

김성원은 성산 아래에 서하당이란 집을 짓고, 또 임억령을 위해 식영정息影亭을 짓고 살았다. 이 식영정을 중심으로 임억령, 고경명高敬命, 김성원, 정철이 스스로 사선四仙이라 일컬으며 풍류를 즐겼다. 당시 식영정에 모인 사선은 「식영정이십영息影亭二十詠」을 함께 지었는데, 「성산별곡」은 이것을 모태로 한 것이라고 한다. 그러나 두 작품을 비교해보면, 창작 동기, 작품의 구조, 주제 등에서 차이가 상당하기 때문에 둘의 영향 관계를 섣불리 단정하기는 힘들다. 대표적인 예로, 「성산별곡」에서는 「식영정이십영」에 들어 있지 않은 새로운 내용을 찾아볼 수 있을 뿐만 아니라, 작품의 구조에서도 「성산별곡」이 '서사-본사-결사'의 유기적인 구조를 가진 데 반해, 「식영정이십영」은 20개의 독립된 시로 되어 있다. 그러므로 「성산별곡」은 「식영정이십영」처럼 식영정을 중심으로 한 성산의 풍경을 노래하기는 하였으나 정철이 개성을 발휘하여 환골탈태시킨 작품이라 할 수 있다.

「성산별곡」은 식영정을 지나던 손님이 주인에게 적막한 산중에 사는 이유를 묻자 주인이 성산의 외적 생활환경과 내적 정신세계에 대해 대답하고, 이어서 손님이 주인이야말로 이 고을의 진선眞仙이라고 하며 그의 삶을 인정하는 것으로 끝맺고 있다. 즉, 손님과 주인의 문답체로 작품이 전개되고 있다는 점이 주요 특징이라 할 수 있다.

「성산별곡」은 정철의 다른 가사 작품들에 비해 한문 어구나 전고가 많아 작품성이 다소 떨어진다는 평가를 받는다. 이 때문인지 이 작품은 후대 문인들의 극찬을 받은 「관동별곡」「사미인곡」「속미인곡」에 비해 상대적으로 덜 알려진 것으로 보인다.

「성산별곡」은 이선본李選本 · 성주본星州本 · 관서본關西本 『송강가사松江歌辭』와 필사본 『송강별집추록松江別集追錄』에 수록되어 있으며, 『고금가곡古今歌曲』에도 실려 전한다. 여기서는 이선본 『송강가사』에 수록된 작품을 대상으로 한다.

성산별곡星山別曲

정철鄭澈

손님이 주인에게 성산에 묻혀 사는 이유를 묻다

지나가는 어떤 손이 성산[1)]에 머물면서,
"서하당[2)], 식영정[3)] 주인아 내 말 듣소.
세상살이에 좋은 일 많건마는
어찌하여 자연을 갈수록 좋게 여겨
적막한 산속에 들어가 안 나오시는가?"
솔뿌리 다시 쓸고 죽상竹床에 자리 보아
잠깐 올라앉아 어떤가 다시 보니
하늘가에 뜬구름이 서석대瑞石臺를 집을 삼아

1) 성산(星山): 전라도 담양 창평(昌平)에 있는 산. 정철이 을사사화(乙巳士禍)로 인해 아버지를 따라 낙향하여 과거에 급제할 때까지 10여 년간 수학한 곳이다.
2) 서하당(棲霞堂): 김성원(金成遠)이 지은 정자. 김성원의 호(號)이기도 하다.
3) 식영정(息影亭): 김성원이 임억령(林億齡)을 위해 지어준 정자. 서하당 옆에 있다.

나는 듯 드는 모습이 주인과 어떠한가.
푸른 시내 흰 물결이 정자 앞에 둘렀으니
직녀가 짠 비단을 그 누가 베어내어
잇는 듯 펼치는 듯 호화롭기도 호화롭다.
산속에 달력 없어 사시四時를 모르더니
눈 아래 펼친 경치 철마다 절로 나니
듣거니 보거니 일마다 선경仙境이로다.

성산의 봄 경치를 즐기는 주인의 생활을 그리다

아침볕 창가의 매화 향기에 잠을 깨니
신선의 할 일이 곧 없지도 아니하다.
울 밑 양지 편에 참외씨를 뿌려두고
김매거니 돋우거니 빗기운에 손질하니
청문고사[4]를 이제도 있다 하겠구나.
짚신을 급히 신고 대지팡이 이리저리 짚으니
복숭아꽃 핀 시냇길이 방초주[5]에 이었구나.
거울 같은 맑은 물속 절로 그린 돌병풍,
그림자를 벗삼아 서하[6]로 함께 가니

4) 청문고사(靑門故事): 청문 밖에서 있었던 옛일. '청문'은 중국 장안성(長安城)의 동남문(東南門)을 가리킨다. 진(秦)나라 때 소평(邵平)이란 사람이 동릉후(東陵侯)에 봉해졌는데, 진이 망하자 청문 밖에 참외를 심고 벼슬을 하지 않았다. 이에 이 참외를 동릉과(東陵瓜) 또는 청문과(靑門瓜)라 하였다.
5) 방초주(芳草洲): 꽃다운 풀이 우거진 물가의 작은 섬. 여기서는 식영정 부근의 승지(勝地)를 가리킨다.
6) 서하(西河): 전라도 광주 광산(光山)에 있는 칠천(漆川).

도원桃源은 어디인가 무릉[7]이 여기로다.

한가로운 여름날의 성산 풍경을 묘사하다

남풍이 건듯 불어 녹음을 헤쳐내니
철 아는 꾀꼬리는 어디에서 오는가.
희황 베개[8] 위에 풋잠을 얼핏 깨니
공중 젖은 난간 물 위에 떠 있구나.
삼베옷 여며 입고 갈건葛巾 기울여 쓰고
굽히거나 기대며 보는 것이 고기로다.
밤새 내린 비에 홍련紅蓮 백련白蓮 섞어 피니
바람기 없어서 온 산이 향기로다.
염계[9]를 마주보고 태극[10]을 묻는 듯,
태을진인이 옥자를 헤쳐놓은 듯.[11]
노자암鸕鶿巖 건너보며 자미탄紫微灘 곁에 두고
소나무를 차일遮日 삼아 돌길에 앉아보니
인간 세상 유월이 여기는 가을이로다.

7) 무릉(武陵): 무릉도원(武陵桃源). 곧 선경(仙境)이나 낙원을 이르는 말. 중국 진(晉)나라 도잠(陶潛)의 「도화원기桃花源記」에서 유래하였다.

8) 희황(羲皇) 베개: 모서리에 희황상인(羲皇上人)을 수놓은 베개. '희황상인'은 복희씨 때의 은사(隱士)로, 그의 이름을 수놓은 베개를 베면 잠이 편안하다고 한다.

9) 염계(濂溪): 중국 호남성(湖南省) 영도현(營道縣, 현재는 도현道縣) 도주(道州)에 있는 시내. 여기서는 중국 송나라의 도학자 주돈이(周敦頤)를 이른다.

10) 태극(太極): 역학(易學)에서 우주만물이 생긴 근원이라고 보는 본체. 자연의 이치.

11) 태을진인(太乙眞人)이 옥자(玉字)를 헤쳐놓은 듯: 중국의 우(禹)임금이 돌을 헤쳐 그 속에서 황제(黃帝)가 남긴 비결서인 '금간옥자(金簡玉字)'를 얻은 듯이. '태을진인'은 천지의 도를 터득한 신선인데, 여기서는 우임금을 가리킨다.

맑은 강에 뜬 오리 백사장에 옮아 앉아
갈매기를 벗을 삼고 잠 깰 줄 모르니
무심코 한가함이 주인과 어떠한가.

성산의 운치 있는 가을 달밤 풍경을 읊다

오동 서릿달[12]이 한밤중에 돋아오니
깊은 산속 풍경이 낮인들 그러할까.
호주의 수정궁[13]을 그 누가 옮겨왔나.
은하수를 뛰어 건너 광한전[14]에 오른 듯.
마주보는 늙은 솔은 낚시터에 세워두고
그 아래 배를 띄워 가는 대로 던져두니,
홍료화[15] 백빈주[16] 어느 사이 지났기에
환벽당[17] 용소龍沼가 뱃머리에 닿았구나.
맑은 강 풀밭에 소 먹이는 아이들이
석양에 흥이 겨워 피리를 비껴 부니
물 아래 잠긴 용이 잠 깨어 일어날 듯,
안개 속에 나온 학이 제 둥지 버려두고 공중에 솟아 뜰 듯.

12) 오동(梧桐) 서릿달: 오동나무 가지 사이로 비치는 달.
13) 호주(湖洲)의 수정궁(水晶宮): 호주의 수정으로 만든 궁전. '호주'는 중국 복주(福州) 서호(西湖)에 있는 섬. '수정궁'은 수정으로 만들었다는 화려한 궁전을 말하지만, 여기서는 맑은 호수를 가리킨다.
14) 광한전(廣寒殿): 달 속에 있다는 상상의 궁전.
15) 홍료화(紅蓼花): 붉은 여뀌꽃.
16) 백빈주(白蘋洲): 흰 마름꽃이 피어 있는 물가.
17) 환벽당(環碧堂): 성산 맞은편 언덕 위에 있는 집. 정철이 16세부터 27세에 과거에 급제할 때까지 이곳에서 머물면서 학문을 닦았다.

소식 적벽[18]은 추칠월秋七月이 좋다 하되
팔월 보름밤을 모두 어찌 칭찬하는가.
엷은 구름 흩어지고 물결이 잔잔할 때
하늘에 돋은 달이 솔 위에 걸렸으니
달 잡다가 물에 빠진 이태백이 야단스럽도다.

눈 덮인 성산의 아름다움을 노래하다

빈산에 쌓인 잎을 삭풍이 거둬 부는데
떼구름 거느리고 눈조차 몰아오니
조물주가 일 꾸미기 좋아해 옥으로 꽃을 만들어
수많은 나무와 숲 꾸며내는구나.
앞여울 꽁꽁 얼고 외나무다리 비꼈는데
막대 멘 늙은 중이 어느 절로 간단 말인가.
늙은이의 이 부귀를 남에게 자랑 마오.
경요굴[19] 은둔처를 찾을까 두렵노라.

성산 주인의 탈속한 삶과 풍류를 손님이 인정하다

산속에 벗이 없어 책들을 쌓아두고

18) 소식(蘇軾) 적벽(赤壁): 중국 송나라의 소식이 뱃놀이를 하면서 「적벽부赤壁賦」를 지은 황강의 적벽강.
19) 경요굴(瓊瑤窟): 달 속에 있다는 아름다운 구슬로 된 굴. 눈으로 하얗게 덮인 경치를 묘사할 때 자주 쓰이는 말로, 여기서는 성산의 눈 내린 모습을 가리킨다.

옛날 인물들을 거슬러 헤아리니
성현도 많거니와 호걸도 많고 많다.
하늘이 만드실 때 곧 무심하랴마는
어찌하여 운세가 부침浮沈을 거듭하였는가.
모를 일도 많거니와 애달픔도 그지없다.
기산의 늙은 노인 귀는 어찌 씻었는가.[20]
박 소리 핑계하니[21] 지조가 매우 높네.
인심人心은 제각각이라 볼수록 새롭거늘
세상일은 구름이라 험하기도 험하구나.
엊그제 빚은 술이 얼마나 익었느냐.
주거니 받거니 실컷 기울이니
마음에 맺힌 시름 조금은 풀리는구나.
거문고에 줄을 매어 풍입송[22] 타자꾸나.
손님인지 주인인지 다 잊어버렸도다.
공중에 뜬 학이 이 고을의 신선이라.
달밤에 요대瑤臺에서 혹시 아니 만났던가.
손님이 주인더러 이르되, "그대 그인가 하노라."

---

20) 기산(箕山)의~씻었는가: 중국의 요(堯)임금 때 허유(許由)가 세상의 명리(名利)를 피하여 기산에 은거하며 살았는데, 요임금이 천하를 허유에게 물려주겠다고 하자 허유는 더러운 소리를 들었다며 영수(潁水)에서 귀를 씻었다는 고사를 가리킨다.

21) 박 소리 핑계하니: 표주박도 시끄럽다고 여겨 없애버리니. 기산에 은거하던 허유가 물을 떠 마실 그릇이 없어서 손으로 물을 떠서 마셨는데, 어떤 사람이 표주박 하나를 보내주어서 물을 떠 마실 수 있게 되었다. 물을 마신 뒤에 표주박을 나무 위에 걸어두었는데 바람이 불어와 달그락달그락 소리가 나자 오히려 성가시게 여겨 마침내 표주박을 없애버렸다는 고사를 가리킨다.

22) 풍입송(風入松): 작가, 연대 미상의 고려가요. 선비들이 거문고를 배울 때 「풍입송」을 먼저 익혔다고 한다.

「도산가」는 고응척이 임진왜란 때 경상도 안동安東의 도산으로 피란하여 세상사를 잊고 한가로이 지내고자 하는 심정을 노래한 은일가사隱逸歌辭다. 이 작품은 임진왜란의 와중인 1592년에서 1598년 사이에 지어진 것으로 보인다.

전란 중에 자연에 묻혀 살면서 술로써 세상 시름을 잊으려는 태도가 잘 드러나 있다. 이러한 태도는 자연에 묻혀 살면서도 나라를 걱정하고 임금을 그리워하는 양반가사의 일반적인 경향에서 다소 벗어나 있다고 평가할 수 있다.

「도산가」는 임진왜란이 일어나자 온 가족을 거느리고 피란하는 것으로 시작한다. 이어서 피란지의 자연 경치에 몰입하여 그 감흥을 노래하다가 이내 슬픔에 젖어 거문고로 시름을 잊으려 한다. 마지막으로 술에 취하여 세상만사를 다 잊으려 하는 것으로 끝맺고 있다.

「도산가」는 고려대학교 소장 『악부樂府』와 고사본古寫本 『후사류집候謝類輯』에 실려 전한다. 제목이 『악부』에는 '두곡선생가사杜谷先生歌辭'로 표기되어 있고, 『후사류집』에는 '도산가陶山歌'로 표기되어 있다. 여기서는 『후사류집』에 수록된 작품을 대상으로 한다.

도산가 陶山歌

고응척 高應陟

심산궁곡으로 피란한 심회를 읊다

전란이 갑자기 일어나 백성들 흩어질 때
부축하며 이끌고서 깊은 산골 찾아가니,
복숭아꽃 떠오는데 청풍명월 임자 없어
초가삼간 지은 후에 몇 이랑 돌밭 손수 매어
거친 밥, 나물로 끼니 이어 부모 자식 연명하니
어지러운 세상사 내 알던가, 별천지 땅이로다.

지나간 태평시절을 그리워하다

나물 캐고 고기 잡기 마음대로 하니 □□□□ □□□□
태평성대 언제인가, 순박한 풍속 다시 본다.

요순시절[1] 이 아닌가, 격양가[2] 들리는 듯.
석양에 황소 타고 구름 낀 산 바라보니
무심한 저 구름과 돌아오는 이 새들이
즐거움은 무궁무진, 근심걱정 절로절로.[3]
십릿길 모래밭에 갈매기는 오락가락.
몸 피곤해 흥 다하면 서재 창문 열어놓고
거문고 비껴 안고 고산유수[4] 두 곡조로
굵은 줄, 가는 줄 섞어 타니 시절 한탄 그지없다.
대나무 소리 스산한데 화표별학[5] 노니는 듯.

세상을 잊고자 하는 심정을 노래하다

외딴집 두세 집이 대숲 깊이 잠겼는데
닭 삶아 안주 놓고 한잔 한잔 취한 후에
솔뿌리 베고 잠든 후면 세상만사 내 알던가.
피리 부는 저 아이야, 함부로 전하지 마라.
고기 잡는 어부가 알까 하노라.

1) 요순시절: 중국 요(堯)임금과 순(舜)임금이 덕으로 천하를 다스리던 태평한 시대.
2) 격양가(擊壤歌): 중국 요임금 때 늙은 농부가 배를 두드리고 땅을 치면서 천하가 태평하다며 불렀다는 노래.
3) 즐거움은~절로절로: 즐거움은 무궁무진 솟아나고, 근심걱정은 저절로 사라진다.
4) 고산유수(高山流水): 중국 춘추시대 백아(伯牙)가 거문고로 연주했던 '고산곡(高山曲)'과 '유수곡(流水曲)'. 백아가 연주하는 거문고 소리를 종자기(鍾子期)가 잘 이해하고 감상했다는 고사에서 거문고의 미묘한 소리를 이르거나 지기(知己)를 비유하는 뜻으로 쓰인다.
5) 화표별학(華表別鶴): 중국 한나라 때 요동의 정영위(丁令威)가 선술(仙術)을 배워 학으로 변하여 자기 고향에 돌아와 무덤 앞 화표주에 앉았다는 고사를 말한다.

「누항사」는 제목 아래 달려 있는 주석을 참조한다면 작자인 박인로가 임진왜란에 참여한 후 고향에 돌아와 생활하던 중 한음漢陰 이덕형李德馨이 산촌생활의 곤궁한 형편을 묻자 이에 답하여 지은 은일가사隱逸歌辭다. 이 작품의 창작 시기는 일반적으로 작자의 나이 51세 때인 1611년광해군 3으로 추정하지만, "兵戈五載예 敢死心을 가져 이셔"라는 작품 원문의 구절과 작품에 묘사된 궁핍한 참상을 들어 임진왜란 끝무렵인 1596~1597년으로 보기도 한다.

작품의 제목에 쓰인 '누항陋巷'은 『논어論語』에 나오는 말로서, 가난한 가운데서도 학문을 닦으며 도를 추구하는 즐거움을 말할 때 흔히 사용된다. 이 작품은 제목에서부터 가난하지만 이를 원망하지 않고 자연을 벗삼아 안빈낙도하는 즐거움을 표방하고 있다. 즉, 누추한 곳에 초막을 짓고 살면서 굶주림과 추위를 떨칠 수 없는데다가 이웃집의 농우農牛를 빌리려다가 수모를 당하는 등 갖은 고초를 겪지만, 충효와 형제간의 화목, 친구간의 신의를 지키면서 자연 속에서 안빈낙도하려는 의지를 노래하고 있는 것이다.

이 작품에서 특히 주목할 것은 임진왜란 이후 당시 사대부들이 맞닥뜨린 곤궁한 현실상황이 생동감 있게 잘 나타나 있다는 것이다. 임진왜란으로 인해 피폐해진 현실에서 사대부들조차 그 지위를 온전히 유지하지 못할 뿐만 아니라 농민으로 살아가고자 하여도 여의치 않은 상황이 사실적으로 묘사되어 있다. 지금까지의 양반가사 작품들과는 달리 이 작품은 일상 언어를 대폭 수용해 당대의 곤궁한 현실상황을 구체적으로 그렸다는 점에서 높이 평가해야 할 것이다. 즉, 이 작품은 전란 후의 곤궁한 상황을 핍진하게 묘사함으로써 가사문학에 현실인식의 새로운 장을 열었으며 사대부가사의 한계를 벗어났다고 할 수 있다.

「누항사」는 작자의 문집인 목판본 『노계선생문집蘆溪先生文集』에 실려 있으며, 필사된 고사본古寫本으로도 전하고 있다. 고사본의 경우 작품 후반부가 낙장落張 상태여서 온전한 모습은 아니지만, 『노계선생문집』의 작품에 없는 대목이 군데군데 첨가되어 있어 작품을 이해하는 데 큰 도움을 준다. 여기서는 목판본 『노계선생문집』에 수록된 작품을 위주로 하되, 고사본에만 있는 구절은 〔 〕로 표시하였다.

누항사陋巷詞

박인로朴仁老

공公이 한음漢陰 상공相公을 좇아 놀 때에, 한음 상공이 공에게 산촌생활의 곤궁한 형편을 물으니 이에 공이 자신의 회포를 풀어 이 노래를 지었다.

누항에서 안빈낙도를 소망하다

어리석고 우활[1]한 건 이내 위에 더는 없다.
길흉화복을 하늘에 맡겨둔 채
누추한 거리 깊은 곳에 초막草幕을 지어두고
아침저녁 비바람에 썩은 짚을 땔감 삼아
서 홉 밥, 닷 홉 죽에 연기도 많고 많도다.

1) 우활(迂闊): 사리에 어둡고 세상 물정을 잘 모름.

〔얼마 만에 받은 밥에 헐벗은 자식들은
장기 벌여 졸卒 밀듯 나아오니
인지상정에 차마 혼자 먹겠는가.〕
덜 데운 숭늉에 빈 배 속일 뿐이로다.
생애 이렇다고 장부 뜻을 바꾸겠는가.
안빈安貧의 굳은 신념 적을망정 품고서
옳게 살려 하니 갈수록 어긋난다.

임진왜란 후의 곤궁한 상황을 노래하다

가을이 부족한데 봄이라 넉넉하며
주머니 비었는데 병에는 담겼으랴.
〔다만 하나 빈 독 위에 어른털 돋은 늙은 쥐는
탐욕스럽고 멋대로 구니 대낮의 강도로다.
겨우 얻은 것을 다 쥐구멍에 빼앗기고
석서삼장을 때때로 읊조리며[2)]
말없이 탄식하며 머리 긁을 뿐이로다.
이 중에 탐욕스런 악귀는 다 내 집에 모였구나.〕
빈곤한 인생이 천지간에 나뿐이랴.
굶주림 절실해도 일편단심一片丹心 잊겠는가.
의기義氣 충천하여 죽어야 말 것으로 여겨
주머니와 자루에 줌줌이 모아 넣고

2) 석서삼장(碩鼠三章)을~읊조리며: 임금이 과중하게 세금을 거두어 백성들을 착취함을 큰 쥐〔碩鼠〕에 비유하여 풍자한 『시경詩經』의 시를 끌어와서 집 안의 쥐들을 물리치려고 한다.

오 년 전란에 죽을 각오 굳게 하고
시체 밟고 피 흘리며 몇백 싸움 치렀는가.
이 몸이 여유 있어 집안을 돌아보랴.
수염 긴 늙은 종은 종의 분수 잊었는데
봄이 와도 농사짓기 어느 틈에 생각하리.
경당문노[3]인들 누구에게 묻겠는가.
스스로 농사짓기 내 분수인 줄 알겠구나.
이윤[4]과 제갈량[5]의 농사짓기를 천시할 이 없건마는
아무리 갈고자 한들 어느 소로 갈겠는가.
가뭄이 심하여 시절이 다 늦은 때에
서쪽 두둑 높은 논에 잠깐 비가 내려
흐르는 빗물을 반쯤 대어두고
소 한번 주마 하고 탐탁잖게 한 말씀을
친절하다 여긴 집에 달 없는 황혼에 허위허위 달려가서,
굳게 닫힌 문밖에 우두커니 혼자 서서
큰기침 헛기침을 오래도록 한 후에,
"어와, 게 뉘신가?" "염치없는 저올시다."
"해도 저문 늦은 밤에 그 어찌 와 계신가?"
"해마다 이러하기 구차한 줄 알지마는

3) 경당문노(耕當問奴): 밭갈기는 마땅히 사내종에게 물어야 한다는 뜻으로, 무슨 일이든지 전문가에게 물어보라는 말이다.

4) 이윤(伊尹): 중국 은(殷)나라 탕왕(湯王) 때의 훌륭한 재상. 그는 유신(有莘)에서 밭 갈며 살았는데 은나라 탕왕이 세 번을 불러서야 벼슬길에 나아가 하(夏)나라의 무도한 걸(桀)을 치고 은나라를 세우는 것을 도왔다.

5) 제갈량(諸葛亮): 중국 삼국시대 촉(蜀)의 전략가. 그는 어렸을 때 남양(南陽)에 피난해 있으면서 몸소 농사짓다가 유비(劉備)의 삼고초려(三顧草廬)를 받고 나아가 뛰어난 지략으로 유비를 도와 촉한(蜀漢)의 부흥에 힘썼다.

소 없는 가난한 집에 걱정 많아 왔소이다."
"공짜든지 값을 받든지 줄 수도 있지마는
다만 어젯밤에 건넛집 저 사람이
목 붉은 수꿩을 기름지게 구워내고
갓 익은 좋은 술을 취하도록 권하는데
이러한 은혜를 어찌 아니 갚겠는가.
내일 주마 하고 굳게 언약하였기에
약속 깨기 불편하니 변명이 어렵구려."
"정말 그러하면 어찌할지 난감하네."
헌 벙거지 숙여 쓰고 축 없는 짚신에 맥없이 물러오니
초라한 모습에 개 짖을 뿐이로다.

자연을 벗삼아 살기를 소망하다

내 집에 들어간들 잠이 와서 누웠으랴.
북창北窓에 기대앉아 새벽을 기다리니
무정한 오디새는 이내 한을 돋우는구나.
아침 내내 슬퍼하며 먼 들을 바라보니
즐기는 농요農謠도 흥 없이 들리는구나.
물정 모르는 한숨은 그칠 줄을 모르는구나.
〔술 고기 있으면 친척, 벗도 많으련마는
두 손은 비어 있고 세태世態 모르는 말과 곱지 못한 얼굴 탓에
하루아침 부릴 소도 못 빌리고 말았지만
하물며 교만한 마음이야 품을 수 있겠느냐.〕
아까운 저 쟁기는 볏 보임[6]도 좋을시고.

가시 엉킨 묵은밭도 쉽게도 갈련마는
허물어진 집 벽에 쓸데없이 걸렸구나.
〔차라리 첫봄에 팔아나 버릴 것을.
이제야 팔려 한들 알 이 있어 사러 오랴.〕
춘경春耕도 다 지났다. 팽개쳐 던져두자.

성리학의 가르침을 받들며 살기를 다짐하다

오랫동안 강호江湖에 은거하려는 꿈꿨는데
먹고살 걱정으로 어즈버 잊었도다.
물가를 바라보니 푸른 대 많기도 많구나.
점잖은 선비들아 낚싯대 하나 빌리자꾸나.
갈대꽃 깊은 곳에 명월청풍 벗이 되어
임자 없는 풍월강산風月江山에 절로절로 늙으리라.
무심한 갈매기야, 오라 하며 말라 하랴.
다툴 이 없는 건 다만 이뿐인가 하노라.
〔이제야 소 빌리기 맹세코 다시 말자.〕
변변찮은 이 몸에 무슨 뜻이 있겠냐마는
두세 이랑 논밭을 다 묵힌 채 던져두고
있으면 죽이요, 없으면 굶을망정
남의 집 남의 것은 전혀 부러워 않겠노라.
내 빈천貧賤 싫다며 손 젓는다고 물러가며
남의 부귀富貴 부럽게 여겨 손짓한다고 나아오랴.

6) 볏 보임: '볏'은 보습 위에 대는 쇳조각. '보임'은 볏이 움직이지 않게 끼우는 빔.

인간 어느 일이 운명 밖에 생겼으랴.
〔가난하다고 지금 죽으며 부유하다고 백 년 살랴.
원헌[7]이는 몇 날 살고 석숭[8]이는 몇 해 살았는가.〕
가난해도 원망 없기가 어렵다 하건마는
내 생애 이러하되 서러운 뜻은 없노라.
단사표음[9]을 이것도 족히 여기노라.
평생 한 뜻이 배부름과 따뜻함에는 없노라.
태평천하에 충효를 일삼아
형제간 화목, 친구간 신의 그르다 할 이 뉘 있으리.
그 밖에 남은 일이야 생긴 대로 살겠노라.

7) 원헌(原憲): 공자(孔子)의 문하에서 가난을 감내하며 성리학적 수양에 힘썼던 자사(子思).
8) 석숭(石崇): 중국 진(晉)나라 때의 부호(富豪).
9) 단사표음(簞食瓢飮): 한 바구니의 밥과 한 표주박의 물. 곧 아주 가난하게 살아가는 것을 이르는 말.

「사제곡」은 제목 아래 달려 있는 주석을 참조한다면 벼슬에서 물러나 경기도 사제에 은거하고 있던 한음漢陰 이덕형李德馨을 대신하여 박인로가 안빈낙도와 충효의 이념을 읊은 은일가사隱逸歌辭다. 창작 시기는 박인로의 문집인 『노계선생문집蘆溪先生文集』의 관련 기록으로 보아 1611년광해군 3이라고 할 수 있으며, 이 작품의 작자에 대해서 이덕형이 지었다는 주장도 제기되어 있다.

이덕형의 문집인 『한음문고漢陰文稿』의 「연보年譜」에 의하면 이덕형은 박인로를 조정에 천거하고 국사國士로 대접할 정도로 박인로와 평소에 친분이 있었던 것으로 보인다. 이러한 친분을 바탕으로 하여 박인로는 이 작품 외에도 가사 「누항사」와 시조 「조홍시가早紅柹歌」를 창작한 것으로 보인다.

「사제곡」에서 작자는 벼슬에서 물러난 이덕형이 고향인 경기도 사제에서 자연을 벗 삼아 유유자적하는 모습을 읊조리는 한편, 임금의 망극한 은총에 대한 감사와 어버이를 봉양하고자 하는 효성도 빼놓지 않고 그리고 있다. 이러한 점에서 볼 때 이 작품 역시 강호자연에 묻혀 사는 흥취와 충효의 이념을 주제로 하는 사대부가사의 일반적인 모습에서 크게 벗어나지 않는다고 할 수 있다.

「사제곡」은 박인로의 문집인 목판본 『노계선생문집』에 실려 있으며, 필사된 고사본古寫本으로도 전하고 있다. 고사본의 경우 『노계선생문집』의 작품에 없는 부분이 군데군데 첨가되어 있어 작품을 이해하는 데 도움을 준다. 여기서는 『노계선생문집』에 수록된 작품을 위주로 하되, 고사본에만 있는 구절은 〔 〕로 표시하였다.

사제곡莎堤曲

박인로朴仁老

사제는 지명이다. 용진강龍津江 동쪽 5리쯤 되는 곳에 있으니, 곧 한음漢陰 이상공李相公의 강가 정자가 있는 곳이다. 공이 상공을 대신하여 이 노래를 지었다.

벼슬에서 물러나 자연에 은거한 감회를 읊다

어리석고 졸렬한 몸에 임금 은총 지극하니
나라 위해 몸 바쳐 죽어야 말리라 여겨
주야로 쉬지 않고 밤을 잊고 생각한들
관솔에 켠 불로 밝은 일월日月 돕겠는가.
헛되이 공짜밥을 몇 해나 먹었는가.
늙고 병이 들어 벼슬에서 물러나
한강 동쪽 땅으로 물 찾아 산 찾아

용진강 지나 올라 사제로 들어오니
제일강산第一江山이 임자 없이 펼쳐 있네.
평생의 염원이 오래되어 그러한지
물빛과 산빛이 옛 얼굴을 다시 본 듯
무정한 산수도 유정하게 보이도다.

자연에 묻혀 소박하게 살려는 심정을 노래하다

물가의 모래밭에 저녁놀 비스듬한데
삼삼오오 섞여 노는 저 갈매기야,
너에게 말 묻자, 놀라지 말려무나.
이러한 명승지를 어디라고 들었느냐.
푸른 물 넘실대니 위수 이천[1] 아닌가.
산봉우리 우뚝하니 부춘 기산[2] 아닌가.
울창한 숲, 어두운 길 회옹 운곡[3] 아닌가.
달콤한 샘, 비옥한 땅 이원 반곡[4] 아닌가.

1) 위수(渭水) 이천(伊川): 중국 강태공(姜太公)이 낚시하던 위수와, 정이(程頤)가 살던 곳에 흐르는 이천. 강태공은 위수에서 낚시하며 등용되기를 기다린 끝에 문왕(文王)을 만나 주(周)나라의 기틀을 마련하였으며, 송나라 때의 정이는 이천에 은거하면서 최초로 이기(理氣) 철학을 수립하였다.
2) 부춘(富春) 기산(箕山): 중국 후한(後漢) 때 엄광(嚴光)이 살던 부춘산(富春山)과, 요(堯)임금 때 소부(巢父)와 허유(許由)가 숨어 살던 기산. 엄광은 벼슬을 거부하고 부춘산의 칠리탄(七里灘)에서 낚시하며 숨어 살았으며, 소부와 허유는 요임금 때 세상의 명리(名利)를 피하여 기산에 은거하며 살았다.
3) 회옹(晦翁) 운곡(雲谷): 중국 송나라의 유학자 주희(朱熹)가 살던 운곡. 주희는 호가 '회옹'으로, 유학을 집대성하고 주자학(朱子學)을 창시하여 완성시킨 인물이다.
4) 이원(李愿) 반곡(盤谷): 중국 당나라 때 이원이 은거한 반곡. 반곡은 샘물이 달고 토지가 비옥하나 산세가 험해서 은자들이 사는 곳이라 한다.

〔시대가 멀어져 성인聖人의 발자취 아득히 끊겼으니〕
배회하며 생각하되 어디인 줄 몰라라.
지초芝草와 난초蘭草는 맑은 향 가득하여 원근에 이어 있고
남쪽 개울, 동쪽 시내 낙화落花가 가득 잠겼거늘
가시덤불 헤치고 몇 칸 초가 지어두고
늙은 부모 모시고 효도를 하려고
여기저기 터 잡으니 이 강산의 임자로다.
삼공불환차강산[5]을 오늘에야 알았구나.
〔나는 말없이 쉽게도 받았구나.
항산[6]도 하려 하나 할 일 없어 있노라.〕
어지러운 갈매기와 수많은 사슴을
나 혼자 거느려 가축으로 삼았는데
값없는 청풍명월 절로 내 것 되었으니
남과 다른 부귀는 이 한 몸에 갖췄구나.
이 부귀 가졌는데 저 부귀 바랄쏘냐.
바랄 줄 모르는데 사귈 줄 알겠는가.
속세도 멀어지니 세상일 들을쏘냐.

계절의 변화에 따른 자연의 흥취를 노래하다

피는 꽃 지는 잎 아니면 어찌 계절 알겠는가.
중은암中隱菴 쇠북소리 골바람에 섞여 날아 매창梅窓에 이르거든

5) 삼공불환차강산(三公不換此江山): 영의정, 좌의정, 우의정의 삼공(三公)처럼 귀하고 높은 벼슬도 이 강산과 바꾸지 않음.
6) 항산(恒産): 살아갈 수 있는 일정한 재산이나 생업(生業).

낮잠을 갓 깨어 병든 눈 떠보니
밤비에 갓 핀 가지가 향기를 보내어 봄철을 알리도다.
봄옷을 처음 입고 절경絶景이 펼쳐진 때
지팡이 비스듬히 쥐고 예닐곱 명 아이 불러
속잎 난 잔디에 여유롭게 산보하여
맑은 강에 발 씻고 바람 쐬면서 흥에 겨워 돌아오니
무우영이귀[7]를 적이나 부러워할쏘냐.
봄 흥취 이러한데 가을 흥취 적겠는가.
가을바람 쓸쓸하게 정원을 지나치니
오동잎 지는 소리 먹은 귀를 놀래도다.
때맞은 가을바람 마음에 더욱 반겨
낚싯대 둘러메고 붉은 여뀌 헤치고
작은 배 풀어서 바람 따라 물결 따라 가는 대로 놓아두니
앞여울에 흘러내려 얕은 물에 왔구나.
저녁해 다 질 때에 강바람이 건듯 불어 돌아가기 재촉하는 듯,
아득한 앞산도 문득 뒤에 보이네.
잠깐 사이 날개 돋아 연잎 배[8]에 오른 듯,
소식의 적벽[9]인들 이내 흥에 더하며
장한의 강동거[10]인들 오늘 경치에 미칠까.

7) 무우영이귀(舞雩詠而歸): 명리를 잊고 유유자적함을 이르는 말. 공자(孔子)가 제자들에게 자신의 뜻을 말해보라고 하자, 증점(曾點)이 기수(沂水)에서 목욕하고 무우대(舞雩臺)에서 바람을 쐬고 노래하며 돌아오겠다고 대답한 고사에서 유래하였다.
8) 연잎 배: 신선이 타는, 연잎을 엮어 만든 배.
9) 소식(蘇軾)의 적벽(赤壁): 중국 송나라 때 시인인 소식이 배를 띄우고 놀던 황강의 적벽강(赤壁江).
10) 장한(張翰)의 강동거(江東去): 중국 진(晉)나라 때 장한이 가을바람이 불자 고향의 음식이 생각나서 벼슬을 버리고 고향으로 돌아간 것을 말한다.

강가의 삶도 이러한데 산속이라 다를쏘냐.
산방山房에 가을 깊어 회포를 둘 데 없어
운길산雲吉山 돌길을 막대 짚고 쉬며 올라
이리저리 거닐며 원숭이, 학을 벗삼아
소나무에 기대어 사방을 돌아보니
조물주 재주 부려 산빛을 꾸미는가.
흰 구름 맑은 안개 조각조각 떠돌며
높았다 낮았다 봉우리와 골짜기에 벌였거든,
서리 맞은 단풍나무 봄꽃보다 붉으니
수놓은 병풍을 겹겹이 두른 듯
온갖 형상이 분에 넘쳐 보이도다.
힘센 이 다툰다면 내 분수에 올까마는
막는 이 없으므로 나도 두고 즐기노라.
하물며 남산南山의 끝자락에 오곡五穀을 갖춰 심어
먹고 못 남아도 끊이지나 아니하면
내 집의 내 밥이 그 맛이 어떠한가.
나물 뜯고 낚시하니 산해진미 갖추었네.

충효를 다짐하다

부모님께 음식 봉양 충분하다 할까마는
지극한 효도를 다하고야 말겠노라.
사정私情이 이러하여 벼슬에서 물러난들
망극한 성은聖恩을 어느 땐들 잊겠는가.
임금 걱정은 늙어서야 더욱 깊다.

때때로 머리 들어 북극성 바라보니
남모르는 눈물이 두 소매에 다 젖는다.
이 눈물 보건대 차마 물러날까마는
가뜩이나 재주 없고 병까지 깊어가고
늙은 부모는 팔순이 다 됐는데
약 달이기 그치며 혼정신성[11] 빠뜨릴까.
이제야 어느 때에 이 산 밖을 나갈쏘냐.
허유의 씻은 귀에 노래자老萊子의 옷을 입고[12]
앞산의 저 솔밭이 푸른 못이 되도록
〔부모 모시고 늙은 내 몸 아랑곳하지 않고〕
함께 모시고 늙으리라.

11) 혼정신성(昏定晨省): 저녁에는 부모의 잠자리를 살피고 아침에는 부모의 밤새 안부를 물음. 곧 부모를 잘 섬기고 효성을 다함을 이르는 말.

12) 허유(許由)의~입고: 중국 요임금 때의 은사(隱士) 허유와 춘추시대 초나라의 효자 노래자를 본받아 자연에 묻혀 살면서 부모에게 효도를 하겠다는 의지를 나타낸 구절이다. 노래자는 나이 일흔에도 부모님을 즐겁게 해드리기 위해서 어린아이처럼 색동옷을 입고 춤을 추는 등의 온갖 재롱을 부렸다.

「노계가」는 박인로가 만년에 은거지인 경상도 영천永川의 노계에 머물면서 그곳의 아름다운 경치와 한가로운 생활을 읊은 은일가사隱逸歌辭다. 작품 원문의 첫머리에 나오는 "赤鼠三春에 春服을 새로 닙고"라는 구절로 보아 이 작품은 작자의 나이 76세에 해당하는 1636년인조 14에 지은 것이라 할 수 있다. 작자가 남긴 가사 작품들 가운데 최후의 작품이다.

「노계가」는 작자가 말년에야 비로소 은거지를 개척하게 된 감회를 읊는 것으로 시작하여, 은거지인 노계의 경치를 찬미하고 자연에 묻혀 사는 흥취와 의미를 노래한다. 작품의 마지막에 이르러서는 강호자연에 묻혀 태평하게 사는 것이 모두 임금의 은총이라는 것을 강조하고, 임진왜란에 직접 참여한 작자의 우국일념憂國一念과 평화에 대한 염원을 하늘에 절실하게 호소하는 것으로 끝맺는다.

이러한 점으로 보아 이 작품은 강호자연에 묻혀 한가롭게 지내는 자연애 사상과 충효사상에 기반을 둔 우국정신이 중심을 이루고 있어 다른 사대부가사들과 큰 차이가 없다. 자연미 예찬이나 임금에 대한 충성심, 나라를 걱정하는 마음 등은 사대부가사 작품들에서 흔히 볼 수 있는 주제인데다 관습적인 시어와 한문 고사 및 관용어구까지 빈번하게 사용하고 있어 참신성은 다소 떨어진다고 할 수 있다.

그러나 이 작품은 조직적으로 잘 짜여 있고 작자 특유의 섬세한 필치에 풍부한 어휘 등 완성도 높은 사대부가사의 일단을 보여준다는 점에서 높이 평가할 수 있다. 또한 작자가 현실을 떠나 자연에 은거하며 느낀 심정을 진솔하게 읊고 있는 자전적 성격이 강한 작품이기에 주목할 필요가 있다.

「노계가」는 작자의 문집인 목판본 『노계선생문집蘆溪先生文集』에 실려 전한다.

노계가 蘆溪歌

박인로 朴仁老

늘그막에 은거지를 찾은 감회를 읊다

늘그막에 산수 구경 늦은 줄 알지마는
평생 품은 뜻 이루고야 말리라 여겨
병자년丙子年 봄에 봄옷을 새로 입고
대지팡이, 짚신으로 노계 깊은 골에 마침내 찾아오니
제일강산이 임자 없이 버려져 있네.
예로부터 은사隱士, 처사處士 많이도 있지마는
천지天地가 감췄다가 나를 주려 남겼도다.

자연에 묻혀 태평스럽게 살고 싶은 심정을 노래하다

오래도록 주저하다 석양이 다할 때에

저 높은 언덕 올라 사방을 돌아보니
현무 주작[1]과 좌청룡 우백호[2]도 그린 듯이 갖추었네.
산줄기 끝난 곳 바람 가린 남향에
푸른 덩굴 헤치고 몇 칸의 작은 집을
배산임수背山臨水하여 오류변[3]에 지어두고,
가던 용龍 머무는 듯 천 길 절벽이 강가에 둘렀거늘
초가집 한두 칸을 구름 낀 긴 솔 아래 바위 위에 지으니
온갖 형상이 아마도 기이하다.
봉우리는 수려하여 부춘산富春山이 되었고
물은 굽이 흘러 칠리탄七里灘이 되었거든[4]
십 리의 모래밭은 삼월의 눈이 되었구나.
이 산수풍경은 견줄 데 전혀 없네.
소부 허유[5] 아니어서 어찌 절의節義 알까마는
다행히도 우연히 이 명승지 임자 되어
청산유수와 명월청풍도 말없이 절로절로,
어지러운 갈매기와 수많은 사슴도 값없이 절로절로,
장저와 걸익[6] 갈던 묵은밭과 엄자릉의 낚시터도 값없이 절로절로.
산속의 온갖 것들 다 절로 내 것 되니

1) 현무(玄武) 주작(朱雀): 북방신(北方神)인 현무와 남방신(南方神)인 주작. 곧 북쪽 산과 남쪽 산을 이르는 말.
2) 좌청룡(左靑龍) 우백호(右白虎): 동방신(東方神)인 좌청룡과 서방신(西方神)인 우백호. 곧 동쪽 산과 서쪽 산을 이르는 말.
3) 오류변(五柳邊): 중국 진(晉)나라 때 은사(隱士)인 도잠(陶潛)이 문 앞에 버드나무 다섯 그루를 심고 스스로 호를 '오류선생'이라 한 것에 빗대어 작자 스스로 은사임을 표방한 말이다.
4) 봉우리는~되었거든: 중국 후한(後漢) 때 부춘산에 몸을 숨기고 칠리탄에서 낚시하며 일생을 마친 엄자릉(嚴子陵)의 고사에 빗대어 작자가 은거한 곳의 풍광을 묘사한 구절이다.
5) 소부(巢父) 허유(巢許): 중국 요(堯)임금 때 세상의 명리(名利)를 피하여 기산(箕山)에 숨어 산 은사들.
6) 장저(長沮)와 걸익(桀溺): 중국 춘추시대 때 나란히 밭을 갈며 숨어 산 은사들.

자릉이 둘이요, 장저, 걸익이 셋이로다.[7]
어즈버, 이 몸이 아마도 괴이하다.
산에 들자마자 은사가 되었는가.
천고의 꽃다운 이름 이 몸에도 전했구나.
세상의 이 이름을 인력으로 이룰쏘냐.
산천이 영험하여 도왔는가 여기노라.
마음속이 밝아서 세상 근심 절로 그치니
광풍제월[8]을 뱃속에 품은 듯
넓고 참된 뜻 날로 새롭구나.
날짐승, 길짐승은 가축이 되었거늘
달 아래 고기 낚고 구름 속에 밭을 갈아
먹고 못 남아도 그칠 때는 없노라.
무궁한 강산과 허다한 묵은땅은 자손에게 물려주거니와
명월청풍은 나눠주기 어려우니
재주 있든 없든 부모 뜻 아는 아들 하나
태백, 연명의 증서[9]로 길이 물려주리라.
나의 이 말이 우활迂闊한 듯하지만
자손 위한 계책은 이것뿐인가 여기노라.
또 어리석은 이 몸은 어질지도 지혜롭지도 않지만
산수에 벽癖이 생겨 늙을수록 더하니
귀하고 높은 벼슬과 이 강산을 바꿀쏘냐.

---

7) 자릉(子陵)이~셋이로다: 엄자릉, 장저, 걸익과 같은 은사들의 무리에 작자 자신을 포함시켜 스스로 은사가 되었다는 자부심을 표현한 구절이다.
8) 광풍제월(光風霽月): 맑은 날의 바람과 비 갠 날의 달. 곧 사람의 도량이 넓고 시원스러움을 표현한 말.
9) 태백(太白), 연명(淵明)의 증서(證書): 중국의 이름난 시인인 이백(李白)과 도잠의 명문(名文)에 빗대어 아들에게 '명월청풍'을 물려주는 문서를 꾸민다는 뜻이다.

자연 은거의 흥취를 마음껏 누리다

어리석고 미친 이 말에 웃기도 하겠지만
아무리 웃어도 나는 좋게 여기노라.
하물며 태평시대에 버려진 몸이 할 일이 아주 없어
세속 명리는 뜬구름 본 듯하고
아무런 욕심 없이 탈속의 마음만 품고서
이내 생애를 산수에 깃들인 채,
길고 긴 봄날에 낚싯대 비껴쥐고
칡두건, 베옷으로 낚시터 건너오니
산의 비 잠깐 개고 햇볕이 쬐는데
맑은 바람 더디 오니 고요한 수면이 더욱 밝다.
검은 돌이 다 보이니 고기 수를 세겠노라.
고기도 낯이 익어 놀랄 줄 모르니 차마 어찌 낚겠는가.
낚시 놓고 배회하며 물결을 굽어보니
운영천광[10]은 어리어 잠겼는데
어약우연[11]을 구름 위에서 보는구나.
문득 놀라 살펴보니 위아래가 뚜렷하다.
한 줄기 동풍에 어찌하여 어부 피리 높이 불어오는가.
적적한 강가에 반갑게도 들리는구나.
지팡이 짚고 바람 쐬며 좌우를 돌아보니
누대樓臺의 맑은 경치 아마도 깨끗하구나.

---

10) 운영천광(雲影天光): 구름 그림자와 하늘빛. 곧 만물이 천성(天性)을 얻어 조화를 이룬 상태를 이르는 말.

11) 어약우연(魚躍于淵): 물고기가 연못에서 뜀. 곧 천지미물의 자연스러운 운행이나 천지조화의 오묘한 작용을 이르는 말.

물도 하늘 같고 하늘도 물 같으니
푸른 물과 긴 하늘이 한빛이 되었거든
물가에 갈매기는 오는 듯 가는 듯 그칠 줄을 모르네.
바위 위 산꽃은 수놓은 병풍 되었고
시냇가 버들은 초록 장막 되었는데,
좋은 날 좋은 경치 나 혼자 거느리고
꽃피는 시절 허송하지 말리라 하고
아이 불러 하는 말, 이 깊은 산속에서 해산물을 볼쏘냐.
살진 고사리, 향기로운 당귀當歸를 돼지고기, 사슴고기 섞어서
크나큰 바구니에 흡족히 담아두고
붕어회에다 눌어訥魚, 꿩 섞어 먹음직하게 구워지거든
술동이의 맑은 술을 술잔에 가득 부어
한잔, 또 한잔 취토록 먹은 후에,
복숭아꽃 붉은 비 되어 취한 낯에 뿌리는데
낚시터 넓은 돌을 높이 베고 누우니
무회씨 때 사람인가, 갈천씨 때 백성인가.[12)]
태평성대를 다시 보는가 생각노라.

임금의 은혜에 감사하며 태평성대를 기원하다

이 힘이 누구 힘인가, 성은聖恩이 아니신가.

12) 무회씨(無懷氏)~백성인가: 중국 상고시대 전설상의 제왕인 무회씨와 갈천씨(葛天氏) 때의 태평성대에 빗대어 작자의 만족스러운 생활을 표현한 구절이다.

강호에 물러난들 임금 걱정이야 어느 때에 잊을까.
때때로 머리 들어 북극성 바라보고
남모르는 눈물을 하늘 끝에서 흘리도다.
평생에 품은 뜻을 빕니다, 하느님이시여.
마르고 닳도록 우리 임금 만세를 누리소서.
태평한 세상에 삼대일월[13] 비추소서.
영원무궁토록 전란을 없애소서.
밭 갈고 샘 파서 격양가[14]를 부르게 하소서.
이 몸은 이 강산풍월江山風月에 늙을 줄을 모르도다.

13) 삼대일월(三代日月): 중국에서 왕도정치가 행해졌던 하(夏)나라, 은(殷)나라, 주(周)나라 시대.
14) 격양가(擊壤歌): 중국 요임금 때 늙은 농부가 배를 두드리고 땅을 치면서 천하가 태평하다며 불렀다는 노래.

「강촌별곡」은 조선 전기에 차천로가 관직에서 물러나 전라도 익산益山에 은둔하여 살 때 지은 은일가사隱逸歌辭다. 그는 인목대비仁穆大妃의 폐비를 반대하는 상소문을 광해군光海君에게 올린 것이 화근이 되어 이이첨李爾瞻 일파에게 박해를 받게 된다. 1610년광해군 2에 관직에서 물러나 전라도 익산에 피신하여 은둔생활을 시작하는데, 이때 자연에 묻혀 한가롭게 사는 전원생활을 읊은 것이 바로 이 작품이다.

「강촌별곡」을 통해 작자는 한때나마 혼탁한 정치현실에 발담고 있었던 자신을 애써 잊어버리려는 듯이 자연에 묻혀 한적하게 사는 즐거움을 마음껏 드러내고 있다. 그러나 "平生我才 ᄡᅳᆯ ᄃᆡ 업서/ 世上功名 下直ᄒᆞ고/ 商山風景 ᄇᆞ라보며/ 四皓遺跡 ᄯᆞ로리라" 같은 구절에서 보듯이 형식 면에서 한 구句의 앞쪽이 일률적으로 네 자의 한문 어구로 이루어져 있어 참신한 맛이 느껴지지 않는다.

「강촌별곡」은 김천택金天澤의 『청구영언靑丘永言』에는 무명씨無名氏의 '강촌별곡江村別曲'이라는 제목으로, 필사본 『악부樂府』에는 무명씨의 '별어부가別漁父歌'라는 제목으로, 순조純祖 때 필사된 것으로 보이는 『잡가雜歌』에는 무명씨의 '은사가隱士歌'라는 제목으로 실려 전한다. 이로 볼 때 이 작품은 작자 표기 없이 다양한 제목으로 전승되었음을 알 수 있다. 다만 『고금가곡古今歌曲』과 홍만종洪萬宗의 『순오지旬五志』에서 이 작품의 작자를 차천로로 명시하고 있으므로 작자에 대한 논란은 없을 듯하다. 여기서는 『청구영언』에 수록된 작품을 대상으로 한다.

강촌별곡江村別曲

차천로車天輅

평생 재주 쓸데없어 세상 공명 하직하고
상산商山 풍경 바라보며 사호유적[1] 따르리라.
인간 부귀 절로 두고 산수자연 홍에 겨워
소나무 수풀 속에 몇 칸 초가 지어두고
달빛은 은은하고 구름 깊은 곳 대사립을 닫아두니
적막한 솔숲에 개 짖은들 고요한 깊은 산골을 누가 알리.
솔숲에서 자지가[2] 읊고 봄비에 돌밭 가니
요순시절[3] 이 아닌가, 갈천씨[4] 때 백성이라.

---

1) 사호유적(四皓遺迹): 중국 진(秦)나라 때 학정을 피해 상산에 은거한 동원공(東園公), 하황공(夏黃公), 기리계(綺里季), 녹리선생(甪里先生) 네 사람이 남긴 자취. 사호의 '호(皓)'는 본래 희다는 뜻으로, 이들은 모두 눈썹과 수염이 흰 노인이었다고 한다.
2) 자지가(紫芝歌): 중국 진나라 때 상산사호가 은거하며 지어 불렀다는 노래.
3) 요순시절: 중국 요(堯)임금과 순(舜)임금이 덕으로 천하를 다스리던 태평한 시대.
4) 갈천씨(葛天氏): 중국 상고시대의 제왕. 백성들을 다스리려고 노력하지 않아도 백성들이 그의 감화를 받아 세상이 잘 다스려졌다고 한다.

부귀공명 뜻이 없고 산수자연 병이 되어
요산요수[5]하는 곳에 인仁과 지智를 배우리라.
높은 곳 휘파람 불기는 오늘 하고 물가 시 짓기는 내일 하자.
성긴 베옷 몸에 입고 짧은 지팡이 손에 쥐고
아침에 시내 오니 경치 좋고 낮에는 솔숲 가니 한가하다.
산나물로 아침 먹고 물고기로 저녁 먹세.
산노래 몇 곡 끝낸 뒤에 고깃배 흘려 저어
길고 긴 낚싯대에 낙조落照가 비꼈으니
속세의 소식을 어부인 내가 알리오.
배 띄우고 노니는 흥을 속세에서 누가 알리.
은빛 고기 뛰노는데 물과 하늘 한빛이라.
농어를 낚으니 송강 농어[6]가 미칠쏘냐.
선창船窓에 낚싯대 걸고 석양에 배를 돌려
넓은 모래밭 올라오니 갈매기 날 뿐이로다.
해질녘에 배를 대고 느린 걸음 돌아오니
남북 산촌 두세 집이 안개와 놀에 잠겼구나.
책 읽고 거문고 켜다 맑은 술 가득하니
노래하는 두세 사람 한잔 한잔 다시 부어
거나하게 취한 후에 바위 위에 잠이 들어
학 울음에 깨어나니 한밤중에 달이 밝네.
무욕無慾의 삶 즐기니 부귀공명 부러우랴.
천년만년 억만년 그럭저럭 지내리라.

5) 요산요수(樂山樂水): 산을 좋아하고 물을 좋아함. "지혜로운 사람은 물을 좋아하고, 어진 사람은 산을 좋아한다(知者樂水 仁者樂山)"는 『논어論語』의 구절을 원용한 것이다.
6) 송강(松江) 농어: 중국 진(晉)나라 때 장한(張翰)이 가을바람이 불자 고향인 송강의 농어가 생각나서 벼슬을 버리고 고향으로 돌아간 데서 유래한 말.

「지수정가」는 김득연이 고향인 경상도 안동安東의 와룡산臥龍山에 지수정을 짓고 은거하며 그 주변의 경치와 풍류를 노래한 은일가사隱逸歌辭다. 이 작품의 창작 시기는 대체로 그의 나이 60세 때인 1615년이거나 63세 때인 1618년경으로 추정된다.

「지수정가」에는 고향에 은거하면서 자연을 벗삼아 풍류를 즐기며 안분지족安分知足하는 생활과 도학자로서의 모습이 잘 나타나 있다. 이 작품은 김득연이 남긴 한문 산문인 「지수정기止水亭記」와 유사하여 이 둘을 함께 살펴보는 것이 작품을 이해하는 데 도움이 된다. 또한 작품의 시상 전개방식이 송순宋純의 「면앙정가俛仰亭歌」와 유사하다는 것도 주목할 필요가 있다.

「지수정가」는 와룡산의 산세를 묘사하며 그곳에 지수정을 세운 까닭과 그 주변의 자연 경물을 노래하는 것으로 시작한다. 이어서 자연을 벗삼아 풍월을 읊조리는 은거 생활을 사계절의 변화에 맞춰 노래하고, 안빈낙도의 삶을 살아가는 모습과 우국의 마음을 드러내고 있다. 마지막으로 도학자로서 성현을 본받아 살아가겠다는 다짐으로 끝맺는다.

「지수정가」는 작자의 문집인 『갈봉선생문집葛峯先生文集』과 또다른 문집인 『갈봉선생유묵葛峯先生遺墨』에 실려 있다. 이 둘은 표기상의 차이만 있을 뿐 내용은 차이가 없다. 여기서는 『갈봉선생문집』에 실려 있는 작품을 대상으로 한다.

지수정가止水亭歌

김득연金得硏

지수정을 세운 내력을 노래하다

와룡산臥龍山이 와룡 모습 짓고서 남쪽으로 머리 들어
굽이굽이 느릿하게 달리다가 우뚝이 일어앉아
높은 하늘 우러러 천주봉天柱峯이 되어 있어
한 줄기 뻗어내려 중앙에 맺혔거늘.
지난 무자년[1)]에 선영[2)]을 안장安葬하니
온 산은 다투어 솟아 나는 학이 날개 편 듯,
온 시내 다투어 흘러 노한 용龍이 꼬리 치듯,
길고 깊은 골짜기에 쏟아지듯 내리거늘.
산가山家 풍수설에 동구洞口 못이 좋다기에

1) 무자년(戊子年): 작자의 부친인 김언기(金彦璣)가 죽은 1588년(선조 21).
2) 선영(先塋): 조상의 무덤. 여기서는 작자의 부친인 김언기의 무덤을 말한다.

십 년을 경영하여 땅 하나 얻으니
형세는 좁고 굵은 암석 많고 많다.
옛 길을 새로 내고 조그만 연못 파서
흐르는 물 끌어들여 가는 것을 머물게 하니
맑은 거울 티 없어 산 그림자 잠겨 있다.
오랜 세월 황무지를 아무도 모르더니
하루아침에 참모습을 나 혼자 알았노라.
처음의 이내 뜻은 물 머물게 할 뿐이더니
이제는 돌아보니 가지가지 다 좋구나.
가지런한 흰 자갈은 은빛 칼로 새긴 듯,
푸른 물은 콸콸 흘러 옥술잔을 때리는 듯.
첩첩한 산들은 좌우의 병풍이요
빽빽한 소나무는 전후의 울타리로다.
구곡상하대[3]는 층층이 둘러 있고
삼경 송국죽[4]은 줄지어 벌여 있다.
하물며 벼랑 위의 늙은 솔은 용이 되어 구부려 누웠거늘
솔뿌리 베어내고 작은 정자 붙여 세워
띠로 지붕 이었으니 이것이 어떤 집인가.
남양의 제갈려[5]인가, 무이의 와룡암[6]인가.
다시금 살펴보니 필굉 위언[7]의 그림 속 풍경이로다.

---

3) 구곡상하대(九曲上下臺): 지수정 주위에 있는 아홉 개의 누대.

4) 삼경(三逕) 송국죽(松菊竹): 소나무, 국화, 대나무를 심은 세 갈래 길. 곧 은자(隱者)가 사는 집이나 장소를 이르는 말.

5) 남양(南陽)의 제갈려(諸葛廬): 중국 촉(蜀)나라의 재상인 제갈공명(諸葛孔明)이 유비(劉備)에게 발탁되기 전에 농사를 지으며 은거했던 남양의 초가집.

6) 무이(武夷)의 와룡암(臥龍庵): 중국 송나라 때 성리학자인 주희(朱熹)가 만년에 은거했던 무이정사(武夷精舍).

무릉도원[8]을 옛날 듣고 못 봤더니
이제야 알겠구나, 여기가 진짜 거기로다.

지수정 주변의 자연 풍경과 그곳에서의 은거생활을 노래하다

꾸불꾸불 수정산水晶山, 우뚝 솟은 구연봉九鷰峯,
평퍼짐한 박산博山뫼, 둥그스름한 용정봉龍井峯이
동서남북에 오거니 가거니,
높으락 낮으락, 가는 듯 머무는 듯,
용과 범이 웅크린 듯 우뚝우뚝 여기를 닦았네.
산 밖의 긴 강은 황지潢池에서 발원하여
청량산淸凉山을 지나 흘러 퇴계退溪에 모이어
월천月川으로 바로 내려 백담柏潭을 감돌아
양양洋洋하여 도맥천道脈川이 되었다가,
다시금 생동하여 여강廬江의 오로봉五老峯을 건너뛰어
지곡芝谷 어귀 비껴 지나 임천臨川에서 한데 모아
청성산靑城山의 학봉鶴峯을 바라보고 병산屛山의 옥연玉淵을 향하여
낙동강으로 가려고 꾸불꾸불 돌면서 에워싸도다.
송풍과 나월[9]은 불거니 밝거니
사지도 금하지도 아니하여 맑은 산과 강 다 내게 모여들고

---

7) 필굉(畢宏) 위언(韋偃): 중국 당나라 때 문인화가인 필굉과 위언. 특히 노송(老松)을 잘 그렸다고 한다.
8) 무릉도원(武陵桃源): 선경(仙境) 또는 낙원. 중국 진(晉)나라 도잠(陶潛)의 『도화원기桃花源記』에서 유래하였다.
9) 송풍(松風)과 나월(蘿月): 소나무 사이로 부는 바람과 담쟁이덩굴 사이로 비치는 달.

아침구름 저녁놀은 붉은 듯 흰 듯, 모일락 흩어질락,
천만 가지 모습이 잠깐 사이 달라진다.
소리소리 듣는 것은 곳곳의 우는 새요
색색이 보는 것은 철철이 피는 꽃.
아마도 이 몸이 늙어서야 한가하여
세상일 다 던지고 산림에 돌아와서
책과 거문고 벗을 삼고 학과 원숭이 무리 삼아
놀아도 여기 놀고 앉아도 여기 앉아
천석고황[10]이 끝내 병이 되어
사생死生과 빈천貧賤을 하늘에 부쳐두니
주토의 공명[11]을 내 어찌 따르며
뜬구름 같은 부귀富貴를 내 어찌 부러워하리.
배가 고프면 바구니의 밥 먹고
목이 마르면 바가지의 물 마시니
이러는 가운데 즐거움이 또 있도다.
화로와 찻그릇, 술잔과 술동이는 흩어져 놓여 있고
맑은 물소리, 아름다운 솔바람은 저절로 나는구나.
한 말 술 부어 먹고 시 백 편 지어 쓰니
이내 생애는 보잘것없는 듯하지만
이내 사업은 이외에 또 없도다.

10) 천석고황(泉石膏肓): 자연의 아름다운 경치를 몹시 사랑하고 즐기는 성벽(性癖).
11) 주토(走兎)의 공명(功名): 달아나는 토끼를 잡아 이룬 사냥개의 공명. 토끼 사냥이 끝나면 사냥개를 삶는 것처럼, 쓰임새가 있을 때에는 쓰이다가 쓰임새가 없어지면 버림을 받게 된다는 뜻이다.

사계절의 변화에 따른 흥취를 노래하다

해마다 점검하여 만물을 관찰하니
사계절의 흥취는 볼수록 각각 좋다.
동풍이 살짝 불어 침실에 들어오니
창밖의 찬 매화 이 소식을 먼저 안다.
천지가 화창하여 꽃과 버들이 아름다움 다투니
풍영단 방수단[12]에 미친 흥이 끝이 없다.
와룡산에 비 갠 후에 고사리 손수 꺾어 국으로 달이니
조석朝夕의 음식맛이 족함도 이내 분수로다.
온 산에 꽃 다 지고 나무에 새잎 나니
녹음이 가득하여 여름날이 아주 긴 때에
돌베개에 낮잠 깨어 함벽당[13]을 굽어보니
그곳에 노는 고기 낱낱이 다 셀 만하다.
대숲의 서늘한 기운 연잎의 물방울 흩어지게 하니
군자의 맑은 성품 여기서 알리로다.
기러기 한 소리에 맑은 서리 물들이고
산빛이 변하여 금수錦繡로 꾸몄으니
곡구암 반타암[14]이 그림 되어 동구에 잠겨 있다.
밝은 달이 떠올라 소나무에 비추거든
거문고 가로안고 난간에 기대니
깃옷[15] 입은 손님은 다 나를 찾아와 눈에 가득 보이도다.

---

12) 풍영단(風咏壇) 방수단(傍隨壇): 작자가 지수정 주위에 있는 경물에 붙인 이름.
13) 함벽당(涵碧塘): 작자가 지수정 아래 판 연못.
14) 곡구암(谷口巖) 반타암(盤陀巖): 작자가 지수정 주위에 있는 경물에 붙인 이름.
15) 깃옷: 새의 깃으로 만든 옷. 주로 선녀나 도사가 입는다고 한다. 여기서는 새들을 의미한다.

세모歲暮에 날씨 차고 온 산에 눈 덮이니
인적은 끊어지고 우는 새도 없는 때에
언덕과 골짜기는 백옥白玉 궁궐, 경요굴[16]이 되었거늘,
울창한 소나무는 혼자서 빼어나 높은 기개 가졌으니
내 마음도 그런 줄을 서로 알아 무고암[17]에 서성이니
우리의 지조 절개야 고칠 줄이 있으랴.
아마도 이 정자 작지만 다 갖추었네.
춘하추동에 눈과 달, 바람과 꽃을 다 가졌으니
무엇을 아니 보며 어느 것을 버리리오.
가는 세월 모르거니 늙는 줄을 어찌 알리.
속세를 벗어나 신선 세계 거닐면서
신선이 다 되어 영욕榮辱을 다 잊으니
백거이 향산사[18]와 도홍경 송풍사[19]도 이렇든지 말든지.
이따금 할 일 없어 신선의 옷 여며 입고
검은 두건 비껴쓰고 황정경[20] 옆에 끼고 지팡이 고쳐 짚고
솔 아래 산보하고 못 위에 잠깐 쉬어,
남쪽 대臺에서 읊조리고 동쪽 언덕에서 휘파람 불며
알옥간[21] 건너 유홍동[22] 내려가 물가 따라 고기 낚고

---

16) 경요굴(瓊瑤窟): 달 속에 있다는 아름다운 구슬로 된 굴. 여기서는 눈으로 하얗게 덮인 지수정 주위의 모습을 표현한 것이다.
17) 무고암(撫孤巖): 작자가 지수정 주위에 있는 경물에 붙인 이름.
18) 백거이(白居易) 향산사(香山社): 중국 당나라 때 백거이가 낙양(洛陽)의 향산사(香山寺)에서 구로사(九老社)를 결성하여 친교를 다졌던 것을 말한다.
19) 도홍경(陶弘景) 송풍사(松風榭): 중국 양나라 때 도홍경이 모산(茅山)에 은거하며 뜰에 가득 소나무를 심고서 솔바람 소리 듣기를 좋아했던 것을 말한다.
20) 황정경(黃庭經): 도가(道家)의 경서(經書).
21) 알옥간(戛玉澗): 작자가 지수정 주위에 있는 경물에 붙인 이름.
22) 유홍동(流紅洞): 작자가 지수정 주위에 있는 경물에 붙인 이름.

지곡芝谷 굽이돌아 상산동商山洞 들어가 구름 찾아 나물 캐며
푸른 산속과 붉은 꽃밭으로 허랑하게 오락가락할 적에,
야인野人과 산승山僧, 유람객과 시 벗을 능파교 보허교[23]에 만나는 듯 반기는 듯
술과 담소로 매일매일 지내노라.
조그만 낙원을 하늘이 날 주시니
언덕에 움막 짓고 즐거움 못 잊으니 죽은 후도 예 놀리라.

도학자로서 성현을 본받아 살아가겠다고 다짐하다

다만 선비의 한 몸이 이 세상에 태어나서
임금 안 모시며 백성 안 다스리랴.
나아가고 물러남에 시름이 다 있으니
벼슬에 나아가지 못하면 산림에 오려니와
그렇다고 경치만 구경하고 말은 일 아니하랴.
평생에 배운 것이 충효를 원했는데
비록 궁달[24]이 때 있은들 마음이야 또 다르랴.
북쪽 대에 올라가 선영을 바라보니 부모 생각 절로 나고
북두성을 바라보니 임금 생각 못 참겠네.
하물며 요산요수[25]는 인지仁智의 일이요
등고자비[26]는 성현聖賢의 가르침이라.

---

23) 능파교(凌波橋) 보허교(步虛橋): 작자가 지수정 주위에 있는 경물에 붙인 이름.
24) 궁달(窮達): 곤궁함과 영달함을 아울러 이르는 말.
25) 요산요수(樂山樂水): 산을 좋아하고 물을 좋아함. "지혜로운 사람은 물을 좋아하고, 어진 사람은 산을 좋아한다"는 『논어論語』의 구절을 원용한 것이다.

정자 이름 돌아보고 계단을 찾아가니

임경소심[27]하여 양성낙천[28]이 이내 사업이로다.

진실로 이 정자 가지고 이 공업 다하면

크고 넓은 천지에 자부심을 지녀 만사에 무심하니 높은 벼슬과 바꿀쏘냐.

나의 이 같은 마음으로 옛사람의 일을 헤아려보니

사안[29]은 동산東山에서 기생과 노닐고

임포[30]의 서호西湖에도 매학梅鶴만 두었더라.

죽림칠현[31]은 유학을 다 버렸고

습지가무[32]는 놀고 갈 뿐이로다.

하물며 허망한 요지연[33]과 방탕한 금대객[34]은

그것이 그것이로다. 이나 어금니나 별 차이가 없도다.

아마도 도잠의 북창청풍[35]과 주돈이의 애련진락[36]과

26) 등고자비(登高自卑): 높은 곳에 오르려면 반드시 낮은 곳에서부터 시작해야 함. 모든 일에는 순서가 있음을 비유하는 말로서, 『중용中庸』에 나오는 구절이다.

27) 임경소심(臨鏡小心): 거울을 마주하여 삼가고 조심하는 마음.

28) 양성낙천(養性樂天): 하늘의 뜻에 순응하여 자기의 처지에 만족함.

29) 사안(謝安): 중국 진(晉)나라 때의 유명한 재상인 사안석(謝安石). 풍류를 좋아하여 기생을 데리고 동산에 은둔하고는 나라에서 불러도 나가지 않았다 한다.

30) 임포(林逋): 중국 송나라 때의 은사(隱士). 평생 동안 장가도 들지 않고 서호에서 학을 자식처럼, 매화를 아내처럼 사랑하며 살았다고 한다.

31) 죽림칠현(竹林七賢): 중국 진(晉)나라 초기에 노자와 장자의 무위사상(無爲思想)을 숭상하여 죽림에 모여 거문고와 술을 즐기고 청담(淸談)으로 세월을 보낸 완적(阮籍), 혜강(嵇康)을 비롯한 일곱 명의 선비.

32) 습지가무(習池歌舞): 중국 진(晉)나라 때 산간(山簡)이 양양(襄陽)태수로 있으면서 그곳의 호족인 습씨(習氏) 집안의 연못에 배를 띄우고 술 마시며 노닐었던 일.

33) 요지연(瑤池宴): 중국 고대 전설에 나오는 서왕모(西王母)가 곤륜산(崑崙山)의 요지에서 삼천 년에 한 번씩 벌이는 잔치.

34) 금대객(琴臺客): 중국 한나라 때 탁문군(卓文君)을 유혹하기 위해서 금대라는 곳에서 거문고를 탔던 사마상여(司馬相如).

35) 도잠(陶潛)의 북창청풍(北牕淸風): 중국 진(晉)나라 때 도잠이 벼슬을 그만두고 고향으로 돌아와 「귀거래사歸去來辭」를 짓고 술과 거문고를 벗삼아 은거한 일.

정호의 분지양어[37]와 주희의 운곡암서[38]가 이내 스승인가 하노라.

36) 주돈이(周敦頤)의 애련진락(愛蓮眞樂): 중국 송나라 때 성리학자인 주돈이가 「애련설愛蓮說」을 지어 연꽃을 군자에 비유하여 사랑한 일.

37) 정호(程顥)의 분지양어(盆池養魚): 중국 송나라 때 성리학자인 정호가 작은 연못을 파서 물고기를 기르며 사물을 관찰하여 이치를 탐구했던 일.

38) 주희(朱熹)의 운곡암서(雲谷巖棲): 중국 송나라 때 성리학자인 주희가 만년에 무이산(武夷山) 운곡에 무이정사(武夷精舍)를 짓고 은거한 일.

「매호별곡」은 조우인이 벼슬을 버리고 경상도 상주尙州의 매호에서 자연을 벗하며 한가로이 살아가는 심정을 노래한 은일가사隱逸歌辭다. 조우인은 광해군 때 시화詩禍를 입어 3년 동안 감옥살이를 하다가 1623년의 인조반정仁祖反正으로 풀려난다. 그후 고향인 매호에 돌아와 은거하다가 1625년인조 3에 65세를 일기로 죽는다. 이 사실로 미루어보아 창작 시기는 그가 매호에 은거한 1623년에서 1625년 사이일 것으로 추정된다.

「매호별곡」은 전형적인 사대부가사로, 안빈낙도安貧樂道의 즐거움을 잘 표현하고 있다. 벼슬을 그만두고 자연에 묻혀 살겠다는 의지를 표출하는 것으로 시작하여 매호에 정자와 누대를 짓고 자연과 벗하며 한적한 삶을 살고자 하는 의지를 드러내고 있다. 특히 작자는 세속적 욕망으로부터 완전히 초탈한 모습을 보이는데, 이는 시화로 옥고를 치르고 난 후 벼슬에 대한 욕망에서 초연할 수 있었기 때문일 것이다. 마지막으로 자연에 귀의하여 풍류를 즐기는 모습으로 끝맺고 있다.

「매호별곡」은 정극인丁克仁의 「상춘곡賞春曲」, 송순宋純의 「면앙정가俛仰亭歌」, 정철鄭澈의 「성산별곡星山別曲」으로 이어지는 강호한정江湖閑情의 맥을 잇는 뛰어난 가사 작품으로, 자연 풍광에 대한 묘사가 섬세하고 세련된 어휘를 구사했다.

이 작품은 작자의 가첩歌帖인 『이재영언頤齋詠言』과 문중에 전해오는 『간례簡禮』에 실려 전한다. 여기서는 『이재영언』에 수록된 작품을 대상으로 한다.

매호별곡梅湖別曲

조우인曺友仁

자연에 묻혀 살려는 의지를 노래하다

태평시절 버려진 몸 자연 속에 누웠는데
값없는 풍월과 임자 없는 강산을
조물주 허락하여 나에게 맡기시니
나라고 사양하며 다툴 이 뉘 있으리.
상주尙州 동쪽 두둑과 낙동강 서쪽 물가에
안개와 놀 헤치고 별천지를 찾아들어
대지팡이, 짚신으로 곳곳을 돌아보니
맑은 연못 깊은 곳에 높은 것은 절벽이요,
옥 같은 여울은 비단 편 듯 흘러간다.
대臺도 닦고 정자도 짓고
연못도 파고 시냇물도 끌어와
내 힘닿는 대로 초가삼간 지으니

갖춘 것 부족한데 경치는 뛰어나네.

은거지인 매호의 풍경을 칭송하다

단아한 비봉산飛鳳山과 높이 솟은 매악산梅岳山이
동서로 마주하여 정취 있게 서 있으니
단정한 선비와 용맹스런 무사가
서로 예를 갖춰 기세를 다투는 듯.
우뚝한 옥봉우리 알운봉戞雲峯이 혼자 높다.
다섯 송이 연꽃 봉오리 밀산密山이 더욱 곱다.
외로운 천주봉天柱峯은 무슨 기운 타고나서
아득히 먼 하늘을 높이 받쳤으며,
구불구불한 수산水山은 무슨 마음 먹어서
풀어내어 가는 듯, 휘돌며 솟은 듯.
나머지 뭇 봉우리 수없이 벌였으니
멀리 뵈는 것은 아름다운 미인이
교태를 못 감추어 푸른 눈썹 찡그린 듯.
가까이 뵈는 것은 용면[1] 화공畫工이
먹물로 그린 것을 오색으로 채색한 듯.
산은 물론이고 물을 따라 이어가니
황지潢池 한 줄기 온 골짜기 삼켜서
천 리를 흘러가 푸른 바다 닿았는데,
용추龍湫에 내린 물이 어디를 향하여

1) 용면(龍眠): 중국 송나라 때 이름난 화가인 이공린(李公麟).

이십사교二十四橋를 굽이굽이 울며 흘러
절벽을 감돌아 죽원탄竹院灘에 들어오니
은하수에 닿은 듯, 옥무지개 두른 듯.
넓은 들 아득하여 하늘과 한 끝이요
넓디넓은 모래밭은 눈 펼친 듯하구나.
천 이랑의 맑은 물은 거울을 닦은 듯,
십 리 어촌은 연기 낀 나무로 둘렀으니
임호정臨湖亭과 어풍대御風臺에서 바라본 풍경을
말로 다 못하니 아니 보고 어찌 알까.
그는 물론이고 사시四時에 뵈는 경치가
피었다 지는 듯, 푸르다 시드는 듯.
온갖 바위 비단 된 듯, 온 골짜기 구슬 된 듯.
화공의 솜씨 측량하기 어렵도다.
보아서 싫증나며 변화를 가늠할까.

안빈낙도하는 생활과 은둔의 소회를 읊조리다

늙고 병들고 게으른 이 성품이
세상 물정도 모르고 세상살이에 우활[2)]하여
부귀공명 구하기에 재주 없어
춥고 배고픔을 평생토록 겪었지만,
천명天命에 순응함을 옛적 잠깐 들어서
산수를 좋아하여 우연히 들어오니

2) 우활(迂闊): 사리에 어둡고 세상 물정을 잘 모름.

득실도 모르거든 영욕榮辱을 어찌 알며
시비是非를 못 들으니 출척[3]을 어찌 알까.
좁은 방이 쓸쓸하고 무릎을 들일 듯 말 듯.
작은 방이 적막하고 세상 근심 잊었으니
책 속의 성현 말씀 오랜 세월 벗이시며
천지신명天地神明은 마음의 빛이시며
타고난 성품을 저버리지 말자 하니,
거친 밥, 마실 물도 잇든지 못 잇든지
옛사람의 즐거움이 고요함 속에 깊었도다.
때때로 책을 덮고 무릎 치며 감탄하고
거문고 한 곡조에 탁주 세 잔 마신 후에
호호가[4]를 느릿하게 부르니
태평세상 언제던가, 이내 몸 늦었도다.
산림이 적막하나 생각해보면 일 많은 듯.
외로운 구름 보는데 짝 없는 새는 무슨 일인가.
밝은 달과 맑은 바람 함께 따라 들어오네.
차를 달이려고 솔방울 주워놓고
막걸리 거른 후에 갈건葛巾을 아니 널랴.

자연에 묻혀 살 것을 다짐하다

냇가에 든 잠을 물소리가 깨우는 듯

3) 출척(黜陟): 못된 사람을 내쫓고 착한 사람을 올리어 씀.
4) 호호가(浩浩歌): 중국 송나라 때 마존(馬存)이 세상에 구애받지 않고 호탕하게 살겠다는 뜻을 읊은 노래.

대숲 깊은 곳에 손님이 오는구나.
사립문 열고서 낙엽을 바삐 쓸며
이끼 낀 바위에 기대어 앉아보며
그늘진 솔뿌리 베고도 누워보며
한담閑談을 다 못하고 산의 해가 기우니
은자隱者를 언제 찾을까, 약초 캐기 늦었도다.
그도 번거로워 떨치고 걸어올라
두 눈을 치켜뜨고 만 리를 돌아보니
외로운 따오기 오며 가며 다니는데
아득한 속세는 눈 아래 티끌이로다.
부귀공명 잊었으니 어조魚鳥나 날 대하랴.
낚시터에 앉아서 갈매기를 벗을 삼고
술동이 기울여 취하도록 혼자 먹고
흥 다하길 기다려 석양을 보낸 후에,
강어귀에 달이 올라 물과 하늘 한빛일 때
강 가득한 풍류를 배 위에 실어오니
아득한 천지에 막힐 게 무엇이랴.
두어라, 이렇게 늙어 죽은들 어떠하리.

「탄궁가」는 궁핍한 생활을 탄식하면서도 안빈낙도하려는 작자 정훈의 심정을 노래한 은일가사隱逸歌辭다. 제목이 의미하는 바와 같이 궁핍에 대한 탄식의 정서를 표출한 이 작품은 작자의 가사 작품 중 개인적인 현실상을 가장 사실적으로 그려내고 있어 주목된다.

「탄궁가」는 사대부가사이면서 음풍농월보다는 현실생활에 초점이 맞추어져 있고, 몹시 궁핍한 생활이 드러나 있다는 점에서 박인로朴仁老의 「누항사陋巷詞」와 비슷하다. 이러한 점은 조선 전기의 사대부가사가 보여주는 고상한 기품과는 거리가 멀다고 평가할 수 있다.

「탄궁가」는 중국의 여러 선현들과 비교해도 자신이 제일 가난하다는 것으로 시작한다. 이어서 이러한 가난에서 벗어나고자 노력하는 모습을 익살스럽게 그리고 있다. 마지막으로 가난을 천분天分으로 알고 만족하며 살겠다는 내용으로 끝맺고 있다.

이 작품은 가난한 선비의 생활을 사실적으로 표현하고 있지만, 가난을 대하는 화자의 태도가 매우 희극적이며 해학적이라는 점에서 독특하다. 특히 지독한 가난에 시달리다가 가난을 '궁귀窮鬼'로 설정하고 물리치고자 하는 내용은 상당히 해학적이고 익살스럽다.

「탄궁가」는 작자의 문집인 『수남방옹유고水南放翁遺稿』에 실려 전한다.

탄궁가 嘆窮歌

정훈 鄭勳

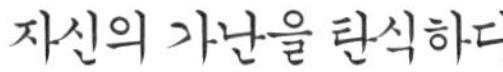

자신의 가난을 탄식하다

하늘이 만드실 때 고르게 하련마는
어찌하여 인생이 이토록 괴로운가.
삼십 일에 아홉 끼를 먹거나 못 먹거나
십 년 동안 옷 한번 갈아입거나 못 갈아입거나
안회顔回의 표주박이 빈들 나같이 비었으며
원헌原憲이 가난한들 나같이 심할까.

가난으로 인한 괴로움을 노래하다

봄날이 더디 가서 뻐꾸기 재촉하거늘
동쪽 집에 따비[1] 얻고 서쪽 집에 호미 얻고

집 안에 들어가 씨앗을 마련하니,
올벼씨 한 말은 반 넘게 쥐 먹었고
기장, 피, 조, 팥은 서너 되뿐이거늘
굶주린 식구들 이리하여 어이 살리.
이봐, 아이들아, 어쨌거나 힘쓰거라.
죽粥의 국물 상전 먹고 건더기 건져 종을 줘도
눈을 치껴뜨고 코로 방귀 뀐다.
올벼는 한 발 뜯고, 조, 팥은 다 묵히니
싸리, 피, 바랭이[2]는 나기도 많이 났네.
환곡 비싼 이자[3] 무엇으로 장만하며
요역 공부[4]는 어떻게 마련할까.
이리저리 생각해도 견딜 수가 전혀 없다.
초목의 무지無知를 부러워하나 어찌하리.[5]
시절이 풍성한들 지어미 배부르며
겨울이 덥다 한들 몸을 어이 가릴까.
베틀북도 쓸데없어 빈 벽에 걸려 있고
솥, 시루도 버려두니 붉은 녹이 다 슬었다.
세시 절기, 잔치, 제사는 무엇으로 지내며
원근遠近의 친척, 오가는 손은 어떻게 접대할까.
이 얼굴 지니고 있어 어려운 일 많고 많다.

1) 따비: 풀뿌리를 뽑거나 밭을 가는 데 쓰는 농기구. 쟁기보다 조금 작고 보습이 좁게 생겼다.
2) 바랭이: 한해살이풀로 벼 옆에 기생하는 잡초.
3) 환곡(還穀) 비싼 이자: 조선시대에 곡식을 사창(社倉)에 저장하였다가 백성들에게 봄에 꾸어 주고 가을에 본디 곡식의 절반 이상을 이자로 거둔 것을 말한다.
4) 요역(徭役) 공부(貢賦): '요역'은 나라에서 장정(壯丁)에게 온갖 세금 대신 시키던 노동을 말하고, '공부'는 나라에 바치던 물건과 세금을 통틀어 이르던 말이다.
5) 초목의~어찌하리: 정사(政事)가 번거롭고 세금이 무거우니 사람들이 그 고통을 견디지 못하여 초목이 무지하여 근심이 없는 것만 못한 것을 탄식한 구절이다.

가난을 떨쳐내고 싶은 심정을 노래하다

원수 같은 가난 귀신 어떻게 떨치려뇨.
수레에 양식을 갖추고 이름 불러 전송餞送하여
길일吉日을 잡아서 사방으로 가라 하니
가슴에 한이 맺혀 원망하여 이른 말이,
"지금까지 희로애락을 너와 함께하여
죽거나 살거나 떠날 때가 없었거늘
어디 가 뉘 말 듣고 가라 하여 이르느뇨."
우는 듯 꾸짖는 듯 온가지로 협박하거늘
도리어 생각하니 네 말도 다 옳도다.

가난을 천분으로 여겨 안빈낙도할 것을 다짐하다

무정한 세상은 다 나를 버리거늘
너 혼자 신의 있어 나를 아니 버리니
억지로 절교하여 잔꾀로 떨쳐내리오.
하늘이 준 이내 가난 이러한들 어이하리.
빈천도 내 분수니 서러워한들 무엇하리.

「우활가」는 작자 정훈이 자신의 우활함을 한탄하며 자연을 벗삼아 안빈낙도하려는 심정을 노래한 은일가사隱逸歌辭다. 이 작품에서 작자는 자신의 처지를 우활하다고 보고서 탄식하는데, 여기서 말하는 우활은 몰락한 향반鄕班의 처지가 아니라 시대를 제대로 타고나지 못한 것을 가리키는 것으로 보인다. 우활을 주제로 하여 자신을 객관적 위치에 놓고 성찰하되, 성리학적 수양의 길을 묵묵히 걷는 외로운 심정과 오로지 자연과 벗하여 탈속한 즐거움의 경지를 잘 조화시킨 작품이다.

「우활가」는 작자의 다른 가사 작품인 「탄궁가嘆窮歌」와 비슷한 점이 많다. 개인의 궁핍한 현실과 우활한 처지에 대한 탄식을 구체적으로 서술하면서 작품의 정서를 형상화하고 있는 것이다.

작자 자신의 우활함을 토로하는 것으로 시작하는 이 작품은 단락마다 "우활도 우활할샤 그토록 우활할샤"라는 구절을 반복적으로 사용함으로써 주제의식을 강조하고 있다. 우활하기 때문에 사시가경四時佳景의 흥취도 제대로 느끼지 못하고, 옛 성현들을 떠올리며 자신의 우활함을 잊고자 한다. 그러나 오히려 이것이 우활함을 더욱 깊이 인식하게 해줄 뿐이라고 탄식한다. 이어서 평생의 모든 일이 우활하지 않은 것이 없다는 것을 깨달아 술로써 우활함을 잊고자 하는 것으로 끝맺고 있다.

「우활가」는 작자의 문집인 『수남방옹유고水南放翁遺稿』에 실려 전한다.

우활가 迂闊歌

정훈 鄭勳

자신의 우활함을 토로하다

어찌 생긴 몸이 이토록 우활迂闊한가.
우활도 우활할샤 그토록 우활할샤.
이봐, 벗님네야, 우활한 말 들어보소.
내가 젊었을 때 우활함이 그지없는데,
이 몸 생겨남이 금수禽獸와 다르므로
애친경형[1]과 충군제장[2]을 내 분수로 여겼지만
하나도 못 이루고 세월만 흘러가니
평생 우활은 나를 따라 길어간다.
아침이 부족한들 저녁을 근심하며

1) 애친경형(愛親敬兄): 어버이를 사랑하고 형을 공경함.
2) 충군제장(忠君弟長): 임금에게 충성하고 어른에게 공손함.

한 칸의 초가집에 비 새는 줄 알던가.
누더기 옷이라고 부끄러움 어이 알며
어리석고 미친 말이 미움받을 줄 알던가.

자신의 우활함을 한탄하다

우활도 우활할샤 그토록 우활할샤.
봄 산의 꽃을 보고 돌아올 줄 어이 알며
여름 정자에 잠이 들어 꿈 깰 줄 어이 알며
가을 하늘에 달 맞아 밤드는 줄 어이 알며
겨울 눈에 시흥詩興 겨워 추움을 어이 알리.
사시가경四時佳景에도 어찌할 줄 모르도다
말로末路에 버린 몸이 무슨 일을 염려할까.
세속의 시비是非 듣도 보도 못하거든
이 몸의 처지에 평생을 어찌 근심할까.

자신의 우활함을 체념하다

우활할샤 우활할샤 그토록 우활할샤.
아침에 누웠고 낮에도 그러하니
하늘이 준 우활을 내 설마 어이하리.
그래도 애달프다 다시 앉아 생각하니
이 몸이 늦게 태어나 애달픈 일 많고 많다.
일백번 다시 죽어 옛사람 되고 싶네.

태평성대에 잠깐이나 놀아보면
요순[3]의 일월日月을 잠시나 쬘 것을
순박한 풍속이 경박하게 되었도다.
번잡한 마음을 누구에게 이르려는가.
태산泰山에 올라가 온 세상이나 다 바라보고 싶네.
성현 살던 세상 두루 살펴 학업 닦던 자취 보고 싶네.
주공[4]은 어디 가고 꿈에도 뵈지 않는가.
매우 심한 나의 삶을 슬퍼한들 어이하리.

술로써 자신의 우활함을 달래다

만 리에 눈뜨고 태고에 뜻을 두니
우활한 마음이 가고 아니 오는구나.
세상에 혼자 깨어 누구에게 말을 할까.
축타[5]의 말솜씨를 이제 배워 어이하며
송조[6]의 미모를 얽은 낯에 잘할는가.
산에 나는 풀과 열매 어디서 얻어먹으려뇨.

3) 요순(堯舜): 중국 상고시대 성군(聖君)인 요임금과 순임금. 곧 덕으로 천하를 다스리던 태평한 시대를 이르는 말.

4) 주공(周公): 중국 주(周)나라 문왕(文王)의 아들이자 무왕(武王)의 동생. 무왕을 도와 은(殷)을 멸망시키고 주나라를 건국하는 데 큰 공을 세웠으며, 무왕이 죽자 왕권을 장악하라는 주변의 유혹을 뿌리치고 어린 성왕(成王)을 훌륭히 보필하여 주나라의 기반을 확립하였다. 공자(孔子)가 그를 후세의 모범으로 삼아야 할 인물로 격찬했다.

5) 축타(祝鮀): 중국 위(衛)나라의 대부로서 종묘의 제사를 관장하는 축관(祝官) 벼슬을 지낸 타를 가리키는데, 교묘한 말솜씨로 유명하다.

6) 송조(宋朝): 송나라의 공자(公子) 조(朝)를 말하는데, 위영공(衛靈公)의 부인 남자(南子)와 사통할 정도로 미남이었다.

미움받고 사랑받지 못함이 다 우활의 탓이로다.
이리 헤아리고 저리 헤아리고 다시 헤아리니
평생의 모든 일이 우활 아닌 일 없도다.
이 우활 거느리고 백 년을 어이하리.
아이야, 잔 가득 부어라, 취하여 내 우활 잊자.

「용추유영가」는 정훈이 지리산 아래 용추동龍湫洞 일대의 자연경관과 그곳에서 사는 흥취를 노래한 은일가사隱逸歌辭다. 이 작품은 지리산을 소재로 하여 벼슬길에 나아가지 않고 향촌에 묻혀 사는 사대부의 정서를 잘 드러내고 있다.

용추동에 초가집을 짓고 생활하는 것으로 시작되는 이 작품은 용추동 주변의 아름다운 자연 경물을 사계절의 변화에 따라 감각적으로 서술하고 있다. 마지막으로 자연에 묻혀 안빈낙도하며 살 것을 다짐하는 것으로 끝맺고 있다.

사계절로 나누어 자연 경물을 묘사하고 있다는 점에서 이 작품은 송순宋純의 「면앙정가俛仰亭歌」, 정철鄭澈의 「성산별곡星山別曲」과 비슷하다. 특히 계절별로 나누어 서술하는 부분이 작품 전체가 아니라 작품의 일부분만 차지하는 것은 「면앙정가」와 유사하고, 자연 경치를 바라보는 화자의 정서가 보다 정적으로 형상화되어 있는 것은 「성산별곡」과 유사하다고 할 수 있다.

「용추유영가」는 작자의 문집인 『수남방옹유고水南放翁遺稿』에 실려 전한다.

용추유영가 龍湫游詠歌

정훈 鄭勳

은거지를 찾은 기쁨을 노래하다

지리산 높은 산이 서북西北으로 흘러내려
용추동龍湫洞 머물러 은거지가 되었거늘,
세속을 떠난 몸이 산수를 사랑하여
아침저녁 왕래함에 싫증남이 전혀 없어
몇 칸 초가집을 운수간雲水間에 얽어매고
서창西窓에 비겨 앉아 두 눈으로 바라보니,
가깝고 먼 산들은 푸른 병풍 편 듯하고
높고 낮은 벼랑은 그림같이 보이도다.

사계절의 경치를 노래하다

아침비 갓 개어 아지랑이 피어오르고
석양이 산에 걸려 밝은 빛이 비칠 적에
온갖 자태를 거두어 어디 두리.
마음도 번잡할샤, 어느 경치를 버려두리.
사계절의 좋은 경치 제각각 재촉한다.
봄바람이 산들산들 봄빛을 부쳐내니
지저귀는 산새는 노래하는 소리거늘
아름다운 숲속의 꽃은 웃음을 머금었다.
이곳에 앉아보고 저곳을 둘러보니
골짜기 맑은 향기 지팡이와 짚신에 배었구나.
봄볕이 흩어지고 초목이 무성한데
짙은 그림자는 푸른 나무에 어리었고
밝은 구름은 골짜기에 잠겼으니
정자 위 긴 잠에 더위도 모르리다.
하늘이 아득하고 기러기떼 울며 가니
강가 단풍숲은 붉은 비단빛이거늘
한 줄기 강은 푸른 유리 되어 있다.
국화를 잔에 띄워 햇빛을 맞으니
한결같이 맑은 뜻은 세상모를 일이로다.
바람이 소슬하여 나뭇잎이 다 진 후에 계산溪山이 삭막커늘
겨울이 조화 부려 흰 눈을 내리니
수많은 산봉우리, 골짜기가 경요굴[1]이 되었거늘,

1) 경요굴(瓊瑤窟): 달 속에 있다는 아름다운 구슬로 된 굴. 눈으로 하얗게 덮인 경치를 묘사할

눈썹을 찡그리며 어깨를 으쓱하고 눈을 높이 드니
가없는 설경雪景은 다 시詩의 제재가 되었으니
우활[2]한 정신이 추위를 어찌 알까.

자연에 묻혀 사는 흥취를 노래하다

사계절의 모습이 가는 듯 돌아오니
아름다운 경치에 흥취도 갖췄구나.
맑은 물 귀 씻으니 허유[3]를 내 부러워하랴.
낚싯대 드리우니 칠리탄[4]과 어떠한가.
이원의 반곡[5]이 이렇던가 어떠하며
무이산의 청계[6]는 이보다 더 좋은가.
화산 의 한 부분은 나누자 하거니와[7]
이 별천지는 나밖에 모르도다.
아침이 부족하니 낮이라 넉넉하며
오늘이 미흡하니 내일이라 싫증날까.

때 자주 쓰이는 말로, 여기서는 눈 내린 경치를 가리킨다.

2) 우활(迂闊): 사리에 어둡고 세상 물정을 잘 모름.

3) 허유(許由): 중국 요(堯)임금 때 은사(隱士). 요임금이 천하를 허유에게 맡기려 하니 허유는 받지 않고 영수(穎水)의 양지쪽 기산(箕山) 아래에 숨었고, 또 구주(九州)의 장관(長官)으로 삼으려 하니 허유가 듣지 않고 귀를 더럽혔다며 영수에서 귀를 씻었다 한다.

4) 칠리탄(七里灘): 중국 후한(後漢) 광무제(光武帝) 때의 은사인 엄광(嚴光)이 몸을 숨긴 부춘산(富春山) 동강(桐江)의 여울.

5) 반곡(盤谷): 중국 당나라 때 이원(李愿)이 죄를 지어 파직되자 벼슬에 뜻을 버리고 은거한 곳.

6) 무이산(武夷山)의 청계(淸溪): 무이산은 중국 복건성(福建省)에 있는 산으로, 중국 송나라의 유학자인 주희(朱熹)가 은거하며 성리학을 주창한 곳이다. 무이산의 청계를 따라 펼쳐져 있는 아홉 군데의 명승지를 일컬어 '무이구곡(武夷九曲)'이라 한다.

7) 화산(華山)의~하거니와: 중국 송(宋)나라 때 화산에 은거하던 도인(道人) 진도남(陳圖南)이 장영(張咏)이란 사람을 기꺼이 받아들여 화산 땅 한 부분을 나누어 준 고사를 말한다.

맑은 물에 목욕하고 지팡이 비껴들어
푸른 넝쿨 부여잡고 높은 봉에 올라가니
옛날 불던 바람이 무우舞雩에만 불겠는가.
맑고 깨끗한 바람을 실컷 쐰 후에
어른, 아이 대여섯 명 읊조리며 돌아오니
옛사람 기상에 미칠까 못 미칠까.[8)]
만고萬古를 언뜻 보니 어제인 듯하다마는
맑디맑은 풍채를 꿈에나 얻어볼까.
옛사람도 못 보거든 지금 사람 어이 알까.

자연에 묻혀 안빈낙도하기를 희망하다

이 몸이 늦게 태어나니 상심도 쓸데없다.
산속의 새와 꽃을 내 벗으로 삼아두고
경치를 만끽하며 생긴 대로 노는 몸이
공명功名을 생각하며 빈천貧賤을 서러워할까.
단사표음[9)]을 내 분수로 여기니 세월도 여유롭다.
이 산과 물의 경치를 실컷 거느리고
백 년 세월을 노닐다가 마치리라.
아이야, 사립문 닫아라. 세상 알까 하노라.

8) 옛날 불던~미칠까: 공자(孔子)의 제자 증점(曾點)이 늦봄에 봄옷을 입고 기수(沂水)에서 목욕하고 무우대(舞雩臺)에서 바람을 쐬고 노래하며 돌아오겠다고 한 고사를 원용하여 명리(名利)를 잊고 유유자적하게 사는 작자의 삶을 나타낸 구절이다.
9) 단사표음(簞食瓢飮): 한 바구니의 밥과 한 표주박의 물. 곧 청빈(淸貧)한 생활을 이르는 말.

「수남방옹가」는 정훈이 자연에 묻혀 한가롭게 지내는 삶을 노래한 은일가사隱逸歌辭다. 작품의 끝부분이 소실되어 전체 내용을 파악하기는 어렵지만, 현재 전하는 부분을 통해 보면 계절에 따라 변하는 자연 경물의 아름다움을 만끽하고, 그 속에서 안빈낙도하고자 하는 작자의 심회가 잘 나타나 있다.

「수남방옹가」는 전통적인 시상 전개방식의 하나인 계절에 따른 진술을 중심으로 하여 작품이 전개되고 있다. 이러한 점에서 정극인丁克仁의 「상춘곡賞春曲」, 송순宋純의 「면앙정가俛仰亭歌」와 같은 강호가사 작품과 유사하다. 한편 이 작품은 작자의 또다른 강호가사 작품인 「용추유영가龍湫遊詠歌」와 어휘나 어구 및 표현이 유사하여 이 둘을 함께 살펴보는 것도 작품 이해에 도움이 될 것이다.

이 작품은 사계절의 변화에 따른 자연 경물의 모습을 대상으로 하고 있지만, 다른 계절에 비해 유독 봄을 다룬 부분이 확장되어 있는 것이 특징이라 할 수 있다. 봄날에 느낀 경험을 구체적으로 표현하고, 생활공간의 현장성을 사실적으로 담아내다 보니 서술의 양이 늘어나게 되었고, 이로 인해 상대적으로 다른 계절과의 균형이 깨어지게 되었다고 볼 수 있다.

「수남방옹가」는 작자의 문집인 『수남방옹유고水南放翁遺稿』에 실려 전한다.

수남방옹가水南放翁歌

정훈鄭勳

은거지를 찾은 기쁨을 노래하다

계산溪山이 임자 없어 운수간雲水間에 버려졌거늘
가시와 풀을 헤치고 여러 칸을 얽어매니
흙이 차지니 사염[1]은 어찌 달았던가.
생계는 넉넉지 않아도 뜰이나마 풍족하니
가난하게 살아도 서러운 줄 모르리다.

봄날의 생활과 흥취를 읊다

동쪽 햇볕 따뜻하고 북쪽 바람 온화하여

1) 사염: 미상. 집을 지을 때 쓰는 재료인 듯하다.

지팡이 바삐 짚고 동쪽 언덕에 비겨 서니
금빛 실〔金絲〕은 버들 그림자요 눈빛〔雪色〕은 매화로다.
산새는 봄을 맞아 노래하며 지저귀고
꽃은 비 온 후에 웃음을 머금었다.
사계절 온갖 경치 실컷 다 본 후에
이봐, 아이들아, 서쪽 밭에 일이 있다.
따비, 호미 다 제각각 챙기거라.
갈면서 김매어지며 여러 이랑 마친 후에
광주리 둘러메고 뒷산에 올라가니
어린 취 못다 크고 고사리 다 살졌다.
꺾으며 담으며 바구니 못다 차서
봉우리에 올라앉아 채미가[2]를 길게 불러
울려퍼진 소리에 가슴속이 상쾌하니
무우대에서 바람 쐰들[3] 이보다 더하겠는가.
잠시 산책하고 누추한 집에 돌아오니
아이는 문에서 기다리고 새 술은 익어 있다.
한잔 또 한잔 마신 후에 낚싯대 비껴들고
낚시터를 찾아가니 미끼 없는 낚싯대에 고기가 다 물었다.
어조魚鳥도 내 뜻 알아 의심을 아니하네.
넓디넓은 물결은 밤낮을 쉬지 않거늘
물가에서 시 짓고 언덕 올라 휘파람 불며

2) 채미가(采薇歌): 고사리 캐는 노래. 곧 절의지사(節義之士)의 노래를 이르는 말. 백이(伯夷)와 숙제(叔齊)가 주(周)나라 무왕(武王)을 섬기는 것을 수치로 여겨, 수양산(首陽山)에 숨어 고사리를 캐어 먹으며 살다가 굶주려 죽기 전에 이 노래를 지었다.

3) 무우대(舞雩臺)에서 바람 쐰들: 명리(名利)를 잊고 유유자적함을 이르는 말. 공자(孔子)가 제자들에게 자신의 뜻을 말해보라고 하자, 증점(曾點)이 기수(沂水)에서 목욕하고 무우대에서 바람을 쐬고 노래하며 돌아오겠다고 대답한 고사에서 유래하였다.

하루 또 하루 산수山水에서 소일하니
산수의 즐거움을 나밖에 뉘 아는가.

여름, 가을, 겨울의 생활과 흥취를 읊다

하늘에 해가 길고 녹수綠樹에 그늘 짙거늘
솔뿌리 비겨 누워 긴 잠을 못다 깨니
꾀꼬리 소리는 교태로운 노래로다.
초가을 기운이 교외에 들고 엷은 구름 흩어지니
하늘빛, 물그림자 한빛이 되어 있다.
흰 갈대 헤치고 붉은 여뀌 깔고 앉아
국화를 잔에 띄워 밝은 달 맞으니
끝없는 맑은 경치 나 혼자 즐기노라.
북풍이 으스스하고 흰 눈이 흩날리니
언덕과 골짜기 경요굴[4]이 되었거늘
눈썹을 찡그리며 시를 읊으니 시흥詩興이 더 새롭다.

자연에 묻혀 사는 즐거움을 노래하다

사계절 경치가 다 제각각 재촉하니
게으른 이 몸이 언제나 한가할까.

---

4) 경요굴(瓊瑤窟): 달 속에 있다는 아름다운 구슬로 된 굴. 눈으로 하얗게 덮인 경치를 묘사할 때 자주 쓰이는 말로, 여기서는 눈 내린 경치를 가리킨다.

기쁨이 다하니 근심도 많이 난다.
변방의 병사는 언제쯤 돌아오며
임금은 정사를 어찌 돌보시는가.
모여든 선비들아, 아(이하 낙장落張)

「봉산곡」은 작자인 채득기가 35세 되던 해인 1638년인조 16에 볼모로 잡혀간 소현세자昭顯世子와 봉림대군鳳林大君을 모시러 청나라의 심양瀋陽으로 가면서 지은 가사다. 병자호란이 패배로 끝나고 소현세자와 봉림대군이 볼모로 청나라에 잡혀갈 때 임금이 채득기로 하여금 모시게 했으나, 작자는 질병으로 인해 왕명을 거역하여 3년 동안 충청도 보은報恩에 유배된다. 그후 유배에서 풀려나 경상도 상주의 경천대擎天臺 부근에서 은거하던 작자는 다시 왕명을 받들어 심양으로 가게 된다. 이때의 심정을 읊은 것이 이 작품이다.

「봉산곡」은 왕명을 받들어 먼 길을 떠나는 심회를 읊는 것으로 시작한다. 이어서 은거지 주변의 경물을 칭송하고 그 속에서 유유자적하는 심회를 노래한 후, 임금의 명을 받아 신하의 도리를 다하고자 하는 결의를 드러내고 있다. 마지막으로 훗날 자신의 은거지인 경천대로 다시 돌아올 것을 희망하면서 끝맺는다.

병자호란을 배경으로 하는 작품 중에 작자가 분명히 전한다는 점에서 「봉산곡」은 가사문학사상 귀중한 자료로 주목받고 있다.

「봉산곡」은 작자의 한시를 모은 『군신언지록君臣言志錄』과 작자의 문집인 『우담별집雩潭別集』에 '천대별곡天臺別曲'이란 제목으로 실려 있으며, '봉산곡鳳山曲'이라는 제목의 필사본 두루마리도 전한다. 여기서는 필사본 두루마리 작품을 대상으로 한다.

봉산곡鳳山曲

채득기蔡得沂

일명 '천대별곡天臺別曲'이라 하는데, 우담雩潭 채득기가 왕명을 받고 요양[1]에 갈 때 지은 것이다.

은거지를 찾게 된 과정을 읊다

가노라 옥주봉玉柱峯아, 있거라 경천대擎天臺야,
요양 만릿길이 멀어야 얼마 멀며
그곳에서의 일 년이 오래되었다 하랴마는
상봉산翔鳳山 별천지를 처음에 들어올 때
노련의 분노[2] 탓에 속세를 아주 끊고

1) 요양(遼陽): 중국 심양의 남서쪽에 있는 도시. 청나라의 태조 누르하치가 1621년부터 1625년까지 도읍으로 삼았던 곳.

발 없는 구리솥 하나 전나귀에 싣고서
추풍秋風 부는 돌길로 와룡강臥龍岡 찾아와서,
천주봉天柱峯 석굴 아래 초가 몇 칸 지어두고
고슬단鼓瑟壇 행화방杏花坊에 정자 터를 손수 닦아
낮에야 일어나고 새 달이 돋아올 때
지도리 없는 거적문과 울 없는 가시사립,
적막한 산골에 손수 일군 마을이 더욱 좋다.

은거지인 경천대의 자연 경물을 칭송하다

생애는 내 분수라 담박한들 어찌하리.
밝은 세상 한 귀퉁이에 버린 백성 되어서
솔과 국화 쓰다듬고 잔나비와 학을 벗하니
어와, 이 강산이 경치도 좋고 좋다.
높다란 금빛 절벽 허공에 솟아올라
구암龜巖을 앞에 두고 경호鏡湖 위에 선 모양은
삼신산[3] 제일봉第一峯이 여섯 자라 머리[4]에 벌인 듯.
붉은 놀, 흰 구름에 곳곳이 그늘이요
유리 같은 온갖 경치 빈 땅에 깔렸으니
용문龍門을 옆에 두고 펼쳐진 모래밭은

2) 노련(魯連)의 분노: 중국 주(周)나라의 천자를 버리고 진(秦)나라 왕을 천자로 부르려는 것에 대한 노련의 분노. 여기서는 명나라를 버리고 청나라를 섬기는 것에 대한 분노를 말한다.
3) 삼신산(三神山): 중국 전설에 나오는 봉래산(蓬萊山), 방장산(方丈山), 영주산(瀛洲山)을 통틀어 이르는 말.
4) 여섯 자라 머리: 발해 동쪽 바다에 떠 있는 다섯 선산(仙山)을 떠받치고 있다는 여섯 마리 큰 자라의 머리.

여덟 폭 돌병풍을 옥난간玉欄干에 두른 듯.
맑은 모래 흰 돌이 굽이굽이 경치로다.
그중에 좋은 것이 무엇이 더 나은가.
구암이 물을 굽혀 천백 척尺 솟아올라
구름 위로 우뚝 솟아 하늘을 괴었으니
어와, 경천대야. 네 이름이 과연 헛된 것 아니로다.
시인이 뛰어난들 누가 시로 다 써내며
화가가 신묘한들 붓으로 다 그릴까.
가을바람 건듯 불어 잎마다 붉으니
물들인 비단을 물 위에 걸친 듯.
꽃향기 코에 들고 온갖 과실 익었는데
매화, 치자 심은 화분 황백국화 섞였구나.
풍경도 좋거니와 물색物色도 그지없다.
빈산의 두견 소리 소상반죽[5]을 때리는 듯.
모래밭의 기러기는 포구의 석양을 꿈꾸는 듯.
한밤중 강 가운데에 옥빛 달을 걸었으니
소동파蘇東坡의 적벽赤壁 홍취를 저 혼자 자랑할까.
추운 날 가난한 집에 흰 눈이 흩뿌리니
온갖 바위 골짜기가 경요굴[6]이 되었구나.
푸른 솔 봉일정[7]은 절개를 굳게 지켜

5) 소상반죽(瀟湘斑竹): 중국의 소수(瀟水)와 상강(湘江) 지역에서 나는 얼룩무늬 반점이 있는 대나무. 순(舜)임금이 죽자 왕비인 아황(娥皇)과 여영(女英)이 사모하는 정을 억누르지 못해 상강에 빠져 죽으며 흘린 눈물이 얼룩이 져서 생겼다고 한다.

6) 경요굴(瓊瑤窟): 달 속에 있다는 아름다운 구슬로 된 굴. 눈으로 하얗게 덮인 경치를 묘사할 때 자주 쓰이는 말로, 여기서는 상봉산의 눈 내린 경치를 가리킨다.

7) 봉일정(捧日亭): 경천대 위쪽에 있는 소나무. 동쪽에서 햇살을 받들기 때문에 붙인 이름이다.

바위 위에 우뚝 솟아 추운 날에 더욱 귀하다.
어부가 나를 불러 고기잡이 하자거늘
석양을 비껴 띠고 낚시터로 내려가서
배 한 척 손수 저어 그물을 걷어내니
은빛 나는 물고기가 그물코마다 걸렸구나.
드는 칼로 회를 치고 고기 팔아 빚은 술을
깊은 잔에 가득 부어 취하도록 먹은 후에,
두건을 비껴쓰고 영귀문[8] 돌아들어
경천대 위 바둑판돌 높이 베고 기대니
장송長松에 내린 눈은 취기를 깨우는 듯.
쌀쌀한 추동秋冬에도 경물이 이러하니
꽃피는 봄, 녹음綠陰의 여름이야 한 입으로 다 이르랴.
산수 경치 혼자 좋아 부귀공명 잊었으니
인간 세상 황량[9]은 몇 번이나 익었는가.
유정문[10] 낮에 닫아 인적이 끊겼으니
천지가 무너진들 그 누가 전할쏘냐.
고사리 손수 캐어 돌샘에 씻어 먹고
명나라를 떠받들고 목숨이나 유지하면
장성長城 만 리 밖에 백골이 쌓인들
이것이 별천지니 청춘을 부러워하리.

8) 영귀문(詠歸門): 시를 읊으며 돌아오는 문. 곧 자천동(自天洞) 입구를 말함. 이 골짜기로 들어오면 공자(孔子)도 부러워했던 증점(曾點)의 풍류를 배워 시를 읊으면서 돌아오게 된다는 뜻에서 붙여진 이름이다.
9) 황량(黃粱): 메조밥. 곧 세상의 부귀공명이 덧없고 부질없음을 비유적으로 이르는 말. 중국 당나라 때 노생(盧生)이 부귀영화를 누리며 80세까지 산 꿈을 꾸었는데, 깨어보니 주인이 짓던 메조밥〔黃粱〕이 채 익지 않았다는 고사에서 유래했다.
10) 유정문(幽靜門): 땅이 궁벽지고 사람이 없어 늘 문이 닫혀 있어서 붙여진 이름.

거문고 줄을 골라 자지곡[11] 노래하니
소금도 장醬도 없이 맛 좋구나, 강산이여.
거친 밥 풀죽에 배부르구나, 풍경이여.

임금의 명을 받아 은거지를 떠나는 심회를 노래하다

시비是非 영욕榮辱 다 버리고 갈매기와 늙자더니
무슨 재주 있다고 나라에서 아시고
쓸 데 없는 이 한 몸을 찾으시니 망극하구나.
상주尙州 십이월에 심양[12] 가라 부르시니
어느 누구 일이라 잠시인들 머물겠는가.
임금 은혜 감격하여 행장을 바삐 챙기니
삼 년 입은 옷가지로 이불과 요 겸하였네.
남쪽의 더운 땅도 춥기가 이렇거든
한겨울 깊은 때에 우리 임 계신 데야.
다시금 바라보고 우리 임 생각하니
이국異國의 겨울달을 뉘 땅이라 바라보며
타국 풍상을 어이 그리 겪으신가.
높은 언덕에 뻗은 칡이 삼 년이 되었구나.[13]
굴욕이 이러한데 꿇은 무릎 언제 펼까.

11) 자지곡(紫芝曲): 중국 진(秦)나라 때 학정을 피하여 상산(商山)에 숨어 지낸 은사들이 지은 노래.
12) 심양(瀋陽): 지금의 요령성(遼寧省) 성도(省都). 명나라가 망하기 전까지 청나라가 도읍으로 삼은 곳.
13) 높은~되었구나: 병자호란으로 인해 조선이 청나라에 굴욕을 당한 지 삼 년이 되었음을 나타낸 구절이다.

조선에 사람 없어 오랑캐 신하 되었으니
삼백 년 예악문물禮樂文物 어디로 갔단 말고.
오늘날 포로들이 다 옛날 관주빈이라.[14)]
태평시절 막히고 찬란한 문물 사라지니
동해물 어찌 퍼올려 이 굴욕 씻을런가.
오나라 궁궐에 섶을 쌓고 월나라 산에 쓸개 매다니[15)]
임금이 굴욕당하면 신하는 죽어야 고금의 도리인데
하물며 우리 집이 대대로 은혜 입었으니
아무리 힘들다고 대의大義를 잊겠는가.
어리석은 계략으로 거센 물결 막으려니
재주 없는 약한 몸이 기운 집을 어찌할까.
방 안에서 눈물 내면 아녀자의 태도로다.
이 원수 못 갚으면 무슨 얼굴 다시 들까.
악비의 손에 침을 뱉고 조적의 노[楫]에 맹세하니[16)]
내 몸의 생사야 깃털처럼 여기고
동서남북 만 리 밖에 왕명王命 좇아 다니리라.

14) 오늘날~관주빈(觀周賓)이라: 오늘날 항복하여 포로가 된 사람은 모두 옛날 주(周)나라를 관찰하러 갔다가 손님이 된 것과 같다는 뜻으로, 굴욕을 당한 나라가 설욕할 생각은 않고 동화되어버림을 말한다.

15) 오나라~매다니: 섶에 누워 자고 쓸개를 맛보면서 복수를 다짐한다는 '와신상담(臥薪嘗膽)'을 가리킨다. 중국 춘추시대 오나라의 왕 부차(夫差)가 원수를 갚기 위하여 장작더미 위에서 잠을 자며 복수할 것을 맹세하고, 월나라의 왕 구천(句踐)이 쓸개를 핥으면서 복수를 다짐한 데서 유래한 말이다.

16) 악비의~맹세하니: 악비(岳飛)와 조적(祖逖)의 고사를 인용하여 청나라에 당한 치욕을 씻으려는 작자의 의지를 표현한 구절이다. 중국 송나라 고종(高宗) 때의 충신인 악비는 손에 침을 뱉어 맹세하면서 금(金)나라와의 강화를 반대했고, 중국 동진(東晋) 원제(元帝) 때 조적은 유민들을 거느리고 강을 건너면서 중원을 회복할 것을 맹세했다.

임금의 은혜를 갚고 은거지로 돌아오기를 희망하다

있거라, 가노라. 가노라, 있거라.
무정한 갈매기들은 맹세기약 웃지마는
성은이 망극하니 갚고 다시 돌아오리라.

「월선헌십육경가」는 신계영이 79세 되던 해인 1655년효종 6에 벼슬을 그만두고 고향인 충청도 예산禮山으로 돌아와서 지은 은일가사隱逸歌辭다. 벼슬살이에 시달리다가 시골로 돌아와 한가롭게 자연을 즐기며 살아가는 전원생활의 재미를 노래하고 있다.

이 작품에서 형상화되고 있는 자연은 16세기의 관념적이고 이념적인 '강호'와는 달리, 구체적인 생활공간이라는 점에서 구별된다. 작자 자신이 직접 체험한 농촌의 생활과 흥취를 노래하는 가운데, 낙관적 세계인식에 기반하여 풍요롭고 한가로운 선비의 삶을 형상화하고 있다. 관념적인 것에서 탈피하여 실생활이 반영되는 작품세계를 구축해나가는 것이 17세기 국문시가의 일반적인 경향인데, 이러한 경향을 잘 반영하여 평범한 시어를 구사하는 가운데 생활시生活詩의 한 모습을 실현하였다는 평을 받고 있다.

관료생활에 대한 회고와 고향으로 돌아온 과정을 서술하는 것으로 시작하는 이 작품은 이어서 춘하추동 사계절의 변화에 따른 자연 경치와 월선헌 주변의 자연 풍광과 인간의 모습을 노래하고 있다. 마지막으로 자연에 묻혀 평생토록 은거할 것을 다짐하며, 임금의 은혜에 감사하는 것으로 끝을 맺고 있다.

「월선헌십육경가」는 작자의 문집인 『선석유고仙石遺稿』에 실려 전한다.

월선헌십육경가月先軒十六景歌

신계영辛啓榮

을미년1655 10월에 선석仙石 신계영이 만년에 벼슬을 그만두고 예산禮山 오리지梧里池로 돌아왔는데, 선영이 있는 곳이다. 술을 마시고, 시를 짓고, 거문고를 타고, 노래를 부르며 스스로 즐겼는데, 아래와 같이 노래를 지었다.

고향으로 돌아온 소회를 읊다

오산烏山 서쪽 외딴 마을 나의 은거지로다.
자갈밭 띳집에서 늙으리라 기약하다가
공명功名이 굴레 되어 십 년 동안 분주하니
혼잡한 속세에서 검은 머리 다 세었다.
전원이 거칠면 솔과 국화 뉘 가꾸며
갈매기와의 맹세 식었으니 학의 원망인들 없을쏘냐.[1)]

여관 푸른 등에 장석의 노래[2] 누가 알리.
벼슬길에 풍랑이 갑자기 일어나니
엉성한 이내 몸이 죄를 어찌 지었던가.
태평한 시절에 버려진 몸 되었으니
떠나기 아쉬워 미련 남은들 어찌하리.
고향 옛집에 혼자서 돌아오니
적막한 마을에 허물어진 집뿐이로다.
어와, 이 생애 이리하여 어찌하리.
숲속 높은 곳에 월선헌을 지으니
추녀와 창 말끔하고 시야도 넓구나.
세 갈래 길 송죽[3]은 새 빛을 띠어 있고
십 리 강산이 눈 아래 벌였으니
달 밝은 밤 난간에 일없이 기대어
듣거니 보거니 좋은 흥취 많기도 많구나.

사계절의 변화에 따른 자연 풍경을 노래하다

호수에 봄빛이 북두성 따라 돌아오니[4]

1) 갈매기와의~없을쏘냐: 벼슬에서 물러나 자연에 은거하며 살겠다는 약속을 이미 저버렸으니 학의 원망인들 없겠는가. '학의 원망'은 자연에 묻혀 살겠다는 약속을 지키지 않은 것을 슬퍼함을 말한다.

2) 장석(莊舃)의 노래: 중국 전국시대 월(越)나라 사람인 장석이 초(楚)나라에 가서 벼슬을 하다가 병이 들어 고국을 생각하며 부른 노래.

3) 세 갈래 길 송죽(松竹): 소나무와 대나무를 심은 세 갈래 길. 곧 은자(隱者)가 사는 집이나 장소를 이르는 말.

4) 북두성 따라 돌아오니: 북두칠성의 자루 부분이 북극성과 일직선이 되는 때인 입춘(立春)이 되었다는 뜻이다.

언덕 위 가느다란 풀에는 새싹이 나고
물가의 약한 버들 옛 가지 돋아날 때
강마을 저녁비가 긴 들을 건너오니
맑고 시원한 저 경치 시흥詩興도 돋우거니와
약초 심은 산밭도 금방 갈겠구나.
이봐, 아이들아, 소 넉넉히 먹이자꾸나.
여와씨 하늘 깁던 늙은 돌[5] 남아 있어
서쪽 창밖 지척에 뭇 봉우리 되었으니
쌓인 모습, 서 있는 모습 기이하기도 하구나.
늘어선 큰 소나무 포기마다 꽃이 피니
적성[6] 아침비에 붉은 안개 젖은 듯.
술병 차고 노는 사람 날마다 올라가니
흐드러진 봄빛이 몇 가지나 본떴던가.
금오산[7] 십이봉十二峯이 넓은 들을 둘렀으니
나는 듯 머무는 듯 기상도 빼어나다.
일 많은 푸른 아지랑이 산에 어른거려
모였다 흩어졌다 변화도 많구나.
창연蒼然한 참된 모습 뵈는 듯 숨는 모양은
화가의 솜씨로 수묵水墨 병풍 그린 듯.
남은 꽃은 벌써 지고 한낮이 점점 길어지니
긴 둑의 어린잎이 신록新綠으로 우거질 때
사립문 깊이 닫고 낮잠을 잠깐 드니

5) 여와씨(女媧氏) 하늘 깁던 늙은 돌: 중국 상고시대 전설상 여제(女帝)인 여와씨가 구멍난 하늘을 기운 오색 돌.
6) 적성(赤城): 월선헌 주위에 있는 지명.
7) 금오산(金烏山): 충청도 예산에 있는 산.

교만한 꾀꼬리 잠은 왜 깨우는가.
기파[8] 좁은 길에 안개 깊은 곳에
목동의 피리 소리 흥취를 돋워내네.
오서산烏棲山 동그란 봉峯 하늘에 닿았으니
천지天地의 기운을 네 혼자 담았구나.
아침저녁 잠긴 안개 바라보니 기이하다.
몇 번이나 때맞춘 비가 되어 수확을 일궜는가.
오동나무 잎이 지고 흰 이슬 서리 되니
서쪽 못 깊은 곳에 가을빛이 짙어 있다.
수풀의 단풍잎이 이월의 꽃 부러워하리.
동녘 둔덕 밖 크나큰 넓은 들에
누렇게 익은 벼가 한빛이 되어 있다.
중양절[9]이 가까우니 고기잡이 하자꾸나.
붉은 게 여물고 누른 닭이 살지니
술이 익었는데 벗이야 없겠는가.
농가의 흥취는 날로 깊어가는구나.
여울가 긴 모래에 밤불이 밝았으니
게 잡는 아이들이 그물을 흩어놓고
바닷가 포구 먼 굽이에 밀물이 밀려오니
돛단배의 뱃노래는 고기 파는 장사로다.
경치도 좋거니와 생활이라 괴로울까.
가을이 다 지나고 북풍이 높이 부니
긴 하늘, 넓은 들에 저녁 눈이 날리더니

8) 기파: 미상.
9) 중양절(重陽節): 음력 9월 9일의 옛 명절.

이옥고 촌락들이 특별한 세상 되어
원근의 산봉우리 백옥白玉으로 묶었고
시골집과 강마을을 흰 구슬로 꾸몄으니
조물주 야단스러운 줄 이제야 다 알겠구나.
날씨가 몹시 추워 빙설氷雪이 쌓였으니
성밖의 초목은 다 시들어 말랐거늘
창밖에 심은 매화 그윽한 향기 머금었고
고개 위에 서 있는 솔, 푸른빛이 변함없으니
본래 지닌 절개가 날이 춥다 변할쏘냐.
앞산의 짙은 안개 햇빛을 가리니
대숲에 뿌려진 서리 미처 못 녹았구나.
향로香爐를 내어 켜고 창을 닫고 앉아
한 심지 맑은 향香에 잡념이 그쳤으니
가난하게 산다고 흥이야 없겠는가.

월선헌 주변의 풍요로운 삶을 노래하다

내 건너 산 아래 황량한 마을 두세 집이
고목古木 사립문에 성긴 연기 비꼈으니
어렴풋한 울타리 그림 속 같구나.
소와 양이 내려오니 오늘도 저물었다.
높은 석문봉石門峯에 석양이 붉었는데
울며 가는 기러기 가는 듯 돌아오니
형양衡陽은 아니지만 회안봉[10]이 여기로다.
포구 긴 다리에 오며 가며 하는 행인

어디를 향하여 바쁘게 가느냐.
용산龍山 외로운 절 언제부터 있었던가.
풍경風磬 맑은 소리 바람 섞여 지나가니
알겠구나, 늙은 중이 예불할 때로구나.
강가 차가운 다리에 저녁빛이 가득하니
까마귀는 날아들고 푸른 산이 멀리 뵌다.
시름을 못 이기어 휘파람 길게 불고
긴 대에 기대어서 달빛을 기다리니
심술궂은 구름이 가릴 것은 무슨 일인가.
바람이 야단스러워 하늘을 깨끗이 쓰니
한 조각 겨울달은 맑은 빛이 예와 같구나.
온 산과 골짜기에 달빛이 밝으니
단대[11]의 늙은 솔이 가지를 셀 만하다.
성긴 주렴 다시 걷고 깊은 밤 앉았으니
동쪽 봉에 돋은 달이 서쪽 고개 질 때까지
처마 난간 다 비추어 잠자리에 쏘이니
넋이 다 맑아지니 자나 깨나 잊을쏘냐.
어와, 이 맑은 경치 값이 있다 하면
적막하게 닫은 문에 내 분수로 들여오랴.
사사로이 비추지 않음이 거짓말 아니로다.
띳집을 비추는 빛이 궁궐인들 다를쏘냐.
맑은 술통 바삐 열고 큰 잔에 가득 부어

10) 회안봉(廻雁峯): 중국 호남성 형양에 있는 형산(衡山)의 가장 높은 봉우리인 축융봉(祝融峯)의 또다른 이름. 기러기가 날아와 겨울을 보내고 봄이 오면 다시 북쪽으로 날아간다고 해서 붙은 이름이다.

11) 단대(壇臺): 제사를 지내기 위해 쌓은 대(臺).

죽엽 맑은 술을 달빛 좇아 기울이니
표연飄然한 홍취가 웬만하면 날겠구나.
이백[12]이 이러하여 달을 보고 미쳤구나.
춘하추동에 경물이 아름답고
밤낮과 아침저녁으로 구경거리 새로우니
몸은 한가하나 눈과 귀는 겨를 없다.

자연에 은거하며 한가로이 지낼 것을 다짐하다

남은 인생 얼마 되리 백발이 무성하니
세상의 공명은 계륵[13]과 다를쏘냐.
강호江湖의 어조魚鳥와 맺은 맹세 깊었으니
옥당과 금마[14]는 꿈에서도 아득하네.
태평한 초가에 시름없이 누워서
막걸리와 물고기로 종일 취하기를 원하노라.
이 몸이 이러함도 임금의 은혜로다.

12) 이백(李白): 중국 당나라 때 시인으로 채석강(彩石江)에서 뱃놀이하다가 강물에 비친 달을 잡으려다 빠져 죽었다는 고사가 전한다.
13) 계륵(鷄肋): 닭의 갈비. 곧 먹을 만한 살도 붙어 있지 않지만 버리기에는 아깝다는 뜻으로, 그다지 쓸모는 없으나 버리기에는 아까운 것을 이르는 말.
14) 옥당(玉堂)과 금마(金馬): 조선시대 한림학사(翰林學士)가 집무하던 옥당서(玉堂署)와 금마문(金馬門). 곧 조정에 나아가 벼슬살이하는 것을 이르는 말.

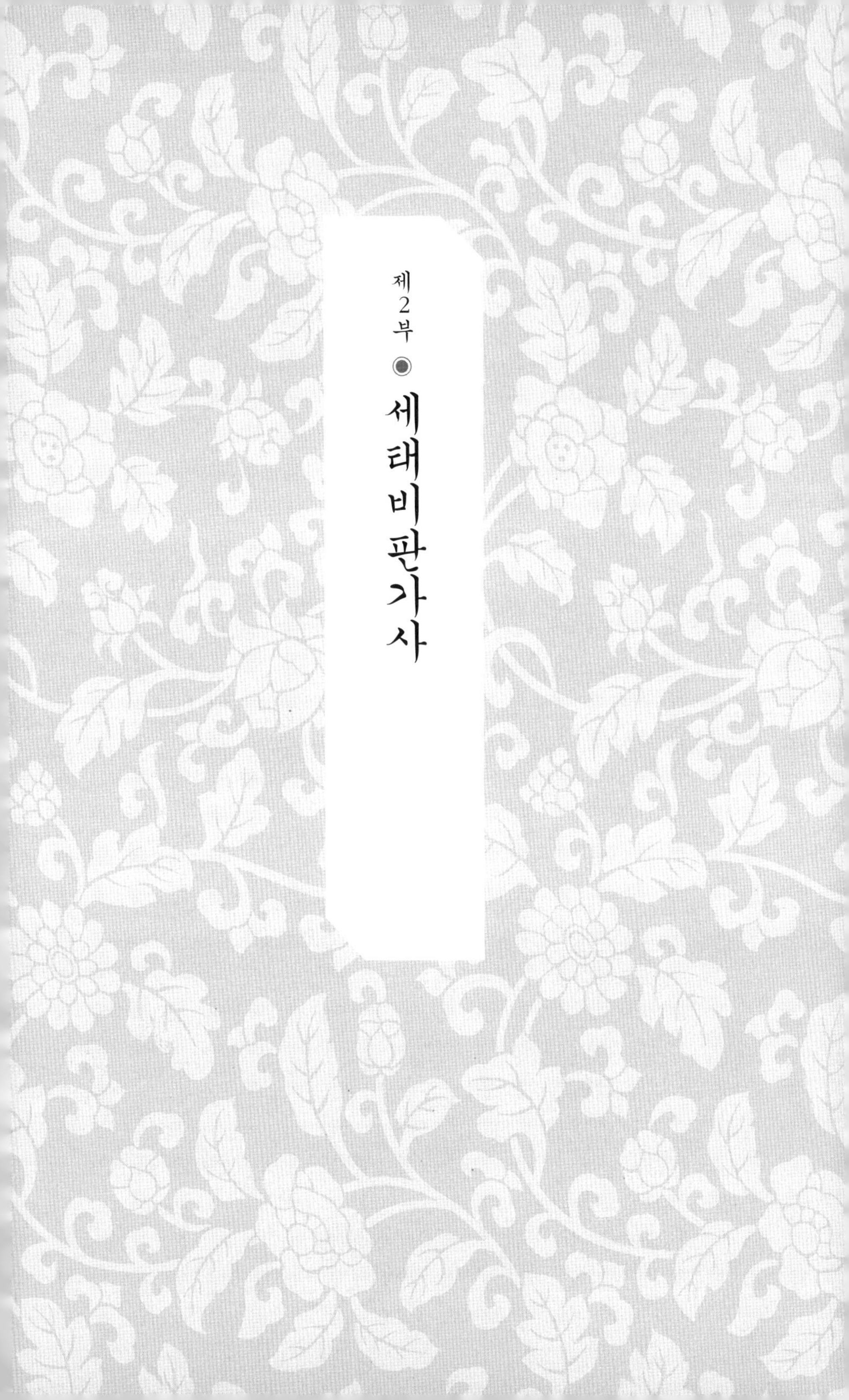

제2부

세태비판가사

「고공가」는 임진왜란 직후에 작자인 허전이 당시 신하들의 부패상을 우의적으로 비판한 교훈가사教訓歌辭다. 이 작품을 선조宣祖가 지었다고 하기도 하지만, 이수광李睟光의 『지봉유설芝峯類說』에는 허전이 지은 것으로 되어 있어 일반적으로 이를 따른다. 작자 허전에 대해서는 진사進士를 거친 무과 출신이라는 것만 전할 뿐 자세한 행적은 알려져 있지 않다. 이 작품은 "엊그제 왔던 도적 멀리 안 갔다 하는데"라는 구절을 참고할 때, 1592년에 왜적의 침략으로 시작된 임진왜란이 약 2년간의 전투를 겪은 후 정유재란1597이 발발할 때까지 2~3년 동안 소강상태에 접어든 1595~1597년경에 지어진 것으로 추정할 수 있다.

작품 제목의 '고공'은 머슴이라는 뜻으로 신하들을 비유한 것이다. 나랏일을 농사일에 빗대어 당시 신하들의 무능함과 부패를 고발하고 그것을 개선하려는 내용을 임금의 입장에서 노래한 것이다. 이 작품에서 작자는 요즈음 머슴들은 밥사발의 크고 작음과 동옷의 좋고 나쁨을 다툴 뿐이지 화강도火強盜, 곧 왜적이 쳐들어와 가산을 망쳐놓더라도 대항하여 싸울 생각은 없다고 개탄하고 있다. 그러므로 작품 전편이 우의적 수법으로 이루어져 있는 것이 이 작품의 눈에 띄는 특징이라 할 수 있다.

임진왜란 때 왜적에게 무참히 당하고 유교적 이상이 깨어진 비참한 현실에 직면한 작자는 이 작품을 통해 그러한 현실은 안중에도 없이 자신들의 이익만 추구하는 신하들의 무능하고 부패한 모습을 비판한 것이다. 이러한 비판의 이면에는 유교적인 이상사회를 재건하려는 작자의 결연한 의지가 내재되어 있는 것으로 보인다.

「고공가」에 대해 이원익李元翼은 「고공답주인가雇工答主人歌」를 지어 화답했는데, 이 두 작품을 함께 견주어 살펴보는 것이 당시의 시대상황과 작자의 현실인식을 파악하는 데 도움이 될 것이다.

이 작품은 순조純祖 때 필사된 것으로 보이는 『잡가雜歌』에 실려 전한다.

고공가 雇工歌

허전許坱

집안의 내력을 소개하다

집에 옷과 밥을 두고 들먹은[1] 저 머슴아,
우리 집 내력[2]을 아느냐, 모르느냐.
비 오는 날 일 없을 때 새끼 꼬며 이르리라.
처음의 할아버지[3] 살림살이하려 할 때
어진 마음 많이 쓰니 사람이 절로 모여
풀을 베고 터를 닦아 큰 집을 지어내고
써레, 보습, 쟁기, 소로 전답을 경작하니
오려논[4] 텃밭이 여드레갈이[5]로다.

1) 들먹은: 못나고도 마음이 올바르지 못한.
2) 내력: 조선이 건국되어 선조(宣祖) 때까지 내려온 내력.
3) 할아버지: 조선을 건국한 태조 이성계.
4) 오려논: 올벼를 심은 논. 올벼는 제철보다 일찍 여무는 벼.

자손에게 물려줘 대대로 내려오니
논밭도 좋거니와 머슴도 근검터라.

가산을 탕진하게 한 머슴들의 각성을 촉구하다

저희마다 농사지어 가멸게 살던 것을,
요사이 머슴들은 철이 어찌 아주 없어
밥사발 큰지 작은지, 옷이 좋은지 궂은지에만
마음을 다투는 듯 호수[6]를 시기하는 듯,
무슨 일 생각 들어 흘깃흘깃하느냐.
너희네 일 아니하고 시절조차 사나워
가뜩이나 내 세간이 졸아들게 되었는데
엊그제 날강도[7]에 가산을 탕진하니
집 하나 불타버리고 먹을 것이 전혀 없다.
크나큰 제사를 어찌하여 치르려는가.
김가, 이가 머슴들아 새 마음을 먹자꾸나.
너희들 젊었느냐, 설마 생각 안 하는가.
한솥에 밥 먹으며 번번이 시기하랴.
한마음 한뜻으로 농사를 짓자꾸나.
한 집이 가멸면 옷, 밥을 걱정하랴.
누구는 쟁기 잡고 누구는 소를 모느냐.
밭 갈고 논 삶아[8] 벼를 심어두고

5) 여드레갈이: 소 한 마리가 8일 동안 갈 만한 논밭의 넓이. 여기서는 '조선 팔도'를 상징한다.
6) 호수(戶首): 공물과 세금을 거두어 바치는 일을 책임진 사람.
7) 날강도: 임진왜란을 일으킨 왜적.

날 좋은 호미로 김을 매자꾸나.
산밭도 거칠고 무논에 풀도 우거진다.
싸리, 피가 말뚝처럼 자랄까 두려워라.
칠석七夕에 호미 씻고 김을 다 맨 후에
새끼 꼬기 뉘 잘하며 섬[9]일랑 뉘 엮으랴.
너희 재주 헤아려 서로서로 맡자꾸나.
가을걷이 후엔 집짓기를 아니하랴.
집일랑 내 지을게 움일랑 네 묻어라.
너희들 재주를 내 짐작하였노라.
너희도 먹을 일을 생각을 하려무나.
멍석에 벼를 넌들 좋은 해 구름 끼어 햇볕을 언제 보랴.
방아를 못 찧거든 거칠고도 거친 올벼
옥 같은 백미 될 줄 누가 알아보겠는가.

사려 깊은 새 머슴을 기다리다

너희들 데리고 새 살림 살려 하니
엊그제 왔던 도적 멀리 안 갔다 하는데
너희들 눈 귀 없어 그런 줄 모르고서
화살을 제쳐놓고 옷과 밥만 다투느냐.
너희들 데리고 추운지 굶는지
새참에 아침저녁 충분히 먹였는데

8) 논 삶아: 쟁기로 일군 큰 흙덩이를 써레질로 잘게 부수어 보드랍게 만들어.
9) 섬: 곡식 따위를 담기 위하여 짚으로 엮어 만든 그릇.

은혜는 생각 않고 제 일만 하려 하니
사려 깊은 새 머슴 어느 때 얻어서
집일을 맡기고 시름을 잊겠는가.
너희 일 애달파하면서 새끼 한 사리 다 꼬겠구나.

「고공답주인가」는 임진왜란을 겪은 뒤 명신名臣이었던 이원익이 허전許塼의 「고공가雇工歌」에 화답한 교훈가사敎訓歌辭로서, 「고공답가雇工答歌」라고도 한다. 「고공가」에 화답하는 형식의 노래에 걸맞게 제재와 주제, 문체와 기교 등에서 「고공가」에 상응하는 방식으로 이루어져 있다.

두 작품 모두 한 국가의 살림살이를 농사짓는 주인과 머슴의 관계에 빗대는 우의적 수법을 사용하고 있다는 것이 가장 큰 특징이다. 그러나 「고공가」에서는 나라가 쇠락하게 된 원인을 단순히 자기 잇속만 챙기고 나랏일은 등한시한 신하들에게서 찾고 있으나, 「고공답주인가」는 신하들의 충간忠諫만 들어준다면 해결이 가능하다는 자부심을 보이는 등 사태를 보다 자세히 분석하는 태도를 보여주고 있다.

「고공답주인가」를 통해 작자는 '마노라'의 말씀을 귀기울여 듣지 않는 게으르고 생각 없는 종을 비난하면서도 동시에 '마노라'에게는 어른 종을 믿으라는 충고를 서슴지 않고 있다. 여기서 게으르고 생각 없는 종은 나랏일에 태만한 신하들, 곧 허전이 「고공가」에서 비판한 신하들을 빗대어 표현한 것이고, '마노라'는 당시 임금인 선조宣祖를, 어른 종은 작자 자신을 포함한 당시 고관高官들을 각각 빗대어 표현한 것이다.

이처럼 이 작품은 임진왜란 직후 황폐한 현실과 어지러운 국사國事에는 전혀 신경쓰지 않고 오로지 당리당략만 일삼는 상황을 개탄하는 데 중점을 두고 있다. 이 작품을 통해 국가의 운명을 걱정하면서 임금을 위해서 풍간諷諫, 완곡한 표현으로 잘못을 고치도록 말함하는 작자의 우국애민憂國愛民의 태도를 엿볼 수 있다.

이 작품은 순조純祖 때 필사된 것으로 보이는 『잡가雜歌』에 실려 전한다.

고공답주인가 雇工答主人歌

이원익李元翼

「고공가」에 화답하다

어와, 저 양반아, 돌아앉아 내 말 듣소.
어찌하여 젊은 손님이 철없이 다니는가.
마노라[1] 말씀을 아니 들어보았는가.

게으르고 생각 없는 종들을 꾸짖다

나는 이럴망정 지방의 늙은 종이
공물 바치고 돌아갈 때 하는 일 다 보았네.

1) 마노라: 상전, 마님, 임금 등 남녀를 두루 높이어 이르는 말. 여기서는 선조(宣祖) 임금을 비유한 말이다.

우리 집 세간이야 예부터 이렇던가.
논밭이 많단 말이 온 나라에 소문났데.
먹고 입고 드나드는 종이 백여 명 넘었으니
무슨 일 하느라 텃밭을 묵혔는가.
농장이 없던가, 호미 연장 못 가졌던가.
날마다 무엇하러 밥 먹고 다니면서
여남은 정자 아래 낮잠만 자는가.
아이들 탓이던가, 우리 집 종의 버릇 보노라면 이상하데.
소 먹이는 아이들이 상마름[2]을 능욕하고
오고 가는 어린것이 양반을 조롱하는가.
그릇되게 빼돌려 모으고 딴 꾀로 제 일 하니
큰 집의 숱한 일을 누가 힘써 할까.
곡식 창고 비었거든 창고지기라 어찌하며
세간이 흩어지니 질그릇인들 버텨낼까.
내 그릇된 줄 내 몰라도 남 그릇된 줄 모를까.
풀어헤치거니 모이거니 헐뜯거니 돕거니
하루 열두 때 어수선을 핀 것인가.
바깥별감, 만하이사, 바깥마름, 도달화[3]도
제 소임을 다 버리고 몸 사릴 뿐이로다.
비가 새어 썩은 집을 그 누가 고쳐 이며
옷 벗어 무너진 담 누가 고쳐 쌓을까.
불한당 도적들 멀리 안 다니거늘
화살 찬 경비병들 그 누가 힘써 할까.

2) 상마름: 지주의 땅을 맡아 소작권을 대신 관리하는 사람의 우두머리.
3) 바깥별감~도달화(都達化): 모두 변방을 지키는 무인들을 비유한 말.

크게 기운 집에 마노라 혼자 앉아
분부를 뉘 들으며 논의를 뉘와 할까.
낮 시름 밤 근심 혼자 맡아 계시니
옥 같은 얼굴이 편하실 적 몇 날이리.

어른 종에 대한 믿음을 호소하다

이 집 이리 되기 뉘 탓이라 할 것인가.
철없는 종의 일은 묻지도 아니하려니와
돌이켜 헤아리니 마노라 탓이로다.
내 상전 그르다 하기에는 종의 죄 많건마는
그렇지만 세상 보기에 민망하여 여쭙니다.
새끼 꼬기 멈추시고 내 말씀 들으소서.
집일을 고치려면 종들을 휘어잡고
종들을 휘어잡으려면 상벌賞罰을 밝히시고
상벌을 밝히려면 어른 종을 믿으소서.
진실로 이렇게 하시면 집안 절로 일어나리라.

「성주중흥가」는 인조반정으로 인해 광해군光海君의 폭정에서 벗어나게 된 기쁨을 노래한 가사다. 광해군이 영창대군永昌大君을 죽이고 인목대비仁穆大妃를 폐한 일을 비분강개하다가, 마침내 인조반정을 맞아 그 감격과 기쁨을 노래로 표현한 것이다.

「성주중흥가」는 정훈이 61세 때인 1623년에 지은 것이다. 작품 제목에서 알 수 있듯이 이 작품은 광해군이 물러나고 인조가 등극하여 중흥의 날을 맞이하게 된 기쁨을 읊고 있다. 광해군의 폭정을 비판하고, 군주에게 올바른 정치를 펼 것을 촉구할 정도로 임금에 대한 충성과 나라를 위한 우국정신이 강하게 드러나 있다. 이는 출사出仕의 길에서 이미 멀어진 작자가 자신의 불우한 현실상황을 깊이 인식한 데서 비롯된 것이다.

인조반정을 찬양하고 광해군의 폭정을 낱낱이 고발하고 있는 만큼, 작품의 어조나 분위기가 다소 격정적이고 직설적이라 할 수 있다. 또한 이 작품은 부조리한 정치현실에 대한 날카로운 비판의식을 드러내고 있다는 점에서 의의를 지닌다.

「성주중흥가」는 작자의 문집인 『수남방옹유고水南放翁遺稿』에 실려 있다.

성주중흥가 聖主中興歌

정훈 鄭勳

인조반정의 감격을 노래하다

거꾸로 달렸다가 풀려나 일어서서
춘풍에 숨 내쉬어 북극을 바라보니,
검은 구름 사라지고 밝은 태양 떠올라
세상의 억울한 일 모두 다 비추니
어와, 살아서 이 시절 보는구나.
궁궐 향해 절을 하니 눈물이 절로 난다.
인륜을 밝히시니 온 백성이 복종하고
옛 사람을 쓰시니 옛 법이 새롭도다.
문안 인사를 올리니[1] 효성도 지극할샤.
이 효성 품은 가슴 얼마나 썩였는가.

1) 문안 인사를 올리니: 인조가 인목대비(仁穆大妃)에게 문안 인사를 올리는 것을 의미한다.

광해군의 폭정에 분노하다

여우, 삵, 호랑이, 궁궐에 가득하니
하늘이 높다 한들 몸을 곧게 일으키며
땅이 두터운들 발을 편히 디딜는가.
천명天命을 가벼이 여겨 그토록 교만한가.
인간 도리 모르니 하늘을 떠받칠쏘냐.
나라 근본 흔드니 백성이 좇을런가.
궁궐을 크게 지은들 몇 칸에 살까마는
무고한 백성을 그토록 보챘는가.
팔도 공물을 얼마나 먹고 입었던가.
벼슬 팔아 은銀 모아 어디 두루 쌓았으며
사사로이 진상받아 무엇에 다 썼던가.
위가 그렇거든 아래는 깨끗할까.
상하上下가 다투니 국가체재 갖추었으랴.

인조반정의 정당성을 노래하다

수백 년 기틀이 일시에 위태하니
강호에 버려진들 사직을 잊을쏘냐.
사립문 닫고 앉아 애달파서 이른 말이,
“대신[2]이 없거든 세신[3]이나 있었으면.

2) 대신(大臣): 관직이 높은 신하.
3) 세신(世臣): 대대로 한 왕가(王家)를 섬긴 공이 있는 옛 신하.

다 기운 나라를 받칠 줄을 모르도다."
온갖 한恨과 근심 끝없이 품었더니
꽉 막힌 운수가 형통하게 바뀌니
천시자민[4]이라 성인聖人이 난단 말인가.
하늘이 돕는다니 진실로 옳거니와
선조宣祖 임금인들 곧 무심하실까.
인조반정仁祖反正에 공덕이 높고 크니
아무리 삼양[5]한들 천명天命을 어이할까.
탐욕스런 광해군은 어디 가 살아갈까.
서울은 눈으로 보고 지방은 귀로 듣고
선정을 베푸시니 빛나도다, 임금이시여.
다 시든 초목에 때맞춰 비가 온들 이러할까.
동방東方 십육 년[6]이 오랑캐가 다 되었더니
하루아침에 나라를 구하니 반가움이 끝이 없다.
이 몸이 이제 죽은들 서러운 일이 있을쏘냐.

인조에 대한 간언諫言과 소망을 읊다

기쁘고 즐거워 먹은 뜻이 없겠는가마는
임금께서 멀리 계시니 누구를 좇아 아뢰려뇨.

---

4) 천시자민(天視自民): 하늘은 백성의 눈으로 봄.
5) 삼양(三讓): 세 번 사양함. 옛날 중국에서는 제공(諸公), 재상(宰相) 등의 지위에 천거되었을 때 형식적으로 세 번 사양하는 것이 관례로 되어 있었다. 여기서는 인조가 반정을 통해 임금 자리에 오를 때 세 번 사양한 것을 가리킨다.
6) 십육 년: 광해군의 재위기간인 1608년에서 1623년까지를 말한다.

지극한 효성은 선조宣祖도 아시니
선조의 업적을 고칠 수 없거니와
민심이 물 같아서 임금의 인도引導로 모이니
신하의 옳고 그름을 끝끝내 가리소서.
충성스런 말은 귀에 거슬리고 온순한 뜻은 친압[7]하기 쉬우니
예부터 어진 임금 몇이나 바뀌었는가.[8]
한 사람이 바르면 한 나라가 다 바르고
한 사람이 욕심내면 한 나라가 혼란이라.
흥망興亡 전철前轍이 그 아니 거울인가.
면류관 구슬꿰미가 눈 가리나 보이지 않는 것을 살피시며
면류관 솜방울이 귀 막으나 들리지 않는 것을 들으소서.
나라 세움은 쉽지만 유지하긴 어려우니
천한 사람 한 말씀을 부디 한번 살피소서.
이 몸이 할 일은 만수무강 바랄 뿐이로다.

7) 친압(親狎): 버릇없이 너무 지나치게 친함.
8) 예부터~바뀌었는가: 예로부터 폭군을 몰아내고 어진 임금이 등장한 것이 몇 번인가.

제3부

기행가사

「관서별곡」은 1555년명종 10 백광홍이 평안도 평사評事가 되어 관서關西지방을 순찰하면서 그곳의 경치를 노래한 기행가사紀行歌辭다. 제목 아래 달려 있는 주석을 참고한다면 이 작품은 임금에 대한 사랑과 나라에 대한 충성을 드러내기 위해 지어진 것이라 할 수 있다. 이와 달리 홍만종洪萬宗의 『순오지旬五志』에서는 이 작품을 관서지방의 강산을 두루 돌아보며 그 아름다운 경치와 변방의 상황을 노래한 것으로 보고 있다.

평안도 평사가 되어 임지로 가는 심정을 노래하는 것으로 시작하는 이 작품은 관서지방을 순찰하면서 본 자연 풍경의 아름다움과 흥취를 읊고, 마지막으로 이 아름다운 경치를 임금에게 전하고 싶은 심정을 노래하는 것으로 끝마치고 있다.

「관서별곡」은 우리나라 기행가사의 효시로서, 정철鄭澈의 「관동별곡關東別曲」에 직접적인 영향을 주었다. 정철은 전라도 담양 창평昌平에 머물러 있을 때 이 작품을 읽고서, 후에 강원도 관찰사로 부임하게 되자 그 형식과 표현기법을 본받아 「관동별곡」을 지었을 것으로 보인다.

「관서별곡」은 작자의 문집 『기봉집岐峯集』과 필사본 『잡가雜歌』에 실려 있다. 필사본 『잡가』에 수록된 작품은 지명이나 철자 표기로 보아 더 오래된 것으로 보이는데, 정확한 필사 연대는 알 수가 없다. 여기서는 『기봉집』에 수록된 작품을 대상으로 한다.

관서별곡關西別曲

백광홍白光弘

을묘년1555에 공公이 평안평사平安評事가 되어 국경지대 방위 상황을 두루 살펴보고, 민간의 노래를 채집하여 「관서별곡」을 지어서 임금을 사랑하고 변방을 걱정하는 충정을 펴내었다.

임지任地로 떠나는 심정을 노래하다

관서 명승지에 왕명王命으로 보내심에
행장을 꾸리니 칼 하나뿐이로다.
연조문[1] 내달아 모화고개 넘어드니
임지로 가고픈 마음에 고향을 생각하랴.

1) 연조문(延詔門): 서울 서대문 밖에 있던, 중국 사신을 맞아들이던 문.

부임하는 도중의 자연 경물에 감탄하다

벽제碧蹄에 말 갈아 임진臨津에 배 건너 천수원天壽院 돌아드니
개성開城은 망국亡國이라 만월대滿月臺도 보기 싫다.
황주는 전쟁터라 가시덤불 우거졌도다.[2]
석양이 지거늘 채찍으로 재촉해 구현원駒峴院 넘어드니
생양관生陽館 기슭에 버들까지 푸르다.
재송정栽松亭 돌아들어 대동강 바라보니
십 리의 물빛과 안개 속 버들가지는 위아래에 엉기었다.
춘풍이 야단스러워 화선[3]을 비껴 보니
녹의홍상[4] 비껴 앉아 가냘픈 손으로 거문고 짚으며
붉은 입술과 흰 이로 채련곡[5]을 부르니
신선이 연잎 배 타고 옥빛 강으로 내려오는 듯.
슬프다, 나랏일 신경쓰이지만 풍경에 어찌하리.
연광정練光亭 돌아들어 부벽루浮碧樓에 올라가니
능라도綾羅島 꽃다운 풀과 금수산錦繡山 안개 속 꽃은 봄빛을 자랑한다.
천 년 평양의 태평문물太平文物은 어제인 듯하다마는
풍월루風月樓에 꿈 깨어 칠성문七星門 돌아드니
단출한 무관 차림에 객수客愁 어떠하냐.
누대도 많고 강과 산도 많건마는

---

2) 황주(黃州)는~우거졌도다: 황해도 황주에 정방산성(正方山城)이 있는데, 이 성은 고려 때 홍건적(紅巾賊)에게 우리 군사가 섬멸당한 옛 전장으로 당시의 이름은 가시나무 '극(棘)'을 쓴 극성(棘城)이었다. 이름에 착안하여 과거를 회상한 구절이다.
3) 화선(畫船): 춤과 노래로 하는 궁중 연희인 정재(呈才)를 베풀 때에 선유락(船遊樂)이라는 궁중무용에 쓰던 배.
4) 녹의홍상(綠衣紅裳): 연두저고리에 다홍치마. 곧 젊은 여자의 고운 옷차림을 이르는 말.
5) 채련곡(采蓮曲): 중국 양(梁)나라 때 강남(江南)에서 유행한 남녀의 사랑 노래.

백상루百祥樓에 올라앉아 청천강淸川江 바라보니
세 갈래 물줄기는 장하기도 끝이 없다.
하물며 결승정決勝亭 내려와 철옹성鐵瓮城 돌아드니
구름에 닿은 성곽은 백 리에 벌여 있고
여러 겹 산등성이는 사면에 뻗어 있네.
사방의 군사 진영陣營과 웅장한 경관이 팔도에 으뜸이로다.

임지를 순시하면서 보고 느낀 바를 노래하다

동산에 배꽃 피고 진달래꽃 못다 진 때
진영에 일이 없어 산수를 보려고
약산동대[6]에 술을 싣고 올라가니
눈 아래 구름 낀 하늘이 끝이 없구나.
백두산 내린 물이 향로봉 감돌아
천 리를 비껴 흘러 대臺 앞으로 지나가니
굽이굽이 늙은 용이 꼬리 치며 바다로 흐르는 듯.
형승形勝도 끝이 없다, 풍경인들 아니 보랴.
선녀처럼 가냘프고 아름다운 기생들이
화려하게 단장하고 좌우에 늘어선 채
거문고, 가야금, 생황, 피리를 불거니 타거니 하는 모양은
주목왕 요대에서 서왕모 만나 노래 부르는 듯.[7]

6) 약산동대(藥山東臺): 평안도 영변(寧邊) 약산에 있는 천연의 대(臺). 관서팔경(關西八景)의 하나다.

7) 주목왕(周穆王)~부르는 듯: 중국 주나라 목왕이 곤륜산(崑崙山)의 요대(瑤臺)에서 전설상의

서산에 해 지고 동쪽 고개 달 오르고
아리따운 기생들이 교태 머금고 잔 받드는 모양은
낙포의 선녀[8]가 양대[9]에 내려와 초왕楚王을 놀래는 듯.
이 경치도 좋거니와 근심인들 잊을쏘냐.
어진 소백과 엄격한 주아부[10]가
일시에 동행하여 강변으로 내려가니
빛나는 옥절玉節과 휘날리는 깃발은
넓은 하늘 비껴 지나 푸른 산을 떨치고 간다.
도남都南을 넘어들어 배고개 올라앉아
설한령雪寒嶺 뒤에 두고 장백산長白山 굽어보니
연이은 언덕과 관문은 갈수록 어렵도다.
백이중관[11]과 천리검각[12]도 이러하던가.
팔만 용사勇士는 앞으로 내달리고
삼천 기병騎兵은 뒤에서 달려오니
오랑캐 마을이 우러러 항복하여
백두산 내린 물에 한 곳도 없도다.
긴 강이 요새인들 지리地利로 혼자 하며

선녀인 서왕모(西王母)를 만나 노래를 주고받은 고사에 빗대어 약산동대에서 기생들과의 풍류를 나타낸 구절이다.

8) 낙포(洛浦)의 선녀: 중국 고대 삼황오제(三皇五帝)의 한 사람인 복희씨(伏羲氏)의 딸 복비(宓妃). 낙수(洛水)에 빠져 죽은 뒤 수신(水神)이 되었다.

9) 양대(陽臺): 중국 중경시(重慶市) 무산(巫山)에 있는 양대산(陽臺山) 꼭대기. 이곳에서 초나라 회왕(懷王)과 무산(巫山) 선녀가 하룻밤을 보냈다.

10) 어진 소백(召伯)과 엄격한 주아부(周亞夫): 옆에서 시중드는 부하들과 장군들을 미화하여 일컫는 말. 소백은 중국 주(周)나라 성왕(成王)을 도와 백성들에게 어진 정치를 베푼 인물로, 주아부는 군기(軍紀)를 엄히 다스린 명장으로 유명하다.

11) 백이중관(百二重關): 중국 진(秦)나라 때 변경에 설치한 수많은 관문.

12) 천리검각(千里劍閣): 중국 장안(長安)에서 촉(蜀) 땅으로 가는 먼 길에 있는, 대검산(大劍山)과 소검산(小劍山)의 요충지.

군사와 병마兵馬 강한들 인화人和 없이 하겠는가.[13]
시대가 태평함도 성인聖人의 교화로다.
봄날도 쉬이 가고 산수도 한가할 때 아니 놀고 어찌하리.
수항루受降樓에 배를 타 압록강 내려오는데
강변의 진영은 장기알 벌인 듯하였거늘
오랑캐 땅을 역력히 지내보니
황성평[14]은 언제 쌓았고 황제묘[15]는 뉘 무덤인가.
지난일 감회 젓어 잔 다시 부어라.
비파곶 내리 저어 파저강婆猪江 건너가니 층암절벽 보기도 좋도다.
구룡연九龍淵에 배를 매고 통군정統軍亭에 올라가니
웅장한 누대와 해자는 오랑캐와 중국 사이에 있도다.

순시를 마치고 돌아온 감회를 읊다

황제국이 어디인가 봉황성[16] 가깝도다.
서쪽 가는 이 있으면 좋은 소식이나 보내고 싶네.
천 잔 먹고 크게 취해 덩실덩실 춤추니
저물녘 추운 날 북, 피리 소리 울리는구나.
하늘은 높고 땅은 멀고 흥진비래[17]하니 이 땅이 어디인가.
어버이 그리는 눈물은 절로 흐르는구나.

13) 긴 강이~하겠는가: 긴 강이 천연의 요새 역할을 하지만 이것만으로 부족하고, 군사와 병마가 강하지만 백성들이 협력하는 마음 없이는 이길 수 없다는 뜻이다.
14) 황성평(皇城坪): 중국 금(金)나라가 도읍으로 삼았던 곳.
15) 황제묘(皇帝墓): 금나라에 잡혀가서 죽은 중국 송나라 휘종(徽宗)의 묘.
16) 봉황성(鳳凰城): 중국 요령성(遼寧省) 남부에 위치한 봉성(鳳城).
17) 흥진비래(興盡悲來): 즐거운 일이 다하면 슬픈 일이 닥침.

서쪽 변방 다 보고 감영으로 돌아오니
장부의 마음 조금이나마 풀리겠네.
슬프도다, 화표주의 천년학[18]인들 나 같은 이 또 보았는가.
어느 때 풍광을 기록하여 임금께 아뢰리오.
조만간 임금께 글로 알려드리리라.

18) 화표주(華表柱)의 천년학(千年鶴): 중국 한나라 때 요동의 정영위(丁令威)가 선술(仙術)을 배워 학으로 변하여 자기 고향에 돌아와 무덤 앞 화표주에 앉았다는 고사.

「관동별곡」은 정철이 45세 되던 해인 1580년선조 13 정월에 강원도 관찰사로 부임한 뒤, 3월에 금강산을 중심으로 동해안까지 명소들을 두루 유람하고 그에 따른 감흥을 노래한 기행가사紀行歌辭다. 우리말 표현이 뛰어날 뿐만 아니라 기행문이면서도 서정성을 짙게 띠고 있어 기행가사의 백미로 평가받는 작품이다. 이 작품은 고려 말 안축安軸이 지은 경기체가 「관동별곡關東別曲」, 조선 전기의 가사 작품인 백광홍白光弘의 「관서별곡關西別曲」과 송순宋純의 「면앙정가俛仰亭歌」 등에서 영향을 받았을 것으로 보고 있다.

「관동별곡」은 벼슬에서 물러나 전라도 담양의 창평에 은거하던 작자가 강원도 관찰사에 제수된 것을 계기로 금강산 일대를 유람한 후, 동해안에서 신선과 술잔을 나누고 임금의 은총을 기원하는 것으로 끝을 맺고 있다. 이 작품에는 전라도 담양 창평에서 서울을 거쳐 부임지인 강원도 원주에 도착한 후, 이내 금강산과 관동팔경을 두루 돌아보고 나서 동해안의 망양정에 이르기까지 멀고도 먼 여정이 생동감 있게 압축되어 있다.

또한 은은한 달빛을 받으며 꿈에서 신선과 만나 술잔을 기울이는 것으로 작품의 대미를 장식한 데에서 호방하고 풍류를 좋아하는 작자의 성품을 엿볼 수 있다. 관찰사로서 민정을 살피고 풍속을 교화하는 데 힘써야 하지만, 한편으로는 선계를 동경하고 풍류를 즐기는 낭만적 성향을 애써 숨기지 않은 것도 주목해야 할 부분일 것이다.

이 작품에 대해 김만중金萬重은 『서포만필西浦漫筆』에서 "우리나라의 참된 문장〔左海眞文章〕"이라고 극찬을 아끼지 않았으며, 이수광李睟光 역시 "송순의 「면앙정가」와 함께 근세에 가장 뛰어난 작품〔近世宋公鄭公所作最善〕"이라며 높이 평가하였다. 특히 이 작품은 후대의 기행가사 작품에도 많은 영향을 끼쳤다.

이 작품은 이선본李選本 · 성주본星州本 · 관서본關西本 『송강가사松江歌辭』와 필사본 『송강별집추록松江別集追錄』에 가사 작품들 중 첫째로 수록되어 있으며, 그외 육당본六堂本 『청구영언靑丘永言』 『고금가곡古今歌曲』 『협률대성協律大成』 등의 가집에도 실려 전한다. 여기서는 이선본 『송강가사』에 수록된 작품을 대상으로 한다.

관동별곡 關東別曲

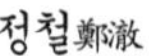

정철 鄭澈

강원도 관찰사로 부임하다

강호에 병이 깊어 대숲에 누웠는데
관동 팔백 리의 관찰사를 맡기시니
어와, 성은이야 갈수록 망극하다.
연추문[1] 달려들어 경회남문慶會南門 바라보며
하직하고 물러나니 옥절[2]이 앞에 섰다.
평구역[3] 말을 갈아 흑수[4]로 돌아드니
섬강蟾江은 어디메냐 치악산이 여기로다.
소양강 내려온 물이 어디로 흘러든단 말인가.

1) 연추문(延秋門): 경복궁의 서쪽 문.
2) 옥절(玉節): 임금이 관직을 제수할 때 신표로 주던 수기(手旗).
3) 평구역(平丘驛): 양주(楊州) 동쪽에 있는 역.
4) 흑수(黑水): 여주(驪州) 북쪽을 흐르는 한강 상류의 한 지류인 여강(驪江)의 옛 이름.

서울 떠난 외로운 신하 백발도 많고 많다.
철원서 겨우 밤새우고 북관정北寬亭에 올라가니
삼각산 제일봉이 웬만하면 보이겠네.
궁예왕 대궐터에 까막까치 지저귀니
먼 옛날 흥망을 아느냐 모르느냐.
회양[5] 옛 이름이 마침 같을시고.
급장유 풍채를 다시 볼 수 없겠는가.

금강산을 유람하다

감영監營에 일이 없고 시절이 삼월인데
화천[6] 시냇길이 금강산으로 뻗어 있다.
행장을 다 떨치고 돌길에 막대 짚어
백천동百川洞 옆에 두고 만폭동萬瀑洞 들어가니
은 같은 무지개, 옥 같은 용의 꼬리,
섞어 돌며 뿜는 소리 십 리까지 들리니
들을 때는 우레더니 보니까 눈이로다.
금강대金剛臺 맨 위층에 학鶴이 새끼 치니
춘풍 옥피리에 첫잠을 깨었던지
호의현상[7]이 공중에 솟아 뜨니
서호 옛 주인[8]을 반겨서 넘노는 듯.

5) 회양(淮陽): 금강산이 있는 고을 이름. 중국에도 같은 지명이 있는데, 급장유(汲長孺)가 한나라 무제(武帝) 때 이곳에서 태수를 지내며 선정을 베풀었다.
6) 화천(花川): 꽃이 양 언덕에 아름답게 피어 있는 시내.
7) 호의현상(縞衣玄裳): 흰 저고리에 검은 치마. 학의 겉모양을 의인화하여 표현한 말이다.

소향로봉 대향로봉 눈 아래 굽어보고
정양사正陽寺 진헐대眞歇臺에 다시 올라앉아 보니
여산진면목[9]이 여기서 다 뵈는구나.
어와, 조물주가 야단스럽기도 야단스럽구나.
날거든 뛰지 말거나 섰거든 솟지 말거나
연꽃을 꽂은 듯, 백옥을 묶은 듯,
동해를 박차는 듯, 북극을 괴고 있는 듯.
높을시고 망고대望高臺, 외로울사 혈망봉穴望峯이
하늘에 치밀어 무슨 일을 아뢰려고
천만겁 지나도록 굽힐 줄 모르는가.
어와, 너로구나. 너 같은 이 또 있는가.
개심대開心臺 다시 올라 중향성衆香城 바라보며
만이천봉을 낱낱이 세어보니
봉마다 맺혀 있고 끝마다 서린 기운,
맑거든 깨끗지 말거나 깨끗하거든 맑지 말거나
저 기운 흩어내어 인걸을 만들고저.
형용도 끝이 없고 모양도 많고 많네.
천지가 생길 때에 자연히 되었건만
이제 와 보게 되니 조물주의 뜻이 있구나.
비로봉毗盧峯 꼭대기에 올라본 이 그 뉘신고.
동산과 태산, 어느 것이 더 높던가.

---

8) 서호(西湖) 옛 주인: 중국 송나라 때 은사(隱士)인 임포(林逋). 평생 동안 장가도 들지 않고 서호에서 학을 자식처럼, 매화를 아내처럼 사랑하며 살았다고 한다.

9) 여산진면목(廬山眞面目): 여산의 참된 모습. 보는 장소에 따라 다르게 보이는 여산에 빗대어 알기 어려운 사물의 진상(眞相)을 이를 때 '여산진면목'이라 한다. 여기서는 '금강산의 참된 모습'을 의미한다.

노魯나라 좁은 줄도 우리는 모르거늘
넓고 넓은 천하 어찌하여 작단 말인가.[10)]
어와, 저 경지를 어찌하면 알 것인가.
오르지 못하니 내려감이 이상할까.
원통圓通골 좁은 길로 사자봉獅子峯을 찾아가니
그 앞에 너럭바위 화룡소化龍沼가 되었어라.
천년 묵은 늙은 용이 굽이굽이 서려 있어
주야로 흘러내려 바다에 이었으니
풍운風雲을 언제 얻어 흡족한 비[11)] 내릴까.
벼랑에 시든 풀[12)]을 다 살려내어라.
마하연摩訶衍, 묘길상妙吉祥, 안문雁門재 넘어가서
외나무 썩은 다리 불정대佛頂臺 오르니,
천 길 절벽을 공중에 세워두고
은하수 한 굽이를 마디마디 베어내어
실같이 풀어내어 베같이 걸었으니
그림 속엔 열두 굽이, 내 보기엔 더 많구나.
이태백 이제 있어 다시 의논하게 되면
여산廬山이 여기보다 낫단 말 못하리라.[13)]

10) 동산(東山)과 태산(泰山)~말인가: 공자가 동산에 올라 노나라를 작다고 하고, 태산에 올라 천하를 작다고 하며 호연지기(浩然之氣)를 길렀던 고사를 원용한 구절이다.
11) 흡족한 비: 농사에 흡족한 비. 또는 선정이나 임금의 은총을 비유한 말.
12) 벼랑에 시든 풀: 생활의 질곡에 신음하는 백성을 비유한 말.
13) 이태백~못하리라: 이백(李白)이 「망여산폭포望廬山瀑布」라는 한시를 지어 여산폭포의 아름다움을 노래한 데 빗대어서 금강산 십이폭포(十二瀑布)의 장관을 표현한 구절이다.

관동팔경과 동해안을 유람하다

산중을 매양 보랴. 동해로 가자꾸나.
가마 타고 천천히 산영루山映樓에 오르니
영롱한 시내와 우짖는 산새는 이별을 원망하는 듯,
깃발을 떨치니 오색이 넘노는 듯,
북, 피리 섞어 부니 바다 구름 다 걷히는 듯.
모랫길 익숙한 말이 술 취한 신선 비껴 실어
바다를 곁에 두고 해당화로 들어가니
갈매기야 날지 마라, 네 벗인 줄 어찌 아느냐.
금란굴金幱窟 돌아들어 총석정叢石亭 오르니
백옥루白玉樓 남은 기둥 다만 넷이 서 있구나.
천하 명장名匠의 솜씨인가, 신묘한 도끼로 다듬었나.
기둥의 육면은 무엇을 본뜬 건가?
고성高城일랑 저만치 두고 삼일포[14]를 찾아가니
단서[15]는 완연한데 네 신선은 어디 갔나.
여기 사흘 머문 후에 또 어디로 갔을까.
선유담仙遊潭, 영랑호永郎湖 거기나 가 있는가.
청간정淸澗亭, 만경대萬景臺 어디어디 앉았던가.
배꽃은 벌써 지고 접동새 슬피 울 때
낙산洛山 동쪽 언덕 의상대에 올라앉아
일출을 보리라 밤중쯤 일어나니

---

14) 삼일포(三日浦): 고성 북쪽에 있는 호수. 신라 때에 술랑(述郎), 남랑(南郎), 영랑(永郎), 안상(安祥) 네 화랑이 이곳의 아름다운 경치에 매료되어 사흘을 머무른 데서 유래한 이름이다.
15) 단서(丹書): 삼일포 남쪽 절벽에 '영랑도남석행(永郎徒南石行)'이라고 쓰인 여섯 글자의 붉은 글씨.

상운祥雲이 피어나는 듯, 육룡六龍이 받치는 듯,
바다에서 떠날 때는 온 나라가 일렁이다가
하늘에 치뜨니 잔털도 세겠구나.
아마도 지나는 구름이 근처에 머물까 두렵네.
이태백은 어디 가고 그의 시만 남았느냐.
천지간 장壯한 기별 자세히도 밝혔구나.[16)]
저물녘 현산峴山의 철쭉을 밟으면서
호화로운 수레가 경포로 내려가니
십 리에 펼친 비단을 다리고 또 다려
솔숲이 두른 곳에 마음껏 펼쳤으니
물결도 잔잔하여 모래를 세겠구나.
배 한 척 띄워내어 정자 위에 올라가니
강문교江門橋 너머에 대양大洋이 거기로다.
조용하다 이 기상, 아득하다 저 경계,
이보다 더한 곳 또 어디 있단 말인가.
홍장고사[17)]를 야단스럽다 하리로다.
대도호부 강릉의 풍속이 좋을시고.
충신 효자 열녀문이 고을마다 널렸으니
표창할 집들이 이제도 있다 할세.
진주관眞珠館 죽서루竹西樓 오십천五十川 내린 물이
태백산 그림자를 동해로 담아가니

16) 천지간~밝혔구나: 이백이 「등금릉봉황대登金陵鳳凰臺」라는 한시에서 나라를 염려하는 마음을 잘 드러낸 것을 가리킨다.

17) 홍장고사(紅粧古事): 고려 우왕(禑王) 때 강원도 감사 박신(朴信)과 기생 홍장(紅粧) 사이의 일화. 박신이 홍장을 사랑하다가 임기가 만료되어 떠나려 할 때, 강릉부사 조운흘(趙云仡)이 뱃놀이에서 홍장을 선녀로 꾸며 박신을 속인 풍류담이다.

차라리 한강의 남산에 닿게 하고저.
여정은 유한하고 풍경이 싫지 않으니
회포도 그윽하고 객수客愁도 둘 데 없다.
뗏목을 띄워내어 두우[18]로 향해볼까.
신선을 찾으러 단혈[19]에 머무를까.
하늘 끝을 보지 못해 망양정望洋亭에 올라 보니
바다 밖은 하늘인데 하늘 밖은 무엇인가.
잔뜩 노한 고래 그 누가 놀랬기에
불거니 뿜거니 어지럽게 구는가.
은빛 파도 꺾어내어 온 세상에 내리는 듯
오월 하늘에 백설은 무슨 일인가.

동해에서 달을 보며 한잔 술로 회포를 풀다

어느새 밤이 들어 풍랑이 잠잠커늘
부상[20] 근처에서 밝은 달 기다리니
길게 뻗은 상서로운 빛 뵈는 듯 숨는구나.
구슬발 다시 걷고 섬돌을 다시 쓸며
샛별 뜨도록 곧추앉아 바라보니
흰 연꽃 한 가지를 그 누가 보내셨나.
이렇게 좋은 세계 남에게 다 뵈고저.
신선 먹는 술 가득 부어 달에게 묻은 말이,

18) 두우(斗牛): 북두성(北斗星)과 견우성(牽牛星)을 아울러 이르는 말.
19) 단혈(丹穴): 고성군 남쪽 10리쯤에 있는 굴. 신라 때 네 화랑이 놀던 곳이라 한다.
20) 부상(扶桑): 해가 뜨는 동쪽 바다 속에 있다고 하는 상상의 나무. 또는 그 나무가 있는 곳.

"영웅은 어디 갔으며 네 신선은 그 뉘던가."
아무나 만나보아 옛 기별 묻자 하니
선산仙山 동해에 갈 길이 멀고 멀다.
솔뿌리 베고 누워 풋잠을 얼핏 드니
꿈에 한 사람이 나에게 이른 말이,
"그대를 내 모르랴? 천상계의 신선이라.
황정경[21] 한 자를 어찌 잘못 읽어서
이 세상에 내려와서 우리를 따르느냐?
잠깐 가지 마오. 이 술 한잔 먹어보오."
북두성 기울여 푸른 바다 부어내어[22]
저 먹고 날 먹이거늘, 서너 잔 기울이니
화풍和風이 산들산들 겨드랑이 치켜드니
저 높은 하늘에 웬만하면 날겠구나.
"이 술 가져다가 온 세상에 고루 나눠
모든 백성을 다 취하게 만든 후에
그제야 다시 만나 또 한잔 하자꾸나."
말 끝나자 학을 타고 하늘로 올라가니
공중의 피리 소리 어제던가 그제던가.
나도 잠을 깨어 바다를 굽어보니
깊이를 모르거늘 끝인들 어찌 알리.
밝은 달이 온 세상에 아니 비친 데 없다.

21) 황정경(黃庭經): 노자(老子)가 지은 도가(道家)의 경서. 신선이 이 경서의 한 글자라도 잘못 읽으면 인간계로 귀양 온다는 전설이 있다.

22) 북두성~부어내어: 북두성을 자루 달린 술잔에 비유하고, 푸른 바다를 술에 비유한 표현이다.

「백상루별곡」은 이현이 1595년선조 28에 영위사迎慰使가 되어 평안도 안주에 머무르는 동안 백상루 주변의 아름다운 경치를 읊은 기행가사紀行歌辭다.

이 작품은 제목 아래에 달려 있는 서문을 통해 창작 동기를 알 수 있다. 이에 의하면 백상루의 아름다움을 널리 전하고자 하는 지방민의 부탁이 계기가 되어 이 작품을 썼다고 할 수 있다. 즉, 풍광이 아름다운 백상루는 많은 사람이 애호할 만한데도 노래로 불리지 않아 널리 알려지지 않았다고 여기는 지방민들의 불만을 해소하려는 것이 이 작품의 주요한 창작 동기인 셈이다.

「백상루별곡」은 우리나라 서북지방의 아름다운 경치를 노래한 현전하는 최고의 서경가사敍景歌辭로서, 백상루의 아름다운 모습과 누각 위에서 바라본 청천강 주변의 경관, 그리고 그 고장의 역사와 치민治民 상황 등을 구체적으로 노래하고 있다. 그런데 누각과 정자를 제재로 하여 노래한 다른 가사 작품들과 달리, 이 작품에서는 작자의 한가로움을 거의 찾아볼 수 없다. 그 이유는 작자가 전란 중에 영위사라는 직책을 수행하고 있었을 뿐만 아니라, 백상루라는 대상 역시 소박한 시골의 누정이 아니라 관청에서 관할하는 큰 규모의 누대樓臺이기 때문인 듯하다.

작품에 나타난 특징으로는 주변 경관을 색채 대비를 통해 시각적으로 선명하게 그려내고 있다는 점을 들 수 있다. 또 '비맹飛甍'이나 '전조구지前朝舊地', '도서반로島嶼半露'와 같이 작자 특유의 시어를 구사하여 의미를 압축적으로 표현하고 있는 것도 이 작품의 특징이라 할 수 있다.

「백상루별곡」은 작자의 문집인 『교취당집交翠堂集』에 실려 전한다.

백상루별곡 百祥樓別曲

이현 李俔

만력萬曆 을미년1595에 나는 양호楊鎬를 맞이하는 사신으로 안주安州에서 1년 반 넘게 머물렀는데 돌아올 기약이 없었다. 객지생활이 처량하고 자고 먹는 일이 무료하여 노니는 여가시간에 백상루에 올라 산천을 두루 보고 광경을 감상하기를 자주 하였다. 혹 촌로와 농부가 누각 옆을 배회하기도 하고, 아무 때나 어른과 아이들이 누각에 오르기도 하고, 다모茶母가 차를 끓이기도 하였다. 난간의 주변에서 노니는 사람은 남녀를 불문하고 모여서 즐기거나 한가로이 잡담하며 하루의 소일거리를 삼았다. 그러던 어느 날 내게 부탁하기를 "백상루百祥樓는 고운 구름이 이르렀다가 흩어지고 멀리 청천강淸川江을 품고 있어서 형승이 관서 지방에서 으뜸이며 명성이 고금에 자자한데, 유독 관현管絃의 반주에 맞추어 부를 노래가 없어서 사람들에게 알려지지 않으니 이것이 큰 흠입니다. 어찌 노래를 지어 전함으로써 호사가의 눈에 들어 입에 오르게 하지 않습니까." 나는 대답하기를, "어허, 신과 사람의 분노가 극심하고 산하의 치욕을 아직 씻지 못했는데 어떻게 노래를 하겠는가. 하물며 나는 재주가 없어서 노래를 잘 짓지 못하니 또한 어찌 경치를 잘 표현하여 이 명승지를 알릴 수 있겠는가"라고 하였다. 여러 사람이 말하기를, "기자箕子의 「맥수가麥秀歌」와 양홍梁鴻의 「오희가五噫歌」가 어떻게 지어졌습니까. 노래의 슬픔이 통곡보다도 심한 것입니다. 어찌 음란한 노래나 요염한 곡조와 견주겠습니까"라고 하였다. 마침내 글을 지어주었다.

백상루를 본 감회를 노래하다

들은 지 오래더니 보았구나, 백상루.
야속하다, 강산이 날 기다리고 있었던가.
처음으로 만나보고 예전 본 듯 반기니
유정有情한 너인가, 인연 있는 나이던가.
고려 옛터를 어느 해에 고쳤기에
웅장한 누각이 어제 세운 듯하구나.
처마가 높이 솟아 공중에 들렸으니
금빛, 푸른빛 밝게 빛나 그림자가 물가에 뻗쳤네.
높은 난간 비겨 앉아 취하여 돌아보니
좌우 현판의 옛사람들 지은 시는
풍경風景이 보채어 조화造化를 얻었으니
생각이 막혀 보탤 것이 전혀 없다.

백상루에 올라 경치를 바라보며 역사적 의미를 되새기다

수많은 푸른 산 흰 구름 사이에 솟아나
높으니 낮으니, 넓으니 좁으니 흩어져 있는 것은
묘향산이 마주보여 푸른 병풍을 둘렀도다.
높다란 성곽이 산허리를 에둘러
굽거니 펴거니, 숨거니 뵈거니
변방의 방비는 철옹성[1]에 가깝도다.
약산동대[2]에 늦은 구름 다 걷히고
향로봉香爐峯 어깨에 자줏빛 노을 비꼈을 때
창문을 열어젖히고 베개에 기대니
번잡한 마음에 눈까지도 겨를 없다.
두 갈래로 내린 물이 누각 앞에 와 모아져
세 갈래 물줄기 되어 섞여 도로 감도니
쌍룡이 뒤틀며 여의주를 다투다가
산성을 가로 풀어 갈라 나온 모양이로다.
바다가 가까워 밀물이 드니
모래밭 흔적 없고 섬들은 반만 드러나
강가 향긋한 풀에 새잎이 흩날릴 때
강 건너 갈대꽃에 엷은 연기 끼었는데
덮은 것은 기러기와 오리, 섞여 도는 것은 갈매기로다.
여울에 썰물 되어 물가가 열어졌으니

1) 철옹성(鐵甕城): 쇠로 만든 독처럼 튼튼하게 둘러쌓은 산성. 곧 방비나 단결 따위가 견고한 사물이나 상태를 이르는 말.
2) 약산동대(藥山東臺): 평안도 영변(寧邊) 약산에 있는 천연의 대(臺). 관서팔경(關西八景)의 하나이다.

마름 캐는 동자와 빨래하는 아녀자는
갯벌을 만나서 웃으며 가는가.
아침 물결 잔잔하여 수면이 맑으니
눈앞이 어른어른 정신이 표연飄然하니
열자가 바람을 타고[3] 공중에 떠 있는 듯.
저물녘 바람 불어 물결을 놀래고
햇빛이 금색 되어 노을이 뻗치니
천상의 신선들이 묘약을 만드느라
불을 조절하며 온갖 곡식 부엌에서 끓이는 듯.
수군 백만이 고기밥이 되었으니[4]
조수潮水의 성난 기운 어느 곳이 잠잠할까.
강가의 일곱 불상[5]은 아느냐 모르느냐.
사람은 죽어도 산수는 그대로니 슬픔이 그지없다.
어른, 아이 예닐곱 기별 없이 찾아오네.
나그네의 정회를 떨쳐내면 어떠한가.
한때의 태평성세를 대강만 물으니
지난일 아득하여 자취만 남았도다.
나중에 태어나 바람결에 술잔 기울이니
못다 푼 시름이 갈수록 새롭도다.

3) 열자(列子)가 바람을 타고: 중국 전국시대의 사상가인 열자가 바람을 타고서 속세의 시비(是非)를 떠났다가 15일이 지난 후에 돌아온 것을 가리킨다.

4) 수군(隋軍)~되었으니: 고구려 장수 을지문덕(乙支文德)이 살수대첩에서 중국 수나라 병사들을 청천강에서 몰살시킨 사실을 가리킨다.

5) 강가의 일곱 불상: 중국 수나라 병사가 배가 없어서 강을 건너지 못했는데, 문득 일곱 중이 옷을 걷어올리고 건너는 것을 보고 물이 얕은 줄 알고 건너다 물에 빠져 죽은 시체가 가득하여 물이 흐르지 않자 '칠불사(七佛寺)'라는 절을 짓고 일곱 중처럼 일곱 돌을 세운 이야기가 『신증동국여지승람新增東國輿地勝覽』에 전한다.

타향에서의 시름과 처지를 노래하다

정사가 안정되어 좋은 제도 시행되니
백성들이 편안하여 난리를 잊었도다.
임금이 환궁하여[6] 중흥을 여시니
가득 찬 티끌을 내일이면 다 쓸겠도다.
천자天子 현명하여 우리를 살펴 양호[7]를 보내시니
소신小臣을 중용하여 영위사[8]로 가라 하여
나랏일을 걱정하여 한시바삐 궁궐을 떠나오니
봄옷을 갓 만든 삼월 초하루였네.
꽃 피고 지고 세월이 흐르고 흘러
뽕과 삼도 거두고 오곡식도 성숙하여
다섯 달이 넘었으니 귀뚜라미 우는 소리에 가을이라 놀랐네.
행장行裝을 만져보고 돌아갈 날 헤아리니
몇 달 어느 날에 채찍을 재촉하여 갈까.
새벽에 꿈이 많으니 갈 길 멀까 하노라.

6) 임금이 환궁(還宮)하여: 임진왜란 때 평안도 의주(義州)로 피란 갔던 선조(宣祖)가 환궁한 사실을 가리킨다.
7) 양호(楊鎬): 정유년(1597)에 왜군이 다시 침략하자 조선을 도우러 온 명나라 장수.
8) 영위사(迎慰使): 조선시대에 중국의 사신을 맞아 접대하고 위로하는 임시 벼슬.

「출새곡」은 조우인이 함경도 지방의 지리와 풍물을 노래한 기행가사紀行歌辭다. 경성판관鏡城判官이라는 변방의 관원으로 부임한 목민관의 심정이 잘 드러나 있을 뿐 아니라, 지방 관리로서 느끼는 사대부의 풍류와 현실인식 역시 잘 나타나 있는 작품이다.

「출새곡」의 서문에 따르면, 조우인이 1616년 가을에 함경도 경성판관으로 떠날 때 친척 형인 조탁曺倬으로부터 정철鄭澈의 「관동별곡關東別曲」이나 백광홍白光弘의 「관서별곡關西別曲」처럼 북쪽 지방을 대상으로 한 가사 작품을 지어달라는 부탁을 받고 이 작품을 지었다고 한다. 따라서 이 작품의 창작 시기는 조우인이 경성판관으로 부임해 있던 1617년에서 1621년 사이일 것으로 보인다.

부임지인 경성으로 떠나는 심정을 노래하는 것으로 시작하는 「출새곡」은 부임지로 가는 도중에 보게 된 변방의 경물과 세태, 태평한 시절에 즐기는 춘흥을 표현하고 있다. 마지막으로 변방에 부임한 처지를 한탄하는 것으로 끝맺고 있다.

다른 사대부 기행가사와 달리 「출새곡」에는 비애와 한탄의 정조가 강하게 나타나 있다. 변방으로 부임해 가는 자신의 처지를 유배 가는 사람으로 그리고 있다든지, 춘흥을 즐기면서도 즐거움보다는 슬픔을 더 두드러지게 드러내고 있는 데에서 이러한 점을 알 수 있다. 이런 정서는 대북파에 의해 중앙 정계에서 밀려난 작자의 처지에서 비롯된 것으로 보인다. 중앙 정계에서 밀려난 작자의 처지가 작품에서는 현실비판적 양상으로 표출되기도 한다. 변방 백성들의 고충은 안중에도 없고, 당리당략을 위해 자신들의 배만 채우려는 중앙 정계의 인물들을 비판하는 것이 그 한 예가 될 것이다. 그러면서도 작자는 작품 전반에 걸쳐 임금에 대한 충정忠情과 신하로서의 도리도 잃지 않고 있다.

「출새곡」은 작자의 가첩歌帖인 『이재영언頤齋詠言』에 「제출새곡후題出塞曲後」라는 서문과 함께 전한다.

출새곡出塞曲

조우인曺友仁

서문이 뒤에 있다.

경성으로 떠나는 심정을 노래하다

북방 이십여 주에 경성鏡城이 문호門戶인데
군사 백성 다스리기를 나에게 맡기시니
망극한 임금의 은혜 갚을 길이 어렵구나.
서생의 일은 글쓰기인가 여겼더니
늙은이의 변방 부임 진실로 뜻밖이로다.
임금께 절하고 칼을 짚고 돌아서니
만 리 밖 국경에 내 한 몸 다 잊었다.

부임지인 경성으로 이르는 여정을 그리다

홍인문興仁門 내달아 녹양평[1]에 말 갈아타고
은하수 옛길을 다시 지나간단 말이냐.
회양 옛 사실[2] 소문만 들었더니
대궐을 홀로 떠나는 적객[3]은 무슨 죄인가.
높고 험한 철령鐵嶺을 험하단 말 전혀 마오.
세상살이에 비하면 평지인가 여기노라.
눈물을 거두고 두어 걸음 돌아서니
서울이 어디요, 대궐이 가렸도다.
안변[4] 북쪽은 저쯤에 오랑캐 땅인데
오랑캐를 정벌하여 천 리 밖 몰아내니
윤관[5] 김종서[6]의 큰 공적 초목이 다 알도다.
용흥강龍興江 건너와 정평부[7] 잠깐 지나
만세교萬歲橋 앞에 두고 낙민루樂民樓에 올라앉아
옥저[8]의 산하 하나하나 돌아보니
천년의 풍패[9]에 상서로운 기운 어제인 듯하구나.

---

1) 녹양평(綠楊坪): 경기도 양주(楊州)에 있는데, 조선시대에 이곳에서 군마(軍馬)를 사육했다.
2) 회양(淮陽) 옛 사실: 중국 한나라 무제(武帝) 때 급장유(汲長孺)가 회양태수로 선정을 베풀었던 일. 회양은 강원도 북부에 있는 고을로, 급장유가 태수를 지냈던 회양과 이름이 같다.
3) 적객(謫客): 귀양살이를 하는 사람. 여기서는 임금 곁을 떠나 경성판관으로 부임하는 작자의 신세를 말한다.
4) 안변(安邊): 함경도에 있는 고을 이름.
5) 윤관(尹瓘): 고려 예종 때의 문신. 여진을 정벌하고 함경도 지방에 구성(九城)을 개척했다.
6) 김종서(金宗瑞): 조선 세종 때 무신. 육진(六鎭)을 개척해 국토를 넓히는 데 큰 공을 세웠다.
7) 정평부(定平府): 함경도 정평에 설치한 도호부(都護府).
8) 옥저(沃沮): 함경도 함흥 일대에 위치했던 고대국가.
9) 풍패(豐沛): 천 년 전 한나라를 건국한 유방(劉邦)의 고향에 빗대어 조선을 건국한 이성계의 고향인 함흥을 가리킨다.

함관령咸關嶺 저문 날에 말은 어찌 병들었는가.
모래바람 자욱한데 갈 길이 멀었구나.
홍원洪原 옛 고을의 천관도[10]를 바라보고
대문령大門嶺 넘어서 청해진[11]에 들어오니
함경도의 요해지要害地요, 남북의 요충지라.
충신과 정예병사 무기를 늘어놓고
강한 활과 쇠뇌[12]로 요충지를 지키는 듯.
태평세월 백 년 동안 전쟁을 잊으니
철통 같은 방어를 일러 무엇하리오.
거산역居山驛 지나서 시중대侍中臺 올라앉아
부상[13]에서 돋은 해를 굽어보고
솔 우거진 십릿길에 말을 다시 재촉해
단천端川을 곁에 두고 사지헌[14]을 찾아가니
백기의 맑은 바람[15] 다시 본 듯하구나.
마운령磨雲嶺 재촉하여 마곡역麻谷驛 말을 쉬고
눈 쌓인 마천령磨天嶺을 허위허위 넘어 드니
진관이 어디인가, 촉잔이 여기로다.[16]
성진[17]의 진鎭 설치가 형세形勢는 좋지만

---

10) 천관도(穿串島): 함경도 홍원 남쪽에 있는 섬.
11) 청해진(青海鎭): 함경도 북청도호부(北青都護部)의 다른 이름.
12) 쇠뇌: 쇠로 된 발사 장치가 달린 활.
13) 부상(扶桑): 해가 뜨는 동쪽 바다 속에 있다고 하는 상상의 나무. 또는 그 나무가 있는 곳.
14) 사지헌(四知軒): 함경도 이원(利原)에 있는 정사(精舍).
15) 백기(伯起)의 맑은 바람: 백기의 청렴결백. 중국 후한(後漢) 때의 학자인 백기는 "하늘이 알고, 신이 알고, 내가 알고, 그대가 안다"는 사지(四知)의 도리를 거론하며 뇌물을 거절한 것으로 유명하다. 여기서는 백기가 말한 '사지'와 '사지헌'을 관련시켜 청백리(淸白吏)로서의 모습을 표현한 것이다.
16) 진관(秦關)이~촉잔(蜀棧)이 여기로다: 지세가 험하기로 유명한 '진관'과 '촉잔'에 빗대어 함경도의 험준한 지세를 표현한 구절이다.

전란 후 변방 백성 피와 살이 말랐으니
조정의 신하들은 아는가 모르는가.
백두산 한 줄기 장백산 되어 있어
천 리를 가로막아 강토疆土를 나눴거든
진鎭이 펼쳐지고 고을이 벌였으니
안팎의 험한 땅은 장하기도 끝이 없다.
하늘에 닿은 푸른 바다 눈바람이 섞어 치는데
험한 곳을 두루 다녀 목랑성[18]에 들어오니,
천 길 성곽은 공중에 비껴 있고
백 길 깊은 해자는 사면에 둘렀으니
인화는 어떻든지 지리야 부족할까.[19]

부임지에서 즐긴 봄의 흥취를 노래하다

군영에 일이 없고 막사 한가할 때
동산휴기[20]하고 북해준[21]을 기울이랴.
춘삼월 좋은 시절 원수대元帥臺에 올라가니

17) 성진(城津): 함경도의 지명.
18) 목랑성(木郎城): 함경도 성진 운주산에 여진족이 쌓은 성.
19) 인화(人和)는~지리(地利)야 부족할까: "천시(天時)는 지리만 못하고, 지리는 인화만 못하다"라는 고사에서 나온 구절과 관련하여, 인화는 어떠한지 잘 모르겠지만 목랑성의 험준한 형세가 주는 지리는 나쁘지 않다는 뜻이다.
20) 동산휴기(東山携妓): 기생을 데리고 동산에 오름. 중국 진(晉)나라 때의 유명한 재상인 사안(謝安)이 풍류를 좋아하여 기생을 데리고 동산에 은거하고는 나라에서 불러도 나가지 않은 고사에 빗대어 기생과의 풍류를 표현한 것이다.
21) 북해준(北海樽): 북해태수를 지낸 중국 후한(後漢)의 공융(孔融)이 빈객을 위해 항시 준비해 둔 술동이.

춘풍이 온화하여 맑은 경치 부쳐내
빼곡한 수풀은 붉은 비단 되어 있고,
눈 같은 파도는 하늘을 끝을 삼아
솟구쳐올랐다가 대臺 앞에 무너지니
은빛 산이 걷히는가, 눈가루를 날리는가.[22]
비단 같은 잔디에 흰 구름 같은 천막 치고
버들잎 맞힌 묘기[23]로 승부를 다투거든
아름다운 여인들 좌우에 벌여 있어
아쟁과 비파를 타거니 켜거니
아름다운 여인들 춤추고 노래 부르니,
봄 경치 끝이 없고 풍경이 무한하니
한바탕 봄놀이 싫증남직하다마는
고향을 바라보니 오령[24]이 가려 있고
객지의 산천은 거의가 육진六鎭이로다.

변방에 부임한 처지를 한탄하다

태평시절 적객謫客은 곳곳마다 군은君恩이로되
대궐에서 멀어짐을 뉘 아니 슬퍼하며
대궐로 돌아감을 어떻게 기약할까.

22) 은빛 산이~날리는가: 파도가 원수대 앞에서 바위에 부딪혀서 물보라가 치는 모습을 묘사한 구절이다.
23) 버들잎 맞힌 묘기(妙技): 중국 춘추시대에 양유기(養由基)가 활을 잘 쏴서 백 보 떨어진 거리에서 버들잎을 쏴도 백발백중이었다는 고사를 말한다.
24) 오령(五嶺): 함경도 단천에 있는 고개.

평생 품은 뜻이 전혀 없다고 할까마는
시운時運의 탓인가, 운명에 매였는가.
흰머리에 세월이 쉬이 가니
임금과 멀어진 신하는 원망도 많구나.
이 잔 가득 부어 이 시름 잊자 하니
동해를 다 퍼낸들 이내 시름 어찌할까.
어부 이 말 듣고 낚싯대 둘러메고
뱃전 두드리며 노래를 부르니,
"세상일 잊은 지 오래니 몸조차 잊었노라.
온갖 세상살이는 낚싯대 하나뿐이로다.
갈매기는 나와 벗이라 오며 가며 하는구나."

출새곡의 서문

병진년1616 가을에 외람되이 경성으로 가라는 명을 받았다. 치재恥齋 조탁曺倬을 뵈었는데, 공公이 술자리를 마련하여 전송하면서 말하기를, "백광홍白光弘의 가사는 관서에서 울리고 정철鄭澈의 가사는 관동에 퍼졌는데, 북쪽에는 들리는 것이 없다. 고금에 변방을 왕래한 문인과 재주 있는 사람이 어찌 한둘이었으며, 오히려 그러한 것이 풍류장의 흠이 아니겠는가. 그대가 나를 위해 뜻을 다하고 생각을 가다듬어 장가長歌 한 편을 지어와서 늙은 형의 고적한 회포를 위로함이 옳도다"라고 말했다. 내가 "예, 예" 대답하고 간 지 한 달여가 지나 비로소 경성에 도달하니, 경성과 서울의 거리가 거의 이천여 리였다. 길은 사령四嶺을 넘고, 땅은 육진六鎭에 닿아 풍속과 경치가 색달라 서남쪽과 같지 않았으며, 옥저沃沮 이북으로는 바닷가 외길로 되어 있어 험준함이 심했다. 길을 따라 있는 물색物色은 마음과 눈을 즐겁게 할 것이 거의 없다시피 하였다. 그러므로 눈과 귀에 미치는 것을 거두어모아 장가 한 편을 지어 이름 붙이기를 「출새곡」이라 하였다. 노랫말은 무릇 백십여 언言인데, 슬프고 처량하여 스스로 너그럽고자 해도 그럴 수 없었다. 이는 대개 변방에 부임하게 되면 인정상 반드시 그렇게 된다. 한스러운 것은 경성이 북방의 군영이라는 것이다. 비록 기생과 음악이 있어도 항상 오랑캐의 풍속과 섞여 있다. 그러므로 늘 접하는 그 지역의 음악은 다 음란한 노랫말이요, 아가雅歌를 부르고 투호를 즐기는 등의 유서 깊은 일은 없었다. 이 노랫말에 관현악의 음률을 올리고자 해도 쓸 데가 없었다. 그러므로 노랫말은 완성했으나 상자에 감추어두었다. 다른 날 돌아가서 다만 스스로 펼쳐보면 근심스런 마음을 풀어버리는 데 좋을 것이다.

「관동속별곡」은 조우인이 관동지방을 여행했던 경험을 떠올리며 그 여정과 감회를 기록한 기행가사紀行歌辭다. 이 작품에는 창작 동기를 알 수 있는 서문이 달려 있다. 이에 의하면, 작자가 만년晩年에 우연히 정철鄭澈의 「관동별곡關東別曲」을 읽고 느낀 바가 있어 젊었을 때에 관동지방을 유람한 기억을 떠올리며 이 작품을 지었다고 한다. 「관동별곡」의 속편을 자처한 만큼, 「관동별곡」에 나오는 곳은 간략히 다루고 정철이 가보지 못한 곳의 경치에 대해서는 자랑스럽게 노래하고 있다.

「관동속별곡」은 먼저 금강산으로 향하는 노정을 이야기하고, 다음으로 금강산의 명승지와 관동팔경을 본 감회를 노래하는 것으로 이루어져 있다. 마지막으로 신선과 대화하며 자신의 처지와 심정을 우회적으로 표현하는 것으로 끝을 맺는다.

「관동속별곡」에서 작자는 아름다운 자연을 즐기면서도 현실에 대한 비판을 잊지 않고 있어 주목된다. 광해군光海君을 둘러싸고 있던 간신배들에 대한 사무친 증오심을 명경대明鏡臺를 매개로 하여 표출하고 있는 대목이 그 한 예이다. 또한 과거에 자기를 미워하여 온갖 고초를 겪게 하고, 국정을 망치고 임금을 속인 이이첨李爾瞻 일당을 비판하는 대목도 눈에 띈다.

작품에 나타난 표현상의 특징으로는 우회적 형상화 방식과 다양한 수사법을 활용하고 있는 점을 들 수 있다. 특히 작품의 결사 부분에서 항아라는 전설상의 인물과 나누는 대화를 통해 자신의 생각을 우회적으로 표출하고 있어 작자의 심회를 직접적으로 서술하는 단조로움에서 어느 정도 탈피하고 있다.

「관동속별곡」은 작자의 가첩歌帖인 『이재영언頤齋詠言』에 서문과 함께 전하며, 서문에는 작품의 제목이 '속관동별곡續關東別曲'으로 되어 있다. 작자의 문중에 전해오는 『간례簡禮』에는 이 작품의 끝부분이 소실된 채 실려 있다. 여기서는 『이재영언』에 수록된 작품을 대상으로 한다.

관동속별곡關東續別曲

조우인曺友仁

서문이 뒤에 있다.

관동의 금강산으로 향하는 심정을 읊다

네 신선[1]이 놀던 땅을 관동이라 하되
속세의 반평생에 세월이 다 지나는데
세상 밖 경치가 홍취를 재촉하니
나그네 꾸린 짐은 나귀뿐이로다.
무안사武安寺 지나 올라 승학교乘鶴橋 건너니
속세가 점점 멀어 선경이 가깝던가.
삼부락三釜落, 화적연禾積淵도 기이하다 하려니와

1) 네 신선: 신라 때의 네 화랑인 술랑(述郎), 남랑(南郎), 영랑(永郎), 안상(安詳).

칠담漆潭, 고석정孤石亭을 비길 데 또 있는가.
직목역直木驛 잠깐 쉬고 통구현通溝縣 잠을 깨어
단발령斷髮嶺 높은 재를 순식간에 올라가서
두 눈을 부릅뜨고 만 리를 바라보니
바다 위 봉래산[2]이 코앞에 뵈는구나.

금강산의 명승지와 관동팔경을 구경한 감회를 노래하다

산신령도 유정有情하여 나 올 줄 어찌 알고
청학靑鶴 한 쌍을 마중하러 보내니,
연잎 옷[3]을 떨치고 공중에 솟아올라
장안사長安寺, 만폭동萬瀑洞을 눈 아래 굽어보고
보랏빛 연기 헤치고 백천동百川洞 찾아드니
서른여섯 선경 중에 첫째가 여기로다.
명경대明鏡臺, 업경대業鏡臺는 어찌하여 생겼는가.
저승의 왕들이 차례로 벌여 앉아
인간의 선악을 낱낱이 가려내니
예로부터 임금 속이고 아첨 잘하는 간신들이
불지옥에 몇이나 들었는가.
천 길 낭떠러지에 고운 풀을 밟고 올라
영원암靈源庵 높은 절에 쉬면서 돌아보니,
백마봉白馬峯 머리 지어 축융봉祝融峯 다 닿도록

2) 봉래산(蓬萊山): 중국 전설 속의 영산(靈山)인 삼신산(三神山) 가운데 하나. 동쪽 바다의 가운데에 있으며, 신선이 살고 불로초와 불사약이 있다고 한다. 여기서는 금강산을 가리킨다.
3) 연잎 옷: 고결한 사람이나 은자(隱者)가 입는 옷.

높이 솟아 변하여 벌여 있는 여러 봉들이
속세를 가로막아 다른 세상 열었으니
호중천[4]과 별천지가
또 어디 있는가, 이 땅이 그 아닌가.
송라성松羅城 넘어서 천일대天逸臺 올라앉아
눈 쌓인 천만봉千萬峰 역력히 세어보니
세상이 생길 때 무슨 기운 내어서
저토록 재주를 부려 만들었는가.
과아[5]가 옮겼는가, 조각칼로 새겼는가.
진편[6]에 옮겨왔는가, 신비한 도끼로 다듬었는가.
생동하는 기상과 번쩍이는 빛줄기가
달리는 듯 머무는 듯, 섰는 듯 뛰노는 듯.
큰 파도 헤치고 안개 위에 솟아올라
아득히 먼 하늘을 우뚝이 받쳤는데
오색보천[7]을 말로만 들었더니
하늘 받친 여덟 기둥을 보고서야 알겠노라.
경치 좋은 만폭동에 신선을 다시 찾아
동주십팔절[8]에 월굴[9]을 열어보고

4) 호중천(壺中天): 중국 한나라 때 신선인 호공(壺公)이 항아리를 집으로 삼고 술을 즐기며 세속을 잊었다는 고사에서 비롯된 말로서, 선경(仙境)을 가리킨다.

5) 과아(夸娥): 큰 힘을 가진 신선. 옛날 중국에 우공이라는 노인이 집을 가로막은 산을 옮기려고 하자 옥황상제가 과아를 시켜 산을 옮기게 하였다는 우공이산(愚公移山)의 고사가 전한다.

6) 진편(秦鞭): 진시황(秦始皇)의 채찍질. 진시황이 돌다리를 놓아 바다 건너 해가 돋는 곳을 보려 하자 신인(神人)이 나타나 돌을 굴려 바다를 메우는데, 돌이 빨리 구르지 않자 채찍으로 돌을 때려 옮겼다는 고사가 전한다.

7) 오색보천(五色補天): 오색의 돌로 하늘을 메움. 하늘을 받친 기둥이 넘어져 비가 새는 것을 중국 상고시대 전설상 여제(女帝)인 여와씨(女媧氏)가 오색의 돌을 다듬어 구멍난 하늘을 메웠다고 한다.

지팡이를 다시 짚어 자하동紫霞洞 향해 가니
연주담聯珠潭, 녹주담綠珠潭, 벽해담碧海潭 내린 폭포
고운 구슬 흩뿌렸는가, 흰 비단 걸었는가.
세찬 우레가 싸우는가, 거령[10]이 소리치는가.
마하연摩訶衍 곁에 두고 원적암圓寂庵 돌아들어
비로봉毘盧峯 정상에서 머리를 들어 보니,
찬란한 은과 옥을 그 누가 새겨서
하늘 끝을 높이 괴어 지축地軸에 꽂았는가.
올라가보려 하면 한걸음에 가능할까.
한걸음 옮기고 또 한걸음 다시 옮겨
조금씩 나아가 정상에 올라가니
넓고 넓은 세상을 덮은 것이 하늘이고
일월성신은 머리 위에 벌였으니,
음양陰陽, 청탁淸濁과 만물의 생성이
뚜렷이 늘어서 눈 아래에 들어오니
어디를 또 오르며 볼 것이 무엇인가.
본 것이 이만하면 쾌활하다 하리로다.
송강松江 정철鄭澈은 마침 들어오되
신선과 인연이 없었던가, 도인이 아니었던가,
다리가 부실하여 도중에 그쳤던가.
어느 누가 금했기에 못 올라보았는가.

8) 동주십팔절(銅柱十八節): 금강산의 보덕암(寶德庵). 보덕암은 절벽 위에 구리기둥 하나로 받쳐져 있는 암자다.
9) 월굴(月窟): 달이 떠오르는 곳.
10) 거령(巨靈): 화산(華山)을 쪼개어 갈라놓았다는 중국 전설상의 하신(河神). 황하(黃河)를 가로막고 있는 화산을 손으로 두 조각 내서 황하가 곧바로 화산을 지나갈 수 있게 하였다 한다.

천상의 여러 왕을 웃으며 하직하고
서둘러 재촉해서 산 아래로 내려올 때
구룡연九龍淵, 십이폭포十二瀑布 순식간에 둘러보니
만이천봉을 나막신으로 거쳤구나.
솔그늘을 헤치고 시중대侍中臺 앉아보고
흰 돛을 높이 달아 천도穿島를 지나오니
하늘 받친 자라 기둥[11]은 넓은 바다에 솟아 있고
거북이 가져온 글[12]은 푸른 절벽에 벌였으니
조물주의 사정을 그 누가 헤아릴까.
작은 배를 다시 저어 사선정四仙亭 찾아오니
여섯 글자의 붉은 글씨[13]는 신선 자취 어제인데
신선이 타던 학은 언제나 다시 올까.
솔 울창한 화진포花津浦에 다닌 곳을 찾아보니
지난날의 흔적은 영랑호永郎湖뿐이로다.
바람 불고 이슬 내리는 요대[14]에 퉁소를 비껴 불며
구슬 가진 선녀를 한고에서 마주보아[15]
바람을 타고서 경포鏡浦로 들어오니
삼입악양인[16]이 오는 줄 어찌 알아

11) 하늘 받친 자라 기둥: 동해에 신선이 산다는 대여산(代輿山), 원교산(員嶠山), 방호산(方壺山), 영주산(瀛洲山), 봉래산(蓬萊山)을 큰 자라가 이고 있다는 전설에 착안한 표현이다.

12) 거북이 가져온 글: 중국 하(夏)나라의 우왕(禹王)이 홍수를 다스릴 때, 낙수(洛水)에서 나온 거북의 등에 씌어 있었다는 마흔다섯 개의 점으로 된 아홉 개의 무늬.

13) 여섯 글자의 붉은 글씨: 삼일포(三日浦) 남쪽 절벽에 쓰인 '영랑도남석행(永郎徒南石行)'이라는 붉은 글자.

14) 요대(瑤臺): 신선이 사는 곳으로, 달을 가리킨다.

15) 구슬 가진 선녀를 한고(漢皐)에서 마주보아: 중국 주(周)나라의 정교보(鄭交甫)가 한고의 정자에서 구슬을 차고 있는 두 여인을 만나서 눈짓을 하니 구슬을 풀어 주었다는 고사를 말한다.

16) 삼입악양인(三入岳陽人): 중국 당나라 때 낙양(洛陽) 출신의 장열(張說)이 악양(岳陽)의 동정호(洞庭湖)를 좋아하여 여러 번 찾았던 고사에 빗대어 경포를 찾아온 작자를 표현한 구절이다.

동정호 칠백 리를 순식간에 옮겨왔는가.
달 밝은 한송정寒松亭에 신의 있는 갈매기는
낭음비과[17]를 아는가 모르는가.
능파나말[18]은 낙수洛水로 돌아갔는가.
장건의 뗏목[19]을 맞이할 듯하건마는
월송정越松亭 보는 것을 잊을까 생각했던가.
동해를 다 보고도 기운이 남았는데
그것이 싫지 않아 봉서루鳳栖樓 올라가니
대나무 열매 오동꽃[20]은 어제인 듯하건마는
아홉 빛깔 봉황새는 언제나 내려올까.

자신의 처지와 심정을 드러내다

우연[21]에 해 지고 달이 솟아오를 때
옥잔玉盞에 맑은 술을 부어 잡고 기다리니
항아[22]의 달그림자 잔 밑에 흘러내려

---

17) 낭음비과(浪吟飛過): 낭랑히 시를 읊으며 날아서 지나감. 경포에 배 띄우고 시를 읊으며 노니는 작자의 풍류를 중국 당나라 여동빈(呂洞賓)의 시구절 '낭음비과'에 빗대어 표현한 어구이다.

18) 능파나말(凌波羅襪): 비단버선 신고 사뿐사뿐 걷는 걸음. 곧 낙신(洛神)의 걸음걸이, 또는 낙신을 이르는 말. 중국 고대 삼황오제(三皇五帝)의 한 사람인 복희씨(伏羲氏)의 딸 복비(宓妃)가 낙수(洛水)에 빠져 죽은 뒤 낙신이 되었다고 한다.

19) 장건(張騫)의 뗏목: 중국 한무제(漢武帝) 때 장건이 뗏목을 타고 은하수를 건너 직녀를 만나서 베틀을 괸 돌을 얻어왔다는 고사를 말한다.

20) 대나무 열매 오동꽃: 죽실동화(竹實桐花). 대나무 열매와 오동나무 꽃. 봉황은 오동나무에 살면서 예천(醴川)의 물을 마시고 대나무 열매를 먹는다고 한다.

21) 우연(虞淵): 전설에 나오는 해가 지는 곳.

22) 항아(姮娥): 달에 산다는 전설 속의 선녀.

달에 사는 항아의 말을 나에게 이르되,
"인간의 번뇌 때문에 옛 사실 잊었는가.
옥황상제 책상에 노닐던 그대이니
선계를 떠나서 이 땅에 보낸 뜻은
정녕코 옥황상제 돌보심이 무심할까마는
세상살이 어떻기에 떠돌아다니는가.
그 잔 다 먹고 또 한잔 가득 부어
삼생三生의 업보를 다 씻어버린 후에
조만간에 옥황상제 곁에 다시 올라오너라."

속관동별곡의 서문

나는 본래 구속받지 않는 사람이라 일찍이 산수를 유람하는 버릇이 있었다. 비록 중년에 벼슬길에 골몰하였으나, 속세 밖 산수의 승경勝景은 몽매夢寐 중에도 왕래하지 않은 적이 없었다. 우연히 송강 정철의 「관동별곡」을 얻어 보았는데, 노랫말의 의취意趣가 뛰어나고 가락이 매끄럽고 맑을 뿐만 아니라, 수천 마디 말로 얽어서 감격과 격정의 마음을 다 그렸으니, 참으로 뛰어난 작품이다. 반복해 읊어보면 그저 부러울 따름이다.

마침 계속되던 비가 개고, 초가을이 이미 반이나 지났다. 나도 모르게 표연히 세상을 떠날 마음이 있어 드디어 관동을 유람하기로 결심하였다. 동쪽으로 흥인문을 나가서 적화담과 삼부폭의 승경을 구경하고, 칠담을 보고, 고석정에 오르고, 단발령을 넘어서, 내금강과 외금강의 온갖 골짜기를 둘러보니, 발자취가 닿지 않은 곳이 거의 없었다. 드디어 비로봉 정상에 이르러, 땅끝을 쳐다보고 아득한 바다를 오래 바라봐도 싫증이 나지 않았다. 이에 바다를 따라 남쪽으로 월송정에 이르러 되돌아왔다. 이때 마음과 눈의 상쾌함은 신선 세계의 유람이 부럽지 않았다.

이제는 늙어서 비록 예전의 노닐던 곳을 다시 찾으려 하나, 할 수 있겠는가. 이에 지난날 발로 거치고 눈으로 보았던 곳을 기억하여 장가長歌 한 편을 지어서 이름을 「속관동곡續關東曲」이라 하였다. 그 안에 정철이 가사에서 상세히 말했던 것은 가끔 빼고 넣지 않았으니, 대개 자연의 경치를 남겨둔 것이 많지 않았기 때문이다.

가사가 완성되어 스스로 한번 훑어보니, 비록 정철의 만분의 일에도 미치지 못하나, 한가한 때에 홀로 박자를 맞춰 높이 읊조리니, 답답함을 풀고 근심을 떨쳐 정신을 활짝 펴는 데 도움이 아니 되지는 않을 것이다. 백천동의 그윽함과 비로봉의 높음과 구룡연의 기이함 같은 것은 다 송강이 이르지 않은 바이니 간간이 자랑하는 말로 이를 압도하였다. 송강이 안다면 어찌 허허 웃으며 부러워하지 않겠는가. 보는 이는 거만함을 용서하여 꾸짖지 말기를 바란다.

이때에 매호의 늙은이가 쓴다.

제4부

전쟁가사

「남정가」는 양사준이 을묘왜변乙卯倭變 때 왜구를 토벌하고 지은 전쟁가사戰爭歌辭다. 이 작품이 실려 있는 『남판윤유사南判尹遺事』에는 작자가 양사준의 형인 양사언楊士彦으로 표기되어 있으나, 이는 『남판윤유사』의 편찬자가 잘못 기록한 것이다.

1555년명종 10 을묘왜변이 일어나자 작자는 한낱 서생書生의 신분으로 김경석金景錫의 막하에 들어가 남정군南征軍과 함께 전라도 영암靈巖에서 왜구를 물리치고 이 작품을 지었다. 그러므로 이 작품은 당시 전란에 직접 참여한 작자의 생생한 경험담과 감회를 아주 사실적으로 표현해놓은 것이라 할 수 있다. 전쟁을 소재로 한 가사 작품의 효시로 평가되는 이 작품은, 후에 박인로朴仁老의 「태평사太平詞」와 「선상탄船上嘆」에 영향을 끼친 것으로 보인다.

「남정가」는 조선이 태조의 창업 이후 200년 동안 전란을 모르다가 왜구의 침략으로 황폐해진 당시 상황을 노래하는 것으로 시작한다. 이어서 전란을 평정하려고 영암에 내려와 왜구를 토벌한 과정을 소상히 읊고서, 그 승전의 공을 선왕先王과 명종明宗에게 돌리고 자신의 충심과 우국을 다짐하는 것으로 끝을 맺고 있다. 이처럼 이 작품은 왜구의 침략을 물리친 과정과 그때그때의 감회를 다소 과장되게 표현한 일종의 승전가인 셈이다.

남정가 南征歌

양사준 楊士俊

을묘왜변을 진압하려고 순식간에 영암까지 내려오다

나라에 일이 없어 이백 년을 넘어드니
벼슬아치 편안하여 전쟁을 잊었다가
때는 을묘년 계절은 여름에
왜구가 침입하니 배 숫자를 뉘 세리오.
생각 없는 저 병사兵使야,
네 진영陣營 어디 두고 달량포達梁浦로 들어가느냐.
옷 벗어 항복함이 처음 뜻과 다르구나.[1)]

---

1) 생각 없는~다르구나: 전라도 병마절도사(兵馬節度使) 원적(元積)이 장흥부사 한온(韓蘊)과 함께 왜구를 막으려 전라도 달량포로 출전했으나, 오히려 왜구에게 포위되어 의관을 벗어 항복의 뜻을 알린 사실을 말한다.

부모와 처자를 뉜들 아니 두었는가.
칼 맞거니 살 맞거니 시신이 가득하니
불쌍하다 남도 백성이여, 왜구들 승기勝氣 타고 열 성城을 함락하니
봉峯마다 봉화烽火요, 골골이 병화兵火로다.
군센 노장[2]과 한낱 서생[3]이 좋은 술 가득 부어
임금께 하직하니 집 걱정은 잊었노라.
하늘이 지어낸 월출산月出山이 높은데
영암 진영陣營에 사흘 만에 왔단 말인가.
선왕先王이 나라 세워 큰 터전 두었으니
군정軍政도 갖추고 기율紀律도 있지마는
미숙한 군졸과 녹슨 병기로 큰일을 어찌하리.
불치, 밤치, 갈학재의 산길이 험악하고 초목이 빽빽한데
엎어지면 일어나고 엎드리며 달려오니
청풍원淸風院 보현원普賢院을 순식간에 왔도다.

용맹한 기세로 왜구들을 진압하다

붉은 방패 높이 들고 흰 칼날 부딪쳐
주장은 삼령하고 종사는 오신하니[4]
대군大軍은 엄숙하고 군사와 말 용맹하거늘

2) 노장(老將): 여기서는 좌·우도 방어사(防禦使)로 임명된 김경석(金慶錫)과 남치훈(南致勳)을 이르는 듯하다.
3) 서생(書生): 여기서는 작자인 양사준을 가리킨다.
4) 주장(主將)은 삼령(三令)하고 종사(從事)는 오신(五申)하니: 군대에서 같은 것을 여러 차례 되풀이하여 자세히 명령하고 깨우침으로써 군기가 엄격하다는 것을 보인다는 뜻이다.

동성東城 치달아 적병을 굽어보니 이미 눈앞이로다.
깊이 닫힌 사당은 공자 모신 곳이자 선비의 쉼터인데
여기저기 머무르며 사당을 더럽히니
극악한 적의 무도함이 삼포왜란三浦倭亂 때도 이렇던가.
높디높은 재 향교 뒤에[5] 있단 말인가.
왜구들 돌진하여 여러 가지 전법들에
온갖 병기 펼치는 소리가 온 성을 울리도다.
군사야, 두려워 마라. 비장[6]아, 가자꾸나.
적의 계책 불측不測이라 한 무리 배회하고 또 한 무리 행군한다.
나주羅州 가로질러 모산茅山으로 돌아드니 원수부元帥府에 가깝도다.
군영軍營을 능멸함이 이토록 심하단 말인가.
응양대, 풍마대, 좌화열, 우화열[7] 일시에 뛰어드니
포탄은 우박 흩어지듯, 성난 파도 눈 날리듯, 화살은 비 오듯 하도다.
나를 이길 수 없거늘 어디라고 들어오느냐.
긴 창을 네 부리느냐, 큰 칼을 네 쓰느냐.
칼 맞아 살더냐, 화살 맞아 살더냐.
우리 병사 포위하니 내달아 어디 가리.
봄 사냥, 여름 사냥, 가을 사냥, 겨울 사냥을
용면[8]의 뛰어난 솜씨로 그려낸들 이같이 쉬우랴.
징과 북 두드리니 성엔 승기 가득하고
사기 높은 군사들 적을 찾아 사로잡네.

5) 향교 뒤에: 노래의 흐름으로 볼 때 몇 구절이 빠진 듯하다.
6) 비장(裨將): 조선시대에 감사(監司), 유수(留守), 병사(兵使) 등을 따라다니며 일을 돕던 무관 벼슬.
7) 응양대(鷹揚隊), 풍마대(風馬隊), 좌화열(左花列), 우화열(右花列): 미상. 옛날 군대의 각 부대 이름인 듯하다.
8) 용면(龍眠): 중국 송나라 때 이름난 화가인 이공린(李公麟).

깃발을 보아하니 매단 것 적의 머리요
동성 돌아보니 쌓이는 것 적의 시체로다.
날이 저물고 병사와 말 피곤하여
섬멸하지 못함이야 일러 무엇하리오.
비장아, 올라가 임금께 적장의 머리 바쳐라.
치열한 싸움에 거둔 성과를 다 살펴 가거라.
적의 시체 수습하여 큰 무덤을 만드니
덕진교德津橋엔 예전에 없던 새 산이여.
어제 일 생각하면 급하기도 하였구나.
싸움마다 불리하니 원수元帥는 임금께 무엇이라 아뢸까.
뛰어난 장수라면 쉽게 아니할까마는
마원의 노익장[9]을 어느 때 자랑할까.
선왕은 하늘에 있고 우리 임금 어지시니
영암의 큰 승리는 우리 공이 아니로다.
남도 백성 돌보시어 군사를 보호하니 선왕의 신령함이도다.
나라가 경사로워 군사들 춤을 추니 우리 임금 만세로다.
월출산이 높단 말인가, 덕진德津이 맑단 말인가.
하늘의 비 무기 씻어 전란이 그쳤으니
병사들 환호 소리 사방에 가득하도다.

9) 마원(馬援)의 노익장(老益壯): 나이 들수록 더욱 왕성한 마원의 기운. '마원'은 중국 후한(後漢) 광무제(光武帝) 때 장수로, 62세의 나이에도 말을 타고 용맹을 뽐냈다고 한다.

백성들에게 충효를 권면하다

남녀 백성들아, 어디어디 가 있다가 모두 다 오느냐.
곡식은 알차고 뽕과 삼은 무성하니
국태민안國泰民安하여 태평하리로다.
이겼다고 경계를 늦추지 마시고
병사, 병기 정비하고 농사를 아울러서
군정軍政을 밝히시되 예의로 다스리소서.
웃어른 공경함이 그 아니 좋으리까.
안 가르치고 싸움터에 내보내 죽게 하면 백성 탄압 아닙니까.
승전가 드높으니 어리석다 이 몸이여,
충성심에 우국의 마음이야 잊을 때 없소이다.

「명월음」은 최현이 임진왜란 때 임금을 향한 연군의 정을 노래한 전쟁가사戰爭歌辭다. 창작 시기는 대략 1594년선조 27에서 1597년선조 30 사이로 추정된다.

「명월음」은 임진왜란으로 피란길에 오른 선조宣祖를 밝은 달〔明月〕에 의탁하여 우국연주憂國戀主의 지극한 정을 노래한 것이다. 태평스럽던 조선이 하루아침에 전운戰雲에 휩싸이고 천지가 어둡게 되었다고 탄식하는 것으로 이 작품은 시작한다. 이어서 변화무쌍한 풍운風雲이라도 명월의 빛은 끝내 빼앗을 수 없다고 하면서 언젠가는 명월이 어두운 천지를 빛내줄 것을 간절히 염원한다. 마지막으로 전란이 끝날 때를 고대하며 임금을 향한 단심丹心을 지킬 것을 맹세하는 것으로 끝맺고 있다.

이처럼 이 작품에는 전란을 맞아 불굴의 투혼으로 나라에 충성을 바치겠다는 굳은 의지가 잘 나타나 있으며, 전쟁을 증오하고 평화를 희구하는 작자의 마음 역시 진솔하게 잘 드러나 있다. 작자의 또다른 가사 작품인 「용사음龍蛇吟」이 전란으로 황폐화된 당시 현실에 안일하게 대처하는 위정자들에 대해 비분강개를 토로한 것이라면, 「명월음」은 전란으로 위태로워진 나라와 임금에 대한 안타까움을 구름에 가린 달에 빗대어 표현하고 있어 서정성이 짙은 작품이라 할 수 있다.

「명월음」은 작자의 문집인 『인재속집訒齋續集』에 실려 전한다.

명월음明月吟

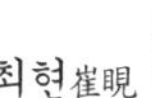

최현崔晛

명월의 원만함과 밝음을 찬양하다

달아 밝은 달아 하늘에 뜬 달아,
모양은 언제 났으며 밝기는 뉘 만들었나.
서산에 해 숨고 긴 밤이 어두울 때
경대를 열어놓고 거울을 닦아내니
한 줄기 밝은 빛에 온 세상이 다 밝구나.

구름에 가려진 명월을 안타까워하다

하룻밤 찬바람에 눈이 왔나, 서리 왔나.
어찌하여 온 세상이 백옥白玉 궁궐 되었는가.
동창이 다 밝거늘 수정발을 걸어놓고

거문고 비껴 안아 봉황곡[1]을 연주하니
소리마다 그윽히 맑아 하늘까지 들어가서
배회하는 달 속의 옥토끼도 돌아본다.
유리잔에 호박주琥珀酒를 가득 부어 권하니
유정有情한 항아[2]도 잔 밑에 비치었다.
맑은 빛을 머금으니 마음속에 흘러들어
넓고 넓은 가슴속에 아니 비친 데가 없다.
옷가슴 풀어헤쳐 광한전[3]에 돌아앉아
마음에 먹은 뜻을 다 아뢰려 하였더니
심술궂은 뜬구름이 어디서 와 가리는가.
천지가 깜깜하여 온갖 사물 다 못 보니
위아래와 사방에 갈 길을 모르겠네.
먼 봉우리 반쪽 끝에 옛 빛이 비치는 듯,
구름 사이로 나오더니 떼구름 솟아나
희미한 한 빛이 점점 아득하게 온다.
중문重門을 닫아놓고 뜰가에 따로 서서
매화 한 가지를 달빛인가 돌아보니
처량한 향기가 나를 좇아 시름한다.
성긴 발을 드리우고 안방에 혼자 앉아
황금거울 닦아서 벽 위에 걸어두니
제 몸만 밝히고 남 비출 줄 모르도다.
둥근 비단부채로 긴 바람을 부쳐내어 이 구름 다 걷고자.
푸른 대나무로 천 길의 비를 매어 저 구름 다 쓸고자.

1) 봉황곡(鳳凰曲): 봉이 황에게 구애하는 곡. 중국의 사마상여(司馬相如)가 지었다고 한다.
2) 항아(姮娥): 달에 산다는 전설 속의 선녀.
3) 광한전(廣寒殿): 달 속에 있다는 상상의 궁전.

하늘은 만 리요, 이 몸은 티끌이니
쓸쓸한 이내 뜻이 생각하니 허사로다.

단심을 지켜 명월 볼 날을 기다리다

가뜩이나 시름 많은데 긴 밤은 어떠한가.
뒤척이며 잠 못 이뤄 다시금 생각하니
달이 차면 기우는 것 천지에 무궁하니
풍운風雲이 변화한들 본색이 어디 가리.
우리도 단심丹心을 지키어 명월 볼 날 기다리노라.

「용사음」은 임진왜란 때 의병을 일으켜 공을 세운 최현이 지은 전쟁가사戰爭歌辭다. 제목의 '용龍'과 '사蛇'는 각각 임진년壬辰年인 1592년선조 25과 계사년癸巳年인 1593년선조 26을 가리키는데, 이때는 임진왜란이 발발하여 왜적들이 조선을 한창 침략하던 시기이다. 이러한 점을 참고한다면, 이 작품은 1594년선조 27이나 그 이후 1~2년 사이에 창작되었을 것으로 추정할 수 있다.

「용사음」은 갑작스럽게 전란을 당한 작자의 황망한 심정을 표현하고, 이어서 전란 초기에 곳곳에서 의병들이 일어나 왜적에게 짓밟혀 초토화된 국토를 다시 찾게 된 기쁨을 노래하는 것으로 이루어져 있다. 이를 통해 이 작품은 위기에 처한 국가와 민족의 수난을 통탄하고 전란으로 피폐해진 백성들의 참상에 가슴 아파하는 작자의 심회를 사실적으로 드러내고 있다.

특히 이 작품에는 임진왜란 당시의 현실이 구체적으로 잘 나타나 있으며, 이러한 현실을 목도한 작자의 울분과 탄식이 거침없이 드러나 있다. 왜적의 침략을 눈앞에 보고도 당리당략과 가렴주구를 일삼으며 국정을 돌보지 않는 위정자들에 대해 작자는 신랄한 비판을 멈추지 않는다. 아울러 전란으로 인해 황폐화된 현실을 바라보는 작자의 비분강개 역시 주목할 대목이다. 이러한 점에서 이 작품은 작자의 구체적 체험과 날카로운 비판의식에서 우러난 우국충정을 진솔하게 다룬 고발문학이라 할 수 있다.

「용사음」은 작자의 문집인 필사본 『인재속집訒齋續集』에 실려 전한다.

용사음龍巳吟

최현崔晛

갑작스런 전란에 당황해하다

내 탓인가 뉘 탓인가, 천명天命인가 시운時運인가.
잠깐 사이에 어찌 된 줄 나 몰라라.
전쟁 많은 세상에 흥망도 덧없고
남북의 오랑캐도 예부터 있지마는
참혹과 상심이 이토록 컸던가.
변방에 성 쌓으니 오랑캐 범접 못하고
치욕 씻고 악惡 없애니 천하가 한 식구더니
황제의 힘 약해져 오랑캐가 강성하여
유총[1]의 말발에 간과 뇌가 짓밟히고,

1) 유총(劉聰): 중국 오호십육국(五胡十六國)시대 전조(前趙)의 소무제(昭武帝). 북방 오랑캐 출신으로 잔인하기로 유명하다.

석륵[2]의 호령에 흙먼지 가득하니
송제양진[3]에 남북을 뉘 나눴는가.
머나먼 아미산에 행차도 급박하구나.[4]
전당의 겨울달이 옛 빛이 아니구나.[5]
중국도 이러한데 우리는 어떠하랴.
조그만 우리나라 몇 번이나 바뀌어
역대 국가들이 언제 지났느냐.
나 태어날 무렵엔 전란을 몰랐더니
그사이에 변화하여 이 난리 만났느냐.

전란에 대한 책임을 위정자들에게 묻다

의관과 문물은 어제 본 듯하건마는
예악과 학문은 찾을 데 전혀 없다.
보후와 신백은 산악山岳도 아끼더니
섬나라 오랑캐는 그 누가 낳았는가.[6]
호랑이와 큰 고래가 산과 바다 흔들어

2) 석륵(石勒): 중국 오호십육국시대 후조(後趙)의 창건자. 유총이 죽은 후 새로운 흉노국가인 후조를 세우고, 중국의 화북(華北)지역을 정복하는 전쟁을 벌였다.
3) 송제양진(宋齊梁陳): 중국 남북조시대 남조(南朝)의 네 왕조.
4) 머나먼~급박하구나: 중국 당나라 현종(玄宗)이 오랑캐의 후손인 안녹산(安祿山)이 일으킨 난리 때 아미산(峨嵋山)으로 급박하게 피난한 상황을 표현한 구절이다.
5) 전당(錢塘)의~아니구나: 지상낙원으로 불린 전당을 비추던 아름다운 겨울달이 옛 빛을 잃었다는 뜻으로, 한족(漢族)이 세운 나라들이 오랑캐에 의해 쇠락해가는 상황을 표현한 구절이다.
6) 보후(甫侯)와 신백(申伯)은~낳았는가: 중국 주(周)나라 때의 명신(名臣)인 보후나 신백과 같은 훌륭한 인물의 출생에는 하늘이 인색하면서도 섬나라 오랑캐인 왜적의 출생에는 관대한 것에 대한 작자의 불만을 드러낸 구절이다.

동서남북에 온갖 싸움 일어나니
밀치며 제치며, 말도 많고 일도 많네.
이(齒) 좋은 수령들 백성을 물어뜯고
손톱 좋은 변방 장수 군사를 후벼파네.
재물로 성 쌓으니 만 길 높이를 뉘 넘으며
살과 피로 해자 파니 천 자 넓이를 뉘 건너랴.
호화로운 잔치에 세월이 쉬이 간다.
낮도 좋지마는 밤에 놀기 그 어떤가.
주인 잠든 집의 문은 어찌 열었는가.
도적이 엿보는데 개는 어찌 안 짖는가.
바다를 바라보니 왜적의 배 가득하다.
술이 깼느냐, 무기를 뉘 가지리오.
감사監司, 병사兵使 등의 벼슬아치들이
산속이 비었던가, 쉽게도 도망가네.
어리석구나, 김수[7]야, 빈 성을 뉘 지키랴.
우습구나, 배수진背水陣은 무슨 일인가.
조령, 추풍령을 높다 하랴, 한강漢江을 깊다 하랴.
사람이 힘쓰지 않으니 하늘인들 어찌하리.
수많은 관리들도 숫자만 채울 뿐이도다.
하룻저녁에 도망하니 이 시름 뉘 맡을까.
삼경[8]이 함락되고 여러 고을 무너지니
널려 있는 시신들로 비린내 진동하네.
관서關西를 돌아보니 압록강이 어디인가.

7) 김수(金睟): 조선시대 문신. 임진왜란 때 경상우감사(慶尙右監司)로 있다가 왜적의 침략 소식을 듣고 도피했다.
8) 삼경(三京): 서울, 개성(開城), 평양(平壤).

해와 달 빛이 없어 갈 길을 모르겠네.
우리나라에 대장부 하나 없었던가.
스스로 무릎 꿇어 개돼지의 신하 되니
황금띠 둘러매던 옛 재상 아니던가.

의병들의 공적을 칭송하다

영남에 사나이 정인홍 김면[9]뿐인가.
홍의장군 곽재우[10] 담력도 장하구나.
백의종군白衣從軍 삼도[11]의 의병들이
전력이 약하여 할 일이 없건마는
군사를 일으켜 복수함에 성패를 논하랴.
초유사[12]의 충성심을 아는가 모르는가.
노련 격서에 뉘 아니 눈물 나리.[13]
쫓겨가는 저 사람들아, 권응수[14] 웃지 마라.
영천永川의 왜적 아니 치면 더욱이 할 일 없다.
먼 곳의 전공戰功은 들을수록 귀에 차고
가까운 왜적 상황은 볼수록 눈에 찬다.

---

9) 정인홍(鄭仁弘) 김면(金沔): 조선시대 의병장.
10) 홍의장군(紅衣將軍) 곽재우(郭再祐): 왜적과 싸울 때 항상 붉은 옷을 입어 홍의장군으로 이름을 떨친 조선시대 의병장.
11) 삼도(三道): 충청도, 전라도, 경상도.
12) 초유사(招諭使): 임진왜란 때 백성을 타일러 경계하는 일을 맡은 영남초유사 김성일(金誠一).
13) 노련(魯連)~눈물 나리: 중국 전국시대 때 일 년 동안 공격해도 함락하지 못했던 성을 노련이 편지 한 장으로 빼앗은 고사에 빗대어 초유사가 쓴 격문의 감동을 표현한 구절이다.
14) 권응수(權應銖): 임진왜란 때 의병을 모집해서 경상도 영천 싸움에 참가하여 공을 세웠다.

뒤에서 방관하다 남의 공을 가로채니
애를 쓰고 고생해도 보람이 전혀 없다.
송상현[15], 김제갑[16], 고경명[17], 조헌[18], 정담[19],
세찬 바람 아니 불면 억센 풀을 뉘 알던가.
복숭아꽃 붉고 오얏꽃 흴 땐 버들조차 푸르더니
한 줄기 가을바람에 낙엽 소리뿐이로다.
김해[20], 정의번[21], 유종개[22], 장사진[23]아,
죽는 이 많으니 이 죽음 한탄 마라.
경주慶州가 무너지니 진주성晋州城을 뉘 지키랴.
군역하는 장정들이 갑자기 어디 갔는가.
개구리밥과 맑은 물을 재물로 삼아
의로운 넋을 어디서 부르려는가.
조상의 영토에 도적이 임자 되어
산마다 죽이고 골마다 상처 내니
원통한 피 흘러내려 평지가 강이 되어
천지도 분간 못해 피할 데 전혀 없다.

15) 송상현(宋象賢): 임진왜란 때 동래부사(東萊府使)로 동래성(東萊城)을 지키다 전사했다.
16) 김제갑(金悌甲): 임진왜란 때 원주목사(原州牧使)로 관병을 이끌고 싸우다가 전사했다.
17) 고경명(高敬命): 임진왜란 때 광주(光州)에서 의병을 이끌고 충청도 금산(錦山)에서 싸우다가 전사했다.
18) 조헌(趙憲): 임진왜란 때 700명의 의병을 이끌고 금산 전투에 참가하여 의병과 함께 전사했다.
19) 정담(鄭澹): 임진왜란 때 김제군수(金堤郡守)로 의병을 이끌고 충청도 웅치(熊峙)에서 싸우다가 전사했다.
20) 김해(金垓): 임진왜란 때 의병을 모집하여 안동(安東), 의성(義城), 군위(軍威) 등지에서 싸웠다.
21) 정의번(鄭宜藩): 임진왜란 때 부친 정세아(鄭世雅)와 함께 의병을 일으켜 경기도 광주(廣州)에서 싸우다가 전사했다.
22) 유종개(柳宗介): 임진왜란 때 의병을 이끌고 경상도 소천(小川) 전투에서 싸우다가 전사했다.
23) 장사진(張士珍): 임진왜란 때 경상도 군위(軍威)에서 의병을 모집하여 왜군과 싸우다가 전사했다.

성인聖人을 능욕하니 왕릉이라 보존하며
아이를 죽이니 늙은이라 살았으랴.
복선화음[24]을 그 누가 옳다더냐.
얼마나 어리석어야 이 하늘 믿겠는가.
두어라, 어찌하랴. 부모님 꾸중하랴.
명나라 황제 진노하여 군대를 일으키니
정예병사들 소리만 들었는데
어와, 우리 장수들. 몇 달 만에 나왔는가.
삼경三京을 청소하니 중흥이 가깝도다.
도망가는 왜적을 섬멸하지 못하는가.
화근을 길러 후환을 남기면 또 어찌하려는가.
이제독[25]의 용맹한 군사 그 누가 대적하며
유장군[26]의 용기와 계략 무슨 일 못 이룰까.

위정자들의 각성을 촉구하다

곧 끝날 것 같더니만 세월도 더디구나.
하늘이 돕지 않는가, 시기가 멀었는가.
다시금 생각하니 인사人事 아니 그르던가.
국가의 흥망이 장수와 재상에 달렸으니
지난일 후회 말고 이제나 옳게 하소.

---

24) 복선화음(福善禍淫): 착한 사람에게는 복을 주고 악한 사람에게는 재앙을 줌.
25) 이제독(李提督): 임진왜란 때 원군으로 온 중국 명나라의 장수 이여송(李如松).
26) 유장군(劉將軍): 임진왜란 때 원군으로 온 중국 명나라의 장수 유정(劉綎).

끝나지 않은 전란으로 살기殺氣가 하늘에 닿아
겨우 남은 사람 돌림병에 다 죽겠구나.
방어는 누가 하며 밭은 누가 갈려는가.
부자도 이별하니 형제를 돌아보랴.
형제를 버리는데 처자식을 보호하랴.
온 들판 쑥밭 되니 어디쯤이 고향인가.
백골이 산 이루니 어느 것이 골육인가.
옛날의 번영을 꿈같이 생각하니
산천은 그대론데 인물은 아니로다.
주인의 서리가[27]로 역사에 눈물 나고
두보의 애강두[28]를 오늘 다시 불러보니
풍운은 애달파하고 초목은 슬퍼한다.
남자로 태어난 뜻이 이렇기야 하랴마는
좀스런 무관, 썩은 선비 한 냥도 채 못 된다.
청총마 적토마[29] 울면서 발 구르고
막야검 용천검[30] 흰 무지개 절로 선다.
언제쯤 은하수 헤치고 이 전란을 씻으리오.

27) 주인(周人)의 서리가(黍離歌): 중국 주(周)나라 평왕(平王) 때 한 관리가 옛 도읍지를 지나면서 세상의 무상함을 읊은 노래.

28) 두보(杜甫)의 애강두(哀江頭): 중국 당나라 현종(玄宗) 때 두보가 옛날의 영화를 그리워하면서 곡강(曲江)에서 지은 노래.

29) 청총마(青驄馬) 적토마(赤兎馬): 갈기와 꼬리가 파르스름한 흰 말과 온 몸이 붉은 털로 뒤덮인 말. 곧 명마(名馬)를 이르는 말.

30) 막야검(莫耶劍) 용천검(龍泉劍): 중국 전국시대 오(吳)나라의 간장(干將)이 만든 검과 옛날 중국에 있었다는 보검(寶劍). 곧 명검(名劍)을 이르는 말.

「태평사」는 박인로가 38세 때인 1598년선조 31에 지은 전쟁가사戰爭歌辭다. 작품의 제목 아래에 달려 있는 주석에 의하면, 정유재란丁酉再亂의 와중에 박인로가 경상도 좌병사左兵使 성윤문成允文을 보좌하여 왜적을 맞아 싸울 때 지은 것이다. 전란 중에 성윤문의 명령에 따라 박인로가 지었다는 점과 작품의 내용이 전승戰勝의 의지를 고취하고 있다는 점 등을 참고하면, 작품의 창작 동기가 병사들을 위로하고 사기를 진작시키고자 한 데 있음을 알 수 있다.

「태평사」는 찬란한 조선의 문물을 예찬하여 문화민족으로서의 자부심을 드러낸 후, 갑작스런 왜적의 침입에 대해 병사들이 힘을 다하여 싸워 승리하였음을 읊고 있다. 마지막으로 고향으로 돌아가 충효를 다하여 오륜을 밝히고 태평세월을 기원하며 살자는 염원으로 끝을 맺고 있다. 이처럼 이 작품에는 나라의 안위安危를 근심하는 마음과 평화와 태평성대를 염원하는 충정이 잘 나타나 있다.

한문 어투와 고사성어가 많으며 표현 기교가 다소 세련되지 못한 것이 흠이지만, 이 작품은 전체적인 구성이 웅장하면서 조어가 치밀하고 어휘가 풍부하다. 이러한 점에서 보더라도 이 작품의 작자 박인로는 송강松江 정철鄭澈, 고산孤山 윤선도尹善道와 함께 조선시대 시가문학사상 3대 작가로 꼽힐 만하다고 할 수 있다. 또한 문체가 강건하고 화려하며 무인다운 기상이 전편에 넘쳐흐르고 있어 전쟁가사로서 손색이 없다고 평가할 수 있다.

「태평사」는 작자의 문집인 『노계선생문집蘆溪先生文集』에 실려 전한다.

태평사太平詞

박인로朴仁老

무술년1598 늦겨울에 부산에 주둔해 있던 왜적들이 밤을 틈타 도망하였다. 이때에 공公이 좌병사左兵使 성윤문成允文의 막하에서 돕고 있었는데, 병사가 이 소식을 듣고 곧 군대를 인솔해 부산으로 달려가서 10여 일을 머문 후에 본영本營으로 돌아왔다. 그 이튿날 공으로 하여금 이 노래를 짓게 하였다.

명나라 군사의 도움으로 임진왜란을 평정하다

나라가 협소하여 발해 동쪽에 버려져도
기자 유풍[1)]이 고금古今 없이 순박하여

1) 기자(箕子) 유풍(遺風): 조선시대 유학자들은 조선의 문화적 시원을 중국에서 도래한 기자에서 구하고 기자조선을 문화국가의 출발로 생각하였다.

이백 년 동안 예의를 숭상하니
의관문물이 중국처럼 되었는데,
섬나라 오랑캐들이 하루아침에 쳐들어와
수많은 넋들이 칼빛을 따라 생겨나니
들판에 쌓인 뼈는 산보다 높고
웅장한 고을들은 여우 소굴 되었거늘
처량한 임금 수레 의주로 바삐 들고[2)]
연기와 먼지 자욱하여 햇빛이 엷어지니,
명나라 황제 용맹하여 노여움 크게 내어
평양의 왜적들을 한칼에 다 베고
바람처럼 남하하여 바닷가에 가둬놓고
궁지窮地의 적 압박 않고 몇 해를 지냈는가.

전력을 다하여 정유재란을 물리치다

낙동강 동쪽에 외로운 우리 무리
뜻밖에도 무후룡[3)]을 용케 만나
어진 장수의 지휘 아래 선봉에 섰다가
영웅의 인용仁勇을 후설에 섞었더니[4)]
남쪽이 안정되고 군사들 강해졌네.

---

2) 처량한~들고: 임진왜란 때 선조(宣祖) 임금이 북상하는 왜군에 쫓겨 의주(義州)로 몽진(蒙塵)한 것을 가리킨다.
3) 무후룡(武侯龍): 중국 촉한(蜀漢)의 군사(軍師)인 제갈공명(諸葛孔明). 여기서는 임진왜란 때 원군을 거느리고 온 명나라 장수 이여송(李如松)을 가리킨다.
4) 영웅의~섞었더니: 임진왜란 때 조선이 명나라의 원군과 함께 왜적에 맞서 싸우면서 다른 한

평온한 시절에 큰 바람 다시 이니[5)]
용 같은 장수와 구름 같은 용사들이
깃발로 하늘 가려 만 리나 이었으니
병사의 고함소리 산악을 흔드는 듯.
병방 어영대장[6)]은 선봉을 인도하여 적진에 돌격하니
세찬 바람 큰비에 벼락이 치는 듯.
더벅머리 가등청정[7)]도 손안에 있지마는
하늘의 비가 탈이 되어 군사들 피곤커늘
잠깐 포위 풀어 군사들 쉬게 하니
왜적들 무리 도망가서 다 못 잡고 말았구나.[8)]
적의 소굴 굽어보니 굳건한 듯하지만
패하여 재가 되니 부재험[9)]을 알겠노라.
황제의 성덕聖德과 우리 임금 큰 은택이 원근 없이 미쳤으니
하늘이 벌을 내려 인의仁義를 돕는구나.
파도가 그친 바다 지금인가 여기노라.
변변찮은 우리들도 임금의 신하로서
임금 은혜 못 갚을까 죽을 각오 가져서

편으론 중국 명나라 황제의 사신이 외교술을 펼쳐 왜군을 설복시킨 상황을 말한다. '후설(喉舌)'은 임금의 말을 아래로 전하는 직책인 승지(承旨)를 뜻하는데, 여기서는 천자의 말을 전하는 사신을 말한다.

5) 평온한~이니: 전란이 잠시 소강상태에 있다가 1597년에 정유재란(丁酉再亂)이 발발한 것을 가리킨다.
6) 병방(兵房) 어영대장(御營大將): 임진왜란 당시 군대를 총괄한 대장.
7) 더벅머리 가등청정(加藤清正): 왜장(倭將) 가토 기요마사를 얕잡아 표현한 말.
8) 하늘의~말았구나: 정유재란 때 조선과 명나라 연합군이 울산성에 주둔한 가토 기요마사의 부대를 공격하였으나 며칠간 내린 비와 추위로 군사들의 사기가 저하되어 실패한 일을 가리킨다.
9) 부재험(不在險): 전쟁의 승패는 험준한 지형에 있지 않고 사람의 덕행에 있음.

칠 년[10]을 분주하다 태평시절 보는구나.

전란이 끝남을 기뻐하다

병기를 거두고 군영으로 돌아올 때
태평소 높은 소리에 북과 피리 섞였으니
수궁水宮 깊은 곳의 어룡魚龍이 다 우는 듯.
수많은 깃발 휘날려 서풍에 비꼈으니
한 조각 오색구름 공중에 떨치는 듯.
태평한 모습이 더욱더 반갑구나.
활과 화살 높이 들고 개선가 아뢰오니
외치는 환호성 하늘에 어리도다.
서릿발 같은 긴 칼 홍에 겨워 둘러메고
휘파람 불면서 춤을 추려 일어서니
보배로운 칼날 빛이 두우[11] 사이로 뻗치네.
손 흔들고 발 굴러 절로절로 즐거우니
칠덕가 칠덕무[12]를 그칠 줄 모르도다.
인간의 즐거운 일 이 같은 것 또 있는가.

10) 칠 년: 1592년부터 1598년까지 칠 년 동안 이어진 임진왜란과 정유재란.
11) 두우(斗牛): 북두성(北斗星)과 견우성(牽牛星)을 아울러 이르는 말.
12) 칠덕가(七德歌) 칠덕무(七德舞): 전란의 종식을 축하하는 노래와 춤.

전란 없는 태평세월을 기원하다

화산이 어디인가, 이 말을 보내고자.[13)]
천산이 어디인가, 이 활을 높이 걸자.[14)]
이제는 할 일이 오로지 충효뿐이로다.
감영에 일이 없어 긴 잠 들어 누웠으니
묻노라, 이날이 어느 때인가.
태평성대를 다시 본 듯 여기노라.
궂은비 없으니 태양이 더욱 밝다.
태양이 밝으니 만방에 비치도다.
곳곳의 구렁에 흩어졌던 늙은이들
봄바람의 제비같이 옛집을 찾아오니
수구초심[15)]에 뉘 아니 반기리.
여기저기 터 잡으니 즐거움이 어떠한가.
살아남은 백성들아, 성은인 줄 아느냐.
성은이 깊은 아래 오륜五倫을 밝혀보세.
교훈생취[16)]라, 절로 아니 이루어지랴.
천운天運의 순환을 알겠구나, 하느님아.
우리나라 보우하사 만수무강 누리게 하소서.

13) 화산(華山)이~보내고자: 중국 주(周)나라 무왕(武王)이 상(商)나라를 멸한 후 말을 화산 남쪽으로 풀어주고 다시 타지 않았다는 고사에 빗대어 전란의 종식을 기뻐함을 나타낸 것이다.

14) 천산(天山)이~걸자: 중국 당나라의 설인귀(薛仁貴)가 돌궐이 쳐들어오자 천산에서 세 발의 화살을 쏘아서 세 명을 잇달아 죽이니 돌궐이 겁을 먹고 항복하였다는 고사에 빗대어 왜적을 평정한 기쁨을 노래한 것이다.

15) 수구초심(首丘初心): 여우가 죽을 때 머리를 자기 살던 굴이 있는 언덕 쪽으로 향한다는 뜻으로 고향을 그리워하는 마음을 이르는 말.

16) 교훈생취(敎訓生聚): 백성을 가르치고 다스리며, 백성을 기르고 재물을 모음.

요순시절[17]에 삼대일월[18] 비추소서.
영원무궁토록 전란을 그치소서.
밭 갈고 샘 파서 격양가[19]를 부르게 하소서.
우리도 임금님 모시고 함께 태평 즐기리라.

17) 요순(堯舜)시절: 중국 상고시대 성군(聖君)인 요임금과 순임금이 다스리던 시절. 곧 덕으로 천하를 다스리던 태평한 시대를 이르는 말.
18) 삼대일월(三代日月): 중국에서 왕도정치가 행해졌던 하(夏)나라, 은(殷)나라, 주(周)나라 시대.
19) 격양가(擊壤歌): 중국 요임금 때 늙은 농부가 배를 두드리고 땅을 치면서 천하가 태평하다며 불렀다는 노래.

「선상탄」은 임진왜란이 끝난 후 전운이 감도는 부산진釜山鎭에 내려온 박인로가 왜적에 대한 비분강개와 평화에 대한 염원을 읊은 전쟁가사戰爭歌辭다. 작품 첫머리의 "을사년 여름"이라는 구절과 제목 아래 달려 있는 주석으로 보아, 이 작품은 작자가 수군을 지휘하는 직책을 맡아 부산진에 부임한 1605년선조 38에 지은 것임을 알 수 있다.

임진왜란이 일어난 지 12년이 지나서 창작된 작품이지만, 작품의 도처에서 왜적에 대한 적개심과 경계심이 수그러들지 않고 여전히 남아 있음을 확인할 수 있다. 이는 작자가 임진왜란 때 전란에 직접 참여하여 민족적 수난과 시련을 누구보다도 절실히 체험하였기 때문일 것이다. 그러하기에 이 작품은 충효와 같은 성리학적 이념을 다소 관념적으로 그리고 있는 조선 전기의 사대부가사와는 거리를 두고 있다.

「선상탄」에는 문화민족이라는 자부심에 큰 상처를 입힌 왜적에 대한 적개심, 임금을 걱정하고 그리워하는 연군의 정, 태평성대를 간절히 희구하는 마음 등이 잘 어우러져 나타나 있다. 특히 임진왜란을 몸소 체험한 작자이기에 그 심경의 표출은 더욱 절실하게 다가올 수밖에 없다. 이러한 점에서 그의 또다른 전쟁가사 작품인 「태평사太平詞」와 함께 「선상탄」은 조선시대 중요한 전쟁문학의 하나로 자리매김할 수 있을 것이다.

또한 이 작품은 개인의 서정이나 사상을 표출하는 데에 그치지 않고, 국가적 위기에 대응하는 집단적 의지의 표현과 민족의 시련을 생생하게 다루고 있다는 점에서 높이 평가할 수 있다. 표현상 한문 어구와 고사 사용이 빈번하고 직서적直敍的인 감정 표현이 많이 나타나고 있지만, 속된 감정에 치우치기 쉬운 전쟁문학의 한계를 어느 정도 극복하고 기개 넘치는 무인의 투지와 각오를 잘 드러내고 있다.

「선상탄」은 작자의 문집인 『노계선생문집蘆溪先生文集』에 실려 전한다.

선상탄船上歎

박인로朴仁老

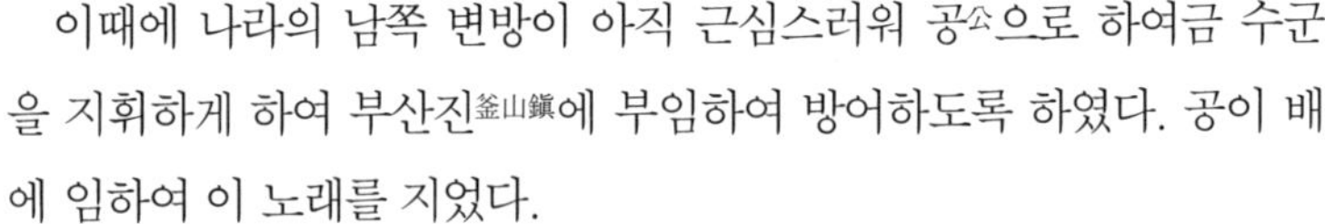

이때에 나라의 남쪽 변방이 아직 근심스러워 공公으로 하여금 수군을 지휘하게 하여 부산진釜山鎭에 부임하여 방어하도록 하였다. 공이 배에 임하여 이 노래를 지었다.

병선兵船에서 적진을 바라보다

늙고 병든 몸을 수군으로 보내셔서
을사년 여름에 부산진 내려오니
변방 요새에 병이 깊다고 앉았으랴.
긴 칼 비껴 차고 병선에 굳이 올라
두 눈을 부릅뜨고 대마도를 굽어보니
바람 좇는 황운黃雲은 원근에 쌓여 있고
아득한 파도는 긴 하늘과 한빛이네.

전란을 일으킨 왜적과 침략의 도구인 배를 원망하다

배 위에 배회하며 고금을 생각하고
어리석은 마음에 황제[1])를 원망하네.
대양이 망망하여 천지에 둘렀으니
진실로 배 아니면 만 리 바다 밖의 어느 오랑캐 엿볼까.
무슨 일 하려고 배 만들기 하였는가.
오랜 세월 동안 가없는 큰 폐 되어
넓은 하늘 아래에 백성 원한 기르는가.
어즈버, 깨달으니 진시황[2])의 탓이로다.
배 비록 있다 하나 왜인倭人 아니 생겼던들
일본 대마도에서 빈 배 절로 나왔을까.
누구 말을 믿고서 동남동녀를 그토록 들여서
바다의 모든 섬에 벅찬 도적 남겨두고
원통한 치욕이 중국에 다 미쳤는가.
장생불사약長生不死藥을 얼마나 얻어서
만리장성 높이 쌓고 몇만 년을 살았던가.
남처럼 죽어가니 유익한 줄 모르도다.
어즈버, 생각하니 서불[3]) 등이 심하구나.

1) 황제(黃帝): 중국 고대 신화상의 임금으로, 수레와 배를 처음 만들고 도량형, 역법, 음악 등 문물제도를 확립했다고 한다.
2) 진시황(秦始皇): 중국 진(秦)나라의 제1대 황제. 불로초(不老草)를 찾기 위해 서불과 동남동녀(童男童女)들을 동해 바다의 삼신산(三神山)으로 보내는 등 노력을 기울였으나 50살의 나이로 생을 마감했다.
3) 서불(徐市): 중국 진나라 때의 방사(方士). 진시황의 명령에 따라 불로초를 찾으러 떠났다가 다시 돌아오지 않았다. 일설에 의하면 불로초를 찾지 못한 서불이 일본으로 도망가 야만상태의 왜족들을 평정하고 일본 개국의 주인공인 진무 천황(神武天皇)이 되었다고 한다.

신하 된 몸으로 망명亡命을 하는가.
신선을 못 보았거든 얼른 돌아오기나 했으면
수군의 이 시름은 전혀 없을 것이로다.

배의 유용성에 대해 생각하다

두어라, 지난일 탓해서 무엇하랴.
속절없는 시비是非를 팽개쳐 던져두자.
가만히 생각하니 내 뜻도 고집스럽다.
황제의 배 만들기 틀린 줄도 모르도다.
장한의 강동행[4]에 가을바람 만난들
조각배 아니 타면 하늘 맑고 바다 넓어도 어떤 흥이 절로 나며
높은 벼슬과도 안 바꿀 제일강산에 부평초 같은 어부 생애를
조각배 아니면 어디 붙어 다닐까.
이런 일 보건대 배 만든 제도制度야 오묘한 듯하다마는
어찌하여 우리 무리, 날쌘 판옥선[5]을
밤낮으로 비껴 타고 음풍농월에도 흥이 전혀 없는가.
옛날 배 안에는 배반이 낭자[6]하더니
오늘 배 안에는 큰 칼, 긴 창뿐이로다.
똑같은 배지만 가진 것이 다르니

4) 장한(張翰)의 강동행(江東行): 중국 진(晉)나라 때 장한이 가을바람이 불자 고향의 음식이 생각나서 벼슬을 버리고 고향으로 돌아간 것을 말한다.
5) 판옥선(板屋船): 조선시대에 널빤지로 지붕을 덮은 대표적인 군용선(軍用船). 임진왜란 때에 조선 수군이 승리할 수 있는 원동력이 되었다.
6) 배반(杯盤)이 낭자(狼藉): 술을 마시고 한창 노는 모양이나 술자리가 파한 뒤 술잔과 그릇들이 어지럽게 흩어져 있는 모양.

그 속의 근심과 즐거움 서로 같지 못하구나.

우국충정을 다짐하며 무인으로서의 기개를 드러내다

때때로 머리 들어 북극성을 바라보며
근심 어린 눈물을 하늘 끝에 흘리네.
동방의 문물이 중국에 뒤질까마는
국운이 불행하여 왜적에게 치욕을 당하니
백 가지 중 하나도 씻지 못했거늘,
이 몸이 변변찮아 신하의 몸이지만
궁달[7]의 길이 달라 못 모시고 늙은들
우국단심憂國丹心이야 어느 때에 잊겠는가.
비분강개는 늙을수록 더 강해지지만
조그만 이 몸이 병중에 들었으니
설욕하고 원한 풀기 어려울 듯하지마는,
그러나 죽은 제갈이 산 중달을 멀리 쫓고[8]
발 없는 손빈도 방연을 잡았으니[9]
하물며 이 몸은 수족이 온전하고 숨이 붙어 있으니
짐승 같은 왜구가 적이나 두려울까.

---

7) 궁달(窮達): 벼슬길에 나아감과 나아가지 못함.

8) 죽은 제갈(諸葛)이 산 중달(仲達)을 멀리 쫓고: 중국 촉(蜀)나라의 제갈량이 죽은 후에 생전의 제갈량이 꾸민 계략에 따라 제갈량의 목상(木像)을 실은 수레를 앞세우고 공격하려 하자, 중달이 제갈량이 살아 있는 것으로 여겨 후퇴하였다는 고사를 말한다.

9) 발 없는 손빈(孫臏)도 방연(龐涓)을 잡았으니: 중국 춘추시대 손빈의 재능을 시기한 방연이 음모를 꾸며 그의 발을 베어버렸으나, 그후 손빈이 놀라운 계략을 사용하여 방연을 스스로 죽게 했다는 고사를 말한다.

날랜 배에 달려들어 선봉에 선다면
구시월 서릿바람에 낙엽같이 헤치리라.
칠종칠금[10)]을 우린들 못할쏘냐.

태평성대를 간절히 바라다

섬나라 오랑캐야, 얼른 항복하려무나.
항복하면 안 죽이니 너를 굳이 섬멸하랴.
우리 임금 성덕聖德이 함께 살기 원하노라.
태평천하에 요순군민[11)] 되어서
햇빛과 달빛이 밝고도 밝으니
전선戰船 타던 우리 몸도 어선漁船에서 노래하고
가을달, 봄바람에 높이 베고 누워서
태평성대에 바다에 파도 일지 않음을 다시 보려 하노라.

10) 칠종칠금(七縱七禽): 중국 촉나라의 제갈량이 남만(南蠻)의 왕 맹획(孟獲)을 붙잡아서 그가 진심으로 복종할 때까지 붙잡고 놓아주기를 일곱 번 하였다는 고사를 말한다.
11) 요순군민(堯舜君民): 요순 같은 어진 임금이 다스리는 시대에 살아가는 백성. 곧 태평스런 세상을 이르는 말.

제5부 ◉ 유배가사

「만분가」는 작자인 조위가 무오사화戊午士禍에 연루되어 간신히 죽음을 면하고 전라도 순천順天에 유배되었을 때 지은 유배가사流配歌辭다. 창작 시기는 작자가 유배된 1498년연산군 4에서 그가 죽은 1503년연산군 9 사이로 추정되며, 갑작스럽게 닥친 유배로 인해 임금과 헤어져야 하는 슬픈 심정과 자신의 억울함을 하소연하는 최초의 유배가사로 주목받고 있다.

「만분가」는 임금에 대한 작자의 변함없는 충절을 사랑하는 임과 헤어진 여성에 빗대어 표현한 '충신연주지사忠臣戀主之詞'의 형상을 취하고 있다. 그러면서 또한 '만분가萬憤歌'라는 제목에서 보듯이 작자는 억울하게 누명을 쓰고 유배를 당하였다고 생각하여 부정한 현실에 대한 원망과 분노의 정서를 간간이 표출하기도 한다. 몸이 억만 번 변해 늦은 봄날 두견의 넋이 되어 배꽃 가지 위에 앉아 밤낮으로 울고 싶다고 하소연하기도 하고, 한 조각 구름이 되어 옥황상제에게 가까이 가서 가슴에 쌓인 말을 실컷 아뢰고 싶다고 울부짖기도 하는 등 이 작품의 화자는 자신의 울분을 다소 격앙된 어조로 쏟아내고 있는 것이다.

작자가 유배지에서 중국 초楚나라 시인 굴원屈原의 작품을 불철주야로 탐독했다는 점과 작품에서 직접적으로 굴원을 언급하기도 하고 굴원의 작품 구절을 인용하기도 한 점, 그리고 작품의 전체적 의미나 정서가 굴원의 작품들과 비슷한 점으로 보아 조위는 굴원의 영향을 크게 받은 듯하다. 또한 이 작품은 정철鄭澈의 「사미인곡思美人曲」이나 「속미인곡續美人曲」, 조우인曺友仁의 「자도사自悼詞」나 송주석宋疇錫의 「북관곡北關曲」 등의 유배가사에 영향을 끼친 것으로 평가되고 있다.

이 작품은 안정복安鼎福의 『잡동산이雜同散異』에 수록되어 전한다.

만분가 萬憤歌

조위 曺偉

옥황상제에게 억울한 심정을 하소연하다

하늘 위 궁궐의 열두 누각 어디인가.
오색구름 깊은 곳에 궁궐이 가렸으니
하늘 구만리를 꿈에라도 갈지 말지.
차라리 죽어서 억만 번 변화하여
남산 늦은 봄에 두견의 넋이 되어
배꽃 가지 위에 밤낮을 못 울거든,
삼청동[1] 안에 저물녘 구름 되어
바람에 흩날리어 자미궁[2]에 날아올라
옥황상제 책상 앞에 나아 앉아

1) 삼청동(三淸洞): 신선이 사는 고을.
2) 자미궁(紫微宮): 천제(天帝)가 거처하는 곳.

가슴속 쌓인 말씀 실컷 사뢰리라.

유배생활에서 느낀 소회를 읊조리다

어와, 이내 몸이 천지간에 늦게 태어나
황하수黃河水 맑다마는 굴원[3]의 환생還生인가 상심도 끝이 없고
가의[4]의 넋인가 한숨은 무슨 일인가.
형강[5]은 고향이나 십 년을 떠돌면서
갈매기와 벗이 되어 함께 놀자 하였는데
어르는 듯, 사랑하는 듯, 남다른 임을 만나니
하늘 위 궁궐의 꿈조차 향기롭다.
오색실의 길이 짧아 임의 옷을 못 지어도
바다 같은 임의 은혜를 조금이나 갚으리라.
백옥白玉 같은 이내 마음 임 위하여 지켰는데
어젯밤 서울에 무서리 섞어 치니
해질녘 대나무에 기대니 옷소매 얇아 차갑구나.
난초를 꺾어 쥐고 임 계신 데 바라보니
약수[6] 가려진 곳 구름길이 험하구나.

---

3) 굴원(屈原): 중국 전국시대 초(楚)나라의 정치가이자 시인. 임금의 총애를 받았으나 모함을 받아 쫓겨나자 「이소離騷」와 「어부사漁父詞」를 짓고는 울분을 참지 못하여 멱라수(汨羅水)에 빠져 죽었다.

4) 가의(賈誼): 중국 한나라 장사왕(長沙王)의 태부(太傅). 제후가 강대해져서 제압하기 힘들게 되자 깊이 탄식하며 울었다고 한다.

5) 형강(荊江): 중국 강소성(江蘇省)의 형산(荊山) 근처에 있는 강. 이곳은 중국의 남쪽이기 때문에 여기서는 작자의 유배지인 전라도 순천(順天)을 가리키는 듯하다.

6) 약수(弱水): 신선이 사는 땅에 있다고 하는 강. 물의 부력이 아주 약하여 기러기의 깃털도 가라앉는다고 한다.

쭈글쭈글한 닭의 얼굴 같아 사랑받지 못해서
초췌한 이 얼굴이 임 그려 이렇구나.
천 길 파도 한가운데 높은 장대에 올랐는데
뜻밖의 회오리바람 벼슬길에 일어나니
억만 길 못에 빠져 하늘과 땅 모르겠네.
노나라 묽은 술에 한단이 무슨 죄이며[7]
진인이 취한 잔에 월인越人이 무슨 탓인가.[8]
모질고 거센 불에 옥석玉石이 함께 타니
뜰 앞에 심은 난초 반이나 말랐구나.
저물녘 오동잎에 비 내리고 외기러기 울며 갈 때
고향 만릿길이 눈에 암암 밟히는 듯.
이백李白의 시 다시 읊고 사무친 한恨 생각하니
화산華山에 우는 새야, 이별도 괴로워라.
망부산望夫山 앞에 석양이 다하였구나.
기다리고 바라다가 안력眼力이 다했던가.
떨어진 꽃 말이 없고 창문이 어두우니
입 누런 새끼새들 어미도 그리워하네.
초가에 팔월 추풍秋風이 닥치니
빈 둥지에 쌓인 알이 수화水火를 못 면하네.
임과의 이별을 한 몸에 혼자 맡으니
하룻밤 근심에 백발이 길어졌네.

7) 노(魯)나라~죄이며: 전국시대에 노나라의 술은 묽고 조(趙)나라의 술은 진하므로, 노나라의 사자(使者)가 술을 바꾸어 초나라에 진상한 것을 초나라 왕이 알지 못하고 조나라의 술이 싱겁다 하여 조나라의 서울인 한단(邯鄲)을 포위한 고사를 가리키는데, 곧 다른 사람으로 인해 뜻밖의 재난을 당함을 말한다.

8) 진인(秦人)이~탓인가: 춘추시대 진나라와 월나라는 매우 멀어서 서로 소원하기 때문에, 진나라 사람이 술에 취한 것은 월나라 사람과 관계가 없다는 뜻이다.

풍파에 헌 배 타고 함께 놀던 저 벗들아,
강가 지는 해에 배나 별탈 없는가.
밀거니 당기거니 거센 물살 겨우 지나
멀고도 험한 길을 멀찍이 바라보다가
바람에 떠밀려 흑룡강黑龍江에 떨어진 듯.
하늘과 땅 끝이 없고 소식조차 없으니
옥 같은 얼굴을 그리다가 말 것인가.
매화나 보내고자 역로驛路를 바라보니
옥들보에 걸린 밝은 달 엿보던 낯빛인 듯.
따뜻한 봄 언제 볼까 눈비를 혼자 맞고서
푸른 바다 넓은 곳에 넋조차 흩어지니
나의 긴 소매를 누굴 위하여 적실까.

정치현실에 대한 불만을 토로하다

태상 칠위분이 옥진군자 명이시니[9]
하늘 위 누각에서 피리를 울리시며
지하 북풍에 죽을 운명 벗기실까.
죽기도 운명이요 살기도 하늘인데
진채지액[10]을 성인聖人도 못 면하니
죄 없이 잡힌 것을 군자君子인들 어이하리.

9) 태상(太上)~명(命)이시니: 미상. '태상'은 가장 뛰어난 것을 말하며, '옥진군자(玉眞君子)'는 옥청(玉淸)이라는 곳에 사는 신선을 뜻한다.
10) 진채지액(陳蔡之厄): 공자(孔子)가 제자들과 함께 초나라의 초빙을 받아 가는 도중에 진(陳)나라와 채(蔡)나라의 땅에서 병사들에게 포위되어 곤란을 겪은 사건.

오월 서리가 눈물로 어리는 듯,
삼 년 가뭄도 원통함으로 일어나네.
역경에 빠진 사람이 고금에 한둘이며
늙은 신하에게 서러운 일도 많고 많다.
하늘과 땅 병이 들어 혼돈이 죽은 후[11]에
하늘이 침울한 듯, 관색성[12]이 비치는 듯.
나라 걱정에 원한만 쌓였으니
차라리 애꾸눈 말같이 눈감고 지내고저.
넓고 아득하여 못 믿을 조물주로다.
이러나저러나 하늘을 원망할까.
도척[13]은 온전히 놀고 백이[14]는 아사餓死하니
도척 죽은 곳이 높은가, 백이 죽은 곳이 낮은가.
장자莊子의 책에 의견이 분분하네.
지난날 부귀영화 생각하면 서럽구나.
고향의 묘소를 꿈에 가 만져보고
조상의 묘를 꿈 깬 후에 생각하니
구곡간장이 굽이굽이 끊어졌네.
음산한 기운이 대낮에 흩어지니

11) 혼돈(混沌)이 죽은 후: 세상의 중앙을 담당한 혼돈은 눈, 귀, 코, 입의 일곱 구멍이 없었는데, 하루에 한 구멍씩 파나가자 이레 만에 죽었다는 중국의 전설을 말한다. 혼돈은 천지가 나뉘지 않은 상태인 자연(自然)을 뜻하는데, 혼돈이 죽었다는 것은 인간이 자연을 파괴하였음을 의미한다.

12) 관색성(貫索星): 천한 사람의 감옥을 이르는 말. 여기서는 작자의 유배지를 가리킨다.

13) 도척(盜跖): 중국 춘추시대 큰 도적으로, 수하 9천 명을 거느리고 천하를 횡행하면서 제후들을 침범했다고 한다.

14) 백이(伯夷): 중국 은(殷)나라의 제후 고죽군(孤竹君)의 아들. 동생 숙제(叔齊)와 더불어 주(周)나라 무왕(武王)이 은나라를 치는 것을 만류하였으나 듣지 않자 수양산(首陽山)에 들어가 고사리를 캐어 먹으며 살다가 굶주려 죽었다.

호남 어느 곳이 귀신과 불여우의 집합소인지
도깨비 귀신이 우글우글하는 곳에
백옥白玉은 무슨 일로 쉬파리의 소굴 됐나.
북풍에 혼자 서서 끝없이 우는 뜻을
하늘 같은 우리 임이 전혀 아니 살피시니
목련과 국화가 향기로운 탓이던가,
반첩여[15], 왕소군[16]처럼 박명薄命한 때문인가.
임금 은혜 물이 되어 흘러가도 자취 없고
임금 얼굴 꽃이로되 눈물 가려 못 보겠네.

자신의 처지를 체념하다

이 몸이 녹아져도 옥황상제 처분이요
이 몸이 죽어져도 옥황상제 처분이라.
녹아지고 죽어져서 혼백조차 흩어지고
빈산의 해골같이 임자 없이 구르다가
곤륜산崑崙山 제일봉第一峯에 만장송萬丈松 되어 있어
비바람 뿌리는 소리 임의 귀에 들리기나,
오랜 세월 윤회輪回하여 금강산 학이 되어
일만이천봉에 마음껏 솟아올라
가을 달 밝은 밤에 두어 소리 슬피 울어

15) 반첩여(班婕妤): 중국 한나라 성제(成帝)의 후궁. 조비련(趙飛燕)에게 성제의 총애를 빼앗기자 장신궁(長信宮)으로 물러나 태후의 시중을 들었다.
16) 왕소군(王昭君): 중국 한나라 원제(元帝)의 궁녀로, 흉노족에게 강제로 시집갔던 비극의 여인.

임의 귀에 들리기도 옥황상제 처분이로다.
한恨이 뿌리 되고 눈물로 가지 삼아
임의 집 창밖에 외나무 매화 되어
눈 속에 혼자 피어 베갯머리에 시드는 듯.
달빛 아래 그림자가 임의 옷에 비치거든
가여운 이 얼굴을 네로다 반기실까.
동풍이 유정有情하여 그윽한 향기 불어올려
고결한 이내 생애 대숲에나 부치고저.
빈 낚싯대 비껴들고 빈 배를 혼자 띄워
한강 건너 저어 궁궐에 가고 지고.
그래도 한 마음은 궁궐에 달려 있어
누추한 곳에서 임 향한 꿈을 깨어
한 점 서울을 눈 아래 바라보고
그릇하든 옳게 하든 이 몸의 탓이던가.
이 몸이 전혀 몰라 하늘길 막막하니 물을 길이 전혀 없다.
복희씨[17)] 육십사괘六十四卦 천지만물 생긴 뜻을
주공[18)]을 꿈에 뵙고 자세히 묻고 싶네.

17) 복희씨(伏羲氏): 중국 고대 삼황오제(三皇五帝)의 한 사람. 황하(黃河)에서 길이 여덟 척이 넘는 용마(龍馬)가 등에 지고 나왔다는 하도(河圖)를 보고서 팔괘(八卦)를 그렸다.

18) 주공(周公): 중국 주(周)나라 문왕(文王)의 아들이자 무왕(武王)의 동생. 무왕을 도와 은나라를 멸망시키고 주나라를 건국하는 데 큰 공을 세웠으며, 무왕이 죽자 왕권을 장악하라는 주변의 유혹을 뿌리치고 어린 성왕(成王)을 훌륭히 보필하여 주나라의 기반을 확립하였다. 공자가 그를 후세의 모범으로 삼아야 할 인물로 격찬했다.

자신의 원통한 심정을 이해해주기를 바라다

하늘이 높고 높아 말없이 높은 뜻을
구름 위에 나는 새야, 너는 알지 않겠느냐.
어와, 이내 가슴 산이 되고 돌이 되어 어디어디 쌓였으며
비가 되고 물이 되어 어디어디 울며 갈까.
아무나 이내 뜻 알아만 준다면 영원토록 함께하리라.

「사미인곡」은 정철이 반대 정파의 탄핵을 받고 조정에서 물러나 전라도 담양 창평昌平에서 머무르던 1588년선조 21에 자신의 처지를 노래한 연군가사戀君歌辭다. 이 작품의 제목인 '사미인곡思美人曲'은 중국의 굴원屈原이 지은 「이소離騷」의 편명에서 따온 것으로 보이며, 내용 또한 어느 정도 영향을 받은 것으로 짐작된다.

그러나 이 작품은 「이소」에서 한 구절도 인용하지 않았을 뿐만 아니라 오히려 훨씬 뛰어난 표현 기교를 보여줌으로써 굴원의 「이소」를 능가한다. 「사미인곡」의 뛰어난 문학적 가치에 대해서는 이미 조선시대의 여러 문인들이 수차례에 걸쳐 높이 평가했다. 홍만종洪萬宗은 『순오지旬五志』에서 "가히 제갈공명의 출사표에 비길 만하다〔可與孔明出師表爲伯仲看也〕" 라고 했고, 김만중金萬重은 『서포만필西浦漫筆』에서 정철의 「사미인곡」 「속미인곡續美人曲」 「관동별곡關東別曲」을 가리켜 "예로부터 우리나라의 참된 문장은 오직 이 세 편뿐이다〔只此三編〕"라고 극찬을 아끼지 않았다. 그만큼 「사미인곡」은 우리말 구사가 돋보이는 작품이다.

「사미인곡」은 버림받은 신하가 임금을 그리워하는 심정을 사랑하는 남녀의 이별에 빗대어 표현한 충신연주지사忠臣戀主之詞라는 점에서 독특하다. 작자 자신을 여인으로, 임금을 임으로 설정하여 임을 간절히 그리워하는 여인의 심경을 섬세한 필치로 묘사한 점이 돋보인다. 여성적인 정조와 어투로 작품의 분위기를 잘 살리고 있으며, 시어의 사용이나 정경 묘사 역시 탁월하다. 임과 이별한 여인의 심정을 애절하면서도 우아하고 간결한 문체로 그리고 있어 국문시가의 걸작이라 할 만하다. 비록 작자는 남성 사대부이지만 여성 특유의 섬세한 정조와 어투가 독자로 하여금 작품의 분위기 속으로 빠져들게 한다.

또한 후대에 이르러 이 작품을 본받아 유사한 주제와 내용을 가진 가사 작품들이 여럿 나타났다. 김춘택金春澤의 「별사미인곡別思美人曲」, 이진유李眞儒의 「속사미인곡續思美人曲」 등이 그것인데, 모두 충군의 지극한 정을 읊은 것으로 이 작품의 영향을 받은 작품들이다. 이를 통해서도 이 작품의 우수성과 가치를 확인할 수 있다.

「사미인곡」은 이선본李選本 · 성주본星州本 · 관서본關西本 『송강가사松江歌辭』와 필사본 『송강별집추록松江別集追錄』에 수록되어 있다. 여기에서는 이선본 『송강가사』에 수록된 작품을 대상으로 한다.

사미인곡思美人曲

정철鄭澈

임과의 이별을 애석해하다

이 몸 생겨날 때 임을 따라 생겼으니
한평생 연분을 하늘이 모르겠느냐.
나 하나 젊어 있고 임 하나 날 사랑하시니
이 마음 이 사랑 견줄 데 전혀 없다.
평생토록 임과 함께 살기를 원했는데
늙어서야 무슨 일로 외로이 그리는가.
엊그제 임을 모셔 광한전[1]에 올랐는데
그사이 어찌하여 지상에 내려왔느냐.
올 때에 빗은 머리 흐트러진 지 삼 년일세.
연지분 있지마는 눌 위하여 단장할까.

---

1) 광한전(廣寒殿): 달 속에 있다는 상상의 궁전.

마음에 맺힌 시름 첩첩이 쌓여 있어
짓는 것이 한숨이요, 흐르는 것이 눈물이라.
인생은 유한한데 시름도 그지없다.
무심한 세월은 물 흐르듯 하는구나.
계절이 때를 알아 가는 듯 다시 오니
듣고 보고 하는 중에 느꺼운 일도 많고 많다.

눈 녹는 봄날 매화를 꺾어 임에게 보내리라

동풍이 살짝 불어 쌓인 눈을 헤쳐내니
창밖에 심은 매화 두세 가지 피었구나.
가뜩이나 쌀쌀한데 그윽한 향기 무슨 일인가.
황혼에 달이 돋아 베개맡에 비치니
느꺼운 듯 반기는 듯 임이신가 아니신가.
저 매화 꺾어내어 임 계신 데 보내고 싶네.
임이 너를 보고 어떻다 여기실까.

기나긴 여름에 임의 옷을 지어 보내리라

꽃 지고 새잎 나니 녹음綠陰이 깔렸는데
비단휘장 쓸쓸하고 수놓은 장막 비어 있네.
연꽃 방장房帳 걷어놓고 공작 병풍 둘러두니
가뜩이나 시름 많은데 날은 어찌 길던가.
원앙 비단 베어놓고 오색실 풀어내어

금자로 재어서 임의 옷 지어내니
솜씨는 물론이고 품격도 갖추었네.
산호수珊瑚樹 지게 위 백옥함白玉函에 담아두고
임에게 보내려고 임 계신 데 바라보니
산인가 구름인가 험하기도 험하구나.
천리만리 길에 그 누가 찾아갈까.
가거든 열어두고 나를 본 듯 반기실까.

스산한 가을에 달과 북극성을 보며 선정善政을 바라다

하룻밤 서리 기운에 기러기 울며 갈 때
높은 누각 혼자 올라 수정발을 걷으니
동산에 달이 뜨고 북극에 별이 보여
임이신가 반기니 눈물이 절로 난다.
맑은 달빛 피워내어 봉황루[2)]에 부치고저.
누각 위에 걸어두고 온 세상에 다 비추어
깊은 산속, 험한 골짜기 대낮같이 만드소서.

엄동설한에 임을 걱정하며 밤을 지새우다

천지가 얼어붙어 온 세상이 흰 빛일 때
사람은 물론이고 새들도 사라졌네.

2) 봉황루(鳳凰樓): 임금이 계시는 곳.

따뜻한 남쪽도 춥기가 이러한데
임 계신 곳이야 더욱 말해 무엇하리.
봄볕을 부쳐내어 임 계신 데 쏘이고저.
처마에 비친 해를 옥루玉樓에 올리고저.
붉은 치마 걷어 차고 푸른 소매 반만 걷어
저물녘 대나무에 기대니 생각도 많고 많다.
짧은 해 금방 져서 긴 밤을 곧추앉아
푸른 등불 건 곁에 전공후[3] 놓아두고
꿈에나 임을 보려 턱 받치고 기대니
원앙이불 차고 차구나. 이 밤은 언제 샐까.

죽어서라도 임을 따르리라

하루도 열두 때, 한 달도 서른 날
잠깐 동안 생각 말아 이 시름 잊자 하니
마음에 맺혀 있어 골수에 사무치니
편작[4]이 열이 온들 이 병을 어찌하리.
어와, 내 병이야. 이 임의 탓이로다.
차라리 죽어서 범나비 되리라.
꽃나무 가지마다 간 데 족족 앉았다가
향 묻힌 날개로 임의 옷에 옮기리라.
임이야 나인 줄 모르셔도 내 임 좇으려 하노라.

3) 전공후(鈿箜篌): 자개로 장식한 현악기의 일종.
4) 편작(扁鵲): 중국 전국시대의 명의(名醫).

「속미인곡」은 정철이 전라도 담양 창평昌平에 은거할 때 임금을 그리워하는 심정을 여인들의 대화 형식으로 읊은 연군가사戀君歌辭다. 작품이 창작된 시기는 정철의 나이 50세1585에서 54세1589 사이로 추정된다. 「사미인곡」과 마찬가지로 「속미인곡」에서의 임 역시 임금을 가리킨다. 이러한 점에서 「속미인곡」은 「사미인곡」과 함께 충신연주지사忠臣戀主之詞에 속한다.

「속미인곡」에는 해석의 편의상 갑녀甲女와 을녀乙女라고 이름 붙인 여인들이 등장한다. 갑녀는 을녀의 하소연을 들어주고 그에 대한 조언을 해주는 인물이고, 을녀는 바로 그 당사자이다. 주인공인 을녀가 자신의 심정을 길게 토로하고 상대 여인인 갑녀는 적절한 때에 짧게 개입함으로써 단락을 전환시키고 또 매듭을 짓는 방식으로 되어 있다. 이러한 점에서 볼 때 이 여인들은 작자 자신의 분신으로 간주할 수 있다. 즉, 여인들이 주고받는 하소연의 실상은 곧 작자 자신의 내면의식을 문학적으로 투사한 것에 다름 아닌 것이다.

「속미인곡」은 제목에 '속續'자가 있어 「사미인곡」의 속편처럼 생각되는 면도 있으나, 「사미인곡」과는 다른 측면에서 임을 그리워하는 심정을 읊었으며, 그 표현이나 작자의 자세에도 상당한 차이가 있다. 「사미인곡」이 임에게 정성을 바치는 것이 주된 내용이라면, 「속미인곡」은 자기의 생활이나 감정을 표현하는 것이 주를 차지한다. 또한 「사미인곡」이 사치스럽고 과장된 표현이 심한 데 비하여, 「속미인곡」은 소박하고 진실하게 자기의 심정을 표현하고 있다. 이렇게 본다면 이 작품은 「사미인곡」을 지을 때보다도 작자의 생각이 한결 더 원숙해졌을 때 지어진 것이라 볼 수 있다.

「사미인곡」이 어려운 한자 숙어와 고사가 간혹 섞여 있는 데 비해, 「속미인곡」은 아름다운 우리말 중심으로 사설을 엮어가고 있는데다가 여인들이 하는 푸념을 살리면서 사랑과 이별의 감정을 잘 나타내고 있다. 그래서 김만중金萬重은 『서포만필西浦漫筆』에서 「속미인곡」을 「관동별곡」이나 「사미인곡」보다 더 높이 평가한 것이다.

「속미인곡」은 이선본李選本·성주본星州本·관서본關西本 『송강가사松江歌辭』와 필사본 『송강별집추록松江別集追錄』에 수록되어 있다. 여기에서는 이선본 『송강가사』에 수록된 작품을 대상으로 한다.

속미인곡續美人曲

정철鄭澈

사랑하는 임과 이별하다

"저기 가는 저 각시, 본 듯도 하구나.
하늘 위 궁궐을 어찌하여 이별하고
해 다 져 저문 날에 누굴 보러 가시는가?"
"어와, 너로구나. 이내 사정 들어보오.
내 얼굴, 이 거동이 임 사랑 받음직한가마는
어쩐지 날 보시고 너로다 여기시매
나도 임을 믿어 군뜻이 전혀 없어
아양이며 교태며 어지럽게 하였던지
반기시는 낯빛이 예와 어찌 다르신가.
누워 생각하고 일어앉아 헤아리니
내 몸의 지은 죄 산같이 쌓였으니
하늘을 원망하며 사람을 탓하겠는가.

서러워 생각하니 조물주의 탓이로다."

임의 일상사에 대해 염려하다

"그것일랑 생각 마오." "맺힌 일이 있습니다.
임을 모셔봐서 임의 일을 내 알거니
물 같은 얼굴이 편하실 때 몇 날일까.
꽃샘추위, 여름 더위 어떻게 지내시며
가을날, 겨울날은 누가 모시는가.
죽조반[1] 아침저녁 진지 예와 같이 잡수시는가.
기나긴 밤에 잠은 어찌 주무시나.

임의 소식을 애타게 기다리다

임 계신 곳 소식을 어떻게든 알자 하니
오늘도 저물었네, 내일이나 사람 올까.
내 마음 둘 데 없다. 어디로 가잔 말인가.
잡거니 밀거니 높은 산에 올라가니
구름은 물론이고 안개는 무슨 일인가.
산천이 어두운데 일월日月을 어찌 보며
지척을 모르는데 천 리를 바라보랴.
차라리 물가에 가 뱃길이나 보려 하니

1) 죽조반(粥早飯): 아침식사 전에 조금 먹는 죽.

바람이야 물결이야 어수선히 되었구나.
사공은 어디 가고 빈 배만 걸렸는가.
강가에 혼자 서서 지는 해를 굽어보니
임 계신 곳 소식이 더욱 아득하구나.

독수공방의 외로움을 토로하다

초가집 찬 자리에 밤중쯤 돌아오니
벽 가운데 푸른 등은 눌 위하여 밝았는가.
오르며 내리며, 헤매며 서성대니
잠깐 사이에 힘이 다해 풋잠을 잠깐 드니
정성이 지극하여 꿈에 임을 보니
옥 같은 얼굴이 반 넘어 늙었구나.
마음에 먹은 말씀 실컷 사뢰려니
눈물이 바로 나서 말씀인들 어이 하며
정情을 못다 풀어 목이 메어오니
방정맞은 닭소리에 잠은 어찌 깨었던가.

죽어서라도 임의 곁에 가고 싶어하다

어와, 허사로다. 이 임이 어디 갔나.
잠결에 일어앉아 창을 열고 바라보니
가엾은 그림자 날 좇을 뿐이로다.
차라리 죽어서 낙월落月이나 되어서

임 계신 창 안에 환하게 비치리라."

"각시님, 달은 물론이고 궂은비나 되소서."

「자도사」는 조우인이 억울한 감옥살이의 심정을 읊은 연군가사戀君歌辭다. 광해군 때 무고를 입어 임금에게 버림을 받은 작자가 억울한 감옥살이를 하는 애절한 심정을 남녀관계에 의탁하여 노래한 것이다.

조우인은 광해군의 잘못을 풍자한 시를 지은 것이 빌미가 되어 1621년에서 1623년까지 3년간 감옥살이를 하게 되는데, 이때 이 작품을 지은 것으로 추정된다. 또한 스스로를 애도한다는 뜻인 '자도사自悼詞'란 제목으로 볼 때, 감옥에서 죽을 것을 예상하고 이 작품을 지은 것으로 보인다.

「자도사」는 임금에 대한 사랑이 숙명적임을 강조하는 것으로 시작하고 있다. 이어서 버림받았을 때나 감옥의 고통 속에서도 임금에 대한 사랑은 조금도 변함이 없음을 보여주는 한편 자신의 지나온 일을 떠올려 후회하고 있다. 마지막으로 죽은 후에라도 자신의 결백과 충정忠情을 증명해 보이겠다는 것으로 끝맺고 있다. 특히 이 작품은 광해군 때 처음 벼슬을 하게 된 일부터 함경도 경성판관鏡城判官을 지낸 일, 다시 내직內職으로 들어왔다가 감옥살이를 하기까지의 일들을 선녀와 옥황상제의 관계에 빗대어 비유적으로 그려내고 있다.

「자도사」는 남녀관계에 빗대어 임금에 대한 신하의 충성심을 그리고 있다는 점에서 정철鄭澈의 「사미인곡思美人曲」과 「속미인곡續美人曲」의 영향을 받은 것으로 보인다. 그러나 옥중생활의 체험이 실감나게 표현되어 있는 것은 이 작품만의 특징이라 할 수 있다.

「자도사」는 작자의 가첩歌帖인 『이재영언頤齋詠言』과 『간례簡禮』에 실려 전한다. 여기서는 『이재영언』에 수록된 작품을 대상으로 한다.

자도사 自悼詞

조우인 曺友仁

임을 그리는 마음을 노래하다

임 향한 일편단심 하늘께 타고났으니
삼생[1]에 맺은 인연이요, 꾸민 마음 아니외다.
내 얼굴 내 못 보니 봄직하다 할까마는
민낯이 곱건 밉건 생긴 대로 지녀서
연지와 흰 분도 쓸 줄을 모르는데
단순호치[2] 가졌노라 하오리까.
이 임 만나뵙고 섬길 일 생각하니
홍안[3]을 믿자 하니 고운 얼굴 얼마 가며

---

1) 삼생(三生): 전생(前生), 현생(現生), 내생(來生)인 과거, 현재, 미래를 통틀어 이르는 말.
2) 단순호치(丹脣皓齒): 붉은 입술과 하얀 치아. 곧 아름다운 여자를 이르는 말.
3) 홍안(紅顔): 붉은 얼굴. 곧 젊어서 혈색이 좋은 얼굴을 이르는 말.

조물주가 시기하니 임의 사랑 기약할까.
꽃다운 십오 세에 배운 일 전혀 없어
부상[4]의 명주실을 은하수에 씻어내어
원앙무늬 베틀 위에 봉황무늬 수놓으니
내 손의 가진 재주 용하다 할까마는
잘라서 옷 만들면 임의 몸을 감싸려니,
임은 모르셔도 나는 임을 믿어서
머지않아 좋은 때를 손꼽아 기다리니
규중閨中의 세월은 물 흐르듯 지나간다.
인생이 몇 날이며 이내 몸 어찌할까.

임과 이별한 슬픔을 노래하다

구슬발 손수 걷고 섬돌에 내려가
오색구름 깊은 곳에 임 계신 데 바라보니
안개문, 구름창 천리만리 가렸구나.
인연이 없지 않아 하늘이 아셨는가.
외로운 청란[5]으로 광한궁[6] 날아올라
듣고서 못 뵙던 임 첫낯에 잠깐 뵈니
내 임이 이뿐이라 반갑기를 가늠할까.
이렇게 뵙고 다시 뵐 일 생각하니

4) 부상(扶桑): 해가 뜨는 동쪽 바다 속에 있다고 하는 상상의 나무. 또는 그 나무가 있는 곳.
5) 청란(青鸞): 봉황과 비슷한 전설상의 신조(神鳥).
6) 광한궁(廣寒宮): 달 속에 있다는 상상의 궁전.

삼천 명의 미인들 아침저녁으로 모시고
궁궐의 고운 여인 좌우에 벌였는데
수줍은 빛바랜 화장 어디 가 자랑하며
탐탁지 않은 태도를 누구에게 자랑할까.
난간에서 피눈물을 소매로 훔치며
옥경[7]을 떠나서 지상에 내려오니
박명薄命한 인생이 이처럼 생겼던가.
쓸쓸한 십 년 세월 그림자 벗을 삼고
아쉬운 마음에 혼자 하는 말이,
"임은 내 임이라 나를 어찌 버리시는가.
생각하시면 그 아니 불쌍한가."

임에게 자신의 억울함을 토로하다

정조貞操를 지키고 귀신께 맹세하여
좋은 때 돌아오면 다시 뵐까 하였더니
과연 내 임이 전혀 아니 버리시어
삼천 리 약수[8]에 파랑새 건너오니
임의 소식을 반갑게 듣겠구나.
여러 해 헝클어진 머리 틀어서 집어 꽂고
두 눈의 눈물자국에 분도 아니 발라

7) 옥경(玉京): 도가(道家)에서 옥황상제가 산다는 곳. 곧 천상 세계를 이르는 말.
8) 약수(弱水): 신선이 사는 땅에 있다는 강. 길이가 삼천 리나 되며 물의 부력이 아주 약하여 기러기의 깃털도 가라앉는다고 한다.

먼 길 멀다 않고 허위허위 들어오니
그리던 얼굴을 본 듯 만 듯 하고 있어
어찌하여 심술궂은 시샘은 한단 말인가.
알록달록 무늬 짜서 고운 비단 만들듯이
옥돌 위 쉬파리가 온갖 허물 지어내니
내 몸에 쌓인 죄는 끝이 없거니와
하늘에 해가 있어 임이 짐작 안 하실까.
그것일랑 던져두고 서러운 뜻 말하려니
백 년 인생에 이내 임 만나보아
사랑의 맹세를 굳건히 믿었더니
그사이 무슨 일로 이 맹세 버려두고
옥 같은 얼굴을 홀로 두고 그리는가.
사랑이 싫증났던가, 박복한 탓이던가.
말하면 목이 메고 생각하면 가슴 끔찍.
지척의 장문궁[9]이 얼마나 가렸기에
무정한 유랑[10]은 꿈에도 아니 뵈며
조비연[11]의 노랫소리는 예 듣던 소리로되
장신궁[12] 문을 닫고 아니 연단 말인가.
풍상風霜이 섞어 치고 수많은 꽃 떨어지니
여러 떨기 국화는 누구 위해 피었으며

---

9) 장문궁(長門宮): 중국 한나라 때 무제(武帝)에게 버림받은 황후(皇后) 진아교(眞阿嬌)가 갇혀 살던 곳.

10) 유랑(劉郎): 진아교를 장문궁에 유폐시킨 한나라 무제 유철(劉徹).

11) 조비연(趙飛燕): 중국 한나라 성제(成帝)의 황후. 조비연은 몸이 가볍고 가무(歌舞)를 잘하였는데, 그 모양이 마치 나는 제비〔飛燕〕 같았다고 한다.

12) 장신궁(長信宮): 중국 한나라 성제의 후궁인 반첩여(班婕妤)가 거처하던 궁. 반첩여는 조비연에게 성제의 총애를 빼앗기자 장신궁으로 물러나 살았다고 한다.

천지가 얼어붙어 삭풍朔風이 몹시 부니
하루를 볕을 쬔들 열흘 추위 어찌할까.
은바늘 빼내어 오색실 꿰어놓고
임의 터진 옷을 깁고자 하건마는
구중궁궐에 갈 길이 아득하니
아녀자 깊은 정을 임이 언제 살피실까.
음력 섣달 다 지나니 봄이면 늦으리.
동짓날 자정이 지난밤에 돌아오니
집집마다 대문을 차례로 연다 하되
자물쇠를 굳게 잠가 침실을 닫았으니
눈 위의 서리는 얼마나 녹았으며
뜰가의 매화는 몇 봉우리 피었는가.

임에 대한 원망을 표출하다

간장肝腸이 다 썩어 넋조차 그쳤으니
천 줄기 눈물은 피 되어 솟아나고
벽에 걸린 푸른 등은 빛조차 어두워라.
황금이 많으면 부賦나 살까마는[13)]
밝은 해 무정하니 뒤집힌 동이에 비칠쏘냐.
평생토록 쌓은 죄는 다 나의 탓이로되

13) 황금이~살까마는: 중국 한나라 무제 때 황후 진아교가 무제의 마음을 돌리기 위해 사마상여(司馬相如)에게 황금을 주고 부(賦)를 짓게 한 일을 가리킨다. 황후의 고독하고 처량한 마음, 임을 사모하는 정을 잘 표현한 사마상여의 「장문부長門賦」를 본 무제가 황후를 다시 총애하게 되었다 한다.

언어에 재주 없고 눈치 없이 다닌 일을
풀어서 헤아리고 다시금 생각하니
조물주의 처분을 누구에게 물으리오.
창에 비친 매화, 달에 가느다란 한숨 다시 짓고
아쟁을 꺼내어 원망의 노래 슬피 타니
거문고 줄 끊어져[14] 다시 잇기 어려워라.
차라리 죽어서 두견새 넋이 되어
밤마다 배꽃의 피눈물 울어내어
오경[15]에 새벽달을 섞어 임의 잠을 깨우리라.

14) 거문고 줄 끊어져: 자기를 알아주는 사람이 없음을 탄식하는 말. 백아(伯牙)가 자신을 알아준 종자기(鍾子期)가 죽자 이를 탄식하며 거문고 줄을 끊었다는 고사에서 연유한 말이다.

15) 오경(五更): 하룻밤을 다섯 부분으로 나누었을 때 맨 마지막 부분. 곧 새벽 3시에서 5시 사이를 이르는 말.

제6부

인물찬양가사

「독락당」은 박인로가 1619년광해군 11에 회재晦齋 이언적李彦迪의 유적인 경주 옥산서원玉山書院의 독락당을 찾아가 지은 가사로, 박인로가 지은 가사 작품들 중 최장편의 작품이다.

「독락당」은 제목 아래 달려 있는 주석으로 미루어보건대, 작자가 이언적이 도학에 힘쓰던 독락당을 찾아가 그의 유지를 흠모하고 선현先賢의 풍모를 기리는 정을 노래한 것임을 알 수 있다. 이언적과 함께 김굉필金宏弼, 정여창鄭汝昌, 조광조趙光祖, 이황李滉 등 조선 성리학의 오현五賢이 문묘에 배향된 것이 계기가 되어 이 작품을 지은 듯하다. 즉, 영남지역의 유생들이 조선 성리학의 오현을 문묘에 모시기 위한 노력을 여러 차례 펼친 끝에 1610년광해군 2에 비로소 그 결실을 맺게 되자 작자가 독락당을 참배한 자리에서 이 작품을 지은 것으로 보인다.

「독락당」은 임진왜란에 무인으로 참전한 작자가 늙어서야 비로소 독락당을 찾게 된 감회를 읊는 것으로 시작하여, 독락당의 아름다운 경치와 이언적을 사모하는 심회를 중국의 고사에 견주어 칭송하는 것으로 이어지고 있다. 마지막으로 이언적의 유훈遺訓을 가슴 깊이 새겨 오래도록 받들 것을 권면하는 것으로 끝을 맺고 있다. 특히 독락당에 남아 있는 이언적의 자취를 더듬으면서 그의 풍채와 덕행을 추앙하는 데 작품의 대부분을 할애하고 있어 성리학에 몰입하려는 작자의 의지를 엿볼 수 있다.

이러한 점에서 이 작품 역시 성현의 치세治世에 대한 동경과 성리학적 수양을 지향하는 작자의 다른 가사 작품들과 큰 차이를 보이지 않는다고 할 수 있다.

「독락당」은 작자의 문집인 목판본 『노계선생문집蘆溪先生文集』에 실려 전한다.

독락당獨樂堂

박인로朴仁老

경주慶州 옥산玉山에 있으니, 회재晦齋 이언적李彦迪 선생이 거처하던 집이다. 공公이 자취를 찾아가보고, 이 노래를 지었다.

늘그막에 독락당을 찾은 감회를 읊다

자옥산紫玉山 명승지에 독락당이 청정함을 들은 지 오래인데
이 몸이 무인武人으로 왜구 방어에 분주하므로
일편단심에 의기가 충천하여
창 들고 말 타며 쉴 틈 없이 바쁘다가,
마음속 그리움이 흰머리에 더욱 깊어
대지팡이 짚신으로 오늘에야 찾아오니
산봉우리 수려하여 무이산이 되어 있고
흐르는 물 휘돌아 후이천이 되었구나.[1]

이러한 명소에 임자 어찌 없었던가.
일천 년 신라와 오백 년 고려에
현인 군자 들이 많이도 있었지만
천지가 아껴서 우리 선생 주었구나.
만물엔 주인 있어 다툴 이 있을쏘냐.

독락당 주변 경치를 찾아다니며 이언적의 모습을 회상하다

푸른 담쟁이 헤치고 독락당을 지어내니
그윽한 경치는 견줄 데 전혀 없네.
수많은 긴 대나무 시내 따라 둘러 있고
만 권의 서책은 네 벽에 쌓였으니
왼쪽엔 안회 증삼, 오른쪽엔 자유 자하.[2)]
서책을 벗삼으며 시 읊기를 일삼아
한가로운 가운데 깨우친 것을 혼자서 즐기도다.
독락獨樂, 이 이름 뜻에 맞는 줄 그 누가 알리.
사마온공 독락원[3)]이 아무리 좋다 한들
그 속의 참 즐거움 이 독락에 견줄쏘냐.

---

1) 산봉우리~되었구나: 독락당 주변의 경치를 중국의 유학자인 주희(朱熹)와 정이(程頤)에 빗대어 칭송한 것이다. '무이산(武夷山)'은 주희가 무이정사(武夷精舍)를 짓고 은거하여 성리학을 주창한 곳이며, '후이천(後伊川)'은 성리학의 기초를 세운 이천(伊川) 정이를 뒤따른다는 뜻이다.
2) 왼쪽엔 안회(顔回) 증삼(曾參), 오른쪽엔 자유(子游) 자하(子夏): 공자가 제자들을 거느리고 학문을 연마하는 모습에 빗대어 독락당의 분위기를 칭송한 것이다.
3) 사마온공(司馬溫公) 독락원(獨樂園): 중국 송나라의 사마광(司馬光)이 재상에서 파면되자 홀로 책 읽으며 은거하던 독락원.

진경眞境을 다 못 찾아 양진암養眞菴에 돌아들어
바람 쐬며 바라보니 내 뜻도 뚜렷하다.
퇴계退溪 이황李滉 자필自筆이 참인 줄 알겠노라.
관어대觀魚臺 내려오니 펼친 듯한 반석盤石에 자취가 보이는 듯.
손수 심은 장송長松은 옛 빛을 띠었으니
변함없는 경치가 그 더욱 반갑구나.
상쾌하고 맑은 기운 난초 향기에 든 듯하네.
몇몇 옛 자취 보며 문득 생각하니
우뚝한 낭떠러지는 바위병풍 절로 되어
용면[4]의 솜씨로 그린 듯이 벌여 있고
깊고 맑은 못에 천광운영[5]이 어리어 잠겼으니
광풍제월[6]이 부는 듯 비치는 듯.
연비어약[7]을 말없는 벗으로 삼아
독서에 골몰하여 성현聖賢의 일 도모하시도다.
맑은 시내 비껴 건너 낚시터도 뚜렷하네.
묻노라, 갈매기들아. 옛 일을 아느냐.
엄자릉이 어느 해에 한漢나라로 갔단 말인가.[8]
이끼 낀 낚시터에 저녁연기 잠겼어라.
봄옷을 새로 입고 영귀대에 올라오니

4) 용면(龍眠): 중국 송나라 때 이름난 화가인 이공린(李公麟).
5) 천광운영(天光雲影): 하늘빛과 구름 그림자. 곧 만물이 천성(天性)을 얻어 조화를 이룬 상태를 이르는 말.
6) 광풍제월(光風霽月): 맑은 날의 바람과 비 갠 날의 달. 사람의 도량이 넓고 시원스러움을 표현한 말이다.
7) 연비어약(鳶飛魚躍): 솔개는 날아 하늘에 이르고 물고기는 연못에서 뜀. 곧 천지미물의 자연스러운 운행이나 천지조화의 오묘한 작용을 이르는 말.
8) 엄자릉(嚴子陵)이~갔단 말인가: 중국 후한(後漢) 때의 엄광(嚴光)이 광무제(光武帝)가 내린 벼슬을 거부하고 부춘산(富春山)의 칠리탄(七里灘)에 은거한 사실을 가리킨다.

고금 없이 좋은 경치에 맑은 흥 절로 나니
풍호영이귀風乎詠而歸를 오늘 다시 본 듯하다.[9)]
대臺 아래 연못에 가랑비 잠깐 지나가니
벽옥碧玉 같은 넓은 잎에 퍼지는 것 구슬이로다.
이러한 맑은 경치 봄직도 하다마는
염계[10)] 가신 후에 몇몇 해를 지났는가.
변함없는 맑은 향기 다만 혼자 남았구나.
안개 비낀 아래에 폭포를 멀리 보니
붉은 벼랑 높은 끝에 긴 냇물 걸린 듯.
향로봉 그 어디오, 여산이 여기인가.[11)]
징심대澄心臺 굽어보니 찌든 가슴 새로운 듯하다마는
적막한 빈 대臺에 외로이 앉았으니
맑은 바람 잔잔한 물에 산 그림자 잠겨 있고
우거진 녹음에 온갖 새 슬피 운다.
배회하고 생각하며 참된 자취 다 찾으니
탁영대濯纓臺 연못은 고금 없이 맑다마는
어지러운 속세에 사람들이 다투니
이리 맑은 연못에 갓끈 씻을 줄[12)] 그 뉘 알리.

---

9) 봄옷을~본 듯하다: 독락당 주변에 있는 영귀대(詠歸臺)의 이름에 착안하여 공자의 제자 증점(曾點)이 늦봄에 봄옷을 입고 기수(沂水)에서 목욕하고 무우대(舞雩臺)에서 바람 쐬면서 시를 읊조리고 오겠다고 한 고사를 끌어와 독락당 주변의 경치와 홍취를 찬양한 것이다.

10) 염계(濂溪): 『태극도설太極圖說』을 지어 성리학의 개조(開祖)가 된 중국 송나라의 도학자 주돈이(周敦頤).

11) 향로봉(香爐峯)~여기인가: 중국의 명산으로 유명한 여산(廬山)의 향로봉에 빗대어 독락당 주변의 경광을 칭송한 구절이다.

12) 갓끈 씻을 줄: 맑은 물에 갓끈을 씻고 흐린 물에 발을 씻듯이 물의 맑고 흐림을 통해 자신의 마음을 수양함을 비유한 말이다.

이언적의 풍채와 덕행을 추앙하고 그리워하다

사자암獅子巖 높이 올라 도덕산道德山을 바라보니
빛을 머금은 구슬[13]은 어제인 듯하다마는
봉황 떠난 빈산에 두견만 낮에 운다.
도화동 내린 물이 밤낮없이 복숭아꽃 띄워오니
천태인가 무릉인가, 이 땅이 어디인가.[14]
신선 자취 아득하니 어디인지 모르겠네.
어질지도 않은 몸이 무슨 이치 알까마는
산이 좋아 갈 길 잊고 기암奇巖에 다시 기대[15]
원근遠近의 내와 들판 경치를 살펴보니,
울긋불긋 꽃빛깔은 비단빛이 되어 있고
수많은 꽃향기 골바람에 날려오고
산사山寺의 종소리 구름 밖에 들리도다.
이러한 풍경을 명문장가의 붓인들 다 써내기 쉽겠는가.
눈앞의 풍경이 흥취를 더하는 듯
이리저리 거닐며 짐짓 더디 돌아와서
서쪽 산을 바라보니 저녁해가 다 지는도다.
독락당 다시 올라 좌우를 살펴보니
선생의 풍채를 친히 만나뵈는 듯.

13) 빛을 머금은 구슬: 덕이 있는 사람은 표시를 하지 않아도 남이 알아준다는 것을 비유한 말. 여기서는 이언적의 학덕이 높아서 다른 사람들이 알아준다는 뜻이다.

14) 도화동(桃花洞)~어디인가: 중국의 천태산(天台山)과 무릉도원(武陵桃源)에 빗대어 독락당 주변 경치를 칭송한 구절이다. 천태산과 무릉도원은 선경(仙境)이나 낙원을 이르는 말이다.

15) 어질지도~다시 기대: 공자가 말한 "지혜로운 사람은 물을 좋아하고 어진 사람은 산을 좋아한다"라는 구절을 취하여 작자 자신이 어진 자도 아니면서 산을 좋아한다고 겸손하게 표현한 구절이다.

갱장에 뚜렷하여[16] 애달피 탄식하며
당시에 하시던 일 다시금 생각하니,
밝은 창가 책상에서 세상 근심 잊으신 채
성현의 책에 뜻을 두어 공들인 결과로
배우고 가르쳐서 유교를 밝히시니
동방의 군자는 이뿐인가 하노라.
더구나 효제孝悌를 근본 삼고 충성을 펼쳐내어
조정에 나아가 직설[17]의 몸이 되어
당우성시[18]를 이룰까 바라다가
시대 운수 불행하여 어진 이를 멀리하니
듣고 보는 사람들, 심산궁곡深山窮谷인들 뉘 아니 슬퍼하리.
유배생활 칠 년에 하늘의 해 못 보시고
문 닫고 성찰하여 도덕만 닦으시니
사불승정[19]이라, 공론公論이 절로 일어
사람마다 도덕을 숭상할 줄 알아서
유배지 사람들도 받은 교화 다 못 잊어
궁벽한 시골땅에 사당을 세웠으니
선비들의 추앙은 더욱 일러 무엇하리.
자옥산 명승지에 옥산서원玉山書院 짓고서
수많은 선비들이 학문을 닦으니

16) 갱장(羹墻)에 뚜렷하여: 국과 담장에 뚜렷이 보여. 곧 사모함이 지극함을 비유한 말. 중국에서 요(堯)임금이 죽은 뒤 순(舜)임금이 요임금을 그리워하여 앉아 있을 때면 담장에 요임금이 보이고 밥을 먹을 때면 국에 요임금이 보였다고 한다.
17) 직설(稷契): 중국 순임금 때의 명신(名臣)인 후직(后稷)과 설(契).
18) 당우성시(唐虞盛時): 요순시절 같은 태평스런 세상. '당'은 요임금을 가리키며, '우'는 순임금을 가리킨다.
19) 사불승정(邪不勝正): 사악한 것이 바른 것을 이기지 못함.

세상의 어진 선비들 이 땅에 다 모인 듯.
구인당求仁堂 돌아올라 체인묘體仁廟도 엄숙하네.
끊이지 않는 제사祭祀가 우연 아닌 일이로다.
받들어 모심을 하더라도 다 못하여
문묘의 배향[20]이 그 더욱 성사盛事로다.
동방의 문화가 중국에 비길 만하네.
자양과 운곡[21]도 어즈버 여기로다.
세심대洗心臺 내린 물에 덕택德澤이 이어 흘러
용추龍湫 깊은 곳에 신물神物이 잠겼으니
자연의 조화가 그 더욱 기이하네.
끝없는 참경치를 다 찾기 어렵구나.
즐기느라 갈 길 잊고 열흘을 머물며
고루한 이 몸에 성경[22]을 넓게 하여
선생의 문집을 자세히 살펴보니
온갖 구절이 다 성현의 말씀이라.
도학의 맥, 수양과정 일월같이 밝았으니
어두운 밤길에 촛불 잡고 가는 듯하다.

---

20) 문묘(文廟)의 배향(配享): 공자를 모신 사당인 문묘에 이언적을 함께 모심.
21) 자양(紫陽)과 운곡(雲谷): 중국 송나라 유학자 주희가 머물며 공부하던 곳.
22) 성경(誠敬): 유학에서 인간의 최고 목표로 설정한 '성'과 이에 도달하기 위한 수양 방법인 '경'. '성'은 도덕적 극치인 천도(天道), 곧 성인(聖人)의 도(道)를 말하며, '경'은 이러한 성의 경지에 도달하기 위한 수양 방법으로서의 인도(人道)를 말한다.

이언적의 유훈을 길이 받들 것을 권면하다

진실로 이 유훈遺訓을 마음에 가득 담아
성의정심[23)]하여 성誠을 널리 닦으면
언행이 돈독하여 사람마다 어질도다.
선생의 끼친 덕화 지극함이 어떠한가.
아아, 후생들아. 더욱더욱 추앙하여
아주아주 오래도록 우러러 바라보라.
두텁고 높은 천지도 다할 때 있겠지만
독락당 맑은 바람 가없을까 하노라.

23) 성의정심(誠意正心): 뜻을 성실하게 하고 마음을 바르게 함.

「영남가」는 제목 아래에 달려 있는 주석에 의하면 박인로가 75세 때인 1635년인조 13에 당시 영남지방에 순찰사로 온 이근원李謹元의 덕치德治를 찬양한 가사다. 이근원의 덕치와 교화에 도내 백성들이 모두 감동하여 더 머무르길 원하자 박인로가 「영남가」를 통해 이를 드러낸 것이다.

그런데 이 당시 영남지방의 수령 명단에서 이근원은 찾을 수 없다. 다만 1635년 무렵에 이근원이 아닌 이기조李基祚가 경상감사로 부임한 사실을 확인할 수 있다. 이기조는 1634년에 경상감사에 부임했다가 이듬해인 1635년에 물러났는데, 그는 다름 아닌 박인로와 친분이 두터웠던 이덕형李德馨의 손녀사위, 곧 이덕형의 장남인 이여규李如圭의 사위다. 또한 고려대 박물관에 소장되어 있는 이기조의 묘지명에 "1635년 그가 선정을 베풀고 경상감사에서 물러날 때 어떤 사람이 가요를 지어 찬미했다"라는 요지의 기록이 적혀 있는데, 이 기록은 박인로가 「영남가」를 지은 상황과 상당히 부합한다. 그렇다면 「영남가」의 주석에 나타난 이근원은 이기조로 보아야 타당할 듯하다. 박인로가 이덕형과의 친분을 바탕으로 하여 「사제곡莎堤曲」이나 「누항사陋巷詞」를 지은 것처럼, 이 작품도 둘 사이의 친분이 크게 영향을 미쳐 지어진 것이라 할 수 있다.

「영남가」는 임진왜란으로 폐허가 된 영남지방의 상황과 백성들의 곤궁한 형편을 노래하는 것으로 시작한다. 이어서 백성들에게 부모와 같은 마음으로 은혜를 베푼 순찰사를 후직后稷과 설契, 고요皐陶 등의 중국 명신名臣들에 견주어 그 덕을 찬양하고 있다. 또한 전란 후의 폐허가 무릉도원과 같은 지상낙원이 되었으며, 백성들이 태평성대를 누리고 도덕을 숭상하게 되었다고 읊고 있다. 마지막으로 순찰사의 유임을 바라면서 그의 모습을 그려 집집마다 걸어놓고 추앙하자는 말로 끝을 맺고 있다.

이처럼 이 작품은 기본적으로 대상 인물의 덕치와 교화를 찬미하고 송축하는 성격을 매우 강하게 띠고 있다. 그렇다 보니 미사여구의 한문 어투와 고사들이 박인로의 다른 가사 작품들보다 더 많이 사용되고 있다. 그렇지만 박인로 특유의 능숙한 어휘 구사와 유려한 작품 전개로 대상 인물의 선정과 덕치를 도드라지게 표현한 점은 높이 평가할 만하다.

「영남가」는 작자의 문집인 목판본 『노계선생문집蘆溪先生文集』에 실려 전한다.

영남가 嶺南歌

박인로 朴仁老

을해년1635에 상국相國 이근원[1]이 영남의 안절사按節使가 되어 덕을 베풀고 교화를 펴서 도내 백성들이 한집안 사람처럼 여기게 되니, 임기가 다 되어갈 때에 백성들이 모두 감은感恩하여 더 머무르길 원하므로 공公이 노래를 지어 삼가 이를 드러냈다.

전란으로 황폐해진 영남지방에 순찰사가 새로 부임하다

영남 천 리에 임란 후 남은 백성,
왜적 침략의 첫길에 어찌 가업家業을 가질 것인가.
남은 땅 폐허에 몇 칸 초가 지어두고
거친 밭을 갈더라도 얼마나 갈려는가.

1) 이근원(李謹元): 당시 경상감사로 부임한 이기조(李基祚)의 잘못.

가뜩이나 일 많은데 부역인들 적겠는가.
끼니도 못다 이어 기한飢寒에 늙은들
임 향한 충성심은 어느 때에 잊겠는가.
태양 같은 임금이 만 리 밖을 다 보시니
지극한 인덕仁德으로 측은하게 생각하시어
순찰사巡察使 어른을 특별히 보내시니
영남의 남은 백성 되살아날 기회 아닌가.

순찰사의 선정을 칭송하다

백옥같이 맑으시고 바다같이 깊은 뜻에
명덕 신민[2]을 한 몸에 일삼아
구경 팔목[3]을 성경[4] 중에 붙여두고
직설[5] 고요[6] 몸이 되어 어진 임금을 뵙고야 말리라 여겨,
성인의 덕화德化를 본받아 백성 기를 뜻을 두시어
경상도 전체를 한집 삼아 부모 마음 가지시고
어미 잃은 모든 아이 자식처럼 보호하시니
큰 가뭄에 온갖 곡식 때맞춘 비 만난 듯,

2) 명덕(明德) 신민(新民): 밝은 덕을 밝히고 백성을 가르쳐 새롭게 함.
3) 구경(九經) 팔목(八目): 천하를 다스리는 아홉 가지의 큰 덕과 여덟 가지의 조목.
4) 성경(誠敬): 유학에서 인간의 최고 목표로 설정한 '성'과 이에 도달하기 위한 수양 방법인 '경'. '성'은 도덕적 극치인 천도(天道), 곧 성인(聖人)의 도(道)를 말하며, 경은 이러한 성의 경지에 도달하기 위한 수양 방법으로서의 인도(人道)를 말한다.
5) 직설(稷契): 중국 순(舜)임금 때의 명신(名臣)인 후직(后稷)과 설(契).
6) 고요(皐陶): 순임금의 신하로 사구(司寇), 즉 감옥에서 죄수를 감시하던 관리들의 우두머리를 지냈다.

목마른 물고기가 깊은 못에 잠긴 듯.
모든 집안에 덕화 고루 미쳤으니
한결같은 동풍이 한빛으로 부는구나.
순찰사 은혜는 견줄 데 전혀 없네.
농사짓기 누에치기 권하시며 군정軍政도 닦으시니
밭 갈고 베 짜며 온 백성 편히 살고
활과 화살 갖추어 군사 채비도 갖추었네.
더욱이 고결한 정신에 넓은 도량 품으시고
진심으로 다스리고 충성을 다하시며
인륜 밝힘을 정사政事의 근본으로 삼고
유학의 도를 임무로 삼으시니
경상도 행운이 시운時運이 아닌가.
정치 이러하니 뉘 아니 감격하리.
여러 고을 수령이 순찰사를 본받아
한마음으로 백성 사랑함이 원근 없이 다 같으니
엊그제 폐허가 지상낙원 되었는가.
대나무, 솔 우거진 집마다 학문에 매진하고
버들숲 정자에 격양가[7]를 부르니
무회씨 때 사람인가, 갈천씨 때 백성인가.[8]
요순시절[9]을 오늘 다시 본 듯하다.
허다한 호송배[10]는 어디로 다 갔는가.

7) 격양가(擊壤歌): 중국 요(堯)임금 때 늙은 농부가 배를 두드리고 땅을 치면서 천하가 태평하다며 불렀다는 노래.
8) 무회씨(無懷氏)~백성인가: 중국 상고시대 전설상의 제왕인 무회씨와 갈천씨(葛天氏) 때의 태평성대에 빗대어 작자의 만족스러운 생활을 표현한 구절이다.
9) 요순(堯舜)시절: 중국 상고시대 성군(聖君)인 요임금과 순임금이 다스리던 시절. 곧 덕으로 천하를 다스리던 태평한 시대를 이르는 말.

송사訟事가 그치니 감옥이 비었단 말인가.
민심이 감화하여 절로절로 그렇도다.
필야사무송을 천 년 후에 보았구나.[11]
관청이 일 없으니 촌락도 일이 없다.
수많은 행인들은 남녀가 길 달리하고
서쪽 곳곳에 농부가 밭둑 사양하네.[12]
묻노라, 뻐꾸기야. 이 땅이 어디인가.
어즈버, 이 몸이 주周나라에 들어온 듯.
순찰사의 교화 아마도 그지없네.

순찰사의 덕화와 은덕에 감사의 뜻을 표하다

소공[13]의 덕화 느껴 구군일년[14] 빌고 싶어라.
영남 백성들아, 이내 말씀 자세히 듣소.
순찰사 은덕에 보답할 일 하세.

---

10) 호송배(好訟輩): 소송(訴訟)을 좋아하는 무리.
11) 필야사무송(必也使無訟)을~보았구나: '필야사무송'은 공자가 한 말로서 "반드시 송사가 없도록 하겠다"는 뜻인데, 그로부터 아주 오랜 세월이 지난 후에야 순찰사의 선정으로 조선에도 송사가 그치게 되었음을 표현한 것이다.
12) 수많은~사양하네: 중국 주(周)나라 문왕(文王)이 나라를 잘 다스려서, 밭을 경작하는 자들은 밭의 경계를 양보하고, 길 가는 자들은 길을 양보하며, 남녀는 길을 달리하고, 머리가 반백이 된 자는 짐을 들고 다니지 않았다 한다. 이처럼 백성들이 서로 양보하는 미풍양속이 널리 퍼졌음을 가리킨다.
13) 소공(召公): 중국 주나라 문왕의 아들이자 무왕(武王)의 동생. 성은 희(姬), 이름은 석(奭). 무왕을 도와 은(殷)나라를 멸망시키고 주나라를 건국하는 데 큰 공을 세웠으며, 연(燕)나라의 시조가 됨.
14) 구군일년(寇君一年): 떠나가는 관리에게 일 년 더 머물러달라고 백성들이 청함. 중국 한나라 때 구순(寇恂)이 선정을 베풀어 태평성대를 이루니 백성들이 일 년 더 머물러달라고 길을 막아 만류했다고 한다.

고운 비단 많이 사고 좋은 물감 갖추어서
순찰사 풍모를 사마광[15] 모습처럼 한없이 그려내어
영남 모든 집 벽 위에 걸어두고
마음에 그리울 때면 보고자 하노라.

15) 사마광(司馬光): 중국 북송(北宋)의 재상. 고결한 도덕성을 가지고 있었으며, 학문에 조예가 깊었을 뿐만 아니라 뛰어난 정치가로 평가된다.

제7부 종교가사

「서왕가」는 고려 말에 승려 나옹화상이 지은 불교가사佛敎歌辭로서, 가사문학의 효시로 알려져 있다. 어려운 불교 교리와 수행에 관한 초보적인 사항을 되도록 쉬운 말로 설명하여 하층의 신도를 포섭하려는 의도가 작품에 담겨 있다. 이러한 점에서 이 작품은 단순히 불교적 소재를 다룬 불교가사와는 구별된다. 무신자無信者를 불교 신자로 끌어들이고 신자는 더욱 확실한 신앙으로 묶어두려는 의도를 뚜렷이 드러내고 있어 적극적인 불교 포교용 가사라 할 수 있다.

이 작품이 중생을 교화하고 불교에 귀의하기를 설득하기 위해 지어졌다는 점은 가사문학의 태동과 관련해 중요한 의미를 지닌다. 가사문학이 불교 이념을 직접 다룬 작품에서 비롯되었다는 문학사적 의의를 잘 보여주고 있는 것이다. 그러나 고려 말 창작된 이후 오랫동안 구비 전승되다가 18세기 초에야 문자로 정착되었기 때문에, 작품 본래의 모습을 어느 정도 유지하고 있느냐가 가사문학의 효시 여부를 판별하는 관건이 될 것이다.

「서왕가」의 작자는 나옹화상으로 보는 견해가 일반적이나, 후대인이 의작擬作했다는 견해도 있다. 나옹화상이 이 작품을 지었다는 기록이 없을뿐더러 그와 같은 고승이 품격이 떨어지는 포교용 가사를 짓지 않았으리라는 것이 그 이유다. 그러나 작품의 내용이나 시상 전개 면에서, 그가 지은 한시 작품들 및 향찰로 남긴 또다른 가사 「승원가僧元歌」가 「서왕가」와 일맥상통하기 때문에 나옹화상이 창작한 것으로 보는 것이 타당하다.

「서왕가」는 인생의 무상함을 한탄한 뒤 산속에 들어가 도를 닦겠다는 큰 뜻을 밝히는 것으로 시작된다. 다음으로 애욕과 탐욕의 부질없음과 어리석음을 경계한 후, 염불의 공덕을 높이 찬양하고 있다. 또한 극락세계의 장엄함과 신비스러움을 노래하여 염불의 공덕이 극락왕생에 있음을 강조하고 있다. 마지막으로 극락세계의 모든 것들이 염불에 전념하고 있으니 세상에 태어난 인간들도 빠짐없이 염불할 것을 적극 권장하는 것으로 끝을 맺는다.

이 작품의 이본으로는 1704년숙종 30 예천 용문사龍門寺에서 판각한 뒤 팔공산 수도사修道寺에서 다시 간행한 「나옹화샹셔왕가」를 비롯하여, 1776년정조 즉위 합천 해인사에서 복각한 오간본五刊本, 같은 해 해인사에서 간행한 『신편보권문新編普勸文』에 실려 있는 「강월존자서왕가江月尊者西往歌」 등이 전하고 있다. 내용 면에서 이본들간의 차이는 크지 않다. 여기서는 합천 해인사에서 복각한 오간본을 대상으로 한다.

서왕가 西往歌

나옹화상 懶翁和尚

인생이 무상하여 입산수도入山修道를 결심하다

나도 이렇망정 세상에 태어나니
인생무상 생각하니 다 거짓 것이로세.
부모가 주신 몸 죽은 후에 속절없다.
잠깐 사이 생각하여 세상일 다 버리고
부모께 하직하고 표주박 하나 누더기 한 벌에
지팡이 비껴들고 명산을 찾아들어
고승을 몸소 만나 이 마음을 밝히려고
불경의 모든 것을 낱낱이 찾아내어
번뇌를 잡으리라 허공마[1]를 비껴 타고
마야검[2]을 손에 들고 오온산[3] 들어가니

1) 허공마(虛空馬): '사람의 마음'을 비유해서 이른 말.

첩첩 쌓인 산 중에 사상산[4]이 더욱 높다.

염불의 공덕을 찬양하다

자취 없는 도적은 육근문두[5]에 드나드는데
번뇌를 떨치고 지혜로 배 만들어
삼계[6] 바다 건너려고 중생들 실어두고
세 가지 돛대에 첫번째 돛을 다니[7]
춘풍은 순조롭고 흰 구름 떠 있는데
인간 세상 생각하니 슬프고 서럽구나.
염불 않는 중생들아 몇 년을 살려고
세상일에 집착하여 애욕愛慾에 빠졌느냐.
하루도 열두 때요 한 달도 서른 날에 어느 날에 한가할까.
깨끗한 불성佛性을 사람들이 가졌지만 어느 날에 생각하며
한없는 공덕功德을 본래 갖췄지만 어느 때에 내어 쓸까.
극락은 멀어지고 지옥은 가깝도다.
여보시오, 어르신네. 권하노니 선행을 행하소서.

---

2) 마야검(摩耶劍): 지혜의 검. 곧 '불법(佛法)'을 보검에 비유해서 이른 말.
3) 오온산(五蘊山): 사람의 마음과 몸을 산에 비유해서 이른 말.
4) 사상산(四相山): 사상을 산에 비유해서 이른 말. '사상'은 아상(我相), 인상(人相), 중생상(衆生相), 수자상(壽者相)의 네 가지 집착을 말한다.
5) 육근문두(六根門頭): 육근을 문(門)에 비유해서 이른 말. '육근'은 번뇌를 일으키는 눈, 귀, 코, 혀, 몸, 뜻을 말하며, 번뇌가 이 육근을 통해서 드나든다고 하여 '문'에 비유한 것이다.
6) 삼계(三界): 중생이 사는 욕계(欲界), 색계(色界), 무색계(無色界) 등의 세 세계.
7) 세 가지~다니: 중생이 깨달음에 이르는 세 가지 방법 중에 첫째를 선택했음을 돛대에 돛을 다는 것에 비유해서 이른 말. 그 첫째 방법은 부처의 가르침을 듣고 깨우치는 것을 말하고, 둘째 방법은 부처의 가르침에 의지하지 않고 홀로 깨달음의 경지에 이르는 것을 말하며, 마지막으로 셋째 방법은 보리(菩提)를 구하고 중생을 교화하는 것을 말한다.

이승에 쌓은 공덕 저승에서 받게 되니
한평생 탐욕은 하루아침 티끌이요,
잠깐의 염불도 영원히 다함없는 보배일세.
어와, 이 보배는 천겁千劫이 지나고
만세萬世가 다하도록 변함이 없네.
천지가 넓다 한들 이 마음에 미칠쏘냐.
일월이 밝다 한들 이 마음에 미칠쏘냐.
삼세[8]의 모든 부처 이 마음을 아시고
육도[9]의 중생은 이 마음을 저버리니
삼계윤회[10]를 어느 날에 그칠쏘냐.
잠깐 동안 생각하여 마음을 깨쳐먹고 태허[11]를 생각하니
산 첩첩, 물 졸졸, 바람 솔솔, 꽃은 활짝, 송죽松竹은 늘어졌는데
인간세계 건너서 극락세계 들어가니
칠보금지[12]에 칠보망七寶網을 둘렀으니 구경하기 더욱 좋네.

염불을 권장하다

구품연대[13]에 염불 소리 잦아 있고
청학靑鶴 백학白鶴과 앵무鸚鵡 공작孔雀과

8) 삼세(三世): 과거, 현재, 미래.
9) 육도(六道): 중생이 선악의 업(業)에 따라 윤회하는 여섯 가지의 세계. 곧 천상(天上), 인간(人間), 아수라(阿修羅), 축생(畜生), 아귀(餓鬼), 지옥(地獄)을 말함.
10) 삼계윤회(三界輪廻): 중생이 욕계, 색계, 무색계를 돌며 끊임없이 생사를 반복함.
11) 태허(太虛): 맑고 참된 본바탕.
12) 칠보금지(七寶錦地): 금, 은, 자개, 마노, 산호, 호박, 진주 등 일곱 가지 보배로 꾸며진 땅.
13) 구품연대(九品蓮臺): 극락세계에 왕생하는 사람이 앉는 아홉 종류의 연꽃 대(臺).

봉황새들은 하는 것이 염불일세.
맑은 바람 건듯 부니 염불 소리 아득하네.
어와, 슬프다. 우리도 세상에 태어나서 염불 말고 무얼 할까.
나무아미타불

「회심가」는 서산대사 휴정이 16세기 말경 불교사상을 통해 당시의 세태를 정화하고자 지은 불교가사佛教歌辭다. 말세적인 풍속에 물들어 있는 당대의 현실과 애욕과 탐욕에 의한 골육상쟁을 비판하고, 일념으로 염불하며 수행할 것을 권하는 작품이다.

「회심가」는 불교사상을 유교사상이나 노장사상에 접합시켜 당시 어지러운 사회의 세태를 정화하고, 임진왜란과 병자호란을 겪는 동안에 흉흉해진 신도들의 신앙심을 고취시키고자 한 것이다. 그러므로 이 작품은 단순히 불교를 포교하기 위한 것이 아니라 당시의 현실을 바로잡기 위한 것이라는 점에서 강한 목적성을 띠고 있다.

전반적으로 「회심가」는 아미타불에 대한 권위를 부여함으로써 청자聽者에게 아미타불의 명호名號를 외는 사람들은 반드시 극락으로 갈 수 있다는 확신을 주고 있다. 즉, 종교적 교리가 아미타불에 대한 깊은 신뢰감 속에 청자에게 전달될 수 있도록 하고 있다. 또 종교적인 진리에 대한 가르침과 깨우침을 청자에게 직접적으로 전달하기만 하는 것이 아니라, 세계에 대한 화자話者의 정서적 태도를 드러내는 서정적 진술을 사용하기도 한다.

「회심가」는 1764년에 판각된 동화사본 『보권염불문普勸念佛文』에 '회심가고'라는 제목으로 처음 문헌에 등장하였다. 이후 같은 제목으로 용문사본1765, 해인사본1776, 선운사본1787의 『보권염불문』에 재수록되었다. 이와 달리 『신편보권문新編普勸文』해인사, 1776에는 「청허존자회심가淸虛尊者回心歌」라는 제목으로 수록된 것이 있지만, '회심가고'와는 내용이 다르다. 여기서는 동화사본 『보권염불문』에 수록된 작품을 대상으로 하며, 원래 제목은 '회심가고'이지만 편의상 '회심가'라 한다.

회심가 回心歌

청허휴정 清虛休靜

불법이 쇠퇴한 현실을 한탄하다

천지가 나뉜 후에 삼라만상 일어나니
유정물 무정물 생긴 형상 참된 모습 절묘하되
범부凡夫가 성인聖人 되니 오직 사람 귀하도다.
요순우탕[1] 문무주공[2] 삼강오상[3] 팔조목[4]으로
태평세상 장식하니 금상첨화로다.

---

1) 요순우탕(堯舜禹湯): 중국의 성군(聖君)인 요임금과 순임금, 하(夏)나라를 세운 우임금, 은(殷)나라를 세운 탕임금.

2) 문무주공(文武周公): 중국의 어진 군주인 주(周)나라의 문왕, 무왕, 주공.

3) 삼강오상(三綱五常): 유교에서 마땅히 지켜야 할 기본 도리. '삼강'은 군위신강(君爲臣綱), 부위자강(父爲子綱), 부위부강(夫爲婦綱)을, '오상'은 인(仁), 의(義), 예(禮), 지(智), 신(信)을 말한다.

4) 팔조목(八條目): 『대학大學』에 나오는 격물(格物), 치지(致知), 성의(誠意), 정심(正心), 수신(修身), 제가(齊家), 치국(治國), 평천하(平天下)의 여덟 가지 조목.

동서남북 간 데마다 형제같이 화합하니
천하가 태평하여 거의가 극락세계려니
어화, 황공하다. 우리 민심 황공하다.
태고천지 내려오고 태평세월 밝았으되 야속하다, 말세 풍속.
충효신행忠孝信行 다 버리고 애욕愛慾의 그물에 깊이 들어
형제 투쟁 끝없으니 가련하다, 백발 부모.
의지할 데 전혀 없어 문밖에 서성이며 흘리는 것 눈물이라.
골육상잔 저러하니 다른 사람은 어떠할까.
인심이 크게 변해 천신天神이 화를 내어
호랑이, 귀신 몰아내니 비명횡사 썩 많으며
비바람과 가뭄 자주 들어 집집마다 굶주리니,
김가 박가 사람마다 부모처자 분리하여
밭과 냇가 남의 땅에 여기저기 아사餓死하니
참혹하다, 주검이여. 다만 조문객은 까마귀라.

불법을 닦아 극락세계로 가자고 권면하다

부처 안 믿는 이도 살피소서. 하늘의 재앙 저러하니
하늘의 가르침 겸허히 들어 자기 마음 바로 지니고
한편으로 염불하고 한편으로 충효하소.
하늘이 감동하면 태평시절 아니 볼까.
불법 어찌 정해져 있으며 요순堯舜 어찌 때 있을까.
염불하면 불법이요 충효하면 요순이니
충효 갖춰 입신立身하고 염불하여 극락 가세.
아미타불[5] 태자太子 때에 염불 법문 곧이듣고 발원發願하여 이르시되,

"내 먼저 염불하여 극락세계 간 후에 남녀노소 귀천 없이
나의 이름 외우면 지옥에 아니 가고
극락으로 바로 가게 사십팔원四十八願 세워놓고
세상 근심에 걸린 사람 극락으로 인도하니
자비심을 일으켜서 즐겨 부처 염불하소."
현세 태평, 내세 극락, 만고의 복덕 구한다면
석가모니 가르침을 지성으로 받드소서.
석가모니 출가할 때 유리궁전 칠보궁七寶宮에
황개 청개[6] 받치시고 삼천 궁녀 호위하니
천상, 속세 어디에도 저런 복덕 없으되,
헌신같이 버리시고 첩첩산중 혼자 들어
육 년 고행 염불하여 극락으로 돌아가니
세속 영화 떳떳하고 불법 진락眞樂 없다면
임금 지위 버리시고 설산고행[7] 저리할까.
출격진인[8] 되려면 한마디 염불 가장 귀하니
설산대사[9] 행동 보고 집착을 떨치소서.
세속 욕심 못 버리면 지옥에 떨어지고
불법에 귀의하면 극락세계 간다 하니
자주자주 염불하여 극락으로 어서 가세.
부모 효심 전혀 없고 염불 한번 아니하며

5) 아미타불(阿彌陀佛): 서방 극락세계에 있는 부처. 모든 중생을 구제하겠다는 기원을 품고 서방 극락세계에서 교화하고 있으며, 이 부처를 염(念)하면 죽은 뒤에 극락세계에 간다고 한다.
6) 황개(黃蓋) 청개(靑蓋): 황제나 왕 등이 거둥할 때 햇볕 따위를 가리기 위해 받치는 의장의 하나.
7) 설산고행(雪山苦行): 석가모니가 전생(前生)에 히말라야 산에서 한 수행.
8) 출격진인(出格眞人): 모든 격식과 구속에서 벗어나 참된 도를 깨달은 사람.
9) 설산대사(雪山大師): 석가모니가 과거세에 동자(童子)로 있으면서 설산에 들어가 불도를 수행하던 때의 이름.

좋은 복덕 바라보며 장수하길 기다리니
북만 치면 다 굿인가, 앉은뱅이 일어설까.
신심信心 없이 되고 공덕功德 없이 얻는다면
신광선사[10] 팔 자르고 선재동자[11] 불에 들까.
염불 비방한 죄를 보소, 우마사신[12] 저 아닌가.
선행 닦은 덕을 보소, 국왕國王 대신大臣 저 아닌가.
팔만대장[13] 이른 말과 백천논소[14] 새긴 말씀,
금禁한 것이 탐욕이요 권한 것이 염불이니
이렇게 귀한 사람일 때 저렇게 좋은 불법을
못 들으면 말겠지만 듣고 차마 아니할까.
불경을 구경하니 신심으로 염불하고
아미타불이 금년에 극락으로 데려가면
칠보七寶 연화대蓮花臺, 옥호광[15]에 더없는 쾌락 받을 때에
천년만년 지나가되 반일半日 같다 이르시니
인간의 고통 서러우니 저 진락에 어서 가세.
꿈같은 사람살이 이슬 같은 허망한 인생
천 년 동안 살려고 끝없는 욕심 일으키니

---

10) 신광선사(神光禪師): 중국 선종(禪宗)의 고승. 40세 때 달마대사(達磨大師)를 찾아가서 가르침을 구하였으나 허락하지 않으므로, 왼팔을 잘라 그 굳은 뜻을 보여 달마대사의 제자가 되었다.

11) 선재동자(善財童子): 『화엄경華嚴經』에 나오는 구도자. 불법을 구하기 위해 불구덩이에 뛰어들면서 쉰세 명의 선지식(善知識)을 친견하여 법을 배워 아미타불 국토에 왕생했다.

12) 우마사신(牛馬蛇身): 소, 말, 뱀의 몸뚱이. 곧 축생(畜生)에 태어남을 의미한다.

13) 팔만대장(八萬大藏): 수많은 불교 경전. 불교에서 중생에게 팔만사천의 번뇌가 있어 이를 다스리기 위해 부처가 팔만사천의 법문을 말했다고 한다.

14) 백천논소(百千論疏): 수많은 논(論)과 소(疏). '논'은 고승(高僧)의 저서를 말하고, '소'는 경(經)과 논을 쉽게 해석한 것을 말한다.

15) 옥호광(玉毫光): 석가모니의 미간에 있는 흰 털에서 나오는 빛.

성난 마음, 악한 생각이 낯에 올라 대면하기 놀랍도다.

남을 통해 깨닫고 불법 닦아 극락세계로 갈 것을 권면하다

내 마음 모르면 남을 보아 깨치소서.
무상살귀[16] 날아들어 사대환신[17] 꺾어낼 때
힘으로써 대적하며 재물로써 호소할까.
처자식을 어디 쓰며 가축 토지 대신할까.
도산검수[18] 여러 지옥 온갖 고통 받을 때에
지장보살[19] 큰 소원인들 이를 어찌 구제할까.
불속에 죽는 나비 스스로 드니 어찌할까.
지레 죽는 주색酒色에는 귀천 없이 다 즐기고
진락 얻을 염불에는 남녀 속인俗人 다 피하니 말세 되니 그러한가.
지혜인智慧人이 아주 적어 역대 왕후, 고금 호걸의 부귀공명과 처자애[20]를
왕법王法으로 금하여도 그만두기 어렵거늘
염불 듣고 벗어나니 지금 성인聖人 이 아닌가.
사람이 염불하면 사람마다 칭찬하고

16) 무상살귀(無常殺鬼): 알지 못하는 사이에 와서 사람을 죽이는 귀신. 곧 죽음을 이르는 말.
17) 사대환신(四大幻身): 지(地), 수(水), 화(火), 풍(風) 네 가지 요소의 결합에 의해 이루어진 환신. 곧 사람의 몸은 실상이 없고 환영(幻影)과 같음을 이르는 말.
18) 도산검수(刀山劍樹): 도산지옥(刀山地獄)과 검수지옥(劍樹地獄). 곧 산이 칼로 이루어진 지옥과 나무가 칼로 이루어진 지옥을 이르는 말.
19) 지장보살(地藏菩薩): 석가모니가 열반한 뒤부터 미륵불(彌勒佛)이 출현할 때까지 부처님이 없는 세계에서, 천상에서 지옥까지의 일체 중생을 교화하는 보살.
20) 처자애(妻子愛): 처와 자식을 좋아하여서 탐하는 마음.

사과를 검다 하면 노소 없이 그르다 하니
천당 가며 지옥 갈 줄 살았을 때 알리로다.
굶주린 사람 옷, 밥 주고 병든 사람 구제하며
아침, 말다툼 전혀 말고 짐승 보고 미워 말면
요순 백성 이 아니며 보현만행[21] 또 있는가.
부모 앞에 나아가서 합장하고 말하되,
"늙으면 언제 죽을지 알 수 없으니
온종일 밤낮없이 아미타불 외우소서."
간청하는 그 효자와 믿고 듣는 저 부모는
말세에 태어났으나 관음후신[22] 아니신가.
이생의 여자 몸은 전생 죄로 태어나니
악한 마음 다 버리고 선한 마음 염불하면
마야부인[23] 부러워하는 팔세용녀[24] 이 아닌가.
빈바왕과 위부인韋夫人을 유리태자 아사세가 죽이고자 가두거늘
위부인이 슬피 울며 부처님께 기도하니
석가여래 아시고 영산으로 데려다가 극락으로 보내시고.[25]
청제부인 살생하고 무간지옥 갇혔거늘
출가효자出家孝子 목련존자 염불하여 건져내고.[26]

---

21) 보현만행(普賢萬行): 보현보살이 중생 교화를 위해 베푸는 수많은 행위.

22) 관음후신(觀音後身): 관음보살이 다시 태어난 몸.

23) 마야부인(摩耶夫人): 석가모니의 어머니.

24) 팔세용녀(八歲龍女): 사갈라(娑竭羅) 용왕의 딸로서, 여덟 살에 문수보살의 교화로 진리를 깨닫고 석가모니에게 와서 성불하였다.

25) 빈바왕(頻婆王)과~보내시고: 인도 마갈타국(摩竭陀國)의 태자 아사세(阿闍世)가 꼬임에 빠져 아버지 빈바왕과 어머니 위제희(韋提希)를 옥에 가두어 죽이려고 했을 때, 위제희의 간절한 기도를 들은 부처님이 구제한 일을 말한다. '영산(靈山)'은 인도 마갈타국의 왕사성(王舍城) 부근에 있는 영취산(靈鷲山)으로, 석가모니가 법화경을 설한 곳으로 유명하다.

26) 청제부인(靑提夫人)~건져내고: 석가모니의 제자인 목련존자(目連尊者)가, 살생과 방탕한 생

손경덕이 목 베일 때 염불하고 죽지 않으니[27]
오직 염불 어서 하고 일절 원수 맺지 마소.

불법을 닦아 극락세계에 가기를 기원하다

신령한 불성은 자신에게 명백하여
석가여래 아니 나고 보리달마[28] 못 오셔도
부父와 모母가 뚜렷하고 찬지 더운지 분명한데,
집착에 눈멀어 불성을 전혀 몰라
아이 업고도 아이 찾고 점심 갖고도 배곯으니
지혜의 검 빼어내어 번뇌의 거친 풀 베어내고
아미타불 외우다가 자신의 부처 몸소 보면
한걸음도 걷지 않고 극락에 이르나니
부는 바람, 밝은 해가 요순처럼 태평이라.
연화대에 올라앉아 맑은 차 부어 먹고
백우거[29]를 멍에 씌워 냇가의 버드나무 언덕에

활을 한 과보로 무간지옥(無間地獄)에 빠져 고통받고 있는 어머니 청제부인의 영혼을 부처님께 간청하여 구제한 것을 말한다.

27) 손경덕(孫敬德)이~않으니: 중국 위(魏)나라 때 손경덕이 도적에게 잡혀 억지로 부하 노릇을 하다가 같은 도적의 무리로 몰려 죽임을 당하게 되었는데, 불경을 외운 영험으로 목숨을 구하게 된 것을 말한다.

28) 보리달마(菩提達磨): 중국 선종의 시조(始祖)인 달마대사. 소림사에서 9년 동안의 면벽참선 끝에 득도했다.

29) 백우거(白牛車): 흰 소가 끄는 수레. 곧 보살을 이르는 말.

등등임운 임운등등[30] 마음대로 노닐면서 태평곡太平曲을 부르리라.
나무아미타불 나라리 리라라 나모아미타불.

30) 등등임운(騰騰任運) 임운등등(任運騰騰): 모든 일에 대하여 전혀 사로잡힘이 없이 불도에 정진함. '임운'은 마음을 써서 새삼스러이 노력하지 않더라도 혼자 할 수 있는 것을 말하고, '등등'은 공중을 날듯이 자유로움을 의미한다.

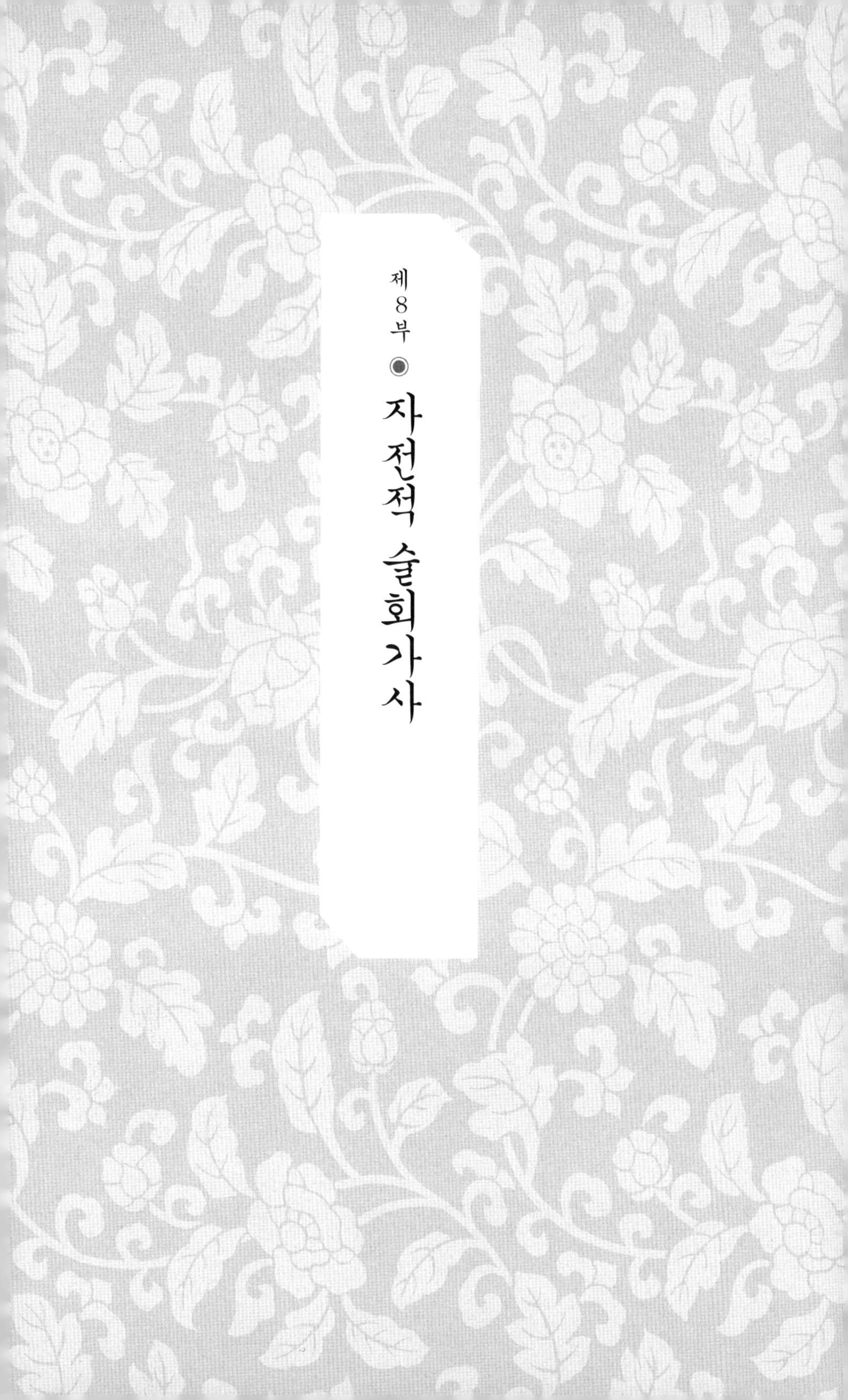

제8부 ◉ 자전적 술회가사

「분산회복사은가」는 강복중이 고조부 강응정姜應貞 묘소의 산송山訟 문제를 해결한 기쁨을 노래한 가사다. 작자는 고조부 강응정 묘소의 산송 문제를 해결하기 위하여 송사를 한 지 60년 만에 뜻을 이루게 된 기쁨을 노래하고, 이에 도움을 준 동악東岳 이안눌李安訥에게 고마움을 표시하기 위해 이 작품을 지었다. 작품의 창작 시기는 작자가 76세 때인 1638년인조 16 이후일 것으로 보고 있다.

강복중에게 고조부 강응정은 가문의 명예를 회복하고 권력에 진입할 수 있는 하나의 토대였다. 이에 작자는 강응정의 묘소가 있는 갈마산에 수월정水月亭을 짓고, 그를 본받고자 노력할 정도로 극진히 추앙하였다. 그러므로 산송 문제는 작자가 평생을 바쳐 해결하려고 할 정도로 중요한 사안이었다.

「분산회복사은가」는 작자의 나이 16세 때 시작된 산송이 완전히 해결된 76세 때까지 일어난 일련의 사건들을 자전적 형식으로 서술하고 있다. 이러한 서술을 통해 작자의 내면을 깊이 있게 들여다볼 수 있다는 것이 이 작품의 주요한 특징이다. 또한 관념적이고 추상적인 이념을 토로하는 전대의 사대부가사와는 달리 이 작품은 현실적 문제에 대한 작자 자신의 관심과 입장을 표방하고 있어 주목할 만하다.

「분산회복사은가」는 필사본 『청계망사공유사가사淸溪妄士公遺事歌詞』에 실려 전한다. 작품의 일부가 훼손되어 원문을 알아볼 수 없을 정도로 상태가 온전하지는 않다.

분산회복사은가 墳山恢復謝恩歌

강복중 姜復中

선산을 빼앗긴 울분을 토로하다

갈마산葛麻山은 한창때 무릉도원[1] 되고
용계산龍溪山, 천등산天登山, 대둔산大芚山, 지리산智異山
모든 물이 옥계동玉溪洞에 내리쏟아
유명한 율령천栗嶺川과 빙 돌아 합류하여
십 리의 긴 강이 대산의 백운대[2]와
밤낮으로 마주하고 천생배필天生配匹 되었도다.
삼강행실도三綱行實圖와 해동명신록[3]과
남추강집,[4] 동국여지승람東國輿地勝覽에 이름이 밝게 빛난

1) 무릉도원(武陵桃源): 선경(仙境)이나 낙원을 이르는 말. 중국 진(晉)나라 도잠(陶潛)의 「도화원기桃花源記」에서 유래하였다.
2) 대산(臺山)의 백운대(白雲臺): 충청도 은진에 있는 산과 그 산에 있는 바위.
3) 해동명신록(海東名臣錄): 조선시대 명신의 언행과 업적을 서술한 책.

우리 고조 효자 강응정[5]은
평생의 주인 되어 즐거움뿐이었네.
오늘의 몰락은 옛날의 순상변[6]이 지금도 그치지 않아
할아버지 죽은 후에 시신도 식지 않았는데
이복동생이 형을 모함하여 무고誣告로 소장訴狀 올려
내 아버지가 감옥에 갇혀서
장례를 지내고 곧 죽게 되었지만,
어진 관리 도움[7]으로 탈상 후에 부득이 고향 떠나
노인, 아이 이끌고서 사십여 년 동안
이곳저곳 고생하며 양식을 구걸할 때
논산論山 관청 대다수가 여러 번 탄원하여 명예 회복하였지만
내가 한 일과 그간의 행적은 백일하에 다 드러났네.
그사이에 갈마산 온 동네가 다
간악하게 되어 무수히 결당結黨하고
짐승 같은 놈들은 곳곳에 쌓여 있어
선한 사람 꾀어서 위조문서 만들어
조상 물건과 우리 선산 다 쓸어 빼앗고
기회 보아 술수 부려 무수히 어지럽혀 선산이 위태로우니
조상의 장한 자취 어디로 갔던가.

4) 남추강집(南秋江集): 조선시대 생육신(生六臣)의 한 사람인 추강 남효온(南孝溫)의 시문집.
5) 강응정(姜應貞): 조선 전기의 문신으로, 충청도 은진에 살면서 효행으로 이름나 효자 정문이 세워졌다.
6) 순상변(舜象變): 중국 순(舜)임금의 이복동생이 순임금을 죽이려고 했던 일. 여기서는 강응정의 이복동생이 문서를 위조하여 선산을 강탈한 사건을 가리킨다.
7) 어진 관리 도움: 조선 선조 때 병조좌랑(兵曹佐郎)을 지낸 서익(徐益)의 도움을 받았던 사실을 말한다.

삼대에 걸친 산송 문제가 해결된 기쁨을 노래하다

하늘도 이 뜻 알아 정유재란 때
계조모[8]가 막내딸을 잃고 그리워
밤낮으로 통곡하여 곧 죽게 되었거늘,
수많은 사람 중 무지한 이 몸이 다행히 벼슬하니
자식 사랑에 눈멀어 아버지 잡던 작은아버지 스스로 죄를 지어
옥에 갇혀 분명 죽게 되었는데
무정한 이 몸이 하소연 대신하여
즉시 풀려나니 자기 자식 같아 자연히 화해하였도다.
임인년[9]에 고향 와서 선산을 수호하고 제사나 지내려니
훔치려는 무리들은 적반하장으로
무고無辜한 이내 몸을 위조문서 만들어서
억지 소송 좋아한다고 당당히 말 전하여
내 정자에 불지르고 우리 집 불지르니
쪽박에 남은 살림 이렇거든 어찌 살까.
사촌동생 강복고姜復古도 작년 연말에
제 아들 정역[10] 나가 힘들게 되었는데
내 도움 얻지 못해 두 손 빌며 항복하여
삼대三代에 걸친 송사가 사라지니 큰 근심 덜었도다.

8) 계조모(繼祖母): 조부의 후처인 김씨. 곧 작자의 사촌동생인 강복고의 친할머니를 이르는 말.
9) 임인년(壬寅年): 작자가 40세 때인 1602년(선조 35).
10) 정역(征役): 조세(租稅)와 부역(賦役).

선산의 투장 문제가 해결된 과정을 노래하다

내 더욱 즐겁게 지냈는데
지난해 시월에 선산에 투장[11] 만나
가뜩이나 늙은 이가 비가 오나 눈이 오나
팔월까지 관청을 빈번하게 드나드니
오늘 아니 죽으면 내일은 살듯 말듯.
옛날의 신릉군[12]이 호방하고 부귀하되
백 년이 못 되어서 무덤 위에 밭을 가니
하물며 그 밖에는 물어 무엇하리.
나만 아니면 이 무덤도 그러할까.
내 간장 다 타도록 이러니저러니
온 세상을 허둥거려 굶는지 먹는지
원근을 모르고 밤낮으로 한탄하되
내 뜻을 알 이 없으니 이 송사를 누가 처리할까.
황패 공수[13] 어디 가서 이런 뜻을 모르는가.
지금 살아 있다면 태평하게 아니하랴.
백 년을 다 살아서 내 나이 일흔둘에 앞날이 아주 없도다.
사신도 온다 하고 영접도 빈번하니
가다가 죽을망정 상소나 하여보자.
지팡이만 감싸쥐고 허위허위 가다가
천안天安 큰길에서 행인들이 하는 말이,

11) 투장(偸葬): 남의 산이나 뫼자리에 몰래 자기 집안의 묘를 쓰는 일.
12) 신릉군(信陵君): 중국 전국시대 위(魏)나라 소왕(昭王)의 아들로, 항상 식객 삼천 명을 두고 호사스런 생활을 하다가 죽어 땅에 묻히자 그 무덤 위에서 농부가 밭을 갈게 되었다고 한다.
13) 황패(黃霸) 공수(龔遂): 중국 한나라 무제(武帝) 때의 현명한 관리들.

"충청도 감사監司는 거울 중의 거울이어서
천 리가 멀다 하나 천 리 밖을 다 비춘다네."
사람들이 말 전하니 되는대로 하자 하여
의송[14] 한 장 올리니 사람들 말처럼
어진 관리 이사또[15] 보자마자 반기시고 특별히 관원 지정하여
조상 선산의 투장 급히 파내거라
판결문을 작성한 후 이 몸을 불러들여
고조 일을 물으시고 좋은 음식 먹이시니
칠 년 가뭄에 단비를 본 듯하네.
봄철의 즐거움인들 그토록 즐거우며
삼 년 된 죽을병에 청심원 소합원[16]이 그토록 시원할까.
그 의송 내려오니 관원들이 모두 모여 굴총[17] 여부與否 가리니
타인은 물론이고 사촌동생 강복고도 부당하다고
각각 진술하여 이유를 보고하니
아무리 살펴봐도 이길 방법 전혀 없어
애고 서러울사, 이내 뜻 어디 둘까.
네 고조가 내 고조요 내 고조가 네 고조니
형편이 그러하나 고조인들 널 버리며
고조가 아니면 네 몸인들 생겨날까.
우리 가문 불행하여 이렇게 되었는가.
두어라 어찌하리.
요순도 자식 교육 마음대로 못하시며

14) 의송(議送): 백성이 고을 원의 판결에 불복하여 관찰사에게 올리는 소장(訴狀).
15) 이사또(李使道): 당시 충청도 관찰사였던 이안눌(李安訥).
16) 청심원(淸心元) 소합원(蘇合元): 정신을 맑게 하는 데 쓰는 약.
17) 굴총(掘塚): 무덤을 파냄.

주공도 형제 화목 마음대로 못하셨네.[18]
성현도 근심 못 면함은 이러하여 그렇도다.
해지면 혼자 울고 객창客窓에 기대어 흰머리를 두드리고
새벽별 돋도록 곧추앉아 한탄하며
내가 한숨 쉬어야 한숨이 쉬어지고
내가 눈물 흘려야 눈물이 흐르고
배꽃 한 가지가 봄비에 젖으니
조그마한 몸에 우환도 많고 많다.
달도 기울면 차고 거울도 깨지면 합쳐지니
선산 회복을 나 혼자 바라다가
사촌동생 강복고 때문에 바랄 길이 전혀 없어
이리저리 생각하고 죽지 못해 산들 살아도 쓸데없다.
망망한 우주에 나 같은 이 또 있는가.
하늘만 바라며 밤낮으로 원하다가
충효 갖춘 이사또가 판결문에서
이치와 법 따라 선산의 투장을 파내라 명하니
나라 위한 충성심이 지극함이로다.
이치를 따져서 마음을 헤아린 판결은
조상 위한 효성심이 지극함이로다.
이로써 보건대 지혜로운 자가 사람 알아봄은 바로 이것이로다.
관청에서 내린 조치 후련하니
벼랑의 양羊처럼 붙들고 견디다가 귀한 일 보았도다.
높은 벼슬인들 부러우며 장원급제 마음 두랴.

18) 요순(堯舜)도~못하셨네: 요임금은 아들을 잘 가르치지 못하여 순에게 왕위를 물려주었고, 순 역시 아들을 잘 가르치지 못하여 우(禹)에게 왕위를 물려주었다. 주공(周公)은 형제들과 화목하지 못하여 형제들이 자신에게 반기를 들자 그들을 제거하였다.

신선도 아니고 누런 학도 아니로되
높고 먼 하늘을 웬만하면 날겠노라.

이안눌의 은혜를 칭송하다

신선이 내려왔나, 성인군자 돌아왔나.
이사또의 선과 덕이 높고 깊어 천지와 더불어 무궁하도다.
해와 달의 은혜와 군부君父의 은혜와 이사또의 밝은 은혜
세상에서 의논하면 어느 것이 낫다 할까.
평생토록 어리석은 사람이니 그 승부는 나 몰라도
주공의 충성심[19]과 순임금의 효성,[20] 이나저나 다르랴.

19) 주공(周公)의 충성심: 중국 무왕(武王)의 동생인 주공이 무왕이 죽자 왕권을 장악하라는 주변의 유혹을 뿌리치고 조카인 성왕(成王)을 도와 왕실의 기초를 튼튼히 한 것을 말한다.
20) 순(舜)임금의 효성: 순임금의 지극한 효성으로 완악(頑惡)한 아버지 고수(瞽瞍)도 마침내 아버지의 도를 되찾게 되고 부자간의 윤리가 갖추어지게 된 것을 말한다.

「모하당술회」는 일본에서 귀화한 김충선이 전란을 몸소 겪은 감회를 자전적으로 그려낸 가사다. 작품 중 "서산에 해가 지니 나이 칠십 늙은이라"라는 구절로 보아 창작 시기는 작자의 만년인 1640년인조 18경으로 추정된다.

「모하당술회」는 임진왜란 때 왜장으로 조선에 들어와 귀화하기까지의 내력과 감회를 서술하는 것으로 시작하여, 이괄의 난과 병자호란에 조선의 무장武將으로 참여하면서 느낀 감회를 서술하고 있다. 마지막으로 우록촌에 은거하여 한가롭게 지내는 소회와 고향 일본에 대한 그리움을 절절하게 표현하는 것으로 끝맺고 있다.

이 작품은 귀화인歸化人이 지은 것이라는 점에서 문학사적 의의를 찾을 수 있다. 귀화인의 눈으로 바라본 당시 조선의 현실이 생생하게 드러나 있을 뿐만 아니라, 그러한 현실에서 귀화인으로서 느낀 바를 자전적 형식으로 잘 표현하고 있다는 점에서 주목할 만하다. 물론 우리말이나 한문에 능하지 못하고, 조선의 사회현실에 익숙하지 못한 귀화인의 작품이기 때문에 완성도 높은 작품으로 만드는 데에는 한계가 있었을 것이다.

「모하당술회」는 김충선의 문집에는 전하지 않고, 별책인 『모하당실기慕夏堂實記』 권3에 수록되어 전한다.

모하당술회慕夏堂述懷

김충선金忠善

조선에 귀화한 심회를 읊다

어와, 이내 생애 흉하고도 험하구나.
넓디넓은 천하를 어찌하여 마다하고
남쪽 오랑캐 땅 미개하게 성장하여
중국의 좋은 문물 한번 보기를 원했는데,
하늘이 이 뜻 알고 귀신이 감동하여
왜장 가등청정加藤清正 조선을 정벌할 때
어리석은 이내 몸을 선봉장으로 시켰다네.
옳지 않게 군사를 일으킨 줄 알건마는
동방의 예의지국 구경 한번 하려 했네.
기쁘게도 대장군의 선봉장이 되어서
돌아가지 않을 각오 마음속 굳게 하여
조상 묘에 하직하고 친척을 이별하며

일곱 형제, 두 아내를 일시에 이별하니
슬픈 마음, 서러운 뜻 없다 하면 빈말이라.
행군行軍 북소리에 배 떠난단 말인가.
칼과 창 서릿발 같고 깃발은 해 가린다.
물길 따라 노 저으며 순풍을 기다리니
웅대한 뜻 빼어나고 장한 기운 많고 많네.
긴 칼을 빼어들고 배 위에 의지하니
천지간天地間 장한 기운 나뿐인 듯하구나.
높도다, 대판성大阪城은 바다에 우뚝하고
웅장하다, 대마도는 조선이 여기로다.
임진년 사월에 바다를 건너는가.
귀로 들은 조선국이 눈에 보니 여기로다.
산천을 둘러보고 인물을 살펴보니
의관衣冠은 위엄 있고 예악禮樂도 바르구나.
강구의 연월[1]인가, 먼 옛날의 춘대[2]인가.
삼대풍속[3] 아닐는가, 동로지치[4] 여기로다.
대중화 저러한가, 소중화[5] 거룩하네.
예악도 훌륭하고 문물도 찬란하다.
마음이 황홀하여 홀린 듯이 흠모하니

1) 강구(康衢)의 연월(煙月): 번화한 큰 길거리에 달빛이 연기에 은은하게 비치는 모습. 곧 태평한 세상의 평화로운 풍경을 이르는 말
2) 춘대(春臺): 날씨가 좋은 봄날에 올라가서 좋은 경치를 바라보는 곳. 곧 태평성대를 이르는 말.
3) 삼대풍속(三代風俗): 중국 하(夏), 은(殷), 주(周) 시대의 풍속. 곧 태평성대의 시대를 가리킴.
4) 동로지치(東魯至治): 동쪽 노(魯)나라의 잘 다스려진 정치. 곧 중국 주(周)나라 때 주공(周公)이 문왕(文王)과 무왕(武王)을 도와 주나라의 기틀을 확립한 것을 받들어 예악으로 잘 다스려진 정치를 이르는 말.
5) 소중화(小中華): 대중화(大中華)인 중국에 버금간다 하여 우리 민족의 문화를 높여 부르던 말.

오랑캐 풍속 교화할 뜻 왕성히 솟아나네.
수하의 삼천 군사 용감하고 호방하구나.
타국 군사 왔다고 백성이 소란 피우니
침략할 뜻 없다는 방榜을 거리거리 급히 걸고
항복 문서도 지어서 조선에 투항하니
공자, 맹자의 예의도덕 친히 아니 볼 것인가.
속된 풍속 다 버리고 참된 풍속 나아가니
골짜기에 들어갔던 새 높은 나무로 치닫는 듯,
밤길을 가던 소경이 해와 달을 보았는 듯.
동방의 어진 임금 모시고서 만고태평萬古太平 누리리라.

귀화하여 임진왜란에서 공을 세운 이력을 서술하다

용기, 지략 다시 내고 장한 기운 수습하여
시루성[6] 싸움에서 수천 명 목을 베니
이것이 뉘 공인가, 임금의 덕이로다.
그 어떤 절도사節度使가 포상을 올렸는가.
임금이 간곡하게 입궐入闕하라 하였으니
왕명을 받들어 서울로 급히 가서
대궐에서 재주 보이고 성은聖恩을 입으니
내 분수에 넘쳐나서 감격하여 목메네.
더욱이 첫 품계로 가선대부[7] 내리시니

6) 시루성: 임진왜란 때 왜군 장수인 가토 기요마사(加藤淸正)가 쌓은, 울산(蔚山)에 있는 왜성.
7) 가선대부(嘉善大夫): 조선시대 종이품 문무관(文武官)의 품계.

더구나 외국사람이 은총恩寵을 입었는데
운수와 결초보은[8])을 옛말로 들었더니
망극할사, 성은이 이내 몸에 미쳤도다.
왕명을 받들고서 군영으로 돌아와
마음을 굳게 먹고 보답할 생각인데
애달프다, 천조병이 계략에 빠져 패하니
제독이 크게 성내 우리 원수元帥 베려 하네.[9])
군령장[10]) 급히 들고 엎드려 아뢴 말씀,
"왜장 머리 베어서 원수 목숨 살리리다."
긴 칼 비껴들고 시루성에 뛰어드니
때마침 한밤중이라 떠들썩하게 충돌하니
말 한 필, 창 하나에 대적할 이 그 뉘런가.
수천 명 적의 머리 삽시간에 베어다가
제독의 자리 아래 절하고 드리니
제독이 크게 기뻐 임금께 알렸도다.
성명과 자헌대부 특별히 내리시니[11])
어와, 성은이야 갚기도 망극하다.
이내 몸 가루 된들 이 은혜 갚을쏘냐.
은혜를 갚을 길이 아마도 없겠구나.

---

8) 운수(隕首)와 결초보은(結草報恩): 살아서는 머리를 바치고, 죽어서는 풀을 묶어 은혜에 보답함.
9) 애달프다~베려 하네: 임진왜란 때 병마절도사(兵馬節度使) 김응서(金應瑞)가 조선과 명나라의 연합군인 천조병(天朝兵)을 이끌고 시루성 싸움에서 크게 패하자 명나라 제독(提督) 마귀(麻貴)가 노하여 군율에 따라 그를 참수하려 한 상황을 말한다.
10) 군령장(軍令狀): 군령의 내용을 적어 시행하던 문서.
11) 성명과~내리시니: 임진왜란 때 작자가 시루성 싸움에서의 공로로 '김충선(金忠善)'이라는 이름과 정이품 문무관의 품계인 자헌대부(資憲大夫)를 하사받은 것을 가리킨다.

슬프다, 우리 임금 의주로 피란하시니[12]
한 나라의 신하, 백성 뉘 아니 통곡하리.
죽을힘 다 들여서 왜적을 파멸하고
임금 원수 갚은 후에 잔치를 하오리라.
조선의 무기 살펴보니 정밀함도 부족하구나.
이 무기 가지고서 적을 어찌 무찌르리.
조총鳥銃과 화약법火藥法을 각 진영에 가르치니
한두 달 지낸 후에 일등 무기 되었단 말인가.
칠 년을 힘껏 싸워 승전을 기뻐하고
승전보를 전한 후에 영남에 거주했네.

이괄의 난을 진압한 공을 서술하다

인조 갑자년에 이괄이 모반할 때[13]
어찌된 흉한 격문이 갑자기 위협하니
저 비록 협박하나 내 어찌 응할쏘냐.
격문을 찢고서 사신使臣의 목을 베고
육 일 동안 하늘에 역적 토벌 기원하니
원흉은 죽였으나 잔당이 남아 있어
포악하다, 서아지[14]는 왜군 중에 날랜 장수라

12) 우리~피란하시니: 임진왜란 때 선조(宣祖) 임금이 북상하는 왜군에 쫓겨 평안도 의주(義州)로 옮겨간 일을 가리킨다.

13) 인조(仁祖)~모반할 때: 인조반정(仁祖反正) 때 공을 세운 이괄(李适)이 논공에서 우대받지 못하자 불만을 품고 1624년에 난을 일으킨 것을 가리킨다.

14) 서아지(徐牙之): 임진왜란 때 귀화한 왜군의 장수인데, 이괄의 난 때 그의 부장(副將)이었다.

동서로 횡행하여 나라 근심 되어 있네.
경상도 감영, 병영에 체포령을 내렸으나
그 누가 대적하여 어떻게 잡을쏘냐.
왕명으로 서아지를 잡으라고 하셨으니
잡다가 못 잡은들 왕명을 어길쏘냐.
말타고 뒤밟아 김해金海로 쫓아가서
영남 숲 깊은 곳에 서아지를 만나보고
계략을 꾸며내어 잡아서 죽이리라.
온화하게 위로하고 진정으로 타일러서
맛 좋은 술 서로 권해 온종일 먹은 후에
인사불성 취했을 때 보검을 먼저 뺏고
군사를 호령하여 붙잡아 결박했네.
제아무리 난다 해도 도망갈 수 있겠느냐.
걱정거리 서아지를 죽여서 바치니
나라의 행복이고 국가의 복이로다.
임금의 공덕으로 난리 평정하였으니
가만히 생각하니 이내 공이 아니로다.
황공할사, 논밭과 노비 왕명으로 내리시니
받은 은혜 끝이 없고 눈물이 한없으나
나랏일에 진력함이 신하의 직분이라
서아지의 머리로 상을 어찌 받겠는가.
내 어찌 신하로서 이 땅을 차지하리.
애써 사양하고 나중에 도로 바쳐
수어청[15] 둔전[16] 삼아 군량을 보태리라.

15) 수어청(守禦廳): 조선시대에 남한산성과 경기도 일대의 진을 관할하던 오군영(五軍營)의 하나.

병자호란에 참전한 심회를 노래하다

임란과 이괄의 난 평정 후에 설마 난리 또 있을까.
마음을 풀어놓고 산속에 누웠더니
어찌하여 북방 근심 해마다 일어나뇨.
국가의 불행을 임금께서 걱정하셔
대궐로 불러서 막을 대책 물으시니
내 비록 못났으나 충성을 않을쏘냐.
임금께 절하고 품은 뜻 아뢰어서
십 년 동안 변방 지켜 북방 근심 씻어내고
대궐에 돌아와서 결과를 보고할 때,
후원後苑에 불러서 진수성찬 먹이시니
밥상의 귀한 음식 맛마다 은총이요
잔 속에 가득한 술 먹음먹음 은혜로다.
하물며 정헌대부[17] 높기도 높거니와
교지의 여덟 글자[18] 밝게도 빛나도다.
내가 왜인이건마는 어찌 이토록 총애할까.
도리어 분발할 마음이 솟아나네.
졸부귀불상어[19]를 옛말로 들었는데
조선에 투항하여 예의도 흠모하고

---

16) 둔전(屯田): 변경이나 군사 요지에 주둔한 군대의 군량을 마련하기 위하여 설치한 토지.
17) 정헌대부(正憲大夫): 조선시대 정이품 문무관의 품계.
18) 교지(敎旨)의 여덟 글자: 광해군(光海君)이 서울로 돌아온 작자를 위해 잔치를 베풀고 어필로 '자원하여 계속 변방을 지켰으니 그 마음이 가상하다(自願仍防 其心可嘉)' 라는 여덟 글자를 써서 그 공로를 치하한 것을 가리킨다.
19) 졸부귀불상어(猝富貴不祥語): 갑자기 얻은 부귀는 상서롭지 못함. 곧 갑작스러운 부귀 다음에 재앙이 따르기 쉬움을 이르는 말.

자손을 낳아서 중화인中華人 만들었으니
부귀도 생각 밖이요 공명도 뜻밖이라
오늘날 부귀공명 천고千古에 없구나.
임금께 하직하고 고향에 돌아와서
분수에 넘친 일로 밤낮으로 불편터니
나라 재앙 남아 있고 운수가 불행하여
병자년 십이월에 청나라 침략하니
도성은 함몰하고 임금은 피란했네.
백성을 약탈하고 세상은 혼란하니
심신이 아득하고 간장이 찢어지네.
행장을 재촉하여 말을 타고 달려오니
적들이 많이 모여 살기殺氣가 가득하네.
경안교[20] 다다라서 적의 세력 살펴보니
적들이 매우 많아 이길 수 없으리니
하늘께 빌어서 사생死生을 정하리라.
손아래 딸린 군사 백쉰 명뿐이라.
긴 칼을 높이 들어 용맹을 다시 내어
좌충우돌하며 삼 베듯 마구 치니
수천만 오랑캐가 칼끝의 풀잎이라.
아침나절 네 시간에 수만 명 목을 베니
적의 시체 산 같으며 흐르는 피 시내 되어
오랑캐 벤 머리를 이루 세지 못하도다.
죽은 놈의 코만 베어 자루 속에 넣고서
기세가 등등하여 오랑캐를 뒤쫓으니

20) 경안교(慶安橋): 경기도 광주(廣州)에 있는 다리.

수많은 병마兵馬라도 나 혼자 맡겠도다.
하늘이 싫어했던가, 귀신이 시기하던가.
어찌하여 화약고에 화재가 났던가.
무기가 소실되고 용기가 꺾이니
아무리 영웅인들 싸울 방법 전혀 없다.
진陣의 형세 둘러보고 적의 사정 탐지하니
원래도 약한 군사 더 싸울 힘이 없어
차라리 해산하고 임금을 지키리라.
탄 말을 돌려 몰아 행재소[21]로 가겠도다.
남한산성 도착하여 성문에 들려 할 때
오랑캐가 에워싸고 화해를 하는구나.
듣자 하니 애끊고 보자 하니 속이 썩네.
긴 칼로 땅을 치고 코 벤 것 던져놓고
통곡하고 물러서니 가슴이 막히도다.
슬프다, 명나라 황제가 조선을 구했는데
조선이 작고 좁아 보은할 길 전혀 없다.
오랑캐가 그득하여 명나라가 망하니
이제 와 생각하면 죽어서도 잊을 수 없네.
그 어찌 저버리고 오랑캐를 섬길쏘냐.
예의동방禮儀東方 귀한 이름 오늘날 없어져서
춘추대의[22] 고사하고 옛 은혜를 잊을쏘냐.
수천 년 전 노련[23]이 부끄러워하지 않겠는가.

21) 행재소(幸在所): 임금이 멀리 거둥할 때 임시로 머무르는 별궁(別宮).
22) 춘추대의(春秋大義): 명분과 인륜 질서를 숭상하고 문화가 발전한 나라와 그렇지 않은 나라를 구분하는 것. 여기서는 한족(漢族)의 나라인 중국 명나라를 섬기는 것을 가리킨다.

청음공[24]이 당당하게 강화서講和書 찢었다네.
오달제, 윤집, 홍익한[25]의 척화소斥和疏는
굳은 절개 늠름하고 충성심이 해 뚫으니
청음공, 삼학사는 천하에 빛나도다.
사람 도리 갖췄으며 바른말은 거룩하다.
이내 몸 죽어서 저승의 넋이라도
네 군자 따라다녀 의로운 넋 되고 싶네.
영웅장사英雄壯士 일촌간장一寸肝腸 어찌 아니 끊어지리.
평생토록 명나라 향한 마음 손에 붙들고서
화나고 분한 마음 하늘을 찌르니
푸른 하늘 말이 없고 새벽달이 처량하다.
슬픈 마음 설운 회포 벗하여 돌아서니
천지가 아득하고 눈물이 앞을 막네.
이러하나 저러하나 난리가 평정되니
임금이 환궁還宮하여 백성이 안정되니
하늘이 정한 운명 애달픈들 어찌하리.

23) 노련(魯連): 중국 전국시대 제(齊)나라의 은사(隱士). 조(趙)나라 평원군(平原君)이 진(秦)나라의 왕을 황제로 칭하자고 제의했을 때, 노련은 죽기를 각오하고 설득하여 진나라 왕을 황제로 섬기지 못하게 하였다.

24) 청음공(淸陰公): 김상헌(金尙憲). 병자호란 때 남한산성으로 달려가서 청나라와의 화의(和議)를 반대하다가 받아들여지지 않자 낙향하여 은거하였다.

25) 오달제(吳達濟), 윤집(尹集), 홍익한(洪翼漢): 병자호란 때 청나라와의 화의를 반대하는 상소를 올리는 등 청나라에 저항하다가 끌려가서 처형당했는데, 이 세 명을 가리켜 '삼학사(三學士)' 라 한다.

우록촌에 한거한 감회를 노래하다

혼자서 말을 타고 우록촌[26] 돌아올 때
속세를 하직하고 산속에 들어오니
무정할사 산천이요, 유정할사 갈매기로다.
황학봉黃鶴峯 곁에 두고 선유동仙遊洞 들어가니
이백李白과 안기생[27]이 이곳에서 놀았던가.
우뚝할사, 서봉암棲鳳巖은 기이하기도 하구나.
소소구성[28] 소리던가, 서주기양[29] 여기던가.
어찌된 봉황 이름 밝게 빛나는구나.
자양과 백록동[30]은 주희朱熹의 발자취라.
거룩할사, 도덕의 장소가 마침 같구나.
나의 자손 중에 학자가 아니 날까.
한천寒泉에 목욕하고 삼성산三聖山 바람 쐬어
돌길에 막대 짚어 모하당[31] 돌아오니
어린아이 문에 서 있고 좋은 술 가득한데
두세 잔 먹은 후에 슬픈 마음 절로 이네.
슬프다, 천한 몸이 만리타향 와 있으니
망극할사, 세 임금[32]의 은혜를 첩첩이 입었도다.

26) 우록촌(友鹿村): 대구 달성(達城)에 있는 마을.
27) 안기생(安期生): 중국 진시황 때의 방사(方士).
28) 소소구성(簫韶九成): 중국 순(舜)임금이 만든 음악. 곧 홍겹고 화평한 음악을 이르는 말.
29) 서주기양(西周岐陽): 중국 주(周)나라의 기양(岐陽). 문왕(文王)이 이곳에 살 때 봉황이 왔다는 고사가 전한다.
30) 자양(紫陽)과 백록동(白鹿洞): 중국 송나라 유학자 주희가 강학(講學)을 한 자양서원(紫陽書院)과 백록동서원(白鹿洞書院). '자양'과 '백록동'은 우록촌 남쪽과 북쪽에 있는 지명이기도 하다.
31) 모하당(慕夏堂): 작자가 우록촌에 은거해 살던 집.

백골이 흙이 된들 이 은혜 갚을쏘냐.
자손을 이어서 성인聖人의 백성 삼아두고
대대로 충효로써 나라 은혜 갚으리라.
남녀 자손 번성하여 눈앞에 가득하니
너희는 늦게 나서 성은을 어찌 알리.
이내 말 들은 후에 뼈에 새겨 잊지 마라.
영달榮達을 탐치 말고 수양修養만 숭상하라.
가훈을 지어서 후손에 훈계하고
모하당에 현판하여 평생소원 걸어두니
효제충신孝悌忠信 일을 삼고 예의염치禮義廉恥 가풍 삼아
자자손손 전하여 화목하게 지내거라.
서산에 해가 지니 나이 칠십 늙은이라.
묏자리 잡아서 죽어 묻힐 곳 정하였고
우록촌 자리잡아 흰 구름, 밝은 달 희롱하니
희황씨 때 백성인가, 갈천씨葛天氏의 백성인가.[33]
생봉요순[34] 즐겼으며 자손들도 이러하니
평생에 원한 바를 낱낱이 이뤘구나.
남풍이 때때로 불 때 고국을 생각하니
조상 묘는 평안한가, 칠형제 무사한가.
가까운 친족들이 살았는가 죽었는가.
젊은 날과 고향 생각이 어느 때나 없을쏘냐.
일본에 불충하고 가문에 불효하니

32) 세 임금: 삼조(三朝). 선조, 광해군, 인조의 세 임금.
33) 희황씨(羲皇氏)~백성인가: 중국 상고시대 전설상의 임금인 희황씨와 갈천씨가 다스리던 때의 태평성대에 빗대어 작자의 만족스러운 생활을 표현한 구절이다.
34) 생봉요순(生逢堯舜): 살아서 요순(堯舜) 같은 어진 임금을 만남.

천지간 죄인이 나밖에 또 있는가.
아마도 세상에 흉한 팔자는 나뿐인가 하노라.

제9부

애정가사

「미인별곡」은 본래 제목과 작자가 표기되지 않은 채 필사본의 형태로 전해져 오던 것인데, 후대의 연구자들이 양사언의 문집인 『봉래집蓬萊集』에 수록된 한시 「미인곡美人曲」과 내용이 유사하다고 하여 제목을 '미인별곡'이라 붙이고 작자를 양사언으로 추정한 것이다. 제목에 쓰인 '미인'은 대부분의 고전시가 작품에서는 임금을 비유하는 말로 쓰이지만, 이 작품에서는 문자 그대로 아름다운 여인을 뜻한다. 이러한 점에서 임금에게 버림받은 처지와 심정을 토로한 정철鄭澈의 「사미인곡思美人曲」이나 「속미인곡續美人曲」 등의 연군가사戀君歌辭나 미인곡계美人曲系 가사와는 뚜렷이 구별된다.

「미인별곡」은 여인의 아름다운 용모, 가야금을 타면서 노래하는 모습, 춤추는 모습 등을 직유와 한문 고사를 빈번하게 사용하여 표현함으로써 희작戲作의 성격을 강하게 드러내고 있다. 또한 다소 직서적直敍的인 표현이 반복되고 있고 비유가 일률적이고 평범하다는 점에서 작품의 격은 떨어진다고 할 수 있다. 그러나 아름다운 여인과 더불어 즐기고 싶다는 심정을 진솔하게 드러내고 있어 당시 사대부 남성의 보편적인 속성을 엿볼 수 있다는 점은 주목할 필요가 있다.

미인별곡美人別曲

양사언楊士彦

그대를 내 모르랴, 무산의 선녀[1]로다.
속세를 좋게 여겨 눌 위하여 내려왔느냐.
모습은 배꽃 한 가지에 달빛이 절로 흘러드는 듯,
백사장에 동백이 흩어져 피어 있는 듯.
눈썹은 청계학[2] 탄 도사가 청학동[3]으로 날아드는 듯,
씩씩한 해동청[4]이 푸른 바다로 지나는 듯.
머리는 한유가 남쪽 갈 때 형산 구름 헤치는 듯.[5]
붉은 입술, 흰 이로 반쯤 웃는 모양은

1) 무산(巫山)의 선녀: 중국 초(楚)나라의 회왕(懷王)이 낮잠을 자다 꿈속에서 만나 사랑을 나누었다는 선녀.
2) 청계학(淸溪鶴): 신선이 타고 다니는 학.
3) 청학동(靑鶴洞): 예로부터 전해오던 도인(道人)들의 이상향.
4) 해동청(海東靑): 몸은 작으나 날래고 사나운 한국산 매.
5) 머리는~헤치는 듯: 한유(韓愈)가 당나라 헌종(憲宗)에 반대하는 글을 올렸다가 좌천되어 남쪽으로 내려간 일과 형산(衡山)의 사당에서 정성을 다하여 기도함으로써 비구름을 물리친 일을 아울러서 미인의 용모를 묘사한 구절이다.

선계仙界의 복숭아가 하룻밤 빗기운에 절로 피어가는 듯.
은병풍 속에 앉은 모양, 달 속의 항아[6] 계수나무에 기대는 듯,
한漢나라 조비연[7]이 피풍대[8] 속에 여미어 입고 앉은 듯.
꿈 깨어 잠기운 못 이겨 화관花冠이 단정하지 않으니
왕소군[9]이 오랑캐 땅에서 고향이 어디인가,
한 곡조 노래로 가는 길을 잊은 듯.
도사, 방사를 양귀비가 만나서
궁궐 기별 다 못 물어 허튼 시름 품은 듯.[10]
녹의홍상을 반쯤 헤친 모양은
도연명의 집 앞 세 갈래 길에 솔, 국화 흐드러진 듯.[11]
거문고 반주에 맞춘 노랫소리는
두보杜甫가 따뜻한 늦봄에 곡강[12]의 들판을 천천히 걷는 듯,
달밤에 천태산[13] 원숭이 맑은 울음 구름 속에 흐르는 듯.
춤추는 모양은 미앙궁 늘어진 버들이 자다가 굽히는 듯,[14]

---

6) 항아(姮娥): 달에 산다는 전설 속의 선녀.

7) 조비연(趙飛燕): 중국 한나라 성제(成帝)의 황후. 가무(歌舞)에 능하고 몸이 가벼워 '나는 제비'라는 뜻의 비연(飛燕)이라 불렸다.

8) 피풍대(避風臺): 몸이 가벼워 바람을 이기지 못하는 조비연에게 한나라 성제가 지어준 대(臺).

9) 왕소군(王昭君): 중국 한나라 원제(元帝)가 흉노(匈奴)와의 화친을 위해 강제로 시집보낸 비운의 궁녀.

10) 도사(道士), 방사(方士)를~품은 듯: 안녹산의 난으로 죽은 양귀비(楊貴妃)를 향한 현종(玄宗)의 애절한 마음에 감동받은 도사와 방사 들이 저승의 양귀비를 만나 둘 사이의 못다 한 사랑을 확인하는 백거이(白居易)의 「장한가長恨歌」 한 대목을 따와서 미인의 용모를 묘사한 것이다.

11) 도연명(陶淵明)의~흐드러진 듯: 중국 진(晉)나라 말기의 시인이자 은사(隱士)인 도연명이 벼슬을 버리고 향리에 은거하여 집의 동쪽 울타리 밑에 국화를 심어 사랑한 일과 한나라의 은사 장후(張詡)가 뜰에 작은 길 세 갈래를 내고 소나무, 대나무, 국화를 심고서 세상에 나오지 않은 일을 아울러 표현함으로써 미인의 용모를 묘사한 것이다.

12) 곡강(曲江): 중국 섬서성(陝西省) 서안(西安)에 있는 유명한 못. 두보가 이곳을 거닐면서 여러 편의 작품을 남겼다.

13) 천태산(天台山): 중국의 불교와 도교의 성지로 유명한 산.

서시의 고소대[15] 위에 홍겨워 노니는 듯.
난간에 기대어서 연약한 몸을 나울거리는 모양은
눈 내린 밤 임포[16]의 서호에 매화 가지 흔들리는 듯.
교태 겨워 비단 두른 누각 주변 오며 가며 하는 모양은
화려한 궁궐에 잔치 끝나고 양왕[17] 궁녀 내려오는 듯,
칠월칠일 오작교에 주춤주춤 직녀성 이른 듯.
동산에 은둔한 사안[18]을 부러워하지 않으리라.

---

14) 미앙궁(未央宮)~굽히는 듯: 당나라 현종이 죽은 양귀비의 눈썹을 궁궐 미앙궁의 버들가지에 빗대어서 표현한 백거이의 「장한가」 대목을 따와서 미인의 용모를 묘사한 것이다.

15) 서시(西施)의 고소대(姑蘇臺): 중국 월(越)나라의 미인인 서시를 위해 오(吳)나라의 왕 부차(夫差)가 고소산(姑蘇山) 위에 쌓은 대.

16) 임포(林逋): 중국 송나라 때 은사. 평생 동안 장가도 들지 않고 서호(西湖)에서 학을 자식처럼, 매화를 아내처럼 사랑하며 살았다고 한다.

17) 양왕(梁王): 호사스런 사치와 천자에 버금가는 위세로 유명한 중국 양(梁)나라 지방의 제후.

18) 사안(謝安): 중국 진(晉)나라 때의 유명한 재상 사안석(謝安石). 풍류를 좋아하여 기생을 데리고 동산(東山)에 은둔하고는 나라에서 불러도 나가지 않았다.

원본 ◉ 은일가사

賞春曲

丁克仁

자연에 묻혀 사는 즐거움을 노래하다

紅塵에 뭇친 분네 이내 生涯 엇더혼고
녯사롬 風流롤 미출가 뭇 미출가
天地間 男子 몸이 날만 흔 이 하건마는
山林에 뭇쳐 이셔 至樂을 므롤 것가
數間茅屋을 碧溪水 앏픠 두고
松竹 鬱鬱裏에 風月主人[1] 되어셔라

1) 風月主人(풍월주인): 청풍명월(淸風明月)의 주인. 곧 자연의 주인을 이르는 말. 중국 송나라 소식(蘇軾)의 「적벽부赤壁賦」에 "세상의 사물에는 제각기 주인이 있어 나의 소유가 아니면 한 터럭이라도 가지지 말 것이나, 강 위의 맑은 바람과 산중의 밝은 달은 귀로 들으면 소리가 되고 눈으로 보면 빛이 되니, 가져도 금할 이 없고 써도 다함이 없으니, 조물주가 다함없이 감추어 둔 것이니 나와 그대가 함께 누릴 바이다(且夫天地之間, 物各有主, 苟非吾之所有, 雖一毫而莫取, 惟江上之淸風, 與山間之明月, 耳得之而爲聲, 目寓之而成色, 取之無禁, 用之不竭, 是造物者之無盡藏也, 而吾與子之所共樂)"라고 하였다.

봄날의 아름다운 경치를 읊다

엇그제 겨을 지나 새봄이 도라오니
桃花杏花ᄂᆞᆫ 夕陽裏에 퓌여 잇고
綠陽芳草ᄂᆞᆫ 細雨中에 프르도다
칼로 몰아낸가 붓으로 그려낸가
造化神功이 物物마다 헌ᄉᆞ롭다
수풀에 우ᄂᆞᆫ 새ᄂᆞᆫ 春氣ᄅᆞᆯ ᄆᆞᆺ내 계워 소릐마다 嬌態로다
物我一體어니 興이ᄋᆡ 다ᄅᆞᆯ소냐
柴扉예 거러보고 亭子애 안자보니
逍遙吟詠ᄒᆞ야 山日이 寂寂ᄒᆞᆫᄃᆡ
閒中眞味ᄅᆞᆯ 알 니 업시 호재로다

산수를 완상하는 기쁨을 읊다

이바 니웃드라 山水 구경 가쟈스라
踏靑으란 오ᄂᆞᆯ ᄒᆞ고 浴沂[2]란 來日 ᄒᆞ새
아ᄎᆞᆷ에 採山ᄒᆞ고 나조히 釣水ᄒᆞ새
ᄀᆞᆺ 괴여 닉은 술을 葛巾으로 밧타 노코
곳나모 가지 것거 수 노코 먹으리라
和風이 건ᄃᆞᆺ 부러 綠水ᄅᆞᆯ 건너오니

2) 浴沂(욕기): 기수(沂水)에서 목욕함. 여기서는 냇물에서 목욕한다는 뜻으로 봄날의 흥취를 일컫는 말이다. 『논어論語』「선진先進」에 공자가 제자들에게 만약 자기를 알아주는 사람이 있다면 어떻게 하겠느냐고 묻자, 증점(曾點)이 "늦봄에 봄옷이 만들어지면 관을 쓴 어른 대여섯 명과 어린아이 예닐곱 명과 함께 기수에서 목욕이나 하고 무우대(舞雩臺)에서 바람이나 쏘이면서 시를 읊조리고 돌아오겠다(莫春者, 春服旣成. 冠者五六人, 童子六七人, 浴乎沂, 風乎舞雩, 詠而歸)"라고 하였다.

淸香은 잔에 지고 落紅은 옷새 진다
樽中이 뷔엿거든 날ᄃᆞ려 알외여라
小童 아ᄒᆡᄃᆞ려 酒家에 술을 믈어
얼운은 막대 잡고 아ᄒᆡᄂᆞᆫ 술을 메고
微吟緩步ᄒᆞ야 시냇ᄀᆞ의 호자 안자
明沙 조ᄒᆞᆫ 믈에 잔 시어 부어 들고
淸流ᄅᆞᆯ 굽어보니 ᄯᅥ오ᄂᆞ니 桃花ㅣ로다
武陵[3]이 갓갑도다 져 ᄆᆡ이 긘 거인고
松間細路에 杜鵑花ᄅᆞᆯ 부치들고
峰頭에 급피 올나 구름 소긔 안자보니
千村萬落이 곳곳이 버러 잇ᄂᆡ
煙霞日輝ᄂᆞᆫ 錦繡ᄅᆞᆯ 재폇ᄂᆞᆫ ᄃᆞᆺ
엇그제 검은 들이 봄빗도 有餘ᄒᆞᆯ샤

자연에 묻혀 사는 보람을 드러내다

功名도 날 ᄭᅴ우고 富貴도 날 ᄭᅴ우니[4]
淸風明月 外예 엇던 벗이 잇ᄉᆞ올고
簞瓢陋巷[5]에 흣튼 혜음 아니ᄒᆞᄂᆡ

3) 武陵(무릉): 무릉도원(武陵桃源). 곧 선경(仙境)이나 낙원을 이르는 말. 중국 진(晉)나라 도잠(陶潛)의 「도화원기桃花源記」에서 유래하였다. 중국 진나라 때 호남(湖南) 무릉에 사는 한 어부가 배를 타고 가다가 도화림(桃花林)에서 길을 잃었다. 어부는 계곡물에 떠내려오는 복숭아꽃을 따라올라가 굴속에 들어갔다가 선경을 발견하였다. 그곳에 사는 사람들은 진(秦)나라의 난을 피해 온 사람들이었는데, 수백 년 동안 바깥세상과 접촉을 끊고 산다고 하였다. 그는 융숭한 대접을 받고 귀가하였는데, 그곳의 이야기는 입 밖에 내지 말라는 당부를 어기고 다시 찾으려고 했으나 찾을 수가 없었다고 한다.
4) 功名(공명)도~ᄭᅴ리니: 작자가 부귀공명을 꺼리는 것인데, 표현은 부귀공명이 작자를 꺼리는 것으로 되어 있다.
5) 簞瓢陋巷(단표누항): 누추한 시골에서 먹는 한 바구니의 밥과 한 표주박의 물. 곧 선비의 청빈

아모타 百年行樂어 이만훈돌 엇지후리[6)]

한 생활을 이르는 말. 『논어』 「옹야雍也」에 "공자가 말하기를 '어질다, 안회(顔回)여! 한 바구니의 밥과 한 표주박의 물로 누추한 시골에 있는 것을 딴 사람들은 그 근심을 견뎌내지 못하는데, 안회는 그 즐거움을 변치 않으니, 어질다, 안회여!'라고 말했다(子曰, 賢哉, 回也. 一簞食一瓢飮, 在陋巷, 人不堪其憂, 回也不改其樂, 賢哉 回也)"라고 하였다.

6) 百年行樂(백년행락)어～엇지후리: '百年行樂어'를 '百年行樂이'의 오기로 보아 "百年行樂이 이만한들 어찌하리"로 해석한다. 또는 "百年行樂 어이 만훈돌 엇지후리"로 보아 "평생 동안 소박한 즐거움으로 지내는데, 즐거움의 원천이 얼마나 많은들 어찌하겠는가"로 해석하기도 한다.

梅牕月歌

李仁亨

梅牕에 둘리 쓰니 梅牕의 景이로다
梅는 엇더흔 梅고
林處士[1] 西湖에 氷肌玉魂[2]과
脈脈淸宵[3]에 吟咏흐던 梅花로다
牕은 엇더흔 牕고
陶靖節 先生[4] 漉酒葛巾흐고
無絃琴[5] 집푸며 瑟瑟淸風에 비기엿던 牕이로다

1) 林處士(임처사): 중국 송나라 때 은사인 임포(林逋). 자는 군복(君復)이고, 호는 화정(和靖)이다. 평생 동안 장가도 들지 않고 항주(杭州)의 서호(西湖)에서 학을 자식처럼, 매화를 아내처럼 사랑하며 살았다고 하여 사람들이 '매처학자(梅妻鶴子)'라고 불렀다.

2) 氷肌玉魂(빙기옥혼): 얼음처럼 깨끗하고 흰 살결과 백옥처럼 맑은 정신. 여기서는 한겨울의 추위 속에서도 흰 꽃을 피우는 매화의 모습을 표현했다.

3) 脈脈淸宵(맥맥청소): 서로 정을 품고 바라보기만 하는 맑은 밤하늘. '맥맥(脈脈)'은 정이 마음속에서 일어나는 모양이고, '청소(淸宵)'는 맑은 밤하늘을 뜻한다.

4) 陶靖節(도정절) 先生(선생): 중국 진(晉)나라의 시인 도잠(陶潛). '정절(靖節)'은 그의 시호이며, 자는 연명(淵明), 호는 오류선생(五柳先生)이다. 벼슬을 그만두고 고향으로 돌아와 술을 즐기며 자연에서 생활하였다.

달은 엇더ᄒᆞᆫ 달고

李謫僊[6] 豪傑이 采石江頭[7]에 一釣船 ᄣᅴ워 두고

夜被錦袍[8] 倒著接罹[9]ᄒᆞ고 玉盞에 수를 부어

靑天을 向ᄒᆞ야 問ᄒᆞ든[10] 달리로다

梅도 이 梅요 牕도 이 牕이요

달이 이 달리시면[11] 一杯酒요 업시면 淸談이니

平生의 ᄒᆞᆫ 詩를 을푸기 죠와ᄒᆞ노라

---

5) 無絃琴(무현금): 줄 없는 거문고. 줄이 없어도 마음속으로는 울린다고 하여 자연의 소리 또는 마음의 소리를 이르는 말이다. 『송서宋書』 「은일전隱逸傳」에 "도잠은 음악을 이해하지 못하면서 소금(素琴) 하나를 가지고 있었는데, 줄이 없었다. 늘 술을 적당하게 마시면 문득 거문고를 어루만지며 자신의 뜻을 기탁하였다(潛不解音聲, 而畜素琴一張, 無弦. 每有酒適, 輒撫弄寄其意)"라고 하였다.

6) 李謫僊(이적선): 중국 당나라의 시인 이백(李白). 두보(杜甫)와 함께 중국 최고의 시인으로 꼽히며, 시성(詩聖) 두보에 견주어 적강(謫降)한 신선이라는 뜻으로 시선(詩仙) 또는 적선(謫仙)이라 한다.

7) 采石江頭(채석강두): 채석강 가. 채석강 가운데 우뚝 솟은 낚시터로, '채석기(采石磯)'라고도 한다. 중국 당나라의 시인 이백이 채석강에서 술에 취하여 물속에 비친 달을 잡는다고 들어가 빠져 죽었다는 고사가 전한다.

8) 夜被錦袍(야피금포): 밤에 비단도포를 입음. 곧 공명을 이루고서도 그 이름이 세상에 알려지지 않음을 비유한 말. 여기서는 신선의 풍모를 가리키는 듯하다. 중국 송나라의 시인 매요신(梅堯臣)의 「채석월증곽공보採石月贈郭功甫」에 "채석산 달빛 아래로 귀양 온 신선을 찾아갔더니, 밤에 비단도포를 입고 고깃배에 앉아 있었네(采石月下逢謫仙, 夜披錦袍坐釣船)"라고 하였다.

9) 倒著接罹(도착접리): 신을 거꾸로 신음. 곧 반가운 손님을 맞을 때의 급한 모습을 이르는 말. 여기서는 자유분방하게 풍류를 즐기는 모습을 나타낸 말인 듯하다. 중국 당나라 이백의 「양양가襄陽歌」에는 '신발 리(罹)'가 '두건 리(䍦)'로 되어 있다. 「양양가」에 "저녁해가 서쪽 현산 너머로 지고 있는데, 두건을 거꾸로 쓰고 꽃밭을 헤매고 있네(落日欲沒峴山西, 倒著接䍦花下迷)"라고 하였다.

10) 靑天(청천)을 向(향)하여 問(문)하던: 푸른 하늘을 향하여 묻던. 중국 당나라 이백의 「파주문월把酒問月」에 "하늘의 저 달은 언제부터 떠 있는가, 나는 지금 술잔을 멈추고는 한번 물어보네(靑天有月來幾時 我今停盃一問之)"에서 따온 것이다.

11) 달이 이 달리시면: '달이 이 달이니 이시면'의 오기인 듯하다.

樂志歌

李緖

조선의 태평성세를 축원하다

崑崙一脉[1] 쑥 떨러저 小中華로 드러올 졔
唐堯曾祝 華山[2]으로 夫子昔登 泰山[3]되야
七百洞庭[4] 나려오며 十二巫山[5] 얼풋 짓고

1) 崑崙一脉(곤륜일맥): 곤륜산의 한 줄기. '곤륜산'은 중국의 서쪽에 있다는 전설상의 산. 전국시대 이후 신선설(神仙說)이 유행함에 따라 산중에 불사(不死)의 물이 흐르고 선녀인 서왕모(西王母)가 산다는 신화가 생겨났으며, 옥이 많이 나는 곳으로 유명하다.

2) 唐堯曾祝(당요증축) 華山(화산): 일찍이 요(堯)임금을 축원한 화산. 『장자莊子』「천지天地」에 나오는 '청축성인(請祝聖人)'의 고사를 원용한 구절이다. 이 고사에 의하면, 화(華) 땅을 시찰하러 온 요임금에게 그곳의 관리가 만수무강(萬壽無疆)과 부귀영화(富貴榮華), 그리고 다산(多産)을 축원하였으나 요임금이 그것이 무위(無爲)의 덕을 실현하는 데 도움이 되지 못한다 하여 거절하자, 그 관리가 무위의 덕에 대한 요임금의 잘못된 생각을 깨우치고 가르쳤다고 한다.

3) 夫子昔登(부자석등) 泰山(태산): 공자가 옛날에 태산에 올라 호연지기(浩然之氣)를 길렀던 고사를 말한다. '태산'은 중국 산동성(山東省)에 있는 산이다. 『맹자孟子』「진심장구盡心章句」에 "공자가 동산에 올라 노나라가 작다고 하였고, 태산에 올라 천하가 작다고 하였다(孔子登東山而小魯, 登泰山而小天下)"라고 하였다.

4) 七百洞庭(칠백동정): 둘레가 칠백 리나 되는 동정호(洞庭湖). '동정호'는 중국 호남성(湖南省)

秦始皇帝[6] 萬里城을 天開地裂[7] 헥터리며
乘彼白雲 구름속의 海東朝鮮 도라보니
天府金城[8] 터이로다 萬世基業 지여보식
漢陽江水 멸리 둘너 終南山[9]이 되어셔라
左爲靑龍 右白虎로 直上五千 三角山[10]이
萬戶長安 터를 지여 以誒當世 君子로다
黃河之水 天上來라 千年一淸 물이 말가[11]
請祝聖人 이 아니며 九五龍이 飛龍이라[12]

북부에 있는 호수로, 악양루(岳陽樓)와 소상팔경(瀟湘八景)으로 유명하다.

5) 十二巫山(십이무산): 무산의 열두 봉우리. '무산'은 중국 중경시(重慶市)에 있는 산으로, 열두 봉우리 아래에는 초(楚)나라 회왕(懷王)과 운우(雲雨)의 정을 나눈 신녀(神女)의 묘가 있다고 한다.

6) 秦始皇帝(진시황제): 중국 진(秦)나라의 제1대 황제. 『사기史記』 「진시황본기秦始皇本紀」에 따르면, 진시황은 기원전 221년에 중국을 통일한 후 스스로 시황제(始皇帝)라 칭하고, 문자와 도량형의 통일, 화폐의 주조, 만리장성(萬里長城)의 축조, 아방궁(阿房宮)의 축조, 분서갱유(焚書坑儒) 등으로 위세를 떨쳤으며, 영원한 삶을 위한 불로초(不老草)를 찾기 위해 서불(徐市)에게 동남동녀(童男童女) 수천 명을 거느리고 동해 바다의 삼신산(三神山)으로 가게 하는 등 많은 노력을 기울였으나 50의 나이로 생을 마감했다.

7) 天開地裂(천개지열): 하늘이 열려도 양기(陽氣)는 부족하고 땅이 찢어져도 음기(陰氣)는 남아 있음. 곧 병란(兵亂)이 일어날 조짐이나 아랫사람이 윗사람을 해칠 징후를 이르는 말. 중국 당나라 두보(杜甫)의 「호성동우맹운경복귀류호택숙연음산인위취가湖城東遇孟雲卿複歸劉顥宅宿宴飮散因爲醉歌」에 "하늘과 땅이 열리고 찢어진 장안의 거리, 겨울 가고 봄이 오는 낙양의 전각(天開地裂長安陌, 寒盡春生洛陽殿)"이라고 하였다.

8) 天府金城(천부금성): 천부지토(天府之土)와 금성탕지(金城湯池). '천부지토'는 하늘의 곳간과 같은 땅이라는 뜻으로 산물이 풍부한 땅을 말하고, '금성탕지'는 끓어오르는 못에 둘러싸인 무쇠성이라는 뜻으로 방비가 아주 견고함을 이르는 말이다.

9) 終南山(종남산): 서울의 남산(南山).

10) 三角山(삼각산): 서울의 북한산(北漢山)의 다른 이름. 백운대(白雲臺), 인수봉(仁壽峯), 만경대(萬鏡臺)의 세 봉우리가 있어 삼각산이라 한다.

11) 黃河之水(황하지수)~물이 맑아: 자연현상의 변화를 통해 성군(聖君)의 출현을 나타낸 구절이다. 중국 황하의 흐린 물이 천 년에 한 번 맑아지면 성군이 탄생할 조짐이라고 하는데, 여기서 '성군'은 조선을 건국한 이성계(李成桂)를 말한다. 중국 당나라 시인 이백(李白)의 「장진주將進酒」에 "그대는 보지 못하는가, 황하의 물이 하늘에서 내려와 세차게 흘러 바다에 이르면 돌아오지 못함을(君不見, 黃河之水天上來, 奔流到海不復廻)"이라고 하였고, 『습유기拾遺記』에 "단구는 천 년에 한 번 불타고, 황하는 천 년에 한 번 맑아지니, 다 성군이 날 큰 상서로움이다(丹丘千年一燒, 黃河千年一淸, 皆至聖之君, 以爲大端)"라고 하였다.

12) 請祝聖人(청축성인)~飛龍(비룡)이라: 중국 요임금의 '청축성인' 고사와 『주역周易』 「건괘乾卦」에 빗대어 조선을 건국한 이성계의 출현을 표현한 구절이다. 『주역』 「건괘」 구오(九五)의

粒我蒸民[13] 모든 百姓 水火中의 건지시고
向明南面 卽位ᄒᆞ시니 仙李乾坤 王春[14]이라
西周文物 八百이요 東魯衣冠 七十이라[15]
唐虞太平 五百年의 湯武休治 一千載라[16]
聖子神孫 繼繼承承 於千萬年 無窮이라

은거지인 전라도 담양의 경치와 미풍양속을 찬양하다

天佑神助 我東方의 八道處處 名山이라
京畿道는 王城이니 不可勝數 奇峰이오
黃海道라 九月山은 年年歲歲 九月이오
江原道라 金剛山은 一萬二千 諸峰이오
忠淸道라 俗離山은 雲外特立 高峰이오
平安道라 妙香山은 海上雄鎭 奇觀이오

효(爻)에 "나는 용이 하늘에 있으니 대인을 만남이 이롭다(飛龍在天, 利見大人)"라고 하였다.

13) 粒我蒸民(입아증민): 먹여살려야 할 많은 백성. 여기서는 음보를 맞추기 위해 별 뜻 없이 쓰인 것이다. 『시경詩經』 주송(周頌) 「사문思文」에 "문덕 많으신 후직께서는 하늘의 짝이 되실 만한 어른일세. 우리 백성들을 먹여살리니 모두 그분의 은덕이네(思文后稷 克配彼天 立我烝民 莫匪爾極)"라고 하였다.

14) 仙李乾坤 王春(선이건곤 왕춘): 아름다운 이씨(李氏)가 다스리는 통일된 천하. '선(仙)'은 미칭(美稱)이며, '왕춘(王春)'은 주(周)나라 임금의 봄이란 뜻으로 통일된 천하를 가리킨다.

15) 西周文物(서주문물)~七十(칠십)이라: 800여 년 지속한 주(周)나라의 역사와 70여 년 생존한 공자의 생애에 빗대어 조선이 주나라처럼 오랜 세월 존속할 것이며 공자의 유풍을 계승하는 나라가 되리라고 기원한 구절이다. '서주문물(西周文物) 팔백(八百)'은 중국의 서주(西周)와 동주(東周)를 합친 주나라의 존속기간을 가리키고, '동로의관(東魯衣冠) 칠십(七十)'은 노(魯)나라에서 출생한 공자의 생존기간을 가리킨다.

16) 唐虞太平(당우태평)~一千載(일천재)라: 요(堯)임금, 순(舜)임금, 우(禹)임금, 탕왕(湯王), 무왕(武王)의 치세에 빗대어 조선이 오랜 세월 태평성대를 누리기를 기원한 구절이다. '당우태평(唐虞太平) 오백년(五百年)'은 요임금과 순임금의 통치기간에 우임금이 세운 하(夏)나라의 존속기간을 더한 햇수를 가리키고, '탕무휴치(湯武休治) 일천재(一千載)'는 탕왕이 세운 은(殷)나라와 무왕이 세운 서주(西周)의 존속기간을 가리킨다.

慶尙道라 太白山은 矗天壓地 不老ᄒᆞ고
咸鏡道라 石荒山은 罷霧粧霞 春色이오
全羅道라 智異山은 萬八千年 青青ᄒᆞ고 湖南千里 名區 되어
五十三州 各 고을의 星列碁布 버런ᄂᆞᆫᄃᆡ 秋月山[17]이 潭州[18]로다
千萬年之 主龍이오 十五面之 標準이라[19]
往古來今 太守마다 郡中無事 高枕ᄒᆞ여
化及萬家 仁聞이오 恩洽百姓 善政이라
推賢養老 美俗이오 愛民下士 厚禮로다
北闕下의 良臣이오 南州中의 賢侯로다
瓜期六載[20] 城主例를 更留五年 民願이라
邑之以南 三十里의 一抹青山 矗矗ᄒᆞ여
八鶴洞[21]裏 지너와셔 一脉 鷹峰[22] 되어셔라
前對奇峰 得仁[23]이오 左有名山 萬德[24]이라
後繞錦城[25] 三峰이오 右抱獐山[26] 九區로다
鷹峰 아러 터를 닥고 이너 人生 ᄉᆞᄅᆞ셔라
主聖臣良 이 世上의 ᄒᆞᆯ음 업시 安土ᄒᆞ야
得仁山上 仁을 어더 親親爲大[27] 養親ᄒᆞ니

17) 秋月山(추월산): 전라도 담양(潭陽)에 있는 산.
18) 潭州(담주): 담양의 옛 이름.
19) 千萬年之(천만년지)~標準(표준)이라: 경상도와 전라도의 열다섯 개 면의 중심이 지리산이라는 뜻이다.
20) 瓜期六載(과기육재): 지방관의 임기 육 년. '과기(瓜期)'는 벼슬의 임기가 끝나는 시기를 이르던 말로, 중국 춘추시대에 제(齊)나라의 양공(襄公)이 관리를 임지로 보내면서 다음해 오이가 익을 무렵에는 돌아오게 하겠다고 말한 데서 유래한 것이다.
21) 八鶴洞(팔학동): 전라도 담양에 있는 고을.
22) 鷹峰(응봉): 전라도 담양에 있는 산.
23) 得仁(득인): 전라도 담양에 있는 산.
24) 萬德(만덕): 전라도 담양에 있는 산.
25) 錦城(금성): 전라도 담양에 있는 산.
26) 獐山(장산): 전라도 담양에 있는 산.
27) 親親爲大(친친위대): 어버이를 어버이로 받듦. 『중용中庸』에 "인(仁)은 사람이니 어버이를 어버이로 받드는 것이 크고, 의(義)는 마땅함이니 어진 사람을 높이는 것이 크다(仁者人也 親親

孝誠이야 至極홀가 北堂 安寧 바리셔라

萬德山上 德홀 바다 明明爲道[28] 敎人홀 제

草堂三間 지여노코 迎月掃石 閑暇ᄒᆞᄃᆞ

庭畔綠竹 猗猗홀 제 淇澳詩[29]롤 吟誦ᄒᆞ니

우리 大王 聖德이라 如切如磋 有斐로다

谷中 葛生 萋萋홀 제 葛覃詩[30]를 記誦ᄒᆞ니

우리 大妃 仁惠로 爲絺爲綌 無斁이라

土階 三等 노피 ᄊᆞ고 數株 杏花 심어시니

太和元氣 孔夫子의 絃歌一曲 依依ᄒᆞ며[31]

巡簷半夜 徘徊ᄒᆞ고 數點梅花 술펴보니

安樂窩中 邵康節의 點易一卷 歷歷ᄒᆞ다[32]

人皆堯舜 本然之心 操存不舍 ᄒᆞ여보식

牛山伐木 모든 ᄉᆞ롬 伐木 마소 伐木 마소[33]

爲大, 義者宜也 尊賢爲大)"라고 하였다.

28) 明明爲道(명명위도): 밝은 덕을 밝히는 것을 도로 삼음. 『대학大學』에 "대학의 도는 밝은 덕을 밝힘에 있으며, 백성을 가르쳐 새롭게 함에 있으며, 지선(至善)에 그침에 있다(大學之道, 在明明德, 在親[新]民, 在止於至善)"라고 하였다.

29) 淇澳詩(기욱시): 『시경』 위풍(衛風) 「기욱淇奧」. 중국 춘추전국시대 위(衛)나라 무공(武公)을 칭송한 노래. 『시경』 위풍 「기욱」에 "저 기수(淇水) 벼랑을 보니 푸른 대나무 무성하구나. 문채 나는 군자여, 잘라놓은 듯, 다듬어놓은 듯, 쪼아놓은 듯, 갈아놓은 듯하도다(瞻彼淇奧, 綠竹猗猗. 有匪君子, 如切如磋, 如琢如磨)"라고 하였다.

30) 葛覃詩(갈담시): 『시경』 주남(周南) 「갈담葛覃」. 시집간 여인이 친정 어버이에 대한 효성을 읊은 노래. 『시경』 주남 「갈담」에 "칡덩굴이 뻗음이여! 산골짜기에 뻗어 있사귀 무성하네. 자르고 삶아서 고운 칡베 굵은 칡베 짜니 옷이 싫지 않네(葛之覃兮, 施于中谷, 維葉莫莫. 是刈是濩, 爲絺爲綌, 服之無斁)"라고 하였다.

31) 土階(토계)~依依(의의)하며: 공자가 행단(杏壇)에 앉아 거문고를 타면서 노래를 부르고 제자들은 책을 읽은 고사에 빗대어 작자가 후진을 양성한 사실을 나타낸 구절이다. '행단'은 은행나무 옆에 높이 쌓은 단으로, 공자가 이곳에 앉아 제자들에게 글을 가르친 데서 유래하여 향교나 학교를 이른다.

32) 安樂窩中(안락와중)~歷歷(역력)하다: 중국 송나라 때 은사인 소옹(邵雍)이 초야에 묻혀 살면서 『역경易經』을 연구한 것을 말한 구절이다. '안락와(安樂窩)'는 소옹이 은거한 집의 이름이며, '강절(康節)'의 그의 시호다. 소옹은 『역경』을 연구하여 『매화심역梅花心易』을 창안했다.

33) 牛山伐木(우산벌목)~伐木(벌목) 마소: 맹자가 사람의 본성을 우산(牛山)의 나무에 빗대어 설명한 고사를 원용하여 사람이 착한 본성을 잃지 말아야 함을 나타낸 구절이다. 우산이 황폐한

嘉木森森 夜來ᄒᆞ니 虛明氣像 淡然ᄒᆞ다
仁義禮智 天賦之性 率而爲綱 ᄒᆞ여셔라
前溪擊水 모든 아ᄒᆡ 擊水 마라 擊水 마라[34]
綠水洋洋 下逝ᄒᆞ니 順流形勢 美哉로다

증장통의 「낙지론」을 본받아 안빈낙도를 다짐하다

小學之方 비와니여 灑掃應對 일윈 後의
大學之道 달나드려 窮理正心 ᄒᆞ여셔라[35]
舜何人也 余何人也 顔子 말솜 粹然ᄒᆞ며
文王我師 豈欺我哉 周公之道 大矣로다[36]

것은 원래부터 그러했던 것이 아니라 사람들이 우산의 나무를 함부로 베어낸 결과라는 이야기에 빗대어 사람의 본성이 원래 선하다는 것을 깨우친 고사가 『맹자』 「고자장구상告子章句上」에 전한다.

34) 前溪擊水(전계격수)～擊水(격수) 마라: 맹자가 흐르는 물에 빗대어 사람의 본성에 대해 말한 고사를 원용하여 사람의 본성을 거스르지 말아야 함을 나타낸 구절이다. 흐르는 물을 인위적으로 가두어서 역류하게 하거나 손으로 쳐서 튀게 할 수는 있지만, 역류하거나 튀는 것이 물의 본성이 아니듯이 사람의 악한 성품도 본성이 아니라고 한 맹자의 말이 『맹자』 「고자장구상」에 전한다.

35) 小學之方(소학지방)～하여라: 먼저 『소학小學』을 배운 다음에 『대학大學』을 깨우치는 학문 수련의 절차를 설명한 구절이다. 『소학』에 "소학의 도는 물을 뿌려 쓸고 난 후에 웃어른의 부름에 응대하며, 집에서는 효도하고 나아가서는 공손하여 행동이 조금도 법도를 어김이 없게 하는 것이다(小學之方, 灑掃應對, 入孝出恭, 動罔或悖)"라고 하였으며, 『대학』의 서(序)에 대학을 일러 "이치를 궁구하고 마음을 바르게 하고, 자기를 닦고 남을 다스리는 도(窮理正心, 修己治人之道)"라고 하였다.

36) 舜何人也(순하인야)～大矣(대의)로다: 안회(顔回)의 말과 공명의(公明儀)의 말을 인용하여 성인(聖人)을 스승으로 삼아야 함을 나타낸 구절이다. 안자(顔子)는 중국 춘추시대 공자의 제자인 안회를 말하는데, 안빈낙도(安貧樂道)하여 덕행으로 이름이 높았다. 공명의는 증자(曾子)의 제자로 노(魯)나라의 현인이다. 문왕(文王)은 주(周)나라 무왕(武王)의 아버지로, 은(殷)나라 주왕(紂王) 때 서백(西伯)이 되어 어진 정치를 베풀어 그의 아들 무왕이 천하를 차지하는 기틀을 세웠다. 주공(周公)은 주나라 문왕의 아들이자 무왕의 동생으로 무왕을 도와 은나라를 멸망시켰으며, 무왕이 죽자 어린 성왕(成王)을 도와 주나라의 기초를 닦았다. 『맹자』 「등문공장구상滕文公章句上」에 "안회가 '순임금은 어떤 사람인가? 나는 어떤 사람인가? 할 일을 하는 자가 또한 이와 같다'라고 하였으며, 공명의가 '문왕은 나의 스승이라 하니 주공이 어찌 나를

丘隅綿蠻 喚友鶯이 於止知其所止ᄒᆞ니
天地中間 이닉 生이 止善홀 줄 모롤소야[37]
丹山夜月 墮卵鳳이 以德知其覽德ᄒᆞ니
萬物之靈 이닉 몸이 覽德홀 줄 모르소냐[38]
臥龍先生 諸葛亮은 南陽 ᄯᅡ의 밧슬 갈며
逐鸞處士 陶淵明은 北牕 아릐 술을 걸너
各得其志 뜻을 즐겨 不求聞達 조흘시고[39]
陋巷簞瓢[40] 자바다가 安貧이나 ᄒᆞ여보식
平原食客 三千中의 毛遂自薦 우숩도ᄃᆞ[41]

속이겠느냐라고 말하였다(顔淵曰 舜何人也? 予何人也? 有爲者亦若是. 公明儀曰 文王我師也, 周公豈欺我哉?)"라고 하였다.

37) 丘隅綿蠻(구우면만)~모를쏘냐: 미물(微物)인 꾀꼬리도 앉을 곳을 알듯이, 사람은 '지선(止善)'의 경지를 추구해야 함을 표현한 구절이다. '지선', 곧 '지어지선(止於至善)'은 지극히 선한 경지에 이르러 움직이지 않는다는 뜻으로, 사람은 최고의 선에 도달하여 그 상태를 유지해야 함을 이르는 말이다. 『대학』에 "『시경』에 '조그만 꾀꼬리 언덕 모퉁이에 앉아 있네' 하였는데, 공자가 '앉을 만한 곳에 앉을 줄 알거늘 사람이 새만 같지 못하겠는가?'라고 말하였다(詩云 緡蠻黃鳥 止于丘隅. 子曰 於止知其所止 可以人而不如鳥乎)"라고 하였다.

38) 丹山夜月(단산야월)~모를쏘냐: 봉황도 덕이 있는지 없는지 구별할 줄 알듯이, 만물의 영장인 사람이 남덕(覽德)할 줄 알아야 함을 표현한 구절이다. '단산'은 단혈산(丹穴山)을 가리키는데, 금과 옥이 많이 나고 봉황이 산다는 곳이다. '남덕'은 덕을 바라본다는 뜻으로, 덕이 있는지 없는지를 구별할 줄 안다는 뜻이다. 중국 한나라 가의(賈誼)의 「조굴원부弔屈原賦」에 "봉황이 천 길 높이 날다가 덕의 빛남을 보면 내려앉고, 덕이 없는 험악한 기미가 보이면 날개를 세게 쳐서 아득히 멀리 날아가버리네(鳳凰翔于千仞, 覽德輝而下之. 見細德之險微兮, 遙增擊而去之)"라고 하였다.

39) 臥龍先生(와룡선생)~좋을시고: 제갈량(諸葛亮)이 출사하기 전에 남양에서 밭을 갈며 은거한 사실과 도잠(陶潛)이 벼슬을 버리고 고향에서 술을 즐기며 은거한 사실을 들어 부귀영달을 구하지 않음을 나타낸 구절이다. 제갈량은 중국 삼국시대 촉(蜀)나라의 재상을 지냈으며, '남양'은 제갈량이 촉나라의 유비(劉備)에게 발탁되기 전에 농사를 지으며 은거한 곳을 말한다. 도잠은 중국 진(晉)나라의 시인으로, 호는 연명(淵明)이다. 팽택현령(彭澤縣令)을 끝으로 관직 생활을 청산하고 고향에 묻혀 살았다.

40) 陋巷簞瓢(누항단표): 누추한 시골에서 먹는 한 바구니의 밥과 한 표주박의 물. 곧 선비의 청빈한 생활을 이르는 말. 『논어』「옹야雍也」에 "공자가 말하기를 '어질다, 안회(顔回)여! 한 바구니의 밥과 한 표주박의 물로 누추한 시골에 있는 것을 딴 사람들은 그 근심을 견뎌내지 못하는데, 안회는 그 즐거움을 변치 않으니, 어질다, 안회여!'라고 말했다(子曰, 賢哉, 回也. 一簞食一瓢飮, 在陋巷, 人不堪其憂, 回也不改其樂, 賢哉 回也)"라고 하였다.

41) 平原食客(평원식객)~우습도다: 중국 전국시대 모수(毛遂)가 스스로 추천한 일을 비판함으로써 작자는 벼슬에 뜻이 없음을 나타낸 구절이다. 조(趙)나라의 재상인 평원군(平原君)에게는

風蓑雨笠 썰쳐 입고 負郭田을 가라 니니
遊說六國 蘇季子의 腰佩黃金 불버ᄒᆞ랴[42]
竹裏獨坐 彈琴ᄒᆞ니 王摩詰이 古人이오[43]
川邊盡日 訪花ᄒᆞ니 程明道가 賢師로다[44]
書不盡意 圖不盡情 이니 事業 뉘 알소냐
仲長統의 樂志論[45]을 我亦私淑 ᄒᆞ여셔라

수많은 식객들이 찾아들었는데, 그중에 모수라는 사람이 스스로를 평원군에게 추천하여 뒷날 나라를 위해 공을 세웠다는 고사가 『사기史記』「평원군열전平原君列傳」에 전한다.

42) 風蓑雨笠(풍사우립)~부러워하랴: 육국(六國)의 재상이 된 소진(蘇秦)의 고사를 원용하여 작자가 벼슬에 뜻이 없음을 나타낸 구절이다. '부곽전(負郭田)'은 성곽을 등지고 있는 땅으로, 성 근처에 있는 비옥한 땅을 말한다. 소계자(蘇季子)는 중국 전국시대의 유세가인 소진을 말하는데, 합종설(合從說)을 주장하여 육국의 재상이 되었다. 소진이 부곽전 몇 이랑만 있었다면 육국의 재상이 되지 않았을 것이라고 말한 것이 『사기』「소진열전蘇秦列傳」에 전한다.

43) 竹裏獨坐(죽리독좌)~古人(고인)이오: 왕유(王維)가 지은 「죽리관竹里館」의 시구를 인용하여 자연에 묻혀 살겠노라는 작자의 의지를 나타낸 구절이다. 왕마힐(王摩詰)은 중국 당나라 왕유를 가리키는데, '마힐'은 그의 자이다. 시서화(詩書畫)에 능하고 불교에 조예가 깊어 시불(詩佛)이라 불렸다. 왕유의 「죽리관」에 "그윽한 대숲에 홀로 앉아 거문고를 타면서 길게 휘파람 부네(獨坐幽篁裏 彈琴復長嘯)"라고 하였다.

44) 川邊盡日(천변진일)~賢師(현사)로다: 정호(程顥)가 지은 「춘일우성春日偶成」의 시구를 인용하여 자연에 묻혀 살겠노라는 작자의 의지를 나타낸 구절이다. 정호는 중국 송나라의 유학자로, 명도(明道)는 그의 호이다. 아우 정이(程頤)와 함께 주돈이(周敦頤)에게 배워 이학(理學)의 기초를 세웠다. 정호의 「춘일우성」에 "엷은 구름, 산들바람 정오가 가까운 때, 꽃 찾고 버들 따라 앞개울을 건너네. 사람들은 내 마음 즐거운 줄 모르고 한가롭게 소년처럼 논다고 하네(雲淡風輕近午天, 訪花隨流過前川. 傍人不識余心樂, 將謂偸閑學少年)"라고 하였다.

45) 仲長統(중장통)의 樂志論(낙지론): 중국 후한(後漢) 때 은사인 중장통이 벼슬하지 않고 자연에 묻혀 살고자 하는 뜻을 읊은 글. 중장통은 직언을 서슴지 않고 작은 일에 구속되지 않아 '광생(狂生)'이라 불렸으며, 벼슬을 내릴 때마다 병을 핑계로 나아가지 않았다.

俛仰亭歌

宋純

면앙정의 위치를 노래하다

无等山 ᄒᆞᆫ 활기[1] 뫼히 동다히로 버더 이셔
멀리 ᄯᅦ쳐 와 霽月峯의 되여거ᄂᆞᆯ
無邊大野의 므슴 짐작ᄒᆞ노라
일곱 구ᄇᆡᄒᆞᆯ 머움쳐[2] 믄득믄득[3] 버러ᄂᆞᆫ ᄃᆞᆺ
가온대 구ᄇᆡᄂᆞᆫ 굼긔 든 늘근 뇽이
선ᄌᆞᆷ을 ᄀᆞᆺ ᄭᆡ야 머리ᄅᆞᆯ 안쳐시니
너ᄅᆞ바회 우ᄒᆡ 松竹을 헤혀고 亭子ᄅᆞᆯ 안쳐시니
구름 탄 쳥학이 千里를 가리라 두 나ᄅᆡ 버렷ᄂᆞᆫ ᄃᆞᆺ

1) 활기: 활개. 사람의 어깨에서 양쪽 팔까지 또는 궁둥이에서 양쪽 다리까지의 부분. 여기서는 '산줄기'를 말한다.
2) 머움쳐: '한데 모아서'의 뜻인 듯하다.
3) 믄득믄득: 우뚝우뚝.

면앙정 주변의 경치를 묘사하다

玉泉山 龍泉山 ᄂᆞ린 물희
亭子 압 너븐 들희 兀兀히[4] 펴진 드지
넙써든 기노라 프료기든 희지 마니
雙龍이 뒤트ᄂᆞᆫ 듯 긴 깁을 ᄎᆡ폇ᄂᆞᆫ ᄃᆞᆺ
어드러로 가노라 ᄆᆞᄉᆞᆷ 일 ᄇᆡ얏바
ᄃᆞᆺᄂᆞᆫ ᄃᆞᆺ ᄯᆞ로ᄂᆞᆫ ᄃᆞᆺ 밤ᄂᆞᆽ즈로 흐르ᄂᆞᆫ ᄃᆞᆺ
ᄆᆞ조친 沙汀은 눈ᄀᆞᆺ치 펴졋거든
어즈러운 기럭기ᄂᆞᆫ ᄆᆞᄉᆞ거슬 어르노라
안즈락 ᄂᆞ리락 ᄆᆞ드락 ᄒᆞᆺ트락
蘆花을 ᄉᆞ이 두고 우러곰 좃니ᄂᆞᆫ뇨
너브[5] 길 밧기요 기[6] 하ᄂᆞᆯ 아릐
두르고 ᄭᅩ존 거ᄉᆞᆫ 모[7]힌가 屛風인가 그림가 아닌가
노픈 ᄃᆞᆺ ᄌᆞᆫ[8] ᄃᆞᆺ 근ᄂᆞᆫ ᄃᆞᆺ 닛ᄂᆞᆫ ᄃᆞᆺ
숨거니 뵈거니 가거니 머믈거니
이즈러온[9] 가온ᄃᆡ 일홈 ᄂᆞᆫ 양ᄒᆞ야
하ᄂᆞᆯ도 젓치 아녀 웃득이 셧ᄂᆞᆫ 거시 秋月山 머리 짓고
龍歸山 鳳旋山 佛臺山 漁燈山
湧珍山 錦城山이 虛空의 버러거든
遠近蒼崖의 머믄 것도 하도 할샤

4) 兀兀(올올)히: 올올이. 올마다.
5) 너브: '너븐'의 오기인 듯하다.
6) 기: '긴'의 오기인 듯하다.
7) 모: '뫼'의 오기인 듯하다.
8) ᄌᆞᆫ: 'ᄂᆞᄌᆞᆫ'의 오기인 듯하다.
9) 이즈러온: '어즈러온'의 오기인 듯하다.

계절에 따른 면앙정 주변의 모습을 묘사하다

희[10] 구름 브흰 煙霞 프로니ᄂᆞᆫ 山嵐이라
千巖萬壑을 제집을 삼아 두고
나명셩 들명셩 일히도[11] 구ᄂᆞᆫ지고
오르거니 ᄂᆞ리거니 長空의 ᄯᅥ나거니 廣野로 거너거니
프르락 블그락 여트락 지트락
斜陽과 서거지어 細雨조ᄎᆞ ᄲᅮ리ᄂᆞᆫ다
藍輿ᄅᆞᆯ ᄇᆡ야 ᄐᆞ고 솔 아ᄅᆡ 구븐 길노 오며 가며 ᄒᆞᄂᆞᆫ 적의
綠楊의 우ᄂᆞᆫ 黃鸝 嬌態 겨워 ᄒᆞᄂᆞᆫ괴야
나모 새[12] ᄌᆞᄌᆞ지어 樹陰이 얼ᄅᆡᆫ 적의
百尺欄干의 긴 조으름 내여 펴니
水面凉風야이[13] 긋칠 줄 모르ᄂᆞᆫ가
즌서리 ᄲᅡ진 후의 산빗치 금슈로다
黃雲[14]은 ᄯᅩ 엇지 萬頃의 펴거긔요
漁笛도 흥을 계워 ᄃᆞᆯᄅᆞᆯ ᄯᆞ라 브니ᄂᆞᆫ다
草木 다 진 후의 江山이 ᄆᆡ몰커ᄂᆞᆯ
造物리 헌ᄉᆞᄒᆞ야 氷雪노 ᄭᅮ며 내니
瓊宮瑤臺[15]와 玉海銀山[16]이 眼底의 버러세라
乾坤도 가ᄋᆞᆷ열샤 간 대마다 경이로다

10) 희: '흰'의 오기인 듯하다.
11) 일히도: 아양도, 응석도.
12) 새: 풀.
13) 水面凉風(수면양풍)야이: '水面凉風(수면양풍)이야'의 오기인 듯하다.
14) 黃雲(황운): 누런 빛깔의 구름. 여기서는 누렇게 익은 곡식을 비유적으로 이르는 말이다.
15) 瓊宮瑤臺(경궁요대): 아름다운 구슬로 장식한 집과 누각. 여기서는 눈 덮인 산천을 아름답게 표현한 말이다.
16) 玉海銀山(옥해은산): 옥같이 맑은 바다와 은빛의 산. 여기서는 눈이 내려 산천이 하얗게 변한 모습을 아름답게 표현한 말이다.

자연에서 풍류를 즐기며 호연지기를 노래하다

人間를 써나 와도 내 몸이 겨를 업다
니것도 보려ᄒᆞ고 져것도 드르려코
ᄇᆞ람도 혀려ᄒᆞ고 ᄃᆞᆯ도 마츠려코
ᄇᆞᆷ으란 언제 줍고 고기란 언제 낙고
柴扉란 뉘 다드며 딘 곳츠란 뉘 쓸려료
아ᄎᆞᆷ이 낫브거니 나조ᄒᆡ라 슬흘소냐
오ᄂᆞᆯ리 不足거니 내일리라 有餘ᄒᆞ랴
이 뫼히 안ᄌᆞ 보고 져 뫼히 거러 보니
煩勞ᄒᆞᆫ ᄆᆞᄋᆞᆷ의 ᄇᆞ릴 일리 아조 업다
쉴 ᄉᆞ이 업거든 길히나 젼ᄒᆞ리야
다만 ᄒᆞᆫ 靑黎杖이 다 뫼듸여 가노ᄆᆡ라
술리 닉어거니 벗지라 업슬소냐
블ᄂᆡ며 ᄐᆞ이며 혀이며 이아며[17)]
온가짓 소ᄅᆡ로 醉興을 ᄇᆡ야거니
근심이라 이시며 시ᄅᆞᆷ이라 브터시라
누으락 안즈락 구부락 져츠락
을프락 ᄑᆞ람ᄒᆞ락 노혜로 노거니[18)]
天地도 넙고넙고 日月 한가ᄒᆞ다
羲皇[19)]을 모을너니 니 적이야 긔로괴야
神僊이 엇더턴지 이 몸이야 긔로고야

17) 블ᄂᆡ며 ᄐᆞ이며 혀이며 이아며: 노래를 부르게 하며, 악기를 타게 하며, 악기를 켜게 하며, 방울을 흔들며.
18) 을프락 ᄑᆞ람ᄒᆞ락 노혜로 노거니: 시를 읊고 휘파람을 불며 마음 놓고 노니.
19) 羲皇(희황): 중국 고대 삼황오제(三皇五帝)의 한 사람인 복희씨(伏羲氏). 복희씨는 서계(書契)를 만들고, 그물을 발명하였으며, 어업·수렵·목축을 가르쳤다. 또 황하(黃河)에서 길이 여덟 척이 넘는 용마(龍馬)가 등에 지고 나왔다는 하도(河圖)를 보고서 팔괘(八卦)를 그렸다고 한다.

江山風月 거늘리고 내 百年을 다 누리면
岳陽樓上의 李太白[20]이 사라 오다
浩湯情懷야 이예셔 더홀소냐
이 몸이 이렁굼도 亦君恩이샷다

20) 岳陽樓上(악양루상)의 李太白(이태백): 악양루(岳陽樓) 위의 이백(李白). '태백(太白)'은 이백의 호이다. 중국 당나라 시인 이백은 두보(杜甫)와 함께 중국 최고의 시인으로 꼽히며, 시성(詩聖) 두보에 견주어 적강(謫降)한 신선이라는 뜻으로 시선(詩仙) 또는 적선(謫仙)이라 한다. 악양루는 중국 호남성(湖南省) 동정호(洞庭湖)에 있는 누각으로, 이백은 이곳에 올라 시를 지으면서 풍류를 즐겼다. 이백의 「여하십이등악양루與夏十二登岳陽樓」에는 "누각 경치로는 악양루가 최고이니, 강물 아득히 흐르고 동정호가 탁 트였네. 기러기는 내 마음속 근심 끌고 날아가고, 산은 둥근 달 머금고 다가서네. 구름 사이에 잠시 머물고, 하늘 위에서 술잔 주고받네. 취하니 또 서늘한 바람 일어 너울너울 춤추는 사람 옷소매 휘두르네(樓觀岳陽盡, 川迥洞庭開. 雁引愁心去, 山銜好月來. 雲間連下榻, 天上接行杯. 醉後涼風起, 吹人舞袖回)"라고 하였다.

西湖別曲

許橿

봄날 한강에서 배 띄우고 흥겹게 노닐다

前腔 聖代예 逸民이 되여 湖海예 누어 이셔
中腔 時序룰 니전닷다 三月이 져므도다
後腔 角巾春服[1]으로 서너 번 ᄃᆞ리고
大葉 檜楫松舟[2]로 蒼梧潬[3] 건너
　　軟沙閑汀의 안즈며 닐며 오며 가며 ᄒᆞ며 이셔
附葉 一點蓬島[4]ᄂᆞᆫ ᄂᆞᆯ 위ᄒᆞ여 ᄢᅧ오ᄂᆞ

1) 角巾春服(각건춘복): 네모 모양의 두건과 봄옷. '각건(角巾)'은 옛날에 은사(隱士)나 벼슬에서 물러난 사람들이 쓰던 두건을 말한다.
2) 檜楫松舟(회즙송주): 전나무 노 달린 소나무 배. 『시경』 위풍(衛風) 「죽간竹竿」에 "기수가 유유히 흐르고, 전나무 노 달린 소나무 배가 떠 있네. 수레를 타고서 나가 노닐며, 내 근심을 씻어 보려네(淇水滺滺, 檜揖松舟. 駕言出遊, 以寫我憂)"라고 하였다.
3) 蒼梧潬(창오단): 중국 호남성(湖南省) 영원(寧遠) 창오산에 있는 여울 이름. 여기서는 서울의 한남나루 옆을 흐르는 여울을 가리키는 듯하다.
4) 一點蓬島(일점봉도): 조그만 봉래섬. '봉래섬'은 동해 바다 가운데 있다고 하는 전설상의 봉래

大葉 春日이 載陽ᄒᆞ야 有鳴鶬鶊이어든

女執懿筐ᄒᆞ야 爰求柔桑이로다[5)]

한강 주변의 풍경을 바라보며 봄날의 흥취를 노래하다

二葉 瞻彼江漢ᄒᆞ야 聖化롤 알리로다

三葉 漢之廣矣여 不可泳思ㅣ며

江之永矣여 不可方思ㅣ로다[6)]

附葉 묻노라 洞赤[7)]이 丹砂千斛을 뉘라셔 머므로뇨

前腔 臨汎古縣이 廖氏의 舊業이로다[8)]

中葉 別區漁村은 露河[9)]ㅣ란 말가

王維 輞川[10)]이마 柳州 露江[11)]이라

산(蓬萊山)인데, 이곳에 신선이 산다고 한다. 여기서는 동작나루 앞의 작은 섬을 가리키는 듯하다.

5) 春日(춘일)이~爰求柔桑(원구유상)이로다: 『시경』 빈풍(豳風) 「칠월七月」을 원용하여 봄날의 경치를 표현한 구절이다. 『시경』 빈풍 「칠월」에 "봄날이 따뜻하여 꾀꼬리는 울어대고, 광주리 든 아가씨들 좁은 길을 따라서 뽕잎을 따러 가네(春日載陽, 有鳴倉庚, 女執懿筐, 遵彼微行, 爰求柔桑)"라고 하였다.

6) 漢之廣矣(한지광의)여~不可方思(불가방사)로다: 『시경』 주남(周南) 「한광漢廣」을 원용하여 서울 한강의 길고 넓음을 중국의 한수(漢水)와 장강(長江)에 비유해 표현한 구절이다. '한수'는 중국 양자강(揚子江)의 지류이며, '장강'은 양자강을 말한다. 『시경』 주남 「한광」에 "남쪽에 우뚝 솟은 나무 있으나 쉴 수가 없고, 한수에 노는 여인 있으나 사랑할 수 없네. 한수의 넓음이여! 헤엄쳐 건널 수 없고, 장강의 길이여! 뗏목으로 건널 수 없네(南有喬木, 不可休思. 漢有游女, 不可求思. 漢之廣矣, 不可泳思. 江之永矣, 不可方思)"라고 하였다.

7) 洞赤(동적): 미상. 동작나루 옆에 있는 붉은 절벽을 가리키는 듯하다.

8) 臨汎古縣(임범고현)이~舊業(구업)이로다: 동작나루의 붉은 절벽을 옛날 중국 임원현(臨沅縣) 요씨(廖氏) 집안에 있었던 단사(丹砂) 우물에 빗대어 표현한 구절이다. 중국 삼국시대 오(吳)나라의 임원현에 대대로 장수하는 요씨 집안이 있었는데, 그 집의 우물물이 붉다는 것에 의문이 들어 파보았더니 옛사람들이 묻은 단사 수십 섬을 얻었다는 고사가 갈홍(葛洪)의 『포박자抱朴子』에 전한다.

9) 露河(노하): 노들강. 서울 여의도와 노량진 사이를 흐르는 한강을 달리 이르는 말이다.

10) 王維(왕유) 輞川(망천): 중국 당나라 때 왕유가 벼슬을 버리고 은거한 곳. 왕유는 벼슬이 상서우승(尙書右丞)에 이르렀고, 중국 자연시인의 대표로 꼽히며 남종화(南宗畫)의 창시자로 불

魚罶ㅣ 在梁ᄒᆞ니 이 너의 生涯로다

大葉 濟川 舟楫은 傅巖殷說이오[12]

宛轉 龍潭[13]은 龍門八折[14]이오

十里平蕪ᄂᆞᆫ 洛陽 天津[15]이오

龍山 落帽臺ᄂᆞᆫ 孟嘉 遺迹이오[16]

撲地閭閻은 滕王故郡이오[17]

麻浦 牙檣은 淇園 綠竹[18]이오

린다.

11) 柳州(유주) 露江(노강): 중국 당나라 때 유종원(柳宗元)이 좌천되어 자사(刺史)로 있었던 유주의 노강. 유종원은 중국 당송팔대가(唐宋八大家)의 한 사람으로, 고문(古文) 부흥운동을 한유(韓愈)와 더불어 제창하였다.

12) 濟川(제천)~傅巖殷說(부암은열)이오: 서울 한남동 제천정(濟川亭) 아래를 흐르는 제천과 거기에 있는 배와 노를 중국 은(殷)나라 고종(高宗)이 "내가 만일 큰 내를 건너게 되면 그대를 배와 노로 삼겠다(若濟巨川 用汝作舟楫)"라면서 부열(傅說)을 재상으로 등용한 고사와 관련지어 표현한 구절이다. '제천(濟川) 주즙(舟楫)'은 임금을 보필하는 재상의 역할을 비유한 말이며, '부암은열(傅巖殷說)'은 중국 은나라 고종 때의 재상인 부열이 등용되기 전에 죄를 짓고 부역(賦役)을 한 곳이다. 은나라 고종이 꿈에 만난 열(說)이라는 성인을 신하들로 하여금 찾게 했는데, 죄를 짓고 끌려가서 길을 닦고 있는 그를 부암 땅에서 찾았다는 고사가 『서경書經』 상서(尙書) 「열명說命」에 전한다.

13) 龍潭(용단): 미상. 서울 원효동 앞을 흐르는 한강을 달리 이르는 말인 듯하다.

14) 龍門八折(용문팔절): 중국 용문을 지나는 황하(黃河)의 여덟 굽이. 용문은 산서성(山西省)과 섬서성(陝西省)의 경계에 위치한 곳으로, 이곳에서 황하는 급물살을 이루며 거세게 쏟아져내린다. 잉어가 이곳을 거슬러오르면 용이 된다고 하여 과거 등의 시험에 합격하는 등용문(登龍門)의 어원이 되었다.

15) 洛陽(낙양) 天津(천진): 중국 낙양의 천진교(天津橋). 낙양은 중국 하남성(河南省)에 있는 곳으로 예로부터 여러 왕조의 도읍지로 번창하였다. 천진교는 수(隋)나라 양제(煬帝) 때 낙양의 낙수(洛水)에 세운 다리로, 전설상의 낙수의 여신인 복비(宓妃)를 그리워하여 하늘과 통하는 나루와 다리라는 뜻으로 세운 것이라 한다.

16) 龍山(용산)~遺迹(유적)이오: 중국 진(晉)나라 맹가(孟嘉)의 고사에 빗대어 용산 부근의 한강 경치가 자아낸 홍취를 표현한 구절이다. 맹가가 용산에서 노닐 때 모자가 바람에 날려 떨어지자 홍취에 젖어 모자가 떨어진 줄도 모르는 그를 주위 사람들이 글을 지어 조소하였다. 이에 맹가가 화답하는 글을 지었는데, 그 문장이 아름다워 감탄을 불러일으켰다는 고사가 『진서晉書』 「맹가전孟嘉傳」에 전한다.

17) 撲地閭閻(박지여염)은 滕王故郡(등왕고군)이오: 중국 당나라 시인 왕발(王勃)이 지은 「등왕각서滕王閣序」의 한 대목을 원용하여 한강 주변에 촘촘히 늘어선 집들의 모습을 나타낸 구절이다. 왕발의 「등왕각서」에 "산과 들이 광활하여 눈에 가득하고, 시내와 못은 광대하여 눈을 놀라게 하네. 집들은 땅에 늘어서 있는데, 종을 울리고 솥을 늘어놓고 밥 먹는 집도 있네(山原曠其盈視, 川澤盱其駭矚. 閭閻撲地, 鍾鳴鼎食之家)"라고 하였다.

甕店[19] 煙火는 虞氏 河濱[20]이오

西江을 ᄇᆞ라ᄒᆞ니 林處士 西湖[21]ㅣ오

덜머리[22] 구버ᄒᆞ니 蘇仙의 赤壁[23]이론 ᄃᆞᆺ

附葉 巴陵이 어듬에오 洞庭湖 青草湖ㅣ 七百里 휫도라

彭蠡 震澤과 雲夢 瀟湘이 衡陽의 形勝이로다[24]

小葉 瀰漫沙渚는 陽鳥[25]의 攸居ㅣ로다

大葉 三山은 半落青天外오 二水中分白鷺洲[26]롤

中葉 너우셤[27] 뎌 아ᄒᆡ아 네 羊이 어듸 가뇨

金華石室 蔚藍洞天의 머므런디 四十餘年이라[28]

---

18) 淇園(기원) 綠竹(녹죽): 중국 위(衛)나라 동산인 기원에 있는 푸른 대나무. 『시경』 위풍(衛風) 「기욱삼장淇奧三章」의 주(註)에 "기수 가에는 대나무가 많아서 한나라 때에도 그와 같았으니 이른바 기원의 대나무라 한 것은 이것이다(淇上多竹, 漢世猶然, 所謂淇園之竹是也)"라고 하였다.

19) 甕店(옹점): 서울의 노량진. 그 일대에 옹기나 그릇을 굽는 집이 많았기에 붙여진 이름이다.

20) 虞氏(우씨) 河濱(하빈): 중국 고대에 유우씨(有虞氏), 곧 순(舜)임금이 요(堯)임금에게서 왕위를 물려받기 전에 질그릇을 구우며 살았던 곳.

21) 林處士(임처사) 西湖(서호): 중국 송나라 때 은사인 임포(林逋)가 살던 곳. 임포는 평생 동안 장가도 들지 않고 항주의 서호에서 학을 자식처럼, 매화를 아내처럼 사랑하며 살았다고 하여 사람들이 '매처학자(梅妻鶴子)'라고 불렀다.

22) 덜머리: 서울 마포에 있는 절벽인 절두(切頭).

23) 蘇仙(소선)의 赤壁(적벽): 중국 송나라 소식(蘇軾)이 배를 띄우고 유람하며 「적벽부赤壁賦」를 지은 황강(黃岡)의 적벽강(赤壁江).

24) 巴陵(파릉)이~形勝(형승)이로다: 중국의 유명한 호수들에 빗대어 한강의 경치를 칭송한 구절이다. '파릉'은 중국 동정호(洞庭湖) 동쪽에 있는 악양(岳陽)의 옛 이름을 말한다. 동정호와 청초호(青草湖)는 호남성(湖南省)에 있는 호수이며, 팽려(彭蠡)는 강서성(江西省)의 호수 파양호(鄱陽湖)를 말하고, 진택(震澤)은 강서성의 호수 태호(太湖)를 말하는데, 이들은 모두 오호(五湖)에 속한다. 운몽(雲夢)은 호남성에 있는 호수를 말하며, 소상(瀟湘)은 호남성의 소수(瀟水)와 상강(湘江)을 가리킨다. 형양(衡陽)은 호남성의 상강 중류에 있는 고을이다.

25) 陽鳥(양조): 따뜻한 기운을 따르는 새. 곧 기러기를 이르는 말.

26) 三山(삼산)은~二水中分白鷺洲(이수중분백로주): 중국 당나라 이백(李白)의 「등금릉봉황대登金陵鳳凰臺」에 나오는 대목을 원용하여 한강 주변의 경치를 표현한 구절이다. 이백의 「등금릉봉황대」에 "삼산의 봉우리 푸른 하늘에 반쯤 솟아 있고, 두 줄기 물은 백로주를 사이에 두고 흐르네(三山半落青天外, 二水中分白鷺州)"라고 하였다.

27) 너우셤: 미상. 한강 가운데 있는 섬을 가리키는 듯하다.

28) 金華石室(금화석실)~四十餘年(사십여년)이라: 작자의 은거지를 신선들이 사는 금화석실(金華石室)과 울람동천(蔚藍洞天)으로 미화하여 표현한 구절이다. '금화석실'은 중국 한나라 때 황초평(黃初平)이 양을 먹이러 나갔다가 도사를 만나 40년간 도를 닦아 신선이 되었던 금화산 석실을 말하고, '울람동천'은 금화산 위의 하늘을 뜻하는데, 곧 신선이 사는 곳을 이른다.

小葉 믈ᄭᅡ애 雲窓霧閣은 風月이 閑暇ᄒᆞ야 님자 업슨 네로고야

大葉 松湖[29]ᄅᆞᆯ 도라ᄒᆞ니 謝公 會稽[30]마 戴逵 剡溪[31]라

二葉 衡門之下여 可以棲遲로다

泌之洋洋이여 可以樂飢로다[32]

三葉 春草池塘은 靈運 永嘉[33]ㅣ며 周茂叔 濂溪[34]로다

四葉 一片苔磯ᄂᆞᆫ 桐江釣臺라

毿毿羊裘와 籊籊竹竿으로 身世ᄅᆞᆯ 브텻도다[35]

---

29) 松湖(송호): 미상. 한강의 서강 부근에 있는 곳인 듯하다.

30) 謝公(사공) 會稽(회계): 중국 남북조시대 송나라의 사영운(謝靈運)이 은거했던 산. '사공(謝公)'은 사영운을 가리키는데, 성품이 사치를 좋아하고 호방했으며 산수를 좋아하여 산수시에 능했다. 회계산(會稽山)은 중국 절강성(浙江省) 소흥(紹興)에 있는 산이다.

31) 戴逵(대규) 剡溪(섬계): 중국 진(晉)나라 때 거문고의 명수인 대규가 은거했던 강. 대규는 효무제(孝武帝)가 여러 차례 벼슬을 내려도 나아가지 않고, 책과 거문고를 벗하며 숨어 살았다. 섬계는 중국 절강성에 있는 강이다.

32) 衡門之下(형문지하)여~可以樂飢(가이락기)로다: 『시경』 진풍(陣風) 「형문衡門」의 대목을 원용하여 은자의 삶을 노래한 구절이다. '형문'은 나무막대기를 가로질러 만든 문으로, 은자가 사는 곳을 가리킨다. 『시경』 진풍 「형문」에 "형문의 아래여, 마음 편히 살 만하네. 샘물이 넘쳐흐름이여, 배고픔을 즐길 만하네(衡門之下, 可以棲遲. 泌之洋洋, 可以樂飢)"라고 하였다.

33) 靈運(영운) 永嘉(영가): 중국 남북조시대 사영운이 태수로 부임하여 놀던 땅. 영가는 절강성 온주(溫州)에 있다.

34) 周茂叔(주무숙) 濂溪(염계): 중국 송나라의 도학자인 주돈이(周敦頤)가 살던 곳. 염계는 중국 호남성(湖南省) 도현(道縣)에 있다. '무숙(茂叔)'은 주돈이의 자이며, 그는 『태극도설太極圖說』을 지어 성리학의 개조(開祖)가 되었다.

35) 一片苔磯(일편태기)는~부쳤도다: 엄광(嚴光)의 고사에 빗대어 숨어 사는 작자의 모습을 표현한 구절이다. 엄광은 중국 후한 광무제(光武帝) 때의 은자이다. 한나라 왕실의 제위를 빼앗아 '신(新)'이란 나라를 세웠던 왕망(王莽)을 타도한 광무제가 옛날 함께 공부했던 엄광에게 간의대부(諫議大夫)의 벼슬을 주었으나, 엄광은 이를 받지 아니하고 부춘산(富春山)에 있는 동강의 칠리탄(七里灘) 가에서 양가죽 옷을 입고 낚시질을 즐기며 숨어 살았다는 고사가 『후한서後漢書』 「고사전高士傳」에 전한다. '적적죽간(籊籊竹竿)'은 길쭉한 낚싯대를 뜻한다. 『시경』 위풍(衛風) 「죽간竹竿」에 "길쭉한 낚싯대로 기수에서 낚시하는 것을 어찌 생각하지 않으리오마는 멀어서 이루지 못하리로다(籊籊竹竿, 以釣于淇, 豈不爾思, 遠莫致之)"라고 하였다.

풍류에 대한 자부심을 드러내다

附葉 河陽逸士의 漁樵問對롤 아ᄂᆞ냐 모로ᄂᆞ냐[36)]

大葉 壁疆林泉[37)]과 栗里田園[38)]의 홀 일이 보야히로다[39)]

中葉 桃花錦浪의 武昌 새 버들이 가지마다 봄이로다[40)]

三葉 葡萄酒 鵝黃酒 鸕鶿爵 鸚武盃 一日須傾三百杯[41)]롤

四葉 馮池鑾刀와 松江鱸魚로

光芒이 戰玉ᄒᆞ니 霍霍霏霏로다[42)]

五葉 手揮絲桐이오 目送還雲ᄒᆞ니

滄溟烟月이야 ᄯᅩ 우리의 무리로다

36) 河陽逸士(하양일사)의～모르ᄂᆞ냐: 중국 송나라 소옹(邵雍)이 지은 『어초문대漁樵問對』를 거론하여 학문 수양을 나타낸 구절이다. 소옹은 평생 벼슬을 하지 않고 낙양(洛陽) 부근의 하양(河陽)에 은거하며 어부와 나무꾼의 문답 형식으로 된 『어초문대』를 지어 천지만물의 이치를 드러내었다.

37) 壁疆林泉(벽강임천): '辟疆林泉(벽강임천)'의 오기인 듯하다. '벽강임천'은 은거하기 위하여 자연에 새로이 개척한 곳이란 뜻이다.

38) 栗里田園(율리전원): 중국 진(晉)나라의 은사 도잠(陶潛)이 은거한 곳. 도잠은 벼슬에서 물러나 율리에 은거하며 문 앞에 버드나무 다섯 그루를 심고 스스로 호를 '오류선생(五柳先生)'이라 하였으며, 이상향을 그린 「도화원기桃花園記」로 유명하다. 율리는 중국 강서성(江西省) 덕화(德化)에 있다.

39) 보야히로다: 미상. '다가오다', '이르다'의 뜻인 듯하다.

40) 桃花錦浪(도화금랑)의～봄이로다: 중국 진(晉)나라 도간(陶侃)이 무창(武昌)에 주둔했을 때 군영을 가리어 숨기기 위해 버드나무를 심었다는 고사를 원용하여 봄이 되었음을 나타낸 구절이다. '도화금랑'은 복숭아꽃이 필 때 시냇물이 불어난 것을 말하는데, 역시 봄이 되었음을 가리킨다.

41) 葡萄酒(포도주)～一日須傾三百杯(일일수경삼백배): 중국 당나라 이백의 「양양가襄陽歌」에 나오는 한 대목을 원용하여 취흥의 호탕한 정취를 표현한 구절이다. 이백의 「양양가」에는 "가마우지 국자와 앵무새 술잔으로 인생 백 년 삼만 육천 날을 매일 삼백 잔씩 기울이리라(鸕鶿杓鸚鵡盃, 百年三萬六千日, 一日須傾三百盃)"라고 하였다.

42) 馮池鑾刀(풍지난도)～霍霍霏霏(확확비비)로다: 술안주로 농어를 잡아 잘 드는 칼로 다듬어서 요리하는 장면을 표현한 구절이다. '난도(鑾刀)'는 종묘 제사 때에 쓸 짐승[犧牲]을 잡는 데 쓰던 칼을 뜻하는데, 여기서는 잘 드는 칼을 말한다. '송강노어(松江鱸魚)'는 중국 진(晉)나라 제왕(齊王) 때 장한(張翰)이 가을바람이 불자 고향인 오(吳) 땅의 농어가 생각나서 벼슬을 버리고 고향으로 돌아간 데서 유래한 것으로, 맛있는 음식을 말한다. "광망(光芒)이 전옥(戰玉)ᄒᆞ니 확확비비(霍霍霏霏)로다"는 칼이 빛을 내며 이리저리 움직이니 농어의 은빛 비늘이 눈이 내리듯이 떨어지는 모양을 뜻한다.

前腔 翩躚 羽衣道士[43)]ㅣ 江皐로 디나며 무로딕
그딕네 노롬이 즐거오냐 엇더ᄒᆞ뇨
中腔 湖山千載예 아룸다온 일은
절로 아니라 사롬으로 그러ᄒᆞ니
後腔 山陰蘭亭도 右軍옷 아니면
淸湍脩竹이 蕪沒空山이랏다[44)]
大葉 宇宙勝賞을 ᄎᆞᄌᆞ리 업스며 造物이 숨겻다가
天遊盛跡[45)]이야 우리로 열리로다
中葉 空明에 빗대를 노하 가는 딕를 졷니노라[46)]
三葉 舞雩에 曾點 氣像은 엇더턴고 ᄒᆞ노라[47)]

---

43) 羽衣道士(우의도사): 새의 깃으로 만든 옷을 입은 도사. 곧 신선을 이르는 말. 여기서는 날아가는 새를 가리킨다.
44) 山陰蘭亭(산음난정)도~蕪沒空山(무몰공산)이랏다: 왕희지(王羲之)가 쓴 「난정서蘭亭序」로 인해 산음현(山陰縣, 지금의 소흥시紹興市)의 난정 땅이 세상에 이름나게 되었다는 뜻으로, 아름다운 자연도 사람에 의해서 세상에 드러나게 된다는 앞의 뜻을 부연한 구절이다. 중국 진(晉)나라 목제(穆帝) 때 당시의 명사(名士)들이 산음현의 난정 땅에 모여 놀면서 글을 지었고, 여기에 왕희지가 서(序)를 붙였다고 한다. '우군(右軍)'은 우군장군(右軍將軍) 벼슬을 지낸 명필가 왕희지를 가리킨다.
45) 天遊盛跡(천유성적): 사물에 구속되지 아니하고 자연을 벗삼아 자유롭게 놀았던 성대한 자취. '천유(天遊)'는 『장자莊子』 「외물外物」에 "집에 넉넉한 공간이 없으면 시어머니와 며느리가 다투듯이, 마음속에 천유가 없으면 여섯 가지의 집착이 서로 다툰다(室無空虛, 婦姑勃谿, 心無天遊, 六鑿相攘)"라고 하였다.
46) 空明(공명)에~좇니노라: 물에 비친 달그림자가 물 흐르는 대로 움직이는 것처럼 자연의 순리에 따라 살고자 하는 마음을 표현한 구절이다. '공명(空明)'은 맑은 물속에 비친 달그림자를 말한다. 중국 송나라 소식의 「적벽부赤壁賦」에 "계수나무 노와 목란 상대로 맑은 달그림자를 헤치며 달빛이 비치는 물을 거슬러 올라가도다(桂櫂兮蘭槳, 擊空明兮泝流光)"라고 하였다.
47) 舞雩(무우)에~하노라: 『논어論語』 「선진先進」에 나오는 증점(曾點)의 고사를 원용하여 봄날의 흥취를 표현한 구절이다. 『논어』 「선진」에 공자가 제자들에게 만약 자기를 알아주는 사람이 있다면 어떻게 하겠느냐고 묻자, 증점이 "늦봄에 봄옷이 만들어지면 관을 쓴 어른 대여섯 명과 어린아이 예닐곱 명과 함께 기수(沂水)에서 목욕이나 하고 무우대(舞雩臺)에서 바람이나 쏘이면서 시를 읊조리고 돌아오겠다(莫春者, 春服旣成, 冠者五六人, 童子六七人, 浴乎沂, 風乎舞雩, 詠而歸)"라고 하였다.

星셩山산別별曲곡

鄭澈

손님이 주인에게 성산에 묻혀 사는 이유를 묻다

엇던 디날 손이 星셩山산[1]의 머믈며셔
棲셔霞하堂당[2] 息식影영亭뎡[3] 主쥬人인아 내 말 듯소
人인生싱 世셰間간의 됴흔 일 하건마는
엇디ᄒᆞᆫ 江강山산을 가디록 나이 녀겨
寂젹寞막 山산中듕의 들고 아니 나시는고
松숑根근을 다시 쓸고 竹듁床상의 자리 보아
져근덧 올라안자 엇던고 다시 보니

1) 星山(성산): 전라도 창평(昌平)에 있는 산. 현재는 전남 담양군(潭陽郡) 남면(南面) 지곡리(芝谷里)에 있다. 정철이 을사사화(乙巳士禍)로 인해 아버지를 따라 낙향하여 과거에 급제할 때까지 10여 년간 수학한 곳이다.

2) 棲霞堂(서하당): 棲霞堂(서하당)의 오기인 듯하다. 서하당은 김성원(金成遠)이 지은 정자. 김성원의 호이기도 하며, 현재 전남 담양군 남면 지곡리에 있다.

3) 息影亭(식영정): 김성원이 임억령(林億齡)을 위해 지어준 정자. 서하당 옆에 있다.

天텬邊변의 ᄯᅥᆫᄂᆞᆫ 구름 瑞셔石셕[4]을 집을 사마
나ᄂᆞᆫ ᄃᆞᆺ[5] 드ᄂᆞᆫ 양이 主쥬人인과 엇더ᄒᆞᆫ고
滄창溪계 흰 믈결이 亭뎡子ᄌᆞ 알ᄑᆡ 둘러시니
天텬孫손雲운錦금[6]을 뉘라셔 버혀내여
닛ᄂᆞᆫ ᄃᆞᆺ 펴티ᄂᆞᆫ ᄃᆞᆺ 헌ᄉᆞ토 헌ᄉᆞᄒᆞᆯ샤[7]
山산中듕의 冊ᄎᆡᆨ曆녁 업서 四ᄉᆞ時시ᄅᆞᆯ 모ᄅᆞ더니
눈 아래 헤틴 景경이 쳘쳘이 절노 나니
듯거니 보거니 일마다 仙션間간이라

성산의 봄 경치를 즐기는 주인의 생활을 그리다

梅ᄆᆡ窓창 아젹 벼티 香향氣긔예 잠을 ᄭᆡ니
仙션翁옹[8]의 ᄒᆡ욜 일이 곳 업도 아니ᄒᆞ다
울 밋 陽양地디편의 외씨ᄅᆞᆯ ᄲᅵ허 두고
ᄆᆡ거니 도도거니 빗김의 달화내니[9]
靑쳥門문故고事ᄉᆞ[10]ᄅᆞᆯ 이제도 잇다 ᄒᆞᆯ다
芒망鞋혜ᄅᆞᆯ 뵈야 신고 竹듁杖댱을 흣더디니
桃도花화 퓐 시내길히 芳방草초洲쥬의 니어셰라

4) 瑞石(서석): 식영정 부근의 서석대(瑞石臺).
5) 나ᄂᆞᆫ ᄃᆞᆺ: 나가는[出] ᄃᆞᆺ. 또는 나는[飛] ᄃᆞᆺ.
6) 天孫雲錦(천손운금): 직녀(織女)가 짠 아름다운 비단. 곧 은하수를 이르는 말. '천손(天孫)'은 직녀성(織女星)의 다른 이름이다.
7) 헌사토 헌사할샤: 야단스럽기도 야단스럽구나. 여기서는 몹시 호화스럽고 아름다움을 가리킨다.
8) [교감] 仙션翁옹: 성주본에는 '山산翁옹'으로 되어 있다.
9) 달화내니: 다루어 내니. 손질하여 내니.
10) 靑門故事(청문고사): 청문(靑門) 밖에서 있었던 옛일. '청문'은 중국 장안성(長安城)의 동남문(東南門)을 가리킨다. 진(秦)나라 때 소평(邵平)이란 사람이 동릉후(東陵侯)에 봉해졌는데, 진(秦)이 망하자 청문 밖에 참외를 심고 벼슬을 하지 않았다. 이에 이 참외를 동릉과(東陵瓜) 또는 청문과(靑門瓜)라 하였다.

닷봇근[11] 明명鏡경中듕 절로 그린 石셕屛병風풍
그림애롤 버들 사마 西셔河하[12]로 흠띄 가니
桃도源원은 어드매오 武무陵릉[13]이 여긔로다

한가로운 여름날의 성산 풍경을 묘사하다

南남風풍이 건듯 부러 綠녹陰음을 혜텨 내니
節졀 아는 괴꼬리는 어드러셔 오돗던고
羲희皇황 벼개[14] 우희 픗즘을 얼풋 씨니
空공中듕 저즌 欄난干간 믈 우희 뼈 잇고야
麻마衣의롤 니믜ᄎ고[15] 葛갈巾건을 기우 쓰고
구브락 비기락 보는 거시 고기로다
ᄒᄅ밤 비씌운의 紅홍白빅蓮년이 섯거 픠니
ᄇ람씌 업시셔 萬만山산이 향긔로다
濂념溪계[16]롤 마조 보와 太태極극[17]을 뭇줍는 둣

11) 닷봇근: 잘 닦고 티를 불어 깨끗이 한. 반들반들한. '닷볶다[磨炒]'는 '몹시 닦다'는 뜻의 옛말이다.
12) [교감] 西셔河하: 전라도 광주 광산(光山)에 있는 칠천(漆川). 성주본에는 '새와', 『송강별집추록』에는 '棲셔霞하'로 되어 있다.
13) 武陵(무릉): 무릉도원(武陵桃源). 선경(仙境) 또는 낙원. 중국 진(晉)나라 도잠(陶潛)의 「도화원기桃花源記」에서 유래하였다.
14) 羲皇(희황) 베개: 모서리에 희황상인(羲皇上人)을 수놓은 베개. '희황상인'은 복희씨(伏羲氏) 때의 은사(隱士)로, 그 이름을 수놓은 베개를 베면 잠이 편안하다고 한다. 『진서晋書』 「은일전隱逸傳」에 "도연명이 일찍이 말하기를 '여름날 한가하여 북창 아래 베개를 높이 하고 누우니, 맑은 바람이 불어와 스스로 희황상인이라고 이를 만하다'고 하였다(陶潛嘗言, 夏月虛閑, 高臥北窓之下, 淸風自至, 自謂羲皇上人)"라고 하였다.
15) 니믜ᄎ고: 여미어 입고. 걷어 차고.
16) 濂溪(염계): 중국 호남성(湖南省) 영도현(營道縣, 현재는 도현道縣) 도주(道州)에 있는 시내. 여기서는 중국 송나라의 도학자 주돈이(周敦頤)를 이른다. 주돈이의 자는 무숙(茂叔), 호는 염계(濂溪)다. 『태극도설太極圖說』을 지어 성리학의 개조(開祖)가 되었다.
17) 太極(태극): 역학(易學)에서 우주만물이 생긴 근원이라고 보는 본체. 자연의 이치.

太태乙을眞진人인이 玉옥字ᄌᆞᄅᆞᆯ 헤혓ᄂᆞᆫ ᄃᆞᆺ[18]
鸕노鷀ᄌᆞ巖암 건너보며 紫ᄌᆞ微미灘탄 겨ᄐᆡ 두고
長댱松숑을 遮쟈日일 사마 石셕逕경의 안자ᄒᆞ니
人인間간 六뉵月월이 여긔ᄂᆞᆫ 三삼秋츄로다
淸쳥江강의 ᄯᅥᆺᄂᆞᆫ 올히 白ᄇᆡᆨ沙사의 올마 안자
白ᄇᆡᆨ鷗구ᄅᆞᆯ 벗을 삼고 ᄌᆞᆷ ᄭᆡᆯ 줄 모ᄅᆞᄂᆞ니
無므心심코 閑한暇가ᄒᆞ미 主쥬人인과 엇더ᄒᆞ니

성산의 운치 있는 가을 달밤 풍경을 읊다

梧오桐동 서리ᄃᆞᆯ[19]이 四ᄉᆞ更경의 도다오니
千쳔巖암萬만壑학이 나진ᄃᆞᆯ 그러ᄒᆞᆯ가
湖호洲쥬 水슈晶졍宮궁[20]을 뉘라셔 옴겨온고
銀은河하ᄅᆞᆯ ᄯᅱ여 건너 廣광寒한殿뎐의 올랏ᄂᆞᆫ ᄃᆞᆺ
짝 마ᄌᆞᆫ 늘근 솔란 釣됴臺ᄃᆡ예 셰여두고
그 아래 ᄇᆡᄅᆞᆯ ᄯᅴ워 갈대로 더뎌두니
紅홍蓼뇨花화 白ᄇᆡᆨ蘋빈洲쥬 어ᄂᆞ ᄉᆞ이 디나관ᄃᆡ
環환碧벽堂당[21] 龍뇽의 소히 ᄇᆡᆺ머리예 다하셰라

18) 太乙眞人(태을진인)이~헤쳤는 듯: 중국의 우(禹)임금이 돌을 헤쳐 그 속에서 황제(黃帝)가 남긴 비결서인 '금간옥자(金簡玉字)'를 얻은 듯이. '태을진인'은 천지의 도를 터득한 신선인데, 여기서는 '우임금'을 가리킨다.

19) 梧桐(오동) 서릿달: 오동나무 가지 사이로 비치는 달. 또는 음력 칠월인 상월(霜月)에 오동나무 가지 사이로 비치는 달.

20) 湖洲(호주) 水晶宮(수정궁): 호주(湖洲)의 수정으로 만든 궁전. 호주는 중국 복주(福州) 서호(西湖)에 있는 섬. 수정궁은 수정으로 만들었다는 화려한 궁전을 말하지만, 여기서는 맑은 호수를 가리킨다. 『철경록輟耕錄』에 "오흥(吳興)의 조맹부(趙孟頫)는 자신을 '수정궁도인(水晶宮道人)'이라고 불렀는데, 이는 그가 사는 호주의 사방이 모두 물이기 때문이다(吳興趙孟頫, 自號水晶宮道人, 以湖洲四面背水也)"라고 하였다.

21) 環碧堂(환벽당): 성산 맞은편 언덕 위에 있는 집. 사촌(沙村) 김윤제(金允悌)가 낙향하여 후학

淸쳥江강 綠녹草초邊변의 쇼 머기는 아희들이
夕셕陽양의 어위 계워 短단笛뎍을 빗기 부니
믈 아래 줌긴 龍뇽이 좀 씨야 니러날 듯
닉믜예[22] 나온 鶴학이 제 기술 더뎌 두고 半반空공의 소소뜰 듯
蘇소仙션 赤젹壁벽[23]은 秋츄七칠月월이 됴타 호디
八팔月월 十십五오夜야롤 모다 엇디 과호는고[24]
纖셤雲운이 四亽捲권호고 믈결이 채 잔 적의[25]
하늘의 도돈 돌이 솔 우희 걸려거는
잡다가 빠딘 줄이 謫뎍仙션이 헌亽홀샤[26]

눈 덮인 성산의 아름다움을 노래하다

空공山산의 싸힌 닙흘 朔삭風풍이 거두 부러
쪠구름 거느리고 눈조차 모라오니
天텬公공이 호亽로와 玉옥으로 고줄 지어
萬만樹슈千천林림을 꾸며곰 낼셰이고
앏여흘 ᄀ리 어러[27] 獨독木목橋교 빗겻는디
막대 멘 늘근 즁이 어니 뎔로 간닷 말고

양성에 힘쓰던 곳인데, 정철도 16세부터 27세에 과거에 급제할 때까지 이곳에 머물면서 학문을 닦았다.

22) 닉믜예: 안개 기운에. 또는 안개가 끼었을 때에.
23) 蘇仙(소선) 赤壁(적벽): 중국 송나라의 소식(蘇軾)이 뱃놀이를 하면서 「적벽부赤壁賦」를 지은 적벽강. 중국 호북성(湖北省) 황강(黃岡)의 성밖에 있다.
24) 과호는고: 칭찬하는가. 자랑하는가. 또는 빼고 지나치는가.
25) 채 잔 적의: 완전히 잔잔할 때에. '채'는 '다', '모두'의 뜻으로 쓰였다.
26) 하늘의~헌사할샤: 중국 당나라의 시인 이백(李白)이 채석강(采石江)에서 술에 취하여 물속에 비친 달을 잡는다고 들어가 빠져 죽은 것을 가리킨다.
27) 앞여울 가리 얼어: 앞여울을 덮어서 얼어[掩凍]. 또는 앞여울을 가로 얼어[橫凍]. 또는 앞여울을 갈아놓은 듯이 반들반들 얼어[磨凍].

山산翁옹의 이 富부貴귀ᄅᆞᆯ 놈ᄃᆞ려 헌ᄉᆞ 마오
瓊경瑤요窟굴[28] 隱은世셰界계[29]ᄅᆞᆯ ᄎᆞᄌᆞ리 이실셰라

성산 주인의 탈속한 삶과 풍류를 손님이 인정하다

山산中듕의 벗이 업서 漢한紀긔[30]ᄅᆞᆯ ᄡᅡ하두고
萬만古고 人인物믈을 거ᄉᆞ리 혜여ᄒᆞ니
聖셩賢현도 만커니와 豪호傑걸도 하도 할샤
하ᄂᆞᆯ 삼기실 제 곳 無무心심ᄒᆞᆯ가마ᄂᆞᆫ
엇디ᄒᆞᆫ 時시運운이 일락배락[31] ᄒᆞ얏ᄂᆞᆫ고
모ᄅᆞᆯ 일도 하거니와 애ᄃᆞᆯ옴도 그지업다
箕긔山산의 늘근 고블 귀ᄂᆞᆫ 엇디 싯돗던고[32]
박 소리 핀계ᄒᆞ고[33] 조장[34]이 ᄀᆞ장 놉다
人인心심이 ᄂᆞᆾ ᄀᆞᆺᄐᆞ야[35] 보도록 새롭거ᄂᆞᆯ

28) 瓊瑤窟(경요굴): 달나라의 아름다운 구슬로 된 굴. 눈으로 하얗게 덮인 경치를 묘사할 때 자주 쓰이는 말로, 여기서는 성산의 눈 내린 모습을 가리킨다.
29) 隱世界(은세계): 은거(隱居)하는 곳.
30) [교감] 漢한紀긔: 서책(書冊). 성주본에는 '黃황卷권'으로 되어 있다.
31) 일락배락: 흥했다가 망했다가. 일어났다가 떨어졌다가.
32) 箕山(기산)의~싯돗던고: 중국의 요(堯)임금 때 소부(巢父)와 허유(許由)가 세상의 명리(名利)를 피하여 기산에 은거하며 살았는데, 요임금이 천하를 허유에게 물려주겠다고 하자 허유는 더러운 소리를 들었다 하여 영수(潁水)에서 귀를 씻었고, 소부는 더러운 물을 소에게도 마시게 할 수 없다며 돌아갔다는 고사가 황보밀(皇甫謐)의 『고사전高士傳』에 전한다. '고블[古佛]'은 나이가 많은 사람이나 옛날의 불상을 뜻하는데, 여기서는 허유를 말한다.
33) 박 소리 핑계하고: 표주박도 시끄럽다고 여겨 없애버리니. 중국 당나라 이한(李瀚)의 『몽구蒙求』에 "허유가 기산에서 은거하였는데, 물을 떠 마실 그릇이 없어서 손으로 물을 떠서 마셨다. 어떤 사람이 표주박 하나를 보내주어서 물을 떠 마실 수 있게 되었다. 물을 마신 뒤에 표주박을 나무 위에 걸어두었는데 바람이 불어와 달그락달그락 소리가 났다. 그러자 오히려 성가시게 여겨 마침내 표주박을 없애버렸다(許由隱箕山, 無盃器, 以手捧水飮之. 人遺一瓢, 得以操飮. 飮訖掛於木上, 風吹瀝瀝有聲. 由以爲煩, 遂去之)"라고 하였다.
34) 조장: '지조행장(志操行狀)'의 준말. 지조 있는 몸가짐.
35) 人心(인심)이 낯 같아서: 인심이 얼굴과 같아서. 곧 사람의 마음이 저마다 다름을 형용한 말.

世셰事ᄉᆞᄂᆞᆫ 구롬이라 머흐도 머흘시고
엇그제 비존 술이 어도록 니건ᄂᆞ니
잡거니 밀거니 슬ᄏᆞ장 거후로니
ᄆᆞᄋᆞᆷ의 ᄆᆡ친 시ᄅᆞᆷ 져그나 ᄒᆞ리ᄂᆞ다[36]
거믄고 시욹 언저 風풍入입松숑[37] 이야고야[38]
손인동 主쥬人인인동 다 니저 ᄇᆞ려셔라
長댱空공의 ᄯᅥᆺᄂᆞᆫ 鶴학이 이 골의 眞진仙션이라
瑤요臺ᄃᆡ[39] 月월下하의 힝혀 아니 만나신가
손이셔 主쥬人인ᄃᆞ려 닐오ᄃᆡ 그ᄃᆡ 권가 ᄒᆞ노라

또는 '인심이 대낮 같아서'라고 보아서 사람의 마음이 밝음을 뜻함.

36) 져그나 ᄒᆞ리ᄂᆞ다: 적으나 낫구나. 얼마간이라도 풀리는구나. 'ᄒᆞ리다'는 '낫다[愈]'의 옛말이다.

37) 風入松(풍입송): 작자, 연대 미상의 고려가요. 『고려사高麗史』 「악지樂志」에 한시체로, 『악장가사樂章歌詞』와 『시용향악보時用鄕樂譜』에는 한시 현토(懸吐)의 형태로 수록되어 있다. 선비들이 거문고를 배울 때 「풍입송」을 먼저 익혔다는 성종(成宗) 당시의 풍습이 성현(成俔)의 『용재총화慵齋叢話』에 전하고 있으며, 『고려사』 「악지」에는 "「풍입송」은 칭송하고 축수하는 뜻이 있고 「야심사夜深詞」는 군신이 서로 즐기는 뜻이 있는데, 모두 연회가 끝날 무렵에 부르는 노래다. 그러나 어느 때 지은 것인지 알 수 없다(風入松有頌禱之意, 夜深詞言君臣相樂之意, 皆於終宴而歌之也. 然未知何時所作)"라고 하였다.

38) 이야고야: 타보자꾸나. 또는 끊이지 않는구나.

39) 瑤臺(요대): 신선이 사는 누대. 곧 달을 뜻하는 말.

陶山歌

高應陟

심산궁곡으로 피란한 심회를 읊다

腥塵[1] 一夕 忽起ᄒᆞ니 黎庶 今朝 離散ᄒᆞᆯ ᄌᆡ
扶老携幼 어이 ᄒᆞᆯ고 深山窮谷 차자가니
桃花流水 ᄯᅥ오난데 松風蘿月 님ᄌᆡ 업서
三間草屋 일운 후의 數頃石田 손소 ᄆᆡ야
蔬食菜羹 ᄭᅴ을 니워 上奉下率 連命ᄒᆞ니[2]
紛紛世事 ᄂᆡ 아던가 別有天地[3] ᄯᅡ히로다

1) 腥塵(성진): 비린내 나는 먼지. 여기서는 '임진왜란(壬辰倭亂)'을 의미한다.
2) [교감] 連命ᄒᆞ니: 『악부』에는 '安過ᄒᆞ니'로 되어 있다.
3) 別有天地(별유천지): 속된 세상과는 다른 세상. 또는 인간 세상 밖의 다른 세상. 곧 선경(仙境)이나 승경(勝景)을 이르는 말. 중국 당나라 이백(李白)의 「산중답속인山中答俗人」에 "푸른 산에 왜 사느냐고 묻기에, 웃고서 대답 안 하니 마음 절로 한가롭네. 복숭아꽃 흐르는 물 아득히 떠내려가니, 인간 세상 밖의 다른 세상이 이곳이라네(問余何事栖碧山, 笑而不答心自閑. 桃花流水杳然去, 別有天地非人間)"라고 하였다.

지나간 태평시절을 그리워하다

採山釣水 任意ᄒᆞ니 □□□□ □□□□
羲皇天地[4] 은제런고 太古淳風 다시 본ᄃᆞ[5]
唐虞日月[6] 이 안닌가[7] 擊壤歌聲[8] 들니난 듯[9]
夕陽黃犢 비겨 타고 處處雲山 바라보니
無心山峀[10] 저 구름과 倦飛知還 이 싀들이
歡歡自得 無數無數 憂憂寒心 절노절노[11]
十里明沙 둘너난ᄃᆡ 白鷗無心 오락가락
身疲力寡 興盡커든 松榻雲窓 열어놋코
三尺桐琴 비겨 안고 高山流水[12] 두 곡조로

---

4) 羲皇天地(희황천지): 중국 상고시대 복희씨(伏羲氏)가 다스리던 때의 편안하고 한가로운 세상. 곧 태평한 시대를 이르는 말. '희황(羲皇)'은 중국 고대 삼황오제(三皇五帝)의 한 사람인 복희씨를 말한다. 복희씨는 서계(書契)를 만들고, 그물을 발명하였으며, 어업·수렵·목축을 가르쳤다. 또 황하(黃河)에서 길이 여덟 척이 넘는 용마(龍馬)가 등에 지고 나왔다는 하도(河圖)를 보고서 팔괘(八卦)를 그렸다고 한다.
5) [교감] 다시 본ᄃᆞ: 『악부』에는 '어졔런 듯'으로 되어 있다.
6) 唐虞日月(당우일월): 중국 상고시대 성군(聖君)의 대명사인 요(堯)임금과 순(舜)임금이 다스리던 때의 세월. 곧 덕으로 천하를 다스리던 태평한 시대를 이르는 말. 요임금은 당(唐) 또는 도당씨(陶唐氏), 순임금은 우(虞) 또는 유우씨(有虞氏)라 하는데, 이 둘을 합쳐서 '당우(唐虞)'라고 일컫는다.
7) [교감] 이 안닌가: 『악부』에는 '도라온가'로 되어 있다.
8) 擊壤歌聲(격양가성): 격양가(擊壤歌)의 노랫소리. '격양가'는 중국 요임금 시대에 어떤 노인이 땅을 치면서 불렀다는 노래를 말한다. 곧 태평성대를 이르는 말. 중국 요임금이 민정을 살펴보고 있는데, 늙은 농부가 배를 두드리고 땅을 치면서 "해 뜨면 일하고, 해 지면 쉬고, 우물 파서 마시고, 밭 갈아서 먹으니, 임금의 힘인들 나에게 무슨 상관이 있는가(日出而作, 日入而息, 鑿井而飮, 耕田而食, 帝力于我何有哉)"라며 천하가 태평한 것을 노래하였다는 고사가 『십팔사략十八史略』「제요편帝堯篇」에 전한다.
9) [교감] 들니난 듯: 『악부』에는 '뿐이로다'로 되어 있다.
10) 無心山峀(무심산수): '無心出峀(무심출수)'의 오기.
11) [교감] 歡歡自得～절노절노: 『악부』에는 '閑閑得得 무숨무숨 寓意關心 뎔노뎔노'로 되어 있다.
12) 高山流水(고산유수): 중국 춘추시대 백아(伯牙)가 거문고로 연주했던 '고산곡(高山曲)'과 '유수곡(流水曲)'. 거문고의 미묘한 소리를 이르거나 지기(知己)를 비유하는 뜻으로 쓰인다. 『열자列子』「탕문편湯問篇」에 "백아는 거문고를 잘 탔고, 종자기(鍾子期)는 듣기를 잘했다. 백아가 거문고를 타면서 뜻을 높은 산에 두면 종자기는 '좋구나, 높고 험준함이여! 태산(泰山)과 같네'

大絃小絃 썩거 타니 傷今弔古 긔지 읍ᄃᆞ
瀟湘班竹[13] 석긔난듸 華表別鶴[14] 노니난 듯

세상을 잊고자 하는 심정을 노래하다

江山孤村 두세 집이 竹林深處 잠겨난듸
呼童烹鷄 안쥬 놋코 一盃一盃 醉ᄒᆞᆫ 후의
臥枕松根 잠든 후의 世上萬事 내 아던가[15]
短笛橫吹 저 아희야 浪傳人世 마라서라
漁舟之子 알가 ᄒᆞ노라

라고 하였고, 뜻을 흐르는 물에 두면 '좋구나, 도도히 흐름이여! 장강(長江)이나 황하(黃河)와 같네'라고 하였다. 백아가 생각하는 바를 종자기는 반드시 알았다(伯牙善鼓琴, 鍾子期善聽. 伯牙鼓琴, 志在登高山, 鍾子期曰, 善哉, 峩峩兮, 若泰山. 志在流水, 鍾子期曰, 善哉, 洋洋兮, 若江河. 伯牙所念, 鍾子期必得之)"라고 하였다.

13) 瀟湘班竹(소상반죽): '瀟湘斑竹(소상반죽)'의 오기. 중국의 소수(瀟水)와 상강(湘江) 지역에서 생장하는 얼룩무늬 반점이 있는 대나무. 중국 순임금이 창오(蒼梧)에서 죽은 뒤 왕비인 아황(娥皇)과 여영(女英)이 사모하는 정을 억누르지 못해 상강(湘江)에 빠져 죽었는데, 그때 흘린 눈물이 대나무 위에 떨어지면서 얼룩이 져 소상반죽이 되었다는 고사가 중국 양(梁)나라 임방(任昉)의 『술이기述異記』에 전한다.

14) 華表別鶴(화표별학): 화표주(華表柱)에 돌아온 학. 곧 중국 한나라 때 신선이 되었다고 하는 정영위(丁令威)를 이르는 말. 중국 한나라 때 요동의 정영위가 선술(仙術)을 배워 학으로 변하여 자기 고향에 돌아와 무덤 앞 화표주에 앉았다는 고사가 중국 진(晉)나라 도잠(陶潛)의 「수신후기搜神后記」에 전한다.

15) [교감] 臥枕松根~내 아던가: 『악부』에는 '高枕松根 좀이 드니 萬事茫然 너 몰너라'로 되어 있다.

陋巷詞

公從遊漢陰相公, 相公問公山居窮苦之狀, 公乃述己懷作此曲.[1)]

朴仁老

누항에서 안빈낙도를 소망하다

어리고 迂濶[2)]홀산 이늬 우희 더늬 업다[3)]
吉凶禍福을 하날긔 부쳐 두고
陋巷[4)] 깁푼 곳의 草幕을 지어두고
風朝雨夕에 석은 딥히 셥히 되야[5)]

1) 목판본 『노계선생문집蘆溪先生文集』에는 제목 다음에 이처럼 주석이 달려 있어 작품의 창작 동기를 알 수 있다(해석은 현대어역 참고). 이와 조금 다르게 고사본(古寫本)에는 "한음 상공이 명하여서 지었다(漢陰相公命作)"라고 되어 있다. 『노계선생문집』에 수록된 작품을 위주로 하되, 고사본에만 있는 구절은 [ ]로 표시하였다.

2) 迂濶(우활): 사리에 어둡고 세상 물정을 잘 모름. 우활(迂濶)의 濶은 闊의 속자(俗字).

3) 더늬 업다: 더한 사람 없다. 또는 더는 없다.

4) 陋巷(누항): 빈천(貧賤)한 사람이 사는 곳. 또는 누추한 곳. 여기서는 자신이 사는 곳을 낮추어 부르는 말로 쓰였다. 『논어』「옹야雍也」에 "공자가 말하기를 '어질다, 안회(顏回)여! 한 바구니의 밥과 한 표주박의 물로 누추한 시골에 있는 것을 딴 사람들은 그 근심을 견뎌내지 못하는데, 안회는 그 즐거움을 변치 않으니, 어질다, 안회여!'라고 말했다(子曰, 賢哉, 回也. 一簞食一瓢飮, 在陋巷, 人不堪其憂, 回也不改其樂, 賢哉 回也)"라고 하였다.

셔홉 밥 닷홉 粥에 煙氣도 하도 할샤
[언매만히 바든 밥의 懸鶉稚子[6]들은
쟝긔 버려 졸 미덧 나아오니[7]
人情天理예 참아 혼자 먹을넌가]
설데인 熟冷애 뷘 비 쇡일 뿐이로다
生涯 이러ᄒᆞ다 丈夫 뜻을 옴길넌가
安貧一念을 젹을망졍 품고 이셔
隨宜로 살려 ᄒᆞ니 날로조차 齟齬[8]ᄒᆞ다

임진왜란 후의 곤궁한 상황을 노래하다

ᄀᆞ올히 不足거든 봄이라 有餘ᄒᆞ며
주머니 뷔엿거든 甁의라 담겨시랴
[다만 ᄒᆞ나 뷘 독 우희 어론 털 도ᄃᆞᆫ 늘근 쥐는
貪多務得ᄒᆞ야 恣意揚ᄒᆞ니 揚白日[9] 아래 强盜로다
아야러[10] 어든 거술 다 狡穴에 앗겨 주고

5) 석은 딥히 셥히 되야: 썩은 짚이 땔감[薪]이 되어.
6) 懸鶉稚子(현순치자): 누더기 옷을 걸친 어린 자식. '현순(懸鶉)'은 메추리를 매달았다는 뜻인데, 메추리의 닳아 없어진 꽁지깃처럼 너덜너덜해진 옷을 말한다. 『순자荀子』「대략大略」에 "자하(子夏)는 집이 가난하여 옷이 메추리를 매달아놓은 듯하다(子夏家貧, 衣若懸鶉)"라고 하였다. 그리고 '치자(稚子)'는 어린아이 또는 어린 자식을 뜻한다. 중국 진(晉)나라 도잠(陶潛)의 「귀거래사歸去來辭」에 "머슴은 기쁘게 맞이하고, 어린아이는 대문에서 기다리는구나(僮僕歡迎, 稚子候門)"라고 하였다.
7) 장기~나아오니: 장기 벌여 졸(卒) 밀듯이 나아오니. 곧 자식들이 밥을 먹으려고 달려드는 모습을 형용한 말.
8) 齟齬(저어): 이가 고르지 못함. 곧 세상일이 마음대로 되지 않고 어긋나거나 모순됨을 이르는 말.
9) 恣意揚(자의양)ᄒᆞ니 揚白日(양백일): '恣意揚揚ᄒᆞ니 白日'의 오기. '자의양양(恣意揚揚)'은 제멋대로 방자한 생각을 가지고 기세를 올린다는 뜻이다.
10) 아야러: 겨우[纔]. 『두시언해杜詩諺解』에 "이제 나히 아야라 열여닐구비니(只今年纔十六七)"라고 하였다.

碩鼠三章[11]을 時時로 吟咏ᄒᆞ며
歎息 無言ᄒᆞ야 搔白首 ᄲᅮᆫ니로다
이 中에 탐살[12]은 다 내 집의 뫼홧ᄂᆞ다]
貧困ᄒᆞᆫ[13] 人生이 天地間의 나ᄲᅮᆫ이라
飢寒이 切身ᄒᆞ다 一丹心을 이질는가
奮義忘身ᄒᆞ야 죽어야 말녀 너겨
于橐于囊[14]의 줌줌이 모와 녀코
兵戈五載[15]예 敢死心을 가져 이셔
履尸涉血ᄒᆞ야 몃 百戰을 지ᄂᆡ연고
一身이 여가잇사 一家를 도라보랴
一奴長鬚[16]는 奴主分을 이졋거든
告余春及[17]을 어ᄂᆡ 사이 ᄉᆡᆼ각ᄒᆞ리
耕當問奴[18] ᄂᆞᆫ들 눌ᄃᆞ려 물롤는고

11) 碩鼠三章(석서삼장): 『시경』 위풍(衛風)의 편명(篇名). 군주(君主)가 과중하게 세금을 거두어 백성들을 착취함을 큰 쥐[碩鼠]에 비유하여 풍자한 시이지만, 여기서는 쥐들을 물리치기 위하여 이 시를 외운다는 뜻으로 쓰였다.
12) 탐살: 탐살(貪煞). 탐심(貪心)이 많은 악귀(惡鬼).
13) [교감] 貧困ᄒᆞᆫ: 고사본에는 '苦楚ᄒᆞᆫ'으로 되어 있다.
14) 于橐于囊(우탁우낭): 자루와 주머니. 또는 전대와 망태. 『시경』 생민지십(生民之什) 「공류公劉」에 "후덕하신 공류(公劉)께서 편안히 거처하지 않으시어, 이에 밭두둑을 다스리고 경계를 다스려 노적(露積)을 쌓고 창고에 쌓거늘, 마른 밥과 양식을 싸기를 자루에 하고 주머니에 하고서, 인민(人民)을 편안히 하여 국가를 빛낼 것을 생각하사 궁시(弓矢)를 장만하며, 간과(干戈)와 척양(戚揚)으로 이에 비로소 길을 떠나시니라(篤公劉, 匪居匪康, 迺埸迺疆, 迺積迺倉, 迺裹餱糧, 于橐于囊, 思輯用光, 弓矢斯張, 干戈戚揚, 爰方啓行)"라고 하였다.
15) 兵戈五載(병과오재): 전란 5년 동안. 여기서는 임진왜란을 가리킨다. 이것으로 보면 이 작품은 정유재란(丁酉再亂)이 일어난 1597년(선조 30) 이전에 지어진 듯하다.
16) 一奴長鬚(일노장수): 긴 수염을 늘인 늙은 종. 곧 노동을 할 수 없는 늙은 종을 이르는 말. 중국 당나라 한유(韓愈)의 「기노동寄盧同」에 "옥천선생(玉川先生)은 낙양성(洛陽城) 안에 부서진 집 몇 칸뿐이라오. 하나뿐인 종은 긴 수염에 머리도 싸매지 않았고 하나뿐인 계집종은 맨다리에 늙어서 이도 없다오(玉川先生洛城裏, 破屋數間而已矣. 一奴長鬚不裹頭, 一婢赤脚老無齒)"라고 하였다.
17) 告余春及(고여춘급): 나에게 봄이 왔다고 일러줌. 중국 진나라 도잠의 「귀거래사」에 "농부가 내게 봄이 왔다고 이르면, 장차 서쪽 밭두둑에서 일을 하리(農人告余以春及, 將有事於西疇)"라고 하였다.

躬耕稼穡[19])이 닉 分인 줄 알리로다
莘野耕叟[20])와 壟上耕翁[21])을 賤타 ᄒᆞ리 업것마는
아므려 갈고젼들 어닉 쇼로 갈로손고
旱旣太甚ᄒᆞ야 時節이 다 느즌 졔
西疇[22]) 놉흔 논애 잠싼 긴 녈비예
道上無源水[23])을 반만싼 딕혀두고
쇼 ᄒᆞᆫ젹 듀마 ᄒᆞ고 엄섬이[24]) ᄒᆞᄂᆞᆫ 말삼
親切호라 너긴 집의 달 업슨 黃昏의 허위허위 다라셔
구디 다든 門 밧긔 어득히 혼자 서셔
큰 기츰 아함이를 良久토록 ᄒᆞ온 後에
어화 긔 뉘신고 廉恥업산 닉옵노라

---

18) 耕當問奴(경당문노): 밭갈기는 마땅히 사내종에게 물어야 함. 곧 무슨 일이든지 전문가에게 물어보라는 말. 『송서宋書』「심경지전沈慶之傳」에 "심경지가 '나라를 다스리는 것은 비유컨대 집을 다스리는 것과 같다. 밭갈기는 마땅히 사내종에게 물어야 하고, 베짜기는 마땅히 계집종에게 물어야 한다'고 말하였다(慶之曰, 治國譬如治家. 耕當問奴, 織當訪婢)"라고 하였다.

19) 躬耕稼穡(궁경가색): 몸소 밭을 갈고 씨를 뿌려 곡식을 거둠. 중국 진나라 도잠의 「귀거래사」에 "순임금 몸소 밭 갈았고, 우임금 또한 심고 거두었네(舜旣躬耕, 禹亦稼穡)"라고 하였다.

20) 莘野耕叟(신야경수): 신야(莘野)에서 밭 갈던 늙은이. 곧 중국 은(殷)나라 탕왕(湯王) 때의 훌륭한 재상 이윤(伊尹)을 이르는 말. 이윤은 신야에서 밭 갈며 살았는데 탕왕이 세 번을 불러서야 벼슬길에 나가 하(夏)나라의 무도한 걸(桀)을 치고 은나라를 세우는 것을 도왔다. 『맹자』「만장장구상萬章章句上」에 "이윤이 신야에서 밭을 갈면서 요순(堯舜)의 도(道)를 좋아하였다(伊尹耕於有莘之野, 而樂堯舜之道焉)"라고 하였다.

21) 壟上耕翁(농상경옹): 밭두둑 위에서 밭 갈던 늙은이. 곧 촉(蜀)의 제갈량(諸葛亮)이나 진(秦)나라의 진승(陳勝)을 가리키는 말. 제갈량은 어렸을 때 남양(南陽)에 피난해 있으면서 몸소 농사짓다가 유비(劉備)의 삼고초려(三顧草廬)를 받고 나아가 뛰어난 지략으로 유비를 도와 촉한(蜀漢)의 부흥에 힘쓴 인물이다. 그리고 『사기』「진섭세가陳涉世家」에 따르면, 진승은 머슴살이를 하던 인물인데, "앞으로 부귀를 얻는다면 서로를 잊지 말자"는 말을 했다가 주위의 동료들에게 놀림을 당하였다. 이에 진승은 "연작(燕雀)이 어찌 홍곡(鴻鵠)의 뜻을 알겠는가" 하며 탄식을 하였다. 훗날 진승은 "왕후장상(王侯將相)의 씨가 따로 없다"는 유명한 연설을 하며 중국 역사상 최초의 농민봉기를 일으켰다.

22) 西疇(서주): 서쪽 밭두둑. 중국 진나라 도잠의 「귀거래사」에 "농부가 내게 봄이 왔다고 이르면, 장차 서쪽 밭두둑에서 일을 하리(農人告余以春及, 將有事於西疇)"라고 한 데서 유래한 말로서, 농장(農場)이란 뜻으로 많이 쓰인다.

23) 道上無源水(도상무원수): 길바닥에 흐르는 근원이 없는 물. 곧 조금 온 빗물을 이르는 말.

24) 엄섬이: 탐탁지 않게.

初更도 거읜ᄃᆡ ᄀᆡ 엇지 와 겨신고
年年에 이러ᄒᆞ기 苟且ᄒᆞᆫ 줄 알건만ᄂᆞᆫ[25]
쇼 업ᄉᆞᆫ 窮家애[26] 혜염 만하 왓삽노라
공ᄒᆞ니나 갑시나 주엄즉도 ᄒᆞ다마ᄂᆞᆫ[27]
다만 어제밤의 거넨집 져 사람이
목 불근 수기雉을 玉脂泣[28]게 ᄡᅮ어ᄂᆡ고
간 이근[29] 三亥酒[30]을 醉토록 勸ᄒᆞ거든
이러ᄒᆞᆫ 恩惠을 어이 아니 갑흘넌고
來日로 주마 ᄒᆞ고 큰 言約 ᄒᆞ야거든
失約이 未便ᄒᆞ니 사셜이 어려왜라
實爲 그러ᄒᆞ면 혈마 어이ᄒᆞᆯ고
헌 먼덕 수기 스고 측 업슨 집신에 설피 설피 물너오니
風彩 저근 形容애 ᄀᆡ 즈츨 ᄲᅮᆫ이로다

자연을 벗삼아 살기를 소망하다

蝸室에 드러간둘 잠이 와사 누어시랴

25) [교감] 苟且ᄒᆞᆫ 줄 알건만ᄂᆞᆫ: 고사본에는 '죽고져도 ᄒᆞ것마ᄂᆞᆫ'으로 되어 있다.
26) [교감] 窮家애: 고사본에는 '이 몸이'로 되어 있다.
27) 공하니나~하다마는: 공짜로든지 값을 치르든지 소를 빌려줄 수도 있지마는. '공ᄒᆞ다'는 얻거나 생긴 물건에 대하여 그것을 얻거나 그것이 생길 만한 값이나 힘을 들인 것이 없다는 뜻이다.
28) 玉脂泣(옥지읍): 맑은 기름이 끓음. 중국 당나라 이하(李賀)의 「장진주將進酒」에 "용을 삶고 봉황을 구우니 맑은 기름이 끓고, 비단 병풍과 수놓은 장막에는 향긋한 바람이 감도네(烹龍炮鳳玉脂泣, 羅屛繡幕圍香風)"라고 하였다.
29) [교감] 간 이근: 고사본에는 'ᄀᆞᆺ 니근'으로 되어 있다.
30) 三亥酒(삼해주): 음력 정월 상해일(上亥日)에 찹쌀가루로 죽을 쑤어 식힌 다음에 누룩가루와 밀가루를 섞어서 독에 넣고, 중해일(中亥日)에 또 찹쌀가루와 멥쌀가루를 쪄서 식힌 다음에 독에 넣고, 하해일(下亥日)에 또 흰쌀을 쪄서 식힌 다음에 독에 넣어 익힌 술. 곧 좋은 술을 이르는 말.

北窓을 비겨 안자 ᄉᆡ비ᄅᆞᆯ 기다리니
無情ᄒᆞᆫ 戴勝은 이ᄂᆡ 恨을 도우ᄂᆞ다
終朝惆悵ᄒᆞ며 먼 들흘 바라보니
즐기ᄂᆞᆫ 農歌도 興업서 들리ᄂᆞ다
世情 모ᄅᆞᆫ 한숨은 그칠 줄을 모ᄅᆞᄂᆞ다
[술 고기 이시면 권당 벗도 하렷마ᄂᆞᆫ[31]
두 주먹 뷔게 쥐고 世態 업ᄉᆞᆫ 말ᄉᆞᆷ애 양ᄌᆞ ᄒᆞ나 못 고오니
ᄒᆞᄅᆞ 아젹 블일 쇼도 못 비러 마랏거든
ᄒᆞ믈며 東郭墦間의 醉ᄒᆞᆯ ᄯᅳᆺ을 가딜소냐[32]]
아ᄭᆞ온 져 소뷔ᄂᆞᆫ 볏 보님[33]도 됴ᄒᆞᆯ셰고
가시 엉킨 묵은 밧도 容易케[34] 갈련마ᄂᆞᆫ
虛堂 半壁에 슬ᄃᆡ업시 걸려고야
[ᄎᆞ하리 첫봄의 ᄑᆞ라나 볼일 거술
이제야 ᄑᆞᆯ녀 ᄒᆞᆫᄃᆞᆯ 알 니 잇사 사러 오랴]
春耕도 거의거다 후리쳐 더뎌 두쟈

성리학의 가르침을 받들며 살기를 다짐하다

江湖 ᄒᆞᆫ ᄭᅮᆷ을 ᄭᅮ언지 오ᄅᆡ러니
口腹이 爲累ᄒᆞ야[35] 어지버 이져ᄡᅥ다

31) 권당 벗도 하렷마는: 친척과 벗도 많으련마는. '권당(眷黨)'은 친척을 뜻한다.
32) 하물며~가질쏘냐: 하물며 동쪽 외곽의 무덤 사이에 술 취할 뜻을 가질쏘냐. 곧 교만한 마음이 전혀 없음을 이르는 말. '동곽번간(東郭墦間)에 취할 뜻'은 『맹자』「이루하離婁下」에서 제(齊)나라 사람이 북망산의 무덤 사이에 가서 제사하고 남은 음식을 빌어먹고는 처첩에게 교만하게 굴었다는 고사를 말한다.
33) 볏 보님: 볏과 보임. '볏'은 보습 위에 대는 쇳조각. '보임'은 볏이 움직이지 않게 끼우는 빔.
34) [교감] 容易케: 고사본에는 'ᄲᅳᆯ희 업시'로 되어 있다.
35) [교감] 爲累ᄒᆞ야: 고사본에는 '怨讐ㅣ 되야'로 되어 있다.

瞻彼淇澳ᄒᆞᆫᄃᆡ 綠竹도 하도 할샤
有斐君子들아 낙ᄃᆡ ᄒᆞ나 빌려ᄉᆞ라[36)]
蘆花 깁픈 곳애 明月淸風 벗이 되야
님ᄌᆡ 업슨 風月江山에 절로절로 늘그리라
無心ᄒᆞᆫ 白鷗야 오라 ᄒᆞ며 말라 ᄒᆞ랴
다토리 업슬ᄉᆞᆫ 다문 인가 너기노라
[이제야 쇼비리 盟誓코 다시 마쟈]
無狀[37)]ᄒᆞᆫ 이 몸애 무슨 志趣 이스리마ᄂᆞᆫ
두세 이렁 밧논를 다 무겨 더뎌두고
이시면 粥이오 업시면 굴물망정
남의 집 남의 거슨 전혀 부러 말렷노라
ᄂᆡ 貧賤 슬히 너겨 손을 헤다 물너가며
남의 富貴 불러 너겨 손을 치다 나아오랴
人間 어ᄂᆡ 일이 命 밧긔 삼겨시리
[가난타 이제 죽으며 가ᄋᆞ며다 百年 살냐
原憲[38)]이ᄂᆞᆫ 몃 날 살고 石崇[39)]이ᄂᆞᆫ 몃 ᄒᆡ 산고]
貧而無怨을 어렵다 ᄒᆞ건마ᄂᆞᆫ
ᄂᆡ 生涯 이러호ᄃᆡ 설온 ᄠᅳᆺ은 업노왜라
簞食瓢飮[40)]을 이도 足히 너기러라

36) 瞻彼淇澳(첨피기욱)한데~빌리자꾸나: 『시경』 위풍(衛風) 「기욱淇奧」의 3장을 빌려와서 농사짓는 것을 포기하고 낚시나 하며 지내겠다는 결심을 나타내 보인 구절이다. 『시경』 위풍 「기욱」에 "저 기수(淇水) 벼랑을 보니 푸른 대나무 무성하구나. 문채 나는 군자여, 잘라놓은 듯, 다듬어놓은 듯, 쪼아놓은 듯, 갈아놓은 듯하도다(瞻彼淇奥, 綠竹猗猗. 有匪君子, 如切如磋, 如琢如磨)"라고 하여 위(衛)나라 무공(武公)을 칭송하고 있다.

37) 無狀(무상): 공적(功績)이 없음. 또는 뵐 낯이 없음.

38) 原憲(원헌): 공자의 제자인 자사(子思). 중국 춘추시대 노(魯)나라 사람이며, 공자에게 임명되어 가읍(家邑)의 우두머리가 되었다. 몹시 가난하였으나 의지가 견고하여 이를 감내하며 도를 닦았다는 이야기가 『장자』 잡편(雜篇) 「양왕讓王」에 전한다.

39) 石崇(석숭): 중국 진(晉)나라 때의 부호(富豪). 황제의 외척인 왕개(王愷), 양수(羊琇) 등과 부를 다툴 정도로 그 호화로움이 비길 데가 없었다.

40) 簞食瓢飮(단사표음): '일단사일표음(一簞食一瓢飮)'의 준말. 한 바구니의 밥과 한 표주박의 물

平生 ᄒᆞᆫ ᄯᅳᆺ이 溫飽애ᄂᆞᆫ 업노왜라
太平天下애 忠孝를 일을 삼아
和兄弟 信朋友 외다 ᄒᆞ리 뉘 이시리
긔 밧기 남은 일이야 삼긴 ᄃᆡ로 살렷노라

을 마신다는 뜻으로, 아주 가난하게 살아가는 것을 가리킨다. 『논어』 「옹야雍也」에 “공자가 말하기를 ‘어질다, 안회(顔回)여! 한 바구니의 밥과 한 표주박의 물로 누추한 시골에 있는 것을 딴 사람들은 그 근심을 견뎌내지 못하는데, 안회는 그 즐거움을 변치 않으니, 어질다, 안회여!’라고 말했다(子曰, 賢哉, 回也. 一簞食一瓢飮, 在陋巷, 人不堪其憂, 回也不改其樂, 賢哉 回也)”라고 하였다.

莎堤曲

莎堤地名. 在龍津江東踞五里許, 卽漢陰李相公江亭所在處也. 公代相公作此曲[1]

朴仁老

벼슬에서 물러나 자연에 은거한 감회를 읊다

어리고 拙ᄒᆞᆫ 몸애 榮寵이 已極ᄒᆞ니
鞠躬盡瘁[2] ᄒᆞ야 죽어야 말녀 너겨
夙夜匪懈[3] ᄒᆞ야 밤을 닛고 思度ᄒᆞᆫ둘
관솔의 현 불로 日月明을 도올는가

1) 목판본 『노계선생문집蘆溪先生文集』에는 제목 다음에 이처럼 주석이 달려 있어 작품의 창작 상황을 알 수 있다(해석은 현대어역 참고). 고사본(古寫本)에는 이와 조금 다른 내용의 주석이 달려 있는데, 원문과 해석을 제시하면 다음과 같다. "사제는 지명이다. 용진강 동쪽 5리쯤 되는 곳에 있으니, 곧 한음 상공의 강가 정자가 있는 곳이다. 상공이 명(命)하여 이 노래를 지었다(莎堤地名. 在龍津江東踞五里許, 卽漢陰相公江亭所在處也. 相公命作此曲)." 『노계선생문집』에 수록된 작품을 위주로 하되, 고사본에만 있는 구절은 [ ]로 표시하였다.

2) 鞠躬盡瘁(국궁진췌): 힘을 다하여 나랏일에 이바지함. 중국 촉(蜀)나라 제갈량(諸葛亮)의 「후출사표後出師表」에 "힘을 다하여 나랏일에 이바지하고 죽은 뒤에야 그만두겠습니다(鞠躬盡瘁, 死而後已)"라고 하였다.

3) 夙夜匪懈(숙야비해): 밤낮으로 게을리하지 아니함. 『시경』 대아(大雅) 「증민烝民」에 "밤낮으로 게을리하지 아니하여 한 사람을 섬기도다(夙夜匪懈, 以事一人)"라고 하였다.

尸位伴食[4]을 몃 히나 지내연고
늘고 病이 드러 骸骨를 빌리실식[5]
漢水東 짜흐로 訪水尋山ᄒᆞ야
龍津江[6] 디내 올나 莎堤 안 도라드니
第一江山이 임지 업시 ᄇᆞ려ᄂᆞ다
平生夢想이 오라ᄒᆞ야 그러턴지
水光山色이 녯 ᄂᆞᆺ출 다시 본 ᄃᆞᆺ
無情ᄒᆞᆫ 山水도 有情ᄒᆞ야 보이ᄂᆞ다

자연에 묻혀 소박하게 살려는 심정을 노래하다

白沙汀畔의 落霞을 빗기 띄고
三三五五히 섯기 노ᄂᆞᆫ 뎌 白鷗야
너ᄃᆞ려 말 뭇쟈 놀너디 마라ᄉᆞ라
이 名區勝地을 어ᄃᆡ라 드러쩐다
碧波ㅣ 洋洋ᄒᆞ니 渭水 伊川 아닌 게오[7]

4) 尸位伴食(시위반식): 시동(尸童)의 공짜밥. 곧 능력이나 공적도 없이 직책을 다하지 못하면서 자리만 지킨 채 녹을 축내는 것을 이르는 말. '시위(尸位)'는 옛날 중국에서 제사지낼 때 신위(神位) 대신에 시동을 앉게 한 것을 이르고, '반식(伴食)'은 자리만 지킨 채 녹을 축내는 것을 말한다. 중국 당나라 현종(玄宗)을 도와 최고의 치세(治世)를 이룬 요숭(姚崇)이 병으로 정사를 돌볼 수 없게 되자 노회신(盧懷愼)이 그를 대신하였으나, 매사를 요숭과 상의하여 처리하는 무능을 보여 '자리만 차지하고 헛되이 밥만 축내는 재상[伴食宰相]'이라고 비난받은 고사가 『당서唐書』「노회신전盧懷愼傳」에 전한다.

5) 骸骨(해골)을 빌리실새: 신하가 자기 한 몸은 임금에게 바쳤지만 이제 해골이라도 돌려달라고 청하는 것. 곧 벼슬아치들이 벼슬에서 물러나기를 임금에게 청하는 것을 이르는 말. 중국 진(秦)나라 말기에 항우(項羽)에게 의심을 받아 권한을 제한당한 범증(范增)이 항우 곁을 떠나 고향으로 돌아가기를 청하면서 한 말로서 『사기』「항우본기項羽本紀」에 전한다.

6) 龍津江(용진강): 경기도 광주(廣州) 지역을 흐르는 한강의 지류.

7) 碧波(벽파)가~아닌 게오: 중국 강태공(姜太公)이 낚시하던 위수(渭水)와 정이(程頤)가 살던 숭산(崇山) 밑에 흐르는 이천(伊川)에 빗대어 사제의 경치를 칭송함으로써 이덕형의 학문적 성과

層巒이 兀兀ᄒᆞ니[8] 富春 箕山 아닌 게오[9]
林深路黑ᄒᆞ니 晦翁 雲谷 아닌 게오[10]
泉甘土肥ᄒᆞ니 李愿 盤谷 아닌 게오[11]
[世遠人亡[12]ᄒᆞ야 千載孤蹤[13]이 아득히 긋처시니]
徘徊思憶호ᄃᆡ 아모ᄃᆡᆫ 줄 내 몰내라
崖芝汀蘭은 淸香이 郁郁ᄒᆞ야[14] 遠近에 이어 잇고

와 치국(治國)의 역량을 아울러 칭송한 구절이다. 강태공은 주(周)나라 초기의 정치가로서 본명은 여상(呂尙)인데, 위수에서 낚시하며 등용되기를 기다린 끝에 문왕(文王)을 만나 주나라의 기틀을 마련하였다. 그리고 송나라 때의 정이는 이천에 은거하면서 최초로 이기(理氣) 철학을 내세우고 유교 도덕에 철학적 기초를 부여하였다.

8) [교감] 層巒이 兀兀ᄒᆞ니: 고사본에는 '峯巒이 秀異ᄒᆞ니'로 되어 있다.

9) 層巒(층만)이~아닌 게오: 중국 후한(後漢) 때 엄광(嚴光)이 살던 부춘산(富春山)과 요(堯)임금 때 소부(巢父)와 허유(許由)가 숨어 살던 기산(箕山)에 빗대어 사제의 경치를 칭송한 구절이다. 엄광은 후한 때 사람으로 자는 자릉(子陵)이다. 왕망(王莽)을 타도하고 광무(光武)가 제위에 올라 간의대부(諫議大夫) 벼슬을 내렸으나, 이를 거부하고 부춘산의 칠리탄(七里灘)에서 낚시하며 숨어 살다가 일생을 마쳤다. 그리고 소부와 허유는 요임금 때 세상의 명리(名利)를 피하여 기산에 은거하며 살았는데, 요임금이 천하를 허유에게 물려주겠다고 하자 허유는 더러운 소리를 들었다 하여 영수(潁水)에서 귀를 씻었고, 소부는 더러운 물을 소에게도 마시게 할 수 없다며 돌아갔다는 고사가 황보밀(皇甫謐)의 『고사전高士傳』에 전한다.

10) 林深路黑(임심노흑)하니~아닌 게오: 중국 송나라의 유학자 주희(朱熹)가 살던 운곡(雲谷)에 빗대어 사제의 경치를 칭송한 구절이다. '회옹(晦翁)'은 주희의 호이며, 주자(朱子)라고 높여 부르기도 한다. 그는 유학을 집대성하고 주자학(朱子學)을 창시하여 완성시킨 인물이다. '운곡'은 중국 복건성(福建省) 건양현(建陽縣) 서북쪽에 위치한 산으로, 본래는 노봉(蘆峯)이라 하였으나 주희가 이곳에 초당을 짓고 거처하면서 운곡으로 고쳤다. '임심노흑(林深路黑)'은 주희의 「운곡잡영雲谷雜詠」에 나오는 "돌아가거든 자주 오지는 마오, 숲이 깊고 산길이 어두우니(歸去莫頻來, 林深山路黑)"라는 구절을 취한 것이다.

11) 泉甘土肥(천감토비)하니~아닌 게오: 중국 당나라 때 이원(李愿)이 은거한 반곡(盤谷)에 빗대어 사제의 경치를 칭송한 구절이다. 중국 당나라 시인 한유(韓愈)의 「송이원귀반곡서送李愿歸盤谷序」에 "태항산(太行山) 남쪽에 반곡이 있는데, 이 골짜기 안에는 샘물이 달고 토지가 비옥하며, 초목이 무성하나 사는 사람은 드물다. 어떤 사람은 이곳이 두 산 사이에 둘러싸여 있어서 '반(盤)'이라 한다고 하고, 어떤 사람은 이 골짜기가 깊숙한 곳에 있고 산세가 험해서 은자들이 노니는 곳이므로 이런 이름을 붙였다고 한다. 친구 이원이 바로 이곳에 산다(太行之陽, 有盤谷, 盤谷之間, 泉甘而土肥, 草木叢茂, 居民鮮少. 或曰, 謂其環兩山之間, 故曰盤, 或曰, 是谷也, 宅幽而勢阻, 隱者之所盤旋. 友人李愿居之)"라고 하였다.

12) 世遠人亡(세원인망): 융성했던 세대가 멀어지고 성인(聖人)이 없어짐. 주희의 『소학小學』 「소학제사小學題辭」에 "융성했던 세대가 멀어지고 성인이 없어져서 경서(經書)가 이지러지고 교육이 해이해졌다(世遠人亡, 經殘敎弛)"라고 하였다.

13) 千載孤蹤(천재고종): 오래전의 외로운 자취. 여기서는 성인의 발자취를 가리킨다.

14) 崖芝汀蘭(애지정란)은~郁郁(욱욱)하여: 벼랑의 지초(芝草)와 물가의 난초는 맑은 향기 자욱하

南澗 東溪예 落花ㅣ ᄀᆞ득 ᄌᆞᆷ겨거ᄂᆞᆯ
荊棘을 헤혀 드러 草屋數間 지어두고
鶴髮[15]을 뫼지고[16] 終孝를 ᄒᆞ려 너겨
爰居爰處[17] ᄒᆞ니 此江山之 임재로다
三公不換此江山[18]을 오ᄂᆞᆯᄉᆞ 아라고야[19]
[나ᄂᆞᆫ 말업시 수이도 밧고완쟈
恒産[20]도 보려 ᄒᆞ니 히옴 업시 잇노애라]
어즈러온 鷗鷺와 數업ᄉᆞᆫ 麋鹿을
내 혼자 거ᄂᆞ려 六畜을 삼아거든[21]
갑업ᄉᆞᆫ 淸風明月은 절노 己物 되야시니
ᄂᆞᆷ과 다ᄅᆞᆫ 富貴는 이 ᄒᆞᆫ 몸애 ᄀᆞ자ᄭᅩ야
이 富貴 가지고 져 富貴 부를소냐
부를 줄 모ᄅᆞ거든 사괼 줄 알리넌가

여. 중국 송나라 범중엄(范仲淹)의 「악양루기岳陽樓記」에 "벼랑의 지초와 물가의 난초가 향기 자욱하고 파릇파릇하다(崖芝汀蘭, 郁郁靑靑)"라고 하였다.

15) 鶴髮(학발): 학의 깃털처럼 흰 머리칼. 여기서는 늙은 부모님을 가리킨다. 중국 당나라 시인 유희이(劉希夷)의 「대비백두옹代悲白頭翁」에 "아리따운 짙은 눈썹 그 언제까지 가리? 순식간에 흰 머리칼 실처럼 날리게 된다네(婉轉蛾眉能幾時, 須臾鶴髮亂如絲)"라고 하였다.

16) [교감] 뫼지고: '뫼시고'의 오기. 고사본에는 '뫼시고'로 되어 있다.

17) 爰居爰處(원거원처): 이에 있고 이에 있음. 곧 이곳저곳에 살고 거처함을 이르는 말. 『시경』 패풍(邶風) 「격고擊鼓」에 "이에 있고 이에 있어, 이에 그 말을 잃고, 그로써 구하는 것, 수풀의 아래이다(爰居爰處, 爰喪其馬, 于以求之, 于林之下)"라고 하였다.

18) 三公不換此江山(삼공불환차강산): 삼공(三公)처럼 좋은 벼슬도 이 강산과 바꾸지 않음. 중국 송나라 대복고(戴復古)의 「조대釣臺」에 나오는 "세상사 다 잊고 낚싯대에 의지하니 삼공처럼 좋은 벼슬도 이 강산과 바꾸지 않겠노라(萬事無心一釣竿, 三公不換此江山)"라는 구절을 따와서 조정에서 제일 귀하고 높은 벼슬인 삼공과도 바꾸지 않을 정도로 자연을 좋아하는 마음을 나타낸 것이다.

19) [교감] 三公不換此江山을 오ᄂᆞᆯᄉᆞ 아라고야: 고사본에는 '三公不換此江山은 엇디 일온 말솜인고'로 되어 있다.

20) 恒産(항산): 살아갈 수 있는 일정한 재산이나 생업(生業). 『맹자』 「양혜왕상梁惠王上」에 "백성이 일정한 재산이나 생업이 없으면 그로 인하여 떳떳한 마음이 없어진다(若民則無恒産, 因無恒心)"라고 하였다.

21) 어지러운~삼았거든: 자연의 갈매기, 해오라기, 사슴 등을 집에서 기르는 소, 말, 양, 돼지, 개, 닭 등의 가축으로 삼았다는 뜻으로 자연에 묻혀 사는 즐거움을 나타낸 것이다.

紅塵도 머러가니 世事을 듯볼소냐

계절의 변화에 따른 자연의 흥취를 노래하다

花開葉落 아니면 어ᄂᆡ 節을 알리런고
中隱菴 쇠붑소릐 谷風의 섯거 ᄂᆞ라 梅窓의 이르거든
午睡를 ᄀᆞᆺ ᄭᆡ야 病目을 여러 보니
밤비예 ᄀᆞᆺ 핀 가지 暗香을 보내여 봄철을 알외ᄂᆞ다
春服을 쳐엄[22] 닙고 麗景이 더딘 져긔
靑藜杖 빗기 쥐고 童子 六七 불너내야
속닙 난 잔쐬예 足容重케 ᄒᆞᆺ거러
淸江의 발을 싯고 風乎江畔ᄒᆞ야 興을 타고 도라오니
舞雩詠而歸ᄅᆞᆯ 져그나 부ᄅᆞᆯ소냐[23]
春興이 이러커든 秋興이라 져글넌가
金風[24]이 瑟瑟ᄒᆞ야 庭畔애 지ᄂᆡ 부니

22) [교감] 쳐엄: 고사본에는 '뵈외'로 되어 있다.
23) 春服(춘복)을~부러워할쏘냐: 『논어』「선진先進」에 나오는 증점(曾點)의 고사와 『예기禮記』「옥조玉藻」에 나오는 군자가 갖추어야 할 태도를 원용하여 사제에서 느낀 춘흥을 노래한 구절이다. '무우영이귀(舞雩詠而歸)'는 '무우대(舞雩臺)에서 바람을 쐬고 시를 읊조리며 돌아온다'는 뜻으로, 『논어』「선진」에 공자가 제자들에게 만약 자기를 알아주는 사람이 있다면 어떻게 하겠느냐고 묻자, 증점이 "늦봄에 봄옷이 만들어지면 관을 쓴 어른 대여섯 명과 어린아이 예닐곱 명과 함께 기수(沂水)에서 목욕이나 하고 무우대에서 바람이나 쏘이면서 시를 읊조리고 돌아오겠다(莫春者, 春服既成, 冠者五六人, 童子六七人, 浴乎沂, 風乎舞雩, 詠而歸)"라고 한 고사를 말한다. '족용중(足容重)'은 '발의 움직임을 무겁게 한다'는 뜻이다. 『예기』「옥조」에 "군자의 모습은 여유롭고 침착해야 하고, 자기가 존경하는 사람을 만났을 때에는 언행을 삼가고 방종하지 말아야 한다. 발의 움직임은 무겁게 해야 하며, 손놀림은 공손해야 하며, 눈의 모양은 단정하고, 입의 모양은 조용해야 하며, 소리 모양은 고요하고, 머리 모양은 곧고, 기상(氣像)의 모양은 엄숙해야 하며, 서 있는 모양은 덕이 있어야 하며, 얼굴빛은 장엄하고, 앉아 있을 때는 시동(尸童)과 같아야 하며, 한가로이 있을 때와 말을 할 때에는 용모를 온화하게 가져야 한다(君子之容舒遲, 見所尊者齊遬. 足容重, 手容恭, 目容端, 口容止, 聲容靜, 頭容直, 氣容肅, 立容德, 色容莊, 坐如尸, 燕居告溫溫)"라고 하였다.
24) 金風(금풍): 가을바람. 가을은 오행(五行) 중 금(金)에 해당하므로 가을바람을 금풍(金風)이라 한다.

머괴입 지는 소릭 먹은 귀를 놀릭ᄂᆞ다

正値秋風[25]을 中心에 더욱[26] 반겨

낙딕을 둘러메고 紅蓼을 헤혀 드러

小艇을 글러 노화 風帆浪楫으로 가ᄂᆞᆫ 딕로 더뎌 두니

流下前灘ᄒᆞ야 淺水邊에 오도고야

夕陽이 거읜 젹의 江風이 짐즉 부러 歸帆을 보닉ᄂᆞᆫ 돗[27]

아득ᄃᆞᆫ 前山도 忽後山의 보이ᄂᆞ다

須臾羽化ᄒᆞ야 蓮葉舟에 올나ᄂᆞᆫ 돗[28]

東坡 赤壁遊[29] ᄂᆞᆫ돌 이내 興에 엇지 더며

張翰 江東去[30] ᄂᆞᆫ돌 오ᄂᆞᆯ 景에[31] 미출넌가

居水에 이러커든 居山이라 偶然ᄒᆞ랴

山房의 秋晩커ᄂᆞᆯ 幽懷를 둘 딕 업서

雲吉山[32] 돌길희 막딕 집고 쉬여 올나

---

25) 正値秋風(정치추풍): 마침 불어오는 가을바람을 만남. 중국 당나라 시인 이백(李白)의 「송장사인지강동送張舍人之江東」에 “장한(張翰)이 멀리 강동으로 떠나가니, 마침 가을바람 불어올 때라네(張翰江東去, 正値秋風時)”라고 하였다.

26) [교감] 더욱: 고사본에는 ‘문듯’으로 되어 있다.

27) [교감] 보닉ᄂᆞᆫ 돗: 고사본에는 ‘뫼와ᄂᆞᆫ 돗’으로 되어 있다.

28) 須臾羽化(수유우화)~올랐는 듯: 잠깐 사이에 날개가 돋아 연잎 배를 탄 신선이 된 듯. ‘수유우화(須臾羽化)’는 중국 송나라 소식(蘇軾)의 「적벽부赤壁賦」에 “두둥실 가벼이 떠올라 마치 세상을 잊고 홀로 선 채, 날개가 돋아 신선이 되어 오르는 듯하다(飄飄乎如遺世獨立, 羽化而登仙)”라는 구절에 보이며, ‘연엽주(蓮葉舟)’는 중국 송나라 한구(韓駒)의 「제태을진인연엽도題太乙眞人蓮葉圖」에 “태을진인이 연잎 배를 타고, 두건 벗어 머리 드러내니 찬바람에 날리네(太乙眞人蓮葉舟, 脫巾露髮寒颼颼)”라는 구절에 보인다.

29) 東坡(동파) 赤壁遊(적벽유): 소식이 적벽에서 뱃놀이를 함. 소식은 송나라 때 시인으로 호는 동파(東坡)이다. 유배지인 황강(黃岡)에서 배를 띄우고 유람하면서 「적벽부」를 지었다.

30) 張翰(장한) 江東去(강동거): 중국 당나라 시인 이백의 「송장사인지강동」에 나오는 시구절. ‘장한(張翰)’은 중국 진(晉)나라 제왕(齊王) 때 대사마(大司馬)를 지낸 사람으로, 죽림칠현(竹林七賢) 중의 한 사람으로 보병교위(步兵校尉)를 지낸 완적(阮籍)에 빗대어 ‘강동(江東)의 보병(步兵)’이라 불렸다. 제왕 밑에서 벼슬살이를 하다가 가을바람이 이는 것을 보고 고향인 오(吳) 땅의 음식이 생각나서 벼슬을 버리고 고향으로 돌아갔다는 고사가 『세설신어世說新語』에 전한다. 이백의 「송장사인지강동」에 “장한이 멀리 강동으로 떠나가니, 마침 가을바람 불어올 때라네(張翰江東去, 正値秋風時)”라고 하였다.

31) [교감] 오ᄂᆞᆯ 景에: 고사본에는 ‘이 淸興에’로 되어 있다.

任意逍遙ᄒᆞ며 猿鶴을 벗을 삼아
喬松을 비기여 四隅로 도라 보니
天工이 工巧ᄒᆞ야 뫼빗출 ᄭᅮᆷ이ᄂᆞᆫ가
흰 구롬 말근 ᄂᆡᄂᆞᆫ 片片이 ᄯᅥ여 나라
노푸락 나지락 峰峰谷谷이 面面에 버럿ᄭᅥ든
서리친 신남기[33] 봄ᄭᅩᆺ도곤 불거시니
錦繡屛風을 疊疊이 둘너ᄂᆞᆫ ᄃᆞᆺ
千態萬狀이 僭濫ᄒᆞ야 보이ᄂᆞ다
힘세이 다토면 내 분에 올가마ᄂᆞᆫ
禁ᄒᆞ리 업술ᄉᆡ 나도 두고 즐기노라[34]
ᄒᆞ물며 南山 ᄂᆞ린 긋히 五穀을 가초 심거
먹고 못 남아도 긋지나 아니ᄒᆞ면
내 집의 내 밥이 그 맛시 엇더ᄒᆞ뇨
採山釣水ᄒᆞ니 水陸品도 잠싼 ᄀᆞᆺ다

충효를 다짐하다

甘旨奉養을 足다사 ᄒᆞᆯ가마ᄂᆞᆫ
烏鳥含情[35]을 벱고야 말녓노라
私情이 이러ᄒᆞ야 아직 물러나와신돌

---

32) 雲吉山(운길산): 경기도 남양주(南楊州)에 있는 산.
33) 신남기: 신나무. 단풍나뭇과의 낙엽수.
34) [교감] 즐기노라: 고사본에는 '노니노라'로 되어 있다.
35) 烏鳥含情(오조함정): 까마귀가 품은 마음. 곧 까마귀가 자라면 그 어미에게 먹이를 물어다 먹이듯이 부모를 모시는 지극한 효심을 이르는 말. 중국 진(晉)나라 무제(武帝) 때 이밀(李密)이 조모를 봉양하기 위해 벼슬길에 나갈 수 없음을 밝힌 「진정표陳情表」에 "까마귀가 어미의 은혜에 보답하는 마음으로 조모가 돌아가시는 날까지 봉양하기를 바랍니다(烏鳥私情, 願乞終養)"라고 하였다.

罔極ᄒᆞᆫ 聖恩을 어ᄂᆡ 刻애 이질넌고
犬馬微誠은 白首에야 더옥 깁다
時時로 머리 드러 北辰[36]을 ᄇᆞ라보니
ᄂᆞᆷ 모ᄅᆞᄂᆞᆫ 눈물이 두 사ᄆᆡ예 다 졋ᄂᆞ다
이 눈물 보건ᄃᆡᆫ 참아 물너날ᄭᅡ마ᄂᆞᆫ
ᄌᆞ독ᄒᆞᆫ 不才예 病 ᄒᆞ나 디터가고
萱堂老親[37]은 八旬이 거의거든
湯藥을 그치며 定省[38]을 뷔울넌가
이ᄌᆡ야 어ᄂᆡ ᄉᆞ예 이 山 밧긔 날오소냐
許由의 시슨 귀예 老萊子의 오ᄉᆞᆯ 입고[39]
압뫼예 져 솔이 풀은 쇠 되도록[40]
[鶴髮을 뫼시고 白髮애 아ᄆᆞᆫ 줄 몰오도록[41]]
함긔 뫼셔 늘그리라

36) 北辰(북신): 북극성. 여기서는 임금이 있는 곳을 가리킨다. 『논어』「위정爲政」에 "공자가 '덕으로 정치를 하는 것은 마치 북극성이 제자리에 있고 여러 별들이 그것을 향하여 도는 것과 같다'라고 말하였다(子曰, 爲政以德, 譬如北辰居其所, 而衆星共之)"라고 하였다.
37) 萱堂老親(훤당노친): 늙으신 어머니. '훤당(萱堂)'은 남의 어머니를 높여 이르는 말인데, 옛날에 어머니가 거처하는 북당(北堂)의 뜰에 원추리[萱草]를 심은 데서 연유하였다. 「사제곡」을 지을 무렵 이덕형의 어머니는 죽고 아버지만 살아 있었으므로 여기서는 아버지를 가리키는 듯하다. 『시경』 위풍(衛風) 「백혜伯兮」에 "어찌 원추리를 얻어 북당에 심을까(焉得諼草, 言樹之背)"라고 하였다.
38) 定省(정성): 혼정신성(昏定晨省). 저녁에는 부모의 잠자리를 살피고 아침에는 부모의 밤새 안부를 묻는다는 뜻으로, 부모를 잘 섬기고 효성을 다함을 이르는 말이다. 『예기』「곡례상曲禮上」에 "자식으로서 지켜야 할 예절로는 겨울에는 따뜻하게 하고 여름에는 시원하게 해드리며, 저녁에는 부모의 잠자리를 살피고 아침에는 부모의 밤새 안부를 묻고, 추악한 사람들과는 다투지 말아야 하는 것이다(凡爲人子之禮, 冬溫而夏凊, 昏定而晨省, 在醜夷不爭)"라고 하였다.
39) 許由(허유)의～입고: 중국 요임금 때의 은자인 허유와 춘추시대 초(楚)나라의 효자인 노래자(老萊子)를 본받아 자연에 묻혀 살면서 부모에게 효도를 다하겠다는 의지를 나타낸 구절이다. 노래자는 나이 일흔에도 부모님을 즐겁게 해드리기 위해서 어린아이처럼 색동옷을 입고 춤을 추거나 물그릇을 들고 가다가 넘어져서 엉엉 울기도 하며 온갖 재롱을 부렸다는 고사가 이한(李瀚)의 『몽구蒙求』에 전한다.
40) 앞산에～되도록: 앞산의 솔밭이 푸른 연못이 된다는 뜻으로, 영원무궁한 세월을 가리키는 듯하다.
41) 鶴髮(학발)을～모르도록: 자신의 몸이 늙었다는 것을 의식하지 않고 부모에게 효도를 다하겠다는 각오를 나타낸 구절이다.

蘆溪歌

朴仁老

늘그막에 은거지를 찾은 감회를 읊다

白首에 訪水尋山 太晩ᄒᆞᆫ 줄 알건마ᄂᆞᆫ
平生素志를 ᄇᆡᆸ고야 말랴 너겨
赤鼠三春[1]에 春服을 새로 닙고
竹杖芒鞋로 蘆溪 깁흔 골ᄋᆡ 힝혀 마참 차ᄌᆞ오니
第一江山이 님ᄌᆡ 업시 ᄇᆞ려ᄂᆞ다
古往今來에 幽人 處士들이 만히도 잇것마ᄂᆞᆫ
天慳地秘ᄒᆞ야 ᄂᆞ를 주랴 남겨쎳다

1) 赤鼠三春(적서삼춘): 병자년(1636) 봄. 적(赤)은 붉은색이므로 천간(天干)에서 병(丙)을 가리키고, 서(鼠)는 쥐이므로 지지(地支)에서 자(子)를 가리키므로 '적서(赤鼠)'는 병자(丙子)를 뜻한다. 삼춘(三春)은 맹춘(孟春), 중춘(仲春), 계춘(季春)을 뜻하므로 봄의 석 달 동안을 말한다.

자연에 묻혀 태평스럽게 살고 싶은 심정을 노래하다

躊躇 良久타가 夕陽이 거읜 적의
陟彼高岡[2]ᄒᆞ야 四偶로 도라보니
玄武朱雀[3]과 左右龍虎[4]도 그린 ᄃᆞᆺ시 ᄀᆞᄌᆞᆺ고야
山脈 믹친 아릐 藏風向陽ᄒᆞᆫ듸
靑蘿롤 허혀 드러 數椽蝸室[5]을
背山臨流ᄒᆞ야 五柳邊[6]에 디어두고
斷崖千尺이 가던 龍이 머무는 ᄃᆞᆺ 江頭에 둘렷거늘
草草亭 ᄒᆞᆫ두 間을 구름 ᄶᅵᆫ 긴 솔 아릐 바휘 디켜 여러니니
千態萬狀이 아마도 奇異코야
峰巒은 秀麗ᄒᆞ야 富春山이 되야 잇고
流水ᄂᆞᆫ 盤回ᄒᆞ야 七里灘이 되야거든[7]
十里明沙ᄂᆞᆫ 三月눈이 되엿ᄂᆞ다

---

2) 陟彼高岡(척피고강): 높은 산마루에 오름. 『시경』 국풍(國風) 「주남周南」에 "저 높은 산마루에 오르려 하나 내 검은 말이 누렇게 되었으니, 내 우선 저 뿔잔에 술을 부어 길이 서글퍼하지 않으리라(陟彼高岡, 我馬玄黃, 我姑酌彼兕觥, 維以不永傷)"라고 하였다.
3) 玄武朱雀(현무주작): 북방신(北方神)인 현무(玄武)와 남방신(南方神)인 주작(朱雀). 곧 북쪽 산과 남쪽 산을 이르는 말.
4) 左右龍虎(좌우용호): 동방신(東方神)인 좌청룡(左青龍)과 서방신(西方神)인 우백호(右白虎). 곧 동쪽 산과 서쪽 산을 이르는 말.
5) 數椽蝸室(수연와실): 서까래가 몇 개밖에 없는, 달팽이의 껍질만 한 작은 집. 곧 작고 누추한 집을 비유하거나 자기 집을 겸손하게 이르는 말.
6) 五柳邊(오류변): 작자가 스스로 은사임을 표방하기 위해서 중국 진(晉)나라 때 은사인 도잠(陶潛)이 문 앞에 버드나무 다섯 그루를 심고 스스로 호를 '오류선생(五柳先生)'이라 한 것에 빗댄 표현이다. 도잠의 「오류선생전五柳先生傳」에 "집 주변에 버드나무 다섯 그루가 있으므로 그로 인해 호를 삼았다(宅邊有五柳樹, 因以爲號焉)"라고 하였다.
7) 峰巒(봉만)은~되었거든: 중국 후한(後漢) 때 부춘산(富春山)에 몸을 숨기고 칠리탄(七里灘)에서 낚시하며 일생을 마친 엄광(嚴光)의 고사를 따온 구절이다. 엄광은 자가 자릉(子陵)이며, 후한의 광무제(光武帝)와 같이 수학하였다. 한나라 왕실의 제위를 빼앗아 '신(新)'이란 나라를 세웠던 왕망(王莽)을 타도한 광무제가 옛날 함께 공부했던 엄광에게 간의대부(諫議大夫)의 벼슬을 주었으나, 엄광은 이를 받지 아니하고 부춘산으로 들어가 칠리탄에서 낚시질을 즐기며 숨어 살다가 일생을 마쳤다는 고사가 『후한서後漢書』 「고사전高士傳」에 전한다.

이 湖山 形勝은 견졸 딕 뇌야 업닉
巢許[8])도 아닌 몸애 어닉 節義 알리마는
偶然時來예 이 名區 임직 되여
靑山流水와 明月淸風도 말업시 절로절로
어즈러온 鷗鷺와 數업순 麋鹿도 갑업시 절로절로
沮溺[9]) 가던 묵은 밧과 嚴子陵의 釣臺도 갑업시 절로절로
山中百物이 다 절로 己物되니
子陵이 둘이오 沮溺이 서히로다[10])
어즈버 이 몸이 아마도 怪異코야
入山 當年에 隱君子 되얏는가
千古芳名을 이 흔 몸애 傳토고야
人間의 이 일흠이 人力으로 일월소냐
山川이 靈異ᄒᆞ야 도아닌가 너기로라
中心이 瑩然ᄒᆞ야 世慮 절로 그처디니
光風霽月[11])이 腔子裏[12])예 품엇는 듯

8) 巢許(소허): 중국 요(堯)임금 때의 은사인 소부(巢父)와 허유(許由). 요임금 때 소부와 허유가 세상의 명리(名利)를 피하여 기산(箕山)에 은거하며 살았는데, 요임금이 천하를 허유에게 물려주겠다고 하자 허유는 더러운 소리를 들었다 하여 영수(潁水)에서 귀를 씻었고, 소부는 더러운 물을 소에게도 마시게 할 수 없다며 돌아갔다는 고사가 황보밀(皇甫謐)의 『고사전高士傳』에 전한다.

9) 沮溺(저익): 중국 춘추시대의 은사인 장저(長沮)와 걸익(桀溺). 『논어』「미자微子」에 따르면, 장저와 걸익이 나란히 밭을 갈고 있었는데, 공자가 자로(子路)를 시켜 그들에게 나루터를 묻게 하자, 세상을 다스리려 하는 공자의 처사에 평소 불만을 품은 둘은 끝내 말해주지 않았다고 한다.

10) 子陵(자릉)이~셋이로다: 자릉, 장저, 걸익과 같은 은사들의 무리에 작자 자신을 포함시켜 스스로 은사가 되었다는 자부심을 표현한 구절이다.

11) 光風霽月(광풍제월): 맑은 날의 바람과 비 갠 날의 달. 중국 북송(北宋)의 시인 황정견(黃庭堅)이 유학자 주돈이(周敦頤)의 인품을 칭송하면서 "그의 인품이 심히 높고 마음결이 시원하고 깨끗함이 마치 맑은 날의 바람과 비 갠 날의 달과 같구나(其人品甚高, 胸懷灑落, 如光風霽月)"라고 한 데서 유래하였는데, 사람의 도량이 넓고 시원스러움을 표현한 말이다. 후대에는 이 뜻이 점차 확대되어 세상이 잘 다스려진 상태를 뜻하기도 한다.

12) 腔子裏(강자리): 뱃속. 마음. '강자(腔子)'는 가슴과 배 사이에 있는 빈 곳을 가리킨다. 『정자유서程子遺書』에 "마음이란 요컨대 뱃속에 있는 것이다(心要在腔子裏)"라고 하였다.

浩然 眞趣[13] 날로 새롭ᄒᆞ노왜라

飛禽走獸ᄂᆞᆫ 六畜[14]이 되얏거ᄂᆞᆯ

달 알ᄋᆡ 괴기 낙고 구롬 속의 밧흘 가라

먹고 못 나마도 그칠 적은 업노왜라

無盡ᄒᆞᆫ 江山과 許多ᄒᆞᆫ 閑田[15]은 分給子孫 ᄒᆞ려이와

明月淸風은 논ᄒᆞ듀기 어려올ᄉᆡ

才與不才예 養志[16]ᄒᆞᄂᆞᆫ 아ᄃᆞᆯ ᄒᆞᆫ아

太白 淵明 證筆[17]에 永永別給 ᄒᆞ렷로라

내의 이 말이 迂闊[18]ᄒᆞᆫ 듯 ᄒᆞ것마ᄂᆞᆫ

---

13) 浩然(호연) 眞趣(진취): 하늘과 땅 사이에 가득 찬, 넓고 큰 원기(元氣)와 참된 흥취. '호연'은 '호연지기(浩然之氣)'를 말하는데, 『맹자』「공손추장구상公孫丑章句上」에 공손추가 맹자에게 호연지기를 묻자 맹자가 "그 기운이 지극히 크고 지극히 강하니, 정직함으로써 잘 기르고 해침이 없으면, 하늘과 땅 사이에 꽉 차게 된다. 그 기운이 의(義)와 도(道)에 배합되니, 이것이 없으면 굶주리게 된다. 이 호연지기는 의리(義理)를 많이 축적하여 생겨나는 것이다. 의(義)가 하루아침에 갑자기 엄습하여 취해지는 것은 아니니, 행하고서 마음에 부족하게 여기는 바가 있으면 호연지기가 굶주리게 된다. 내 그러므로 '고자(告子)가 일찍이 의(義)를 알지 못한다'고 말한 것이니, 이는 의를 밖이라고 하기 때문이다(其爲氣也 至大至剛, 以直養而無害, 則塞于天地之間. 其爲氣也 配義與道, 無是餒也. 是集義所生者. 非義襲而取之也, 行有不慊於心, 則矣. 我故曰, 告子未嘗知義. 以其外之也)"라고 하였다.

14) 六畜(육축): 소, 말, 양, 돼지, 개, 닭 등의 집에서 기르는 대표적인 여섯 가지 가축.

15) 閑田(한전): 농사를 짓지 아니하고 놀리는 땅.

16) 養志(양지): 부모의 뜻에 맞추어 봉양함. 『맹자』「이루상離婁上」에 "증자(曾子)가 증석(曾晳)을 봉양할 때 밥상에 반드시 술과 고기가 있었는데, 장차 밥상을 치울 때 증자는 반드시 '누구에게 주시겠습니까?' 하고 청하였으며, 증석이 '남은 것이 있느냐?' 하고 물으면 반드시 '있습니다' 하고 대답하였다. 증석이 죽자, 증원(曾元)이 증자를 봉양하였는데, 밥상에 반드시 술과 고기가 있었다. 그러나 밥상을 치울 때 증원은 '누구에게 주시겠습니까?' 하고 청하지 않았으며, 증자가 '남은 것이 있느냐?' 하고 물으면, 반드시 '없습니다' 하고 대답하였으니, 이는 그 음식을 다시 올리려고 해서이니, 이것은 이른바 육체만을 봉양하는 것이다. 증자와 같이 해야 부모의 뜻에 맞추어 봉양한다고 이를 만하다(曾子養曾晳, 必有酒肉, 將徹, 必請所與, 問有餘, 必曰有. 曾晳死, 曾元養曾子, 必有酒肉, 將徹, 不請所與, 問有餘, 曰亡矣, 將以復進也. 此所謂養口體者也, 若曾子, 則可謂養志也)"라고 하였다.

17) 太白(태백) 淵明(연명) 證筆(증필): 중국의 이름난 시인인 이백(李白)과 도잠의 명문(名文)에 빗대어 아들에게 '명월청풍(明月淸風)'을 물려주는 문서를 꾸민다는 뜻이다. 이백은 중국 당나라의 시인으로 태백은 그의 자이다. 두보(杜甫)와 함께 중국 최고의 시인으로 꼽히며, 시성(詩聖) 두보에 견주어 시선(詩仙)이라 한다. 도잠은 중국 진나라의 문인이자 은사이며, 연명은 그의 자이다.「귀거래사歸去來辭」「오류선생전」「도화원기桃花源記」 등의 작품을 남겼다.

18) 迂闊(우활): 사리에 어둡고 세상 물정을 잘 모름.

爲子孫計ᄂᆞᆫ 다만인가 너기로라
ᄯᅩ 어린 이 몸은 仁者도 아니오 智者도 아니로ᄃᆡ
山水에 癖이 이러 늘글ᄉᆞ록 더욱 ᄒᆞ니[19]
져 貴ᄒᆞᆫ 三公과 이 江山을 밧골소냐[20]

자연 은거의 흥취를 마음껏 누리다

어리 미친 이 말을 우으리도 하렷마ᄂᆞᆫ
아므리 우어도 나ᄂᆞᆫ 됴히 너기노라
ᄒᆞ믈며 明時[21]예 ᄇᆞ린 몸이 ᄒᆞ올 닐이 아조 업서
世間名利란 ᄠᅳᆫ구롬 본 덧ᄒᆞ고
無思無慮ᄒᆞ야 物外心만 품고 이셔
이ᄂᆡ 生涯을 山水間의 부텨 두고
春日이 채 긴 제 낙ᄃᆡ를 비기 쥐고
葛巾布衣로 釣臺예 건너오니
山雨ᄂᆞᆫ 잠ᄭᅡᆫ 개고 太陽이 ᄶᅬ오ᄂᆞᆫᄃᆡ
ᄆᆞᆯ근 바람 더ᄃᆡ 오니 鏡面이 더옥 발다
김흔[22] 돌이 다 보이니 괴기數를 알리로다

19) 또 어리석은~더욱 하니: 『논어』 「옹야雍也」에서 "지혜 있는 자는 물을 좋아하고 어진 자는 산을 좋아한다(知者樂水, 仁者樂山)"라고 한 공자의 말에 빗대어 자연에 묻혀 사는 즐거움을 나타낸 구절이다.

20) 저 貴(귀)한~바꿀쏘냐: 중국 송나라 대복고(戴復古)의 「조대釣臺」에 나오는 "세상사 다 잊고 낚싯대에 의지하니 삼공(三公)처럼 좋은 벼슬도 이 강산과 바꾸지 않겠노라(萬事無心一釣竿, 三公不換此江山)"라는 구절을 따와서 조정에서 제일 귀하고 높은 벼슬인 삼공과도 바꾸지 않을 정도로 자연을 좋아하는 마음을 나타낸 구절이다.

21) 明時(명시): 밝은 시대. 곧 태평한 시절을 이르는 말. 중국 당나라 두보의 「영회이수詠懷二首」에 "일 마치고 돌아오니 모아둔 재물 없고, 늙어가니 태평한 시절 그리워지네(罷歸無舊業, 老去戀明時)"라고 하였다.

22) 김흔: '검흔'의 오기인 듯하다.

괴기도 나치 이거 놀닐 줄 모ᄅᆞ거든 차마 엇디 낙글넌고
罷釣徘徊ᄒᆞ며 波心을 구어보니
雲影天光[23]은 얼희여 즘겨ᄂᆞᆫᄃᆡ
魚躍于淵[24]을 구름 우ᄒᆡ 보아고야
하 문득 驚怪ᄒᆞ야 俯察仰觀[25]ᄒᆞ니 上下天이 宛然ᄒᆞ다
一陣東風에 ᄀᆡ 엇진 漁笛이 놉히 부러 보ᄂᆡ던고
江天이 寥寂ᄒᆞᆫᄃᆡ 반가와도 들리ᄂᆞ다
臨風倚杖ᄒᆞ야 左右로 도라보니
臺中淸景이 아마도 蕭灑코야
물도 하ᄂᆞᆯ 갓고 하ᄂᆞᆯ도 물 갓ᄒᆞ니
碧水長天은 ᄒᆞᆫ 빗티 되얏거든
물가애 白鷗ᄂᆞᆫ 오ᄂᆞᆫ ᄃᆞᆺ 가ᄂᆞᆫ ᄃᆞᆺ 긋칠 줄을 모ᄅᆞᄂᆞ다
巖畔山花ᄂᆞᆫ 錦繡屛이 되야 잇고
澗邊垂楊은 草綠帳이 되야거든
良辰佳景을 내 혼자 거ᄂᆞ리고
正値花時를 虛度치 말냐 너겨
아희 불너 하ᄂᆞᆫ 말슴 이 深山窮谷애 海錯이야 보로소냐

---

23) 雲影天光(운영천광): 구름 그림자와 하늘빛. 곧 만물이 천성(天性)을 얻어 조화를 이룬 상태를 이르는 말. 중국 남송의 유학자 주희(朱熹)의 「관서유감觀書有感」에 "반 이랑 네모진 연못이 거울처럼 열리니 하늘빛과 구름 그림자 어울려 오가네. 묻노니 저 물은 어찌 저렇게도 맑은가. 근원으로부터 맑은 물이 흘러오기 때문이지(半畝方塘一鑑開, 天光雲影共徘徊. 問渠那得淸如許, 爲有源頭活水來)"라고 하였다.

24) 魚躍于淵(어약우연): 물고기가 연못에서 뜀. 곧 천지미물의 자연스러운 운행이나 천지조화의 오묘한 작용을 이르는 말. 『시경』 대아(大雅) 「한록旱麓」에 "솔개는 날아 하늘에 이르고 물고기는 연못에서 뛰네(鳶飛戾天, 魚躍于淵)"라고 하였다. 또한 『중용中庸』에는 "시경에 이르기를 '솔개는 날아 하늘에 이르고 물고기는 연못에서 뛰네' 하였으니, 상하(上下)에 이치가 밝게 드러남을 말한 것이다(詩云, 鳶飛戾天, 魚躍于淵. 言其上下察也)"라고 하여 도의 작용이 아닌 것이 없음을 말하고 있다.

25) 俯察仰觀(부찰앙관): 몸을 굽혀 땅의 이치를 살피고 우러러 하늘의 이치를 살핌. 『주역周易』 「계사전繫辭傳」에 나오는 말로, 삼라만상(森羅萬象)의 음양변화(陰陽變化)의 이치를 생각한다는 뜻이다.

살진 고사리 香氣ᄒᆞᆫ 當歸草를 猪脯鹿脯 相間ᄒᆞ야
크나큰 細柳笥애 洽足히 다마 두고
鮒魚膾 初味예 訥魚生雉 서거 구어 빗빗치 드리거든[26)]
瓦樽에 白酒를 박잔[27)]의 가득 부어
ᄒᆞᆫ 잔 ᄯᅩ ᄒᆞᆫ 잔 醉토록 먹은 後에
桃花ᄂᆞᆫ 紅雨되야 醉面에 ᄲᅳᆯ리ᄂᆞᆫᄃᆡ
苔磯 너븐 돌애 놉히 베고 누어시니
無懷氏 적 사ᄅᆞᆷ인가 葛天氏 ᄯᆡ 百姓인가[28)]
羲皇盛時[29)]를 다시 본가 너기로라

임금의 은혜에 감사하며 태평성대를 기원하다

이 힘이 뉘 힘고 聖恩이 아니신가
江湖애 물너신들 憂君一念이야 어ᄂᆡ 刻애 이ᄌᆞᆯᄂᆞᆫ고
時時로 머리 드러 北辰[30)]을 ᄇᆞ라보고

---

26) 빗빗치 드리거든: '먹음직한 빛깔로 구워지거든'의 뜻인 듯하다.

27) 박잔: 조그만 박을 반으로 갈라 만든 잔.

28) 無懷氏(무회씨)~百姓(백성)인가: 중국 상고시대 전설상의 제왕인 무회씨(無懷氏)와 갈천씨(葛天氏) 때의 태평성대에 빗대어 작자의 만족스러운 생활을 표현한 구절이다. '무회씨'는 도덕으로 세상을 다스려 그 백성들이 모두 밥 먹는 것을 달게 여기며 인생을 즐겼다고 하며, '갈천씨'는 도덕이 높아서 말하지 않아도 믿고 교화를 펴지 않아도 교화가 행해져 온 천하가 절로 잘 다스려졌다고 한다. 중국 진나라 도잠의 「오류선생전」에 "기분 좋게 술에 취하여 시를 지으니, 마음이 기뻐지네. 어쩌면 태고의 무회씨 시절 사람인가, 갈천씨 세상의 사람인가(酣觴賦詩, 以樂其志. 無懷氏之民歟, 葛天氏之民歟)"라고 하였다.

29) 羲皇盛時(희황성시): 복희씨(伏羲氏) 시대의 태평성대. 곧 백성이 한가하고 태평하게 사는 세상을 이르는 말. '희황(羲皇)'은 중국 고대 삼황오제(三皇五帝)의 한 사람인 복희씨를 말한다. 복희씨는 서계(書契)를 만들고 그물을 발명하였으며, 어업·수렵·목축을 가르쳤다. 또한 황하(黃河)에서 길이 여덟 척이 넘는 용마(龍馬)가 등에 지고 나왔다는 하도(河圖)를 보고서 팔괘(八卦)를 그렸다고 한다.

30) 北辰(북신): 북극성. 여기서는 임금을 상징하는 말이다. 『논어』 「위정爲政」에 "공자가 '덕으로 정치를 하는 것은 마치 북극성이 제자리에 있고 여러 별들이 그것을 향하여 도는 것과 같다'

ᄂᆞᆷ 모ᄅᆞᄂᆞᆫ 눈물을 天一方[31]의 디이ᄂᆞ다
一生애 품은 ᄯᅳᆺ을 비옵ᄂᆞ다 하ᄂᆞ님아
山平海渴토록 우리 聖主 萬歲소셔
熙皞世界[32]예 三代日月[33] 빗취소셔
於千萬年에 兵革을 쉬오소셔
耕田鑿井에 擊壤歌[34]를 불리소셔
이 몸은 이 江山風月에 늘글 주를 모ᄅᆞ로라

라고 말하였다(子曰, 爲政以德, 譬如北辰居其所, 而衆星共之)"라고 하였다.

31) 天一方(천일방): 하늘 한쪽 끝. 중국 송나라 소식(蘇軾)의 「적벽부赤壁賦」에 "계수나무 노와 목란 삿대로 맑은 달그림자를 헤치며 달빛이 비치는 물을 거슬러 올라가도다. 아득하구나, 나의 생각이여! 아름다운 사람을 바라다보니 하늘 한쪽 끝에 있도다(桂棹兮蘭槳, 擊空明兮泝流光. 渺渺兮予懷, 望美人兮天一方)"라고 하였다.

32) 熙皞世界(희호세계): 백성이 화락하고 나라가 태평한 세상.

33) 三代日月(삼대일월): 중국에서 왕도정치가 행해졌던 하(夏)나라, 은(殷)나라, 주(周)나라 시대의 세월.

34) 擊壤歌(격양가): 중국 요임금 시대에 어떤 노인이 땅을 치면서 불렀다는 노래. 곧 태평성대를 이르는 말. 요임금이 민정을 살펴보고 있는데, 늙은 농부가 배를 두드리고 땅을 치면서 "해 뜨면 일하고, 해 지면 쉬고, 우물 파서 마시고, 밭 갈아서 먹으니, 임금의 힘인들 나에게 무슨 상관이 있는가(日出而作, 日入而息, 鑿井而飮, 耕田而食, 帝力于我何有哉)"라며 천하가 태평한 것을 노래하였다는 고사가 『십팔사략十八史略』 「제요편帝堯篇」에 전한다.

江村別曲

車天輅

平生我才 쓸 데 업셔 世上功名 下直ᄒᆞ고
商山風景 바라보며 四皓遺迹[1] ᄯᅡ로리라
人間富貴 졀노 두고 物外烟霞 興을 겨워
滿壑松林 슈풀 속에 草屋數間 지어두고
靑蘿烟月 ᄃᆡᄉᆞ립의 白雲深處 다다두니
寂寂松林 ᄀᆡ 즈즌들 寥寥雲壑 제 뉘 알니
松壇紫芝 노ᄅᆡᄒᆞ고[2] 石田春雨 밧츨 가니
唐虞天地[3] 이 안인가 葛天民氓[4] 나ᄲᅮᆫ이라

1) 四皓遺迹(사호유적): 중국 진(秦)나라 때 학정(虐政)을 피하여 상산(商山)에 은거한 동원공(東園公), 하황공(夏黃公), 기리계(綺里季), 녹리선생(甪里先生)의 '사호'가 남긴 자취.

2) 松壇紫芝(송단자지) 노래하고: 소나무숲에서 자지가(紫芝歌)를 노래하고. '자지가'는 상산사호(商山四皓)가 진나라 때 학정을 피하여 상산에 은거하면서 부른 노래이다. 그 내용은 "하늘은 넓고, 계곡은 깊고, 나무는 아득하고, 산은 높네. 바위굴에서 사나 천막인 양 여기고, 무성한 지초로 허기를 면하네. 요순의 시대 가버렸으니 내 어디로 돌아가리?(皓天嗟嗟, 深谷逶迤, 樹木莫莫, 高山崔嵬. 巖居穴處, 以爲幄茵, 曄曄紫芝, 可以療飢. 唐虞往矣, 吾當安歸)"이다.

3) 唐虞天地(당우천지): 중국 상고시대 성군(聖君)의 대명사인 요(堯)임금과 순(舜)임금이 다스리던 때의 세월. 곧 덕으로 천하를 다스리던 태평한 시대를 이르는 말. 요임금은 당(唐) 또는 도

高車駟馬 뜻이 업고 名山佳水 癖이 되니
樂山樂水 ᄒᆞ는 곳의 宜仁宜智 ᄒᆞ오리라[5)]
登高舒嘯 今日 ᄒᆞ고 臨流賦詩 來日 ᄒᆞᄌᆞ[6)]
九升葛布[7)] 몸의 입고 三節竹杖 손의 쥐고
朝來碧溪 景 조흔 ᄃᆡ 晝向松林 閒暇ᄒᆞ다
朝採山微 아젹 먹고 夕釣江魚 제녁 먹세
數曲山歌 罷ᄒᆞᆫ 後에 一葉漁艇 흘니 져어
長丈餘絲 ᄒᆞᆫ 낙ᄃᆡ을 落照江湖 빗겨시니
九陌紅塵[8)] 밋친 긔별 一竿漁翁 ᄂᆡ 알소야
泛泛滄波 이ᄂᆡ 興을 擾擾塵世 제 뉘 알니
銀鱗玉尺 뛰노는듸 野水江天 ᄒᆞᆫ 빗치라
巨口細鱗[9)] 낙가 ᄂᆡ니 松江鱸漁[10)] 비길손가

당씨(陶唐氏), 순임금은 우(虞) 또는 유우씨(有虞氏)라 하는데, 이 둘을 합쳐서 '당우(唐虞)'라고 일컫는다.

4) 葛天民氓(갈천민맹): 중국 상고시대 갈천씨(葛天氏) 때의 백성. 곧 선량한 백성을 이르는 말. '갈천씨'는 중국 상고시대 제왕으로, 백성들을 다스리려고 노력하지 않아도 백성들이 그의 감화를 받아 세상이 잘 다스려졌다고 한다.

5) 樂山樂水(요산요수)~하오리라: 산과 물을 즐기면서 인(仁)과 지(智)를 배우겠다는 뜻. '요산요수'는 산을 좋아하고 물을 좋아한다는 뜻으로, 산수 경치를 즐기고 좋아함을 이르는 말이다. 『논어』「옹야雍也」에 "지혜로운 사람은 물을 좋아하고 어진 사람은 산을 좋아하며, 지혜로운 사람은 동적이고 어진 사람은 정적이며, 지혜로운 사람은 낙천적이고 어진 사람은 장수한다(知者樂水, 仁者樂山, 知者動, 仁者靜, 知者樂, 仁者壽)"라고 하였다.

6) 登高舒嘯(등고서소)~하자: 높은 곳에 올라 휘파람 부는 일은 오늘 하고, 시냇가에서 시를 짓는 일은 내일 하자는 뜻. '등고서소(登高舒嘯)'와 '임류부시(臨流賦詩)'는 중국 진(晉)나라 도잠(陶潛)이 지은 「귀거래사歸去來辭」에 나오는 "동쪽 언덕에 올라 휘파람을 불다(登東皐以舒嘯)"와 "맑은 시냇가에서 시를 짓다(臨淸流而賦詩)"에서 유래한 말이다.

7) 九升葛布(구승갈포): 몹시 성긴 칡베 옷. 베의 날실 80올을 1승(升)이라 하는데, 관복은 15승이다.

8) 九陌紅塵(구맥홍진): 번화한 거리에 일어나는 붉은 먼지. 곧 번거롭고 속된 세상을 비유적으로 이르는 말. '구맥'은 중국 한나라의 도읍인 장안(長安)에 동서남북으로 통하는 아홉 개의 길이 있던 큰 거리로, 도성의 번화한 거리를 이르는 말이다. '홍진'은 햇빛에 비치어 벌겋게 일어나는 티끌로, 속된 세상을 비유적으로 이르는 말이다.

9) 巨口細鱗(거구세린): '꺽저기'의 다른 이름. 농어과에 속하는 민물고기로, 쏘가리와 비슷하며 몸빛이 갈색 바탕에 붉은색 가로무늬가 있다.

10) 松江鱸魚(송강노어): 중국 상해(上海) 오송강(吳淞江)에서 나는 농어. 중국 진(晉)나라 제왕(齊王) 때, 장한(張翰)이 가을바람이 불어오자 고향인 오(吳) 땅의 순채국과 농어회를 생각하고 탄

篷窓芦底 낙되 걸고 日暮烟渚 빈를 돌녀
十里沙汀 올나오니 白鷗飛去 쁜이로다
舟泊暮洲 ᄒᆞ여 두고 芒鞋緩步 도라드니
南北山村 두세 집이 落霞烟靑 잠겨셰라
琴書消日ᄒᆞᄂᆞᆫ 곳의 靑酒盈樽 ᄒᆞ여시니
長歌短曲 두세 ᄉᆞ람 一盃一盃 다시 부어
頹然玉山[11] 醉ᄒᆞᆫ 後에 石頭閑眠 죰을 드러
鶴唳一聲 ᄶᅵ다르니 溪月三更 밧갈셰라[12]
生涯澹泊 닉 질기니 富貴功名 부러ᄒᆞ랴
千秋萬歲 億萬載의 이리져리 ᄒᆞ오리라

식하며 말하기를, "인생에서 귀한 것은 자신의 뜻과 마음을 따르는 것인데, 어찌하여 관직에 얽매여 수천 리 명예와 관직을 구하겠는가(人生貴得適意爾 何能羈宦數千里以要名爵)"라고 하면서 사직하고 고향으로 돌아갔다는 고사가 『진서晉書』「문원전文苑傳」에 전한다. 장한의 「사오강가思吳江歌」에 "가을바람 불어 경치 아름다운 때, 오강의 물에는 농어가 살찐다네. 삼천리 밖 집으로 돌아갈 수 없으니, 한탄하기도 어려워 하늘 쳐다보며 슬퍼하노라(秋風起兮佳景時, 吳江水兮鱸魚肥. 三千里兮家未歸, 恨難得兮仰天悲)"라고 하였다.

11) 頹然玉山(퇴연옥산): 쓰러질 듯한 옥산(玉山). 곧 술에 취하여 비틀거리는 모양을 이르는 말. '옥산도(玉山倒)', '옥산붕(玉山崩)', '옥산퇴(玉山頹)'라고도 하는데, 죽림칠현(竹林七賢)의 중심 인물이었던 혜강(嵇康)이 술에 취하면 마치 옥산이 무너지는 것 같았다는 말에서 유래하였다. 『세설신어世說新語』에 "혜강이라는 사람은 한 그루 소나무가 외로이 서 있는 것같이 우뚝했는데, 술에 취하면 쓰러지는 모양이 마치 옥산이 무너지는 듯하였다(嵇叔夜之爲人也, 巖巖孤松之獨立 其醉也 傀俄若玉山之將崩)"라고 하였다.

12) 鶴唳一聲(학려일성)~밧갈셰라: '학의 울음소리에 깨어나니 한밤중 시내에 달이 밝구나'라는 뜻이다.

止水亭歌

金得研

지수정을 세운 내력을 노래하다

臥龍山[1]이 臥龍形을 지에ᄒᆞ고[2] 남역크로 머리 드러
구의구의 느릿혀 ᄃᆞᆺ다가 구즉기 니러안자
九萬里 長空을 울워러 天柱峯[3]이 되야 이셔
ᄒᆞᆫ 활기 버더 ᄂᆞ려 中央애 맛쳣거ᄂᆞᆯ
져즘ᄭᅴ[4] 黃鼠年[5]에 先壟을 安葬ᄒᆞ니
千峯은 競秀ᄒᆞ야 ᄂᆞᄂᆞᆫ 鶴이 ᄂᆞᆯ개 편ᄃᆞᆺ

1) 臥龍山(와룡산): 경상도 안동(安東)에 있는 산.
2) 지에ᄒᆞ고: 미상. '지에ᄒᆞ다'는 '날뛰다', '뛰놀다'의 뜻이지만, 여기서는 '지어ᄒᆞ고'의 오기로 보아 '짓고서'의 뜻으로 해석하는 것이 적절하다.
3) 天柱峯(천주봉): 경상도 문경(聞慶)에 있는 산.
4) 져즘ᄭᅴ: 접때. 예전에.
5) 黃鼠年(황서년): 무자년(戊子年). '황(黃)'은 오행상 토(土)에 해당하므로 '무(戊)'를 가리키고, '서(鼠)'는 '자(子)'를 뜻한다. 여기서는 작자의 부친인 김언기(金彦璣)가 죽은 1588년(선조 21)을 가리킨다.

萬壑은 爭流ᄒᆞ야 怒ᄒᆞᆫ 龍이 ᄭᅩ리 치ᄃᆞᆺ
길고 깁푼 고ᄅᆡ 거후러[6] ᄂᆞ리거ᄂᆞᆯ
山家 風水說에 洞口 모시 죠타 홀시
十年을 經營ᄒᆞ여 ᄒᆞᆫ ᄶᅡ홀 어드니
形勢ᄂᆞᆫ 좁고 굴근 巖石은 하고 만타
녯 길홀 새로 내고 半畝塘을 푸단마리
活水을 혀드러[7] 가ᄂᆞᆫ 거ᄉᆞᆯ 머모로니
明鏡이 ᄯᅴ 업서 山影만 ᄌᆞᆷ겨 잇다
千古애 荒廢地을 아모도 모ᄅᆞ더니
一朝애 眞面目[8]을 내 호온자 아란노라
처엄의 이내 ᄠᅳᆮ든 믈 머므을 ᄲᅮᆫ니러니
이제ᄂᆞᆫ 도라보니 가지가지 다 죠해라
白石은 齒齒ᄒᆞ여[9] 銀刀로 사겨 잇고
碧流은 淲淲하여 玉斗을 ᄯᆞ리ᄂᆞᆫ ᄃᆞᆺ[10]
疊疊峯巒은 左右에 屛風이오

---

6) 거후러: 거울러. 또는 쏟아져. '거우르다'는 '기울여 쏟다', '쏟아지도록 기울어지게 하다'의 뜻이다.

7) 活水(활수)를 혀드러: 흐르는 물을 끌어들여. '활수'는 땅에서 솟아오르거나 계곡을 흐르는 물, 또는 고여 있는 물에 상대하여 흐르는 물을 이르는 말이다.

8) 眞面目(진면목): 본디부터 지니고 있는 그대로의 상태. 또는 참된 모습. 중국 송나라 소식(蘇軾)의 「제서림벽題西林壁」에 "옆에서 보면 고개가 되고 비스듬히 보면 봉우리가 되니, 멀리서 가까이서 높은 데서 낮은 데서 보는 것이 각각 다르네. 여산의 참모습을 알지 못하는 것은 다만 이 몸이 산속에 있기 때문이라네(橫看成嶺側成峯, 遠近高低各不同. 不識廬山眞面目, 只緣身在此山中)"라고 하였다.

9) 白石(백석)은 齒齒(치치)하여: 흰 돌은 가지런하여. 중국 당나라 한유(韓愈)의 「유주나지묘비柳州羅池廟碑」에 "산기슭엔 거위 놀고 물가엔 버드나무 늘어섰는데, 계수나무엔 이슬이 동글동글 흰 돌은 가지런하구나(鵝之山兮柳之水, 桂樹團團兮白石齒齒)"라고 하였다.

10) 碧流(벽류)는~때리는 듯: 푸른 시냇물은 거세게 흘러 옥술잔을 부수는 듯. '옥두(玉斗)'는 옥으로 만든 국자 모양의 술잔을 말한다. 중국 송나라 시인 증공(曾鞏)의 「우미인초虞美人草」에 "홍문에서 옥두가 눈처럼 흩어지고, 항복한 10만 병사 밤에 살육되었네. 함양의 궁전 석 달이나 붉게 타올라, 진나라의 패업은 연기 따라 사라져버렸네(鴻門玉斗紛如雪, 十萬降兵夜流血. 咸陽宮殿三月紅, 霸業已隨煙燼滅)"라고 하였다.

森森松檜은 前後에 울히로다

九曲上下臺[11]은 層層이 두러젓고

三逕 松菊竹[12]은 주주리 버러 잇다

ᄒᆞ몰며 巖崖 노푼 우희 老松이 龍이 되여 구푸려 누엇거놀

雲根[13]을 베쳐 내고 小亭을 브쳐 셰어

茅茨을 不剪ᄒᆞ니[14] 이거시 엇던 집고

南陽애 諸葛廬[15]인가 武夷예 臥龍庵[16]인가

고쳐곰 술펴보니 畢宏韋偃[17]의 그림엣 거시로다

武陵桃源[18]을 예 듯고 못 밧더니

---

11) 九曲上下臺(구곡상하대): 지수정(止水亭) 주위에 있는 아홉 개의 누대. 아홉 개의 누대 이름은 소심(小心), 임경(臨鏡), 양성(養性), 자비(自卑), 향상(向上), 요월(邀月), 이락(二樂), 낙천(樂天), 세심(洗心)이다.

12) 三逕(삼경) 松菊竹(송국죽): 소나무, 대나무, 국화를 심은 세 갈래 길. 곧 은자(隱者)가 사는 집이나 장소를 이르는 말. 중국 한나라 때 장후(蔣詡)가 뜰에 세 갈래의 좁은 길을 내고, 소나무, 대나무, 국화를 심고서 친구 양중(羊仲), 구중(裘仲)과 교유하며 은거한 일에서 유래한 말이다. 중국 진(晉)나라 도잠(陶潛)의 「귀거래사歸去來辭」에 "세 갈래 좁은 길은 황폐해졌으나, 아직도 소나무와 국화는 시들지 않았네(三逕就荒, 松菊猶存)"라고 하였다.

13) 雲根(운근): 구름의 뿌리. 곧 구름이 산의 바위에서 나온다는 뜻으로 산이나 바위를 이르는 말. 그러나 여기서는 송근(松根)의 오기로 보아 '소나무 뿌리'로 해석하는 것이 적절하다.

14) 茅茨(모자)를 不剪(부전)하니: 띠로 지붕을 이고 그 끝을 다듬지 않으니. 곧 검소하고 질박함을 이르는 말. 『사기』 「진시황기秦始皇紀」에 "요임금과 순임금은 서까래를 얹되 깎지 않고, 띠로 지붕을 이고 그 끝을 다듬지 않았다(堯舜采椽不刮, 茅茨不翦)"라고 하였다.

15) 南陽(남양)의 諸葛廬(제갈려): 중국 하남성(河南省) 남양에 있는 제갈량(諸葛亮)의 초가집. '제갈량'은 중국 삼국시대 촉(蜀)나라의 재상인 제갈공명(諸葛孔明)을 말하며, '남양'은 제갈량이 촉나라의 유비(劉備)에게 발탁되기 전에 농사를 지으며 은거했던 곳을 말한다.

16) 武夷(무이)의 臥龍庵(와룡암): 중국 복건성(福建省) 무이산(武夷山)에 있는 와룡암. '와룡암'은 중국 송나라의 주희(朱熹)가 은거했던 무이정사(武夷精舍)를 가리키는 듯하다.

17) 畢宏韋偃(필굉위언): 중국 당나라 현종(玄宗) 때의 문인화가인 필굉(畢宏)과 위언(韋偃). 특히 노송(老松)을 잘 그렸다고 한다. 중국 당나라 두보(杜甫)의 「희위언위쌍송도가戲韋偃爲雙松圖歌」에 "천하에 몇 사람이 노송을 그렸는가, 필굉은 이미 늙었어도 위언은 아직 젊네. 빼어난 필력으로 장풍(長風)에 일어나는 나무 끝과 방 안 가득한 사람들의 감동한 얼굴빛까지 그려내네(天下幾人畫古松, 畢宏已老韋偃少. 絶筆長風起纖末, 滿堂動色嗟神妙)"라고 하였다.

18) 武陵桃源(무릉도원): 선경(仙境) 또는 낙원. 중국 진나라 도잠의 「도화원기桃花源記」에서 유래하였다. 중국 진나라 때 호남(湖南) 무릉(武陵)에 사는 한 어부가 배를 타고 가다가 도화림(桃花林)에서 길을 잃었다. 어부는 계곡물에 떠내려오는 복숭아꽃을 따라올라가 굴속에 들어갔다가 선경을 발견하였다. 그곳에 사는 사람들은 진(秦)나라의 난을 피해 온 사람들이었는데, 수백 년 동안 바깥세상과 접촉을 끊고 산다고 하였다. 그는 융숭한 대접을 받고 귀가하였는

이제야 아래와라 이 진짓 거긔로다

지수정 주변의 자연 풍경과 그곳에서의 은거 생활을 노래하다

蜿蜒ᄒᆞᆫ 水晶山 偃蹇ᄒᆞᆫ 九鷲峯
磅礴ᄒᆞᆫ 博山뫼 穹窿ᄒᆞᆫ 龍井峯이
東西南北에 오거니 가거니
노포락 ᄂᆞᄌᆞ락 녜ᄂᆞᆫ ᄃᆞᆺ 머모ᄂᆞᆫ ᄃᆞᆺ
우둑우둑 龍蹲虎踞[19]ᄒᆞ여 여긔을 닷그렷고
산밧긔 萬里長江은 潢池[20]예 發源ᄒᆞ여
淸凉[21]을 지나 흘너 退溪[22]예 渟滀ᄒᆞ여
月川[23]로 바로 ᄂᆞ려 栢潭[24]을 감도라
浩浩洋洋ᄒᆞ여 道脉川[25]이 되여 이서
다시곰 龍飛鳳舞ᄒᆞ여 廬江의 五老峯[26]을 씌듸여
芝谷[27] 어리 빗기 지나 臨川[28]을 ᄒᆞᆫ듸 모다
城山[29]에 鶴峯을 ᄇᆞ라보고 屛山[30]애 玉淵을 向ᄒᆞ여

데, 그곳의 이야기는 입 밖에 내지 말라는 당부를 어기고 다시 찾으려고 했으나 찾을 수가 없었다고 한다.

19) 龍蹲虎踞(용준호거): 용과 범이 웅크린 모양이라는 뜻으로, 지세가 웅대한 모습을 이르는 말.
20) 潢池(황지): 강원도 태백산(太白山)에 있는 연못. 낙동강의 발원지이다.
21) 淸凉(청량): 경상도 봉화(奉花)에 있는 청량산(淸凉山).
22) 退溪(퇴계): 경상도 안동을 흐르는 낙동강의 지류 이름.
23) 月川(월천): 경상도 안동을 흐르는 낙동강의 지류 이름.
24) 栢潭(백담): 경상도 안동을 흐르는 낙동강의 지류 이름.
25) 道脉川(도맥천): 경상도 안동을 흐르는 낙동강의 지류 이름.
26) 五老峯(오로봉): 경상도 안동에 있는 산. 산 아래 퇴계(退溪) 이황(李滉)을 배향한 호계서원(虎溪書院)이 있다.
27) 芝谷(지곡): 경상도 안동에 있는 고을 이름.
28) 臨川(임천): 경상도 안동에 있는 고을 이름.
29) 城山(성산): 경상도 안동에 있는 청성산(靑城山).
30) 屛山(병산): 경상도 안동에 있는 고을 이름.

洛東이로 가노라 屈曲盤回ᄒᆞ여 이 안홀 짜잇ᄂᆞ다
松風蘿月은 불거니 볼거니
사지도 금치도 안니 ᄒᆞ여 一般雙淸[31]이 다 내게 모다오고
朝雲暮霞은 부ᄂᆞᆫ ᄃᆞᆺ 희ᄂᆞᆫ ᄃᆞᆺ 모ᄃᆞ락 호터지락
千態萬狀이 져근던에 달나간다
소리소리 듯ᄂᆞᆫ 거ᄉᆞᆫ 處處의 우ᄂᆞᆫ 새오
빗비치 보ᄂᆞᆫ 거ᄉᆞᆫ 節節이 픠ᄂᆞᆫ 고치
아마도 이 몸이 늘거사 閑暇ᄒᆞ여
世事을 다 더지고 林下애 도라와셔
琴書로 버들 삼고 猿鶴으로 무룰 삼아
노라도 여긔 놀고 안자도 여긔 안자
泉石膏肓이 나죵내 병이 되어
死生貧賤을 하ᄂᆞᆯᄭᅴ 부쳐 두니
走兎功名[32]을 내 엇지 잘 ᄲᆞ로며
浮雲富貴을 내 무ᄉᆞ일 부러 보리
주으리어든 버구리렛 밥 먹고
목 ᄆᆞᄅᆞ거든 박개 물 마시니
이리ᄒᆞᄂᆞᆫ 가온대 즐거오미 ᄯᅩ 인ᄂᆞ다
藥爐茶鐺과 土盆瓦樽은 ᄒᆞᆺ더져 노혀 잇고
水樂淸響과 松籟瑤瑟은 自然이 제 나ᄂᆞ다
一斗酒 부어 먹고 百篇詩 지어 쓰니
이내의 生涯ᄂᆞᆫ 가스면 ᄃᆞᆺᄒᆞ다마ᄂᆞᆫ[33]
이내의 事業은 이 외예 ᄯᅩ 업ᄂᆞ다

---

31) 一般雙淸(일반쌍청): 산과 강이 모두 한결같이 맑음.
32) 走兎功名(주토공명): 달아나는 토끼를 잡아 이룬 사냥개의 공명. 토끼 사냥이 끝나면 사냥개를 삶는 것처럼, 쓰임새가 있을 때에는 쓰이다가 쓰임새가 없어지면 버림을 받게 된다는 뜻이다.
33) 가스면 ᄃᆞᆺᄒᆞ다마ᄂᆞᆫ: 미상. '보잘것없는 듯하지만'의 뜻인 듯하다.

사계절의 변화에 따른 흥취를 노래하다

年年이 點檢ᄒᆞ야 萬物을 靜觀ᄒᆞ니
四時佳興이 볼소록 각각 죠타
東風이 건듯 부러 洞房애 드러오니
窓 밧ᄭᅴ ᄎᆞᆫ 梅花 이 消息을 몬져 안다
乾坤이 和煦ᄒᆞ여 花柳 爭榮ᄒᆞ니
風咏壇 傍隨壇애 미친 興이 ᄀᆞ이 업다
龍山애 비 갠 후에 고사리 손소 것거 깅므느 달히니
朝夕게 風味이 足ᄒᆞᆷ도 이내의 分이로다
千山애 곳 다 지고 萬木애 새닙 나니
綠陰이 滿地ᄒᆞ여 夏日이 채 긴 저긔
石枕애 낫줌 ᄭᅵ여 涵碧塘[34]을 구어보니
거으네[35] 노ᄂᆞᆫ 고기 낫낫치 다 혤로다
竹間애 凉氣 이나 荷葉珠을 흣티니
君子의 淡若水[36]을 이어긔[37] 알리로다
기러기 ᄒᆞᆫ 소리예 淸霜이 ᄆᆞ드리니
山容이 다 여외여 錦繡로 ᄭᅮ며시니
谷口巖 盤陀巖[38]이 그리미 도외여 洞門을 ᄌᆞᆷ가 잇다
桂花飛影[39]ᄒᆞ야 松簷에 빈죄거든

---

34) 涵碧塘(함벽당): 지수정 아래에 있는 연못.
35) 거으네: 미상. '그곳에'의 뜻인 듯하다.
36) 淡若水(담약수): 물과 같이 담박함. 곧 욕심이 없고 깨끗한 군자의 성품을 이르는 말. 『장자莊子』에 "군자의 사귐은 물과 같이 담박해서 오래 지속되며, 소인의 사귐은 단술과 같이 달지만 오래가지 않는다(君子之交淡若水, 小人之交甘若醴)"라고 하였다.
37) 이어긔: 여기에.
38) 谷口巖(곡구암) 盤陀巖(반타암): 작자가 지수정 주위에 있는 경물(景物)에 붙인 이름.
39) 桂花飛影(계화비영): 계화(桂花)가 빛을 날림. 곧 달빛이 쏟아짐을 이르는 말. '계화'는 달에 계수나무가 있다는 전설에서 유래하였으며, 흔히 달을 달리 이르는 말로 쓰인다. 중국 송나라 때 마존(馬存)의 「요월정邀月亭」에 "하늘에 바람 불어 뜬구름 사라지고, 바위와 골짜기는 온

一張琴 ᄀᆞᄅᆞ 아나 玉闌干을 비겨시니
짓옷[40] 니분 손네ᄂᆞᆫ 다 나ᄅᆞᆯ ᄎᆞ자와 눈에 어득 뵈ᄂᆞ왜라
歲暮天寒애 雪滿羣山ᄒᆞ니
人蹤은 아조 업고 우ᄂᆞᆫ 새도 긋처진 제
遠近陵谷은 白玉京[41] 瓊瑤窟[42]이 되엿거ᄂᆞᆯ
鬱鬱ᄒᆞᆫ 蒼髥叟[43]은 호온자 ᄲᅢ야나 萬丈氣을 가져시니
내 ᄆᆞᄋᆞᆷ도 그런 줄을 서로 아라 撫孤巖[44]애 盤桓[45]ᄒᆞ니
우리의 後凋[46] ᄆᆡᆼ셰사 改ᄒᆞᆯ 주리 이스랴
아마도 이 졍지 젹고도 ᄀᆞ줄셰가
春夏秋冬애 雪月風花을 다 가져니
므서ᄉᆞᆯ 아니 보먀 어늬을 ᄇᆞ리리오
歲月 가을 모ᄂᆞ거니 늘ᄂᆞᆫ 주을 엇지 알리
物表애 ᄲᅱ여나 橘裏[47]예 逍遙ᄒᆞ야
神仙이 다 되여 榮辱을 다 니ᄌᆞ니
白居士 香山社[48]와 陶弘景의 松風樹[49]도 이러턴동 마던동

통 경요굴(瓊瑤窟)이라네. 달빛이 쏟아져 술잔 속에 들어와, 가슴속에 기울이니 뼛속까지 맑아지네(天風洒掃浮雲沒, 千巖萬壑瓊瑤窟. 桂花飛影入盞來, 傾下胸中照淸骨)"라고 하였다.

40) 짓옷: 깃옷. 곧 새의 깃으로 만들어 선녀나 도사가 입는 옷을 이르는 말. 여기서는 새를 의미한다.

41) 白玉京(백옥경): 신선이나 옥황상제가 산다고 하는 하늘 위의 궁궐. 여기서는 '백옥(白玉)'의 흰색 이미지를 활용하여 눈으로 하얗게 덮인 지수정 주위의 모습을 표현한 것이다.

42) 瓊瑤窟(경요굴): 달 속에 있다는 아름다운 구슬로 된 굴. 눈으로 하얗게 덮인 경치를 묘사할 때 자주 쓰이는 말로, 여기서는 눈으로 하얗게 덮인 지수정 주위의 모습을 표현한 것이다.

43) 蒼髥叟(창염수): 푸른 수염의 늙은이. 곧 소나무의 모습이 푸른 수염이 난 늙은이 같다는 뜻에서 소나무를 달리 이르는 말.

44) 撫孤巖(무고암): 작자가 지수정 주위에 있는 경물에 붙인 이름.

45) 盤桓(반환): 머뭇거리며 어떤 곳을 멀리 떠나지 못하고 서성이는 일.

46) 後凋(후조): 시들지 않음. 곧 지조 있음을 소나무와 잣나무에 비유해서 이르는 말. 『논어』「자한子罕」에 "날씨가 추워진 뒤에야 소나무와 잣나무가 시들지 않음을 알게 된다(歲寒然後, 知松栢之後彫)"라고 하였다.

47) 橘裏(귤리): 귤 속의 세계. 곧 신선들이 사는 세계를 이르는 말. 중국 삼국시대 촉(蜀)나라의 사람이 귤밭에서 귤을 수확했는데, 항아리만 한 귤이 있어 쪼개보니 그 속에 두 노인이 바둑을 두고 있었다는 고사가 당나라의 우승유(牛僧孺)가 지은 『유괴록幽怪錄』에 전한다.

잇다감 홀 일 업서 鶴氅衣[50] 니믈츠고
烏角巾[51] 빗기 스고 黃庭經[52] 녑씨 기고
靑藜杖 고초 집퍼 솔 아래 흣거러 못 우희 잠간 수여
南臺예 郎吟ᄒᆞ고 東皐애 舒嘯ᄒᆞ야[53]
戛玉澗[54] 건너 流紅洞[55] ᄂᆞ려가 믈ᄀᆞ 조차 고기 낫고
芝谷 구의 도라 商山洞 드러가 구놈 ᄎᆞ자 ᄂᆞ몰 쎄야
靑山影裏와 紅蓼花邊으로 허롱도이[56] 오락가락 힉올 저긔
野人山僧과 遊客詩朋을 凌波橋 步虛橋[57]애 만나는 듯 반기ᄂᆞᆫ 듯
樽酒談笑로 민일에 지내노라
一區樂土을 하놀히 날 주시니
考槃在阿ᄒᆞ야 永矢弗諼이라[58] 주근 후도 예 놀리라

---

48) 白居士(백거사) 香山社(향산사): 중국 당나라 때 백거이(白居易)가 낙양(洛陽)의 향산사에서 구로사(九老社)를 결성하여 친교를 다졌던 것을 말한다. 백거이는 이백(李白), 두보(杜甫)와 함께 당나라 3대 시인으로 불리며, 자는 낙천(樂天), 호는 향산거사(香山居士) 또는 취음선생(醉吟先生)이다.

49) 陶弘景(도홍경)의 松風榭(송풍사): 중국 양(梁)나라 때 도홍경이 모산(茅山)에 은거하여 뜰에 가득 소나무를 심고서 솔바람 소리 듣기를 좋아했던 것을 말한다. 도홍경은 양나라 무제(武帝) 때의 은사로, 자는 통명(通明), 호는 화양은거(華陽隱居) 또는 화양진일(華陽眞逸)이다. 갈홍(葛洪)의 『신선전神仙傳』을 읽고 양생(養生)에 뜻을 두었으며, 무제의 지우(知遇)를 받아 사람들은 그를 '산중재상(山中宰相)'이라 불렀다고 한다.

50) 鶴氅衣(학창의): 소매가 넓고 흰옷의 가장자리를 검은 천으로 넓게 댄 윗옷. 학처럼 고결함과 숭고함을 상징하며, 신선이 입는 옷이라고 하여 선비들이나 도사들이 평상복으로 입었다.

51) 烏角巾(오각건): 검은색 각건(角巾). '각건'은 은거하는 선비가 쓰는 두건(頭巾)이다.

52) 黃庭經(황정경): 도가(道家)의 경서(經書). 신선이 이 경서를 읽다가 한 글자라도 잘못 읽으면 천상(天上)에서 인간 세계로 귀양 온다고 한다.

53) 東皐(동고)에 舒嘯(서소)하여: 동쪽 언덕에 올라 휘파람을 분다는 뜻. 중국 진나라 도잠이 지은 「귀거래사」에 나오는 "동쪽 언덕에 올라 휘파람을 불다(登東皐以舒嘯)"를 원용한 구절이다.

54) 戛玉澗(알옥간): 작가가 지수정 주위에 있는 경물에 붙인 이름.

55) 流紅洞(유홍동): 작가가 지수정 주위에 있는 경물에 붙인 이름.

56) 허롱도이: 하는 일 없이 어슬렁어슬렁하는 모양.

57) 凌波橋(능파교) 步虛橋(보허교): 작가가 지수정 주위에 있는 경물에 붙인 이름.

58) 考槃在阿(고반재아)하여 永矢弗諼(영시불훤)이라: 언덕에 움막을 짓고서 그 즐거움을 잊지 않겠다고 다짐한다는 뜻. 곧 벼슬길에 나아가지 않고 은거함을 이르는 말. 『시경』 위풍(衛風) 「고반考槃」에 "물가에 움막을 지으니, 숨어 사는 이의 마음은 넉넉하네. 혼자 자다 깨어 말하노니, 못 잊겠다 다짐하네. 언덕에 움막을 지으니, 숨어 사는 이의 마음은 너그럽네. 혼자 자다 깨어 노래하니, 딴생각 안 하겠다 다짐하네(考槃在澗, 碩人之寬, 獨寐寤言, 永矢弗諼. 考槃在阿, 碩人

도학자로서 성현을 본받아 살아가겠다고 다짐하다

다몬당 士君子 一身이 이 셰예 나 이셔셔
致君인ᄃᆞᆯ 아니 ᄒᆞ랴 澤民인ᄃᆞᆯ 아니 ᄒᆞ랴
出處進退예 시룸이 다 이스니
得志[59]옷 못ᄒᆞ면 山林에 오려니와
그리타 景物만 일삼고 實地[60]을 아니 혜랴
平生애 ᄇᆡ혼 거시 忠孝을 願ᄒᆞ더니
비록 窮達이 有時ᄒᆞᆫᄃᆞᆯ ᄆᆞᄋᆞᆷ잇ᄃᆞᆺ ᄯᅩ 다ᄅᆞ랴
북녁 臺예 올라가 隴雲[61]을 ᄇᆞ라보니 思親淚 절로 나고
斗星을 瞻仰ᄒᆞ니 戀闕情 못 ᄎᆞᆷ을다
ᄒᆞ몰며 樂山樂水[62]ᄂᆞᆫ 仁智의 일이오
登高自卑[63]은 聖賢의 訓이라

之邁, 獨寤寐歌, 永矢弗過)"라고 하였다.

59) 得志(득지): 뜻을 얻음. 곧 벼슬에 나아감을 이르는 말. 『맹자』「진심장구상盡心章句上」에 "옛날의 사람은 뜻을 얻으면 은택(恩澤)이 백성에게 더해지게 하고, 뜻을 얻지 못하면 몸을 닦아 세상에 드러내니, 궁하면 홀로 그 몸을 착하게 하고 영달하면 아울러 천하를 선하게 한다(古之人, 得志澤加於民, 不得志修身見於世, 窮則獨善其身, 達則兼善天下)"라고 하였다.

60) 實地(실지): 각답실지(脚踏實地). 발로 실제 땅을 밟음. 곧 사실과 원리를 조금도 과장함이 없이 일을 성실하게 행하는 것을 비유해서 이르는 말. 중국 송나라 때 사마광(司馬光)이 『자치통감資治通鑑』을 완성한 후 절친한 친구인 소옹(邵雍)을 찾아가 자신이 어떤 사람이냐고 물었을 때, 소옹이 "자네는 발로 실제 땅을 밟고 사는 사람이지(君實脚踏實地人也)"라고 대답했다는 기록이 소옹의 『소씨견문록邵氏見聞錄』에 전한다.

61) 隴雲(농운): 언덕 위의 구름. 또는 무덤 위의 구름. 여기서는 작자의 부친인 김언기의 묘 위에 떠 있는 구름을 가리키는 듯하다.

62) 樂山樂水(요산요수): 산을 좋아하고 물을 좋아함. 『논어』「옹야雍也」에 "지혜로운 사람은 물을 좋아하고 어진 사람은 산을 좋아하며, 지혜로운 사람은 동적이고 어진 사람은 정적이며, 지혜로운 사람은 낙천적이고 어진 사람은 장수한다(知者樂水, 仁者樂山, 知者動, 仁者靜, 知者樂, 仁者壽)"라고 하였다.

63) 登高自卑(등고자비): 높은 곳에 오르려면 반드시 낮은 곳에서부터 시작해야 함. 곧 모든 일에는 순서가 있음을 비유하는 말. 『중용中庸』에 "군자의 도는 비유컨대 멀리 가려면 반드시 가까이로부터 해야 함과 같으며, 비유컨대 높은 곳에 오르려면 반드시 낮은 곳에서부터 시작해야 함과 같다(君子之道, 辟如行遠必自邇, 辟如登高必自卑)"라고 하였다.

臺 일홈 도라보고 階梯을 ᄎᆞ자가니
臨鏡小心[64]ᄒᆞ야 養性樂天이 이내의 功業이로다
진실로 이 정ᄌᆞ 가지고 이 功業 다ᄒᆞ면
浩然天地예 于于得得[65]ᄒᆞ야 萬事無心ᄒᆞ니 三公괜ᄃᆞᆯ 밧골소냐[66]
이내의 이 ᄀᆞᆺ튼 ᄆᆞ음으로 옛사ᄅᆞᆷ의 지낸 일을 혜여 보니
謝安石 東山의ᄂᆞᆫ 携妓을 즐겨ᄒᆞ고[67]
林和靖 西湖애도 梅鶴만 뒷돗더라[68]
竹林醉狂[69]은 名敎[70]을 다 ᄇᆞ리고
習池歌舞[71]은 놀고 갈 ᄲᅮᆫ이로다
ᄒᆞ몰며 虛誕ᄒᆞᆫ 瑤池宴[72]과 流蕩ᄒᆞᆫ 琴臺客[73]은

---

64) 臨鏡小心(임경소심): 거울을 마주하여 삼가고 조심하는 마음.

65) 于于得得(우우득득): 아무것도 개의치 않으면서 만족스러워하는 모양.

66) 三公(삼공)관들 바꿀쏘냐: 중국 송나라 대복고(戴復古)의 「조대釣臺」에 나오는 "세상사 다 잊고 낚싯대에 의지하니 삼공처럼 좋은 벼슬도 이 강산과 바꾸지 않겠노라(萬事無心一釣竿, 三公不換此江山)"라는 구절을 따와서 조정에서 제일 귀하고 높은 벼슬인 삼공과도 바꾸지 않을 정도로 자연을 좋아하는 마음을 나타낸 것이다.

67) 謝安石(사안석)~즐겨하고: 중국 진(晉)나라 사안(謝安)이 동산(東山)에서 기생들과 풍류를 즐기며 은거했던 것을 말한다. '안석(安石)'은 사안의 자이다. 사안은 명성이 있었으나 벼슬에 나가지 않고 동산에 은거하고 있다가 40세가 되어서야 벼슬에 나가 재상의 지위에까지 올랐다. 중국 당나라 이백(李白)의 「등양왕서하산맹씨도원중登梁王棲霞山孟氏桃園中」에 "사안에겐 동산의 기생이 있었는데, 웃음 띠고 금병풍에 앉으면 꽃 같았네(謝公自有東山妓, 金屛笑坐如花人)"라고 하였다.

68) 林和靖(임화정)~두었더라: 중국 송나라 때 은사인 임포(林逋)가 서호(西湖)에서 매화를 심고 학을 기르며 은거했던 것을 말한다. '화정(和靖)'은 임포의 호이다. 임포는 서호에서 매화를 아내로 삼고, 학을 자식으로 삼아 살았다고 해서 사람들이 '매처학자(梅妻鶴子)'라고 불렀다.

69) 竹林醉狂(죽림취광): 죽림의 술꾼. 곧 죽림칠현(竹林七賢)을 이르는 말. '죽림칠현'은 중국 진(晉)나라 초기 노자(老子)와 장자(莊子)의 무위사상(無爲思想)을 숭상하여 죽림에 모여 거문고와 술을 즐기고 청담(淸談)으로 세월을 보낸 완적(阮籍), 혜강(嵇康), 산도(山濤), 향수(向秀), 유영(劉伶), 완함(阮咸), 왕융(王戎) 등 일곱 명의 선비를 말한다.

70) 名敎(명교): 인륜의 명분을 밝히는 가르침. 곧 유학(儒學)을 이르는 말.

71) 習池歌舞(습지가무): 습씨(習氏) 집안의 연못에서 배를 띄우고 노래하고 춤을 춤. '습지(習池)'는 '습가지(習家池)'를 말하며, '고양지(高陽池)'라고도 한다. 중국 진(晉)나라 때 산간(山簡)이 양양(襄陽) 태수로 있으면서 그곳의 호족인 습씨 집안의 연못에 배를 띄우고 술 마시며 노닐었던 고사에서 유래한 말이다.

72) 瑤池宴(요지연): 서왕모(西王母)가 요지(瑤池)에서 삼천 년에 한 번씩 벌이는 잔치. 중국 고대 전설에 서왕모가 사는 곤륜산(崑崙山) 위의 요지에는 삼천 년에 한 번 열린다는 반도(蟠桃)라

彼哉 彼哉[74]라 牙齒間[75]애 거놀 것가

아마도 陶靖節 北牕淸風[76]과 周濂溪 愛蓮眞樂[77]과

程明道 盆池養魚[78]와 朱晦庵 雲谷巖栖[79]사 이내 스승인가 ᄒ노라

는 선도(仙桃)가 있는데, 이 선도가 열리면 서왕모가 잔치를 베풀었다고 한다.

73) 琴臺客(금대객): 중국 한나라 때 탁문군(卓文君)을 유혹하기 위해서 거문고로 봉구황곡(鳳求凰曲)을 탔던 사마상여(司馬相如). 사마상여와 탁문군이 거문고로 서로 화답했다는 '금대(臺客)'는 중국 사천성(四川省) 성도(成都) 완화계(浣花溪)에 있다.

74) 彼哉(피재) 彼哉(피재): 그 사람이야 뭐. 또는 그것이야 뭐. 곧 사람이나 사물을 대수롭지 않게 낮추어보고 하는 말. 『논어』「헌문憲問」에 "어떤 사람이 자산(子産)에 대해 물으니 공자가 대답하기를 '은혜를 베푸는 사람이다'라고 했고, 자서(子西)에 대해 물으니 '그 사람이야 뭐'라고 했으며, 관중(管仲)에 대해 물으니 '인물이다. 백씨에게서 삼백 읍을 빼앗았으나 거친 밥을 먹으면서도 평생 원망하지 않았다'고 했다(或問子産, 子曰 惠人也. 問子西曰 彼哉彼哉. 問管仲 曰 人也. 奪伯氏騈邑三百 飯疏食沒齒無怨言)"라고 하였다.

75) 牙齒間(아치간): 어금니와 이의 사이. 곧 차이가 없는 같은 무리를 이르는 말.

76) 陶靖節(도정절) 北牕淸風(북창청풍): 중국 진나라 때 은사인 도잠이 벼슬을 그만두고 고향으로 돌아와 「귀거래사」를 짓고 술과 거문고를 벗삼아 은거했던 것을 말한다. '정절(靖節)'은 도잠의 시호다.

77) 周濂溪(주렴계) 愛蓮眞樂(애련진락): 중국 송나라 때 성리학자인 주돈이(周敦頤)가 「애련설愛蓮說」을 지어 연꽃을 군자에 비유하여 사랑한 것을 말한다. '염계(濂溪)'는 주돈이의 호이다.

78) 程明道(정명도) 盆池養魚(분지양어): 중국 송나라 때 성리학자인 정호(程顥)가 작은 연못을 파서 물고기를 기르며 사물을 관찰하여 이치를 탐구했던 것을 말한다. '명도(明道)'는 정호의 호이다.

79) 朱晦庵(주회암) 雲谷巖栖(운곡암서): 중국 송나라 때 성리학자인 주희(朱熹)가 만년에 무이산(武夷山) 운곡에 무이정사(武夷精舍)를 짓고 은거한 것을 말한다. '회암(晦庵)'은 주희의 호이다.

梅湖別曲ᄆᆡ호별곡

曺友仁

자연에 묻혀 살려는 의지를 노래하다

明時명시[1]예 ᄇᆞ린 몸이 物外물외예 누어더니
갑 업ᄉᆞᆫ 風月풍월과 임ᄌᆡ 업ᄉᆞᆫ 江山강산을
造物조물이 許賜허ᄉᆞᄒᆞ야 날을 맛겨 ᄇᆞ리시니
ᄂᆡ라 ᄉᆞ양ᄒᆞ며 닷토리 뉘 이시리
商山東畔상산동반[2]과 洛水西涯낙슈셔ᄋᆡ[3]예
烟霞년하을 혜치고 洞天동천을 ᄎᆞᄌᆞ드러
竹杖芒鞋듁장망혜로 處處쳐쳐의 도라보니
澄潭징담 깁흔 곳의 노프니ᄂᆞᆫ 絶壁절벽이오

1) 明時(명시): 밝은 시대. 곧 태평한 시절을 이르는 말. 중국 당나라 두보(杜甫)의 「영회이수詠懷二首」에 "일 마치고 돌아오니 모아둔 재물 없고, 늙어가니 태평한 시절 그리워지네(罷歸無舊業, 老去戀明時)"라고 하였다.
2) 商山東畔(상산동반): 경상도 상주(尙州)의 동쪽 두둑.
3) 洛水西涯(낙수서애): 낙동강(洛東江)의 서쪽 물가.

옥 ᄀᆞᆺ튼 여흘은 깁 편 ᄃᆞᆺ 흘러 있다
臺ᄃᆡ도 ᄃᆞᆺ그려니 亭子졍ᄌᆞ도 지으려니
池塘디당도 ᄑᆞ오며 澗水간슈도 혜오려니
ᄂᆡ 힘 밋ᄂᆞᆫᄃᆡ로 草屋三間초옥삼간 지어 ᄂᆡ니
制度草創뎨도초창ᄒᆞᆫᄃᆡ 景槩경ᄀᆡᄂᆞᆫ 그지업다[4]

은거지인 매호의 풍경을 칭송하다

端妙단묘ᄒᆞᆫ 飛鳳비봉[5]과 偃蹇언건ᄒᆞᆫ 梅岳ᄆᆡ악[6]이
東西동셔ᄅᆞᆯ 相對상ᄃᆡᄒᆞ여 有情유졍이 셔 이시니
玉容端士옥용단ᄉᆞ와 介冑武夫ᄀᆡ쥬무뷔
揖讓周旋읍양주션ᄒᆞ여 氣勢긔셰ᄅᆞᆯ 다토ᄂᆞᆫ ᄃᆞᆺ[7]
一髮玉岺일발옥ᄌᆞᆷ은 戞雲알운[8]이 혼ᄌᆞ 놉다
五朶蓮峰오태연봉은 密山밀산[9]이 더욱 곱다
외로운 天柱쳔쥬[10]ᄂᆞᆫ 무ᄉᆞᆷ 긔운 타나 이셔

4) 制度草創(제도초창)한데～그지없다: 자연 속의 터전은 제대로 갖추지 못했으나 주변의 자연 경치는 뛰어나다는 뜻의 구절이다.
5) 飛鳳(비봉): 경상도 상주에 있는 비봉산(飛鳳山).
6) 梅岳(매악): 경상도 상주에 있는 매악산(梅岳山).
7) 玉容端士(옥용단사)와～다투는 듯: 단아한 모습의 비봉산을 단정한 선비의 모습에, 우뚝 솟은 매악산을 씩씩한 무사에 비유하여 두 산이 서로 예를 갖추어 기세를 다투며 솟아 있다고 표현한 구절이다. '읍양주선(揖讓周旋)'은 읍(揖)하고 사양하는 예의를 갖춤이라는 뜻으로, 활쏘기에서 예법의 중요성을 의미한다. 『예기禮記』「사의射儀」에 "공자가 '군자는 다툴 일이 없는데 활쏘기 시합만은 예외이다. 서로 읍하고 예를 갖추고서 당에 오르고, 마친 후에는 내려와서 술을 마시니, 이런 다툼이 어찌 군자답지 아니한가'라고 말했다(孔子曰, 君子無所爭, 必也射乎. 揖讓而升, 下而飮, 其爭也君子)"라고 하였다. 또한 『예기』「사의」에 "활쏘기는 앞으로 나아가고 뒤로 물러나고 한바퀴 도는 것이 모두 예에 맞고, 안으로 뜻을 바르게 하고 밖으로 몸을 곧게 한 후에 활과 화살을 예법에 맞게 잡아야 한다(射者, 進退周還必中禮, 內志正外體直, 然後持弓矢審固)"라고 하였다.
8) 戞雲(알운): 경상도 상주에 있는 알운봉(戞雲峰).
9) 密山(밀산): 미상. 경상도 상주에 있는 산인 듯하다.

九萬里長天구만니쟝쳔을 구쥭히 밧쳐시며
완젼ᄒᆞᆫ11) 水山슈산12)은 무슴 마옴 먹어 이셔
풀쳐 간ᄂᆞᆫ ᄃᆞᆺ 돌치며 소ᄉᆞᆺᄂᆞᆫ ᄃᆞᆺ
그 남은 衆峰즁봉이 수업시 버러시니
멀리 뵈나니ᄂᆞᆫ 綽約佳人작약가인이
嬌態교ᄐᆡ롤 못 갑초아 翠眉취미롤 ᄶᅵᆼ기ᄂᆞᆫ ᄃᆞᆺ
ᄀᆞᆺ가이 뵈나니ᄂᆞᆫ 龍眠畫工뇽면화공13)이
水墨新粧슈묵신장을 彩筆ᄎᆡ필노 둘넌ᄂᆞᆫ ᄃᆞᆺ
뫼흔ᄏᆞ니와 물을 죠ᄎᆞ 이으려니
潢池一脉황디일맥14)이 萬壑만학을 呑合탄합ᄒᆞ여
千里朝宗쳔니조종15)ᄒᆞ여 碧海벽ᄒᆡ예 이윗거든
龍湫용추16)의 ᄂᆞ린 물이 어ᄃᆡ롤 指向지향ᄒᆞ여
二十四橋니십ᄉᆞ교롤 구븨구븨 우려 ᄂᆞ려
絶壁절벽을 감도라 竹院灘쥭원탄17)의 드러오니
銀河은하의 다핫ᄂᆞᆫ ᄃᆞᆺ 玉虹옥홍이 둘넛ᄂᆞᆫ ᄃᆞᆺ
曠野迷茫광야미망ᄒᆞ야 하늘이 한 가이오
平沙浩明평ᄉᆞ호명ᄒᆞ야 눈 편 ᄃᆞᆺᄒᆞ여 잇다
千頃浩光쳔경호광은 寶鏡보경을 ᄃᆞᆺ가시며

10) 天柱(천주): 경상도 문경(聞慶)에 있는 천주봉(天柱峰).
11) 완젼ᄒᆞᆫ: 완전(婉轉)한. 구불구불한.
12) 水山(수산): 미상. 경상도 상주에 있는 산인 듯하다.
13) 龍眠畫工(용면화공): 용면(龍眠)의 뛰어난 그림 솜씨. '용면'은 중국 송나라 때 이름난 화가인 이공린(李公麟)을 말하며, '용면'은 그의 호이다. 문인 가문에서 태어나 진사시험에 급제하여 벼슬살이도 했으나, 벼슬을 사직하고 용면산(龍眠山)에 들어가 회화에 전념했다.
14) 潢池一脉(황지일맥): 황지(潢池)에서 발원한 물줄기. 황지는 강원도 태백산(太白山)에 있는 천연의 못으로, 낙동강의 근원이다.
15) 千里朝宗(천리조종): 천 리를 흘러들어감. 곧 크고 작은 강물이 모여 천 리를 흘러 바다로 들어가는 것을 이르는 말. 『서경書經』「우공禹貢」에 "장강(長江)과 한수(漢水)를 모아 바다로 흘러들어가게 한다(江漢朝宗于海)"라고 하였다.
16) 龍湫(용추): 경상도 문경 조령(鳥嶺)에 있는 폭포.
17) 竹院灘(죽원탄): 경상도 상주에 있는 여울.

十里漁村십니어촌은 烟樹년슈로 粧占장졈ᄒᆞ니
臨湖眼界님호안계[18]와 御風勝槩어풍승ᄀᆡ[19]를
말노 다 이ᄅᆞ오며 아니 보아 어이 알고
그ᄂᆞᆫ ᄏᆞ니와 四時ᄉᆞ시예 뵈ᄂᆞᆫ 경이
픠여 디ᄂᆞᆫ ᄃᆞᆺ 푸르러 이우ᄂᆞᆫ ᄃᆞᆺ
千巖쳔남이 錦繡금슈된 ᄃᆞᆺ 萬壑만학이 瓊瑤경요된 ᄃᆞᆺ
畵工手段화공슈단을 층냥키 어려워라
보아 쓸믜며 變態변ᄐᆡ를 가을ᄒᆞᆯ가[20]

안빈낙도하는 생활과 은둔의 소회를 읊조리다

늙고 병들고 疎懶소ᄅᆞᄒᆞᆫ 이 셩품이
世情셰졍도 몰ᄅᆞ고 人事인ᄉᆞ의 오활[21]ᄒᆞ여
功名富貴공명부귀도 구키예 손이 셔려[22]
貧賤飢寒빈쳔긔한을 一生일싱의 격거 이셔
樂天知命낙쳔지명[23]을 예 좀싼 드러더니
山水산슈에 벽이 이셔 偶然우연히 드러오니
得喪득샹도 모ᄅᆞ거든 榮辱영욕을 어이 알며
是非시비을 못 듯거니 黜陟츌쳑[24]을 어이 알ᄭᅩ

18) 臨湖眼界(임호안계): 임호정(臨湖亭)에서 바라본 풍경. 임호정은 경상도 상주에 있는 정자이다.
19) 御風勝槩(어풍승개): 어풍대(御風臺)에서 바라본 뛰어난 경관. 어풍대는 경상도 상주에 있는 대(臺)이다.
20) 가을ᄒᆞᆯ가: '가늠할까'의 뜻인 듯하다.
21) 오활: 우활(迂闊). 사리에 어둡고 세상 물정을 잘 모름.
22) 功名富貴(공명부귀)도~손이 설어: 부귀공명을 구하는 데 재주가 없고 익숙하지 못하여.
23) 樂天知命(낙천지명): 하늘을 즐기고 천명을 앎. 하늘의 뜻에 순응하여 자기의 처지에 만족하는 것을 가리킨다. 『주역周易』「계사상繫辭上」에 "하늘을 즐기고 천명을 알기 때문에 걱정이 없다(樂天知命故不憂)"라고 하였다.
24) 黜陟(출척): 나아가고 물러나는 것. '출(黜)'은 좌천시키거나 내쫓는 것이고, '척(陟)'은 승진시

環堵蕭然환도소연[25] ᄒᆞ여 容膝용슬을 ᄒᆞᄃᆞᆺ 마ᄃᆞᆺ
斗室滂寂두실잠적[26] ᄒᆞ여 世慮셰려ᄅᆞᆯ 이져시니
黃券聖賢황권셩현은 曠世광셰예 師友ᄉᆞ우시며
天地神明쳔지신명은 方寸방촌의 비최시며
性分稟受셩분품수ᄅᆞᆯ 져바리지 마자 ᄒᆞ니
疏食水飮쇼ᄉᆞ수음[27]도 이우나 못 니우나
古人眞樂고인진낙이 靜中정즁의 깁허셔라
時時掩卷시시엄권ᄒᆞ여 擊節長吁격절장우ᄒᆞ고
彈琴一曲탄금일곡ᄒᆞ고 濁酒三盃탁쥬삼비ᄒᆞᆫ 후
浩浩長歌호호쟝가[28]를 느리혀 부르니
唐虞당우[29]ᄂᆞᆫ 언제런고 이ᄂᆡ 몸 느존졔고
山林산님이 寂寞젹막ᄒᆞᆫᄃᆡ 혜여든 다ᄉᆞᄒᆞᆫ ᄃᆞᆺ[30]
孤雲고운을 보거니 獨鳥독조ᄂᆞᆫ 무ᄉᆞᆷ 일고
明月淸風명월쳥풍은 함ᄭᅴ 조챠 드노ᄆᆡ라

키거나 등용하는 것이다. 『서경』「순전舜典」에 "세 번 살핀 끝에 치적이 없고 무능한 자는 내쫓고 명석한 자는 승진시켰다(三考黜陟幽明)"라고 하였다.

25) 環堵蕭然(환도소연): 좁은 방이 쓸쓸함. '환도(環堵)'는 사방 한 길 정도의 집으로, 좁은 집이나 가난한 집을 비유한 말이다. 중국 진(晉)나라 도잠(陶潛)의 「오류선생전五柳先生傳」에 "작은 집이 쓸쓸하고 고요하여 바람과 해를 가릴 수 없다(環堵蕭然, 不蔽風日)"라고 하였다.

26) 斗室滂寂(두실잠적): 아주 작은 방이 쓸쓸하고 적막함. 중국 송나라 황정견(黃庭堅)의 「문蚊」에 "좁은 방에 표범 다리 같은 모기는 왜 모이는가, 천둥소리같이 시끄럽고 구름 모이듯 하는구나(斗室何來豹脚蚊, 殷如雷鼓聚如雲)"라고 하였다.

27) 疏食水飮(소사수음): 거친 밥을 먹고 물을 마심. 『논어』「술이述而」에 "거친 밥을 먹고 물을 마시며, 팔을 굽혀 베더라도 즐거움은 또한 그 가운데 있으니, 의롭지 않게 부귀를 누림은 나에게는 뜬구름과 같다(飯疏食飮水, 曲肱而枕之, 樂亦在其中矣, 不義而富且貴, 於我如浮雲)"라고 하였다.

28) 浩浩長歌(호호장가): 중국 송나라 마존(馬存)의 「호호가浩浩歌」. 이 노래는 맹자의 호연지기(浩然之氣)에서 제목을 취한 것으로 세상의 작은 이익에 구애받지 않고 호탕하게 살겠다는 뜻을 읊은 것이다.

29) 唐虞(당우): 중국 고대의 임금인 당요(唐堯)와 우순(虞舜). 곧 요(堯)임금과 순(舜)임금을 함께 이르는 말. 요임금은 왕위를 아들이 아닌 순에게 물려주었으며, 순임금은 우(禹)가 치수(治水)의 공이 있다 하여 그에게 왕위를 물려주어 현군(賢君)의 대표적인 인물로 불린다. 보통 요임금과 순임금의 시기를 태평성대의 시기라 일컫는다.

30) 혜여든 다ᄉᆞᄒᆞᆫ ᄃᆞᆺ: 생각하면 일이 많은[多事] 듯.

烹茶ᄑᆡᆼ다를 ᄒᆞ오리라 松子송ᄌᆞᄅᆞᆯ 주어 노코
沽酒출쥬를 거른 후의 葛巾갈건을 아니 널냐

자연에 묻혀 살 것을 다짐하다

溪邊계변 든 잠을 水聲슈셩이 씨오ᄂᆞᆫ ᄃᆞᆺ
竹林듁님 깁흔 곳의 손니조차 오노ᄆᆡ라
柴門싀문을 열치고 落葉낙엽을 밧비 쓸며
익기 씨힌 바회예 지혀도 안ᄌᆞ보며
그늘진 松根송근을 베고도 누어보며
閑談한담을 못다 그쳐 山日산일이 빗겨시니
尋僧심승을 언제 ᄒᆞᆯ고 採藥ᄎᆡ약이 져물거다[31]
그도 번거ᄒᆞ여 ᄯᅥᆯ치고 거러 올나
萬里雙眸만니쌍모ᄅᆞᆯ ᄎᆡ 드러 도ᄅᆞ보니
落下孤鶩낙하고목[32]은 오며가며 단니거든
茫茫俗物망망속물은 眼中안중의 塵埃진ᄋᆡ로다
機心긔심[33]을 이졋거니 魚鳥어됴나 날 ᄃᆡᄒᆞᆯ랴
苔磯ᄐᆡ긔예 나려 안ᄌᆞ 白鷗ᄇᆡᆨ구ᄅᆞᆯ 벗을 삼고
瓦盆와분을 거우려 취토록 혼ᄌᆞ 먹고

31) 尋僧(심승)을~저물겠다: 중국 당나라 시인 가도(賈島)의 「심은자불우尋隱者不遇」라는 시에 빗대어 작자가 자연에 묻혀 한가롭게 살고자 하는 것을 나타낸 구절이다. '심승(尋僧)'과 '채약(採藥)'은 은자(隱者)의 삶을 가리킨다. 가도의 「심은자불우」는 "소나무 아래에서 동자에게 물으니, 스승은 약을 캐러 갔다고 대답하네. 다만 이 산속에 있으련만, 구름이 깊어서 간 곳을 알 길 없구나(松下問童子, 言師採藥去. 只在此山中, 雲深不知處)"로 되어 있다.

32) 落下孤鶩(낙하고목): '落霞孤鶩(낙하고목)'의 오기. '낙하고목'은 저녁노을에 외로운 따오기라는 뜻이다. 중국 당나라 왕발(王勃)의 「등왕각서滕王閣序」에 "저녁노을과 외로운 따오기는 나란히 날고, 가을 강물과 아득한 하늘은 한빛일세(落霞與孤鶩齊飛, 秋水共長天一色)"라고 하였다.

33) 機心(기심): 기회를 엿보는 마음. 곧 부귀공명(富貴功名)을 구하려는 마음을 이르는 말. 이 말은 『장자莊子』「추수편秋水篇」에 나온다.

興盡홍진을 ᄀᆡ약ᄒᆞ여 夕陽셕양을 보ᄂᆡᆫ 후의
江門강문의 달이 올나 水天슈쳔이 일ᄉᆡᆨ인 졔
滿江風流만강풍뉴롤 ᄒᆞᆫ ᄇᆡ 우의 시러 오니
飄然天地표연쳔디예 걸닌 고디 무슴 일고
두어라 이렁셩그러 終老죵노ᄒᆞᆫ달 어이ᄒᆞ리

嘆窮歌

鄭勳

자신의 가난을 탄식하다

하늘이 삼기시믈 일졍 고로 ᄒᆞ련마는[1)]
엇지ᄒᆞᆫ 人生이 이대도록 苦楚ᄒᆞᆫ고
三旬九食을 엇거나 못 엇거나
十年一冠을 쓰거나 못 쓰거나[2)]
顔瓢屢空[3)]인ᄃᆞᆯ 날ᄀᆞ치 뷔여시며

1) 일정 고로 하련마는: 한가지로 고르게 하련마는.

2) 三旬九食(삼순구식)을~쓰거나: 몹시 가난함을 표현한 구절이다. '삼순구식'은 삼십 일에 아홉 끼니를 먹는다는 뜻이며, '십년일관(十年一冠)'은 십 년에 겨우 한 번 옷을 갈아입는다는 뜻이다. 이 둘은 몹시 가난함을 이르는 말이다. 중국 진(晉)나라 도잠(陶潛)의 「의고시擬古詩」에 "삼십 일에 아홉 끼가 고작이요, 십 년이 지나도록 옷 하나로 지내더라(三旬九遇食 十年著一冠)"라고 하였다.

3) 顔瓢屢空(안표누공): 안회(顔回)의 표주박이 자주 빔. 공자의 제자인 안회가 가난하여 음식을 담는 그릇이 자주 비어 있음을 뜻한다. 『논어』 「옹야雍也」에 "공자가 말하기를 '어질다, 안회여! 한 바구니의 밥과 한 표주박의 물로 누추한 시골에 있는 것을 딴 사람들은 그 근심을 견뎌내지 못하는데, 안회는 그 즐거움을 변치 않으니, 어질다, 안회여!'라고 말했다(子曰, 賢哉, 回

原憲艱難[4]인ᄃᆞᆯ 날ᄀᆞ치 已甚ᄒᆞᆯ가

가난으로 인한 괴로움을 노래하다

春日이 遲遲ᄒᆞ야 布穀이 비야거ᄂᆞᆯ
東隣에 ᄡᅡ보 엇고 西舍에 호ᄆᆡ 엇고
집 안희 드러가 ᄡᅵ갓ᄉᆞᆯ 마련ᄒᆞ니
올벼ᄡᅵ ᄒᆞᆫ 말은 半 나마 쥐 먹엇고
기장 피 조 ᄑᆞᆺ튼 서너 되 부터거ᄂᆞᆯ
한아[5]한 食口 일이ᄒᆞ야 어이 살리
이바 아희들아 아모려나 힘ᄡᅥ쓰라
쥭은 물 샹쳥 먹고 거니 건져 죵을 주니[6]
눈 우희 바ᄂᆞᆯ 젓고 코ᄒᆞ로 ᄑᆞ람 분다[7]
올벼ᄂᆞᆫ ᄒᆞᆫ ᄇᆞᆯ ᄣᅳᆺ고 조 ᄑᆞ튼 다 무기니
살히 피 바랑이ᄂᆞᆫ 나기도 슬찬턴가[8]
환자 장이[9]ᄂᆞᆫ 무어스로 당만ᄒᆞ며

也. 一簞食一瓢飮, 在陋巷, 人不堪其憂, 回也不改其樂, 賢哉 回也)"라고 하였다.

4) 原憲艱難(원헌간난): 원헌(原憲)의 몹시 가난함. 공자의 제자인 원헌이 쑥대로 문을 하고 잡초로 지붕을 이는 등 가난하게 살고 있었는데, 공자의 제자 중 부자였던 자공(子貢)이 화려한 수레를 타고 원헌의 집을 방문하였다. 누더기를 걸친 원헌을 본 자공이 불쌍히 여겨 위로의 말을 하자 원헌은 오히려 물질을 추구하는 자공을 힐난하였다는 고사가 『장자莊子』「양왕讓王」에 전한다.

5) 한아: 한아(寒餓). 춥고 굶주림.

6) 죽은~주니: 죽(粥)의 물은 상전(上典)이 먹고, 건더기는 건져 종에게 주니. 가난한 형편에서도 종을 배불리 먹이려는 상전의 마음을 나타낸 구절이다.

7) 눈 위에~파람 분다: 눈을 치껴뜨고 콧방귀를 뀐다. 여기서는 만족하지 못한 상태를 나타낸다.

8) 슬찬턴가: '수월찮이 많다'는 뜻이다.

9) 환자 장리: 환자(還子) 장리(長利). 조선시대에 곡식을 사창(社倉)에 저장하였다가 백성들에게 봄에 꾸어주고 가을에 이자를 붙여 거두던 일. 받을 때에는 한 해 이자로 본디 곡식의 절반 이상을 받는다.

徭役 貢賦는 엇지ᄒᆞ여 출와낼고
百爾思之라도 겨닐 셩이 젼혜 업다
萇楚의 無知를 불어ᄒᆞ나 엇지ᄒᆞ리[10)]
時節이 豊ᄒᆞᆫ들 지어미 ᄇᆡ브르며
겨스를 덥다 ᄒᆞᆫ들 몸을 어이 ᄀᆞ리울고
機杼도 쁠 듸 업서 空壁의 찌쳐 잇고
釜甑도 ᄇᆞ려 두니 블근 비티 다 되엿다
歲時朔望 名日忌祭는 무어스로 饗祀ᄒᆞ며
遠近親戚 來賓往客은 어이ᄒᆞ야 接待ᄒᆞᆯ고
이 얼굴 진여 이셔 어려운 일 하고 만타

가난을 떨쳐내고 싶은 심정을 노래하다

이 怨讐 窮鬼를 어이ᄒᆞ야 녀희려뇨
수ᄅᆡ 餱粮을 ᄀᆞ초오고[11)] 일흠 블러 餞送ᄒᆞ야
日吉辰良에 四方으로 가라 ᄒᆞ니[12)]
啾啾憤憤[13)]ᄒᆞ야 怨怒ᄒᆞ야 니론 말이

10) 萇楚(장초)의～어찌하리: 장초풀의 무지를 부러워하나 어찌하겠는가. '장초(萇楚)의 무지(無知)'는 『시경』「회풍檜風」에 "진펄에 있는 장초는 그 줄기가 곱기도 하네. 가냘프면서 윤기가 나니 네가 알지 못하기에 즐겁겠구나(隰有萇楚, 猗儺其枝, 夭之沃沃, 樂子之無知)"라고 한 것에 빗대어 표현한 것이다. 『시경』의 구절은 정사(政事)가 번거롭고 부세(賦稅)가 무거우니 사람들이 그 고통을 견디지 못하여 초목이 무지하여 근심이 없는 것만 못한 것을 탄식한 것이다.

11) 수레 餱粮(후량)을 갖추고: 수레에 양식을 갖추어서. '후량'은 먼 길을 가는 사람이 지니고 다니는 마른 양식이다.

12) 日吉辰良(일길신량)에～가라 하니: 날짜도 길하고 시절도 좋은 때라 사방으로 가라 하니. 중국 당나라 한유(韓愈)의 「송궁문送窮文」에 "날짜 길하고 시절도 좋은 때라서 사방으로 떠나도 이로울 것이니, 그대는 밥 한그릇을 먹고 술 한잔 마신 다음 친구와 무리들을 이끌고 옛 고장을 떠나 새 고장으로 떠나도록 하오(日吉辰良, 利行四方, 子飯一盂, 子啜一觴, 携朋挈儔, 去故就新)"라고 하였다.

13) 啾啾憤憤(추추분분): 처량하게 우는 소리가 마음에 맺혀서 풀리지 아니함.

自少至老히 喜怒憂樂을 너와로 ᄒᆞᆷᄭᅴ ᄒᆞ야
죽거나 살거나 녀흴 줄이 업섯거ᄂᆞᆯ
어듸 가 뉘 말 듯고 가라 ᄒᆞ여 니ᄅᆞᄂᆞ뇨
우ᄂᆞᆫ 덧 ᄭᅮ짓ᄂᆞᆫ 덧 온 가지로 恐嚇커ᄂᆞᆯ
도롯셔 ᄉᆡᆼ각ᄒᆞ니 네 말도 다 올토다

가난을 천분으로 여겨 안빈낙도할 것을 다짐하다

無情ᄒᆞᆫ 世上은 다 나ᄅᆞᆯ ᄇᆞ리거ᄂᆞᆯ
네 호자 有信ᄒᆞ야 나ᄅᆞᆯ 아니 ᄇᆞ리거든
人威로 絶避ᄒᆞ여 좀ᄭᅬ로 녀흴너냐
하ᄂᆞᆯ 삼긴 이 내 窮을 혈마ᄒᆞᆫᄃᆞᆯ 어이ᄒᆞ리
貧賤도 내 分이어니 셜워 므슴ᄒᆞ리

迂闊歌

鄭勳

자신의 우활함을 토로하다

엇지 삼긴 몸이 이대도록 迂闊[1]ᄒᆞᆫ고
迂闊도 迂闊ᄒᆞᆯ샤 그레도록 迂闊ᄒᆞᆯ샤
이바 벗님네야 迂闊ᄒᆞᆫ 말 들어보소
이내 져머신 제 迂闊호미 그지업서
이 몸 삼겨나미 禽獸에 다르므로
愛親敬兄과 忠君弟長을 分內事만 혜엿더니
ᄒᆞᆫ 일도 못 되며 歲月이 느저지니
平生 迂闊은 날 ᄯᆞᆯ와 기러간다
아ᄎᆞᆷ이 不足ᄒᆞᆫ들 저녁을 근심ᄒᆞ며
一間茅屋이 비 신는 줄 아돗던가

1) 迂闊(우활): 사리에 어둡고 세상 물정을 잘 모름.

懸鶉百結[2)]이 붓쓰러움 어이 알며
어리고 미친 말이 놈 무일[3)] 줄 아돗던가

자신의 우활함을 한탄하다

迂闊도 迂闊홀샤 그레도록 迂闊홀샤
春山의 곳을 보고 도라올 줄 어이 알며
夏亭의 좀을 드러 줆 쐴 줄 어이 알며
秋天의 돌 마자 밤 드는 줄 어이 알며
冬雪에 詩興 계워 치움을 어이 알리
四時佳景을 아므란 줄 모로라
末路애 브린 몸이 므스 일을 스렴홀고
人間是非 듯도 보도 못ᄒᆞ거든
一身榮枯 百年을 근심홀가

자신의 우활함을 체념하다

迂闊홀샤 迂闊홀샤 그레도록 迂闊홀샤
아춤의 누잇고[4)] 나죄도 그러ᄒᆞ니
하늘 삼긴 迂闊을 내 혈마 어이ᄒᆞ리
그레도 애돏도다 고쳐 안자 싱각ᄒᆞ니
이 몸이 느저 나 애돌온 일 하고 만타

2) 懸鶉百結(현순백결): 옷이 해어져서 백 군데나 기움. 곧 누덕누덕 기워 남루한 옷을 이르는 말.
3) 무일: 미워할. 여기서는 '미움을 받을'의 뜻인 듯하다.
4) 누잇고: 누워 있고.

一百 번 다시 죽어 녯사람 되고라쟈
羲皇天地[5]예 잠간이나 노라보면
堯舜日月을 져그나 뙤올 써슬
淳風이 已遠ᄒᆞ니 偸薄[6]이 다 되거다
汗漫[7]ᄒᆞᆫ 情懷을 눌ᄃᆞ려 니ᄅᆞ려뇨
泰山의 올라가 天地八荒이나 다 ᄇᆞ라보고졔고[8]
鄒魯[9]애 두르 거러 聖賢講業ᄒᆞ던 자최나 보고졔고
周公[10]은 어ᄃᆡ 가고 숨의도 뵈잔ᄂᆞᆫ고
已甚ᄒᆞᆫ 이내 □을 슬허ᄒᆞ다 어이ᄒᆞ리

술로써 자신의 우활함을 달래다

萬里예 눈 ᄯᅳ고 太古애 ᄠᅳᆺ즐 두니
迂闊ᄒᆞᆫ 心魂이 가고 아니 오노왜라

5) 羲皇天地(희황천지): 복희씨(伏羲氏) 때의 세상. 곧 백성이 한가하고 태평하게 사는 세상을 이르는 말. '희황(羲皇)'은 중국 고대 삼황오제(三皇五帝)의 한 사람인 복희씨를 말한다. 복희씨는 서계(書契)를 만들고, 그물을 발명하였으며, 어업·수렵·목축을 가르쳤다. 또 황하(黃河)에서 길이 여덟 척이 넘는 용마(龍馬)가 등에 지고 나왔다는 하도(河圖)를 보고서 팔괘(八卦)를 그렸다고 한다.
6) 偸薄(투박): 성실하지 않고 경박함.
7) 汗漫(한만): 산만하게 내버려두고 등한히 함. 여기서는 '메마르고 번잡함'의 뜻인 듯하다. 중국 당나라 두보(杜甫)의 「봉송왕신주음북귀奉送王信州崟北歸」에 "요임금 때의 다스림 같은 태평시절을 다시 보리니, 한만히 유랑함을 달게 여기노라(復見陶唐理 甘爲汗漫遊)"라고 하였다.
8) 泰山(태산)의～ᄇᆞ라보고졔고: 『맹자』「진심장구상盡心章句上」에 "공자가 동산에 올라 노나라를 작다고 하고, 태산에 올라 천하를 작다고 하였다(孔子登東山而小魯, 登太山而小天下)"라는 구절을 원용한 것이다. 태산은 중국 산동성(山東省)에 있는 산으로, 보통 '높고 큰 산'의 뜻으로 쓰인다.
9) 鄒魯(추로): 공자는 노(魯)나라 사람이고 맹자는 추(鄒)나라 사람이라는 뜻으로, 공자와 맹자를 아울러 이르는 말. 여기서는 성현이 있던 세상을 가리킨다.
10) 周公(주공): 중국 주(周)나라 문왕(文王)의 아들이자 무왕(武王)의 동생. 무왕을 도와 은(殷)나라를 멸망시키고 주나라를 건국하는 데 큰 공을 세웠다. 무왕이 죽자 왕권을 장악하라는 주변의 유혹을 뿌리치고 어린 성왕(成王)을 훌륭히 보필하여 주나라의 기반을 확립하였다. 공자가 그를 후세의 모범으로 삼아야 할 인물로 격찬하였다.

人間의 호자 ᄡᅵ여 눌ᄃᆞ려 말을 ᄒᆞᆯ고
祝鮀의 佞言을 이제 ᄇᆡ화 어이 ᄒᆞ며
宋朝의 美色을 얼근 ᄂᆞᆾ칙 잘 ᄒᆞᆯ런가[11)]
□□山草實[12)]롤 어듸 어더머그려뇨
무이고 못 고이미[13)] 다 迂闊의 타시로다
이리 혜오 저리 혜오 다시 혜니
一生事業이 迂闊 아닌 일 업뇌와라
이 迂闊 거ᄂᆞ리고 百年을 어이ᄒᆞ리
아희아 잔 ᄀᆞ득 부어라 醉ᄒᆞ여 내 迂闊 닛댜

---

11) 祝鮀(축타)의~할는가: 중국 위(衛)나라 축관(祝官) 벼슬을 한 타(鮀)의 교묘한 말솜씨를 이제 배워 어이하며, 송나라 미남인 조(朝)의 미색을 얽은 낯이 어떻게 하겠는가. 축타는 중국 위나라의 대부로서 종묘의 제사를 관장하는 축관 벼슬을 지낸 타를 가리키는데, 교묘한 말솜씨로 유명하다. 송조(宋朝)는 송나라의 공자(公子) 조(朝)를 말하는데, 위영공(衛靈公)의 부인 남자(南子)와 사통할 정도로 미남이었다고 한다. 『논어』「옹야雍也」에 "공자가 '축관인 타의 교묘한 말솜씨와 송나라의 조와 같은 미모를 갖고 있지 않으면, 지금 세상에서 환난을 면하기 어렵다'고 말했다(子曰, 不有祝鮀之佞, 而有宋朝之美, 難乎免於今之世矣)"라고 하였다.
12) □□山草實(산초실): □□산에서 나는 풀과 열매.
13) 무이고 못 고이미: 미움받고 사랑받지 못함이.

龍湫游詠歌

鄭勳

은거지를 찾은 기쁨을 노래하다

方丈山[1] 노픈 ᄆᆡ히 西北으로 흘러ᄂᆞ려
龍湫洞 머므러 盤谷[2]이 되엿거놀
物外예 ᄇᆞ린 몸이 山水에 病이 되여
暮往朝來예 슬믠 줄이 젼혜 업서

1) 方丈山(방장산): 중국 전설상의 영산(靈山)인 삼신산(三神山) 가운데 하나. 삼신산은 중국 전설에 나오는 봉래산(蓬萊山), 방장산, 영주산(瀛洲山)을 말한다. 이 이름을 본떠 우리나라의 금강산을 봉래산, 지리산을 방장산, 한라산을 영주산이라 부른다. 여기서는 지리산을 가리킨다.
2) 盤谷(반곡): 중국 당나라 때 이원(李愿)이 은거한 곳. 이원이 죄를 지어 파직되자 벼슬에 뜻을 버리고 반곡에 은거하였다. 여기서는 '은거지(隱居地)'의 뜻으로 쓰였다. 중국 당나라 한유(韓愈)의 「송이원귀반곡서送李愿歸盤谷序」에 "태항산(太行山) 남쪽에 반곡이 있는데, 이 골짜기 안에는 샘물이 달고 토지가 비옥하며, 초목이 무성하나 사는 사람은 드물다. 어떤 사람은 이곳이 두 산 사이에 둘러싸여 있어서 '반(盤)'이라 한다고 하고, 어떤 사람은 이 골짜기가 깊숙한 곳에 있고 산세가 험해서 은자들이 노니는 곳이므로 이런 이름을 붙였다고 한다. 친구 이원이 바로 이곳에 산다(太行之陽, 有盤谷, 盤谷之間, 泉甘而土肥, 草木叢茂, 居民鮮少. 或曰, 謂其環兩山之間, 故曰盤, 或曰, 是谷也, 宅幽而勢阻, 隱者之所盤旋. 友人李愿居之)"라고 하였다.

數間茅屋을 雲水間의 얼거ᄆᆡ고
西窓을 비겨 안자 兩眼을 흣보내니
遠近蒼巒은 翠屛이 되엿거ᄂᆞᆯ
高低石壁은 그림에 것시로다

사계절의 경치를 노래하다

아ᄎᆞᆷ비 ᄀᆞᆺ 개여 靑嵐이 빗기 ᄂᆞᆯ고
斜陽이 山의 거러 ᄇᆞᆯ근 비치 비췰 저긔
온 가지 濃態ᄅᆞᆯ 거두어 어듸 두리
ᄆᆞ음도 번의할샤 어ᄂᆡ 景을 ᄇᆞ려두리
四時佳景이 다 제곰 뵈와ᄂᆞ다
谷風이 習習ᄒᆞ야[3] 春光을 부쳐내니
嚶嚶山鳥ᄂᆞᆫ 노래ᄒᆞᆯ 소ᄅᆡ어ᄂᆞᆯ
艶艶林花ᄂᆞᆫ 우음을 머금엇다
이 고싀 안자보고 져 고싀 둘러보니
洞裏淸香이 杖屨에 ᄡᆡ여셰라
韶光이 飄散ᄒᆞ고 草木이 暢茂ᄒᆞ니
浮翠濃陰[4]은 綠樹에 얼ᄋᆡ엿고
半空烱雲은 峽裡예 ᄌᆞᆷ겨시니
松亭 긴 ᄌᆞᆷ의 苦熱도 모로리다

3) 谷風(곡풍)이 習習(습습)하여: 봄바람이 산들산들 불어. 『시경』 소아(小雅) 「곡풍谷風」에 "봄바람이 산들산들 불더니, 날 흐려 비가 내리네(習習谷風 以陰以雨)"라고 하였다.
4) 浮翠濃陰(부취농음): 물에 떠 있는 물총새가 만든 짙은 그늘. 여기서는 '녹음(綠陰)'을 가리키는 듯하다.

長空이 澹澹ᄒᆞ고[5] 雁行이 우러 녜니

兩岸楓林은 紅錦繡 빗치어늘

一帶湫影은 碧琉璃 되어 잇다

黃花ᄅᆞᆯ 잔의 ᄯᅴ워 子光[6]을 마자 오니

一般淸味[7]ᄂᆞᆫ 世上 모ᄅᆞᆯ 이리로다

天風이 蕭瑟ᄒᆞ야 木葉이 다 진 후의 溪山이 索莫거ᄂᆞᆯ

窮陰[8]이 造化 되어 白雪을 ᄂᆞ리오니

千峰萬壑이 瓊瑤窟[9]이 되엿거ᄂᆞᆯ

皺眉聳肩[10]ᄒᆞ고 吟眸[11] 노피 드니

無邊皓景이 다 詩姿[12]이 되여시니

迂闊[13]ᄒᆞᆫ 精神이 치위ᄅᆞᆯ 어이 알ᄭᅩ

---

5) 長空(장공)이 澹澹(담담)하고: 하늘이 넓고 아득하고. 중국 당나라 두목(杜牧)의 「등낙유원登樂游原」에 "하늘은 넓고 아득하고 외로운 물새 내려앉는데, 인간의 오랜 홍망이 이 가운데 있었구나. 한(漢)나라 일을 살피건대, 어찌 일을 이루었나, 오릉(五陵)에는 나무 없고 가을바람만 이는구나(長空澹澹孤鳥沒, 萬古銷沉向此中. 看取漢家何事業, 五陵無樹起秋風)"라고 하였다.

6) 子光(자광): 미상. '햇빛'을 가리키는 듯하다.

7) 一般淸味(일반청미): 일반청의미(一般淸意味). 한결같이 맑은 뜻. 중국 송나라 소옹(邵雍)의 「청야음淸夜吟」에 "하늘 가운데 멈춘 달, 물 위를 스치는 바람. 한결같이 맑은 뜻을 아는 이 적음을 알겠노라(月到天心處, 風來水面時. 一般淸意味, 料得少人知)"라고 하였다.

8) 窮陰(궁음): 겨울의 마지막. 음력 섣달.

9) 瓊瑤窟(경요굴): 달나라의 아름다운 구슬로 된 굴. 눈으로 하얗게 덮인 경치를 묘사할 때 자주 쓰이는 말로, 여기서는 눈 내린 경치를 가리킨다.

10) 皺眉聳肩(추미용견): 눈썹을 찡그리며 어깨는 산처럼 치켜듦. 중국 송나라 소식(蘇軾)의 「증사진하충수재贈寫眞何充秀才」에 "또 못 보았는가, 눈 내리는 가운데 나귀 탄 맹호연이 눈썹을 찡그리며 시를 읊을 때 어깨를 산처럼 치켜든 것을(又不見雪中騎驢孟浩然, 皺眉吟詩肩聳山)"이라고 하였다.

11) 吟眸(음모): 시인의 눈. 시인의 사물에 대한 식견.

12) 詩姿(시자): 시를 짓는 데 필요한 풍치(風致).

13) 迂闊(우활): 사리에 어둡고 세상 물정을 잘 모름.

자연에 묻혀 사는 흥취를 노래하다

온갓 時景이 가는 듯 도라오니
壺裡乾坤[14]애 興味도 ᄀᆞ즐셰고
淸流에 洗耳ᄒᆞ니 箕穎을 내 부러냐[15]
下上垂釣ᄒᆞ니 七里灘[16]과 엇더ᄒᆞᆫ고
李愿의 盤谷이 이러턴가 엇더ᄒᆞ며
武夷淸溪[17]ᄂᆞᆫ 이예셔 더 됴흔가
華山 一髮은 ᄂᆞᆫ호쟈 ᄒᆞ거니와[18]
이 別有眞境[19]은 날밧긔 뉘 아ᄂᆞᆫ고
아ᄎᆞᆷ이 不足거니 나죄라 有餘ᄒᆞ며
오ᄂᆞᆯ이 낫부거니 ᄂᆡ일이라 슬믤런가
淸流에 沐浴ᄒᆞ고 竹杖을 빗기들어

---

14) 壺裡乾坤(호리건곤): 술병 속의 하늘과 땅. 곧 선경(仙境)이나 승경(勝景)을 비유해 이르는 말.

15) 淸流(청류)에~부러우랴: 맑은 물에 귀 씻으니 허유(許由)를 내 부러워하랴. '기영(箕穎)'은 중국 요(堯)임금 때 허유가 기산(箕山)에 숨어 영수(穎水)에 귀를 씻은 고사를 가리키는데, 절개를 지켜 은둔함을 뜻한다. 요임금이 천하를 허유에게 맡기려 하니 허유는 받지 않고 영수의 양지쪽 기산 아래에 숨었고, 또 구주(九州)의 장관(長官)으로 삼으려 하니 허유가 듣지 않고 귀를 더럽혔다 하여 영수에서 귀를 씻었다는 고사가 황보밀(皇甫謐)의 『고사전高士傳』에 전한다.

16) 七里灘(칠리탄): 중국 후한(後漢) 광무제(光武帝) 때의 은사인 엄광(嚴光)이 몸을 숨긴 부춘산(富春山) 동강(桐江)의 여울. 한나라 왕실의 제위를 빼앗아 '신(新)'이란 나라를 세웠던 왕망(王莽)을 타도한 광무제가 옛날 함께 공부했던 엄광에게 간의대부(諫議大夫)의 벼슬을 주었으나, 엄광은 이를 받지 아니하고 부춘산으로 들어가 칠리탄에서 낚시질을 즐기며 숨어 살다가 일생을 마쳤다는 고사가 『후한서後漢書』「고사전高士傳」에 전한다.

17) 武夷淸溪(무이청계): 무이산(武夷山)의 맑은 물. 무이산은 중국 복건성(福建省)에 있는 산으로, 중국 송나라의 유학자 주희(朱熹)가 은거하며 성리학을 주창한 곳이다. 무이산의 청계(淸溪)를 따라 펼쳐져 있는 아홉 군데의 명승지를 일컬어 '무이구곡(武夷九曲)'이라 한다. 중국 송나라 주희가 일찍이 「무이구곡가武夷九曲歌」를 지었는데, 여기에 "맑은 물 옛날과 같이 구름과 산 담그고, 바위 사이 흘러들어 선두를 다투지 않네(淸溪擬古雲山蘸, 順入巖間不鬪先)"라고 하였다.

18) 華山(화산)~하거니와: 중국 송(宋)나라 때 화산에 은거하던 도인(道人) 진도남(陳圖南)이 장영(張咏)이란 사람을 기꺼이 받아들여 화산 땅 한 부분을 나누어준 고사를 말한다.

19) 別有眞境(별유진경): 속된 세상과는 다른 매우 아름다운 곳. 곧 선경(仙境)이나 승경(勝景)을 이르는 말.

碧蘿롤 더위잡고 노픈 峰의 올라가니
녜 부던 ᄇᆞ람이 舞雩만 호자 분가
瀟洒ᄒᆞᆫ 淸飈롤 슬커지 뙤온 後에
五六冠童으로 吟咏코 도라오니[20]
녯 사ᄅᆞᆷ 氣像을 미출가 못 미출가
萬古애 스쳐 보니 어제론 덧ᄒᆞ다마는
洒落ᄒᆞᆫ 風采롤 ᄭᅮᆷ에나 어더볼가
녯 사ᄅᆞᆷ 못 보거든 이젯 사ᄅᆞᆷ 어이 알고

자연에 묻혀 안빈낙도하기를 희망하다

이 몸이 느저 나니 傷懷도 쓸듸업다
山鳥山花롤 내 버즐 삼아 두고
一區風烟[21]에 삼긴 대로 노는 몸이
功名을 思念ᄒᆞ며 貧賤을 셜워ᄒᆞᆯ가
簞食瓢飮[22]으로 내 分만 안과ᄒᆞ니[23] 日月도 閑暇ᄒᆞᆯ샤

20) 예 불던~돌아오니: 『논어』「선진先進」에 나오는 증점(曾點)의 고사를 원용하여 자연에 묻혀 사는 흥취를 표현한 구절이다. '관동(冠童)'은 관례를 치른 어른과 관례를 치르지 않은 아이를 아울러 이르는 말이다. 『논어』「선진」에 공자가 제자들에게 만약 자기를 알아주는 사람이 있다면 어떻게 하겠느냐고 묻자, 증점이 "늦봄에 봄옷이 만들어지면 관을 쓴 어른 대여섯 명과 어린아이 예닐곱 명과 함께 기수(沂水)에서 목욕이나 하고 무우대(舞雩臺)에서 바람이나 쏘이면서 시를 읊조리고 돌아오겠다(莫春者, 春服旣成, 冠者五六人, 童子六七人, 浴乎沂, 風乎舞雩, 詠而歸)"라고 하였다.

21) 一區風烟(일구풍연): 한 귀퉁이의 풍광(風光). '풍연(風烟)'은 바람과 연기라는 뜻인데, 경치나 풍광의 뜻으로도 쓰인다.

22) 簞食瓢飮(단사표음): 한 바구니의 밥과 한 표주박의 물. 곧 선비의 청빈(淸貧)한 생활을 이르는 말. 『논어』「옹야雍也」에 "공자가 말하기를 '어질다, 안회여! 한 바구니의 밥과 한 표주박의 물로 누추한 시골에 있는 것을 딴 사람들은 그 근심을 견더내지 못하는데, 안회는 그 즐거움을 변치 않으니, 어질다, 안회여!'라고 말했다(子曰, 賢哉, 回也. 一簞食一瓢飮, 在陋巷, 人不堪其憂, 回也不改其樂, 賢哉 回也)"라고 하였다.

이 溪山 景物을 슬토록 거느리고
百年光陰을 노리다가 마로리라
아희야 松關을 ᄀ리와라 世上 알가 ᄒ노라

23) 안과ᄒ니: 안과(安過)하니. 편안하게 지내니.

水南放翁歌

鄭勳

은거지를 찾은 기쁨을 노래하다

溪山이 님재 업서 雲水間의 ᄇᆞ렷거ᄂᆞᆯ
荊茅ᄅᆞᆯ 헤혀고 數間을 얼거ᄆᆡ니
흙이 ᄉᆞᆯ지거니 ᄉᆞ염[1]은 어이 ᄃᆞ돗던고
生事ᄂᆞᆫ 豊챠녀도 ᄠᅳᆮ조차 饒足ᄒᆞ니
簞瓢屢空[2]도 셜운 줄 모ᄅᆞ리다

---

1) ᄉᆞ염: 미상. 집을 지을 때 쓰는 재료인 듯하다.
2) 簞瓢屢空(단표누공): 바구니의 밥과 표주박의 물이 자주 떨어짐. 곧 밥을 담을 바구니와 물을 담을 표주박이 자주 비어 있을 정도로 아주 가난하게 살아감을 이르는 말. 『논어』 「옹야雍也」에 "공자가 말하기를 '어질다, 안회여! 한 바구니의 밥과 한 표주박의 물로 누추한 시골에 있는 것을 딴 사람들은 그 근심을 견뎌내지 못하는데, 안회는 그 즐거움을 변치 않으니, 어질다, 안회여!'라고 말했다(子曰, 賢哉, 回也. 一簞食一瓢飮, 在陋巷, 人不堪其憂, 回也不改其樂, 賢哉回也)"라고 하였다. 또한 중국 진(晉)나라 도잠(陶潛)의 「오류선생전五柳先生傳」에 "작은 집이 쓸쓸하고 고요하여 바람과 해를 가리지 못하고, 짧은 갈옷은 뚫어지고 기웠으며, 바구니의 밥과 표주박의 물이 자주 떨어졌지만 마음이 편안하였다(環堵蕭然, 不蔽風日, 短褐穿結, 簞瓢屢空, 晏如也)"라고 하였다.

봄날의 생활과 흥취를 읊다

東窓日晏ᄒᆞ고 北郊風和커늘
靑藜ᄅᆞᆯ 뵈와 집고 東皐애 비겨 셔니
金絲ᄋᆞᆫ 柳影이오 雪色은 梅花로다
山鳥ᄂᆞᆫ 봄을 마자 노래ᄒᆞᄂᆞᆫ 소ᄅᆡ어ᄂᆞᆯ
林花ᄂᆞᆫ 비ᄅᆞᆯ 지나 우음을 머금엇다
온가지 時景을 ᄉᆞᆯ토록 다 본 後에
이바 아희들아 西疇에 일이 잇다
ᄡᅡ부 호ᄆᆡ 다 졔곰 ᄀᆞ져스라
갈거니 지거니 數畝ᄅᆞᆯ ᄆᆞ촌 후에
傾筐[3]을 드러메고 뒷ᄆᆡ희 올라가니
어린 취 못다 크고 薇蕨[4]이 채 술졋다
걱그며 다므며 바구리 못다 차셔
峰頭에 올라 안자 采薇歌[5]ᄅᆞᆯ 기리 내여
響徹雲霄에 胸中이 洒落ᄒᆞ니
風乎舞雩[6] ᅟᅵᆫᄃᆞᆯ 이예셔 더ᄒᆞᆯ런가

3) 傾筐(경광): '頃筐(경광)'의 오기. 한쪽 운두가 다른 쪽 운두보다 낮은 광주리.
4) 薇蕨(미궐): 고사리. 중국 당나라 두보(杜甫)의 「해민解悶」에 "오늘 남쪽 호숫가에서 고사리를 캐는데, 누가 날 위해 정과주를 찾아봐주었으면(今日南湖采薇蕨, 何人爲覓鄭瓜州)"이라고 하였다.
5) 采薇歌(채미가): 고사리 캐는 노래. 곧 절의지사(節義之士)의 노래를 이르는 말. 중국의 백이(伯夷)와 숙제(叔齊)가 주(周)나라 무왕(武王)을 섬기는 것을 수치로 여겨, 수양산(首陽山)에 숨어서 고사리를 채취하여 먹다가 굶주려 죽기 전에 이 노래를 지었다. 이 노래는 『사기』 「백이숙제열전伯夷叔齊列傳」에 실려 있는데, "저 서산에 올라 산중의 고사리나 캐자. 포악함으로 포악함을 다스렸어도 그 잘못을 알지 못한다. 신농(神農)과 우(虞), 하(夏)의 시대는 가고 우리는 장차 어디로 돌아갈 것인가. 아! 이제는 죽음뿐이다. 쇠잔한 우리의 운명이여(登彼西山兮, 采其薇矣, 以暴易暴兮, 不知其非矣. 神農虞夏, 忽然沒兮, 我安適歸矣. 于嗟徂兮, 命之衰矣)"라고 하였다.
6) 風乎舞雩(풍호무우): 무우대(舞雩臺)에서 바람을 쐼. 『논어』 「선진先進」에 공자가 제자들에게 만약 자기를 알아주는 사람이 있다면 어떻게 하겠느냐고 묻자, 증점(曾點)이 "늦봄에 봄옷이 만들어지면 관을 쓴 어른 대여섯 명과 어린아이 예닐곱 명과 함께 기수(沂水)에서 목욕이나 하고 무우대에서 바람이나 쏘이면서 시를 읊조리고 돌아오겠다(莫春者, 春服旣成, 冠者五六人, 童

져근덧 ᄒᆞᆺ거러 蝸室ᄋᆡ 도라오니
稚子ᄂᆞᆫ 侯門이요[7] 새 술은 니거 잇다
一盃復一盃 마신 後에 낫싯대 빗기 들고
苔磯ᄅᆞᆯ ᄎᆞ자가니 밋기 업슨 낙시예 고기마다 다 몬ᄂᆞ다
魚鳥도 뜻즐 바다 다 疑心 아니 ᄒᆞᄂᆡ
美哉洋洋[8]은 晝夜ᄅᆞᆯ 쉬잔거ᄂᆞᆯ
臨流賦詩ᄒᆞ고 登皐舒嘯ᄒᆞ야[9]
日復日日에 山水로 消日ᄒᆞ니
山水之樂을 날밧긔 뉘 아ᄂᆞᆫ고

여름, 가을, 겨울의 생활과 흥취를 읊다

天衢에 日永ᄒᆞ고[10] 綠樹에 陰濃커ᄂᆞᆯ[11]
松根 비겨 누어 긴 ᄌᆞᆷ올 못다 ᄭᆡ여
間關鶯語[12]ᄂᆞᆫ 嬌態ᄒᆞᄂᆞᆫ 노ᄅᆡ로다.

子六七人, 浴乎沂, 風乎舞雩, 詠而歸)"라고 하였다.

7) 稚子(치자)는 侯門(후문)이요: 어린아이는 문에서 기다리고. 중국 진나라 도잠의 「귀거래사歸去來辭」에 "마침내 조그마한 집을 바라보고 기뻐 달려가니, 동복(僮僕)들은 환영하고 어린아이는 문에서 기다리네(乃瞻衡宇, 載欣載奔, 僮僕歡迎, 稚子候門)"라고 하였다.

8) 美哉洋洋(미재양양): 아름답구나, 넓고 넓은 물결. '양양'은 『시경』 위풍(魏風) 「석인碩人」에 "황하의 물은 넘실넘실, 북쪽 강물은 출렁출렁(河水洋洋, 北流活活)"이라고 하였다.

9) 臨流賦詩(임류부시)하고 登皐舒嘯(등고서소)하여: 시냇가에서 시를 짓고 언덕에 올라 휘파람을 불어. 중국 진나라 도잠의 「귀거래사」에 "동쪽 언덕에 올라 휘파람을 불고, 맑은 시냇가에서 시를 짓네(登東皐以舒嘯, 臨淸流而賦詩)"라고 하였다.

10) 天衢(천구)에 日永(일영)하고: 하늘에 해가 길고. '천구'는 하늘의 길이라는 뜻으로, 하늘이 넓어서 마음대로 다닐 수 있는 것이 세상의 큰길과 같으므로 이르는 말이다.

11) 綠樹(녹수)에 陰濃(음농)커늘: 푸른 나무에 그늘이 짙어지거늘. 중국 당나라 고변(高騈)의 「산정하일山亭夏日」에 "푸른 나무 드린 그늘 짙어지고 여름날은 긴데, 누대는 그림자 비겨 연못으로 들어간다. 수정주렴 움직여 가는 바람 일어나니, 시렁 가득 채운 장미 온 집안 향기로 물들이네(綠樹陰濃夏日長, 樓臺倒影入池塘. 水晶簾動微風起, 滿架薔薇一院香)"라고 하였다.

12) 間關鶯語(간관앵어): 꽃 사이에서 지저귀는 꾀꼬리의 아름다운 소리. 중국 당나라 백거이(白居易)의 「비파행琵琶行」에 "꾀꼬리 소리는 꽃가지 사이로 흐르는 듯하고, 흐르는 물 얼음 아

新凉이 郊애 들고 纖雲이 四捲ᄒᆞ니
天光水影이 ᄒᆞᆫ 빗치 도여 잇다
白蘆 헤혀고 紅蓼롤 골아 안자
黃花롤 잔의 띄워 皓月을 마자 오니
ᄀᆞ업슨 淸景을 나 호자 맛다 잇다
北風이 簫瑟ᄒᆞ야 白雪이 飄散ᄒᆞ니
遠近丘壑이 瓊瑤窟[13]이 되엿거놀
皺眉吟詩[14]ᄒᆞ니 詩興이 더 새롭다

자연에 묻혀 사는 즐거움을 노래하다

四時佳景이 다 제곰 뵈와거든
게으른 이 몸이 언제야 閑暇홀고
歡娛已極ᄒᆞ니 愁思도 만히 난다
關西將士[15]는 언제나 도라오며
九重 宵旰[16]은 엇지곰 ᄒᆞ샤는고
盍簪多士[17]들아 아(이하 낙장)

래에서 흐느끼는 듯하네(間關鶯語花底滑, 幽咽流泉氷下灘)"라고 하였다.

13) 瓊瑤窟(경요굴): 달나라의 아름다운 구슬로 된 굴. 여기서는 눈 내린 경치를 가리킨다.

14) 皺眉吟詩(추미음시): 눈썹을 찡그리며 시를 읊음. 중국 송나라 소식(蘇軾)의 「증사진하충수재贈寫眞何充秀才」에 "또 못 보았는가, 눈 내리는 가운데 나귀 탄 맹호연이 눈썹을 찡그리며 시를 읊을 때 어깨를 산처럼 치켜든 것을(又不見雪中騎驢孟浩然 皺眉吟詩肩聳山)"이라고 하였다.

15) 關西將士(관서장사): 미상.

16) 九重(구중) 宵旰(소간): '구중궁궐(九重宮闕) 소의간식(宵衣旰食)'의 준말. 임금이 대궐에서 날이 채 밝기 전에 옷을 입고 해가 진 후에 저녁밥을 먹는다는 뜻으로, 임금이 정사(政事)에 부지런함을 형용한 말이다.

17) 盍簪多士(합잠다사): 발걸음을 재촉하여 모여든 많은 선비. '합잠(盍簪)'은 벗들이 발걸음을 재촉하여 모여든다는 뜻으로, 선비의 회합을 가리킨다. 중국 당나라 두보의 「두위택수세杜位宅守歲」에 "모여든 사람들로 마구간 말들이 시끄럽고, 늘어놓은 횃불에 숲까마귀들 흩어진다(盍簪喧櫪馬, 列炬散林鴉)"라고 하였다.

鳳山曲

一名 天臺別曲 雩潭公 承召命 去遼陽時所製[1]

蔡得沂

은거지를 찾게 된 과정을 읊다

가노라 玉柱峯[2]아 잇거라 擎天臺[3]야
遼陽[4] 萬里길이 머다야 얼마 믈며
北闕 一周年이 오리다 하랴마는
翔鳳山[5] 別乾坤을 쳐음의 드러올 제
魯連의 憤[6]을 계워 塵世을 아조 끈코

1) 제목 다음에 이처럼 주석이 달려 있어 작품의 창작 동기를 알 수 있다. 해석은 현대어역 참고.
2) 玉柱峯(옥주봉): 경상도 상주(尙州)에 있는 산. 문경(聞慶)에 있는 천주봉(天柱峯)의 한 지맥이다.
3) 擎天臺(경천대): 경상도 상주 낙동강 가에 있는 절벽. 낙동강을 따라 깎은 듯 서 있는 기암절벽과 송림(松林)이 절경을 이뤄 하늘이 만든 경치라는 뜻으로 '자천대(自天臺)'라 불렸으나, 이곳에 터를 닦은 작자가 '대명천지(大明天地) 숭정일월(崇禎日月)'이란 글을 새기고 하늘을 떠받든다는 뜻으로 경천대로 바꿔 불렀다고 한다.
4) 遼陽(요양): 중국 요령성(遼寧省) 심양(瀋陽)의 남서쪽에 있는 도시. 중국 청나라의 태조(太祖) 누르하치가 1621년부터 1625년까지 도읍으로 삼았던 곳이다.
5) 翔鳳山(상봉산): 경상도 상주에 있는 산. 문경에 있는 천주봉의 한 지맥으로, 경호(鏡湖) 위에 있다.

발 읍신 동솟 하나 젼나귀의 시러 닉여
秋風 石逕斜의 臥龍崗[7] 차자와셔
天柱峯[8] 巖穴下의 茅屋數間 지어 두고
鼓瑟壇 杏花坊[9]의 亭子[10] 터을 손조 닥가
나졔나 이러나고 식 달이 도다올 졔
기돌 읍신 거젹문과 울 읍신 가시삽작
寂寞ᄒᆞᆫ 山谷間의 自作村이 더욱 조타

은거지인 경천대의 자연 경물을 칭송하다

生涯은 分內事라 淡泊한들 어이하리
大明天地 一片土의 바린 百姓 도야 잇셔
松菊을 씨다듬고 猿鶴을 벗셜 ᄒᆞ니
어위야 이 江山이 景槩도 ᄒᆞ고 만타
萬丈 金芙蓉[11]이 半空의 소나올나

6) 魯連(노련)의 憤(분): 중국 주(周)나라의 천자를 버리고 진(秦)나라 왕을 천자로 부르려는 것에 대한 노련의 분노. 여기서는 명나라를 버리고 청나라를 섬기는 것에 대한 작자의 분노를 말한다. '노련'은 중국 전국시대 제(齊)나라의 은사이자 유세가(遊說家)로, 호는 중련(仲連)이다. 진나라가 조(趙)나라를 포위하고 위(魏)나라의 신원연(新垣衍)을 조나라의 평원군(平原君)에게 보내어 진나라 왕을 추대하여 황제로 삼고자 했는데, 노련이 그 말을 듣고 신원연을 찾아가서 "포악한 진나라를 추대하면 나는 차라리 동해 바다에 빠져 죽을지언정 진나라 백성이 되지 않겠다" 하여 신원연의 의논을 중지시키니, 진나라의 장수가 그 소문을 듣고 30리를 퇴각했고, 마침 각국 지원병이 와서 조나라는 포위에서 벗어나게 되었다는 고사가 『사기』 「노중련추양열전魯仲連鄒陽列傳」에 전한다.
7) 臥龍崗(와룡강): 경천대 동쪽 강물 위에 있는 바위 봉우리.
8) 天柱峯(천주봉): 경상도 문경에 있는 산.
9) 鼓瑟壇(고슬단) 杏花坊(행화방): 작자가 경천대 남쪽에 쌓은 단과 그 옆에 있는 살구꽃밭.
10) 亭子(정자): 작자가 지은 '무우정(舞雩亭)'.
11) 金芙蓉(금부용): 황금빛 연꽃이란 뜻으로, 햇빛이 비치는 아름다운 산을 이르는 말. 여기서는 햇빛에 비친 경천대를 가리킨다.

龜巖[12]을 압페 두고 鏡湖[13]上의 셧는 양은
三神山[14] 第一峰이 六鰲頭[15]의 버릿는 닷
紅霞 白雲이 곳곳지 근늘이요
琉璃 千萬景이 빈 짜의 쌀여씨니
龍門을 엽페 두고 鶴汀頭[16]의 버러심은
八疊 雲母屛을 玉欄干의 둘너난 닷
明沙 白石이 구뷔구뷔 景이로다
그 즁의 조흔 거시 무어시 더 나흔이
龜巖이 물을 굽펴 千百尺이 소스올나
雲霄間의 特立ᄒᆞ야 太空을 괴와씨니
어위야 自天臺야 네 일홈이 果然 虛得 아니로다
文章이 富贍한들 뉘 詩로 다 써니며
畵工이 神妙ᄒᆞᆫ들 한 붓스로 다 그릴가
秋風이 건듯 부러 입입히 불거씨니
물드린 織女錦은 鏡面의 거릿는 듯
花香은 擁鼻ᄒᆞ고 百果ᄂᆞᆫ 익어난ᄃᆡ
梅花盆 梔子器에 黃白菊이 셕겨셔라
風景도 조컨이와 物色도 긔지읍다
空山 子規聲은 瀟湘竹[17]을 짜리는 닷

12) 龜巖(구암): 옥주봉 아래에 있는 바위. 엎드린 거북처럼 생겼으며 수백 명이 앉을 정도로 넓다.
13) 鏡湖(경호): 경천대 앞을 흐르는 낙동강의 물. 물이 거울처럼 맑아서 붙인 이름이다.
14) 三神山(삼신산): 중국 전설에 나오는 봉래산(蓬萊山), 방장산(方丈山), 영주산(瀛洲山). 이 이름을 본떠 우리나라의 금강산을 봉래산, 지리산을 방장산, 한라산을 영주산이라 부른다.
15) 六鼇頭(육오두): 여섯 마리 큰 자라의 머리. '육오(六鼇)'는 다섯 선산(仙山)을 떠받치고 있다는 여섯 마리의 큰 자라를 말한다. 『열자列子』 「탕문湯問」에 의하면, 발해의 동쪽 바다에 다섯 선산이 있는데 바다에 떠 있어서 물결 따라 흔들리므로 상제(上帝)가 여섯 마리의 자라로 하여금 머리로 이고 있게 하였다고 한다.
16) 鶴汀頭(학정두): 경천대를 마주하고 있는 낙동강의 모래사장.
17) 瀟湘竹(소상죽): 중국의 소수(瀟水)와 상강(湘江) 지역에서 생장하는 얼룩무늬 반점이 있는 대나무인 소상반죽(瀟湘斑竹). 중국 순(舜)임금이 창오(蒼梧)에서 죽은 뒤 왕비인 아황(娥皇)과 여영(女英)이 사모하는 정을 억누르지 못해 상강(湘江)에 빠져 죽었는데, 그때 흘린 눈물이 대

平沙 落雁影은 衡浦夕을 쑴구난 닷[18]

江心 子夜半의 玉浮圖[19]을 거러씨니

蘇仙의 赤壁趣[20]을 져 혼ᄌ 자랑할가

天寒白屋[21]의 玉屑이 霏霏ᄒᆞ니

千巖萬壑中의 瓊謠窟[22]이 되엿셔라

蒼髥丈夫 捧日亭[23]은 孤節을 구지 가져

石上의 特立ᄒᆞ니 歲寒의 더옥 貴타

漁翁이 나을 불너 고기잡이 ᄒᆞᄌ거날

夕陽을 빗겨 씌고 笞磯로 나려가셔

孤舟을 손조 져어 氷網을 거더닉니

銀鱗 玉尺이 쬼마도 걸여셔라

鸞刀[24]로 鱠을 치고 고기 파라 비진 숧을

깁푼 盞의 가득 부어 醉토록 머근 후의

烏巾을 빗기 씨고 詠歸門[25] 도라드러

나무 위에 떨어지면서 얼룩이 져 소상반죽이 되었다는 고사가 중국 양(梁)나라 임방(任昉)의 『술이기述異記』에 전한다.

18) 平沙(평사)~꿈꾸는 듯: 평평한 모래밭에 내려앉는 기러기떼는 형양(衡陽) 포구의 석양을 꿈꾸는 듯. '평사(平沙) 낙안영(落雁影)'은 넓은 모래밭에 내려앉은 기러기떼를 말하고, '형포석(衡浦夕)'은 형양 포구의 석양을 말한다. 중국 당나라 왕발(王勃)의 「등왕각서滕王閣序」에 "저녁노을과 외로운 따오기는 나란히 날고, 가을 강물과 아득한 하늘은 한빛일세. 고기잡이배에서 저녁에 노래 부르니, 그 메아리 팽려의 물가까지 들리고, 기러기떼 추위에 놀라니, 그 소리 형양의 포구까지 울리네(落霞與孤鶩齊飛, 秋水共長天一色, 魚舟唱晚, 響窮彭蠡之濱, 鴈陣驚寒, 聲斷衡陽之浦)"라고 하였다.

19) 玉浮圖(옥부도): 미상. '달'을 가리키는 듯하다.

20) 蘇仙(소선)의 赤壁趣(적벽취): 소식(蘇軾)이 적벽강(赤壁江)에서 뱃놀이하는 흥취. '소선(蘇仙)'은 중국 송나라 때의 시인인 동파(東坡) 소식을 말한다. 유배지인 황강(黃岡)에서 양자강(揚子江)에 배를 띄우고 유람하면서 「적벽부赤壁賦」를 지었다.

21) 天寒白屋(천한백옥): 추운 날에 불을 못 때는 가난한 집.

22) 瓊瑤窟(경요굴): 달나라의 아름다운 구슬로 된 굴. 눈으로 하얗게 덮인 경치를 묘사할 때 자주 쓰이는 말로, 여기서는 상봉산의 눈 내린 경치를 가리킨다.

23) 捧日亭(봉일정): 경천대 위쪽에 있는 소나무. 동쪽에서 햇살을 받들기 때문에 붙인 이름이다.

24) 鸞刀(난도): 종묘 제사 때 쓸 짐승[犧牲]을 잡는 데 쓰던 칼. 여기서는 '잘 드는 칼'이란 뜻으로 쓰였다.

25) 詠歸門(영귀문): 시를 읊으며 돌아오는 문. 자천동(自天洞) 입구를 말한다. 이 골짜기로 들어

天臺上 爛柯石[26]을 놉피 베고 지여씨니
長松 落雪은 醉眠을 ᄶᅵ오ᄂᆞᆫ ᄃᆞᆺ
蕭索ᄒᆞᆫ 秋冬의도 景物이 이러커든
花月三春 綠陰夏야 한 입으로 다 이르랴
物外烟霞 혼ᄌᆞ 조와 富貴功名 이져씨니
人世上 黃粱[27]은 몃 번이나 익언난고
幽靜門[28] 나제 다[29] 人跡이 ᄭᅳᆫ쳐씨니
天崩 地坼ᄒᆞᆫ들 그 뉘라셔 傳할손고
薇蕨을 손됴 ᄏᆡ야 石泉의 씨셔 먹고
崇禎日月[30] 保全ᄒᆞ야 軀命이나 ᄉᆞ라나면
長城 萬里 밧게 白骨이 싸엿신들
이거시 桃源[31]이라 綠髮을 불을손야
五絃琴 쥴을 골나 紫芝曲[32] 노ᄅᆡᄒᆞ니

오면 공자도 부러워했던 증점(曾點)의 풍류를 배워 시를 읊으면서 돌아오게 된다는 뜻에서 붙여진 이름이다.

26) 爛柯石(난가석): 바둑판이 새겨진 돌. 곧 바둑을 두는 재미에 빠져 도끼자루 썩는 줄 모른다는 뜻에서 '바둑판'을 이르는 말. 여기서는 바둑판이 새겨진 경천대 가운데 바위를 가리킨다.

27) 黃粱(황량): 메조밥. '황량일취몽(黃粱一炊夢)'의 준말로, 세상의 부귀공명이 덧없고 부질없음을 비유적으로 이르는 말이다. 중국 당나라 때 노생(盧生)이 도사인 여옹(呂翁)의 베개를 빌려 베고 잠들어 부귀영화를 누리며 80세까지 산 꿈을 꾸었는데, 깨어보니 주인이 짓던 메조밥[黃粱]이 채 익지 않았다는 고사가 『침중기枕中記』에 전한다.

28) 幽靜門(유정문): 땅이 궁벽지고 사람이 없어 늘 문이 닫혀 있어서 붙여진 이름.

29) 다: '다다'의 오기인 듯하다.

30) 崇禎日月(숭정일월): 중국 명나라 의종(毅宗) 때의 세상. '숭정(崇禎)'은 의종 때의 연호(1628~1644)이다. 명나라가 청나라에 망한 뒤에도 조선에서는 배청향명사상(排淸向明思想)을 따라 줄곧 명나라의 연호를 사용하다가 경술국치(庚戌國恥)에 이르러 폐지했다.

31) 桃源(도원): 무릉도원(武陵桃源). 선경(仙境) 또는 낙원. 중국 진(晉)나라 도잠(陶潛)의 「도화원기桃花源記」에서 유래하였다. 중국 진나라 때 호남(湖南) 무릉에 사는 한 어부가 배를 타고 가다가 도화림(桃花林)에서 길을 잃었다. 어부는 계곡물에 떠내려오는 복숭아꽃을 따라올라가 굴속에 들어갔다가 선경을 발견하였다. 그곳에 사는 사람들은 진(秦)나라의 난을 피해 온 사람들이었는데, 수백 년 동안 바깥세상과 접촉을 끊고 산다고 하였다. 그는 융숭한 대접을 받고 귀가하였는데, 그곳의 이야기는 입 밖에 내지 말라는 당부를 어기고 다시 찾으려고 했으나 찾을 수가 없었다고 한다.

32) 紫芝曲(자지곡): 중국 진(秦)나라 때 상산(商山)에 숨어서 지낸 사호(四皓)가 지은 노래. '사

소곰도 醬도 읍시 맛 조흘ᄉᆞ 江山이야
비듬밥 풀ᄲᅦ죽의 ᄇᆡ부를ᄉᆞ 風景이야

임금의 명을 받아 은거지를 떠나는 심회를 노래하다

是非榮辱 다 더지고 白鷗偕老 ᄒᆞ랏더니
무삼 才德 잇다 ᄒᆞ고 나라조차 아라시고
쓸ᄃᆡ읍신 이 한 몸을 차즈시기 窮極ᄒᆞᆯᄉᆞ
商山[33] 季冬月의 瀋陽[34] 가라 부르시니
어ᄂᆡ 뉘 일이라 頃刻인들 머물손가
君恩을 感激ᄒᆞ야 行裝을 顚倒[35]ᄒᆞ니
三年 입은 겹즁치막[36] 이불 요 겸ᄒᆞ엿다
南州 더온 ᄯᅡ도 치움이 이러커든
北極窮陰[37] 깁픈 고ᄃᆡ 우리 님 계신 데야
다시곰 바라보고 우리 님 ᄉᆡᆼ각ᄒᆞ니
五國[38] 寒月을 뉘 ᄯᅡ이라 바라시며

호'는 진나라의 학정을 피하여 상산에 은거한 동원공(東園公), 하황공(夏黃公), 기리계(綺里季), 녹리선생(甪里先生)을 말한다. 노래의 내용은 "하늘은 넓고, 계곡은 깊고, 나무는 아득하고, 산은 높네. 바위굴에서 사나 천막인 양 여기고, 무성한 지초로 허기를 면하네. 요순의 시대 가버렸으니 내 어디로 돌아가리?(皓天嗟嗟, 深谷逶迤, 樹木莫莫, 高山崔嵬. 巖居穴處, 以爲幄茵, 曄曄紫芝, 可以療飢. 唐虞往矣, 吾當安歸)"이다.

33) 商山(상산): 경상도 상주의 다른 이름.

34) 瀋陽(심양): 지금의 요령성(遼寧省) 성도(省都). 명나라가 망하기 전까지 청나라가 도읍으로 삼은 곳이다.

35) 顚倒(전도): 전지도지(顚之倒之). 엎드러지고 곱드러지며 몹시 급히 달아나는 모양을 이르는 말. 여기서는 바빠서 허둥지둥 행장을 챙기는 모습을 가리킨다.

36) 겹중치막: 겹으로 된 중치막. '중치막'은 소매가 넓고 길이가 길며 앞은 두 자락이고 뒤는 한 자락으로 된 웃옷으로, 지체는 높으나 벼슬하지 못한 사람이 입었다.

37) 北極窮陰(북극궁음): 북쪽의 마지막 겨울. 곧 섣달을 이르는 말.

38) 五國(오국): 중국 흑룡강성(黑龍江省)에 있는 지명. 오국성(五國城) 또는 오국두성(五國頭城)이

異域 風霜을 어이 그리 격그신고
旄邱의 버든 칠기 三年이 되야셔라[39]
倒懸[40]이 이러커든 屈膝[41]을 언졔 펼고
漢朝의 ᄉᆞ람 읍셔 犬羊臣이 되야시니
三百年 禮樂文物 어ᄃᆡ로 가단 말고
오늘날 降虜妾이 다 옛날 觀周賓이라[42]
堯天이 久閉ᄒᆞ고 宋日이 잠겨시니
東海水 어이 둘너 이 羞辱 씨ᄉᆞ련가
吳宮의 셥흘 싹코 越山의 씨리 단이[43]
主辱 臣當死은 古今의 常經이라
하물며 우리 집이 世世國恩 입ᄉᆞ오니
아모리 溝壑인들 大義을 이질손가
平生의 어린 계교 旣倒狂瀾[44] 마그랴ᄃᆡ

라 하는데, 중국 송(宋)나라의 휘종(徽宗)과 흠종(欽宗)이 금(金)나라에 인질로 잡혀가 수모를 당하고 죽은 곳이다.

39) 旄邱(모구)의~되었으라: 높은 언덕의 칡넝쿨이 삼 년이 되었구나. 곧 작자가 병자호란으로 인해 경천동에 은둔한 햇수를 가리키는 말. 또는 조선이 청나라에 굴욕을 당한 햇수가 3년이 되었음을 이르는 말. 『시경』 패풍(邶風) 「모구旄丘」에 "높은 언덕의 칡넝쿨이여, 마디 사이가 얼마나 넓어졌는가. 숙(叔)이여 백(伯)이여, 어찌 여러 날 소식이 없는가(旄丘之葛兮, 何誕之節兮, 叔兮伯兮, 何多日也)"라고 하였다.

40) 倒懸(도현): 거꾸로 매달림. 곧 존비(尊卑)와 귀천(貴賤)의 위치가 거꾸로 됨을 이르는 말. 여기서는 오랑캐라고 여기던 청나라를 사대의 예로 섬기는 것을 가리킨다.

41) 屈膝(굴슬): 무릎을 꿇음. 여기서는 인조(仁祖)가 삼전도(三田渡)에서 청나라에 항복한 것을 가리킨다.

42) 오늘날~觀周賓(관주빈)이라: 오늘날 항복하여 포로가 된 사람은 모두 옛날 주(周)나라를 관찰하러 갔다가 손님이 된 것과 같구나. 곧 굴욕을 당한 나라가 설욕할 생각은 않고 동화되어 버림을 이르는 말. '항로첩(降虜妾)'은 항복하여 포로가 된 사람을 낮추어 이른 말이고, '관주빈(觀周賓)'은 주나라에 망한 은(殷)나라의 사대부가 주나라를 관찰하러 갔다가 손님이 되었다는 고사를 말한다.

43) 吳宮(오궁)에~다니: 오(吳)나라 궁궐에 섶을 쌓고 월(越)나라 산에 쓸개를 다니. 곧 섶에 누워 자고 쓸개를 맛보면서 복수를 다짐한다는 와신상담(臥薪嘗膽)을 가리키는 말. 중국 춘추시대 오나라의 왕 부차(夫差)가 아버지의 원수를 갚기 위하여 섶에서 잠을 자며 월나라의 왕 구천(句踐)에게 복수할 것을 맹세하였고, 그에게 패배한 월나라의 왕 구천이 쓸개를 핥으면서 복수를 다짐했다는 고사가 『사기』 「월왕구천세가越王句踐世家」에 전한다.

ᄌᆡ조 읍신 弱ᄒᆞᆫ 몸이 大厦將傾[45] 어이할고
房 안의셔 눈물 ᄂᆡ면 兒女子의 態度로다
이 怨讐 못 갑푸면 어ᄂᆡ 面目 다시 들ᄭᅩ
岳手의 춤을 밧고 祖楫의 盟誓ᄒᆞ니[46]
ᄂᆡ 몸의 죽음ᄉᆞ름 一鴻毛의 빗겨 두고
東西南北 萬里 박게 命을 좃ᄎᆞ 단이리라

임금의 은혜를 갚고 은거지로 돌아오기를 희망하다

닛거라 가노라 가노라 잇거라
無情ᄒᆞᆫ 白鷗더른 盟誓期約 웃건마는
聖恩이 하 罔極ᄒᆞ시니 갑고 다시 도라오리라

44) 旣倒狂瀾(기도광란): 이미 기울어진 사나운 물결. 곧 시세(時勢)가 쇠해져서 사세(事勢)를 건잡지 못함을 이르는 말.

45) 大厦將傾(대하장경): 큰 집이 기울어지려고 함. 곧 나라가 위태롭게 됨을 이르는 말.

46) 岳手(악수)에~盟誓(맹세)하니: 악비(岳飛)의 손에 침을 뱉고 조적(祖逖)의 노에 맹세하니. 악비와 조적의 고사를 인용하여 청나라에 당한 치욕을 씻으려는 작자의 의지를 표현한 구절이다. '악비'는 중국 송나라 고종(高宗) 때의 충신으로, 손에 침을 뱉어 맹세하면서 금(金)나라와의 강화를 반대하다가 화친파인 진회(秦檜)에게 살해되었다. '조적'은 중국 동진(東晋) 원제(元帝) 때 사람으로, 유민들을 거느리고 강을 건너다가 돛대를 치며 "내가 중원(中原)을 깨끗이 소탕하지 못한다면 이 강을 다시 건너지 않겠다"라고 맹세했다는 고사가 『진서晉書』「조적전祖逖傳」에 전한다.

月先軒十六景歌

乙未十月, 仙石公, 晩年歸臥, 禮山梧里池, 松楸之鄕. 以觴詠琴歌,
自爲樂娛, 故作歌如左.[1)]

辛啓榮

고향으로 돌아온 소회를 읊다

烏山 西 외로온 ᄆᆞ을이 내의 菟裘[2)]로다
石田茅屋애 終老호랴 기약터니
名韁[3)]이 힘이 이셔 十載를 奔走ᄒᆞ니
千丈紅塵애 검은 머리 다 셰거다
田園이 거출거든 松菊을 뉘 갓고며
鷗盟[4)]이 차 잇거니 鶴怨[5)]이라 업술소냐

1) 작품 제목 다음에 이처럼 주석이 달려 있어 작품의 창작 연대와 창작 상황을 알 수 있다. 해석은 현대어역 참고.
2) 菟裘(토구): 벼슬을 내놓고 은거하거나 노후에 여생을 보내는 곳. 중국 춘추시대 노(魯)나라의 은공(隱公)이 토구 땅에 은거한 데서 유래한 말이다.
3) 名韁(명강): 공명(功名)의 굴레에 얽매임.
4) 鷗盟(구맹): 귀거래(歸去來)하여 갈매기와 벗하며 살겠다는 약속. 고려시대 문인 정포(鄭誧)의 「복주차우인운福州次友人韻」에 "그대 따라 강가에 띳집 짓고, 늙을 때의 구맹을 내 어찌 저버리리(從君結屋淸江上, 晩歲鷗盟豈可渝)"라고 하였다.

旅館 靑燈애 莊舃吟[6]을 제 뉘 알리
宦海風浪[7]이 猝然히 니러나니
齟齬[8]ᄒᆞᆫ 孤蹤이 罪ᄂᆞᆫ 어이 짓도던고
明時[9] 負譴ᄒᆞ야 더딘 몸이 되야시니
遲遲[10]ᄒᆞᆫ 行色이 眷戀[11]ᄒᆞ다 어이ᄒᆞ리
西湖舊業[12]의 匹馬로 도라오니
寂寞ᄒᆞᆫ 荒村애 破屋數間 ᄲᅮᆫ이로다
어와 이 生애 이리ᄒᆞ야 어이ᄒᆞ리
園林 노픈 고ᄃᆡ 小堂[13]을 지어내니
軒牕이 蕭灑ᄒᆞᆫᄃᆡ 眼界조차 너놀시고
三逕松篁[14]은 새 빗출 ᄯᅴ여잇고

5) 鶴怨(학원): 학의 원망. 곧 벼슬길에 나가지 않고 산수에 묻혀 살겠다는 약속을 지키지 않은 것에 대한 원망을 이르는 말. 중국 송나라 공치규(孔稚圭)가 자신과 함께 북산(北山)에 은거하던 주옹(周顒)이 벼슬길에 나선 것을 못마땅하게 여겨 지은 「북산이문北山移文」에 "장막이 텅 비니 밤이면 학이 원망하고, 산인이 떠나고 없어 새벽이면 원숭이가 놀라는구나(蕙帳空兮夜鶴怨, 山人去兮曉猿驚)"라고 하였다.

6) 莊舃吟(장석음): 장석(莊舃)의 노래. 곧 타향살이의 고달픔과 고향에 대한 그리움을 이르는 말. 중국 전국시대 월(越)나라 사람인 장석이 초(楚)나라에 가서 벼슬을 하다가 병이 들어 고국을 생각하며 노래를 불렀다는 고사가 『사기』 「진진전陳軫傳」에 전한다.

7) 宦海風浪(환해풍랑): 작자가 74세 때인 1649년(인조 27)에 전주부윤(全州府尹)이 되었다가, 76세 때인 1651년(효종 2) 봄에 호남관찰사 허적(許積)의 미움을 사 전주부윤을 사직한 사실과 관련이 있는 듯하다.

8) 齟齬(저어): 이가 고르지 못함. 곧 세상일이 마음대로 되지 않고 어긋나거나 모순됨을 이르는 말이다.

9) 明時(명시): 밝은 시대. 곧 태평한 시절을 이르는 말. 중국 당나라 두보(杜甫)의 「영회이수詠懷二首」에 "일 마치고 돌아오니 모아둔 재물 없고, 늙어가니 태평한 시절 그리워지네(罷歸無舊業, 老去戀明時)"라고 하였다.

10) 遲遲(지지): 더디고 더딤. 곧 떠나기 아쉬워하는 모양을 이르는 말. 『맹자』 「만장장구하萬章章句下」에 "공자가 제나라를 떠날 때는 밥을 지으려고 물에 담갔던 쌀을 손으로 건져서 떠났고, 노나라를 떠날 때는 '천천히 하겠다, 나의 출발을'이라고 하였다(孔子之去齊, 接淅而行, 去魯 曰, 遲遲 吾行也)"라고 하였다.

11) 眷戀(권연): 권권연연(眷眷戀戀). 보통 '그리워하다'의 뜻으로 쓰이지만, 여기서는 뒤돌아보며 미련을 갖는 것을 의미한다.

12) 西湖舊業(서호구업): 서호에 있는 가업(家業). 여기서는 작자의 고향인 '예산(禮山) 오리지(梧里池)'를 말한다.

13) 小堂(소당): 작자가 고향에 돌아와 지은 월선헌(月先軒)을 가리킨다.

十里 江山이 望中의 버러시니
月戶風欞[15]의 일업시 비겨 이셔
듯거니 보거니 勝趣도 하고 만타

사계절의 변화에 따른 자연 풍경을 노래하다

湖天 봄빗치 斗柄 죠차 도라오니[16]
陽坡 ᄀᆞᄂᆞᆫ 플이 새엄이 프ᄅᆞ렷고
沙汀 弱ᄒᆞᆫ 버ᄃᆞᆯ 녯 가지 누울[17] 저긔
江城 느즌 빗발 긴 들흐로 건너오니
淸爽ᄒᆞᆫ 뎌 景槩 詩興도 돕거니와
藥圃山田을 ᄒᆞ매면 가리로다
이바 아ᄒᆡ들아 쇼 죠히 머겨스라
女媧氏 하ᄂᆞᆯ 깁던 ᄂᆞᆰ은 돌[18]히 나마 이셔
西牕 밧 咫尺의 亂峯이 되여시니

14) 三逕松篁(삼경송황): 소나무와 대나무를 심은 세 갈래 길. 곧 은자(隱者)가 사는 집이나 장소를 이르는 말. 중국 한나라 때 장후(蔣詡)가 뜰에 세 갈래의 좁은 길을 내고, 소나무, 대나무, 국화를 심고서 친구 양중(羊仲), 구중(裘仲)과 교유하며 은거한 일에서 유래한 말이다. 중국 진(晉)나라 도잠(陶潛)의 「귀거래사歸去來辭」에 "세 갈래 좁은 길은 황폐해졌으나, 아직도 소나무와 국화는 시들지 않았네(三逕就荒, 松菊猶存)"라고 하였다.
15) 月戶風欞(월호풍령): 달빛에 젖은 지게문과 바람이 비낀 난간. 곧 아름다운 달밤의 경치를 이르는 말.
16) 湖天(호천)~돌아오니: 호수의 봄빛이 북두칠성을 따라 돌아오니. 북두칠성의 자루 부분이 북극성과 일직선이 되는 때인 입춘(立春)이 되었다는 뜻이다.
17) 누울: 미상. '돋아나다'의 뜻인 듯하다.
18) 女媧氏(여와씨)~늙은 돌: 중국 상고시대 전설상 여제(女帝)인 여와씨가 구멍난 하늘을 기운 오색돌. '여와씨'는 삼황(三皇)의 한 사람인 복희씨(伏羲氏)의 누이로, 공공(共工)이라는 제후가 지혜와 힘만 믿고 축융(祝融)과 싸워서 이기지 못하자 화가 나서 머리로 부주산(不周山)을 들이받으니 하늘을 지탱하던 기둥이 무너지므로, 오색의 돌을 단련해서 구멍난 하늘을 깁고 큰 자라의 발을 잘라서 사극(四極)에 세웠다는 고사가 『사기』 「삼황본기三皇本紀」에 전한다.

싸커니 셔거니 奇怪도 흔뎌이고
長松 흣션 속의 퍼기마다 고지 피니
赤城[19] 아젹비예 블근 안개 저젓는 듯
술 추고 노는 사룸 뷘 날 업시 올라가니
爛漫흔 春光이 몃 가지나 샹톳던고
金烏山[20] 十二峯이 大野의 둘너시니
느는 듯 머므는 듯 氣像도 奇勝흐다
多事흔 靑嵐이 翠黛[21]예 빗겨 이셔
모드락 흣트락 態度도 할셔이고
蒼然흔 眞面目[22]이 뵈놋 듯 숨는 양은
龍眠好手[23]로 水墨屛을 그렷는 듯
殘花는 불셔 디고 白日이 漸漸 기니
長堤 嫩葉이 새 그놀 어릴 저긔
荊扉[24]를 기피 닷고 낫좀을 잠깐 드니
驕慢흔 꾓고리 씨올 주리 무스 일고
긔파[25] 가는 길히 초연[26]이 기픈 고딕
牧笛 三弄聲[27]이 閑興을 도와낸다

---

19) 赤城(적성): 미상. 작자가 머물던 월선헌 주위에 있는 지명인 듯하다.
20) 金烏山(금오산): 충청도 예산에 있는 산.
21) 翠黛(취대): 미인의 푸른 눈썹. 곧 푸른 아지랑이가 어른거리는 산을 비유적으로 이르는 말.
22) 眞面目(진면목): 본디부터 지니고 있는 그대로의 상태. 또는 참된 모습. 중국 송나라 소식(蘇軾)의 「제서림벽題西林壁」에 "옆에서 보면 고개가 되고 비스듬히 보면 봉우리가 되니, 멀리서 가까이서 높은 데서 낮은 데서 보는 것이 각각 다르네. 여산의 참모습을 알지 못하는 것은 다만 이 몸이 산속에 있기 때문이라네(橫看成嶺側成峯, 遠近高低各不同. 不識廬山眞面目, 只緣身在此山中)"라고 하였다.
23) 龍眠好手(용면호수): 용면(龍眠)의 뛰어난 그림 솜씨. '용면'은 중국 송나라 때 이름난 화가인 이공린(李公麟)을 말하며, '용면'은 그의 호이다. 문인 가문에서 태어나 진사시험에 급제하여 벼슬살이도 했으나, 벼슬을 사직하고 용면산(龍眠山)에 들어가 회화에 전념했다.
24) 荊扉(형비): 가시나무로 만든 사립문. 곧 조잡하고 허름하게 만든 사립문을 말하는데, 매우 구차한 살림을 비유적으로 이르는 말.
25) 긔파: 미상.
26) 초연: 미상. '초연(草煙)', 곧 '풀을 태울 때 나는 연기'의 의미인 듯하다.

烏棲山[28] 두렷ᄒᆞᆫ 峯 半空의 다하시니
乾坤元氣ᄂᆞᆯ 네 혼자 타 잇고야
朝暮애 ᄌᆞᆷ긴 안개 ᄇᆞ라보니 奇異ᄒᆞ다
몃 번 時雨 되야 歲功을 일웟ᄂᆞᆫ다
오동 닙히 디고 흰 이ᄉᆞᆯ 서리 되니
西潭 깁픈 골애 秋色이 느저 잇다
千林 錦葉이 二月花ᄅᆞᆯ 브놀소냐
東녁 두던 밧긔 크나큰 너븐 들희
萬頃 黃雲이 ᄒᆞᆫ빗치 되야 잇다
重陽이 거의로다 내노리[29] ᄒᆞ쟈스라
블근 긔 여믈고 눌은 ᄃᆞᆰ기 ᄉᆞᆯ져시니
술이 니글션졍 버디야 업ᄉᆞᆯ소냐
田家 興味ᄂᆞᆫ 날로 기퍼 가노매라
살여흘 긴 몰래예 밤블이 ᄇᆞᆯ가시니
게 잡ᄂᆞᆫ 아ᄒᆡ돌이 그믈을 흣터 잇고
狐頭浦[30] 엔[31] 구븨예 아젹믈[32]이 미러오니
돗ᄃᆞᆫᄇᆡ 欸乃聲이 고기 ᄑᆞᄂᆞᆫ 당시로다
景도 됴커니와 生理라 괴로오랴
ᄀᆞ올히 다 디나고 北風이 노피 부니

---

27) 三弄聲(삼롱성): 세 곡의 피리 소리. 또는 고(高), 평(平), 저(低)의 세 곡조의 소리. 중국 진(晉)나라 사람으로 음악에 뛰어난 환이(桓伊)가 당대의 명사인 왕휘지(王徽之)의 부탁을 받고서 세 곡의 피리 소리를 연주하고는 바로 수레를 타고 유연히 가버렸다는 고사가 『진서晉書』에 전한다.

28) 烏棲山(오서산): 충청도 보령(保寧), 홍성(洪城), 청양(青陽)의 접경지대에 있는 산.

29) 내노리: 시내에서 하는 놀이. 여기서는 시내에서 물고기를 잡는 '천렵(川獵)'을 말한다.

30) 狐頭浦(호두포): 『동국여지승람東國輿地勝覽』 예산현(禮山縣) 조에 의하면, 예산현 북쪽에 있는 무한천(無限川) 하류를 가리킨다. 지형의 변화로 정확한 위치를 알 수 없으나, 지금의 예당평야(禮唐平野) 끝머리에 있는 바다 어귀를 가리키는 것으로 보인다.

31) 엔: 미상. '먼'의 뜻인 듯하다.

32) 아젹믈: 아침에 밀려오는 물. 곧 밀물을 이르는 말.

긴 하ᄂᆞᆯ 너븐 들히 暮雪이 ᄂᆞ니더니
이ᄋᆞᆨ고 境落이 各別ᄒᆞᆫ 天地 되야
遠近 峯巒은 白玉을 뭇거 잇고
野堂 江村을 瓊瑤로 ᄭᅮ며시니
造化 헌서ᄒᆞᆫ 줄 이제야 더 알과라
天氣凜烈ᄒᆞ야 冰雪이 싸혀시니
郊園 草木이 다 摧折ᄒᆞ얏거ᄂᆞᆯ
창밧ᄭᅴ 심근 梅花 暗香을 머곰엇고
재 우희 셔 잇ᄂᆞᆫ 솔 프ᄅᆞᆫ 빗치 依舊ᄒᆞ니
본ᄃᆡ 삼긴 節이 歲寒ᄒᆞ다 變ᄒᆞᆯ소냐
압뫼히 자던 안개 힛빗출 ᄀᆞ리오니
竹林의 쌜린 서니 못 미처 노갓고야
小爐ᄅᆞᆯ 나외 혀고 牕을 닷고 안자 이셔
一炷 淸香의 世念이 그처시니
簞瓢[33] 뷔다 ᄒᆞ야 興이야 업ᄉᆞᆯ소냐

월선헌 주변의 풍요로운 삶을 노래하다

내 건너 ᄯᅳᆫ 뫼 아래 거츤 ᄆᆞ올 두서 집이
老樹 柴門애 섯긘 ᄂᆡ[34] 빗겨시니
依稀ᄒᆞᆫ 籬落이 畵圖中 ᄀᆞᄐᆞᆯ시고

33) 簞瓢(단표): 밥을 담는 바구니와 물을 담는 표주박. 곧 선비의 청빈(淸貧)한 생활을 이르는 말. 『논어』「옹야雍也」에 "공자가 말하기를 '어질다, 안회여! 한 바구니의 밥과 한 표주박의 물로 누추한 시골에 있는 것을 딴 사람들은 그 근심을 견뎌내지 못하는데, 안회는 그 즐거움을 변치 않으니, 어질다, 안회여!'라고 말했다(子曰, 賢哉, 回也. 一簞食一瓢飮, 在陋巷, 人不堪其憂, 回也不改其樂, 賢哉 回也)"라고 하였다.
34) 섞인 내: 보였다 사라졌다 하는 옅은 안개.

牛羊이 ᄂᆞ려오니 오늘도 져믈거다
石門 노픈 峯35)애 夕陽이 블갓ᄂᆞᆫ듸
우러 녜ᄂᆞᆫ 기려기 가ᄂᆞᆫ ᄃᆞᆺ 도라오니
衡陽36)이 아니로듸 廻鴈峯37)은 여긔런가
斜浦 긴 ᄃᆞ리애 오명가명 ᄒᆞᄂᆞᆫ 行人
어ᄃᆞ러 向ᄒᆞ노라 뵈얏비 가ᄂᆞ손다
龍山38) 외로은 뎔 언제브터 잇돗던고
磬子 ᄆᆞᆯ근 소릐 ᄇᆞ람 섯거 디나가니
알와라 늘근 즁이 禮佛ᄒᆞᆯ 저기로다
江橋 ᄎᆞᆫ 남긔 暝色이 가다가니39)
棲鴉ᄂᆞᆫ ᄂᆞ라들고 프ᄅᆞᆫ 모히 멀리 뷘다
閑愁ᄅᆞᆯ 못 禁ᄒᆞ야 ᄑᆞ람을 기리 불고
脩竹을 지혀이셔40) ᄃᆞᆯ빗출 기ᄃᆞᆯ오니
숨구즌 녈 구로미 ᄀᆞ릴 주리 므ᄉᆞ 일고
長風이 헌서ᄒᆞ야 玉宇41)ᄅᆞᆯ 조히 ᄡᅳ니
一片冰輪42)이 ᄆᆞᆯ근 빗치 녜로왓다
千岩萬壑의 슬ᄏᆞ지 블가시니
壇坮43) 늙근 솔이 가지ᄅᆞᆯ 혜리노다

35) 石門(석문) 높은 峯(봉): 석문봉(石門峯). 충청도 서산(瑞山)에 있는 가야산(伽倻山)의 주봉(主峯).
36) 衡陽(형양): 중국 호남성(湖南省) 상담(湘潭) 남쪽에 있는 고을.
37) 廻鴈峯(회안봉): 중국 호남성 형양(衡陽)에 있는 형산(衡山)의 가장 높은 봉우리인 축융봉(祝融峯)의 다른 이름. 기러기가 날아와 겨울을 보내고, 봄이 오면 다시 북쪽으로 날아간다고 해서 붙은 이름이다. 여기서는 금오산의 열두 봉우리 중 하나를 가리킨다.
38) 龍山(용산): 충청도 예산에 있는 산.
39) 가다가니: 가득하니.
40) 脩竹(수죽)을 지혀이셔: 긴 대나무에 기대고서.
41) 玉宇(옥우): 옥으로 아로새겨 지은 집. 곧 천제(天帝)가 사는 집이란 뜻으로, 하늘을 이르는 말.
42) 一片冰輪(일편빙륜): 한조각 얼음으로 만든 바퀴. 곧 겨울에 차갑게 보이는 달을 비유하여 이르는 말.
43) 壇坮(단대): 제사를 지내기 위해 쌓은 대(臺). 『동국여지승람』에 의하면 예산 서쪽에 사직단(社稷壇)이 있었다고 하는데, 이것을 가리키는 듯하다.

疎簾을 고텨 것고 기픈 밤의 안자시니
東峯 도ᄃᆞᆫ ᄃᆞᆯ이 西嶺의 거디도록[44]
簷楹애 채[45] 빗최여 枕席의 ᄡᅬ야시니
넉시 다 ᄆᆞᆰ으니 夢寐ᄃᆞᆯ 이실소냐[46]
어와 이 淸景 갑시 이실 거시런ᄃᆞᆯ
寂寞히 다든 문애 내 분으로 드려오랴
私照 업다 호미[47] 거즌말 아니로다
茅齋예 빗쵠 빗치 玉樓라 다ᄅᆞᆯ소냐
淸樽을 밧ᄡᅦ 열고 큰 잔의 ᄀᆞ독 브어
竹葉 ᄀᆞᄂᆞᆫ 술[48]ᄅᆞᆯ ᄃᆞᆯ빗 조차 거후로니
飄然ᄒᆞᆫ 逸興이 져기면 ᄂᆞᆯ리로다
李謫仙 이려ᄒᆞ야 ᄃᆞᆯ을 보고 밋치닷다[49]
春夏秋冬애 景物이 아ᄅᆞᆷ답고
晝夜朝暮애 翫賞이 새로오니
몸이 閑暇ᄒᆞ나 귀눈은 겨ᄅᆞᆯ 업다

---

44) 거디도록: 거의 지도록.
45) 채: 다. 가득히.
46) 이실소냐: '이질소냐'의 오기인 듯하다.
47) 私照(사조) 업다 홈이: 사사로이 비추지 않는다 함이. 곧 해와 달은 사사롭게 치우치는 일이 없음을 이르는 말. 『예기禮記』에 "공자가 '하늘은 사사로이 덮지 않고, 땅은 사사로이 싣지 않으며, 해와 달은 사사로이 비추지 않는다. 이로써 천하에 힘쓰니 이를 일러 삼무사(三無私)라 한다'고 말했다(孔子曰 天無私覆, 地無私載, 日月無私照, 以務天下, 此之謂三無私)"라고 하였다.
48) ᄀᆞᄂᆞᆫ 술: 찌끼가 없이 거른 맑은 술.
49) 李謫仙(이적선)~미쳤도다: 중국 당나라 때 이백(李白)이 채석강(彩石江)에서 뱃놀이하다가 강물에 비친 달을 잡으려다 빠져 죽었다는 고사를 말한다. '적선(謫仙)'은 인간 세상에 귀양 온 신선이라는 뜻으로, 하지장(賀知章)이 이백의 시를 보고 감탄하여 "천상에서 인간으로 귀양 온 신선"이라고 한 데서 유래하여 이백을 가리키는 말로 쓰인다. '채석강'은 중국 안휘성(安徽省) 당도현(當塗縣) 서북쪽에 있다.

자연에 은거하며 한가로이 지낼 것을 다짐하다

餘生이 언마치리 白髮이 날로 기니
世上 功名은 鷄肋[50)]이나 다롤소냐
江湖魚鳥ᄋᆡ 새 밍셰 깁퍼시니
玉堂金馬의 夢魂이 섯긔엿다[51)]
草堂煙月의 시롬업시 누워 이셔
村酒江魚로 終日醉롤 願ᄒᆞ노라
이 몸이 이러구롬도 亦君恩이샷다

50) 鷄肋(계륵): 닭의 갈비. 곧 먹을 만한 살도 붙어 있지 않지만 버리기에는 아깝다는 뜻으로, 그다지 쓸모는 없으나 버리기에는 아까운 것을 이르는 말. 중국 삼국시대 위(魏)나라의 조조(曹操)와 촉(蜀)나라의 유비(劉備)가 한중(漢中) 땅을 차지하려고 다툴 때, 조조가 한중 땅을 버리기에는 아깝지만 대단한 땅은 아니라는 뜻으로 계륵이라고 한 고사가 『후한서後漢書』 「양수전楊修傳」에 전한다.

51) 江湖魚鳥(강호어조)에~섞이었다: 자연 속에서 물고기, 새와 벗하며 사는 지금의 생활이 꿈인지, 예전의 벼슬살이가 꿈인지 모르는 도취의 상태를 나타낸 구절이다. 또는 예전의 벼슬살이가 아득히 먼 꿈속의 일과 같음을 의미하기도 한다. '새 밍셰'는 귀거래(歸去來)하여 갈매기와 벗하며 살겠다는 구맹(鷗盟), 또는 은거하려는 새로운 다짐의 뜻이고, '옥당금마(玉堂金馬)'는 한림학사(翰林學士)가 집무하는 옥당서(玉堂署)와 금마문(金馬門)을 가리키는데, 조정에 나아가 벼슬살이하는 것을 이르는 말이다.

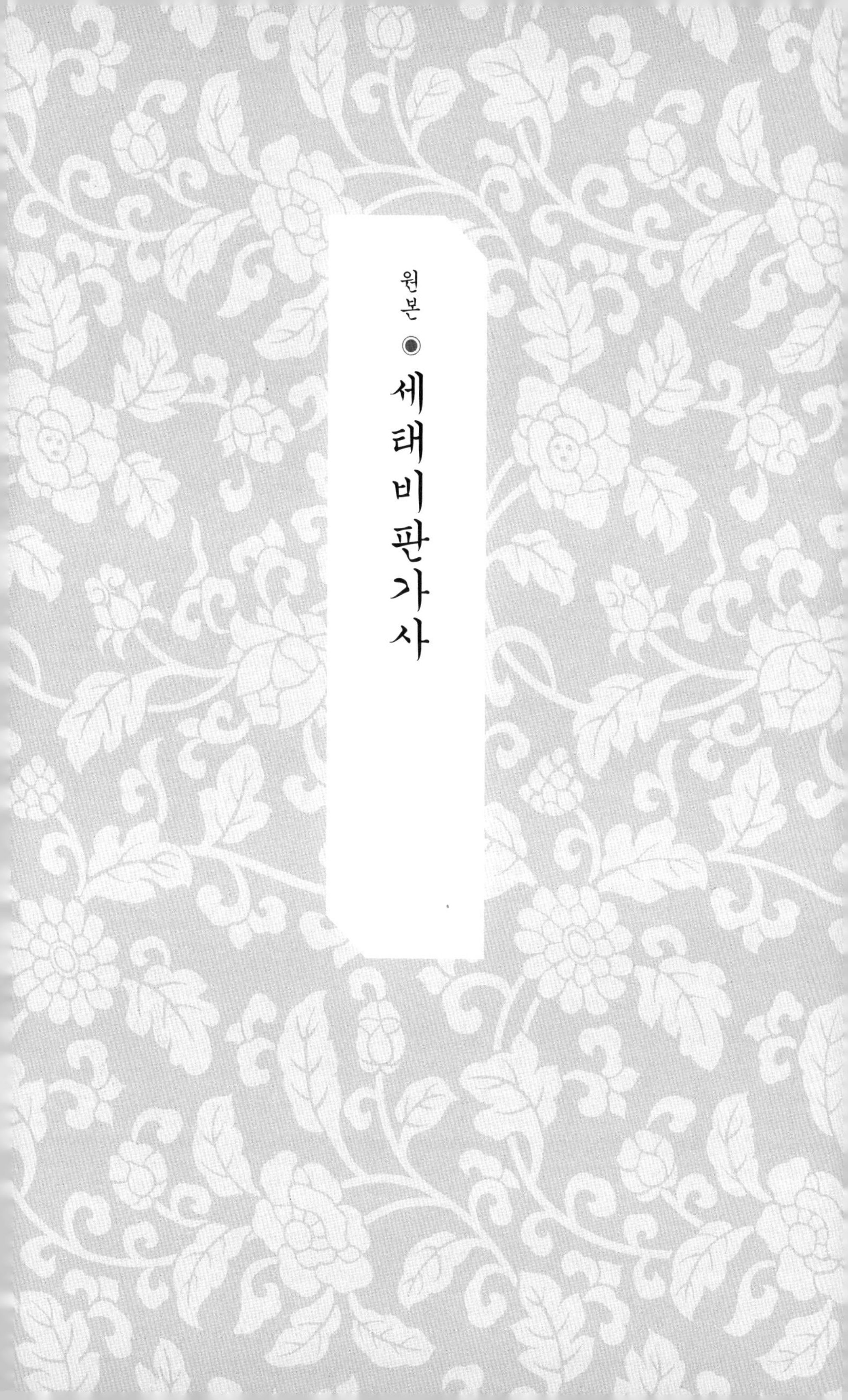

원본 ◉ 세태비판가사

雇工歌

許㠊

집안의 내력을 소개하다

집의 옷밥을 언고 들먹ᄂᆞᆫ[1] 져 雇工아
우리 집 긔별[2]을 아ᄂᆞᆫ다 모로ᄂᆞᆫ다
비 오ᄂᆞᆫ ᄂᆞᆯ 일 업ᄉᆞᆯ ᄌᆡ ᄉᆞᆺ ᄭᅩ면셔 니ᄅᆞ리라
처음의 한어버이 사롬ᄉᆞ리[3] ᄒᆞ려ᄒᆞᆯ ᄌᆡ
仁心을 만히 쓰니 사ᄅᆞᆷ이 절로 모다
풀 ᄡᅧᆺ고[4] 터을 닷가 큰집을 지어내고
셔리 보십 장기 쇼로 田畓을 긔경ᄒᆞ니
오려논 터밧치 여드레 ᄀᆞ리[5]로다

1) 들먹는: 들먹은. 못나고도 마음이 올바르지 못한.
2) 기별: 기별(寄別). 다른 곳에 있는 사람에게 소식을 전함. 또는 소식을 적은 종이. 여기서는 조선이 건국되어 선조(宣祖) 때까지 내려온 내력을 의미한다.
3) 살림살이: 여기서는 '나라를 세울 터전을 닦는 일'을 의미한다.
4) ᄡᅧᆺ고: 베고 깎고.

子孫에 傳繼ᄒᆞ야 代代로 나려오니
논밧도 죠커니와 雇工도 근검터라

가산을 탕진하게 한 머슴들의 각성을 촉구하다

저희마다 여름지어 가ᄋᆞᆷ여리 사던 것슬
요ᄉᆞ이 雇工들은 혬이 어이 아조 업서
밥사발 큰나 쟈그나 동옷6)시 죠코 즈나7)
ᄆᆞᄋᆞᆷ을 ᄃᆞᆺ호ᄂᆞᆫ ᄃᆞᆺ 호슈8)을 ᄉᆡ오ᄂᆞᆫ 듯
무슴 일 감9) 드러 흘긧할긧 ᄒᆞᄂᆞᄉᆞᆫ다
너희ᄂᆡ 일 아니코 時節좃ᄎᆞ ᄉᆞ오나와
ᄀᆞᆺ득의 ᄂᆡ 셰간이 플러지게 되야ᄂᆞᆫᄃᆡ
엇그ᄌᆡ 火强盜10)에 家産이 蕩盡ᄒᆞ니
집 ᄒᆞ나 불타붓고 먹을 썻시 전혀 업다
큰나큰 셰ᄉᆞ11)을 엇지ᄒᆞ여 니로려료
金哥 李哥 雇工들아 ᄉᆡ ᄆᆞᄋᆞᆷ 먹어슬라
너희ᄂᆡ 졀머ᄂᆞᆫ다 혬 혈나12) 아니ᄉᆞᆫ다
ᄒᆞᆫ 소ᄐᆡ 밥 먹으며 매양의 灰灰ᄒᆞ랴13)
ᄒᆞᆫᄆᆞᄋᆞᆷ ᄒᆞᆫ뜻으로 녀름을 지어스라

5) 여드레 갈이: 소 한 마리가 8일 동안 갈 만한 논밭의 넓이. 여기서는 '조선 팔도'를 상징한다.
6) 동옷: 남자가 입는 저고리.
7) 즈나: 미상. '궂으나'의 뜻인 듯하다.
8) 호수: 호수(戶首). 공물과 세금을 거두어 바치는 일을 책임진 사람.
9) 감: 감(感). 느낌이나 생각. 또는 '속임'의 뜻으로 풀이하기도 한다.
10) 火强盜(화강도): 날강도. 여기서는 '임진왜란을 일으킨 왜적(倭賊)'을 의미한다.
11) 세사: 대대로 지내오는 제사[世祀]. 또는 세상에서 일어나는 온갖 일[世事].
12) 혈나: 미상. '현마'나 '혈마'의 잘못인 듯하다. '현마'나 '혈마'는 '설마', '얼마라도'의 뜻이다.
13) 灰灰(회회)하랴: 반목(反目)하랴. 또는 관대하랴. 느긋하랴. '詼詼(회회)'의 오기로 보면 '반목하랴'의 뜻이고, '恢恢(회회)'의 오기로 보면 '관대하랴', '느긋하랴'의 뜻이다.

ᄒᆞᆫ 집이 가음열면 옷밥을 分別ᄒᆞ랴[14]
누고ᄂᆞᆫ 장기 잡고 누고ᄂᆞᆫ 쇼을 몰니
밧 갈고 논 살마[15] 벼 셰워 더져두고
ᄂᆞᆯ 됴흔 호ᄆᆡ로 기음을 ᄆᆡ야스라
山田도 것츠럿고 무논도 기워 간다[16]
사립 피 ᄆᆞᆯ목 나셔 볏 겨ᄐᆡ 셰올셰라[17]
七夕의 호ᄆᆡ 씻고 기음을 다 ᄆᆡᆫ 후의
ᄉᆞᆺᄭᅩ기 뉘 ᄌᆞᆯᄒᆞ며 셤[18]으란 뉘 엿그라
너희 ᄌᆡ조 셰아려 자라자라[19] 맛스라
ᄀᆞ을 거둔 후면 成造[20]를 아니ᄒᆞ랴
집으란 내 지으게 움으란 네 무더라
너희 ᄌᆡ조을 내 斟酌 ᄒᆞ엿노라
너희도 머글 일을 分別을 ᄒᆞ려므나
명셕의 벼ᄅᆞᆯ 넌들 됴흔 ᄒᆡ 구름 ᄭᅵ여 볏뉘[21]을 언ᄌᆡ 보랴
방하을 못 ᄶᅵ거든 거츠나 거츤 오려
옥 ᄀᆞᆺᄐᆞᆫ 白米될 쥴 뉘 아라 보리스니

14) 分別(분별)하랴: 시름하랴. 걱정하랴.
15) 논 삶아: 쟁기로 일군 큰 흙덩이를 써레질로 잘게 부수어 보드랍게 만들어.
16) 기워 간다: 깃어 간다. 곧 논밭에 잡풀이 무성해짐을 이르는 말.
17) 싸리 피~세울세라: 싸리와 피가 말뚝처럼 자라서 벼 곁에 세울세라. 곧 농사일에 힘쓰지 않아 벼를 심은 논에 싸리와 피가 무성해질까 두렵다는 뜻. 이는 신하들이 나랏일을 제대로 돌보지 않아 나라가 황폐해지는 것을 비유하여 표현한 것이다.
18) 섬: 곡식 따위를 담기 위하여 짚으로 엮어 만든 그릇.
19) 자라자라: 미상. '서로서로'의 뜻인 듯하다.
20) 成造(성조): 집터와 집의 건물을 수호하는 성조신(成造神). 여기서는 '집짓는 일'을 의미한다.
21) 볕뉘: 작은 틈을 통하여 잠시 비치는 햇볕이나 그늘진 곳에 미치는 조그마한 햇볕의 기운.

사려 깊은 새 머슴을 기다리다

너희ᄂᆡ ᄃᆞ리고 새 ᄉᆞ리 사쟈 ᄒᆞ니
엇그지 왓던 도적 아니 멀니 갓다 ᄒᆞᄃᆡ
너희ᄂᆡ 귀눈 업서 져런 줄 모로관ᄃᆡ
화살을 견혀 언고 옷밥만 닷토ᄂᆞᆫ다
너희ᄂᆡ 다리고 텁ᄂᆞᆫ가 주리ᄂᆞᆫ가
粥早飯[22] 아ᄎᆞᆷ져녁 더ᄒᆞ다 먹엿거든
은혜란 ᄉᆡᆼ각 아여 제 일만 ᄒᆞ려 ᄒᆞ니
혬 혜ᄂᆞᆫ 새드이리[23] 어ᄂᆡ 제 어더 이셔
집일을 맛기고 시름을 니즈려료
너희 일 ᄋᆡᄃᆞ라 ᄒᆞ며셔 ᄉᆞᆺ ᄒᆞᆫ ᄉᆞ리 다 ᄭᅩ래라

22) 粥早飯(죽조반): 아침식사 전에 조금 먹는 죽.
23) 새드이리: 미상. '새롭게 들이는 사람'이라는 뜻의 '새 일꾼'이나 '새 머슴'인 듯하다.

雇工答主人歌

李元翼

「고공가」에 화답하다

어와 져 반하야[1] 도라안자 내 말 듯소
엇지흔 져믄 소늬[2] 헴 업시 단니슨다
마누라[3] 말숨을 아니 드러 보느순다

게으르고 생각 없는 종들을 꾸짖다

나는 일얼만뎡 外方[4]의 늙은 툐이[5]

1) 반하야: 미상. '양반아'의 뜻인 듯하다.
2) 손네: 손아랫사람 또는 그 무리들을 약간 대접해서 이르는 말.
3) 마누라: 마노라. 상전, 마님, 임금 등 남녀를 두루 높이어 이르는 말. 여기서는 선조(宣祖) 임금을 비유한 말이다.
4) 外方(외방): 서울 이외의 지방.

공[6] 밧치고 도라갈 지 ᄒᆞᄂᆞᆫ 일 다 보왓너
우리 덕 셰간이야 네붓터 이러튼가
田民이 만탄 말리 一國에 소릭 나데
먹고 입ᄂᆞᆫ 드난[7] 죵이 百餘口 나마시니
므슴 일 ᄒᆞ노라 터밧츨 무겨ᄂᆞᆫ고
農庄이 업다 ᄒᆞᄂᆞᆫ가 호믜 연장 못 갓던가
날마다 무슴ᄒᆞ려 밥 먹고 단기면셔
열나모[8] 亭子 아릭 낫줌만 자ᄂᆞᆫ순다
아히들 타시런가 우리 덕 죵의 버릇 보거든 고이ᄒᆞ데
쇼 먹기ᄂᆞᆫ ᄋᆞ히드리 샹므름을 凌辱ᄒᆞ고
進止[9]ᄒᆞᄂᆞᆫ 어린 손너 한 계대[10]를 긔롱ᄒᆞᆫ다
쎄쎄름[11] 졔금[12] 못고[13] 예예로[14] 제 일 ᄒᆞ니
ᄒᆞᆫ 집의 수한[15] 일을 뉘라셔 심뼈 홀고
穀食庫 븨엿거든 庫直[16]인들 어이ᄒᆞ며
셰간이 흐터지니 딜자힌들[17] 어이홀고
내 왼 줄 내 몰나도 남 왼 줄 모롤넌가
플치거니 뭿치거니 할거니[18] 돕거니

5) 툐이: '죵이'의 잘못인 듯하다.
6) 공: 공(貢). 공물(貢物).
7) 드난: 들고 나는. 드나드는.
8) 열나모: 미상. '여남은'의 뜻인 듯하다.
9) 進止(진지): 나아감과 머무름. 움직임과 움직이지 아니함. 또는 몸가짐이나 거동을 통틀어 이르는 말.
10) 한 계대: 미상. '큰 겨레', 곧 '양반(兩班)'의 뜻인 듯하다.
11) 쎄쎄름: 그릇되게. 삐뚜름하게. 바르지 못하게.
12) 졔금: 제급(除給). 곧 돈이나 물건의 일부를 빼고 줌을 이르는 말.
13) 못고: 모으고.
14) 예예로: 딴 길로 돌리어. 딴 꾀로.
15) 수한: 수많은. 숱한.
16) 庫直(고직): 고지기. 관아의 창고를 보살피고 지키던 사람.
17) 딜자힌들: 미상. '질그릇인들'의 뜻인 듯하다.
18) 할거니: 헐뜯거니.

ᄒᆞ로 열듯 ᄃᆡ 어수선 핀 귀이고[19]

밧별감 만하이ᄉᆞ 外方舍音 都達化[20]도

제 소임 다 바리고 몸 쓰릴 뿐이로다

비 ᄉᆡ여 셔근 집을 뉘라셔 곳쳐 이며

옷 버서 문허진 담 뉘라셔 곳쳐 쏠고

불한당 구모 도적[21] 아니 멀니 단이거든

화살 촌 誰何上直[22] 뉘라셔 심써 홀고

큰나큰 기운 집의 마누라 혼ᄌᆞ 안자

긔걸[23]을 뉘 드ᄅᆞ며 論議을 눌과 홀고

낫 시름 밤 근심 혼자 맛다 계시거니

옥 ᄀᆞᆺ튼 얼굴리 편ᄒᆞ실 적 면 날이리

어른 종에 대한 믿음을 호소하다

이 집 이리 되기 뉘 타시라 홀셔이고

혬 업[24] 죵의 일은 뭇도 아니 ᄒᆞ려니와

도로혀 혜여ᄒᆞ니 마누라 타시로다

ᄂᆡ 항것[25] 외다 ᄒᆞ기 죵의 죄 만컨마ᄂᆞᆫ

그러타 뉘[26]을 보려 민망ᄒᆞ야 ᄉᆲᄂᆞ이다

---

19) 어수선 핀 귀이고: 어수선하게 한 것인가.

20) 밧별감~都達化(도달화): 모두 변방을 지키는 무인들을 비유한 말. '밧별감'은 사내 하인들끼리 서로 존대하여 부르는 말인 듯하며, '만하이ᄉᆞ'는 미상이다. '외방사음(外方舍音)'은 바깥 마름을 말하며, '도달화'는 종을 부리지 않는 대신에 그 종에게서 세금을 받던 주인을 뜻한다.

21) 구모 도적: 구멍에 든 도적. 여기서는 왜적을 의미한다.

22) 誰何上直(수하상직): 경비하는 일. '수하'는 적을 경계하는 것을 말하고, '상직'은 벼슬아치가 당직을 서는 것을 말한다.

23) 긔걸: 명령. 분부.

24) 업: '업ᄂᆞᆫ'의 오기인 듯하다.

25) 항것: 상전(上典).

ᄉᆞᆺᄭᆞ기 마ᄅᆞ시고 내 말솜 드로쇼셔
집일을 곳치거든 죵들을 휘오시고[27]
죵들을 휘오거든 賞罰을 ᄇᆞᆯ키시고
賞罰을 발키거든 어른 죵을 미드쇼셔
진실노 이리 ᄒᆞ시면 家道 절노 닐니이다

26) 뉘: 세상. 때. 세대.
27) 휘오시고: 손아귀에 넣고 부리시고.

聖主中興歌

鄭勳

인조반정의 감격을 노래하다

갓고로 둘렷다가 글러나 니러셔셔[1]
春風에 숨 내쉬여 北極을 바라보니
陰雲이 消盡ᄒᆞ고 白日이 中天ᄒᆞ샤
人間 冤枉[2]을 곳고지 다 빗최니
어와 살앗다가 이 時節 보관지고
北向再拜ᄒᆞ니 눈물이 절로 난다
人倫을 볼키시니 萬姓이 咸服ᄒᆞ고
舊人을 쓰시니 녯 法이 새롭도다
龍樓問寢[3]에 孝誠도 至極ᄒᆞ샤

1) 거꾸로~일어서서: 거꾸로 매달렸다가 풀려나 일어서서. '거꾸로 매달린다'는 광해군(光海君)의 폭정을 가리키고, '풀려나 일어선다'는 인조반정(仁祖反正)을 의미한다.
2) 冤枉(원왕): 억울하게 뒤집어쓴 죄. 여기서는 광해군의 폭정 아래 핍박받고 살던 것을 가리킨다.

이 孝誠 푸믄 가슴 얼마나 서기신고

광해군의 폭정에 분노하다

여ᄋᆞ ᄉᆞᆰ 虎狼이 城闕의 ᄀᆞ득ᄒᆞ니
하ᄂᆞᆯ이 놉다 ᄒᆞᆫᄃᆞᆯ 몸을 곳게 니러셔며
ᄶᅡ히 두터운ᄃᆞᆯ 발올 편히 드딀런가
天命을 굿게 너겨 그대도록 驕泰ᄒᆞᆯ샤
天常을 모ᄅᆞ거든 하ᄂᆞᆯ을 고일소냐
邦本을 ᄒᆞ놀거든[4] 百姓이 조출런가
宮闕을 만히 딧다 몃 間의 살고마ᄂᆞᆫ
無辜ᄒᆞᆫ 窮民을 그대도록 보챌셰고
八方貢膳을 얼마 먹고 니블 거ᄉᆞᆯ
벼ᄉᆞᆯ ᄑᆞ라 銀 뫼화 어ᄃᆡ 두로 ᄡᅡ하시며
私進上 바다드려 므어싀 다 ᄡᅳ던고
우히 그러커든 아래히 ᄀᆡ자ᄒᆞᆯ가[5]
上下交征[6]ᄒᆞ니 國體ᄅᆞᆯ 진일런가

---

3) 龍樓問寢(용루문침): 임금이 자는 곳에 직접 가서 문안 인사를 올림. 여기서는 인조가 인목대비(仁穆大妃)에게 문안 인사를 올리는 것을 의미한다.

4) 邦本(방본)을 흔들거든: 나라의 근본을 흔들거든. 여기서는 광해군이 인목대비를 폐하는 등의 폭정을 일삼는 것을 가리킨다.

5) ᄀᆡ자ᄒᆞᆯ가: 개제(愷悌)할까. 용모가 단아하고 기상이 화평할까. 여기서는 '맑고 깨끗하다'의 의미인 듯하다.

6) 上下交征(상하교정): 윗사람과 아랫사람이 서로 이익을 취함. 『맹자』「양혜왕장구상梁惠王章句上」에 "윗사람과 아랫사람이 이익을 취하면 나라가 위태로워지느니라(上下交征利而國危矣)"라고 하였다.

인조반정의 정당성을 노래하다

數百年 基業이 一刻에 危殆ᄒᆞ니
江湖애 ᄇᆞ려신ᄃᆞᆯ 社稷을 니즐손가
柴扉ᄅᆞᆯ 닷고 안자 애ᄃᆞᆯ와 닐은 말이
大臣이 업거든 世臣이나 이시되야[7)]
다 기운 宗社ᄅᆞᆯ 바칠 줄ᄅᆞᆯ 모ᄅᆞᄂᆞ다
千愁萬恨을 ᄀᆞ업시 품엇더니
否塞이 已極이라 泰運이 도라오니[8)]
天視自民[9)]이라 聖人이 나단 말가
天人助順도 眞實로 올커니와
穆陵先靈[10)]인ᄃᆞᆯ 곳 無心ᄒᆞ실런가
撥亂反正에 功德이 巍巍ᄒᆞ니
아므리 三讓[11)]ᄒᆞᆫᄃᆞᆯ 天命을 어이ᄒᆞᆯ고

---

7) 大臣(대신)이~있었으면: 대신이 없거든 세신(世臣)이나 있었으면 하는 바람을 표출한 말이다. '대신'은 관직이 높은 신하를 뜻하고, '세신'은 대대로 한 왕가(王家)를 섬긴 공이 있는 구신(舊臣)을 뜻한다. 『맹자』「양혜왕장구하梁惠王章句下」에 "고국(故國)이라 함은 교목(喬木)이 있음을 말하는 것이 아니라 세신이 있는 것을 말하는 것입니다. 왕은 친근한 신하조차 없습니다. 어제 등용된 신하가 오늘 도망하는 것도 알지 못하십니다(所謂故國者, 非謂有喬木之謂也, 有世臣之謂也. 王無親臣矣. 昔者所進 今日不知其亡也)"라고 하였다.

8) 否塞(비색)이~돌아오니: 좋지 않은 운수가 이미 다하여 태운이 돌아오니. '비(否)'는 『주역周易』의 64괘 중 하나로, 음양이 화합하지 못함을 나타낸다. 즉 양기는 위에 있어 아래로 내려오지 않고 음기는 아래에 있어 위로 올라가지 않으므로, 두 기운은 교화(交和)하지 못하고 하늘과 땅이 서로 반대된다. 이것은 64괘 중 '태(泰)'와 정반대되는 상(象)이다. '태'는 음양이 조화되어 만사가 형통하고 평안을 누리는 상(象)이다.

9) 天視自民(천시자민): 하늘은 백성의 눈으로 봄. 『서경書經』「주서周書」에 "하늘은 백성의 눈으로 모든 것을 보고, 하늘은 백성의 귀로 모든 것을 들으니, 백성들의 과실은 나 한 사람에게 있으니 이제 짐은 정벌하러 가리라(天視自我民視, 天聽自我民聽, 百姓有過在予一人, 今朕必往)"라고 하였다.

10) 穆陵先靈(목릉선령): 선조(宣祖). '목릉(穆陵)'은 선조의 능을 가리킨다.

11) 三讓(삼양): 세 번 사양함. 옛날 중국에서는 제공(諸公), 재상(宰相) 등의 지위에 천거되었을 때 형식적으로 세 번 사양하는 것이 관례로 되어 있었다. 여기서는 인조가 반정을 통해 임금자리에 오를 때 세 번 사양한 것을 가리킨다.

貪殘獨夫[12]는 어듸 가 容身홀다
京城은 눈에 보고 外方은 귀여 듯고[13]
一時 鼓舞ᄒᆞ니 有光타 뎌 新王아
다 이운 草木에 時雨인돌 이러홀가
東方 十六年[14]이 夷狄이 다 되얏더니
一朝匡復ᄒᆞ니 반가옴이 ᄀᆞ이 업다
이 몸이 이제 죽다 셜운 일이 이실손가

인조에 대한 간언諫言과 소망을 읊다

誠歡誠喜라 머근 쁫이 업건마는
龍顔이 遠隔ᄒᆞ니 누를 조차 ᄉᆞᆯ오려뇨
純孝至誠은 宣廟도 아르시니
中興盛德을 고칠 주리 업거니와
人心이 물 ᄀᆞᄐᆞ여 引導로 마히 되니[15]
群臣邪正을 내죵내 ᄀᆞᆯ희쇼셔
忠言이 逆耳ᄒᆞ고 順志는 易狎ᄒᆞ니
自古 賢君이 몃치나 고쳐 된고[16]
一人이 正ᄒᆞ면 一國이 다 正ᄒᆞ고
一人이 貪戾[17]ᄒᆞ면 一國이 作亂이라

---

12) 貪殘獨夫(탐잔독부): 탐욕스럽고 잔인한 독부(獨夫). '독부'는 포악한 정치를 하여 백성들에게 외면을 당한 군주를 이르는 말로서, 여기서는 광해군을 가리킨다.
13) 京城(경성)은~듣고: 경성은 눈으로 보고 지방은 귀로 듣고. 임금의 자리에 오른 인조가 눈과 귀를 열어서 선정(善政)을 베풂을 의미한다.
14) 十六年(십육년): 광해군의 재위기간인 1608년에서 1623년까지의 16년.
15) 人心(인심)이~되니: '백성의 마음은 물과 같아서 임금이 이끄는 대로 모이게 되니'의 뜻인 듯하다.
16) 自古(자고)~된고: 예로부터 폭군을 몰아내고 어진 임금이 등장한 것이 몇 번인가.

興亡 前轍이 그 아니 거울인가
冕旒 蔽目ᄒᆞ나 未形을 술피시며
黈纊이 塞耳ᄒᆞ나 無聲의 드르쇼셔[18]
創業은 쉽거니와 守成이 어려우니
芻蕘[19] 一言을 힝혀 ᄒᆞᆫ 적 ᄇᆞ외쇼셔[20]
이 몸이 힉올 일이 업서 祝壽無彊ᄒᆞ나이다

17) 貪戾(탐려): 욕심이 많고 도리에 벗어남.
18) 冕旒(면류)~들으소서: 면류관(冕旒冠)의 구슬꿰미가 눈을 가리나 보이지 않는 것을 살피시며, 면류관의 솜방울이 귀를 막으나 들리지 않는 소리도 들으소서.
19) 芻蕘(추요): 꼴을 베거나 나무하는 사람. 곧 미천한 사람을 이르는 말.
20) ᄇᆞ외쇼셔: '살피소서'의 의미인 듯하다.

원본 ◉ 기행가사

關西別曲

乙卯公爲平安評事, 閱歷關防, 采摭俗謠, 作關西曲, 以紓愛君慮邊之忠[1)]

白光弘

임지任地로 떠나는 심정을 노래하다

關西 名勝地예 王命으로 보니실시
行裝을 다사리니 칼 ᄒᆞᆫ ᄂᆞ 쁜이로다
延詔門[2)] 니달아 모화고기[3)] 너머드니
歸心이 ᄲᆞ르거니 故鄕을 思念ᄒᆞ랴

1) 제목 다음에 이처럼 주석이 달려 있어 작품의 창작 동기와 주제를 알 수 있다. 해석은 현대어 역 참고.
2) 延詔門(연조문): 서울 서대문(西大門) 밖에 있던, 중국 사신을 맞아들이던 문.
3) 모화고개: 모화현(慕華峴). 조선시대에 명나라와 청나라의 사신을 영접하던 모화관(慕華館)이 있던 고개.

부임하는 도중의 자연 경물에 감탄하다

碧蹄에 말 가라 臨津에 비 건너 天水院[4] 도라드니
松京은 故國이라 滿月臺[5]도 보기 슬타
黃岡은 戰場이라 荊棘이 지엇도다[6]
山日이 半斜컨을 歸鞭을 다시 쌔와 九硯[7]을 너머드니
生陽舘[8] 기슭에 버들죠차 프르럿다
感松亭[9] 도라드러 大洞江 ᄇᆞ라보니
十里波光과 萬重烟柳는 上下의 어릐엿다
春風이 헌ᄉᆞᄒᆞ야 畵船을 빗기 보니
綠衣紅裳 빗기 안자 纖纖玉手로 綠綺琴[10] 니ᄋᆡ며
皓齒丹脣으로 采蓮曲[11]을 브ᄅᆞ니

4) 天水院(천수원): '天壽院(천수원)'의 오기인 듯하다. 천수원은 개성 동쪽 천수사(天壽寺) 옛터에 있는 원(院)이다.
5) 滿月臺(만월대): 개성 송악산(松嶽山) 남쪽 기슭에 있는 고려의 왕궁 터.
6) 黃岡(황강)은~지었도다: 황주(黃州)는 전쟁터라 가시덤불이 우거졌도다. 황해도 황주에는 정방산성(正方山城)이 있는데, 이 성은 고려 때 홍건적(紅巾賊)에게 우리 군사가 섬멸당한 옛 전장으로 당시의 이름은 극성(棘城)이었다. 이름에 착안하여 과거를 회상한 구절이다.
7) 九硯(구연): '駒峴(구현)'의 오기인 듯하다. 구현은 평안도 중화군(中和郡)에 있는 원(院)으로, 이곳에서 신구(新舊) 감사(監司)가 교대하였다.
8) 生陽舘(생양관): 평안도 중화군 생양역(生陽驛)에 있는 공관.
9) 感松亭(감송정): '栽松亭(재송정)'의 오기인 듯하다. 재송정은 '재송원(栽松院)'이라고도 하는데, 평안도 평양부(平壤府) 남쪽에 있다.
10) 綠綺琴(녹기금): 푸른 빛깔로 아름답게 꾸민 거문고. 곧 중국 한나라 사마상여(司馬相如)가 타던 거문고를 이르는 말. 『고금소古琴疏』에 "사마상여가 「옥여의부」를 지으니 양왕이 기뻐하여 녹기금을 하사하였다(司馬相如作玉如意賦, 梁王悅之, 賜以綠綺之琴)"라고 하였다.
11) 采蓮曲(채련곡): 중국 양(梁)나라 때 강남(江南)에서 유행한 악곡. 주로 남녀의 사랑을 노래하였다. 중국 강남에서 연꽃이 피고 연밥이 익을 무렵, 곱게 단장한 젊은 남녀가 화려하게 채색한 배를 타고 아름다운 호수에서 연밥, 연근을 채취하는 실제 노동현장에서 부른 민가(民歌)를 채집한 것이다. 당나라 이후의 악부(樂府)에서는 노동요의 성격이 거의 사라지고, 남녀간의 사랑만이 모티브로 남아 애정요로 자리잡아갔다. 중국 당나라 이백(李白)의 「채련곡採蓮曲」이 있는데, 전반부에는 연꽃을 따는 아가씨들의 아름다움과 맑은 정경을 읊었고, 후반부에는 그녀들을 유혹이라도 하려는 듯 물가에서 서성이다 사라지는 젊은이의 모습과 그에 애를 태우는 연꽃 따는 아가씨들의 마음을 묘사했다.

太乙眞人이 蓮葉舟 ᄐᆞ고[12] 玉河水[13]로 ᄂᆞ리는 ᄃᆞᆺ
셜ᄆᆡ라 王事靡盬[14]ᄒᆞᆫᄃᆞᆯ 風景에 어이ᄒᆞ리
練光亭[15] 도라드러 浮碧樓[16]에 올나가니
綾羅島[17] 芳草와 錦繡山[18] 烟花는 봄비슬 쟈랑ᄒᆞᆫ다
千年 箕壤[19]의 太平文物은 어제론 닷ᄒᆞ다ᄆᆞᆫ는
風月樓[20]에 ᄭᅮᆷ ᄭᅵ여 七星門[21] 도라드니
細馬馱[22] 紅衣[23]예 客興이 엇더ᄒᆞ뇨
樓臺도 만ᄒᆞ고 山水도 하건마는
百祥樓[24]에 올나안ᄌᆞ 晴川江[25] ᄇᆞ라보니
三叉形勢난 壯홈도 가이 업다
ᄒᆞ믈며 決勝亭[26] ᄂᆞ려와 鐵瓮城[27] 도라드니
連雲粉堞은 百里에 버려 잇고

---

12) 太乙眞人(태을진인)이 蓮葉舟(연엽주) 타고: 태을진인이 연잎 배를 타고. '태을진인'은 하늘에 있다는 신선을 말한다. 중국 송나라 한구(韓駒)의 「제태을진인연엽도題太乙眞人蓮葉圖」에 "태을진인이 연잎 배를 타고, 두건 벗어 머리 드러내니 찬바람에 날리네(太乙眞人蓮葉舟, 脫巾露髮寒颼颼)"라고 하였다.

13) 玉河水(옥하수): 중국 북경(北京)의 옥천산(玉泉山)에서 흘러나오는 강.

14) 王事靡盬(왕사미고): 나라의 일을 견고하게 해놓지 않을 수가 없음. 나라의 일을 등한히 할 수 없음.

15) 練光亭(연광정): 평안도 평양 대동강 가에 있는 누각.

16) 浮碧樓(부벽루): 평안도 평양 모란대(牡丹臺) 밑 청류벽(淸流壁) 위에 있는 누각.

17) 綾羅島(능라도): 평안도 평양 대동강 가운데에 있는 섬.

18) 錦繡山(금수산): 평안도 평양에 있는 산.

19) 箕壤(기양): 평양.

20) 風月樓(풍월루): 평안도 평양 영선점(迎仙店) 옛터에 지은 누각.

21) 七星門(칠성문): 평안도 평양 모란봉에 있는, 고구려 평양성의 내성 북문.

22) 細馬馱(세마태): 작은 말에 실은 짐. 평안평사로 가는 작자의 짐이 적음을 뜻한다.

23) 紅衣(홍의): 조선시대 각 전의 별감, 전궁, 능원의 수복이 입던 붉은빛의 윗옷. 여기서는 평안평사라는 무관의 직분을 수행하는 작자 자신을 가리킨다.

24) 百祥樓(백상루): 평안도 안주(安州) 북쪽 성안에 있는 누각.

25) 晴川江(청천강): '淸川江(청천강)'의 오기. 청천강은 '살수(薩水)'라고도 하는데, 묘향산(妙香山)에서 나와 안주의 북쪽 성 밑을 지나 서쪽으로 30리를 흘러 박천강(博川江)과 합쳐져 바다로 들어간다.

26) 決勝亭(결승정): 평안도 영변(寧邊)에 있는 누각.

27) 鐵瓮城(철옹성): 철옹산성(鐵甕山城). 평안도 영변에 있는데, '약산산성(藥山山城)'이라고도 한다.

天設重崗은 四面에 빗겻도다
四方巨陣과 一國雄觀이 八道의 爲頭로다

임지를 순시하면서 보고 느낀 바를 노래하다

梨園의 꼿 피고 杜鵑花 못다 진 제
營中이 無事커늘 山水를 보랴 ᄒᆞ야
藥山東臺[28]에 술을 실고 올나가니
眼底雲天이 一望에 無際로다.
白頭山 ᄂᆞ린 물이 香爐峯 감도라
千里를 빗기 흘너 臺 압프로 지ᄂᆡ가니
盤回屈曲ᄒᆞ야 老龍이 ᄭᅩ리 치고 海門[29]으로 드난 ᄃᆞᆺ
形勝도 ᄀᆞ이 업다 風景인달 안니 보랴
綽約仙娥[30]와 嬋姸玉鬢[31]이
雲錦端粧ᄒᆞ고 左右의 버려 이셔
거믄고 伽倻鼓 鳳笙 龍管을 부ᄅᆞ거니 니애거니 ᄒᆞᄂᆞᆫ 양은
周穆王 瑤臺上의 西王母 만나 白雲曲 브ᄅᆞ난 ᄃᆞᆺ[32]

28) 藥山東臺(약산동대): 평안도 영변 약산(藥山)에 있는 천연의 대(臺). 관서팔경(關西八景)의 하나이다.
29) 海門(해문): 두 육지 사이에 끼어 있는 바다의 통로.
30) 綽約仙娥(작약선아): 몸이 가냘프고 맵시가 있는 선녀. 여기서는 기생의 아름다운 모습을 형용한 말이다.
31) 嬋姸玉鬢(선연옥빈): 아름다운 맵시와 백옥처럼 흰 머리카락. 여기서는 기생의 아름다운 모습을 형용한 말이다. 중국 당나라 백거이(白居易)의 「정저인은병井底引銀甁」에 "맵시 있는 양쪽 귀밑머리는 가을 매미날개와 같고, 예쁜 두 눈썹은 먼 산빛과 같았소(嬋娟兩鬢秋蟬翼, 宛轉雙蛾遠山色)"라고 하였다.
32) 周穆王(주목왕)~부르는 듯: 중국 주(周)나라 목왕(穆王)이 곤륜산(崑崙山)의 요대(瑤臺)에서 서왕모(西王母)를 만나 노래를 주고받은 고사에 빗대어 약산동대에서 기생들과의 풍류를 나타낸 구절이다. 서왕모는 중국의 곤륜산에 살고 있다는 전설상의 선녀이다. 백운곡(白雲曲)은 거문고의 곡조 이름인데, 여기서는 주나라 목왕이 서왕모와 주고받은 노래를 가리킨다.

西山에 히 지고 東嶺의 달 올아고
綠鬢雲鬟[33]이 半含嬌態ᄒᆞ고 盞 밧드ᄂᆞᆫ 양은
洛浦仙女 陽臺에 ᄂᆞ려와 楚王을 놀ᄂᆡᄂᆞᆫ ᄃᆞᆺ[34]
이 景도 됴커니와 遠慮ᄂᆞᆫ들 이즐쇼냐
甘棠召伯[35]과 細柳將軍[36]이
一時예 同行ᄒᆞ야 江邊으로 巡下ᄒᆞ니
煌煌玉節과 偃蹇龍旗ᄂᆞᆫ
長天을 빗기 지나 碧山을 ᄯᅥᆯ쳐 간다
都南을 너머드러 ᄇᆡ고ᄀᆡ[37] 올나안자
雪寒ᄌᆡ[38] 뒤에 두고 長白山 구버보니

33) 綠鬢雲鬟(녹빈운환): 초록빛 나는 검은 귀밑머리와 구름 같은 쪽진 머리. 곧 아름답고 젊은 여자의 검은 머리카락을 녹색 구름에 빗대어 이르는 말. 중국 북송 장뢰(張耒)의 「칠석가七夕歌」에 "시집간 후로 베 짜는 일 그만두고, 검은 귀밑머리 구름 같은 쪽진 머리 아침저녁으로 빗질하네(自從嫁後廢織紝, 綠鬢雲鬟朝暮梳)"라고 하였다.
34) 洛浦仙女(낙포선녀)~놀래는 듯: 낙포(洛浦)의 선녀가 양대(陽臺)에 내려와 초(楚) 회왕(懷王)을 놀라게 하는 듯. '낙포선녀'는 중국 고대 삼황오제(三皇五帝)의 한 사람인 복희씨(伏羲氏)의 딸인 복비(宓妃)로, 낙수(洛水)에 빠져 죽은 뒤 수신(水神)이 되었다. '양대'는 중국 중경시(重慶市) 무산(巫山)에 있는 양대산(陽臺山) 꼭대기를 가리키는 것으로, 이곳에서 초나라 회왕과 무산신녀(巫山神女)가 하룻밤을 보냈다. 옛날 초나라 양왕(襄王)이 송옥(宋玉)과 함께 운몽대(雲夢臺)에 놀러 가서 고당관(高唐觀)을 바라보니, 그 위로 구름이 곧바로 치솟았다가 홀연히 모습을 바꾸며 순간순간 변화가 끝이 없었다. 이에 왕이 송옥에게 무슨 기운인지 묻자, 송옥은 아침구름이라고 아뢰었다. 왕이 다시 아침구름에 대해 물으니, 송옥은 선왕 회왕이 고당(高唐)에서 놀다가 피곤하여 낮잠을 자는데, 꿈에 무산의 신녀가 나타나서 회왕의 잠자리를 돌본 뒤, 아침에는 구름이 되고 저녁에는 비가 되어 아침저녁으로 양대의 아래에 있다고 하면서 떠났으며, 아침에 보니 과연 그녀의 말과 같으므로 조운묘(朝雲廟)라는 사당을 세웠다고 대답하였다. 송옥의 「고당부서高唐賦序」에 전한다.
35) 甘棠召伯(감당소백): 감당나무 밑에서 쉬었다는 중국 주(周)나라의 소백(召伯). 소백은 문왕(文王)의 셋째아들 석(奭)을 가리키며 성왕(成王)을 도와 정사를 돌보면서 백성들에게 폐를 끼치지 않기 위해서 감당나무 아래에서 송사를 처리하였다. 이에 백성들이 그의 덕을 흠모하여 노래를 불렀다 한다. 『시경』 「감당甘棠」에 "무성한 감당나무 치지 말며 베지 말라. 소백이 머무시던 곳이다(蔽芾甘棠, 勿翦勿伐. 召伯所茇)"라고 하였다.
36) 細柳將軍(세류장군): 중국 한나라 문제(文帝) 때 장수 주아부(周亞夫). 여기서는 군기(軍紀)를 엄히 다스리는 명장을 가리킨다. 주아부가 세류(細柳)에 진을 쳤는데, 그 규율이 매우 엄격하여 순시하던 문제가 크게 감동했다는 고사가 『사기』 「강후주발세가絳侯周勃世家」에 전한다. '세류'는 중국 섬서성(陝西省) 함양(咸陽)의 서남쪽에 있다.
37) 배고개: 평안도에 있는 고개.

重岡複關[39]은 갈쇼록 어렵도다
百二重關[40]과 千里劒閣[41]도 이럿텃 하던도
八萬貔貅[42]는 啓道前行ᄒᆞ고
三千鐵騎는 擁後奔騰ᄒᆞ니
胡人部落이 望風投降ᄒᆞ야
白頭山 나린 물의 一陣도 업도다
長江이 天塹인달 地利로 혼쟈 ᄒᆞ며
士馬精强ᄒᆞᆫ들 人和 업시 ᄒᆞ올쇼냐[43]
時平無事홈도 聖人之化로다
韶華도 슈이 가고 山水도 閒暇홀 제 아니 놀고 어이ᄒᆞᆯ리
受降亭[44]의 ᄇᆡ ᄯᅴ여 鴨綠江 ᄂᆞ리 져어
連江列鎭은 창긔 버듯[45] ᄒᆞ엿거늘
胡地山川을 歷歷히 지ᄂᆡ 보니
皇城[46]은 언제 ᄡᅡ며 皇帝墓[47]는 뉘 무덤고
感古興懷ᄒᆞ야 盞 고쳐 부어라

---

38) 雪寒(설한)재: 설한령(雪寒嶺). 평안도 강계군(江界郡)과 함경도 장진군(長津郡)의 경계에 있는 고개.
39) 重岡複關(중강복관): 거듭되는 산등성이와 겹겹의 관문.
40) 百二重關(백이중관): 102개의 중관(重關). '중관'은 중국 진(秦)나라 때 변경에 설치한 수많은 관문을 뜻한다.
41) 千里劒閣(천리검각): 천 리의 검각(劒閣). '검각'은 중국 장안(長安)에서 촉(蜀) 땅으로 가는 길에 있는 대검산(大劍山)과 소검산(小劍山)의 요충지를 말한다.
42) 八萬貔貅(팔만비휴): 팔만 마리의 비휴(貔貅). '비휴'는 호랑이와 비슷한 맹수다. 여기서는 용맹한 군사를 가리킨다.
43) 長江(장강)이~하올쏘냐: 긴 강이 천연의 요충지인들 지리(地利)로 혼자 하며, 군사와 말이 강한들 인화(人和) 없이 되겠는가. '지리'는 땅의 형세에 따라 얻는 이로움이나 편리함을 말하고, '인화'는 백성들이 서로 협력하는 마음을 말한다. 『맹자』 「공손추장구하公孫丑章句下」에 "천시(天時)는 지리만 못하고, 지리는 인화만 못하다(天時不如地利, 地利不如人和)"라고 하였다.
44) 受降亭(수항정): 수항루(受降樓). 함경도 온성(穩城)에 있는 누각.
45) [교감] 창긔 버듯: 『잡가』에는 '將碁 버듯'으로 되어 있다.
46) 皇城(황성): 중국 금(金)나라가 도읍으로 삼았던 '황성평(皇城坪)'을 가리킨다.
47) 皇帝墓(황제묘): 중국 송나라의 황제묘. 금나라에 잡혀가서 죽은 송나라 휘종(徽宗)의 묘를 가리킨다.

琵琶串[48] 느리 지어 坡渚江[49] 건너가니 層巖絶壁 보기도 죠토다
九龍쇼[50]의 비를 믹고 統軍亭[51]의 올나가니
臺隍은 壯麗ᄒᆞ야 枕夷夏之交로다[52]

순시를 마치고 돌아온 감회를 읊다

帝鄕이 어듸ᄆᆡ오 鳳凰城[53] 갓갑도다
西歸ᄒᆞ리 이시면 好音이ᄂᆞ 보너고져[54]
千盃에 大醉ᄒᆞ야 舞袖를 썰치니
薄暮寒天의 鼓笛聲이 지지괸다
天高地逈ᄒᆞ고 興盡悲來ᄒᆞ니[55] 이 ᄯᅳ히 어듸ᄆᆡ오
思親客淚ᄂᆞᆫ 절로 흘너 모로ᄆᆡ라
西邊을 다 보고 返旆還營ᄒᆞ니

48) 琵琶串(비파관): 비파곶. 황해도 황주(黃州)에 있는 곳.
49) 坡渚江(파저강): '파저강(婆猪江)'의 오기인 듯하다. 현재 이름은 혼강(渾江). 오랑캐 땅[胡地, 중국 동북지방]에서 발원하여 평안도 이산(理山)까지 이르러 압록강(鴨綠江)으로 들어간다.
50) 九龍(구룡)소: 구룡연(九龍淵). 평안도 의주(義州) 북쪽 압록강에 있는 못.
51) 統軍亭(통군정): 평안도 의주 압록강변 삼각산 위에 있는 누각. 관서팔경의 하나이다.
52) 臺隍(대황)은~枕夷夏之交(침이하지교)로다: 누대와 해자(垓字)는 웅장하고 화려하여 오랑캐국과 중국 사이에 임해 있도다. '해자'는 성 주위에 둘러 판 못을 가리킨다. 중국 당나라 왕발(王勃)의 「등왕각서騰王閣序」에 "누대와 해자는 여러 오랑캐국과 중국 사이에 임해 있고, 손님과 주인들은 모두 동방과 남방의 훌륭한 인물들이다(臺隍枕夷夏之交, 賓主盡東南之美)"라고 하였다.
53) 鳳凰城(봉황성): 중국 요령성(遼寧省) 남부에 위치한 봉성(鳳城).
54) 西歸(서귀)할 이~보내고저: 서쪽으로 돌아가는 사람 있으면 좋은 소식 보내고 싶네. 『시경』「비풍匪風」에 "그 누가 고기를 삶으려는가, 작은 가마솥 큰 가마솥을 깨끗이 씻으리. 그 누가 장차 서쪽으로 돌아갈까, 좋은 소식을 보내리(誰能亨魚, 漑之釜鬵. 誰將西歸, 懷之好音)"라고 하였다.
55) 天高地逈(천고지형)하고 興盡悲來(흥진비래)하니: 하늘은 높고 땅은 멀고, 흥이 다하고 슬픔이 오니. 중국 당나라 왕발의 「등왕각서」에 "하늘은 높고 땅은 머니 우주가 무궁함을 깨닫겠고, 흥이 다하고 슬픔이 오니 영휴(盈虧)에 수가 있음을 알겠구나(天高地逈, 覺宇宙之無窮. 興盡悲來, 識盈虛之有數)"라고 하였다.

丈夫 胸襟이 저그ᄂᆞ ᄒᆞ리로다

셜미라 華表柱 千年鶴[56]인들 날 가타니 ᄯᅩ 보안난다

어늬 제 形勝을 記錄ᄒᆞ야 九重天의 ᄉᆞ로료

未久上達天門ᄒᆞ리라[57]

56) 華表柱(화표주) 千年鶴(천년학): 신선이 된 정영위(丁令威)가 천 년 뒤에 학이 되어 돌아왔다는 고사를 말한다. 중국 한나라 때 요동의 정영위가 선술(仙術)을 배워 학으로 변하여 자기 고향에 돌아와 무덤 앞 화표주에 앉았다는 고사가 중국 진(晉)나라 도잠(陶潛)의 「수신후기搜神后記」에 전한다.

57) 未久上達天門(미구상달천문)하리라: 머지않아 임금이 계신 대궐에 글로 여쭈어 알려드리리라.

關관東동別별曲곡

鄭澈

강원도 관찰사로 부임하다

江강湖호애 病병이 깁펴 竹듁林님[1]의 누엇더니
關관東동 八팔百빅里니에 方방面면[2]을 맛디시니
어와 聖셩恩은이야 가디록 罔망極극ᄒᆞ다
延연秋츄門문 드리ᄃᆞ라 慶경會회南남門문 ᄇᆞ라보며
下하直직고 믈너나니 玉옥節절이 알픠 셧다
平평丘구驛역[3] 몰을 ᄀᆞ라 黑흑水슈[4]로 도라드니
蟾셤江강은 어듸메오 雉티岳악이 여긔로다

1) 竹林(죽림): 대나무숲. 은자(隱者)가 사는 자연. 여기서는 정철이 은거하던 전라도 담양의 창평을 가리킨다.
2) 方面(방면): '방면지임(方面之任)'의 준말. 관찰사가 다스리는 행정구역. 곧 관찰사의 소임을 이르는 말.
3) 平丘驛(평구역): 양주(楊州) 동쪽에 있는 역.
4) 黑水(흑수): 여주(驪州) 북쪽을 흐르는 한강 상류의 한 지류인 여강(驪江)의 옛 이름.

昭쇼陽양江강 ᄂᆞ린 물이 어드러로 드단 말고
孤고臣신去거國국에 白ᄇᆡᆨ髮발도 하도 할샤
東동州ᄌᆔ[5] 밤 계오 새와 北븍寬관亭뎡의 올나ᄒᆞ니
三삼角각山산 第뎨一일峯봉이 ᄒᆞ마면 뵈리로다
弓궁王왕[6] 大대闕궐 터희 烏오鵲쟉이 지지괴니
千쳔古고興흥亡망을 아ᄂᆞᆫ다 몰ᄋᆞᄂᆞᆫ다
淮회陽양 녜 일홈이 마초아 ᄀᆞᄐᆞᆯ시고
汲급長댱孺유[7] 風풍彩ᄎᆡ를 고텨 아니 볼 게이고

금강산을 유람하다

營영中듕이 無무事ᄉᆞᄒᆞ고 時시節졀이 三삼月월인 제
花화川쳔[8] 시내길히 楓풍岳악으로 버더 잇다
行ᄒᆡᆼ裝장을 다 덜티고[9] 石셕逕경의 막대 디퍼
百ᄇᆡᆨ川쳔洞동 겨ᄐᆡ 두고 萬만瀑폭洞동 드러가니
銀은 ᄀᆞᄐᆞᆫ 무지게 玉옥 ᄀᆞᄐᆞᆫ 龍룡의 초리
섯돌며 ᄲᅮᆷᄂᆞᆫ 소ᄅᆡ 十십里리의 ᄌᆞ자시니
들을 제ᄂᆞᆫ 우레러니 보니ᄂᆞᆫ 눈이로다
金금剛강臺ᄃᆡ ᄆᆡᆫ 우層층의 仙션鶴학이 삿기 치니
春츈風풍 玉옥笛뎍聲셩의 첫ᄌᆞᆷ을 ᄭᆡ돗던디

5) 東州(동주): 철원(鐵原)의 옛 이름.
6) 弓王(궁왕): 태봉(太封)을 세운 궁예왕(弓裔王).
7) 汲長孺(급장유): 중국 한나라 무제(武帝) 때 직간(直諫)을 잘했던 급암(汲黯). 자는 장유(長孺). 무제가 회양태수(淮陽太守)로 좌천시켰으나 선정을 베풀어 가만히 누워 있으면서도 회양을 잘 다스린다는 '와치회양(臥治淮陽)'의 고사를 남겼다.
8) 花川(화천): 꽃이 양 언덕에 아름답게 피어 있는 시내. 또는 옛날 회양부에 속했던 화천현(和川縣)을 가리키는 것일 수도 있다.
9) [교감] 덜티고: '떨티고'의 오기. 성주본과 『송강별집추록』에는 '떨티고'로 되어 있다.

縞호衣의玄현裳상[10]이 半반空공의 소소ᄯᅳ니
西셔湖호 녯 主쥬人인[11]을 반겨서 넘노ᄂᆞᆫ 둧
小쇼香향爐노 大대香향爐노 눈 아래 구버보고
正졍陽양寺ᄉᆞ 眞진歇헐臺ᄃᆡ 고텨 올나 안존마리
廬녀山산眞진面면目목[12]이 여긔야 다 뵈ᄂᆞ다
어와 造조化화翁옹이 헌ᄉᆞ토 헌ᄉᆞ홀샤[13]
놀거든 ᄯᅱ디 마나 셧거든 솟디 마나
芙부蓉용을 고잣ᄂᆞᆫ 둧 白ᄇᆡᆨ玉옥을 뭇것ᄂᆞᆫ 둧
東동溟명을 박ᄎᆞᄂᆞᆫ 둧 北북極극을 괴왓ᄂᆞᆫ 둧
놉흘시고 望망高고臺ᄃᆡ 외로올샤 穴혈望망峰봉이
하늘의 추미러 므ᄉᆞ 일을 ᄉᆞ로리라
千쳔萬만劫겁 디ᄂᆞ도록 구필 줄 모ᄅᆞᄂᆞᆫ다
어와 너여이고 너 ᄀᆞᄐᆞ니 ᄯᅩ 잇ᄂᆞᆫ가
開ᄀᆡ心심臺ᄃᆡ 고텨 올나 衆듕香향城셩 ᄇᆞ라보며
萬만二이千쳔峰봉을 歷녁歷녁히 혀여ᄒᆞ니

10) 縞衣玄裳(호의현상): 흰 저고리에 검은 치마. 곧 학의 겉모양을 의인화하여 표현한 말. 중국 송나라 소식(蘇軾)의 「후적벽부後赤壁賦」에 "마침 외로운 학 한 마리가 강을 건너 동쪽에서 오는데, 날개는 수레바퀴 같고 검은 치마에 흰 저고리를 입은 모양으로 끼익 하고 길게 울며 내가 탄 배를 스쳐 서쪽으로 간다(適有孤鶴 橫江東來 翅如車輪 玄裳縞衣 戛然長鳴 掠予舟而西也)"라고 하였다.

11) 西湖(서호) 옛 主人(주인): 중국 송나라 때 은사인 임포(林逋). 자는 군복(君復)이고 호는 화정(和靖)이다. 항주(杭州) 전당(錢塘) 사람으로 시서화(詩書畫)에 뛰어났다. 평생 동안 장가도 들지 않고 항주의 서호에서 학을 자식처럼, 매화를 아내처럼 사랑하며 살았다고 하여 사람들이 '매처학자(梅妻鶴子)'라고 불렀다.

12) 廬山眞面目(여산진면목): 여산(廬山)이 본디부터 지니고 있는 그대로의 상태. 또는 여산의 참된 모습. 여산은 중국 강서성(江西省) 북쪽에 있는 명산으로, 보는 장소에 따라 다르게 보이므로 알기 어려운 사물의 진상(眞相)을 이를 때 '여산진면목'이라 한다. 여기서는 '금강산의 참된 모습'을 의미한다. 중국 송나라 소식의 「제서림벽題西林壁」에 "옆에서 보면 고개가 되고 비스듬히 보면 봉우리가 되니, 멀리서 가까이서 높은 데서 낮은 데서 보는 것이 각각 다르네. 여산의 참모습을 알지 못하는 것은 다만 이 몸이 산속에 있기 때문이네(橫看成嶺側成峰, 遠近高低各不同. 不識廬山眞面目, 只緣身在此山中)"라고 하였다.

13) 헌사토 헌사할샤: 야단스럽기도 야단스럽구나. 여기서는 몹시 호화스럽고 아름다움을 가리킨다.

峰봉마다 ᄆᆡᆺ쳐 잇고 ᄀᆞᆺ마다 서린 긔운
ᄆᆞᆰ거든 조티 마나 조커든 ᄆᆞᆰ디 마나
뎌 긔운 흐터내야 人인傑걸을 ᄆᆞᆫᄃᆞᆯ고쟈
形형容용도 그지업고 體톄勢셰[14]도 하도 할샤
天텬地디 삼기실 제 自ᄌᆞ然연이 되연마ᄂᆞᆫ
이제 와 보게 되니 有유情졍도 有유情졍ᄒᆞᆯ샤
毗비盧로峰봉 上샹上샹頭두의 올라보니 긔 뉘신고
東동山산 泰태山산이 어ᄂᆞ야 놉돗던고
魯노國국 조븐 줄도 우리ᄂᆞᆫ 모ᄅᆞ거든
넙거나 넙은 天텬下하 엇찌ᄒᆞ야 젹닷 말고[15]
어와 뎌 디위[16]ᄅᆞᆯ 어이ᄒᆞ면 알 거이고
오ᄅᆞ디 못ᄒᆞ거니 ᄂᆞ려가미 고이ᄒᆞᆯ가
圓원通통골 ᄀᆞᄂᆞᆫ 길로 獅ᄉᆞ子ᄌᆞ峰봉을 ᄎᆞ자가니
그 알픠 너러바회 化화龍룡쇠 되여셰라
千쳔年년 老노龍룡이 구비구비 서려 이셔
晝듀夜야의 흘녀내여 滄창海ᄒᆡ예 니어시니
風풍雲운을 언제 어더 三삼日일雨우[17]ᄅᆞᆯ 디련ᄂᆞᆫ다
陰음崖애예 이온 플[18]을 다 살와 내여ᄉᆞ라
摩마訶하衍연 妙묘吉길祥샹 雁안門문재 너머 디여
외나모 뻐근 ᄃᆞ리 佛블頂뎡臺ᄃᆡ 올라ᄒᆞ니

---

14) 體勢(체세): 동적인 자세 또는 모양을 가리켜 이른 말.
15) 東山(동산)~말고: 『맹자』「진심장구상盡心章句上」에 나오는 "공자가 동산에 올라 노나라를 작다고 하고, 태산에 올라 천하를 작다고 하였다(孔子登東山而小魯, 登泰山而小天下)"라는 구절을 원용하여 공자의 호연지기(浩然之氣)를 언급한 것이다. 동산은 중국 산동성 추성(鄒城)에 있는 산이며, 태산은 중국 산동성 태안(泰安) 북쪽에 있는 산이다.
16) 저 지위: 저 경지. 여기서는 천하를 좁게 여긴 공자의 위대한 경지를 말한다.
17) 三日雨(삼일우): 사흘이나 계속해서 내리는 비. 농사에 흡족한 비 또는 선정이나 임금의 은총을 비유한 말이다.
18) 陰崖(음애)에 이온 풀: 그늘진 벼랑의 시든 풀. 여기서는 생활의 질곡에 신음하는 백성을 가리킨다.

千천尋심 絶절壁벽을 半반空공애 셰여두고
銀은河하水슈 한 구비롤 촌촌이 버혀내여
실ᄀᆞ티 플텨이셔 뵈ᄀᆞ티 거러시니
圖도經경 열두 구비 내 보매는 여러히라
李니謫뎍仙션 이제 이셔 고텨 의논ᄒᆞ게 되면
廬녀山산이 여긔도곤 낫단 말 못ᄒᆞ려니[19]

관동팔경과 동해안을 유람하다

山산中듕을 ᄆᆡ양 보랴. 東동海ᄒᆡ로 가쟈ᄉᆞ라
藍남輿여 緩완步보ᄒᆞ야 山산映영樓누의 올나ᄒᆞ니
玲녕瓏농碧벽溪계와 數수聲셩啼뎨鳥됴는 離니別별을 怨원ᄒᆞ는 ᄃᆞᆺ
旌졍旗긔를 ᄯᅥᆯ티니 五오色ᄉᆡᆨ이 넘노는 ᄃᆞᆺ
鼓고角각을 섯부니 海ᄒᆡ雲운이 다 것는 ᄃᆞᆺ
鳴명沙사길 니근 ᄆᆞᆯ이 醉취仙션을 빗기 시러
바다ᄒᆞᆯ 겻ᄐᆡ 두고 海ᄒᆡ棠당花화로 드러가니
白ᄇᆡᆨ鷗구야 ᄂᆞ디 마라 네 버딘 줄 엇디 아는
金금幱난窟굴 도라드러 叢총石셕亭뎡 올라ᄒᆞ니
白ᄇᆡᆨ玉옥樓누 남은 기동 다만 네히 셔 잇고야
工공倕슈[20]의 셩녕[21]인가 鬼귀斧부로 다ᄃᆞᄆᆞᆫ가

---

19) 李謫仙(이적선)~못하려니: 중국 당나라의 시인 이백(李白)이 「망여산폭포望廬山瀑布」를 지어 여산폭포(廬山瀑布)의 아름다움을 노래한 것에 빗대어서 금강산 십이폭포(十二瀑布)의 장관을 표현한 구절이다. '적선(謫仙)'은 인간 세상에 귀양 온 신선이라는 뜻으로, 하지장(賀知章)이 이백의 시를 보고 감탄하여 "천상에서 인간으로 귀양 온 신선"이라고 한 데서 유래하여 이백을 가리키는 말로 쓰인다.
20) 工倕(공수): 중국 순(舜)임금 때의 유명한 장인(匠人).
21) 셩녕: 수공업 솜씨. 쇠를 불에 불려 재생하거나 연장을 만드는 '성냥'의 옛말.

구ᄐᆞ야 六뉵面면은 므어슬 象샹톳던고
高고城셩을란 뎌만 두고 三삼日일浦포[22]ᄅᆞᆯ ᄎᆞ자가니
丹단書셔[23]ᄂᆞᆫ 宛완然연ᄒᆞ되 四ᄉᆞ仙션[24]은 어ᄃᆡ 가니
이[25] 사흘 머믄 後후의 어ᄃᆡ 가 ᄯᅩ 머믈고
仙션遊유潭담[26] 永영郎낭湖호 거긔나 가 잇ᄂᆞᆫ가
淸쳥澗간亭뎡 萬만景경臺ᄃᆡ 몃 고ᄃᆡ 안돗던고
梨니花화ᄂᆞᆫ ᄇᆞᆯ셔 디고 졉동새 슬피 울 제
洛낙山산 東동畔반으로 義의相샹臺ᄃᆡ예 올라안자
日일出츌을 보리라 밤듕만 니러ᄒᆞ니
祥샹雲운이 집픠ᄂᆞᆫ 동 六뉵龍뇽이 바퇴ᄂᆞᆫ 동
바다ᄒᆡ ᄯᅥ날 제ᄂᆞᆫ 萬만國국이 일위더니
天텬中듕의 티ᄯᅳ니 毫호髮발을 혜리로다
아마도 녈구름 근쳐의 머믈셰라
詩시仙션[27]은 어ᄃᆡ 가고 咳ᄒᆡ唾타[28]만 나맛ᄂᆞ니
天텬地디間간 壯장ᄒᆞᆫ 긔별 ᄌᆞ셔히도 ᄒᆞᆯ셔이고[29]
斜사陽양 峴현山산의 躑텩躅튝을 므니 ᄇᆞᆯ와
羽우蓋개芝지輪륜[30]이 鏡경浦포로 ᄂᆞ려가니

---

22) 三日浦(삼일포): 고성 북쪽에 있는 호수. 신라 때에 네 화랑이 이곳의 아름다운 경치에 매료되어 사흘을 머물렀던 데서 유래한 이름이다.
23) 丹書(단서): 삼일포 남쪽 절벽에 '영랑도남석행(永郎徒南石行)'이라고 쓰여 있는 여섯 글자의 붉은 글씨.
24) 四仙(사선): 신라 때의 네 화랑인 술랑(述郎), 남랑(南郎), 영랑(永郎), 안상(安祥).
25) [교감] 이: 여기에서. 성주본과 관서본에는 '예'라고 되어 있다.
26) 仙遊潭(선유담): 간성군 남쪽에 있는 못. 신라 때의 네 화랑이 여기에서 장기, 바둑을 두며 놀았다고 한다.
27) 詩仙(시선): 중국 당나라의 시인 이백. 두보(杜甫)와 함께 중국 최고의 시인으로 꼽히며, 시성(詩聖) 두보에 견주어 적강(謫降)한 신선이라는 뜻으로 시선(詩仙) 또는 적선(謫仙)이라 한다.
28) 咳唾(해타): 훌륭한 사람의 말이나 글. 여기서는 이백의 「등금릉봉황대登金陵鳳凰臺」를 가리킨다.
29) 天地間(천지간)~할셔이고: 이백이 「등금릉봉황대」에서 "뜬구름이 해를 모두 가리니, 장안이 보이지 않아 사람을 시름겹게 하는구나(總爲浮雲能蔽日, 長安不見使人愁)"라고 하여 나라를 염려하는 마음을 잘 드러낸 것을 가리킨다.

十십里리氷빙紈환31)을 다리고 고텨 다려
長댱松숑 울흔32) 소개 슬ᄏᆞ장 펴뎌시니
믈결도 자도 잘샤 모래ᄅᆞᆯ 혜리로다
孤고舟쥬解ᄒᆡ纜람33)ᄒᆞ야 亭뎡子ᄌᆞ 우ᄒᆡ 올나가니
江강門문橋교 너믄 겨ᄐᆡ 大대洋양이 거긔로다
從둉容용ᄒᆞᆫ댜 이 氣긔像샹 闊활遠원ᄒᆞᆫ댜 뎌 境경界계
이도곤 ᄀᆞ존 ᄃᆡ ᄯᅩ 어ᄃᆡ 잇닷 말고
紅홍粧장古고事ᄉᆞ34)ᄅᆞᆯ 헌ᄉᆞ타 ᄒᆞ리로다
江강陵능 大대都도護호 풍속이 됴흘시고
節절孝효旌졍門문이 골골이 버러시니
比비屋옥可가封봉35)이 이제도 잇다ᄒᆞᆯ다
眞진珠쥬館관36) 竹듁西셔樓루 五오十십川쳔 ᄂᆞ린 믈이
太태白ᄇᆡᆨ山산 그림재ᄅᆞᆯ 東동海ᄒᆡ로 다마가니
ᄎᆞᆯᄒᆞ리 漢한江강의 木목覓멱의 다히고져
王왕程뎡이 有유限ᄒᆞᆫ ᄒᆞ고 風풍景경이 못 슬믜니37)

---

30) 羽蓋芝輪(우개지륜): 푸른 새깃으로 뚜껑을 한 귀인(貴人)이 타는 수레. 여기서는 작자 자신이 탄 수레를 가리킨다.
31) 十里氷紈(십리빙환): 십 리나 되는, 얼음과 같이 희고 깨끗한 비단. 여기서는 경포호의 잔잔한 수면을 뜻한다.
32) 울흔: 둘러친. '울ᄒᆞ다'는 '울타리 치다'는 뜻이다.
33) 孤舟解纜(고주해람): 닻줄을 풀어 배 한 척을 띄움. 출범(出帆).
34) 紅粧古事(홍장고사): 고려 우왕(禑王) 때 강원도 감사 박신(朴信)과 기생 홍장(紅粧) 사이의 일화. 박신이 강릉 명기 홍장을 사랑하였는데, 임기가 만료되어 떠나게 되었다. 그러자 강릉부사 조운흘(趙云仡)이 홍장이 갑자기 죽었다고 거짓말을 꾸미고, 경포호에 화선(畵船)을 띄우고 홍장을 선녀로 꾸며 박신을 속인 풍류담이다. 서거정(徐居正)의 『동인시화東人詩話』에 전한다.
35) 比屋可封(비옥가봉): 집집마다 덕행이 있어 모두 표창할 만함. 곧 나라에 어진 사람이 많음을 비유적으로 이르는 말. 중국 한나라 육가(陸賈)의 『신어무위新語無爲』에 "요순 시절의 백성들은 집집마다 덕행이 있어 모두 표창할 만하고, 걸주 시절의 백성들은 집집마다 모두 죄인으로 처형할 만한 것은 교화가 그렇게 한 것이다(堯舜之民, 可比屋而封, 桀紂之民, 可比屋而誅者, 敎化使然也)"라고 하였다.
36) 眞珠館(진주관): 삼척부(三陟府)의 객사(客舍). '진주'는 '삼척'의 옛 이름.
37) 못 슬믜니: 싫어하거나 미워하지 않으니. 여기서는 '싫증나거나 지루하지 않으니'의 뜻이다.

幽유懷회도 하도 할사 客ᄀᆡᆨ愁수도 둘 듸 업다
仙션槎사[38]롤 띄워내여 斗두牛우로 向향ᄒᆞᆫ살가
仙션人인을 ᄎᆞᄌᆞ려 丹단穴혈[39]의 머므살가
天텬根근을 못내 보와 望망洋양亭뎡의 올은말이
바다 밧근 하놀이니 하놀 밧근 므서신고
ᄀᆞ득 노ᄒᆞᆫ 고래[40] 뉘라셔 놀내관ᄃᆡ
블거니 뿜거니 어즈러이 구ᄂᆞᆫ디고
銀은山산[41]을 것거내어 六뉵合합[42]의 ᄂᆞ리ᄂᆞᆫ ᄃᆞᆺ
五오月월 長댱天텬의 白ᄇᆡᆨ雪셜은 므ᄉᆞ 일고

동해에서 달을 보며 한잔 술로 회포를 풀다

져근덧 밤이 드러 風풍浪낭이 定뎡ᄒᆞ거놀
扶부桑상[43] 咫지尺쳑의 明명月월을 기ᄃᆞ리니
瑞셔光광千쳔丈댱[44]이 뵈ᄂᆞᆫ ᄃᆞᆺ 숨ᄂᆞᆫ고야

38) 仙槎(선사): 신선이 탄다는 뗏목. 중국 한나라 무제(武帝) 때 장건(張騫)이 선사를 타고 은하수를 올라 직녀(織女)를 만나서 베틀을 괸 돌을 얻어왔다는 고사가 있는데, 여기서는 경북 울진의 옛 이름이 '선사(仙槎)'였기 때문에 이것과 연관하여 한 말이다.
39) 丹穴(단혈): 고성군 남쪽 10리쯤에 있는 굴. 신라 때 사선이 놀던 곳이라 전해진다.
40) 고래: '거센 파도'를 은유한 말인 듯하다.
41) 銀山(은산): 은빛 산. 곧 거센 파도의 모습을 형용한 말. 중국 송나라의 시인 육유(陸游)의 「항해航海」에 "물이 밀려와 은산처럼 높이 솟구쳤다가 홀연히 다시 청동거울처럼 잔잔하구나(潮來湧銀山, 忽復磨青銅)"라고 하였다.
42) 六合(육합): 천지(天地)와 사방(四方). 곧 온 세상을 이르는 말. 『장자莊子』「제물론齊物論」에 "세상의 밖에 대해 성인은 살피기만 하지 논하지는 않는다. 세상 안에 대해 성인은 논하기만 하지 상세한 점을 들추지 않는다(六合之外, 聖人存而不論. 六合之內, 聖人論而不議)"라고 하였다.
43) 扶桑(부상): 동쪽 바다의 해 돋는 곳에 있다는 큰 신목(神木). 또는 그 신목이 있는 곳. 곧 해 돋는 곳을 이르는 말. 『산해경山海經』에 "양곡의 위에는 부상이 있는데, 열 개의 태양이 목욕하는 곳으로 흑치의 북쪽에 있다. 물 가운데에 큰 나무가 있는데, 아홉 개의 태양이 아랫가지에 있고 한 개의 태양이 윗가지에 있다(陽谷上有扶桑, 十日所浴, 在黑齒北居. 水中有大木, 九日居下枝, 一日居上枝)"라고 하였다.

珠쥬簾렴을 고텨 것고 玉옥階계ᄅᆞᆯ 다시 쓸며
啓계明명星셩 돗도록 곳초 안자 ᄇᆞ라보니
白ᄇᆡᆨ蓮년花화[45] ᄒᆞᆫ 가지ᄅᆞᆯ 뉘라셔 보내신고
일이 됴흔 世셰界계 ᄂᆞᆷ대되 다 뵈고져
流뉴霞하酒쥬[46] ᄀᆞ득 부어 ᄃᆞᆯᄃᆞ려 무론 말이
英영雄웅은 어ᄃᆡ 가며 四ᄉᆞ仙션은 긔 뉘러니
아ᄆᆡ나 맛나보아 녯 긔별 뭇쟈 ᄒᆞ니
仙션山산 東동海ᄒᆡ예 갈 길히 머도 멀샤
松숑根근을 볘여 누어 픗ᄌᆞᆷ을 얼픗 드니
ᄭᅮᆷ애 ᄒᆞᆫ 사ᄅᆞᆷ이 날ᄃᆞ려 닐온 말이
그ᄃᆡᄅᆞᆯ 내 모ᄅᆞ랴 上샹界계예 眞진仙션이라
黃황庭뎡經경[47] 一일字ᄌᆞᄅᆞᆯ 엇디 그ᄅᆞᆺ 닐거 두고
人인間간의 내려와셔 우리ᄅᆞᆯ ᄯᆞᆯ오ᄂᆞᆫ다
져근덧 가디 마오 이 술 ᄒᆞᆫ 잔 머거 보오
北븍斗두星셩 기우려 滄창海ᄒᆡ水슈 부어 내여[48]
저 먹고 날 머겨ᄂᆞᆯ 서너 잔 거후로니[49]
和화風풍이 習습習습ᄒᆞ야 兩냥腋ᄋᆡᆨ을 추혀드니
九구萬만里리 長댱空공애 져기면 ᄂᆞᆯ리로다
이 술 가져다가 四ᄉᆞ海ᄒᆡ예 고로 ᄂᆞᆫ화

---

44) 瑞光千丈(서광천장): 길게 뻗친 상서로운 빛. 곧 달을 이르는 말. 중국 송나라 소식(蘇軾)의 시에 "밝은 달이 아직 높은 산 위로 나오지 않았는데, 서광이 흰 터럭처럼 천 장이나 뻗쳤네(明月未出群山高, 瑞光千丈生白毫)"라는 구절이 있다.

45) 白蓮花(백련화): 흰 연꽃. 여기서는 달을 은유한 말이다.

46) 流霞酒(유하주): 신선이 마시는 술. 한잔을 마시면 굶주림과 갈증이 없어진다고 한다. 『포박자抱朴子』에 "선인이 유하주 한잔을 내게 주어 마셨더니, 바로 갈증이 사라졌다(仙人但以流霞一杯與我飮之, 輒不飢渴)"라고 하였다.

47) 黃庭經(황정경): 노자(老子)가 지은 도가(道家)의 경서. 신선이 이 경서를 읽다가 한 글자라도 잘못 읽으면 상계(上界)에서 인간계로 귀양 온다는 전설이 있다.

48) 北斗星(북두성)~부어 내여: 북두성을 자루 달린 술잔에 비유하고, 바닷물을 술에 비유한 표현이다.

49) 거후로니: 기울여 쏟으니. '거후로다'는 속에 든 것이 쏟아지도록 기울인다는 뜻이다.

億억萬만蒼창生ᄉᆡᆼ을 다 醉취케 ᄆᆡᆼ근 後후의
그제야 고텨 맛나 ᄯᅩ ᄒᆞᆫ 잔 ᄒᆞ쟛고야
말 디쟈 鶴학을 ᄐᆞ고 九구空공의 올나가니
空공中듕 玉옥簫쇼 소ᄅᆡ 어제런가 그제런가
나도 ᄌᆞᆷ을 ᄭᅵ여 바다ᄒᆞᆯ 구버보니
기픠ᄅᆞᆯ 모ᄅᆞ거니 ᄀᆞ인들 엇디 알리
明명月월이 千쳔山신萬만落낙[50]의 아니 비췬 ᄃᆡ 업다

50) [교감] 千쳔山신萬만落낙: '千쳔山산萬만落낙'의 오기. 다른 이본에는 '千쳔山산萬만落낙'으로 되어 있다.

百祥樓別曲

李俔

曆乙未歲, 余以楊布政迎慰使, 在安州一年强半, 還期未卜. 旅寓凄凉, 眠食無聊, 行樂之暇時, 登百祥樓, 周覽山川, 騁懷光景者屢矣. 或有村翁野夫, 彷徨於樓側者, 無間, 冠童許登軒楹, 茶姬湯滕. 遊戲於欄邊者, 不問丱笄, 俾豫於筵席, 閒設雜說, 以爲送日之資. 而一日囑余曰, "百祥爲樓, 緻雲臨虛含遠呑長, 形勝甲于關西, 聲價擅于古今, 而獨無別曲被之絃管, 播在人口, 大是欠事. 盖爲賦之傳, 視於好事者饒舌乎." 余曰, "惡, 神人之憤方劇, 山下之耻未雪, 何事於歌詠乎. 况余才薄詞拙, 亦安能發揮光景, 闡揚名區哉." 僉曰, "箕子麥秀之歌, 梁鴻五噫之歌, 何以作乎. 長歌之哀, 甚於慟哭者, 是已. 豈淫詞麗曲之足比哉." 遂寫與之.[1)]

1) 제목 다음에 이처럼 병서(竝序)가 달려 있어 작품의 창작 동기를 알 수 있다. 해석은 현대어역 참고.

백상루를 본 감회를 노래하다

드런디 오라더니 보관디고 ᄇᆡᆨ상누百祥樓[2]
야쇽다 강산이 날 기ᄃᆞᆯ려 ᄂᆡᆺᄃᆞᆺ던가
새 ᄂᆞ치 맛보고 녜 본 ᄃᆞᆺ 반기니
유정ᄒᆞᆫ 네런가 연분인은 내롯던가.
전조구지前朝舊地ᄅᆞᆯ 어ᄂᆡ ᄒᆡ예 듕슈重修ᄒᆞᆫᄃᆡ
층누걸각層樓傑閣이 어제 셴 ᄃᆞᆺᄒᆞ옛고야
비맹飛甍이 포묘縹緲ᄒᆞ여 반쳔半天의 들허시니[3]
금벽金碧이 죠요照耀ᄒᆞ여 영낙장쥬影落長洲로다[4]
위난危闌을 비겨 안자 취안醉眼으로 도라보니
좌우현판左右懸板의 고금제영古今題詠이
풍경風景이 보ᄎᆡ여 죠화造化ᄅᆞᆯ 아여시니
유필쥬ᄉᆞ濡筆躊思[5]에 더 슬이리 아조 젹다

백상루에 올라 경치를 바라보며 역사적 의미를 되새기다

쳥나만졈靑螺萬點[6]이 ᄇᆡᆨ운간白雲間의 소사나

2) 百祥樓(백상루): 평안도 안주(安州) 북쪽 성안에 있는 누각. 관서팔경(關西八景)의 하나로, 굽이쳐 흐르는 청천강(淸川江)과 넓은 들의 조망이 아름답다.
3) 飛甍(비맹)이~들렸으니: 나는 듯한 처마가 높이 솟아서 공중에 들렸으니.
4) 金碧(금벽)이~影落長洲(영낙장주)로다: 금빛과 푸른빛이 밝게 빛나 그림자가 섬에 길게 뻗치도다.
5) 濡筆躊思(유필주사): 붓에 먹을 찍은 채 생각이 막힘.
6) 靑螺萬點(청라만점): 만 개의 푸른 산. '청라(靑螺)'는 푸른 소라라는 뜻인데, 여기서는 멀리 보이는 푸른 산을 비유한 말이다. 중국 당나라 유우석(劉禹錫)의 「망동정望洞庭」에 "호수의 빛과 가을달이 한데 어우러지고, 고요한 수면에 바람이 일지 않으니 갈지 않은 거울 같구나. 멀리서 동정호에 비친 산과 물빛 바라보니, 하얀 은쟁반에 푸른 소라가 담겨 있는 듯하네(湖光秋月兩相和, 潭面無風鏡未磨. 遙望洞庭山水翠, 白銀盤里一靑螺)"라고 하였다.

노프이 나즈니 너브니 죠브니 흣버러 인ᄂᆞᆫ 거ᄉᆞᆫ
향산이 마죠 뵈예 취병翠屛을 두럿도다
분쳡쳔칭粉堞千層[7]이 벽산요碧山腰을 에워 씌여
굽거니 펴거니 숨거니 뵈거니
셜험관방設險關防[8]은 쳘옹셩鐵甕城[9]이 갓갑도다
약ᄉᆞᆫ동ᄃᆡ藥山東臺[10]예 느즈[11] 구룸 채 것고
향노봉香爐峰 엇게예 ᄌᆞ연紫烟이 빗겻는 제
슈창繡牕을 열티고 옥침玉枕을 비겨시니
번거ᄒᆞᆫ ᄆᆞ몬에 눈이조차 겨ᄅᆞᆯ 업다
두 가래 ᄂᆞ린 믈이 누 압픠 와 모다져
ᄉᆞᆷ차형셰三叉形勢 되여 섯거 도로 감도니
쌍용雙龍이 ᄠᅳ도러 여의쥬如意珠ᄅᆞᆯ 다토다가
선셩을 ᄀᆞᆯ프러 가라나ᄂᆞᆫ 즈시로다[12]
ᄒᆡ문海門이 갓가와 느즈믈 채 미니
평ᄉᆞ平沙 몰흔沒痕ᄒᆞ고 도셔島嶼 반로半露ᄒᆞ야
안지졍난岸芷汀蘭[13]이 ᄉᆡ니피 흣부칠 제
격강노화隔江蘆花의 열운 ᄂᆡ 세연ᄂᆞᆫᄃᆡ
더펴ᄂᆞ니 안목雁鶩이오 섯도ᄂᆞ니 ᄇᆡᆨ구白鷗로다
샤탄斜灘의 됴퇴潮退ᄒᆞ야 믈ᄀᆞ이 여터시니
ᄎᆡ릉동ᄌᆞ采菱童子[14]와 완사ᄋᆞ녀浣紗兒女[15]ᄂᆞᆫ

7) 粉堞千層(분첩천층): 성 위에 낮게 쌓아 석회를 바른 천 층의 담.
8) 設險關防(설험관방): 변방의 요새에 방비시설을 함.
9) 鐵甕城(철옹성): 쇠로 만든 독처럼 튼튼하게 둘러쌓은 산성. 여기서는 평안도 맹산(孟山)에 있는 '철옹산성(鐵甕山城)'을 가리킨다.
10) 藥山東臺(약산동대): 평안도 영변(寧邊) 약산(藥山)에 있는 천연의 대(臺). 관서팔경의 하나이다.
11) 느즈: '느즌'의 오기.
12) 선셩을~즈시로다: 미상. 물줄기의 모양을 형용한 구절이지만 정확한 의미는 알 수 없다.
13) 岸芷汀蘭(안지정란): 강언덕의 지초(芝草)와 물가의 난초(蘭草). 중국 송나라 범중엄(范仲淹)의 「악양루기岳陽樓記」에 "벼랑의 지초와 물가의 난초가 향기 자욱하고 파릇파릇하다(崖芝汀蘭, 郁郁靑靑)"라고 하였다.

개벼틀 만나셔 웃즐겨 ᄀ래는다[16]

파렴조일波恬朝日[17]ᄒ야 만경萬頃이 허명虛明ᄒ니

안화요공眼花搖空[18]ᄒ야 신싀神思 포연飄然ᄒ니

열ᄌ어풍列子御風[19]ᄒ야 반공半空에 ᄠ 인는 ᄃᆺ

댱풍長風이 느지 부러 파랑波浪을 놀래니

부광浮光이 약금躍金ᄒ야 낙죠셩듀落照成柱ᄒ니[20]

쳔샹군션天上群仙이 연단鍊丹을 호리라

문무화文武火[21]을 마초와 황금만곡黃金萬斛을 단조丹竈[22]에 글히는 ᄃᆺ

슈병빅만隋兵百萬이 어복혼魚腹魂이 되여시니[23]

---

14) 采菱童子(채릉동자): 마름을 캐는 어린 사내아이.

15) 浣紗兒女(완사아녀): 빨래를 하는 아녀자.

16) 개벼틀~ᄀ래는다: 미상. '갯벌을 만나서 웃고 즐기며 가는가'의 뜻인 듯하다.

17) 波恬朝日(파념조일): 아침에 물결이 잔잔해짐.

18) 眼花搖空(안화요공): 눈앞이 어른어른하여 허공이 흔들려 보임. '안화(眼花)'는 눈앞에서 불똥 같은 것이 어른어른하여 잠시 아찔해지는 것을 말하는데, 중국 당나라 두보(杜甫)의 「음중팔선가飮中八仙歌」에 "하지장(賀知章)은 말을 타면 배를 탄 듯하고, 눈앞이 어른어른 우물에 빠져도 그냥 잠을 자리라(知章騎馬似乘船 眼花落井水底眠)"라고 하였다.

19) 列子御風(열자어풍): 열자(列子)가 바람을 탐. 곧 열자가 바람을 타고서 속세의 시비(是非)를 떠났다가 15일이 지난 후에 돌아온 것을 이르는 말. '열자'는 중국 전국시대의 사상가로 이름은 어구(禦寇)이다. 중국 도가(道家)의 기본사상을 확립하였으며, 도가의 경전인 『열자列子』를 지었다고 한다. 『장자莊子』 「소요유逍遙遊」에 "열자는 바람을 타고 다니는 일을 차분히 잘하여 15일이 지난 뒤에야 되돌아온다(夫列子御風而行, 冷然善也, 旬有五日而後反)"라고 하였다.

20) 浮光(부광)이~落照成柱(낙조성주)하니: 떠 있는 빛은 금색으로 빛나 낙조가 기둥을 이루니. 여기서 '부광'은 석양 무렵의 햇빛을 가리킨다. 중국 송나라 범중엄의 「악양루기」에 "간혹 길게 뻗은 안개가 공중을 가득 덮고 밝은 달빛이 천 리에 비친다. 떠 있는 빛은 금색으로 빛나고 고요한 그림자는 구름에 잠긴 듯하다. 고기잡이 노랫소리가 화답을 하니, 이 즐거움이 어찌 끝이 있겠는가(而或長煙一空, 皓月千里. 浮光躍金, 靜影沈璧. 漁歌互答, 此樂何極)"라고 하였다.

21) 文武火(문무화): 약하게 타는 불과 세차게 타는 불. 불에는 문화(文火)와 무화(武火)가 있는데, '문화'는 불을 늦추어 때는 것이고, '무화'는 불을 급하게 때는 것이다. 이것은 도사들이 단약(丹藥)을 만드는 방법을 말한다.

22) 丹竈(단조): 도사가 단약을 만드는 부엌.

23) 隋兵百萬(수병백만)이~되었으니: 중국 수(隋)나라 병사 백만 명이 물에 빠져 죽었으니. 여기서는 을지문덕(乙支文德)이 수나라 병사를 물리친 사건을 가리킨다. '어복혼(魚腹魂)'은 물고기 뱃속의 혼이라는 뜻으로, 물에 빠져 죽은 것을 가리킨다. 중국 초나라 굴원(屈原)의 「어부사漁父辭」에 "어찌 깨끗한 몸으로 남의 더러운 것을 받는단 말인가. 내 차라리 소상강 강물에 달려들어서 고기의 뱃속에 장사지낼지언정 어찌 희디흰 결백한 몸으로 세속의 먼지를 뒤집어

됴두노긔潮頭怒氣[24]ᄂᆞᆫ 어늬 저긔 ᄂᆞ죽훌고

강변칠불江邊七佛[25]은 아ᄂᆞᆫ다 모ᄅᆞᄂᆞᆫ다.

믈ᄌᆡ인망物在人亡[26]ᄒᆞ니 감챵[27]이 긔지업다.

관동육칠冠童六七 긔약 업시 오도고야[28]

반금긔회半襟羈懷[29]을 더 안이면 엿진넌고

젼셩변화全盛繁華과 읍듕치화邑中治化을 대강만 무ᄅᆞ니

왕ᄉᆡ往事 망양亡羊ᄒᆞ야 지젹이 되엿도다[30]

호고ᄉᆡᆼ만好古生晩[31]ᄒᆞ여 파쥬임풍把酒臨風[32]ᄒᆞ니

쓴단 말인가(安能以身之察察, 受物之汶汶者乎. 寧赴湘流, 葬於江魚之腹中, 安能以皓皓之白, 而蒙世俗之塵埃乎)"라고 하였다.

24) 潮頭怒氣(조두노기): 조수(潮水)의 성난 기운. 중국 북송 마존(馬存)의 「장회요長淮謠」에 "절강에 어찌 물이 없으리오만, 가죽부대에 장군 오자서의 뼈가 떠다니니, 조수의 성난 기운 산처럼 밀려온다(浙江豈無水, 鴟革漂胥骸, 但見潮頭怒氣如山來)"라고 하였다.

25) 江邊七佛(강변칠불): 강가에 있는 일곱 불상. 『신증동국여지승람新增東國輿地勝覽』에 중국 수나라 병사가 배가 없어서 강을 건너지 못했는데, 문득 일곱 중이 강가에 와서 여섯 중이 옷을 걷어올리고 건너는 것을 보고 물이 얕은 줄 알고 다투어 건너다 물에 빠져 죽어 그 시체가 가득하여 물이 흐르지 않자, 이에 절을 짓고 '칠불사(七佛寺)'라 하였으며 일곱 중처럼 일곱 돌을 세워놓았다는 고사가 전한다.

26) 物在人亡(물재인망): 사람은 죽어도 고인(故人)이 쓰던 물건은 남아 있음. 여기서는 사람은 죽어도 산수(山水)는 그대로라는 뜻이다.

27) 감창: 감창(感愴). 가슴에 사무친 슬픔.

28) 冠童六七(관동육칠)~오는구나: 어른과 아이 6~7명이 기별 없이 찾아왔구나. '관동(冠童)'은 관례를 한 어른과 관례를 하지 않은 아이를 뜻한다. 『논어』 「선진先進」에 공자가 제자들에게 만약 자기를 알아주는 사람이 있다면 어떻게 하겠느냐고 묻자, 증점(曾點)이 "늦봄에 봄옷이 만들어지면 관을 쓴 어른 대여섯 명과 어린아이 예닐곱 명과 함께 기수(沂水)에서 목욕이나 하고 무우대(舞雩臺)에서 바람이나 쏘이면서 시를 읊조리고 돌아오겠다(莫春者, 春服旣成, 冠者五六人, 童子六七人, 浴乎沂, 風乎舞雩, 詠而歸)"라고 하였다.

29) 半襟羈懷(반금기회): 허름한 옷을 입은 나그네가 정회(情懷)에 잠겨 있음.

30) 往事(왕사)~되었도다: 평안도 안주가 과거에 화려했지만, 지금은 자취만 남았다는 뜻이다. '지젹'은 '진적(陳迹)'의 오기인 듯하다.

31) 好古生晩(호고생만): 옛것을 좋아하지만 늦게 태어남. 중국 당나라 한유(韓愈)의 「석고가石鼓歌」에 "슬프구나, 내 옛것 좋아하지만 너무 늦게 태어나, 이것을 대하니 눈물 두 줄기가 줄줄 흘러내린다(嗟余好古生苦晩, 對此涕淚雙滂沱)"라고 하였다.

32) 把酒臨風(파주임풍): 술잔을 들고 바람을 맞음. 중국 송나라 범중엄의 「악양루기」에 "이 누각에 오르면 마음이 넓어지고 정신이 편안해져, 영광과 욕된 것 모두 잊고, 술잔을 들고 바람을 마주하니, 그 기쁨은 크고도 클 것이다(登斯樓也, 則有心曠神怡, 寵辱俱忘, 把酒臨風, 其喜洋洋者矣)"라고 하였다.

몯내 ᄑᆞᆫ 시름이 가디록 ᄉᆡ롭도다

타향에서의 시름과 처지를 노래하다

졍쳥숑식政淸訟息ᄒᆞ야 ᄇᆡᆨ폐구흥百廢俱興[33]ᄒᆞ니
여염閭閻이 안도安堵ᄒᆞ야 난리롤 이젓도다
셩쥬聖主 회란廻鑾ᄒᆞ사 듕흥을 여르시니
메옛던 셩진腥塵이 ᄂᆡ일이면 다 ᄲᅳᆯ로다
텬ᄌᆞ天子 셩명聖明ᄒᆞ샤 유권동고有眷東顧ᄒᆞ샤 양호楊鎬롤 보ᄂᆡ실시[34]
불이신비비不以臣鄙卑ᄒᆞ샤 영위ᄉᆞ迎慰使로 가라셔ᄂᆞᆯ[35]
왕ᄉᆞ미괴王事靡盬[36]이라 셕비됴발夕拜朝發ᄒᆞ야 왕셩王城을 ᄯᅥ나오니
츈복春服을 ᄀᆞᆺ 일워 ᄉᆞᆷ월초길三月初吉이엇다
화ᄀᆡ화락花開花落ᄒᆞ고 두젼셩회斗轉星回[37]ᄒᆞ야
상마桑麻도 거도고 됴곡早穀도 셩슉ᄒᆞ여
다ᄉᆞᆺ ᄃᆞ러 녀머시니[38] 실ᄉᆞᆯ셩즁蟋蟀聲中에 새 ᄀᆞ올을 놀라과랴

33) 百廢俱興(백폐구흥): 시행되지 못했던 것들이 어진 관리를 만나면 다시 시행될 수 있음. 중국 송나라 범중엄의 「악양루기」에 "송나라 인종(仁宗) 황제 경력 4년 봄에 등자경이 좌천되어 파릉군의 태수로 오니, 그 다음다음 해부터 바른 정치가 잘 행해지고 인심이 화합하고, 그동안 시행되지 못했던 많은 일들이 다시 시행되게 되었다(慶曆四年春, 滕子京謫守巴陵郡, 越明年, 政通人和, 百廢俱興)"라고 하였다.

34) 天子(천자)~보내실새: 중국 명나라 신종(神宗) 황제가 현명해서 동쪽 우리나라를 살피셔서 장수 양호(楊鎬)를 보내시니. 1597년 정유재란 때에 명나라 장수 양호를 보내서 조선을 도운 일을 가리킨다.

35) 不以臣鄙卑(불이신비비)하샤~가라거늘: 신하를 비루하고 천한 사람으로 보시지 않으셔서 영위사(迎慰使)로 가라 하거늘. 선조(宣祖)가 작자를 비루하고 천한 사람으로 보지 않고 영위사의 벼슬을 내린 것을 가리킨다. '영위사'는 조선시대에 중국의 사신을 맞아 접대하고 위로하는 임시 벼슬이다.

36) 王事靡盬(왕사미고): 나라의 일을 견고하게 해놓지 않을 수가 없음.

37) 斗轉星回(두전성회): 북두성이 방향을 바꾸고 별이 제자리로 돌아옴. 여기서는 세월이 많이 지났다는 뜻이다.

38) 다ᄉᆞᆺ ᄃᆞ러 녀머시니: '다섯 달이 넘었으니'의 뜻인 듯하다.

힝장을 문져보고 귀긔[39]를 혜아리니
몃 쌀 어닉 날의 긱편客鞭을 뵈야 널고
일변日邊의 밤숨이 하니 갈 길 멀러 ᄒᆞ로라

39) 귀기: 귀기(歸期). 돌아가거나 돌아오기로 약속한 때.

出塞曲츌ᄉᆡ곡

序在下

曺友仁

경성으로 떠나는 심정을 노래하다

北方二十餘州북방이십여쥐예 鏡城경셩이 門戶문회러니
治兵牧民치병목민을 날을 맛겨 보내시니[1)]
罔極망극ᄒᆞᆫ 聖恩셩은을 갑플 일이 어려웨라
書生事業셔ᄉᆡᆼᄉᆞ업은 翰墨한묵인가 너기더니
白首臨邊ᄇᆡᆨ슈님변이 진실노 意外의외로다
仁政殿拜辭인정젼ᄇᆡᄉᆞ[2)]ᄒᆞ고 칼ᄒᆞᆯ 집고 도라셔니

---

1) 北方二十餘州(북방이십여주)에～보내시니: 작자가 함경도 경성판관(鏡城判官)으로 임명되어 간 사실을 가리킨 구절이다. '북방이십여주'는 함경도 20여 주를 말하며, 이 당시 경성은 오랑캐와 맞닿은 접경지역에 있었다.

2) 仁政殿拜辭(인정전배사): 인정전(仁政殿)에 절하고. '인정전'은 창덕궁(昌德宮)의 정전(正殿)으로, 조정의 각종 의식과 외국 사신의 접견장소로 사용되었으며, 신하들이 임금에게 새해 인사를 드릴 때에도 이곳을 이용하였다. 또한 왕세자나 세자빈을 결정하였을 때나 국가의 커다란 경사가 있을 때에도 왕이 인정전으로 나가 신하들의 축하를 받았다.

萬里關河만리관하의 一身일신을 다 닛괘라

부임지인 경성으로 이르는 여정을 그리다

興仁門흥인문[3] 너드라 綠楊녹양[4]의 몰을 ᄀᆞ니
銀漢은한 녯 길흘 다시 지나간단 말아
淮陽회양 녜 ᄉᆞ실[5] 긔별만 드럿더니
禁闥금달을 외오 두고 謫客젹긱은 무슴 죄고[6]
巉巖鐵嶺참암철녕[7]을 험ᄐᆞᆫ 말 젼혀 마오
世道셰도를 보거든 平地평딘가 너기노라[8]
눈물을 베뽓고[9] 두어 거름 도라셔니
長安쟝안이 어듸오 玉京옥경[10]이 ᄀᆞ리거다

3) 興仁門(흥인문): 동대문(東大門).
4) 綠楊(녹양): 녹양평(綠楊坪). 경기도 양주(楊州)에 있는데, 조선시대에 이곳에서 군마(軍馬)를 사육했다.
5) 淮陽(회양) 옛 사실: 급장유(汲長孺)가 회양을 잘 다스린 옛 사실. '회양'은 강원도 북부에 있는 고을로, 중국 한나라 무제(武帝) 때 급장유가 태수를 지냈던 회양과 이름이 같다. 급장유는 직간(直諫)을 잘했던 급암(汲黯)을 말하며, 장유(長孺)는 그의 자이다. 무제가 회양태수로 좌천시켰지만, 선정을 베풀어 가만히 누워 있으면서도 회양을 잘 다스린다는 '와치회양(臥治淮陽)'의 고사를 남겼다.
6) 禁闥(금달)을~무슨 죄고: 임금 곁을 떠나 변방으로 부임하는 자신의 처지를 죄를 지어 유배가는 적객(謫客)에 견주어 자신의 착잡한 심정을 표현한 구절이다. '금달'은 대궐 문으로, 여기서는 광해군을 가리킨다.
7) 巉巖鐵嶺(참암철령): 깎아지른 듯이 높고 험한 바위의 철령(鐵嶺). '철령'은 강원도 회양(淮陽)과 함경남도 고산(高山)의 경계에 있는 큰 재이다.
8) 世道(세도)를~여기노라: 정치현실과 비교할 때 험한 철령고개가 오히려 평지 같다는 말이다. '세도'는 세상을 살아가는 데 지켜야 할 도의를 뜻하는데, 여기서는 험난한 정치현실을 가리킨다.
9) 베뽓고: 미상. '흘리고' 또는 '거두고'의 뜻인 듯하다.
10) 玉京(옥경): 백옥경(白玉京)의 준말로, 도가(道家)에서 옥황상제가 산다는 곳. 여기서는 임금이 있는 대궐을 가리킨다. 중국 당나라 이백(李白)의 「경난리후천은류야랑억구유서회증강하위태수량재經亂離後天恩流夜郎憶舊遊書懷贈江下韋太守良宰」에 "하늘 위 백옥경은 열두 누각에 다섯 성이네(天上白玉京, 十二樓五城)"라고 하였다.

安邊迤北안변이북은 져즘씌 胡地호디러니
汛掃腥膻신소셩젼[11]ᄒᆞ야 闢國千里벽국쳔리ᄒᆞ니
尹瓘宗瑞뉸관종셔[12]의 豊功偉烈풍공위렬을 草木초목이 다 아ᄂᆞ다
龍興江뇽흥강[13] 건너 드러 定平府정평부[14] 잠싼 지나
萬歲橋만셰교[15] 압희 두고 樂民樓낙민누[16]희 올나안자
沃沮山河옥져산하[17]를 面面면면히 도라보니
千年豊沛쳔년풍패[18]예 鬱蒼佳氣울창가긔는 어제론 덧ᄒᆞ여셰라
咸關嶺함관녕[19] 져문 날의 물은 어이 병이 든고
滿面風沙만면풍사의 갈 길히 머러셰라
洪原古縣홍원고현[20]의 穿島쳔도[21]를 ᄇᆞ라보고
大門嶺대문녕[22] 너머 드러 青海鎭쳥히진[23]에 드러오니
一道喉舌일도후셜[24]이오 南北要衝남북요튱이라

11) 汛掃腥膻(신소성전): 비린내와 노린내를 물을 뿌리고 쓸어냄. 여기서는 침범한 오랑캐를 정벌한다는 뜻이다. '성전(腥膻)'은 코를 찌르는 듯한 고약한 냄새라는 뜻인데, 여기서는 침범한 오랑캐를 낮추어 부르는 말이다.
12) 尹瓘宗瑞(윤관종서): 윤관(尹瓘)과 김종서(金宗瑞). 윤관은 고려 예종 때의 문신으로, 여진을 정벌하고 함경도 지방에 구성(九城)을 개척했다. 김종서는 조선 세종 때의 무신으로, 육진(六鎭)을 개척해 국토를 넓히는 데 큰 공을 세웠다.
13) 龍興江(용흥강): 함경도 영흥(永興)에 있는 강.
14) 定平府(정평부): 함경도 정평(定平)에 설치한 도호부(都護府).
15) 萬歲橋(만세교): 함경도 함흥(咸興)에 있는 성천강(城川江)을 가로지른 다리.
16) 樂民樓(낙민루): 함경도 함흥성(咸興城) 남문의 누각.
17) 沃沮山河(옥저산하): 함경도 함흥 일대의 산하. '옥저(沃沮)'는 함경도 함흥 일대에 위치했던 고대국가다.
18) 千年豊沛(천년풍패): 천 년이나 된 풍패(豊沛). '풍패'는 중국 한나라 유방(劉邦)의 고향인 패현(沛縣)의 풍읍(豊邑)을 가리키는데, 주로 임금의 고향을 이르는 말로 쓰인다. 여기서는 천 년 전 한나라를 건국한 유방의 고향에 빗대어 조선을 건국한 이성계의 고향인 함흥을 가리킨다.
19) 咸關嶺(함관령): 함경도 함주(咸州)와 홍원(洪原) 사이에 있는 재.
20) 洪原古縣(홍원고현): 함경도 홍원의 옛 현.
21) 穿島(천도): 함경도 홍원 남쪽에 있는 섬인 천관도(穿串島).
22) 大門嶺(대문령): 함경도 홍원 동쪽에 있는 재.
23) 青海鎭(청해진): 함경도 북청도호부(北靑都護部)의 다른 이름.
24) 一道喉舌(일도후설): 함경도의 요해지(要害地). '후설(喉舌)'은 목구멍과 혀로, 중요한 곳을 뜻한다. 중국 당나라 두보(杜甫)의 「상위좌상이십운上韋左相二十韻」에 "북두성이 목구멍과 혀를 맡고 동방의 홀을 꽂은 귀인들을 거느렸다(北斗司喉舌, 東方領搢紳)"라고 하였다.

信臣精卒신신졍졸로 利兵니병을 베퍼시며

强弓勁弩강궁경노로 要害뇨해롤 디킈는 둧[25]

百年升平빅년승평에 民不知兵민불지병ᄒᆞ니

重門待暴듕문디포[26]롤 닐너 므슴ᄒᆞ리오

居山驛거산녁[27] 디나 드러 侍中臺시듕디[28] 올나안자

咫尺扶桑디쳑부상[29]의 日出이츌을 구버보고

長松十里댱숑십리 찔헤 征馬졍마롤 다시 뵈와

端川단쳔[30]을 겨틔 두고 四知軒ᄉᆞ디헌[31]을 ᄎᆞ자가니

伯起淸風빅긔쳥풍[32]을 다시 본 둧ᄒᆞᆫ데이고

磨雲嶺마운녕[33] 채쳐 너머 麻谷驛마곡역[34] 물을 쉬워

---

25) 信臣精卒(신신정졸)로~지키는 듯: 믿을 만한 신하와 정예병사가 날카로운 무기를 늘어놓고, 강한 활과 굳센 쇠뇌로 요해지를 지키는 듯. 중국 한나라 가의(賈誼)의 「과진론過秦論」에 "훌륭한 장수와 굳센 쇠뇌로 요해지를 지키며, 믿을 만한 신하와 정예병사들이 날카로운 무기를 늘어놓고 검문하였다(良將勁弩, 守要害之處, 信臣精卒, 陳利兵而誰何)"라고 하였다.

26) 重門待暴(중문대포): 문을 겹으로 닫고 난폭한 사람을 대비함. 여기서는 오랑캐의 침입을 대비함을 가리킨다. 『주역周易』「계사繫辭」에 "문을 겹으로 닫고 딱따기를 쳐서 난폭한 사람을 대비한다(重門擊柝, 以待暴客)"라고 하였다.

27) 居山驛(거산역): 함경도 북청(北靑)에 있는 역참.

28) 侍中臺(시중대): 함경도 북청에 있는 대(臺). 고려 때 윤관이 여진을 정벌할 때 머물렀던 곳이다.

29) 咫尺扶桑(지척부상): 가까운 곳에 있는 부상(扶桑). 부상은 동쪽 바다의 해 돋는 곳에 있다는 큰 신목(神木) 또는 그 신목이 있는 곳을 말하는데, 곧 해 돋는 곳을 이르는 말이다. 『산해경山海經』에 "양곡의 위에는 부상이 있는데, 열 개의 태양이 목욕하는 곳으로 흑치의 북쪽에 있다. 물 가운데에 큰 나무가 있는데, 아홉 개의 태양이 아랫가지에 있고 한 개의 태양이 윗가지에 있다(陽谷上有扶桑, 十日所浴, 在黑齒北居. 水中有大木, 九日居下枝, 一日居上枝)"라고 하였다.

30) 端川(단천): 함경도에 있는 고을 이름.

31) 四知軒(사지헌): 함경도 이원(利原)에 있는 정사(精舍).

32) 伯起淸風(백기청풍): 백기(伯起)의 맑은 바람. 곧 백기의 청렴결백함을 이르는 말. '백기'는 중국 후한(後漢) 때의 학자 양진(楊震)을 가리키며, 백기는 그의 자이다. 후한 때 창읍령(昌邑令) 왕밀(王密)이 은혜에 보답한다는 명목으로 양진에게 황금 10근을 뇌물로 바치면서 아무도 모르는 일이라고 하자, 양진이 '하늘이 알고, 신이 알고, 내가 알고, 그대가 안다(天知, 神知, 我知, 子知)'는 사지(四知)의 도리를 거론하여 깨우쳐주면서 거절했던 고사가 『후한서後漢書』「양진열전楊震列傳」에 전한다. 여기서는 양진이 말한 '사지(四知)'와 '사지헌(四知軒)'을 관련시켜 청백리(淸白吏)로서의 모습을 표현한 것이다.

33) 磨雲嶺(마운령): 함경도 단천에 있는 재.

34) 麻谷驛(마곡역): 함경도 단천에 있는 역참.

積雪磨天젹셜마쳔[35]을 허위허위 너머 드니
秦關진관이 어듸고 蜀棧쵹잔이 여긔로다[36]
城津設鎭셩딘셜딘[37]이 形勢형셰는 됴켜니와
亂後邊民난후변민이 膏血고혈이 몰나시니
廟堂肉食묘당육식[38]은 아는가 모르는가
白頭山一脈빅두산일믹이 長白山댱빅산 되여 이셔
千里쳔리롤 限隔흔격흐야 疆域강역을 는홧거든
鎭堡星羅진보셩나호고 郡邑군읍이 碁布긔포흐니
表裏天險표리쳔험은 장호미 그지업다
連天滄海년쳔창히에 風雪풍셜이 섯티는디
跋涉崎嶇발셥긔구흐야 木郞城목낭셩[39]의 드러오니
千尋粉堞쳔심분쳡은 半空반공의 빗겨 잇고
百丈深濠빅댱심호는 四面亽면의 둘너시니
人和인화를 어들션정 地利디리야 不足부죡홀가[40]

---

35) 積雪磨天(적설마천): 눈 쌓인 마천령(摩天嶺). '마천령'은 함경남도 단천과 함경북도 성진(城津) 사이에 있는 재이다.

36) 秦關(진관)이~여기로다: 진(秦) 땅의 관문이 어디인가, 촉(蜀) 땅의 잔도(棧道)가 여기로다. '진관(秦關)'은 진나라 땅이었던 섬서(陝西)지방의 관문인 함곡관(函谷關)을 가리킨다. '촉잔(蜀棧)'은 촉 땅의 험한 벼랑에 선반을 매듯이 하여 낸 길을 가리킨다. 이 둘은 지세가 험하기로 유명한데, 여기서는 함경도 지역의 험준한 지세를 표현한 것이다. 중국 송나라 육유(陸游)의 「등상심정登賞心亭」에 "촉 땅의 잔도와 진 땅의 관문에서 이리 갔다 저리 갔다 바쁜 세월 다 보내고, 금년에 신이 나서 동쪽으로 돌아가네(蜀棧秦關歲月遒, 今年乘興卻東遊)"라고 하였다.

37) 城津設鎭(성진설진): 함경도 성진에 군영(軍營)을 설치함.

38) 廟堂肉食(묘당육식): 조정에서 호의호식(好衣好食)하는 신하.

39) 木郎城(목랑성): 함경도 성진의 운주산에 여진족이 쌓은 성.

40) 人和(인화)를~不足(부족)할까: 인화(人和)는 어떠한지 잘 모르겠지만 지리(地利)는 부족하지 않다는 뜻으로, 목랑성의 험준한 형세를 설명한 구절이다. '인화'는 백성들이 서로 협력하는 마음을 말하고, '지리'는 땅의 형세에 따라 얻는 이로움이나 편리함을 말한다. 『맹자』「공손추장구하公孫丑章句下」에 "천시(天時)는 지리만 못하고, 지리는 인화만 못하다(天時不如地利, 地利不如人和)"라고 하였다.

부임지에서 즐긴 봄의 흥취를 노래하다

轅門원문이 無事무ᄉᆞᄒᆞ고 幕府閑暇막뷔한가ᄒᆞᆫ 제
東山携妓동산휴기[41]ᄒᆞ고 北海尊북히준[42]을 거훌우랴
烟花三月연화삼월[43] 元帥臺원슈디[44]예 올나가니
春風츈풍 駘蕩이탕[45]ᄒᆞ야 淑景슉경을 부쳐내니
萬樹千林만슈쳔림은 紅錦홍금이 되여 잇고
雲濤雪浪운도셜낭은 하놀을 ᄀᆞ을 사마
噴薄雷霆분박뇌졍ᄒᆞ야 臺디 압희 물너디니
銀山은산[46]이 거듯는가 玉屑옥셜[47]을 놀니는가
깁 ᄀᆞ탄 쟘씌[48]예 白雲빅운 ᄀᆞ튼 솔을 치고
穿楊妙技쳔양묘기[49]로 勝負승부롤 돗토거든

41) 東山携妓(동산휴기): 기생을 데리고 동산(東山)에 오름. 풍류를 좋아하던 중국 진(晉)나라의 사안(謝安)이 기생을 데리고 동산에 은거하고는 나라에서 불러도 나가지 않은 고사에 빗대어 기생과의 풍류를 표현한 것이다. 중국 당나라 이백의 「등양왕서하산맹씨도원중登梁王棲霞山孟氏桃園中」에 "사안에겐 절로 동산의 기생들 있었는데, 금병풍에 웃음 머금고 앉아 있으면 꽃 같았네(謝公自有東山妓, 金屛笑坐如花人)"라고 하였다.

42) 北海尊(북해준): '北海樽(북해준)'의 오기. 북해(北海)태수를 지낸 중국 후한(後漢)의 공융(孔融)이 빈객을 위해 항시 준비해둔 술동이. 공융은 사람들을 대접하고 후생들을 가르치기를 좋아하여 집에 빈객들이 가득하였는데, 그때마다 말하기를 "자리에는 손님이 가득하고 술동이엔 술이 빌 때가 없으니, 나는 걱정할 것이 없다(座上客常滿, 樽中酒不空, 吾無憂矣)"라고 하였다는 고사가 『후한서後漢書』「공융전孔融傳」에 전한다.

43) 烟花三月(연화삼월): 춘삼월 좋은 시절. 곧 아름다운 봄의 경치를 이르는 말. 중국 당나라 이백의 「황학루송맹호연지광릉黃鶴樓送孟浩然之廣陵」에 "황학루에서 오랜 친구 서쪽으로 보내고, 춘삼월 좋은 시절 양주로 내려가네(故人西辭黃鶴樓, 煙花三月下揚州)"라고 하였다.

44) 元帥臺(원수대): 함경도 경성 남쪽에 있는 대(臺).

45) 駘蕩(이탕): '怡蕩(이탕)' 또는 '駘蕩(태탕)'의 오기.

46) 銀山(은산): 은빛 산. 곧 거센 파도의 모습을 형용한 말. 중국 송나라 육유의 「항해航海」에 "물이 밀려와 은빛 산처럼 높이 솟구쳤다가, 홀연히 다시 청동처럼 잔잔하구나(潮來湧銀山, 忽復磨青銅)"라고 하였다.

47) 玉屑(옥설): 펄펄 날리는 눈가루. 여기서는 물보라를 표현한 것이다.

48) 쟘씌: 잔디.

49) 穿楊妙技(천양묘기): 먼 거리에서 활을 쏘아 버들잎을 맞히는 묘기. 중국 춘추시대에 양유기(養由基)가 활을 잘 쏘아서 백 보 떨어진 거리에서 버들잎을 쏘아도 백발백중이었다는 고사가 『사기』「주본기周本紀」에 전한다.

百隊紅粧빅딕홍장은 左右좌우의 버러 이셔
秦箏趙瑟진징됴슬[50]을 트거니 니희거니
皓齒細腰호티셰료로 추거니 부르거니
韶華쇼화도 그디업고 風景풍경이 無盡무딘ᄒᆞ니
一春行樂일츈힝낙이 슬믜엽즉 ᄒᆞ다ᄆᆞᆫ
鄕關향관을 ᄇᆞ라보니 五嶺오령[51]이 ᄀᆞ려 잇고
異地山川이디산쳔은 六鎭뉵딘이 거의로다

변방에 부임한 처지를 한탄하다

明時謫官명시뎍관이 到處도쳐의 君恩군은이로딕
遠身金殿원신금뎐[52]을 뉘 아니 슬허ᄒᆞ며
重入脩門듕입슈문을 어이ᄒᆞ여 긔필ᄒᆞᆯ고
平生평싱 먹은 ᄯᅳ디 젼혀 업다 ᄒᆞᆯ가마ᄂᆞᆫ
時運시운의 타시런가 命途명도의 미엿ᄂᆞᆫ가
秦臺白首딘딕빅슈[53]의 歲月셰월이 쉬이 가니
楚澤青蘋초틱쳥빈[54]은 怨思원ᄉᆞ도 한졔이고

50) 秦箏趙瑟(진쟁조슬): 진나라의 아쟁과 조나라의 비파. '진쟁(秦箏)'은 진나라에서 유행한 아쟁을 말하며, '조슬(趙瑟)'은 조나라에서 유행한 비파를 말한다. 여기서는 아쟁과 비파 등의 악기를 미화하여 표현한 것이다.

51) 五嶺(오령): 함경도 단천에 있는 고개.

52) 遠身金殿(원신금전): 임금의 대궐에서 멀리 떠남. 중국 당나라 이백의 「고풍오십구수古風五十九首」에 "그런데 나는 도대체 무슨 잘못으로, 임금의 대궐에서 멀리 떠나게 되었나(而我竟何辜, 遠身金殿旁)"라고 하였다.

53) 秦臺白首(진대백수): 진대산(秦臺山)의 늙은이. 곧 진시황(秦始皇)을 이르는 말. 진시황이 진대산에 올라 큰 바위에 '진대(秦臺)' 두 글자를 새긴 데에서 유래하였다. 또는 초대(楚臺)의 초(楚)나라 회왕(懷王)을 일컫기도 한다. '진대'는 '초대'와 같은 말로, 초나라 회왕과 무산신녀(巫山神女)가 밀회를 즐기던 곳을 가리킨다.

54) 楚澤青蘋(초택청빈): 중국 초나라 연못의 푸른 마름. 곧 굴원(屈原)을 이르는 말. 굴원이 조정에서 쫓겨나 상강(湘江) 가의 초택에서 읊조리며 다녔던 고사에서 유래하였다.

이 잔 ᄀᆞ득 부어 이 시름 닛댜 ᄒᆞ니
東溟동명을 다 퍼내다 이내 시름 어이ᄒᆞᆯ고
漁夫어뷔 이 말 듯고 낙ᄃᆡ를 둘너메고
ᄇᆡ쪈 두드리고 노래를 부른 말이
世事세ᄉᆞ를 니전 디 오라니 몸조차 니전노라
百事生涯ᄇᆡᆨᄉᆞᄉᆡᆼ애ᄂᆞᆫ 一竿竹일간듁 ᄲᅮᆫ이로다
白鷗ᄇᆡᆨ구ᄂᆞᆫ 나와 버디라 오명가명 ᄒᆞᄂᆞ다

題出塞曲後[55)]

丙辰秋, 叨承鏡城之命, 臨行. 拜耻齋兄於私第, 公乃酌之酒, 而與之餞曰, “白詞則鳴於關西, 鄭詞則播於關東, 而至於北路則闃無聞焉. 古今文人才子之往來朔方者, 豈可以一二數, 而猶然者, 玆非風流場之一欠事歟. 子其爲我, 極意搆思. 製爲一長歌, 而來以慰老兄孤寂之懷可也.” 余迺唯唯, 行行過月餘日, 始達于鏡, 鏡之距京都, 畿二千餘里. 路踰四嶺, 地窮六鎭, 風氣景象絶, 不與西南相侔, 而沃沮以北則濱海一路, 崎嶇險巇甚矣. 沿途物色之可以娛心目者, 絶無而僅有. 故掇拾耳目之所及者, 而製爲長歌一篇, 名之曰出塞曲. 歌凡百十餘言, 而詞意悲凉悽惋, 似若有以自曠, 而不能者. 盖以投身絶塞, 在人情所必至也. 所恨鏡乃北戎幕也. 雖有妓樂, 而常與鶡弁混處. 故尋常俚樂, 盡是桒間淫褻之詞, 而雅歌投壺故事則盖闕如也. 雖欲被此詞於管絃, 無所用諸. 故詞成, 輒藏之篋笥中. 他日歸來, 秪自展觀以暢幽悁之爲好也.

55) 이 작품에는 이처럼 서문이 뒤에 달려 있다. 해석은 현대어역 참고.

關東續別曲관동쇽별곡
序在下[1)]

曺友仁

관동의 금강산으로 향하는 심정을 읊다

四仙ᄉ션[2)]의 노던 ᄯᅡ흘 關東관동이 긔라 ᄒᆞ듸
塵埃半生딘애반싱애 歲月셰월이 거의러니
物外烟霞물외연하애 遠興원홍이 뵈와나니
尋眞行李심진힝니[3)]ᄂᆞᆫ 전나귓 ᄲᅮᆫ이로다
武安寺무안ᄉᆞ 디나 올라 乘鶴橋승학교[4)] 건너 드러
塵寰딘환이 졈졈 머러 仙境션경이 갓갑건가

---

1) 이 작품의 서문이 작자의 가첩(歌帖)인 『이재영언頤齋詠言』의 뒷부분에 붙어 있다. 서문은 작품의 말미에 제시해두었다.
2) 四仙(사선): 신라 때의 네 화랑인 술랑(述郎), 남랑(南郎), 영랑(永郎), 안상(安詳).
3) 尋眞行李(심진행리): 좋은 경치를 찾으러 떠날 때 꾸리는 짐. '심진(尋眞)'은 '신선을 찾음' 또는 '진경(眞境)을 찾음'이라는 뜻으로, 중국 송나라 위야(魏野)의 「심은자불우尋隱者不遇」에 "진경 찾다 잘못하여 봉래섬 들었더니, 바람 없는데 향기 그윽하고 소나무의 꽃가루 날리네(尋眞悞入蓬萊島, 香風不動松花老)"라고 하였다.
4) 乘鶴橋(승학교): 경기도 양주(楊州)에 있는 돌다리.

三釜爆積禾潭삼부폭젹화담[5]도 긔특다 ᄒᆞ려니와
漆潭高石亭칠담고셕뎡[6]을 비길 ᄃᆡ 또 인ᄂᆞᆫ가
直木驛ᄃᆡᆨ목역[7] 잠ᄭᅡᆫ 쉬여 通丘縣통구현[8] 좀을 ᄶᅵ야
斷髮嶺단발녕[9] 노ᄑᆞᆫ 재ᄅᆞᆯ 一瞬일슌에 올라안자
雙眸쌍모ᄅᆞᆯ 거두ᄠᅧ 萬里말리에 드러보니
蓬萊海上山봉ᄂᆡ희상산[10]이 咫尺지쳑에 뵈노ᄆᆡ라

금강산의 명승지와 관동팔경을 구경한 감회를 노래하다

山靈산녕도 有情유졍ᄒᆞᆯ샤 날 올 줄 어이 아라
一雙青鶴일쌍쳥학을 마조내야 보낸마리
荷衣하의[11]ᄅᆞᆯ ᄠᅥᆯ티고 半空반공애 올나 소사 ᄐᆞ고
長安寺萬瀑洞댱안ᄉᆞ만폭동[12]을 눈 아래 구버보고
紫烟ᄌᆞ연을 헤티고 百川洞ᄇᆡᆨ쳔동[13] ᄎᆞ자드니
三十六洞天삼십뉵동텬[14]에 第一뎨일이 여긔로다

5) 三釜爆積禾潭(삼부폭적화담): 삼부락(三釜落)과 화적연(禾積淵). '삼부락'은 강원도 철원(鐵原)에 있는 폭포이고, '화적연'은 경기도 포천(抱川)에 있는 못이다.

6) 漆潭高石亭(칠담고석정): 칠담(漆潭)과 고석정(孤石亭). '칠담'은 강원도 철원 용호산(龍護山)에 있는 못이고, '고석정'은 강원도 철원에 있는 정자다.

7) 直木驛(직목역): 강원도 철원에 있었던 역참.

8) 通丘縣(통구현): 강원도 철원에 있었던 속현(屬縣)인 통구현(通溝縣).

9) 斷髮嶺(단발령): 강원도 회양(淮陽) 천마산(天磨山)에 있는 재.

10) 蓬萊海上山(봉래해상산): 바다 위에 있는 봉래산(蓬萊山). 봉래산은 중국 전설상의 영산(靈山)인 삼신산(三神山) 가운데 하나로, 동쪽 바다의 가운데에 있으며, 신선이 살고 불로초와 불사약이 있다고 한다. 여기서는 금강산(金剛山)을 가리킨다.

11) 荷衣(하의): 연잎으로 만든 옷. 고결한 사람이나 은자의 옷을 가리킨다. 『초사楚辭』「소사명少司命」에 "연잎 옷에 혜초의 띠를 띠고, 금방 왔다가 훌쩍 떠나네(荷衣兮蕙帶, 儵而來兮忽而逝)"라고 하였다.

12) 長安寺萬瀑洞(장안사만폭동): 장안사(長安寺)와 만폭동(萬瀑洞). 장안사와 만폭동은 강원도 금강산에 있는 절과 골짜기이다.

13) 百川洞(백천동): 강원도 금강산에 있는 골짜기.

明鏡菴業鏡臺명경암업경딕[15]는 어이ᄒᆞ여 삼견ᄂᆞᆫ고
地府冥王디부명왕이 次第차데로 버러 안자
人間善惡인간션악을 난나치 분간ᄒᆞ니
古今天下고금텬하애 欺君佞臣긔군녕신과 誤國權姦오국권간이
火湯地獄화탕디옥에 며치나 드런ᄂᆞᆫ고
丹崖千丈단애쳔댱애 瑤草요초[16]를 블와 올라
靈源菴녕원암[17] 노프 더레 채 쉬여 도라보니
白馬峰ᄇᆡᆨ마봉 머리 지어 祝融峰츅늉봉 다 ᄃᆞᆺ도록
飛騰變化비등변화ᄒᆞ야 버런ᄂᆞᆫ 諸峰졔봉둘히
人寰인환을 ᄀᆞ리마가 世界셰계를 여러시니
壺中天地호듕텬디[18]와 □裏乾坤□니건곤[19]이
어ᄃᆡ ᄯᅩ 인ᄂᆞᆫ가 이 ᄶᅡ히 긔 아닌가
松羅城숑나셩[20] 너머 드러 天逸臺텬일딕[21] 올라안자
雪立千萬峰셜닙쳔만봉을 歷歷녁녁히 혜여보니
鴻濛肇判홍몽됴판[22]ᄒᆞᆯ 제 무슴 긔운 흘려내야

---

14) 三十六洞天(삼십육동천): 신선들이 산다고 하는 서른여섯 곳의 명산(名山). 중국 양(梁)나라 임방(任昉)의 『술이기述異記』에 신선이 산다고 하는 서른여섯 곳의 명산을 '삼십육동천'이라 하였다.

15) 明鏡菴業鏡臺(명경암업경대): 명경대(明鏡臺)와 업경대(業鏡臺). 명경대와 업경대는 강원도 금강산 백천동 골짜기에 있는 바위다.

16) 瑤草(요초): 구슬같이 아름다운 풀. 중국 당나라 전기(錢起)의 「과산인소거인기제유보過山人所居因寄諸遺補」에 "그리운 벼슬아치들에게, 구슬같이 아름다운 풀에다 그윽한 마음 부쳐 보내노니(所思靑鎖客, 瑤草寄幽心)"라고 하였다.

17) 靈源菴(영원암): 강원도 금강산 장안사에 딸린 암자.

18) 壺中天地(호중천지): 항아리 속의 선경(仙境). 중국 한나라 때 선인(仙人)인 호공(壺公)이 항아리를 집으로 삼고 술을 즐기며 세속을 잊었다는 고사가 『후한서後漢書』「방술전方術傳」에 전한다.

19) □裏乾坤(□니건곤): '別裏乾坤별니건곤'인 듯하다.

20) 松羅城(송라성): 강원도 금강산 만폭동의 송라암(松蘿庵) 아래에 있는 고성(古城).

21) 天逸臺(천일대): 강원도 금강산 정양사(正陽寺) 부근의 산봉우리.

22) 鴻濛肇判(홍몽조판): 우주가 형성되기 이전의 혼돈상태에서 처음 갈라짐. '홍몽(鴻濛)'은 우주가 형성되기 이전부터 있어온 천지의 원기, 혹은 그와 같은 혼돈상태를 가리키는 말이다.

엇디ᄒᆞᆫ 技能기릉을 뎌더도록 내야ᄂᆞᆫ고

夸娥과아[23]의 運力운녁인가 剞劂긔궐[24]의 役事역ᄉᆞ런가

秦鞭진편[25]에 올마온가 禹斧우부[26]로 다드믄가

活動활동ᄒᆞᆫ 精彩정치와 閃爍셤샥ᄒᆞᆫ 光鋩광망이

ᄃᆞᄂᆞᆫ ᄃᆞᆺ 머므ᄂᆞᆫ ᄃᆞᆺ 셔ᄂᆞᆫ ᄃᆞᆺ ᄯᅱ노ᄂᆞᆫ ᄃᆞᆺ

鯨波경파ᄅᆞᆯ 헤티고 蜃霧신무에 소사올라

九萬里長天구만리댱텬을 구즉히 밧텨시니

五色補天오ᄉᆡᆨ보쳔[27]을 긔별만 드럿더니

八柱衝霄팔듀츙쇼[28]ᄅᆞᆯ 보니야 알리로다

元化洞天원화동텬[29]에 羽仙우션을 다시 ᄎᆞ자

銅柱十八節동듀십팔졀[30]에 月窟월굴[31]을 여어 보고

---

23) 夸娥(과아): 큰 힘을 가진 신선. 『열자列子』「탕문湯問」에 우공(愚公)이라는 노인이 집을 가로막은 산을 옮기려고 하자 옥황상제가 과아를 시켜 산을 옮기게 하였다는 우공이산(愚公移山)의 고사가 전한다.

24) 剞劂(기궐): 기궐씨(剞劂氏). 기궐씨는 판목(版木)을 파는 사람을 말한다.

25) 秦鞭(진편): 진시황(秦始皇)의 채찍질. 진시황이 돌다리를 놓아 바다 건너 해가 돋는 곳을 보려 하자 신인(神人)이 나타나 돌을 굴려 바다를 메우는데, 돌이 빨리 구르지 않자 채찍으로 돌을 때려 옮겼다는 고사가 중국 간산편(趕山鞭) 신화에 전한다.

26) 禹斧(우부): 우(禹)임금이 9년의 홍수를 다스릴 때 사용한 신비한 도끼.

27) 五色補天(오색보천): 오색의 돌로 하늘을 메움. 하늘을 받친 기둥이 넘어져 비가 새는 것을 중국 상고시대 전설상 여제(女帝)인 여와씨(女媧氏)가 오색의 돌을 다듬어 구멍난 하늘을 메웠다고 한다. '여와씨'는 삼황(三皇)의 한 사람인 복희씨(伏羲氏)의 누이로, 공공(共工)이라는 제후가 지혜와 힘만 믿고 축융(祝融)과 싸워서 이기지 못하자 화가 나서 머리로 부주산(不周山)을 들이받으니 하늘을 지탱하던 기둥이 무너지므로, 오색의 돌을 단련해서 구멍난 하늘을 깁고 큰 자라의 발을 잘라서 사극(四極)에 세웠다는 고사가 『사기』「삼황본기三皇本紀」에 전한다.

28) 八柱衝霄(팔주충소): 여덟 개의 기둥이 하늘을 받침. '팔주(八柱)'는 하늘을 받치고 있다는 상상의 기둥으로, 『초사楚辭』「천문天問」에 "하늘이 주야로 도는 것을 어떻게 잡아매며, 하늘 끝까지 어떻게 미칠까. 팔주는 어디 있으며 동남쪽은 어찌하여 부족한가(斡維焉繫, 天極焉加. 八柱何當, 東南何虧)"라고 하였다.

29) 元化洞天(원화동천): 자연의 변화가 다양한 경치 좋은 골짜기. 여기서는 조선시대 양사언(楊士彦)이 만폭동의 너럭바위에 '봉래풍악원화동천(蓬萊楓嶽元化洞天)'이라고 새긴 데서 유래하여, 만폭동을 가리키는 말로 쓰였다.

30) 銅柱十八節(동주십팔절): 금강산의 보덕암(寶德庵). 보덕암은 절벽 위에 구리기둥 하나로 받쳐져 있는 암자다.

31) 月窟(월굴): 달이 떠오르는 곳. 중국 송나라 소옹(邵雍)의 「관물觀物」에 "천근과 월굴을 한가

金策금칙[32)]을 다시 울려 紫霞洞즈하동[33)] 指向지향ᄒᆞ니
聯珠潭綠珠潭碧海潭년쥬담녹쥬담벽하담[34)] 니린 瀑布폭푀
明珠명쥬롤 흣빗ᄂᆞᆫ가 素練소련을 불리ᄂᆞᆫ가
奔霆분뎡이 싸호ᄂᆞᆫ가 巨靈거령[35)]이 우루ᄂᆞᆫ가
摩訶衍마하연[36)] 겨틔 두고 圓寂菴원젹암[37)] 도라드러
毘盧最高頂비로최고뎡[38)]에 머리롤 들어 보니
爛銀濃玉난은농옥[39)]을 뉘라셔 사겨 내야
乾端건단을 노피 괴아 地軸디튝에 고잔ᄂᆞᆫ고
올라 보랴 ᄒᆞ면 一蹴일축에 期必긔필홀가
ᄒᆞᆫ 거름 올미고 ᄯᅩ ᄒᆞᆫ 거름 다시 올며
從容漸進죵용졈진ᄒᆞ야 絶頂졀뎡에 올라가니
茫茫八紘망망팔굉[40)]을 더편ᄂᆞ니 하ᄂᆞ리오
日月星辰일월셩신은 頭上두샹애 버러시니
二儀淸濁이의쳥탁[41)]과 萬品生成만품싱셩이
昭蘇森列쇼쇼숨녈[42)]ᄒᆞ야 眼底안뎨에 드러오니
어딕 ᄯᅩ 오ᄅᆞ며 볼[43)] 거시 무섯고

로이 왕래하니, 삼십육궁이 모두 봄이라네(天根月窟閒往來, 三十六宮都是春)"라고 하였다.

32) 金策(금책): 선장(禪杖). 승려의 지팡이.
33) 紫霞洞(자하동): 금강산에 있는 골짜기.
34) 聯珠潭綠珠潭碧海潭(연주담녹주담벽해담): 금강산 옥류동(玉流洞) 계곡에 있는 연못인 연주담(聯珠潭), 녹주담(綠珠潭), 벽해담(碧海潭).
35) 巨靈(거령): 화산(華山)을 쪼개어 갈라놓았다는 중국 전설상의 하신(河神). 황하(黃河)를 가로막고 있는 화산을 손으로 두 조각 내서 황하가 곧바로 화산을 지나갈 수 있게 하였다고 한다.
36) 摩訶衍(마하연): 금강산 만폭동에 있는 절.
37) 圓寂菴(원적암): 금강산 원적동(圓寂洞)에 있는 암자. 원적동은 묘길상(妙吉祥) 동쪽에 있는 골짜기로 비로봉(毘盧峰)과 장군성(將軍城) 사이의 골짜기다.
38) 毘盧最高頂(비로최고정): 금강산 최고봉인 비로봉.
39) 爛銀濃玉(난은농옥): 찬란한 은과 곱고 아름다운 옥. 여기서는 눈 덮인 경치를 가리킨다.
40) 茫茫八紘(망망팔굉): 넓고 넓은 세상. '팔굉(八紘)'은 여덟 방위라는 뜻으로, 온 세상을 가리킨다. 『회남자淮南子』 「지형墬形」에 "팔방의 밖에 팔굉이 있다(八殥之外, 而有八紘)"라고 하였다.
41) 二儀淸濁(이의청탁): 음양(陰陽)과 청탁(淸濁).
42) 昭蘇森列(소소삼렬): 소생(蘇生)하여 촘촘히 늘어서 있음.
43) 볼: '볼'의 오기인 듯하다.

所見소견이 이만ᄒᆞ면 快活쾌활타 ᄒᆞ리로다
松江浪客숑강낭ᄀᆡᆨ은 마초아 드러오ᄃᆡ
仙分션분이 업돗던가 道骨도골이 안이런가
立脚닙각이 굿디 아냐 半途반도의 폐톳던가
어ᄃᆡ 뉘 금콴ᄃᆡ 못 올라 보고난고[44]
玉京羣帝옥경군뎨ᄅᆞᆯ 우스며 하딕ᄒᆞ고
駕風鞭霆가풍편정ᄒᆞ야 汗漫한만애 ᄂᆞ려올 제[45]
九龍淵十二瀑布구룡연십이폭포[46] 瞥眼별안의 디나 보니
萬二千峰만이쳔봉이 蠟屐납극[47]에 거치내라
松陰숑음을 쁠티고 侍中臺시즁ᄃᆡ[48] 안자보고
雲帆운범을 노피 ᄃᆞ라 穿島쳔도[49]를 디나오니
撑天鰲柱ᄐᆡᆼ쳔오쥬[50]ᄂᆞᆫ 蛟室교실[51]에 소사낫고

44) 松江浪客(송강낭객)은~보고난고: 송강(松江) 정철(鄭澈)이 금강산을 유람할 때 비로봉에 오르지 못했던 사실을 드러낸 구절이다. '송강낭객'은 금강산을 유람했던 송강 정철을 가리키고, '立脚닙각이 굿디 아냐'는 다리가 튼튼하지 못하다는 뜻이다.

45) 玉京羣帝(옥경군제)를~내려올 제: 비로봉 정상에 올라 하늘을 조망하고 급히 하산하여 산 아래 땅에 내려왔다는 것을 표현한 것이다. '옥경군제'는 천상의 궁궐에 있는 여러 왕들로, 하늘에서 사방과 중앙을 주재하는 오제(五帝)를 가리킨다. 중국 당나라 두보(杜甫)의 「기한간의寄韓諫議」에 "천상의 여러 왕들 북두성에 모여드니, 혹자는 기린 타고, 혹자는 봉황수레 탔네(玉京群帝集北斗, 或騎麒麟翳鳳凰)"라고 하였다. '가풍편정(駕風鞭霆)'은 바람을 타고 벼락을 채찍질함이라는 뜻으로, 서둘러 빨리 내려오는 모습을 형용한 말이다. '한만(汗漫)'은 넓고 커서 끝이 없는 세계로, 여기서는 비로봉 아래의 땅을 가리킨다.

46) 九龍淵十二瀑布(구룡연십이폭): 구룡연(九龍淵)과 십이폭포(十二瀑布). '구룡연'은 구룡폭(九龍瀑)이 떨어져 이룬 깊은 못이고, '십이폭포'는 채하봉(綵霞峯)과 소반덕(沼盤德) 사이의 골짜기에서 흘러내리는 열두 층의 폭포이다.

47) 蠟屐(납극): 밀랍을 칠한 나막신. 중국 남북조시대 송나라의 사영운(謝靈運)이 산에 오를 때에는 반드시 납극을 신었다고 한다. 사영운은 사치를 좋아하고 호방했으며 산수를 좋아하여 산수시에 능했다.

48) 侍中臺(시중대): 강원도 통천군(通川郡)에 있는 대(臺).

49) 穿島(천도): 동해에 있는 구멍이 뚫린 바위섬.

50) 撑天鰲柱(탱천오주): 하늘을 떠받든 자라 기둥. 동해에 신선이 산다는 대여산(代輿山), 원교산(員嶠山), 방호산(方壺山), 영주산(瀛洲山), 봉래산(蓬萊山)을 큰 자라가 이고 있다는 전설이 전한다.

51) 蛟室(교실): 교인지실(蛟人之室). '교(蛟)'는 바다에 사는 용과 비슷한 동물인데, 하는 짓이 사람과 비슷하므로 교인(蛟人)이라고도 한다. '교실(蛟室)'은 교인이 사는 곳이라는 뜻으로, 곧

洛水龜文낙슈귀문52)은 翠壁취벽에 버러시니
造物조물의 情狀정상을 뉘라셔 窮究궁구ᄒᆞᆯ고
蘭舟난쥬53)를 고쳐 저어 四仙亭ᄉᆞ션정54) ᄎᆞ자오니
六字丹書뉵자단셔55)ᄂᆞᆫ 仙跡션젹이 어제로ᄃᆡ
九霄笙鶴구쇼ᄉᆡᆼ학56)은 언제나 다사57) 올고
茂松花津무숑화진58)에 간 ᄃᆡᄅᆞᆯ ᄎᆞ자ᄒᆞ니
雪泥鴻爪셜니홍조59)ᄂᆞᆫ 永郎湖영낭호 ᄲᅮᆫ이로다
瑤臺風露요ᄃᆡ풍노60)ᄋᆡ 玉簫옥쇼ᄅᆞᆯ 빗기 불오
弄珠神女농쥬신녀를 漢浦한포애 마조 보아61)

넓은 바다를 말한다. 중국 당나라 맹호연(孟浩然)의 「영가상포관봉장팔자용永嘉上浦館逢張八子容」에 "관서(官署)는 교실에 이웃하고, 인가(人家)는 섬지역의 이족(夷族)들에 닿아 있네(廨宇鄰蛟室, 人煙接島夷)"라고 하였다.

52) 洛水龜文(낙수귀문): 중국 하(夏)나라의 우왕(禹王)이 홍수를 다스릴 때에, 낙수(洛水)에서 나온 거북의 등에 씌어 있었다는 마흔다섯 개의 점으로 된 아홉 개의 무늬. 팔괘(八卦)와 홍범구주(洪範九疇)가 여기에서 비롯한 것이라고 한다.

53) 蘭舟(난주): 목란(木蘭)으로 만든 배. 곧 작은 배를 미화하여 일컫는 말. 중국 당나라 장적(張籍)의 「기원곡寄遠曲」에 "목란 배, 계수 노로 늘 강을 건너도, 한 쌍 옥귀고리 부치지 못하는 무거운 마음(蘭舟桂楫常渡江, 無因重寄雙瓊璫)"이라고 하였다.

54) 四仙亭(사선정): 강원도 고성(高城) 삼일포(三日浦)의 단서암(丹書菴)에 있는 정자. 신라 때 네 화랑인 술랑, 남랑, 영랑, 안상이 머무른 데서 연유하였다.

55) 六字丹書(육자단서): 삼일포 남쪽 절벽에 '영랑도남석행(永郎徒南石行)'이라고 쓰여 있는 여섯 글자의 붉은 글씨.

56) 九霄笙鶴(구소생학): 하늘에서 신선이 생황을 불며 타고 다니는 학.

57) 다사: '다시'의 오기.

58) 茂松花津(무송화진): 소나무가 울창한 화진포(花津浦).

59) 雪泥鴻爪(설니홍조): 기러기가 눈이 녹은 진흙 위에 남긴 발자국. 눈이 녹은 진 땅에 기러기가 걸어가 발자취를 남기지만 곧 사라지므로, 인생이 허무하고 남는 것이 없음을 비유하는 말로 쓰인다. 중국 송나라 소식(蘇軾)의 「화자유지회구和子由池懷舊」에 "인생살이에서 아는 것이 무엇이랴, 눈 녹은 진흙 위의 기러기 발자국과 같으리. 진흙 위엔 우연히 발자국 남겠지만, 기러기 날아가면 어찌 다시 방향을 헤아릴 수 있으랴(人生到處知何似, 應似飛鴻踏雪泥. 泥上偶然留指爪, 鴻飛那復記東西)"라고 하였다.

60) 瑤臺風露(요대풍로): 바람 불고 이슬 내리는 요대(瑤臺). 요대는 신선이 사는 곳으로, 달을 가리킨다.

61) 弄珠神女(농주신녀)를~보아: 구슬을 가진 여인을 한고(漢皐)에서 마주보아. 중국 주(周)나라의 정교보(鄭交甫)가 한고의 정자에서 구슬을 차고 있는 두 여인을 만나서 눈짓을 하니 구슬을 풀어주었다는 고사가 『한시외전漢詩外傳』에 전한다. '한포(漢浦)'는 중국 호북성(湖北省)의 산 이름인 한고(漢皐)를 말한다.

冷風냉풍[62]을 트는 덧 鏡浦경포로 드러오

三入岳陽人삼입악양인을 오는 줄 어이 아라

洞庭七百里동정칠빅니를 頃刻경각의 올며 온고[63]

月白寒松월빅한숑애 有信유신흔 沙鷗스구돌은

浪吟飛過낭음비과롤 아는다 모르는다[64]

凌波羅襪능파나말[65]은 洛浦낙포[66]로 도라간가

博望仙槎박망션사[67]롤 마조올 돗흐건마는

月松월숑[68] 디날 줄 니즐가 혜돗던가

東溟동명을 다 보고 眼力안력이 나맛거든

그를 못 슬믜여 鳳棲亭봉셔정[69] 올라가니

竹實桐花쥭실동화[70]는 어제론 돗흐야쇼디

62) 녕풍: '닝풍'의 오기.

63) 三入岳陽人(삼입악양인)을~왔나: 중국 당나라 때 낙양(洛陽) 출신의 장열(張說)이 악양(岳陽)의 동정호(洞庭湖)를 좋아하여 여러 번 찾았던 고사에 빗대어 경포(鏡浦)를 찾아온 작자를 표현한 구절이다. '삼입악양인(三入岳陽人)'은 악양의 동정호를 여러 차례 찾은 장열을 가리키지만, 여기서는 경포를 찾은 작자 자신을 가리킨다.

64) 月白寒松(월백한송)에~모르느냐: 경포에 배 띄우고 시를 읊으며 노니는 작자의 풍류를 중국 당나라 여동빈(呂洞賓)의 시구절에 빗대어 표현한 구절이다. 『악양풍토기岳陽風土記』에 "아침에는 북해에서 놀았다가 저물어 창오로 가니, 소매 속엔 단검을 감춰 담력과 기운 호쾌하네. 악양루를 세 번이나 들어갔으나 사람들은 모르는데, 낭랑히 시를 읊으면서 동정호를 날아갔네(朝遊北海暮蒼梧, 袖裡青蛇膽氣粗, 三醉岳陽人不識, 朗吟飛過洞庭湖)"라는 여동빈의 시가 전한다.

65) 凌波羅襪(능파나말): 비단버선 신고 사뿐사뿐 걷는 걸음. 곧 낙신(洛神)의 걸음걸이, 또는 낙신을 이르는 말. 중국 송나라 이강(李綱)의 「연화부蓮花賦」에 "아름답게 안개 속으로 엉켜서 피었거니, 낙신의 고운 버선 물결 넘실 넘노는 듯(亭亭煙外, 凝立委佗, 又如洛神, 羅襪凌波)"이라고 하였다.

66) 洛浦(낙포): 낙수(洛水). 중국 고대 전설상 삼황오제(三皇五帝)의 한 사람인 복희씨의 딸 복비(宓妃)가 이곳에 빠져 죽은 뒤 낙신(洛神)이 되었다고 한다.

67) 博望仙槎(박망선사): 박망후(博望候)를 지낸 장건(張騫)의 뗏목. 중국 한무제(漢武帝) 때 장건이 뗏목을 타고 은하수를 건너 직녀(織女)를 만나서 베틀을 괸 돌을 얻어왔다는 고사가 『형초세시기荊楚歲時記』에 전한다.

68) 月松(월송): 경상도 평해(平海)에 있는 월송정(越松亭).

69) 鳳棲亭(봉서정): 경상도 평해에 있는 누각.

70) 竹實桐花(죽실동화): 대나무 열매와 오동나무 꽃. 봉황은 오동나무에 살면서 예천(醴川)의 물을 마시고 대나무 열매를 먹는다고 한다. 『장자莊子』 「추수秋水」에 봉황은 "오동이 아니면 머물지 않고, 대나무 열매가 아니면 먹지 않고, 예천이 아니면 마시지도 않는다(非梧桐不止, 非練實不食, 非醴泉不飮)"라고 하였다.

九苞祥禽구포샹금[71]은 언제나 ᄂᆞ려올고

자신의 처지와 심정을 드러내다

虞淵우연[72]의 ᄒᆡ 디고 銀闕은궐[73]이 소사올 제
瓊盃沆瀣경ᄇᆡ항ᄒᆡ[74]를 브어 잡고 기돌우니
姮娥素影항아소영[75]이 盞底잔져에 흘러ᄂᆞ려
桂殿仙語계뎐션어[76]를 날ᄃᆞ려 ᄒᆞ요ᄃᆡ
人間煩惱인간번뇌에 네 ᄉᆞ실 니젓ᄂᆞᆫ가
玉皇香案옥황향안의 노니던 그ᄃᆡ러니
瑤壇요단[77]을 븨우고 下界하계에 보낸 ᄯᅳᆺ은
丁寧帝眷졍녕졔권이 곳 무심ᄒᆞᆯ가마ᄂᆞᆫ
世路셰뢰 엇더ᄒᆞᆫᄃᆡ 流落뉴락ᄒᆞ여 ᄃᆞᆫ니ᄂᆞᆫ다
그 잔 다 먹고 ᄯᅩ ᄒᆞᆫ 잔 ᄀᆞ득 브어
三生烟火삼ᄉᆡᆼ연화[78]ᄅᆞᆯ 다 시서ᄇᆞ린 후에
早晩조만애 玉樓옥누 고쳐ᄃᆞᆫ[79] 다시 올라오ᄂᆞ라

71) 九苞祥禽(구포상금): 아홉 가지 색깔의 깃을 가진 상서로운 새. 곧 봉황을 이르는 말.
72) 虞淵(우연): 중국 전설에 나오는 해가 지는 곳. 『회남자』「천문天問」에 "해가 우연에 이르면, 이를 황혼이라 한다(日至于虞淵 是謂黃昏)"라고 하였다.
73) 銀闕(은궐): 은으로 만든 대궐. 곧 달을 이르는 말.
74) 瓊盃沆瀣(경배항해): 옥으로 만든 술잔의 맑은 이슬. 여기서는 잔에 가득한 맑은 술을 말한다. '항해(沆瀣)'는 한밤중에 생겨나는 맑은 이슬로, 신선이 마신다고 한다.
75) 姮娥素影(항아소영): 항아(姮娥)의 흰 그림자. 곧 달빛을 이르는 말. 항아는 남편인 예(羿)가 서왕모(西王母)에게서 얻은 불사약(不死藥)을 훔쳐 먹고 달로 달아났다는 선녀를 말한다.
76) 桂殿仙語(계전선어): 계수나무 궁궐에 사는 신선인 항아의 말.
77) 瑤壇(요단): 신선이 사는 곳.
78) 三生烟火(삼생연화): 전생(前生), 현생(現生), 후생(後生)의 업보. '연화(烟火)'는 화식(火食)을 하는 사람을 말하는데, 곧 속세를 가리킨다.
79) 玉樓(옥누) 고쳐ᄃᆞᆫ: '玉樓高處옥누고쳐ᄅᆞᆫ'의 오기인 듯하다.

續關東別曲序[80)]

僕本不羈人也, 夙有山水遊觀之癖. 雖中年汨沒宦途, 而象外煙霞之勝, 未嘗不往來於夢寐中. 偶得鄭松江關東別曲者而觀之, 非但詞致俊逸節奏圓亮而已, 縷縷數千百言寫盡感憤激昂之懷, 眞傑作也. 反覆吟咏, 益令人歆艷之無已也. 屬積雨始晴, 初秋已半. 不覺有飄然遺世之情, 遂決意作關東之遊. 東出興仁門, 探積禾三釜之勝, 窺漆潭, 登高石, 踰斷髮嶺, 出入楓岳內外諸洞壑, 足跡之未及者無幾. 遂窮毘盧絶頂, 平臨大陸極, 矚溟勃而猶未厭. 乃遵海而南至于越松而返焉. 爾時心目之快, 不羨閬風玄圃之遊. 今則耄矣, 雖欲重討舊遊, 得乎. 仍記往日足目之所經過者, 作長歌一篇而名之曰續關東曲. 其間鄭詞之所詳道者 則往往刪而不入, 盖物色之分留者, 不多故也. 詞成, 自看一過, 雖不逮鄭詞之萬一, 有時居閑處獨擊節高詠, 則未必不爲遣鬱排悶, 發舒精神之一助也. 至如百川之幽, 毘盧之高, 九龍之奇, 皆松江之所未到, 故間爲夸詞而壓之. 松江有知, 豈不爲之發粲而歆羡耶. 覽者, 恕其狂而略其責可也. 年月日梅湖叟題.

80) 이 작품과 함께 전하는 서문이다. 해석은 현대어역 참고.

원본 ◉ 전쟁가사

南征歌

楊士俊

을묘왜변을 진압하려고 순식간에 영암까지 내려오다

나라히 무ᄉᆞᄒᆞ야 이ᄇᆡᆨ 년이 너머드니
文恬武嬉[1]ᄒᆞ야 兵革을 니젓다가
時維 乙卯[2]ㅣ오 歲屬 三夏애
島寇 雲翔ᄒᆞ니 빗수를 뉘 혜려요
혜욤 업ᄉᆞᆫ 뎌 兵使야
네 딘을 어ᄃᆡ 두고 達島로 드러간다
옷 버서 乞降이 처엄 ᄠᅳᆮ과 다ᄅᆞᆯ셰고[3]

1) 文恬武嬉(문념무희): 문관들은 편안히 지내고 무관들은 즐김. 곧 벼슬아치들이 안일(安逸)에 빠져 제 직분을 다하지 않음을 이르는 말. 중국 당나라 시인 한유(韓愈)의 「평회서비平准西碑」에 "큰 죄인은 잘 제거했으나, 잔적은 다 뽑지 못했네. 재상과 장수들은, 문관으로 편안히 지내고 무관으로 즐기려 하여, 보고 듣는 일에 익숙해서, 당연하게만 여기네(大憝適去, 稂莠不薅, 相臣將臣, 文恬武嬉, 習熟見聞, 以爲當然)"라고 하였다.

2) 乙卯(을묘): 을묘왜변(乙卯倭變)이 일어난 1555년(명종 10).

3) 혜욤 업ᄉᆞᆫ~다ᄅᆞᆯ셰고: 생각 없는 저 병사(兵使)야, 네 진영 어디 두고 달량포(達梁浦)로 들어

父母 妻子을 뉘 아니 두어실고

칼 맛거니 살 맛거니 枕屍 遍野ᄒᆞ니

어엿ᄡᅳᆯ샤 南民이야 賊勢 乘勝ᄒᆞ야 十城을 連陷ᄒᆞ니

峯峯이 候望[4]이오 골골이 兵火로다

桓桓老將[5]과 一介書生[6]이 紫霞을 ᄀᆞ득 부어

北闕의 拜辭ᄒᆞ니 우리 집을 다 닛과다

天作高山ᄒᆞ야 月出是崇ᄒᆞ니[7]

靈岩巨鎭애 사흘만의 오단 말가

先王創業ᄒᆞ샤 丕基[8]룰 두겨시니

軍政도 이시며 紀律도 업건마는[9]

不敎ᄒᆞᆫ 軍卒과 齟齬[10]ᄒᆞᆫ 器械로 大事룰 엇디려요

블티 밤티 가라재[11] 山路ㅣ 嵯峨ᄒᆞ고 草樹 茂密ᄒᆞᆫᄃᆡ

업더디니 닐ᄠᅳ고 곳보리 ᄃᆞ라오니[12]

淸風院 普賢院[13]을 瞬息間의 오도고야

가느냐. 옷을 벗어 항복을 구걸함이 처음의 뜻과 다르구나. 전라도 병마절도사(兵馬節度使) 원적(元積)이 장흥부사 한온(韓蘊)과 함께 왜구를 막으려 전라도 영암(靈岩) 달량포로 출전했으나, 오히려 왜구에게 포위되어 의관을 벗어 항복의 뜻을 알린 것을 말한다.

4) 候望(후망): '堠望(후망)'의 오기인 듯하다. '후망(堠望)'은 높은 곳에 올라가 멀리 바라보며 경계한다는 뜻이다.

5) 桓桓老將(환환노장): 굳세고 굳센 늙은 장수. 여기서는 좌·우도 방어사(防禦使)로 임명된 김경석(金慶錫)·남치훈(南致勳)을 이르는 듯하다.

6) 一介書生(일개서생): 보잘것없는 한낱 선비. 여기서는 작자인 양사준을 가리킨다.

7) 天作高山(천작고산)하여 月出是崇(월출시숭)하니: 하늘이 높은 산을 만들어 월출산(月出山)이 높으니. '월출산은 전라도 영암에 있는 산이다.

8) 丕基(비기): 임금 대대로 전해내려오는 기업(基業).

9) 업건마는: '잇건마는'의 오기인 듯하다.

10) 齟齬(저어): 이가 고르지 못함. 곧 세상일이 마음대로 되지 않고 어긋나거나 모순됨을 이르는 말.

11) 불치[火峴] 밤치[栗峴] 갈학재[駕鶴峴]: 전라도 영암 서쪽에 있는 재의 이름.

12) 업더디니~ᄃᆞ라오니: 엎어지면 일어나고, 엎드리며 달려오니.

13) 淸風院(청풍원) 普賢院(보현원): 전라도 영암 동쪽에 있는 역(驛) 이름.

용맹한 기세로 왜구들을 진압하다

朱盾이 騰羅ᄒᆞ고 白刃 交揮어늘
主將 三令ᄒᆞ고 從事 五申ᄒᆞ니[14]
大軍 肅肅ᄒᆞ고 士士駰馬 규규어늘[15]
東城애 티ᄃᆞ라 賊兵을 구버보니 已在目中이로다
閟彼明宮[16]이 先聖의 所享이오 學士의 攸墍어늘
爰居爰處ᄒᆞ야 汚穢庭廡ᄒᆞ니[17]
劇賊의 無道ㅣ 庚午年도 이러턴가[18]
노프나 노픈 재 향교 뒤 향교 뒤해[19] 잇단 말가
賊徒隳突ᄒᆞ야 烏鵲戲 倡優戲
萬具齊發ᄒᆞ니 聲振一城이로다[20]
軍士야 두려 마라 裨將아 니거스라
賊謀 不測이라 一陣은 徘徊ᄒᆞ고 一陣은 行軍ᄒᆞᆫ다
錦城[21] 橫截ᄒᆞ야 茅山으로 도라드니 元帥府애 갓갑도다

14) 主將(주장)~五申(오신)하니: 세 번 명령하고 다섯 번 거듭 말해준다는 뜻. 곧 군대에서 같은 것을 여러 차례 되풀이하여 자세히 명령하고 깨우침으로써 군기가 엄격하다는 것을 보임을 이르는 말.

15) 규규어늘: '용맹스럽고 씩씩하다'는 뜻의 '규규(赳赳)ᄒᆞ거늘'인 듯하다.

16) 閟彼明宮(비피명궁): 깊이 닫혀 으슥한 사당.

17) 爰居爰處(원거원처)하여 汚穢庭廡(오예정무)하니: 왜구들이 여기저기 돌아다니며 노략질하는 바람에 사당을 제대로 돌보지 못해 황폐해졌다는 뜻. '원거원처'는 여기저기 옮겨다니며 머무른다는 뜻이다. 『시경』 소아(小雅) 「사간斯干」에 "여기에서 거하고, 저기에서 처하며, 여기에서 웃고, 저기에서 말하네(爰居爰處, 爰笑爰語)"라고 하였다.

18) 劇賊(극적)의~이렇던가: 포악한 왜구의 무도함이 경오년(1510)의 삼포왜란(三浦倭亂) 때에도 이러했던가.

19) 향교 뒤 향교 뒤해: '향교 뒤'가 중복되어 있는데, 작품의 흐름으로 볼 때 몇 구절이 빠진 듯하다.

20) 賊徒隳突(적도휴돌)하여~聲振一城(성진일성)이로다: 적의 무리가 무너지듯 부딪쳐, 까마귀와 까치가 지저귀고 배우들이 지껄이듯 온갖 병장기를 일제히 펼치니 그 소리가 한 성(城)을 진동시키도다. '오작희(烏鵲戲)'와 '창우희(倡優戲)'는 광대놀이를 말하는데, 여기서는 매복하는 한 방법으로 군사들을 광대로 분장시킨 전법을 사용한 것으로 보인다.

21) 錦城(금성): 전라도 나주(羅州)의 옛 이름.

凌轢轅門이 이대도록 ᄒᆞ단 말가
鷹揚隊 風馬隊 左花列 右花列[22] 一時 躍入ᄒᆞ니
炮火ㅣ 雹散이오 怒濤 飛雪이오 射矢 如雨로다
莫我敢當이어놀 어ᄃᆡ라 드러온다
長槍을 네 브린다 大劒을 네 쁠다
칼 마자 사더냐 살 마자 사더냐
天兵 四羅ᄒᆞᆫᄃᆡ 내ᄃᆞ라 어ᄃᆡ 갈다
春蒐 夏苗와 秋獵 冬狩[23]를
龍眠妙手[24]로 山行圖를 그려내다 이 ᄀᆞᄐᆞ미 쉬오랴
金鼓爭擊ᄒᆞ니 勝氣塡城이오
猛士飛揚ᄒᆞ야 執訊獲醜로다
旌旗을 보와ᄒᆞ니 둘니니 賊首ㅣ오
東城 도라보니 빠히니 賊屍로다
日ㅣ 夕矣 兵苦馬疲ᄒᆞ야
不得盡殲이야 닐너 므슴ᄒᆞ리오
裨將아 올나가 獻馘王庭ᄒᆞ고랴[25]
崎嶇峻阪애 馳射擊刺를 다 아라 가ᄂᆞ니라
賊屍收拾ᄒᆞ야 京觀是封[26]ᄒᆞ니

22) 鷹揚隊(응양대) 風馬隊(풍마대) 左花列(좌화열) 右花列(우화열): 미상. 옛날 군대의 각 부대 이름인 듯하다.

23) 春蒐(춘수) 夏苗(하묘)와 秋獵(추렵) 冬狩(동수): 옛날에 왕이 계절 따라 하는 사냥. 봄에 하는 사냥을 '춘수', 여름에 하는 사냥을 '하묘', 가을에 하는 사냥을 '추렵', 겨울에 하는 사냥을 '동수'라 한다.

24) 龍眠妙手(용면묘수): 용면(龍眠)의 뛰어난 그림 솜씨. '용면'은 중국 송나라 때 이름난 화가인 이공린(李公麟)의 호이다. 문인 가문에서 태어나 진사시험에 급제하여 벼슬살이도 했으나, 벼슬을 사직하고 용면산(龍眠山)에 들어가 회화에 전념했다.

25) 裨將(비장)아~獻馘王庭(헌괵왕정)하여랴: 비장아, 올라가 임금께 헌괵지례(獻馘之禮)를 올려라. '헌괵지례'는 적과 싸워서 승리한 후, 적장(敵將)의 머리를 임금께 바치던 예식을 말한다. 여기서 비장은 김경석(金景錫)이 보낸 남정(南井)을 말한다. 영암의 승전은 전주판윤(全州判尹) 이윤경(李潤慶)과 전주군관(全州軍官)의 공이 큰데, 김경석은 이를 자신의 공으로 만들려고 남정을 한양으로 보냈으나 그만 탄로나고 말았다.

德津橋上의 녜 업던 새 뫼히여

어제 일 싱각거든 急遽도 홀셰이고

連戰不利ᄒᆞ니 下有元帥[27] 上有聖主人끠 므어시라 술오려뇨

廉頗 李牧[28]이면 수이 아나 홀가마는

馬援矍鑠[29]을 어늬 스최 발흘 뵐고[30]

先王이 在天이시고 我王이 聖明이시니

靈岩一捷은 우리 功이 아니로다

眷佑下民ᄒᆞ샤 全我三軍ᄒᆞ시니 先王이 孔靈이샷다

邦國이 有慶ᄒᆞ야 將士ㅣ 蹈舞ᄒᆞ니 我王은 萬歲쇼셔

月出이 놉단 말가 德津이 몰단 말가

天雨洗兵ᄒᆞ야 海岱永淸ᄒᆞ니[31]

壯士喧呼ᄒᆞ야 歡聲이 四合이로다

---

26) 京觀是封(경관시봉): 경관(京觀)을 쌓음. '경관'은 큰 구경거리라는 뜻으로, 전공(戰功)을 보이기 위하여 전쟁이 끝난 뒤에 적의 시체를 쌓아올리고 흙을 덮은 큰 무덤을 말한다.

27) 下有元帥(하유원수): 아래에 있는 대장군. 여기서는 당시 전라도 영암에 내려와 있던 도순찰사(都巡察使) 이준경(李浚慶)을 가리킨다.

28) 廉頗(염파) 李牧(이목): 중국 전국시대 조(趙)나라의 명장들. '염파'는 재상인 인상여(藺相如)와 문경지교(刎頸之交)를 맺은 것으로 유명하고, '이목'은 한창(韓倉)의 모함으로 장군직에서 물러난 후 피살되었다.

29) 馬援矍鑠(마원확삭): 마원(馬援)의 왕성한 기운. 곧 노익장(老益壯)을 이르는 말. 중국 후한(後漢) 광무제(光武帝) 때 마원이 62세의 나이로 무릉(武陵)의 만이(蠻夷)에게 포위당한 유상(劉尙)을 구출하겠다고 자청하였는데, 황제가 연로하다고 허락하지 않자 말에 뛰어올라 용맹을 뽐내니, 황제가 "왕성하도다, 노인이여(矍鑠哉 是翁也)"라고 했다는 고사가 『후한서後漢書』 「마원전馬援傳」에 전한다.

30) 발흘 뵐고: 재주를 드러내 보일까. '발보이다'는 '남에게 자랑하기 위하여 자기가 가진 재주를 일부러 드러내 보이다'의 뜻이다.

31) 天雨洗兵(천우세병)하여 海岱永淸(해대영청)하니: 하늘에서 내리는 비가 병기를 씻어 해대 지역이 영원히 맑아지니. 곧 전란이 끝났음을 이르는 말. '해대영청'은 중국 순(舜)임금 때 동해와 태산(泰山) 지역에서 일어난 반란을 종식시켰다는 뜻이다.

백성들에게 충효를 권면하다

士女百姓돌하 어ᄃᆡ어ᄃᆡ 가 잇다가 모다곰 오ᄂᆞᄉᆞᆫ다
禾穀이 離離ᄒᆞ고 桑麻이 芃芃이로다[32)]
國富 民安ᄒᆞ야 太平을 ᄒᆞ리로다
安不忘危라 이긔과라 마로시고
膳甲兵 修器械 農을 兼理ᄒᆞ샤
軍政을 ᄇᆞᆯ키샤ᄃᆡ 禮義로 알외쇼셔
親其上 死其長[33)]이 긔 아니 됴흐닛가
不教而戰이오 進之以殺이면 罔民이 아니닛가[34)]
夜歌을 激烈ᄒᆞ니 어릴셔 이 몸이여
忠心애 憂國一念이야 니칠 스치 업서이다

32) 禾穀(화곡)이~芃芃(봉봉)이로다: 곡식은 알차고, 뽕과 삼은 무성하구나. '이이(離離)'와 '봉봉(芃芃)'은 곡식이나 풀 따위가 무성하게 우거진 모양을 이르는 말이다.

33) 親其上(친기상) 死其長(사기장): 윗사람을 가까이하고 어른을 섬김. '사기장(死其長)'에서 '사(死)'는 '사(事)'의 오기인 듯하다.

34) 不教而戰(불교이전)이오~아닙니까: 가르치지 않고 싸움터에 보내고, 그곳에 나아가 죽게 하면 백성들을 속이는 것이 아닙니까. '망민(罔民)'은 백성들을 그물질한다는 뜻으로, 백성들이 죄를 짓게 한 후에 그에 따라 형벌을 주는 것을 말한다. '망민' 관련 내용은 『맹자』「양혜왕장구상梁惠王章句上」과 「등문공장구상滕文公章句上」에 전한다.

明月吟

崔睍

명월의 원만함과 밝음을 찬양하다

ᄃᆞᆯ아 ᄇᆞᆰ근 ᄃᆞᆯ아 靑天의 ᄯᅥᆺᄂᆞᆫ ᄃᆞᆯ아
얼굴은 언제 나며 ᄇᆞᆰ기ᄂᆞᆫ 뉘 삼기뇨
西山의 ᄒᆡ 숨고 긴 밤이 沈沈ᄒᆞᆫ 제
靑奩[1]을 여러노코 寶鏡을 닷가내니
一片光輝에 八方이 다 ᄇᆞᆰ거다

구름에 가려진 명월을 안타까워하다

ᄒᆞᄅᆞ밤 ᄎᆞᆫᄇᆞ람의 눈이 온가 서리 온가

---

1) 靑奩(청렴): 젊은 여인이 쓰는 경대(鏡臺).

어이ᄒᆞᆫ 乾坤이 白玉京[2)]이 도엿ᄂᆞᆫ고
東窓 채[3)] ᄇᆞᆰ거ᄂᆞᆯ 水精簾을 거더노코
瑤琴을 빗기 안아 鳳凰曲[4)]을 타 집흐니
聲聲이 淸遠ᄒᆞ여 太空의 드러가니
婆娑 桂樹下[5)]의 玉兎[6)]도 도라본다
瑠璃 琥珀酒를 ᄀᆞ득 부어 勸챠 ᄒᆞ니
有情ᄒᆞᆫ 嫦娥[7)]도 잔 밋티 ᄇᆞ시얏다[8)]
淸光을 머그므니 肺腑의 흘너드러
浩浩ᄒᆞᆫ 胸中이 아니 비췬 곳기 업다
옷가ᄉᆞᆷ 헤텨내여 廣寒殿[9)]을 도라안자
ᄆᆞᄋᆞᆷ의 먹은 ᄠᅳᆺ을 다 ᄉᆞ로려 ᄒᆞ엿더니
숨구즌[10)] 浮雲이 어드러셔[11)] ᄀᆞ리완고
天地晦盲ᄒᆞ야 百物을 다 못 보니
上下四方애 갈 길흘 모롤노다
遙岑半角[12)]애 녯 빗치 빈쥐ᄂᆞᆫ[13)] ᄃᆞᆺ

2) 白玉京(백옥경): 신선이나 옥황상제가 산다고 하는 궁궐. 여기서는 '백옥'의 흰색 이미지를 활용하여 눈으로 하얗게 덮인 세상을 비유적으로 표현한 것이다. 중국 당나라 이백(李白)의 「경난리후천은류야랑억구유서회증강하위태수량재經亂離後天恩流夜郎憶舊遊書懷贈江下韋太守良宰」에 "하늘 위 백옥경은 열두 누각에 다섯 성이네(天上白玉京, 十二樓五城)"라고 하였다.

3) 채: 다. 가득히. 또는 어떤 상태나 동작이 다 이루어졌다고 할 만한 정도에 아직 이르지 못한 상태.

4) 鳳凰曲(봉황곡): 봉구황곡(鳳求凰曲). 곧 수컷인 '봉(鳳)'이 암컷인 '황(凰)'을 찾는 노래를 이르는 말. 중국 전한(前漢) 때 사마상여(司馬相如)가 탁문군(卓文君)에게 사랑을 고백할 때 이 노래를 지어 녹기금(綠綺琴)을 타면서 불렀다고 한다.

5) 婆娑(파사) 桂樹下(계수하): 배회(徘徊)하는 달 속. '파사'는 머뭇거리는 모양을 형용한 말이고, '계수'는 달 속에 있다는 전설 속의 계수나무를 이른다.

6) 玉兎(옥토): 달 속에 있다는 토끼. 곧 달을 달리 이르는 말. 여기서는 선조(宣祖) 임금을 가리킨다.

7) 嫦娥(항아): 달 속에 산다는 전설 속의 선녀. '항아(姮娥)'라고도 한다.

8) ᄇᆞ시얏다: 비치었다.

9) 廣寒殿(광한전): 달 속의 항아가 산다는 궁전. 여기서는 임금이 거주하는 궁궐을 의미한다.

10) 숨구즌: 심술궂은.

11) 어드러셔: 어디에서 와. 어느 곳에서 와서.

雲間의 나왓더니 ᄢᅦ구름 밋처나니
熹微ᄒᆞᆫ ᄒᆞᆫ 비치 漸漸 아득ᄒᆞ여 온다
重門을 다다 노코 庭畔의 ᄯᆞ로 셔셔
梅花 ᄒᆞᆫ 가지 桂影[14]인가 도라보니
凄凉ᄒᆞᆫ 暗香이 날조쳐 시름ᄒᆞᆫ다
疎簾을 지워 노코 洞房애 혼자 안자
金鵲鏡[15] 쁠텨나여[16] 壁上애 걸어두니
제 몸만 ᄇᆞᆯ키고 ᄂᆞᆷ 비췰 줄 모ᄅᆞᄂᆞ다
團團紈扇[17]으로 긴 ᄇᆞ람 브처내여 이 규름[18] 다 것고쟈
淇園綠竹[19]으로 一千丈 뷔ᄅᆞᆯ ᄆᆡ야 져 구름 다 쁠고쟈
長空은 萬里오 이 몸은 塵土니
서의ᄒᆞᆫ[20] 이내 ᄯᅳᆺ이 혜ᄂᆞ니 虛事로다

단심을 지켜 명월 볼 날을 기다리다

ᄀᆞ득 시름한듸 긴 밤이 어도록고[21]

12) 遙岑半角(요잠반각): 멀리 아득히 보이는, 우뚝 솟은 산봉우리의 반쪽 끝.
13) 빈취ᄂᆞᆫ: 비치는.
14) 桂影(계영): 계수나무의 그림자. 곧 달빛을 이르는 말. 계수나무는 달 속에 있다고 하는 전설 속의 나무로 달의 다른 이름이다.
15) 金鵲鏡(금작경): 황금까치를 조각한 거울. 여기서는 '벼슬길에 나가 있는 사람'을 비유한 말인 듯하다.
16) 쁠텨나여: 깨끗하게 닦아내어.
17) 團團紈扇(단단환선): 비단으로 만든 둥근 모양의 부채.
18) 규름: '구름'의 오기인 듯하다.
19) 淇園綠竹(기원녹죽): 중국 위(衛)나라 동산인 기원에 있는 푸른 대나무. 『시경』 위풍(衛風) 「기욱삼장淇奧三章」의 주(註)에 "기수 가에는 대나무가 많아서 한(漢)나라 때에도 그와 같았으니 이른바 기원의 대나무라 한 것은 이것이다(淇上多竹, 漢世猶然, 所謂淇園之竹是也)"라고 하였다.
20) 서의ᄒᆞᆫ: 엉성한. 또는 쓸쓸한.
21) 어도록고: 어떠한가. 얼마나 되었는가. 또는 얼마나 남았는가.

輾轉反側ᄒᆞ여 다시곰 ᄉᆡᆼ각ᄒᆞ니
盈虛消長[22]이 天地도 無窮ᄒᆞ니
風雲이 變化ᄒᆞᆫ들 本色이 어ᄃᆡ 기료[23]
우리도 丹心을 직희여 明月 볼 날 기ᄃᆞ리노라

22) 盈虛消長(영허소장): 달이 찼다가 기울고, 없어졌다가 다시 생김. 곧 만물이 순환하는 이치를 이르는 말.
23) 어ᄃᆡ 기료: 어디로 가겠는가.

龍巳吟

崔晛

갑작스런 전란에 당황해하다

내 타신가 뉘 타신고 天命인가 時運인가
져근덧 ᄉᆞ이예 아모란 줄 내 몰래라
百戰乾坤애 治亂도 靡常ᄒᆞ고[1)]
南蠻北狄도 녜브터 잇건마는
慘目傷心이 이대도록 ᄒᆞ돗던가
城彼朔方ᄒᆞ니 王室이 尊嚴ᄒᆞ고[2)]
雪恥除兇ᄒᆞ니 胡越이 一家러니[3)]

---

1) 治亂(치란)도 靡常(미상)하고: 치세(治世)와 난세(亂世)도 무상하고.

2) 城彼朔方(성피삭방)하니~尊嚴(존엄)하고: 북방을 정벌하고 성을 쌓아 방비를 굳게 하니 왕실이 존엄하여 오랑캐가 함부로 범할 수 없다는 뜻이다. '성피삭방'은 중국 주(周)나라 문왕(文王)과 무왕(武王) 때 장수 남중(南仲)으로 하여금 험윤족(玁狁族)을 정벌하고 북방에 성을 쌓게 한 일을 가리킨다. 『시경』 소아(小雅) 「출거出車」에 "천자가 내게 명하여, 저 북방에 성을 쌓게 하였네. 출중한 남중이여, 험윤족을 제거하도다(天子命我 城彼朔方 赫赫南仲 玁狁于襄)"라고 하였다.

皇綱不振ᄒᆞ야 陰盛陽衰ᄒᆞ니[4]

劉總의 ᄆᆞᆯ발의 肝腦塗地ᄒᆞ고

石勒의 ᄑᆞ람 긋틔 雲霧四塞ᄒᆞ니[5]

宋齊梁陣[6]에 南北을 ᄂᆔ 分ᄒᆞ료

萬里峨嵋예 行次도 窘迫ᄒᆞᆯ샤[7]

錢塘寒月이 녯 비치 아니로다[8]

---

3) 雪恥除兇(설치제흉)하니～一家(일가)러니: 간신들을 제거하여 끊어진 주(周)나라 왕실을 다시 일으키고, 사이(四夷)를 정벌하여 주나라 왕실이 천하의 중심이 되었다는 뜻. '설치제흉'은 중국 주나라 여왕(勵王)이 폭정을 일삼다가 백성들에게 쫓겨나고, 14년의 혼란기를 거친 후 선왕(宣王)이 왕실을 다시 일으키고 나라를 어지럽힌 간신들을 제거한 것을 가리키며, '호월일가(胡越一家)'는 선왕이 사이(四夷)를 정벌하여 주나라 왕실을 천하의 중심이 되게 한 것을 말한다.

4) 皇綱不振(황강부진)하여 陰盛陽衰(음성양쇠)하니: 황제의 통솔력이 약해져 음이 왕성하고 양이 쇠약하니. 곧 한족(漢族)의 힘이 약해져 오랑캐의 세력이 강성해졌음을 이르는 말.

5) 劉總(유총)의～雲霧四塞(운무사색)하니: 劉總(유총)은 劉聰(유총)의 오류인 듯하다. 유총, 석륵(石勒)과 같은 북방 오랑캐들이 한족의 나라를 침탈한 것을 표현한 구절이다. '유총'은 중국 오호십육국(五胡十六國)시대 전조(前趙)의 소무제(昭武帝)로, 낙양(洛陽)을 점령해 황궁을 불태우고 황제 회제(懷帝)를 사로잡아 처형할 때까지 시종의 복장을 입혀 모욕을 주었으며, 장안(長安)을 점령해 장안의 인구 절반을 학살하고 황제 민제(愍帝)를 사로잡아 자신이 주최하는 연회에서 술잔을 씻게 하는 모욕을 준 후 처형했다. '석륵'은 중국 오호십육국시대 후조(後趙)의 창건자로, 유총이 죽은 후 전조를 폐하고 새로운 흉노국가인 후조를 세우고 중국의 화북(華北) 지역을 정복하는 전쟁을 벌였다. '운무(雲霧)'는 전쟁터의 흙먼지를 비유하여 이르는 말이다.

6) 宋齊梁陣(송제양진): 宋齊梁陳(송제양진)의 오류인 듯하다. 송제양진은 중국 남북조시대 남조(南朝)의 네 왕조. 중국의 남북조시대는 수(隋)나라로 통일되기까지 약 170년간(386~556)을 말한다. 남조는 동진(東晋) 이후 송(宋), 제(齊), 양(梁), 진(陳)의 순서로 교체되었고, 북조는 오호십육국의 시대가 끝난 뒤 북위(北魏), 동위(東魏), 북제(北齊), 서위(西魏), 북주(北周)의 순서로 교체된다.

7) 萬里峨嵋(만리아미)에～窘迫(군박)할샤: 중국 당나라 현종(玄宗)이 안녹산(安祿山)의 난 때 아미산(峨嵋山)이 있는 사천성(四川省)으로 급박하게 피난한 상황을 표현한 구절이다. 안녹산은 간신 양국충(陽國忠)을 토벌한다는 명분으로 반란을 일으켜 장안을 점령한 후 국호를 연(燕)이라 하였다. 작자가 '안녹산의 난을 오랑캐의 중원 침략사로 본 것은 안녹산의 아버지가 스키타이인, 어머니가 돌궐족이기 때문으로 보인다.

8) 錢塘寒月(전당한월)이～아니로다: 전당(錢塘)의 아름다운 겨울달이 옛 빛을 잃었다는 뜻. 곧 한족이 세운 나라들이 쇠락해가는 상황을 표현한 말. '전당'은 중국 절강성(浙江省) 항주(杭州)를 말하는데, 풍경과 경치가 아름다워 사람들이 지상낙원으로 불렀다. 이정구(李廷龜)의 「전당가증금화수재錢塘歌贈金華秀才」에 "그대의 집은 전당 어디메오. 전당의 경치는 천하의 으뜸이요, 번화하고 아름다움은 동오(東吳)를 휘잡을 듯. 사명(四明)과 천목(天目)은 신선의 소유처라, 산하는 옛 도읍지 둘러싸고, 적성(赤城)의 놀은 창오(蒼梧)의 들판에 이었네(爾家何在錢塘隅, 錢塘形勝天下無, 繁華佳麗擅東吳, 四明天目眞仙區, 山河拱帶舊雄都, 赤城霞氣連蒼梧)"라고 하였다.

中國도 이러커니 四夷룰 니룰소냐
一片靑丘[9]에 몃 번을 뒤져겨
九種三韓[10]이 언제만 디나가뇨
我生之初애 兵革을 모ᄅ더니
그덧의 고쳐 도야 이 亂離 만나관다

전란에 대한 책임을 위정자들에게 묻다

衣冠文物을 어제 본 둣ᄒ것마는
禮樂絃誦[11]을 ᄎ줄 딕 젼혀 업다
生甫及申[12]을 山岳도 앗기더니
島夷醜種[13]을 뉘라셔 胚胎ᄒ고
猛虎長鯨이 山海를 흔들거놀
東西南北에 뭇 싸홈 니러나니

9) 靑丘(청구): 우리나라를 이르는 다른 이름. 『산해경山海經』 「해외동경海外東經」에 처음 나타나는 옛 지명으로, 동방(東方)을 뜻하는 말이다. 삼국시대부터 중국에서 우리나라를 부르는 호칭으로 쓰였다.
10) 九種三韓(구종삼한): 동이(東夷)의 아홉 부족이 세운 세 나라. '구종(九種)'은 견이(畎夷), 우이(于夷), 방이(方夷), 황이(黃夷), 백이(白夷), 적이(赤夷), 현이(玄夷), 풍이(風夷), 양이(陽夷) 등 동이의 아홉 부족을 이르는 말이고, '삼한(三韓)'은 고대 한반도 중남부에 존재했던 마한(馬韓), 변한(弁韓), 진한(辰韓)을 통틀어 이르는 말이다. 여기서는 우리 민족이 세운 역대 국가를 의미한다.
11) 絃誦(현송): 거문고를 타고 시를 읊음. 곧 부지런히 학문을 닦고 교양을 쌓음을 비유적으로 이르는 말. 옛날에는 『시경』을 전수하고 배울 때, 음악에 맞추어 노래하는 것을 현가(絃歌)라 하고 음악 없이 낭독하는 것을 송(誦)이라 하였으며, 둘을 합쳐서 현송(絃誦)이라 하였다. 『예기禮記』 「문왕세자文王世子」에 "봄에는 낭독하고, 여름에는 음악에 맞추어 노래하였다(春誦, 夏絃)"라고 하였다.
12) 生甫及申(생보급신): 산의 기운으로 중국 주(周)나라의 명신(名臣)인 보후(甫候)와 신백(申伯)이 태어남. 곧 훌륭한 인물은 자연의 정기를 받아 태어남을 이르는 말. 『시경』 대아(大雅) 「숭고崧高」에 "산의 신령을 내려 보후와 신백을 낳으니, 신백과 보후는 주나라의 기둥이라네(維嶽降神, 生甫及申, 維申及甫, 維周之翰)"라고 하였다.
13) 島夷醜種(도이추종): 섬나라 오랑캐의 추악한 종족. 여기서는 왜적을 가리킨다.

밀티며 취티며 말 할시고 일 할셰고
니 됴흔 守令들 너흐ᄂᆞ니[14] 百姓이요
톱 됴흔 邊將들 허위ᄂᆞ니[15] 軍士로다
財貨로 城을 ᄊᆞ니 萬丈을 뉘 너모며
膏血로 ᄒᆡ치[16] ᄑᆞ니 千尺을 뉘 건너료
綺羅筵 錦繡帳의 秋月春風 수이 간다
ᄒᆡ도 길것마ᄂᆞᆫ 秉燭遊[17] 긔 엇덜고
主人 ᄌᆞᆷ든 집의 門은 어이 여럿ᄂᆞ뇨
盜賊이 엿거든 개ᄂᆞᆫ 어이 즛쟛ᄂᆞᆫ고
大洋을 ᄇᆞ라보니 바다히 여위엿다[18]
술이 ᄊᆡ더냐 兵器를 뉘 가디료
監司가 兵使가 牧府使 萬戶僉使
山林이 뵈화던가 수이곰 드러갈샤[19]
어릴샤 金粹[20]야 뵌 셩을 뉘 딕희료
우을샤 申砬[21]아 背水陣은 므ᄉᆞ일고
兩嶺을 놉다 ᄒᆞ랴 漢江을 깁다 ᄒᆞ랴
人謀不臧[22]ᄒᆞ니 하ᄂᆞᆯ히라 엇디ᄒᆞ료

---

14) 너흐ᄂᆞ니: 물어뜯는 것.
15) 허위ᄂᆞ니: 후벼파는 것.
16) ᄒᆡ치: 해자(垓字). 성 밑에 적이 근접하지 못하게 파놓은 도랑.
17) 秉燭遊(병촉유): 밤에 촛불을 켜고 즐김. 중국 당나라 시인 이백(李白)의 「춘야연도리원서春夜宴桃梨園序」에 "옛사람이 밤에 촛불을 켜고 즐기는 것은 진실로 까닭이 있도다(古人秉燭夜遊良有以也)"라고 하였다.
18) 大洋(대양)을~여위었다: 조선을 침략하려는 왜적의 배들이 바다를 가득 메워 바다가 줄어든 것처럼 과장되게 표현한 구절이다.
19) 監司(감사)가~들어갈샤: 임진왜란이 발발하자 밤낮으로 호화로운 잔치판을 벌이던 벼슬아치들이 모두 산속으로 도망간 것을 표현한 구절이다. '뵈화던가'는 '비었던가'의 뜻이다.
20) 金粹(김수): 조선시대 문신인 金睟(김수)의 잘못. 임진왜란 때 경상우감사(慶尙右監司)로 있었는데, 감영인 진주성(眞州城)에서 왜적의 침략 소식을 듣고 동래성(東萊城)으로 가는 척하다 도중에 도피했다.
21) 申砬(신립): 조선시대 무신. 임진왜란 때 삼도도순변사(三道都巡邊使)가 되어 충주(忠州) 탄금대(彈琴臺)에서 배수진을 치고 왜적과 싸웠으나 참패하자 강물에 뛰어들어 죽었다.

하나 한 百官도 수 치올 뿐이랏다.
一夕에 奔竄ᄒᆞ니 이 시름 뉘 맛들고
三京이 覆沒ᄒᆞ고 列郡이 瓦解ᄒᆞ니
百年宛洛애 누릴샤 비릴샤[23]
關西롤 도라보니 鴨綠江이 어드메요
日月이 無光ᄒᆞ니 갈 길흘 모롤노다
三百二十州예 一丈夫ㅣ 업돗던가
甘心屈膝ᄒᆞ야 犬豕예 稱臣ᄒᆞ니
黃金 橫帶ᄒᆞ던 녯 宰相 아니런다

의병들의 공적을 칭송하다

嶺南애 ᄉᆞ나히 鄭仁弘[24] 金沔[25]뿐가
紅衣 郭將軍[26]아 膽氣도 壯홀셰고
三道勤王[27]이 白衣書生으로

22) 人謀不臧(인모부장): 사람의 계책이 좋지 않음. 또는 사람으로 할 수 있는 도리를 다하지 않음.
23) 百年宛洛(백년원락)에~비릴샤: '宛洛(원락)'은 중국 하남성의 고도(古都)인 남양(南陽)과 낙양(洛陽)을 아울러 이르는 말. '남양과 낙양에 누린내와 비린내가 진동하는구나'라는 뜻으로, 전란으로 인해 조선의 고도와 수많은 군현에 죽은 시신들이 가득함을 표현한 말. 중국 당나라 왕유(王維)의 「송구위왕당주送邱爲往唐州」에 "남양과 낙양엔 바람 먼지 드센데, 그대 이제 떠나가니 가는 길 고생스럽겠네. 네 가지 근심은 한수(漢水)에 이어지고, 온 가족은 수주(隨州)의 사람에게 맡겼네(宛洛有風塵, 君行苦行辛. 四愁連漢水, 百口寄隨人)"라고 하였다.
24) 鄭仁弘(정인홍): 조선시대 의병장. 임진왜란 때 김면(金沔)과 함께 경상도 합천(陜川)에서 의병을 일으켜 성주(星州)에서 왜적을 물리쳤다.
25) 金沔(김면): 조선시대 의병장. 임진왜란 때 경상도 거창, 고령 등지에서 왜적을 물리쳤다.
26) 紅衣(홍의) 郭將軍(곽장군): 왜적과 싸울 때 항상 붉은 옷을 입어 홍의장군으로 이름을 떨친 조선시대 의병장 곽재우(郭再憂). 임진왜란 때 경상도 의령(宜寧)에서 의병을 일으켜 왜적과 싸웠다.
27) 三道勤王(삼도근왕): 임진왜란 때 평안도 의주(義州)로 피란을 간 선조(宣祖)를 보위하고자 충청도, 전라도, 경상도에서 일어난 의병.

兵單勢弱ᄒᆞ야 ᄒᆞᆯ 일이 업건마ᄂᆞᆫ

擧義復讐ᄅᆞᆯ 成敗ᄅᆞᆯ 의논ᄒᆞ랴

招諭使[28] 孤忠을 아ᄂᆞᆫ가 모ᄅᆞᄂᆞᆫ가

魯仲連 檄書ᄅᆞᆯ 뉘 아니 눈물 내리[29]

조초난 뎌 손ᄂᆡ야 權應銖[30] 웃디 마라

永川賊 아니 티면 더옥이 ᄒᆞᆯ 일 업다

먼듸 軍功은 듯기록 귀예 차ᄃᆡ

갓기온 賊勢ᄂᆞᆫ 볼ᄉᆞ록 눈의 ᄎᆞ다

뒤조쳐 굿보더니 ᄂᆞᆷ의 덕의 첫 잔 잡고[31]

焦頭爛額[32]은 셔도던 功이 업다

宋象賢[33] 金悌甲[34] 高敬命[35] 趙憲[36] 鄭澹[37]

---

28) 招諭使(초유사): 난리가 일어났을 때 백성을 타일러 경계하는 일을 맡아 하던 임시 벼슬. 여기서는 임진왜란 당시 영남초유사였던 김성일(金誠一)을 가리키는 것으로 보인다.

29) 魯仲連(노중련)~내리: 초유사가 쓴 격문(檄文)의 감동스러움을 노중련의 편지글에 빗대어 표현한 구절이다. 노중련은 중국 전국시대 제(齊)나라의 은사이자 유세가인 노련(魯連)을 말하며, 호는 중련(仲連)이다. 진(秦)나라가 조(趙)나라를 포위하고 위(魏)나라의 신원연(新垣衍)을 조나라의 평원군(平原君)에게 보내어 진나라 왕을 추대하여 황제로 삼고자 했는데, 노중련이 그 말을 듣고 신원연을 찾아가서 "포악한 진나라를 추대하면 나는 차라리 동해 바다에 빠져 죽을지언정 진나라 백성이 되지 않겠다" 하여 신원연의 의논을 중지시키니, 진나라의 장수가 그 소문을 듣고 30리를 퇴각했고, 마침 각국 지원병이 와서 조나라는 포위에서 벗어나게 되었다는 고사가 『사기』「노중련추양열전魯仲連鄒陽列傳」에 전한다.

30) 權應銖(권응수): 조선시대 무신. 임진왜란 때 경상도 수군절도사(水軍節度使) 박홍(朴泓)의 휘하에 있다가 고향으로 돌아가서 의병을 모집하여 경상도 영천(永川) 싸움에 참가하여 공을 세웠다.

31) 뒤좇아~잡고: 뒤에서 남의 일인 듯 방관하고 있다가 남이 일을 이룬 후에 자기 공인 양 행세한다는 뜻.

32) 焦頭爛額(초두란액): 머리를 태우고 이마를 데어가며 불을 끔. 곧 매우 애를 쓰고 고생하는 모습을 이르는 말.

33) 宋象賢(송상현): 조선시대 문신. 임진왜란 때 동래부사(東萊府使)로 있었는데, "싸울 테면 나와 싸우고 싸우지 않으려면 명나라를 칠 길이나 빌려주라(戰卽戰而 不戰卽假道)"는 왜적의 선전포고에 "싸워 죽기는 쉬워도 길을 빌리는 것은 어렵다(戰死易 假道難)"고 응수하면서 동래성(東萊城)을 지키다 전사했다.

34) 金悌甲(김제갑): 조선시대 문신. 임진왜란 때 원주목사(原州牧使)로 관병을 이끌고 싸우다가 전사했으며, 부인과 아들도 순절했다.

35) 高敬命(고경명): 조선시대 의병장. 임진왜란 때 전라도 광주(光州)에서 모집한 의병 6,000여 명을 이끌고 충청도 금산(錦山)에 침입한 왜적과 싸우다가 전사했다.

疾風이 아니 블면 勁草롤 뉘 아더뇨[38]

桃紅李白홀 제 버들조쳐 프릭더니

一陣 西風에 落葉聲 쑨이로다[39]

金垓[40] 鄭宣藩[41] 柳宗介[42] 張士珍[43]아

죽ᄂᆞ니 만커니와 이 죽엄 恨티 마라

金城이 믈허지니 晋城을 뉘 지킈료

雷南壯士[44]둘이 一夕에 어듸 간고

綠蘋을 안듀 삼고 淸水롤 잔의 브어

忠魂毅魄을 어듸가 브릭려뇨[45]

---

36) 趙憲(조헌): 조선시대 의병장. 임진왜란 때 충청도 옥천(玉泉)에서 의병을 일으켜 청주(淸州)를 수복했으며, 전라도로 향하는 왜적을 막기 위해 충청도 금산으로 향했으나 관군의 방해로 대부분의 의병이 해산당하고 700명의 의병으로 금산 전투에 참가하여 의병과 함께 전사했다.

37) 鄭澹(정담): 조선시대 문신. 임진왜란 때 전라도 김제군수(金堤郡守)의 신분으로 의병을 모집하여 충청도 금산을 거쳐 전라도 전주(全州)를 점령하려는 왜적을 충청도 웅치(熊峙)에서 방어하다 전사했다.

38) 疾風(질풍)이~알던가: 세찬 바람이 불지 않으면 굳센 풀을 누가 알겠는가. 곧 곤란과 시련을 겪어봐야 비로소 그 사람의 진가를 알게 됨을 이르는 말. '질풍경초(疾風勁草)'는 세찬 바람에도 꺾이지 않는 굳센 풀이라는 뜻으로, 아무리 어려운 일을 당하여도 뜻이 흔들리지 않는 사람을 비유적으로 이르는 말이다. 중국 후한(後漢) 광무제(光武帝)가 왕망(王莽)의 40만 대군에 포위되었을 때 자신을 따르던 사람들이 모두 자취를 감추었는데, 끝까지 자신의 곁을 지켜주었던 왕패(王霸)에 대하여 "세찬 바람이 불어야 굳센 풀을 알아볼 수 있다(疾風知勁草)"라고 했다는 이야기가 『후한서後漢書』에 전한다.

39) 桃紅李白(도홍이백)할~뿐이로다: 꽃이 피는 봄과 낙엽이 떨어지는 가을의 대비를 통해 태평스런 시절과 전쟁으로 인해 혼란한 시절을 표현한 구절이다.

40) 金垓(김해): 조선시대 문신. 임진왜란 때 경상도 예안(禮安)에서 의병을 모집하여 안동(安東), 의성(義城), 군위(軍威) 등지에서 싸웠다.

41) 鄭宣藩(정선번): 조선시대 의병. 임진왜란 때 부친 정세아(鄭世雅)와 함께 의병을 일으켜 경상도 영천에서 승리한 후, 경기도 광주(廣州) 싸움에서 전사했다.

42) 柳宗介(유종개): 조선시대 의병장. 임진왜란 때 혼자 의병 수백 명을 모집하여 태백산맥을 근거지로 왜병을 무찌르다 경상도 소천(小川) 전투에서 전사했다.

43) 張士珍(장사진): 조선시대 의병. 임진왜란 때 경상도 군위(軍威)에서 의병을 모집하여 왜적과 싸우다 전사했다.

44) 雷南壯士(뇌남장사): 미상. '군역(軍役)하는 장정'을 의미하는 듯하다.

45) 綠蘋(녹빈)을~부르려뇨: 임진왜란 때 전세가 불리하여 수많은 장정들이 일시에 전사하자 개구리밥과 맑은 물을 제물로 삼아 충성스럽고 의로운 영혼이라도 불러내고자 하는 마음을 표현한 것이다.

祖宗舊疆애 盜賊이 님재 도여
뫼마다 죽기거니 골마다 더듬거니
寃血이 흘러나 平陸이 成江ᄒᆞ니
乾坤도 뵈자올샤 避ᄒᆞᆯ ᄃᆡ 젼혀 업다
先聖을 毁辱ᄒᆞ니 陵寢이라 安保ᄒᆞ며
아ᄒᆡ롤 죽이거니 늘그니라 사라시랴
福善禍淫을 뉘라셔 올타더뇨
우연이 어려야[46] 이 하놀 미들러냐
두어라 엇지ᄒᆞ료 父母님 머ᄅᆞ시랴[47]
天王[48]이 震怒ᄒᆞ샤 六月에 興師ᄒᆞ니
浙江 長沙롤 소릐만 드럿더니
어와 우리 將士 몃 돌애 나오신고
三都롤 掃淸ᄒᆞ니 中興이 거의로다
나가ᄂᆞᆫ 窮寇롤 要擊을 못ᄒᆞᆯ런가
養虎遺患을 ᄯᅩ 엇제 ᄒᆞ돗던고
李提督[49] 雄兵을 어ᄃᆡ가 對敵ᄒᆞ며
劉將軍[50] 勇略으로 무ᄉᆞ 일 못 일울고

위정자들의 각성을 촉구하다

ᄒᆞ마 ᄒᆞ마ᄒᆞ니 歲月도 오라거다

46) 우연이 어려야: 미상. '얼마나 어리석어야'의 뜻인 듯하다.
47) 머ᄅᆞ시랴: 미상. '꾸중하랴'의 뜻인 듯하다.
48) 天王(천왕): 황제(皇帝). 여기서는 임진왜란 때 조선에 원군을 보낸 중국 명나라의 신종(神宗)을 가리킨다.
49) 李提督(이제독): 임진왜란 때 원군으로 온 중국 명나라의 장수 이여송(李如松).
50) 劉將軍(유장군): 임진왜란 때 원군으로 온 중국 명나라의 장수 유정(劉綎).

하늘이 돕쟈는가 시졀이 머럿는가
다시곰 싱각ᄒᆞ니 人事 아니 그ᄅᆞ던가
國家興亡이 將相애 믹인마리
지낸 일 뉘웃지 마오 이제나 올케 ᄒᆞ소
兵連不解ᄒᆞ야 殺氣干天ᄒᆞ니
아야라 남은 사ᄅᆞᆷ 癘疫의 다 죽거다
防禦란 뉘 ᄒᆞ거든 밧트란 뉘 갈려뇨
父子도 相離ᄒᆞ니 兄弟ᄅᆞᆯ 도라보며
兄弟ᄅᆞᆯ ᄇᆞ리거든 妻妾을 保全ᄒᆞ랴
蓬藁偏野[51]ᄒᆞ니 어드메만 내 故鄕고
白骨成丘ᄒᆞ니 어느 거시 내 骨肉고
昔年 繁華ᄅᆞᆯ ᄭᅮᆷᄀᆞ티 싱각ᄒᆞ니
山川은 녯 ᄂᆞᆺ티요 人物은 아니로다
周人 黍離歌[52]ᄅᆞᆯ 靑史애 눈물내고
杜陵 哀江頭[53]ᄅᆞᆯ 오ᄂᆞᆯ 다시 블너보니
風雲이 愁慘ᄒᆞ고 草木이 슬허ᄒᆞᆫ다
男兒 삼긴 ᄠᅳᆺ이 이러케 ᄒᆞ랴마ᄂᆞᆫ
좀 호반 석은 션븨 ᄒᆞᆫ 돈돈 채 못 ᄡᅳ다
靑總馬 赤兎馬[54] 울명셔 구ᄅᆞ거ᄂᆞᆯ

---

51) 蓬藁偏野(봉고편야): 쑥이 집 안에 가득함. 본래는 세상의 명리에 조금도 개의치 않는다는 뜻으로 쓰이나, 여기서는 전쟁이 휩쓸고 지나간 황폐한 모습을 가리킨다.

52) 周人(주인) 黍離歌(서리가): 『시경』 왕풍(王風)에 수록되어 있는 노래. 중국 주(周)나라 평왕(平王)이 도읍을 장안에서 낙양으로 옮긴 뒤, 한 관리가 옛 도읍지인 장안을 지나면서 옛 종묘와 궁실이 쑥대밭이 된 것을 보고 세월의 무상함을 느껴 부른 노래이다.

53) 杜陵(두릉) 哀江頭(애강두): 중국 당나라 현종 때 두보(杜甫)가 곡강(曲江)에서 지은 노래. 안녹산이 점령한 장안에서 봄날 두보가 곡강을 찾아가 옛날의 영화를 그리워하면서 지은 것이다. '두릉'은 두보의 호이다.

54) 靑總馬(청총마) 赤兎馬(적토마): 갈기와 꼬리가 파르스름한 흰 말과 온 몸이 붉은 털로 뒤덮인 말. 곧 명마(名馬)를 이르는 말. '靑總馬'는 '靑驄馬'의 잘못이다. '청총마'는 중국 삼국시대 촉한(蜀漢)의 명장이었던 조자룡(趙子龍)이 탔다고 하고, '적토마'는 관우(關羽)가 탔다고 한다.

莫耶劒 龍泉劒[55] 白虹이 절노 션다
언제야 天河를 헤쳐 이 兵塵을 씨스려뇨

55) 莫耶劍(막야검) 龍泉劍(용천검): 중국 전국시대 오(吳)나라의 간장(干將)이 만든 검과 옛날 중국에 있었다는 보검(寶劍). 곧 명검(名劍)을 이르는 말.

太平詞

戊戌季冬, 釜山屯賊乘夜奔潰. 時公佐左兵使成允文幕, 兵使聞, 卽率軍馳到釜山, 留十餘日後, 還到本營. 明日使之作此歌.[1)]

朴仁老

명나라 군사의 도움으로 임진왜란을 평정하다

나라히 偏小ᄒᆞ야 海東애 ᄇᆞ려셔도
箕子 遺風이 古今 업시 淳厚ᄒᆞ야
二百年來[2)]예 禮義를 崇尙ᄒᆞ니
衣冠文物이 漢唐宋이 되야쩌니
島夷百萬이 一朝애 衝突ᄒᆞ야
億兆驚魂이 칼 빗출 조차 나니
平原에 사힌 뼈ᄂᆞᆫ 뫼두곤 노파 잇고
雄都巨邑은 豺狐窟[3)]이 되얏거ᄂᆞᆯ
凄凉玉輦이 蜀中으로 뵈와드니[4)]

1) 제목 다음에 이처럼 주석이 달려 있어 작품의 창작 동기를 알 수 있다. 해석은 현대어역 참고.
2) 二百年來(이백년래): 조선이 건국한 1392년부터 임진왜란이 일어난 1592년까지 약 200년간.
3) 豺狐窟(시호굴): 승냥이와 여우가 사는 굴. 여기서는 왜적이 일시 강점한 것을 가리킨다.

煙塵이 아득ᄒᆞ야 日色이 열워ᄭᅥ니
聖天子 神武ᄒᆞ샤[5] 一怒를 크게 내야
平壤群兇[6]을 一劒下의 다 버히고
風驅南下ᄒᆞ야 海口에 더져 두고
窮寇을 勿迫ᄒᆞ야[7] 몃몃 ᄒᆡ를 디내연고

전력을 다하여 정유재란을 물리치다

江左[8]一帶예 孤雲 갓ᄒᆞᆫ 우리 물이
偶然時來예 武侯龍[9]을 幸혀 만나
五德[10]이 불근 아래 獵狗 몸이 되야ᄭᅥ가[11]

---

4) 凄涼玉輦(처량옥련)이~뵈와드니: 쓸쓸하고 슬픈 임금의 수레가 평안도 의주(義州)로 재촉하여 들어가니. 여기서는 임진왜란 때 선조(宣祖)가 의주로 몽진(蒙塵)한 것을 가리키는데, 중국 당나라 현종(玄宗)이 안녹산(安綠山)의 난 때 서촉(西蜀)으로 피난한 것에 빗대어 의주를 '촉중(蜀中)'이라 한 것이다.

5) 聖天子(성천자) 神武(신무)하샤: 거룩한 황제가 무예가 뛰어나시고 용맹하시어. 여기서 '성천자'는 임진왜란 때 조선에 원군을 보낸 중국 명나라의 신종(神宗)을 말한다.

6) 平壤群兇(평양군흉): 평양에 모여 있던 흉적(兇賊)의 무리. 여기서는 고니시 유키나가(小西行長)가 거느린 왜군들을 가리킨다.

7) 窮寇(궁구)를 勿迫(물박)하여: 궁지에 몰린 적을 압박하지 않아. 손무(孫武)의 『손자병법孫子兵法』「군쟁軍爭」에 "군대를 운용하는 법에 보면, 높은 언덕을 점령하고 있는 적을 공격하지 말고, 언덕을 등진 적을 공격하지 말고, 거짓으로 후퇴하는 적을 추격하지 말고, 적의 정예부대를 공격하지 말고, 적이 아군을 유인하기 위해 미끼로 내놓은 군사를 해치우지 말고, 철수하는 군대의 퇴로를 막지 말고, 포위된 군사는 반드시 도망갈 길을 터주고, 궁지에 몰린 적을 압박하지 말라고 하니, 이것이 군대를 운용하는 법이다(用兵之法, 高陵勿向, 背邱勿逆, 佯北勿從, 銳卒勿攻, 餌兵勿食, 歸師勿遏, 圍師必闕, 窮寇勿迫, 此用兵之法也)"라고 하였다.

8) 江左(강좌): 강의 왼쪽. 곧 강의 동쪽을 이르는 말. 여기서 '강'은 낙동강(洛東江)을 가리킨다.

9) 武侯龍(무후룡): 중국의 제갈공명(諸葛孔明)과 같은 훌륭한 장군. 여기서는 임진왜란 때 원군을 거느리고 온 중국 명나라 장수 이여송(李如松)을 가리킨다. '무후(武侯)'는 삼국시대 촉한(蜀漢)의 승상 제갈공명의 시호(諡號)인 충무후(忠武侯)의 준말이다.

10) 五德(오덕): 장수가 지녀야 할 '지(智), 신(信), 인(仁), 용(勇), 엄(嚴)'의 다섯 가지 덕. 손무의 『손자병법』「계편計篇」에 "장수는 지략, 신의, 인덕, 용맹, 위엄을 갖춘 자이다(將者, 智信仁勇嚴也)"라고 하였다.

11) 獵狗(엽구) 몸이 되었다가: 사냥개와 같은 몸이 되었다가. 여기서 '엽구 몸'은 선봉에서 싸우

英雄 仁勇을 喉舌에 섯겨시니[12]

炎方이 稍安ᄒᆞ고[13] 士馬精强 ᄒᆞ야ᄡᅥ니

皇朝一夕에 大風이 다시 이니[14]

龍 ᄀᆞᆺᄒᆞᆫ 將帥와 구름 ᄀᆞᆺᄒᆞᆫ 勇士들이

旌旗蔽空ᄒᆞ야 萬里에 이어시니

兵聲이 大振ᄒᆞ야 山岳을 씨엿ᄂᆞᆫ ᄃᆞᆺ

兵房 御營大將[15]은 先鋒을 引導ᄒᆞ야 賊陣에 突擊ᄒᆞ니

疾風大雨에 霹靂이 ᄌᆞ치ᄂᆞᆫ ᄃᆞᆺ

清正 小豎頭[16]도 掌中에 잇것마ᄂᆞᆫ

天雨爲祟ᄒᆞ야 士卒이 疲困커ᄂᆞᆯ

져근ᄃᆞᆺ 解圍ᄒᆞ야 士氣을 쉬우더가

賊徒ㅣ 犇潰ᄒᆞ니 못다 잡아 말년졔고[17]

窟穴을 구어보니 구든 덧도 ᄒᆞ다마ᄂᆞᆫ

有敗灰燼ᄒᆞ니 不在險을 알니로다.[18]

는 군사의 뜻으로 쓰였다.

12) 英雄(영웅)~섞었으니: 영웅의 어진 마음과 용기를 목구멍과 혀에 섞었으니. 임진왜란 때 한편으로 조선이 명나라의 원군과 함께 왜적에 맞서 싸우면서 또 한편으론 중국 명나라 황제의 사신인 심유경(沈惟敬)이 외교술을 펼쳐 왜군을 설복시킨 상황을 말한 구절이다. '후설(喉舌)'은 임금의 말을 아래로 전하는 직책인 승지(承旨)를 뜻하는데, 여기서는 천자의 말을 전하는 사신을 말한다. 『시경』 대아(大雅) 「증민烝民」에 "왕명(王命)을 출납하니 왕의 후설이며, 밖에 정사를 베푸니 사방이 이에 호응하도다(出納王命, 王之喉舌, 賦政于外, 四方爰發)"라고 하였다.

13) 炎方(염방)이 稍安(초안)하고: 남쪽 지방이 점차 안정되니. 곧 왜군과의 협상으로 인해 전란이 소강기에 들어 남쪽 지방이 차츰 안정된 상황을 이르는 말. '염방'은 몹시 더운 곳이라는 뜻으로 남쪽이나 남방(南方)을 이르는 말이다.

14) 皇朝一夕(황조일석)에 大風(대풍)이 다시 이니: 중국 명나라의 원군으로 전란이 잠시 소강상태에 있다가 1597년에 정유재란(丁酉再亂)이 발발한 것을 가리킨 구절이다.

15) 兵房(병방) 御營大將(어영대장): 임진왜란 당시 군대를 총괄한 대장. '병방'은 조선시대 때 병전(兵典)에 관한 일을 맡아본 관청이며, '어영대장'은 조선시대 때 군문의 하나인 어영청(御營廳)의 으뜸 벼슬이다.

16) 清正(청정) 小豎頭(소수두): 더벅머리 아이 같은 가토 기요마사(加藤清正). 임진왜란 때 선봉에 섰던 왜장(倭將) 가토 기요마사를 얕잡아 표현한 말이다.

17) 天雨爲祟(천우위수)하여~말았구나: 정유재란 때 조선과 명나라 연합군이 울산성에 주둔한 가토 기요마사의 부대를 공격하였으나 며칠간 내린 비와 추위로 군사들의 사기가 저하되어 실패한 일을 가리킨 구절이다.

上帝 聖德과 吾王 沛澤[19]이 遠近 업시 미쳐시니
天誅猾賊ᄒᆞ야 仁義를 돕ᄂᆞᆫ쏘다
海不揚波[20] 이젠가 너기로라
無狀ᄒᆞᆫ 우리 물[21]도 臣子되야 이셔더가
君恩을 못 갑흘가 敢死心을 가져 이셔
七載[22]를 奔走터가 太平 오놀 보완디고

전란이 끝남을 기뻐하다

投兵息戈ᄒᆞ고 細柳營[23] 도라들 제
太平簫 노픈 솔의예 鼓角이 섯겨시니

18) 不在險(부재험)을 알리로다: 전쟁의 승패는 지형의 험준함에 있지 않고 사람의 덕행에 있음을 알겠다는 뜻이다. 중국 위(衛)나라 무후(武侯)가 오기(吳起)와 함께 배를 타고 내려가다가 "정말 훌륭하구나. 이 험준한 산하야말로 위나라의 보배로다"라고 말하자, 오기는 "나라의 보배는 임금의 덕행에 있는 것이지 지형의 험준함에 있는 것이 아닙니다. 만약 임금께서 덕을 닦지 않으시면 이 배 안에 있는 사람이 모두 적이 될 것입니다"라고 대답하여 임금을 깨우친 고사가 『사기』「손자오기열전孫子吳起列傳」에 전한다.

19) 上帝(상제) 聖德(성덕)과 吾王(오왕) 沛澤(패택): 중국 명나라 신종의 거룩한 덕과 우리 임금 선조의 큰 은택.

20) 海不揚波(해불양파): 바다에 물결이 일지 않고 고요함. 곧 태평시대를 이르는 말. 월상국(越裳國) 임금이 주(周)나라에 조공(朝貢)하고 글을 보냈는데, 그 글에 이르기를 "오래되었도다, 하늘에 거센 바람과 소낙비가 사라짐이여. 바다에 파도가 넘쳐흐르지 않은 지 오늘에 삼 년이도다. 생각건대 중국에 아마도 성인이 나셨으니, 어찌 가서 조공하지 않겠는가(久矣, 天之不迅風疾雨也. 海不波溢三年於茲矣. 意者中國殆有聖人, 盍往朝之)"라고 한 고사가 『한시외전韓詩外傳』에 전한다.

21) 無狀(무상)한 우리 물: 공적(功績)이 없는 우리 백성들.

22) 七載(칠재): 칠 년 동안의 전쟁. 여기서는 1592년부터 1598년까지 7년 동안 이어진 임진왜란을 가리킨다.

23) 細柳營(세류영): 경상도 동래(東萊)의 좌수영(左水營). '세류영'은 중국 한나라 문제(文帝) 때 장수 주아부(周亞夫)가 주둔한 세류(細柳)의 군영(軍營)인데, 규율이 매우 엄격하여 순시하던 문제가 크게 감동했다는 고사가 『사기』『강후주발세가絳侯周勃世家』에 전한다. 후대에는 '규율이 매우 엄격한 군영'의 뜻으로 쓰인다. '세류(細柳)'는 중국 섬서성(陝西省) 함양(咸陽)의 서남쪽에 있다.

水宮 깁흔 곳의 魚龍이 다 우는 듯

龍旗偃蹇ᄒᆞ야[24] 西風에 빗겨시니

五色祥雲 一片이 半空애 쩌러딘 듯

太平 模樣이 더옥 ᄒᆞ나 반가올사[25]

揚弓擧失ᄒᆞ고 凱歌를 아뢰오니

爭唱歡聲이 碧空애 얼히ᄂᆞ다

三尺霜刃[26]을 興氣 계워 둘러메고

仰面長嘯ᄒᆞ야 춤을 추려 이러셔니

天寶龍光이 斗牛間의 소이ᄂᆞ다[27]

手之舞之 足之蹈之[28] 절노절노 즐거오니

歌七德 舞七德[29]을 그칠 줄 모ᄅᆞ로다

---

24) 龍旗偃蹇(용기언건)하여: 조선 국왕의 상징인 용기가 높이 솟아. '언건'은 높이 솟은 모양을 뜻하며, 중국 초나라 굴원(屈原)의 「이소離騷」에 "높다란 요대(瑤臺)를 바라보니, 유융씨(有娀氏)의 미녀가 보이네(望瑤臺之偃蹇兮, 見有娀之佚女)"라고 하였다.

25) 太平(태평)~반가올사: 태평한 모양이 더욱 하니 반갑구나. 'ᄒᆞ나'는 앞구절 '태평 모양'을 받아서 대신 쓰인 것이다. 또는 '더옥 ᄒᆞ나'를 '더옥이나'의 오기로 보아 '태평한 모양이 더욱이나 반갑구나'로 해석할 수도 있다.

26) 三尺霜刃(삼척상인): 서릿발처럼 날카로운 삼척검(三尺劍)의 칼날. 중국 한고조(漢高祖) 유방(劉邦)이 포의(布衣)의 신분으로 삼척검을 쥐고 천하를 통일한 데서 유래하여 칼 따위의 무기를 통칭한 말이다.

27) 天寶龍光(천보용광)이~쏘는구나: 하늘이 내려준 보배인 용천검(龍泉劍)의 광채가 북두성과 견우성 사이를 쏘는구나. 중국 진(晉)나라 때 장화(張華)가 자색 기운이 북두성과 견우성 사이로 뻗치는 것을 보고 용천검을 얻었다는 고사에 빗대어 칼춤 추는 광경을 묘사한 구절이다. '용광(龍光)'은 용천검의 광채, '두우(斗牛)'는 북두성과 견우성을 말한다. 중국 당나라 시인 왕발(王勃)의 「등왕각서滕王閣序」에 "만물의 정수는 하늘이 내려준 보배이니, 용천검의 광채가 견우성과 북두성 사이를 쏘는구나. 인재는 뛰어나고 땅은 신령스러우니, 태수 진번이 서유에게 평상을 내려 접대한 곳이다(物華天寶, 龍光射牛斗之墟. 人傑地靈, 徐孺下陳蕃之榻)"라고 하였다.

28) 手之舞之(수지무지) 足之蹈之(족지도지): 손으로 춤추며 발로 구름. 곧 몹시 기뻐서 덩실덩실 춤을 추는 것을 이르는 말. 『모시毛詩』의 서(序)에 "시는 뜻이 나타난 것이다. 마음에 있는 것이 뜻이고, 그것이 말로 나타나서 시가 된다. 감정이 마음속에서 움직여 말로 나타나고, 말로만은 부족하여 차탄(嗟歎)하고, 차탄도 부족하여 노래 부르고, 노래 불러도 부족하여 손으로 춤추며 발로 구르는 것조차 모르게 된다(詩者, 志之所之也. 在心爲志, 發言爲詩. 情動於中, 而形於言. 言之不足, 故嗟歎之. 嗟歎之不足, 故永歌之, 永歌之不足. 不知手之舞之, 足之蹈之也)"라고 하였다.

29) 歌七德(가칠덕) 舞七德(무칠덕): 무(武)의 칠덕을 노래하고 춤을 춤. '칠덕가(七德歌)'와 '칠덕

人間樂事ㅣ 이 ᄀᆞᆺᄒᆞ니 ᄯᅩ 인ᄂᆞᆫ가

전란 없는 태평세월을 기원하다

華山이 어ᄃᆡ오 이 말을 보내고져[30)]
天山이 어ᄃᆡ오 이 활을 노피 거쟈[31)]
이제야 ᄒᆞ올 일이 忠孝一事 ᄲᅮᆫ이로다
營中에 일이 업셔 긴 ᄌᆞᆷ 드러 누어시니
뭇노라 이날이 어ᄂᆡ 적고
羲皇盛時[32)]를 다시 본가 너기로라

무(七德舞)'는 중국 당나라 태종(太宗)이 진왕(秦王)이었을 때 유무주(劉武周)를 격파한 후 지은 진왕파진악(秦王破陣樂)을 가리킨다. 『좌전(左傳)』 선공(宣公) 12년에 "무(武)라는 것은 난폭한 자를 억누르고, 무기를 거두어 싸움을 중지하며, 큰 나라를 보유하고, 공을 세우고, 백성들을 편안하게 하며, 만민을 화락하게 하며, 물자를 풍부하게 해서 생활을 안정케 하는 것이다(夫武禁暴, 戢兵, 保大, 定功, 安民, 和衆, 豊財者也)"라는 말이 있는데, 이것을 무의 칠덕이라 한다. 중국 당나라 시인 백거이(白居易)의 「칠덕무七德舞」에서 "칠덕가 노래하고 칠덕무 춤추는 것은 성인이 지은 것 끝없이 드리우기 위함이네(歌七德舞七德, 聖人有作垂無極)"라고 하였다.

30) 華山(화산)이~보내고저: 중국 주(周)나라 무왕(武王)이 상(商)나라를 멸한 후에 말을 화산 남쪽으로 풀어주고 다시 타지 않았다는 고사에 빗대어 전란의 종식을 기뻐함을 나타낸 구절이다. '화산'은 중국 오악(五嶽)의 하나로, 섬서성(陝西省) 화음(華陰)에 있는 산이다. 『예기禮記』 「악기樂記」에 "무왕이 상나라를 이기고 황하를 건너 서쪽으로 와서 말을 화산의 남쪽에 풀어주고 다시 타지 않고 소를 도림(桃林)의 들에 풀어놓아 다시 일을 시키지 않았으며, 수레와 갑옷에 피를 발라 부고(府庫)에 보관하고 창과 방패를 거꾸로 실어 호피(虎皮)로 포장하였으니, 온 세상이 무왕이 다시 병력을 쓰지 않을 것임을 알았다(武王勝商, 渡河而西, 馬散之華山之陽而弗復乘, 牛放之桃林之野而弗復服, 車甲而藏之府庫, 倒載干戈, 包以虎皮, 天下知武王之不復用兵也)"라고 하였다.

31) 天山(천산)이~걸자: 왜적을 평정한 기쁨을 노래한 구절이다. '천산'은 중국 청해성(青海省) 기련(祁連)에 있는 기련산(祁連山)을 말한다. 중국 당나라 설인귀(薛仁貴)가 돌궐(突厥)이 쳐들어오자 천산에서 세 발의 화살을 쏘아서 세 명을 잇달아 죽이니, 돌궐이 겁을 먹고 항복하였다는 고사가 『신당서新唐書』 「설인귀전薛仁貴傳」에 전한다.

32) 羲皇盛時(희황성시): 복희씨(伏羲氏) 시대의 태평성대. 곧 백성이 한가하고 태평하게 사는 세상을 이르는 말. '희황'은 중국 고대 삼황오제(三皇五帝)의 한 사람인 복희씨를 말한다. 복희씨는 서계(書契)를 만들고, 그물을 발명하였으며, 어업·수렵·목축을 가르쳤다. 또 황하(黃河)

天無淫雨ᄒᆞ니 白日이 더욱 볼다

白日이 불그니 萬方애 비최노다

處處溝壑애 흐터 잇던 老羸드리

東風新燕가치 舊巢을 ᄎᆞ자오니

首邱初心[33]에 뉘 아니 반겨ᄒᆞ리

爰居爰處[34]에 즐거옴이 엇더ᄒᆞᆫ뇨

孑遺生靈들아 聖恩인 줄 아ᄂᆞᆫ다

聖恩이 기픈 아릐 五倫을 발켜ᄉᆞ라

敎訓生聚[35]ㅣ라 졀로 아니 닐어 가랴

天運循環을 아옵게다 하ᄂᆞ님아

佑我邦國ᄒᆞ샤 萬歲無疆 눌리소셔

唐虞天地[36]예 三代日月[37] 비최소셔

於萬斯年에 兵革을 그치소셔

에서 길이 여덟 척이 넘는 용마(龍馬)가 등에 지고 나왔다는 하도(河圖)를 보고서 팔괘(八卦)를 그렸다고 한다.

33) 首邱初心(수구초심): 여우가 죽을 때 머리를 자기 살던 굴이 있는 언덕 쪽으로 향함. 곧 고향을 그리워하는 마음을 이르는 말. 여기서는 고향을 그리워하는 마음을 뜻할 뿐만 아니라 왜적에게 빼앗긴 땅을 되찾았음을 빗대어 표현한 것으로 볼 수도 있다. 『회남자淮南子』 「설림훈說林訓」에 "새는 날아갔다가도 고향으로 돌아가고, 여우는 죽을 때 머리를 자기 살던 굴이 있는 언덕 쪽으로 향하네(鳥飛返鄕, 狐死首丘)"라고 하였다.

34) 爰居爰處(원거원처): 이에 있고 이에 있음. 곧 '이곳저곳에 살고 거처함'을 이르는 말. 『시경』 패풍(邶風) 「격고擊鼓」에 "이에 있고 이에 있어, 이에 그 말을 잃고, 그로써 구하는 것, 수풀의 아래이다(爰居爰處, 爰喪其馬, 于以求之, 于林之下)"라고 하였다.

35) 敎訓生聚(교훈생취): 백성을 가르치고 다스리며, 백성을 기르고 재물을 모음. 어떤 일을 이루기 위해 오랜 시간 온갖 고생을 참으며 노력한다는 뜻이다. 중국 월왕(越王) 구천(句踐)이 오왕(吳王) 부차(夫差)에 대한 복수심에 불타 쓸개를 핥으면서 십 년 동안 백성을 기르고 재물을 모으고, 또 십 년 동안 백성을 가르치고 다스린 '십년생취 십년교훈(十年生聚 十年敎訓)'의 고사가 『춘추좌씨전春秋左氏傳』에 전한다.

36) 唐虞天地(당우천지): 중국의 요순(堯舜) 시절 같은 태평스런 세상. '당(唐)'은 요임금을 가리키며, '우(虞)'는 순임금을 가리킨다. 요임금은 왕위를 아들이 아닌 순에게 물려주었으며, 순임금은 우(禹)가 치수(治水)의 공이 있다 하여 그에게 왕위를 물려주어 현군(賢君)의 대표적인 인물들로 불린다. 보통 요임금과 순임금의 시기를 태평성대의 시기라 일컫는다.

37) 三代日月(삼대일월): 중국에서 왕도정치가 행해졌던 하(夏)나라, 은(殷)나라, 주(周)나라 시대의 세월.

耕田鑿井에 擊壤歌[38]을 불니소셔
우리도 聖主을 뫼읍고 同樂太平 ᄒᆞ오리라

38) 擊壤歌(격양가): 중국 요임금 시대에 어떤 노인이 땅을 치면서 불렀다는 노래. 곧 태평성대를 이르는 말. 중국 요임금이 민정을 살펴보고 있는데, 늙은 농부가 배를 두드리고 땅을 치면서 "해 뜨면 일하고, 해 지면 쉬고, 우물 파서 마시고, 밭 갈아서 먹으니, 임금의 힘인들 나에게 무슨 상관이 있는가(日出而作, 日入而息, 鑿井而飮, 耕田而食, 帝力于我何有哉)"라며 천하가 태평한 것을 노래하였다는 고사가 『십팔사략十八史略』「제요편帝堯篇」에 전한다.

船上歎

時國家尙憂南陲, 選公統舟師, 赴防釜山. 公臨船作此曲.[1]

朴仁老

병선兵船에서 적진을 바라보다

늙고 病든 몸을 舟師[2]로 보ᄂᆡ실ᄉᆡ
乙巳 三夏[3]애 鎭東營[4] ᄂᆞ려오니
關防重地예 病이 깁다 안자실랴
一長劍 비기 ᄎᆞ고 兵船에 구테 올나
勵氣瞋目ᄒᆞ야 對馬島[5]을 구어보니

1) 제목 다음에 이처럼 주석이 달려 있어 작품의 창작 동기를 알 수 있다. 해석은 현대어역 참고.
2) 舟師(주사): 수군(水軍). '통주사(統舟師)'라는 직책명으로 보아 수군통제사(水軍統制使)를 뜻하는 것으로 해석하기도 하지만, 조선시대에 통주사라는 직책명은 없으며 수군통제사의 명단에서 박인로를 찾을 수도 없다.
3) 乙巳(을사) 三夏(삼하): 을사년(乙巳年) 여름. 곧 선조(宣祖) 38년(1605) 여름.
4) 鎭東營(진동영): 동쪽을 지키는 진영(鎭營). 곧 부산진을 이르는 말.
5) 對馬島(대마도): 일본 규슈(九州)와 우리나라 남단 사이에 위치한 섬. 예로부터 우리나라와 일본 열도 사이의 중계지로서 대외적으로 중요한 역할을 해왔으며, 임진왜란 때 일본 수군의 중요한 근거지였다.

ᄇᆞ람 조친 黃雲은 遠近에 사혀 잇고
아득ᄒᆞᆫ 滄波는 긴 하늘과 ᄒᆞᆫ 빗칠쇠

전란을 일으킨 왜적과 침략의 도구인 배를 원망하다

船上에 徘徊ᄒᆞ며 古今을 思憶ᄒᆞ고
어리 미친 懷抱애 軒轅氏[6]를 애ᄃᆞ노라
大洋이 茫茫ᄒᆞ야 天地예 둘려시니
진실로 ᄇᆡ 아니면 風波萬里 밧긔 어ᄂᆡ 四夷 엿볼넌고
무ᄉᆞᆷ 일 ᄒᆞ려 ᄒᆞ야 ᄇᆡ 못기를 비롯ᄒᆞᆫ고
萬世千秋에 ᄀᆞ업ᄉᆞᆫ 큰 弊되야
普天之下애 萬民怨 길우ᄂᆞ다
어즈버 ᄭᆡᄃᆞ라니 秦始皇[7]의 타시로다
ᄇᆡ 비록 잇다 ᄒᆞ나 倭를 아니 삼기던들
日本 對馬島로 뷘 ᄇᆡ 절로 나올넌가
뉘 말을 미더 듯고 童男童女를 그ᄃᆡ도록 드려다가
海中 모든 셤에 難當賊을 기쳐 두고
痛憤ᄒᆞᆫ 羞辱이 華夏애 다 밋나다
長生不死藥을 얼ᄆᆡ나 어더 ᄂᆡ여

6) 軒轅氏(헌원씨): 중국 고대 신화상의 임금인 황제(黃帝). 복희씨(伏羲氏), 신농씨(神農氏)와 함께 삼황(三皇) 또는 오제(五帝)로 불리는데, 처음으로 수레와 배를 만들었고 도량형, 역법, 음악 등 문물제도를 확립했다고 한다.

7) 秦始皇(진시황): 중국 진(秦)나라의 제1대 황제. 『사기』 「진시황본기秦始皇本紀」에 따르면, 진시황은 기원전 221년에 중국을 통일한 후 스스로 시황제(始皇帝)라 칭하고, 문자와 도량형의 통일, 화폐의 주조, 만리장성의 축조, 아방궁(阿房宮)의 축조, 분서갱유(焚書坑儒) 따위로 위세를 떨쳤으며, 영원한 삶을 위한 불로초(不老草)를 찾기 위해 서불(徐市)에게 동남동녀(童男童女) 수천 명을 거느리고 동해 바다의 삼신산(三神山)으로 가게 하는 등 많은 노력을 기울였으나 50살의 나이로 생을 마감했다.

萬里長城 놉히 사고 몃 萬年을 사도쩐고
ᄂᆞᆷᄃᆡ로 죽어가니 有益ᄒᆞᆫ 줄 모ᄅᆞ로다
어즈버 ᄉᆡᆼ각ᄒᆞ니 徐市[8] 等이 已甚ᄒᆞ다
人臣이 되야셔 亡命도 ᄒᆞᄂᆞᆫ 것가
神仙을 못 보거든 수이나 도라오면
舟師 이 시럼은 젼혀 업게 삼길럿다

배의 유용성에 대해 생각하다

두어라 既往不咎[9]라 일너 무엇ᄒᆞ로소니
쇽졀업ᄉᆞᆫ 是非를 후리쳐 더뎌두쟈
潛思覺悟ᄒᆞ니 내 ᄯᅳᆺ도 固執고야
黃帝作舟車ᄂᆞᆫ 왼 줄도 모ᄅᆞ로다
張翰[10] 江東애 秋風을 만나신들
扁舟곳 아니 타면 天淸海濶ᄒᆞ다 어ᄂᆡ 興이 졀로 나며
三公도 아니 밧골 第一江山[11]애 浮萍 ᄀᆞᆺᄒᆞᆫ 漁夫生涯을

8) 徐市(서불): 중국 진나라 때의 방사(方士). 진시황의 명령에 따라 불로초를 찾기 위해 동해 바다의 삼신산으로 떠났다가 다시 돌아오지 않았다는 고사가 『사기』 「진시황본기」에 전한다. 일설에 의하면 불로초를 찾지 못한 서불이 일본으로 도망가 야만상태의 왜족들을 평정하고 일본 개국의 주인공인 진무 천황(神武天皇)이 되었다고 한다.

9) 既往不咎(기왕불구): 이미 지나간 일에 대해서는 탓하지 않음. 『논어』 「팔일八佾」에 보면 공자가 토지신(土地神)의 신목(神木) 종류에 대한 재아(宰我)의 잘못된 답변을 듣고 "이미 성사된 일에 대해서는 말하지 말고, 거의 다 되어가는 일에 대해서는 충고하지 아니하며, 이미 지나간 일에 대해서는 탓하지 않겠다(成事不說, 遂事不諫, 既往不咎)"라고 말하였다고 한다.

10) 張翰(장한): 중국 진(晉)나라 제왕(齊王) 때 대사마(大司馬)를 지낸 사람. 죽림칠현(竹林七賢)의 한 사람으로 보병교위(步兵校尉)를 지낸 완적(阮籍)에 빗대어 '강동(江東)의 보병(步兵)'이라 불렸다. 제왕 밑에서 벼슬살이를 하다가 가을바람이 이는 것을 보고 고향인 오(吳) 땅의 음식이 생각나서 벼슬을 버리고 고향으로 돌아갔다는 고사가 『세설신어世說新語』에 전한다. 이백(李白)의 「송장사인지강동送張舍人之江東」에 "장한이 멀리 강동으로 떠나가니, 마침 가을바람 불어올 때라네(張翰江東去, 正値秋風時)"라고 하였다.

一葉舟 아니면 어듸 부쳐 둔힐는고
일언 닐 보건던 빈 삼긴 制度야 至妙훈 덧훈다마는
엇디훈 우리 물은 누는 둧훈 板屋船[12]을
晝夜의 빗기 트고 臨風詠月호듸 興이 젼혀 업는 게오
昔日 舟中에는 杯盤이 狼藉터니[13]
今日 舟中에는 大劍長鎗 쑨이로다
훈가지 빈언마는 가진 빈 다라니
其間 憂樂이 서로 굿지 못 훈도다

우국충정을 다짐하며 무인으로서의 기개를 드러내다

時時로 멀이 드러 北辰[14]을 브라보며
傷時老淚룰 天一方[15]의 디이누다

---

11) 三公(삼공)도~第一江山(제일강산): 중국 송나라 대복고(戴復古)의 「조대釣臺」에 나오는 "세상사 다 잊고 낚싯대에 의지하니 삼공처럼 좋은 벼슬도 이 강산과 바꾸지 않겠노라(萬事無心一釣竿, 三公不換此江山)"라는 구절을 따와서 조정에서 제일 귀하고 높은 벼슬인 삼공과도 바꾸지 않을 정도로 자연을 좋아하는 마음을 나타낸 구절이다.

12) 板屋船(판옥선): 조선시대에 널빤지로 지붕을 덮은 대표적인 군용선(軍用船). 임진왜란 때에 각 해전에서 일본의 수군을 격파하여 조선 수군이 승리할 수 있는 원동력이 되었다.

13) 昔日(석일)~狼藉(낭자)터니: 옛날의 배는 술 먹고 뱃놀이하는 도구로 쓰였음을 나타낸 구절이다. 중국 송나라 소식(蘇軾)이 달 밝은 밤 적벽강(赤壁江)에 배 띄워 노닐면서 지은 「적벽부赤壁賦」에 나오는 "객이 기뻐서 웃으며 잔을 씻어 다시 잔질하니, 안주가 이미 다하고 술잔과 그릇들 어지러이 흩어져 있네(客喜而笑, 洗盞更酌, 肴核旣盡, 杯盤狼藉)"라는 구절을 취한 것이다. '배반낭자(杯盤狼藉)'는 술잔과 그릇들이 마치 이리가 놀고 간 자리에 깔렸던 풀처럼 흩어져 있다는 뜻으로, 술을 마시고 한창 노는 모양이나 술자리가 파한 뒤 술잔과 그릇들이 어지럽게 흩어져 있는 모양을 가리킨다. 『사기』 「골계열전滑稽列傳」에 순우곤(淳于髡)이 주색을 좋아하는 제(齊)나라 위왕(衛王)에게 간한 말에서 유래하였다.

14) 北辰(북신): 북극성. 여기서는 임금이 있는 곳을 가리킨다. 『논어』 「위정爲政」에 "공자가 '덕으로 정치를 하는 것은 마치 북극성이 제자리에 있고 여러 별들이 그것을 향하여 도는 것과 같다'라고 말하였다(子曰, 爲政以德, 譬如北辰居其所, 而衆星共之)"라고 하였다.

15) 天一方(천일방): 하늘 한쪽 끝. 여기서는 임금이 계신 곳에서 멀리 떨어진 변방인 부산진을 가리킨다. 중국 송나라 소식의 「적벽부」에 "계수나무 노와 목란 상대로 맑은 달그림자를 헤치며 달

吾東方 文物이 漢唐宋애 디랴마는
國運이 不幸ᄒᆞ야 海醜兇謀애 萬古羞을 안고 이셔
白分에 ᄒᆞᆫ 가지도 못 시셔 ᄇᆞ려거든
이 몸이 無狀ᄒᆞᆫ돌 臣者ㅣ 되야 이셔다가
窮達이 길이 달라 몬 뫼ᄋᆞᆸ고 늘거신돌
憂國丹心이야 어ᄂᆡ 刻애 이즐넌고
慷慨계운 壯氣ᄂᆞᆫ 老當益壯[16] ᄒᆞ다마ᄂᆞᆫ
됴고마ᄂᆞᆫ 이 몸이 病中에 드러시니
雪憤伸寃이 어려올 ᄃᆞᆺᄒᆞ건마ᄂᆞᆫ
그러나 死諸葛도 生仲達을 멀리 좃고[17]
발 업ᄉᆞᆫ 孫臏도 龐涓을 잡아거든[18]
ᄒᆞ믈며 이 몸은 手足이 ᄀᆞ자 잇고 命脈이 이어시니
鼠竊狗偸[19]을 저그나 저흘소냐

빛이 비치는 물을 거슬러 올라가도다. 아득하구나, 나의 생각이여! 아름다운 사람을 바라다보니 하늘 한쪽 끝에 있도다(桂棹兮蘭槳, 擊空明兮泝流光. 渺渺兮予懷, 望美人兮天一方)"라고 하였다.

16) 老當益壯(노당익장): 늙을수록 더욱 강해져야 함. 곧 늙었어도 기운이 더욱 씩씩함을 이르는 말. 중국 후한(後漢) 때 마원(馬援)이라는 장수가 예순이 넘은 나이에도 몸을 돌보지 않고 싸움터에 나아간 고사가 『후한서後漢書』 「마원전馬援傳」에 전하는데, '노당익장'은 그가 늘 "대장부는 궁할수록 뜻이 굳어야 하고 늙을수록 더욱 강해져야 한다(大丈夫爲志, 窮當益堅, 老當益壯)"라고 말한 데서 유래한 것이다.

17) 死諸葛(사제갈)도~좇고: 죽은 제갈량(諸葛亮)이 산 사마의(司馬懿)를 내쫓고. 중달(仲達)은 사마의의 자이다. 중국 촉(蜀)나라의 제갈량이 위(魏)나라의 사마의와 오장원(五丈原)에서 싸우다 병이 들어 죽자 촉나라 군사들은 양의(楊儀)의 지휘 아래 귀환하니 사마의가 이들을 추격하였다. 그때 생전의 제갈량이 꾸민 계략에 따라 촉나라 장수 강유(姜維)가 제갈량의 목상(木像)을 실은 수레를 호위하며 군사를 돌이켜 공격할 자세를 취하니 사마의는 혹시 제갈량이 살아 있으면서 계략을 쓴 것이 아닌가 싶어 후퇴하였다. 당시 사람들이 이를 두고 "죽은 제갈량이 산 사마의를 내쫓았다(死諸葛走生中達)"라고 하면서 화제로 삼았다는 고사가 『자치통감資治通鑑』에 전한다.

18) 발 없는~잡았거든: 발을 잘린 손빈(孫臏)도 방연(龐涓)을 잡았거든. 중국 춘추시대 손빈과 방연은 함께 귀곡(鬼谷)에게 병법을 배웠는데, 먼저 위(魏)나라의 장수가 된 방연은 손빈의 재능을 시기한 나머지 음모를 꾸며 그의 발을 베어버렸다. 그후 제(齊)나라의 군사(軍師)가 된 손빈이 위나라와의 싸움에서 놀라운 계략을 사용하여 방연을 궁지에 몰아넣어 스스로 죽게 하였다는 고사가 『사기』 「손자오기열전孫子吳起列傳」에 전한다.

19) 鼠竊狗偸(서절구투): 쥐나 개처럼 몰래 물건을 훔침. 곧 좀도둑을 이르는 말. 여기서는 왜구를 가리킨다.

飛船에 돌려드러 先鋒을 거치면
九十月 霜風에 낙엽가치 헤치리라
七縱七禽[20]을 우린둘 못홀 것가

태평성대를 간절히 바라다

蠢彼島夷들아 수이 乞降ᄒᆞ야ᄉᆞ라
降者不殺이니 너를 구틔 殲滅ᄒᆞ랴
吾王 聖德이 欲幷生 ᄒᆞ시니라
太平天下애 堯舜君民[21] 되야 이셔
日月光華ᄂᆞᆫ 朝復朝 ᄒᆞ얏거든[22]
戰船 ᄐᆞ던 우리 몸도 漁舟에 唱晩ᄒᆞ고
秋月 春風에 놉히 베고 누어 이셔
聖代 海不揚波[23]롤 다시 보려 ᄒᆞ노라

20) 七縱七禽(칠종칠금): 일곱 번 놓아주고 일곱 번 붙잡음. 곧 상대를 마음대로 다루는 것을 이르는 말. 중국 촉나라의 제갈량이 남만(南蠻)을 쳐서 그 왕 맹획(孟獲)을 붙잡았는데, 그가 진심으로 복종할 때까지 붙잡고 놓아주기를 일곱 번 하였다는 고사가 『삼국지三國志』 「제갈량전諸葛亮傳」에 전한다.

21) 堯舜君民(요순군민): 요순(堯舜) 같은 어진 임금이 다스리는 시대에 살아가는 백성. 곧 태평스런 세상을 이르는 말. 요임금은 왕위를 아들이 아닌 순에게 물려주었으며, 순임금은 우(禹)가 치수(治水)의 공이 있다 하여 그에게 왕위를 물려주어 현군(賢君)의 대표적인 인물들로 불린다. 보통 요임금과 순임금의 시기를 태평성대의 시기라 일컫는다.

22) 日月光華(일월광화)는 朝復朝(조부조) 하였거든: 해와 달의 빛이 밝고도 밝거든. 곧 성왕(聖王)의 은택이 아주 밝음을 이르는 말. 『상서대전尙書大傳』 「경운가卿雲歌」에 "상스러운 구름이 찬란히 이리저리 맴돌고, 해와 달의 빛이 밝고도 밝구나(卿雲爛兮, 糺縵縵兮, 日月光華, 旦復旦兮)"라고 하였다.

23) 海不揚波(해불양파): 바다에 물결이 일지 않고 고요함. 곧 태평시대를 이르는 말. 월상국(越裳國) 임금이 주(周)나라에 조공(朝貢)하고 글을 보냈는데, 그 글에 이르기를 "오래되었도다, 하늘에 거센 바람과 소낙비가 사라짐이여. 바다에 파도가 넘쳐흐르지 않은 지 오늘로 삼 년이도다. 생각건대 중국에 아마도 성인이 나셨으니, 어찌 가서 조공하지 않겠는가(久矣, 天之不迅風疾雨也. 海不波溢三年於茲矣. 意者中國殆有聖人, 盍往朝之)"라고 한 고사가 『한시외전韓詩外傳』에 전한다.

원본 ◉ 유배가사

萬憤歌

曺偉

옥황상제에게 억울한 심정을 하소연하다

天上 白玉京 十二樓[1] 어듸매오
五色雲 깁픈 곳의 紫淸殿이 ᄀᆞ려시니
天門 九萬里[2]를 꿈이라도 갈동말동
ᄎᆞ라리 싀여지여 億萬 번 變化ᄒᆞ여
南산山[3] 늦즌 봄의 杜鵑의 넉시 되여
梨花 가디 우희 밤낫즐 못 울거든
三淸洞[4]裡의 졈은 한널 구름 되여

1) 白玉京(백옥경) 十二樓(십이루): 도가에서 옥황상제가 산다는 곳. 여기서는 성종(成宗)이 거처하는 궁궐을 가리킨다. 중국 당나라 이백(李白)의 「경난리후천은류야랑억구유서회증강하위태수량재經亂離後天恩流夜郎憶舊遊書懷贈江下韋太守良宰」에 “하늘 위 백옥경은 열두 누각에 다섯 성이네(天上白玉京, 十二樓五城)”라고 하였다.

2) 天門(천문) 九萬里(구만리): 구만 리나 되는 머나먼 하늘. 끝없이 넓은 하늘. 여기서는 작자가 있는 유배지와 임금이 있는 궁궐 사이의 거리가 구만 리처럼 멀다고 표현한 것이다.

3) 南산山: ‘산’자가 잘못 들어가 있다.

ᄇᆞ람의 흘리ᄂᆞ라 紫微宮[5)]의 ᄂᆞ라올라
玉皇 香案前의 咫尺의 나아 안자
胸中의 싸힌 말슴 쓸커시 ᄉᆞ로리라

유배생활에서 느낀 소회를 읊조리다

어와 이내 몸이 天地間의 느저 나니
黃河水 몰다만는[6)] 楚客[7)]의 後身인가 傷心도 ᄀᆞ이 업고
賈太傅[8)]의 넉시런가 한숨은 무스 일고
荊江[9)]은 故鄕이라 十年을 流落ᄒᆞ니
白鷗와 버디 되여 ᄒᆞᆷᄭᅴ 놀쟈 ᄒᆞ엿더니
어루ᄂᆞᆫ 듯 괴ᄂᆞᆫ 듯 ᄂᆞᆷ의 업슨 님을 만나
金華省 白玉堂[10)]의 ᄭᅮᆷ이조차 향긔롭다

---

4) 三淸洞(삼청동): 신선이 사는 고을. '삼청(三淸)'은 도가에서 신선의 세 거소로 일컫는 옥청(玉淸), 상청(上淸), 태청(太淸)을 가리킨다.
5) 紫微宮(자미궁): 작은곰자리 부근에 있는 별자리로서 천제(天帝)가 거처하는 곳이라 한다.
6) 黃河水(황하수) 맑다마는: 성인(聖人)이 태어나서 천하가 태평해짐을 비유적으로 표현한 말이다. 황하(黃河)의 물은 본디 탁하여서 맑을 때가 없으나, 성인이 태어날 조짐으로 천 년마다 한 차례씩 맑아진다고 한다.
7) 楚客(초객): 참소를 받아 조정에서 쫓겨난 중국 전국시대 초(楚)나라의 굴원(屈原). 초나라 회왕(懷王)이 그의 재주를 중히 여겼으나 참소하는 무리들로 인해 왕과 멀어지자 「이소離騷」를 지어 자신의 억울한 심정을 표현하였다. 그후 회왕의 아들 경양왕(頃襄王) 때 다시 참소를 받아 강남으로 내쫓기자 「어부사漁父詞」를 짓고는 울분을 참지 못하여 멱라수(汨羅水)에 빠져 죽었다.
8) 賈太傅(가태부): 중국 한나라 때 장사왕(長沙王)의 태부(太傅)였던 가의(賈誼). 20여 세에 한나라 문제(文帝)의 박사(博士)가 되었지만 참소를 받아 장사왕의 태부로 나아가게 되었다. 장사로 가는 도중 「조굴원부弔屈原賦」를 지어 초나라 충신 굴원을 기렸다 한다. 삼 년 후 다시 양왕(梁王)의 태부가 되어 정사를 바로잡고자 수차례 눈물겨운 상소를 올리기도 하였다. 양왕이 말을 타다가 죽자 오랫동안 통곡하다 자신도 죽었다.
9) 荊江(형강): 중국 강소성(江蘇省)의 형산(荊山) 근처에 있는 강. 형강이 중국의 남쪽에 있다는 점을 감안하면, 여기서는 작자의 고향인 경상도 금릉(金陵)을 가리키는 듯하다.
10) 金華省(금화성) 白玉堂(백옥당): 임금이 거처하는 궁궐을 비유적으로 표현한 말. '금화성'은

五色실 니음 졀너 님의 옷슬 못 ᄒᆞ야도
바다 ᄀᆞ튼 님의 恩을 秋毫나 갑프리라
白玉 ᄏᆞ튼 이내 ᄆᆞ음 님 위ᄒᆞ여 직희더니
長安 어제밤의 무서리 섯거치니
日暮修竹의 翠袖도 冷薄ᄒᆞᆯ샤[11]
幽蘭을 것거 쥐고 님 겨신 ᄃᆡ ᄇᆞ라보니
弱水[12] ᄀᆞ리진 ᄃᆡ 구름길이 머흐러라
다 서근 ᄃᆞᆰ긔 얼굴 첫맛도 채 몰나셔[13]
憔悴ᄒᆞᆫ 이 얼굴이 님 그려 이러컨쟈
千層浪 ᄒᆞᆫ가온대 百尺竿의 올나더니
無端ᄒᆞᆫ 羊角風[14]이 宦海中의 니러나니
億萬丈 소희 ᄲᅡ져 하ᄂᆞᆯ 짜흘 모ᄂᆞᆯ노다
魯나라 흐린 술희 邯鄲이 무슴 罪며[15]

중국 절강성(浙江省) 금화(金華)를 말하는데, 이 고을 북쪽에 고대의 신선인 적송자(赤松子)가 득도(得道)하였다는 금화산(金華山)이 있다. '백옥당'은 옥으로 꾸민 집, 곧 신선이 산다는 집을 가리킨다.

11) 日暮修竹(일모수죽)에 翠袖(취수)도 冷薄(냉박)할샤: 저물녘 긴 대나무에 기대어 있으니 푸른 옷소매도 찬 기운이 감돌 정도로 얇구나. 남편에게 사랑받지 못해 가련한 처지에 놓인 여인의 심정을 노래한 두보(杜甫)의 시 「가인佳人」에 나오는 "날씨는 춥고 푸른 옷소매 얇으니, 저물녘 긴 대나무에 기대어 있네(天寒翠袖薄, 日暮倚修竹)"라는 구절에 빗대어 유배당한 작자의 처지를 나타낸 것이다.

12) 弱水(약수): 중국 감숙성(甘肅省)에 있다는 전설상의 강. 길이가 삼천 리나 되며 부력이 아주 약하여 기러기의 깃털도 가라앉는다고 한다. 『해내십주기海內十洲記』「봉린주鳳麟洲」에 "봉린주는 서해의 중앙에 있는데, 주(洲)의 사면에는 약수가 둘러져 있어 기러기의 깃털도 뜨지 않으며 뛰어넘을 수도 없다(鳳麟洲在西海之中央, 洲四面有弱水繞之, 鴻毛不浮, 不可越也)"라고 하였다.

13) 다 서근~몰나셔: 미상. 작자 자신의 모습이 쭈글쭈글한 닭의 얼굴처럼 못 생겨서 임금의 총애를 제대로 받지 못하였음을 표현한 구절인 듯하다.

14) 無端(무단)한 羊角風(양각풍): 뜻밖의 회오리바람. 여기서는 무오사화(戊午士禍)와 같은 정변(政變)을 가리키는 듯하다.

15) 魯(노)나라~무슨 죄며: 노(魯)나라의 술이 묽은 것은 조(趙)나라의 서울 한단(邯鄲)과는 아무 관계가 없으나 그로 인해 한단이 초(楚)나라에 포위되어 화를 입었다는 뜻. 다른 사람으로 인해 뜻밖의 재난을 당함을 말한다. 전국시대에 노나라와 조나라가 초나라에 술을 바칠 때, 노나라의 술은 묽고 조나라의 술은 진하므로, 노나라의 사자가 술을 바꾸어놓은 것을 초나라 왕

秦人이 醉흔 盞의 越人이 무음 탓고[16]

城門 모딘 불의 玉石이 홈씌 트니[17]

뜰 압희 심은 蘭이 半이나 이우레라

梧桐 졈은 비[18]의 외기럭이 우러녤 제

關山[19] 萬里 길이 눈의 암암 볼피는 듯

靑蓮詩[20] 고쳐 읊고 팔도 한을 슷쳐보니

華山[21]의 우는 새야 離別도 괴로왜라

望夫山前의 夕陽이 거의로다

기도로고 ᄇ라다가 眼力이 盡톳던가

落花 말이 업고 碧窓이 어두으니

입 노른 삭기 새들 어미도 그리건쟈

八月 秋風이 뛰집을 거두으니

이 알지 못하고 조나라의 술이 싱겁다 하여 조나라의 서울인 한단을 포위하였다고 한다. 『장자莊子』 「거협胠篋」에 "노나라 술이 묽으니 조나라 한단이 포위를 당하고, 성인이 탄생하자 큰 도적이 일어났다(魯酒薄而邯鄲圍, 聖人生而大盜起)"라고 하였다.

16) 秦人(진인)이~무슨 탓인가: 진(秦)나라 사람이 술에 취한 것은 월(越)나라 사람과 관계가 없다는 뜻. 춘추시대 진나라는 중국의 서북쪽에, 월나라는 동남쪽에 있어서 두 나라의 거리가 매우 멀어서 서로 소원한 관계를 말할 때 '진월지간(秦越之間)'이라 한 고사에서 연유한 듯하다.

17) 城門(성문)~타니: 성문에 난 불로 인해 아무 관련 없는 못 속의 물고기가 다 말라죽었다는 고사와 곤륜산(崑崙山)에 불이 나서 옥과 돌이 모두 불타버린 고사를 아울러서 아무런 이유가 없거나 선악의 구별 없이 다 함께 재앙을 당하는 것을 말한 구절이다. 초나라 왕궁에서 기르던 원숭이를 찾기 위해 산에다 불을 놓아 나무를 모두 태워버렸고, 또 왕궁 성문에 난 불을 성문 옆의 연못의 물로 끄려다가 연못의 물이 말라버려 물고기들이 다 죽었다는 고사에 대해 북제(北齊) 두필(杜弼)의 「위동위격량문爲東魏檄粱文」에서 "초나라에서 원숭이 잃어버려 그 화가 온 수풀에 뻗치고, 성문이 불타니 그 재앙이 못 안의 물고기에 미치는구나(楚國亡猿, 禍延林木, 城門失火, 殃及池魚)"라고 하였다. 그리고 『서경書經』 하서(夏書) 「윤정편胤征篇」에 "불이 곤강(崑岡)을 태우면 옥과 돌이 모두 불타나니, 임금이 그 덕을 잃으면 사나운 불보다도 무섭다(火炎崑岡, 玉石俱焚, 天吏逸德, 烈于猛火)"라고 하여 임금의 실덕(失德)으로 선인(善人)과 악인(惡人)이 모두 화를 입음을 경계하고 있다.

18) 梧桐(오동) 저문 비: 저물녘 오동잎에 내리는 비.

19) 關山(관산): 고향의 산. 또는 고향.

20) 靑蓮詩(청련시): 중국 당나라 이백(李白)의 시. 이백은 호를 '청련(靑蓮)'이라 하였으며, 시성(詩聖) 두보(杜甫)에 견주어 적강(謫降)한 신선이라는 뜻으로 시선(詩仙) 또는 적선(謫仙)이라고도 한다.

21) 華山(화산): 중국 오악(五嶽)의 하나로, 섬서성(陝西省) 화음(華陰)에 있는 산.

뷘 긴[22]의 쓰인 알히 水火를 못 면토다
生離死別을 ᄒᆞᆫ 몸의 혼자 맛다
三千丈 白髮[23]이 一夜의 기도 길샤
風波의 헌 ᄇᆡ ᄐᆞ고 흠ᄭᅴ 노던 져 뉴덜아[24]
江天 지는 ᄒᆡ의 舟楫이나 無恙ᄒᆞᆫ가
밀거니 혀거니 灩澦堆[25]를 겨요 디나
萬里鵬程[26]을 멀니곰 견주더니
ᄇᆞ람의 다브치여 黑龍江의 ᄯᅥ러딘 ᄃᆞᆺ
天地 ᄀᆞ이 업고 魚雁[27]이 無情ᄒᆞ니
玉 ᄀᆞᄐᆞᆫ 面目을 그리다가 말년지고
梅花나 보내고져 驛路를 ᄇᆞ라보니
玉樑明月[28]을 녀보던 ᄂᆞᆺ비친 ᄃᆞᆺ
陽春을 언제 볼고 눈비를 혼자 마자
碧海 넙븐 ᄀᆞ의 넉시 조차 훗터지니
내의 긴 소매를 눌 위ᄒᆞ여 적시는고

22) 긴: '깃(새집)'의 오기인 듯하다.
23) 三千丈(삼천장) 白髮(백발): 백발이 매우 길게 자랐다는 뜻으로, 늙은 몸의 서글픔을 표현하거나 몸이 늙고 근심 걱정이나 비탄이 날로 쌓여감을 비유적으로 이르는 말. 중국 이백의 「추포가秋浦歌」에 "백발이 삼천 장, 시름 때문에 이처럼 자랐네. 알지 못하겠네, 밝은 거울 속의 몰골은 어디서 가을서리 맞았는지(白髮三千丈 緣愁似個長 不知明鏡裏 何處得秋霜)"라고 하였다.
24) 뉴덜아: 무리들아. 벗들아. '뉴'는 무리 또는 동류를 의미한다.
25) 灩澦堆(염여퇴): 중국 중경시(重慶市)를 흐르는 양자강(揚子江) 구당협(瞿塘峽) 어귀에 있는 거대한 바위. 이 바위 주변은 물살이 매우 거세기 때문에 뱃사람들이 조심해서 다녔다고 한다.
26) 萬里鵬程(만리붕정): 붕새가 날아가는 길이라는 뜻으로, 아주 멀고도 험한 길을 이르는 말.
27) 魚雁(어안): 물고기와 기러기라는 뜻으로, 편지나 통신을 이르는 말. 잉어나 기러기가 편지를 날랐다는 데서 유래한 말이다.
28) 玉樑明月(옥량명월): 옥으로 만든 들보에 걸린 밝은 달.

정치현실에 대한 불만을 토로하다

太上 칠위분이 玉眞君子 命이시니[29)]
天上南樓의 笙笛을 울니시며
地下北風의 死命을 벗기실가
죽기도 命이요 살기도 하ᄂ리니
陳蔡之厄[30)]을 聖人도 못 면ᄒ니
縲絏非罪[31)]롤 君子들 어이ᄒ리
五月飛霜[32)]이 눈물로 어릐는 듯
三年大旱도 寃氣로 니뢰도다
楚囚南冠[33)]이 古今의 ᄒ둘이며
白髮黃裳[34)]의 셔룬 일도 하고 만다
乾坤이 病이 드러 混沌이 죽근 後[35)]의

29) 太上(태상)~命(명)이시니: 미상. '옥진군자(玉眞君子)'는 옥청(玉淸) 삼원궁(三元宮)에 산다는 신선을 말한다.
30) 陳蔡之厄(진채지액): 공자가 제자들과 함께 초나라의 초빙을 받아 가는 도중에 진(陳)나라와 채(蔡)나라의 땅에서 병사들에게 포위되어 곤란을 겪은 사건.
31) 縲絏非罪(누설비죄): 잡혀 갇힌 몸이지만 죄가 없음. 『논어』「공야장公冶長」에 "공자가 공야장을 두고 평하기를 '사위 삼을 만하다. 비록 포승으로 묶여 옥중에 있었으나 그의 죄가 아니었다' 하시고, 자기 딸을 그에게 시집보냈다(子謂公冶長, 可妻也, 雖在縲絏之中, 非其罪也, 以其子妻之)"라고 하였다.
32) 五月飛霜(오월비상): 여자가 품은 깊은 원한을 비유적으로 이르는 말. 전국시대 제(齊)나라 사람 추연(鄒衍)이 연(燕)나라 소왕(昭王)의 우대를 받았으나, 소왕의 아들 혜왕(惠王)은 참언을 들어 추연을 감옥에 가두었다. 추연이 원통함을 하늘에 호소하자, 유월의 불볕더위에 서리가 내렸다고 한다.
33) 楚囚南冠(초수남관): 중국 초나라 사람 종의(鐘儀)가 초나라의 갓인 남관(南冠)을 쓰고 잡힌 고사에 의하여, '포로'나 '죄수'를 이르는 말로 쓰인다. 여기서는 '역경에 빠져 어찌할 수 없는 사람'을 뜻한다.
34) 白髮黃裳(백발황상): 하얗게 센 머리털에 누런 치마. 벼슬이 높은 늙은 신하를 말한다.
35) 混沌(혼돈)이 죽은 後(후): 고대 중국의 전설에서 중앙을 담당한 제왕인 혼돈은 눈, 귀, 코 등 일곱 구멍이 없었는데, 하루에 한 구멍씩 파나가자 이레 만에 죽었다는 이야기를 말한다. 혼돈은 천지가 나뉘지 않은 상태인 자연(自然)을 뜻하는데, 혼돈이 죽었다는 것은 인간의 작위(作爲)와 분별(分別)이 자연을 파괴하였음을 의미한다. 『장자莊子』「응제왕應帝王」에 "남해의 제왕을 숙(儵)이라 하고, 북해의 제왕을 홀(忽)이라 하며, 중앙의 제왕을 혼돈이라 한다. 숙과

하ᄂᆞᆯ이 沈吟ᄒᆞᆯ ᄃᆞᆺ 貫索星[36]이 비취ᄂᆞᆫ ᄃᆞᆺ
고정으국[37]의 寃憤만 싸혓시니
ᄎᆞ라리 瞎馬[38]ᄀᆞ치 눈 ᄀᆞᆷ고 지내고져
蒼蒼漠漠ᄒᆞ야 못 미들ᄉᆞᆫ 造物일다
이러나 져러나 하ᄂᆞᆯ을 원망ᄒᆞᆯ가
盜跖[39]도 셩히 놀고 伯夷[40]도 餓死ᄒᆞ니
東陵[41]이 놉픈 작가 首陽[42]이 ᄂᆞ즌 작가
南華三十篇[43]의 議論도 하도 할샤
南柯의 디난 ᄭᅮᆷ[44]을 싱각거든 슬므어라
故國松楸[45]를 ᄭᅮᆷ의 가 ᄆᆞᆫ져보고

홀이 때마침 혼돈의 땅에서 만났는데, 혼돈이 매우 융숭하게 대접하였다. 숙과 홀은 혼돈의 은덕에 보답할 방법을 논의하기를, '사람은 누구나 일곱 구멍이 있어서 그것으로 보고 듣고 숨쉬는데, 혼돈만은 이것이 없다. 그에게도 구멍을 뚫어주자.' 날마다 한 구멍씩 뚫어주는데, 이레 만에 그가 죽고 말았다(南海之帝爲儵, 北海之帝爲忽, 中央之帝爲混沌. 儵與忽時相與遇於混沌之地, 混沌待之甚善. 儵與忽謀報混沌之德, 曰: 人皆有七竅以視聽食息, 此獨無有, 嘗試鑿之. 日鑿一竅, 七日而混沌死)"라고 하였다.

36) 貫索星(관색성): '관색구성(貫索九星)'의 준말. 천한 사람의 감옥을 이르는 말. 여기서는 작자의 유배지를 가리킨다.

37) 고정으국: 고정의국(孤情依國). 유배지에서 나라만을 생각하는 충정.

38) 瞎馬(할마): 한쪽 눈이 멀어 보지 못하는 말. 애꾸눈 말.

39) 盜跖(도척): 중국 춘추시대 큰 도적의 이름. 현인(賢人) 유하혜(柳下惠)의 동생으로, 수하 9천 명을 거느리고 천하를 횡행하면서 제후들을 침범했다고 한다. 흔히 몹시 악한 사람을 비유하는 말로 쓰인다.

40) 伯夷(백이): 중국 은(殷)나라의 제후 고죽군(孤竹君)의 아들. 동생 숙제(叔齊)와 더불어 주(周)나라 무왕(武王)이 은나라를 치는 것을 만류하였으나 듣지 않자 수양산(首陽山)에 들어가 고사리를 캐먹고 살다가 굶주려 죽었다는 고사가 『사기』 「백이열전伯夷列傳」에 전한다.

41) 東陵(동릉): 중국 호남성(湖南省) 악양(岳陽)에 있는 땅 이름. 도척이 죽은 곳이다.

42) 首陽(수양): 중국 산서성(山西省) 영제(永濟) 남쪽에 있는 산 이름. 뇌수산(雷首山)이라고도 하며, 백이와 숙제가 고사리를 캐먹으며 살다가 굶주려 죽은 곳이다.

43) 南華三十篇(남화삼십편): '남화(南華)'는 '남화진경(南華眞經)'의 줄인 말로, 장주(莊周)의 저서 『장자莊子』의 별칭이다.

44) 南柯(남가)의 지난 꿈: 한때의 헛된 부귀와 영화. 곧 남가지몽(南柯之夢)을 이르는 말. 중국 당나라 덕종(德宗)때에 순우분(淳于棼)이라는 사람이 홰나무 밑에서 낮잠을 자다가 꿈에 괴안국(槐安國) 왕의 사위가 되어 남가군(南柯郡)을 20년 동안 다스리면서 부귀영화를 누리다가 꿈을 깨었다는 고사에서 유래하였다.

45) 故國松楸(고국송추): 고향 산소에 심어놓은 소나무와 가래나무. '송추(松楸)'는 무덤 둘레에

先人丘墓를 ᄡᅵᆫ 後의 ᄉᆡᆼ각ᄒᆞ니
九回肝腸이 굽의굽의 그쳐셰라
瘴海陰雲[46]이 白晝의 흣터디니
湖南 어늬 고디 鬼蜮 [47]의 淵藪[48]런디
魑魅魍魎[49]이 쓸커디 저즌 ᄀᆞ의
白玉은 므스 일로 靑蠅[50]의 깃시 된고
北風의 혼자 셔셔 ᄀᆞ업시 우는 뜻을
하ᄂᆞᆯ ᄀᆞᆮ튼 우리 님이 전혀 아니 ᄉᆞᆯ피시니
木蘭 秋菊이 香氣로온 타시런가[51]
婕妤[52] 昭君[53]이 薄命ᄒᆞᆫ 몸이던가
君恩이 믈이 되여 흘너가도 자최 업고
玉顔이 ᄭᅩᆺ이로되 눈믈 ᄀᆞ려 못 볼로다

심는 나무를 통틀어 이르는 말로서 주로 소나무와 가래나무를 심었다.

46) 瘴海陰雲(장해음운): 열병의 원인이 되는 나쁜 기운이 서려 있는 바다와 음산한 구름.

47) 鬼蜮(귀역): 귀신과 불여우. 곧 음험하여 남몰래 남을 해치는 사람을 비유적으로 이르는 말.

48) 淵藪(연수): 못과 숲. 곧 어수(魚獸)가 많이 모여드는 곳을 이르는 말로서, 여러 가지 사물이 많이 모이는 곳을 뜻한다.

49) 魑魅魍魎(이매망량): 산천이나 목석(木石)의 정령(精靈)에서 생겨난다고 하는 온갖 도깨비.

50) 靑蠅(청승): 쉬파리. 여기서는 소인배를 비유한 말이다.

51) 木蘭(목란)~탓이던가: 중국 초나라 회왕 때 참소하는 무리들로 인해 왕과 멀어진 굴원이 자신의 억울한 심정을 표현한 「이소」의 "아침엔 목련에 떨어진 이슬 마시고, 저녁엔 가을 국화의 떨어진 꽃잎 먹는다(昭飮木蘭之墜露兮, 夕餐秋菊之落英)"라는 구절에 빗대어 작자가 시류에 물들지 않고 고고한 삶을 살고 있음을 나타낸 것이다.

52) 婕妤(첩여): 중국 한나라 성제(成帝)의 후궁인 반첩여(班婕妤). 반황(班況)의 딸로 성제 때 첩여(婕妤)라는 직명을 받았으나 조비련(趙飛燕)에게 성제의 총애를 빼앗기자 장신궁(長信宮)으로 물러나 태후의 시중을 들었다고 한다.

53) 昭君(소군): 중국 한나라 원제(元帝) 때 궁녀로 흉노에게 강제로 시집갔던 비극의 여인인 왕소군(王昭君). 원제 때 후궁에는 미인이 너무 많아서 화공들에게 초상화를 그리게 하여 그 초상화를 보고 마음에 드는 미인을 선택하여 곁에 두었다. 미인들은 황제의 총애를 구하기 위해 서로 화가에게 뇌물을 주었으나, 왕소군만은 뇌물을 주지 않았으므로 임금에게 뽑힐 수 없었다. 후에 흉노의 왕이 사위가 되기를 원하므로 임금은 초상화만 보고 왕소군을 지적하여 시집보냈으나, 출발에 앞서 왕소군을 보니 후궁 제일의 미인임을 알고서 그동안 거짓말을 한 화공들을 처형하였다는 고사가 전한다.

자신의 처지를 체념하다

이 몸이 녹가져도 玉皇上帝 處分이요
이 몸이 싀여져도 玉皇上帝 處分이라
노가디고 싀어지여 魂魄조차 흣터지고
空山髑髏[54]ᄀᆞᆺ치 님자 업시 구니다가
崑崙山 第一峯의 萬丈松 되여 이셔
ᄇᆞ람비 ᄡᅳ린 소ᄅᆡ 님의 귀예 들니기나
輪回萬劫ᄒᆞ여 金剛山 鶴이 되여
一萬二千峯의 ᄆᆞ음ᄀᆞᆽ 소사올나
ᄀᆞ을 ᄃᆞᆯ ᄇᆞᆰ근 밤의 두어 소ᄅᆡ 슬피 우러
님의 귀의 들니기도 玉皇上帝 處分일다
ᄒᆞᆫ이 ᄡᅧᆯ희 되고 눈물로 가디 삼아
님의 집 창밧긔 외나모 梅花 되어
雪中의 혼자 픠여 枕邊의 이위ᄂᆞᆫ ᄃᆞᆺ
月中疎影이 님의 옷의 빗취어든
어엿븐 이 얼굴을 네로다 반기실가
東風이 有情ᄒᆞ여 暗香을 블어올려
高潔ᄒᆞᆫ 이내 싱계 竹林의나 부치고져
뷘 낙대 빗기 들고 뷘 ᄇᆡᄅᆞᆯ 혼자 ᄯᅴ워
白溝[55] 건네 저어 乾德宮의 가고지고
그려도 ᄒᆞᆫ ᄆᆞ음은 魏闕의 ᄃᆞᆯ녀 이셔
ᄂᆡ 무든 누역 속의[56] 님 향ᄒᆞᆫ ᄭᅮᆷ을 ᄭᅵ여

54) 空山髑髏(공산촉루): 사람이 없는 산중에 버려진 죽은 사람의 앙상한 해골.
55) 白溝(백구): 중국 송(宋)나라와 요(遼)나라의 경계를 이루던 강. 여기서는 '한강(漢江)'을 가리키는 듯하다.
56) 내 묻은 누역 속에: 연기 때가 묻어서 검어진 도롱이 속에. 곧 '가난하여 누추한 곳에서'라는 뜻.

一片 長安을 目下의 ᄇᆞ라보고
외오 굿겨 올히 굿겨[57] 이 몸의 타실넌가
이 몸이 전혀 몰라 天道 漠漠ᄒᆞ니 물을 길이 전혀 업다
伏羲氏[58] 六十四卦[59] 天地萬物 삼긴 뜻을
周公[60]을 ᄭᅮᆷ의 뵈와 ᄌᆞ시이 뭇ᄌᆞᆸ고져

자신의 원통한 심정을 이해해주기를 바라다

하ᄂᆞᆯ이 놉고 놉하 말업시 놉흔 뜻을
구룸 우희 ᄂᆞᄂᆞᆫ 새야 네 아니 아돗더냐
어와 이내 가슴 山이 되고 돌이 되여 어듸어듸 사혀시며
비 되고 물이 되어 어듸어듸 우러녤고
아모나 이내 뜻 알니곳 이시면 百歲交遊 萬世相感 ᄒᆞ리라

57) 외오 굿겨 올히 굿겨: 그릇 행동하든 옳게 행동하든. 또는 그릇 헤매든 옳게 헤매든.
58) 伏羲氏(복희씨): 중국 고대 삼황오제(三皇五帝)의 한 사람. 서계(書契)를 만들고 그물을 발명하였으며, 어업·수렵·목축을 가르쳤다. 또한 황하(黃河)에서 길이 여덟 척이 넘는 용마(龍馬)가 등에 지고 나왔다는 하도(河圖)를 보고서 팔괘(八卦)를 그렸다고 한다.
59) 六十四卦(육십사괘): 복희씨가 처음으로 8괘를 만들고, 2괘씩을 겹쳐 중괘(重卦) 64개를 만들었다고 하며, 점을 쳐서 괘를 얻으면 일의 길흉화복을 알 수 있다고 한다. 육십사괘를 만든 인물로는 신농씨(神農氏), 하(夏)나라의 우왕(禹王), 주(周)나라의 문왕(文王) 등 여러 가지 견해가 있다.
60) 周公(주공): 중국 주나라 문왕의 아들이자 무왕(武王)의 동생. 무왕을 도와 은(殷)나라를 멸망시키고 주나라를 건국하는 데 큰 공을 세웠으며, 무왕이 죽자 왕권을 장악하라는 주변의 유혹을 뿌리치고 어린 성왕(成王)을 훌륭히 보필하여 주나라의 기반을 확립하였다. 공자가 그를 후세의 모범으로 삼아야 할 인물로 격찬하였다.

思ᄉᆞ美미人인曲곡

鄭澈

임과의 이별을 애석해하다

이 몸 삼기실 제 님을 조차 삼기시니
ᄒᆞᆫ싱 緣연分분이며 하ᄂᆞᆯ 모ᄅᆞᆯ 일이런가
나 ᄒᆞ나 졈어 잇고 님 ᄒᆞ나 날 괴시니
이 ᄆᆞᄋᆞᆷ 이 ᄉᆞ랑 견졸 ᄃᆡ 노여[1] 업다
平평生싱애 願원ᄒᆞ요ᄃᆡ ᄒᆞᆫᄃᆡ 녜자[2] ᄒᆞ얏더니
늙거야 므ᄉᆞ 일로 외오 두고 그리ᄂᆞᆫ고
엇그제 님을 뫼셔 廣광寒한殿뎐의 올낫더니
그 더ᄃᆡ 엇디ᄒᆞ야 下하界계예 ᄂᆞ려오니
올 저긔 비슨 머리 헛틀언디[3] 삼년일쇠

1) 노여: 전혀. 다시.
2) ᄒᆞᆫᄃᆡ 녜자: 원래는 '함께 가자' 또는 '같은 곳에 가자'이나, 여기서는 '함께 살자'의 뜻이다.
3) [교감] 헛틀언디: 성주본에는 '얼킈연디'로 되어 있다.

臙연脂지粉분 잇ᄂᆡ마ᄂᆞᆫ 눌 위ᄒᆞ야 고이 홀고
ᄆᆞ음의 ᄆᆡ친 실음 疊텹疊텹이 빠혀 이셔
짓ᄂᆞ니 한숨이오 디ᄂᆞ니 눈믈이라
人인生싱은 有유限ᄒᆞᆫᄒᆞᆫᄃᆡ 시름도 그지업다
無무心심ᄒᆞᆫ 歲셰月월은 믈 흐ᄅᆞ듯 ᄒᆞᄂᆞᆫ고야
炎염凉냥이 ᄣᅢᄅᆞᆯ 아라 가ᄂᆞᆫ ᄃᆞᆺ 고텨 오니
듯거니 보거니 늣길 일도 하도 할샤

눈 녹는 봄날 매화를 꺾어 임에게 보내리라

東동風풍이 건듯 부러 積젹雪셜을 헤텨내니
窓창밧긔 심근 梅ᄆᆡ花화 두세 가지 픠여셰라
ᄀᆞᆺ득 冷ᄂᆡᆼ淡담ᄒᆞᆫᄃᆡ 暗암香향은 므ᄉᆞ 일고
黃황昏혼의 ᄃᆞᆯ이 조차 벼마티 빗최니
늣기ᄂᆞᆫ ᄃᆞᆺ 반기ᄂᆞᆫ ᄃᆞᆺ 님이신가 아니신가
뎌 梅ᄆᆡ花화 것거내여 님 겨신ᄃᆡ 보내오져
님이 너ᄅᆞᆯ 보고 엇더타 너기실고

기나긴 여름에 임의 옷을 지어 보내리라

ᄭᅩᆺ 디고 새닙 나니 綠녹陰음이 ᄭᆞᆯ렷ᄂᆞᆫᄃᆡ
羅나幃위 寂젹寞막ᄒᆞ고 繡슈幕막이 뷔여 잇다
芙부蓉용[4]을 거더노코 孔공雀쟉[5]을 둘러두니

4) 芙蓉(부용): 부용장(芙蓉帳). 연꽃을 그리거나 수놓은 방장.

ᄀᆞ득 시ᄅᆞᆷ 한ᄃᆡ 날은 엇디 기돗던고
鴛원鴦앙錦금 버혀노코 五오色ᄉᆡᆨ線션 플텨내여
금자히 견화이셔[6] 님의 옷 지어내니
手슈品품[7]은 ᄏᆞ니와 制졔度도[8]도 ᄀᆞᄌᆞᆯ시고
珊산瑚호樹슈 지게 우희 白ᄇᆡᆨ玉옥函함의 다마두고
님의게 보내오려 님 겨신ᄃᆡ ᄇᆞ라보니
山산인가 구름인가 머흐도 머흘시고
千쳔里리萬만里리 길히 뉘라셔 ᄎᆞ자갈고
니거든 여러두고 날인가 반기실가

스산한 가을에 달과 북극성을 보며 선정善政을 바라다

ᄒᆞᄅᆞ밤 서리김의 기러기 우러 녈 제
危위樓루에 혼자 올나 水슈晶졍簾념을 거든마리
東동山산의 ᄃᆞᆯ이 나고 北북極극의 별이 뵈니
님이신가 반기니 눈물이 절로 난다
淸쳥光광을 픠워내여 鳳봉凰황樓누의 븟티고져
樓누 우희 거러두고 八팔荒황[9]의 다 비최여
深심山산窮궁谷곡 졈낫ᄀᆞ티[10] ᄆᆡᆼ그쇼셔

5) 孔雀(공작): 공작병(孔雀屛). 공작을 그리거나 수놓은 병풍.
6) 견화이셔: 겨누어내어. 치수를 재어서.
7) 手品(수품): 손으로 만드는 솜씨.
8) 制度(제도): 규격과 모양. 여기서는 옷을 만드는 격식을 말한다.
9) 八荒(팔황): 팔방(八方). 건(乾), 감(坎), 간(艮), 진(震), 손(巽), 이(離), 곤(坤), 태(兌)의 여덟 방위의 멀고 넓은 범위. 곧 온 세상을 이르는 말.
10) 졈낫ᄀᆞ티: 한낮같이. 대낮같이. 또는 '졈'을 '좀, 조금'으로 보아 '좀 낮같이'로 해석하기도 한다.

엄동설한에 임을 걱정하며 밤을 지새우다

乾건坤곤이 閉폐塞식[11]ᄒᆞ야 白ᄇᆡᆨ雪셜이 ᄒᆞᆫ 비친 제
사ᄅᆞᆷ은 ᄏᆞ니와 ᄂᆞᆯ새도 긋처 잇다[12]
瀟쇼湘상南남畔반[13]도 치오미 이러커든
玉옥樓누高고處쳐[14]야 더옥 닐러 므슴ᄒᆞ리
陽양春츈을 부처내여 님 겨신 ᄃᆡ 쏘이고져
茅모簷쳠 비췬 ᄒᆡᄅᆞᆯ 玉옥樓누의 올리고져
紅홍裳샹을 니믜ᄎᆞ고[15] 翠취袖슈ᄅᆞᆯ 半반만 거더
日일暮모脩슈竹듁[16]의 혬가림[17]도 하도 할샤
댜ᄅᆞᆫ ᄒᆡ 수이 디여 긴 밤을 고초 안자
靑청燈등 거론 겻ᄐᆡ 鈿뎐箜공篌후[18] 노하두고
ᄭᅮᆷ의나 님을 보려 톡 밧고 비겨시니
鴦앙衾금도 ᄎᆞ도 출샤 이 밤은 언제 샐고

11) 閉塞(폐색): 꽉 닫히고 막힘. 여기서는 겨울의 추위에 모든 것이 얼어 생기가 없는 것을 말한다. 『예기禮記』에 "천지의 기운이 소통되지 않고 꽉 막히니 겨울이 되었다(天地不通, 閉塞而成冬)"라고 하였다.

12) 날새도 그쳐 있다: 날짐승의 날아다님도 끊겼다. 중국 당나라 유종원(柳宗元)의 「강설江雪」에 "모든 산에는 새 한 마리 날지 않고, 길마다 사람의 자취 끊어졌네(千山鳥飛絶, 萬徑人縱滅)"라고 하였다.

13) 瀟湘南畔(소상남반): 중국 호남성(湖南省)의 소수(瀟水)와 상강(湘江)이 합하는 곳의 남쪽 언덕. 여기서는 작자 자신이 있는 전라도 담양의 창평을 가리킨다.

14) 玉樓高處(옥루고처): 옥으로 만든 높은 누각. 곧 임금이 계신 곳을 이르는 말.

15) 니믜ᄎᆞ고: 여미어 입고. 걷어 차고.

16) 日暮脩竹(일모수죽): 저물녘 긴 대나무에 기대어 있음. 남편에게 사랑받지 못해 가련한 처지에 놓인 여인의 심정을 노래한 두보(杜甫)의 시 「가인佳人」에 "날씨는 춥고 푸른 옷소매 얇으니, 저물녘 긴 대나무에 기대어 있네(天寒翠袖薄, 日暮倚修竹)"라고 하였다.

17) 혬가림: 그르고 옳음을 헤아려보는 것. 이런저런 여러 가지 생각.

18) 鈿箜篌(전공후): 자개로 장식한 공후. '공후'는 현악기의 하나.

죽어서라도 임을 따르리라

ᄒᆞᄅᆞ도 열두 ᄣᅢ ᄒᆞᆫ ᄃᆞᆯ도 셜흔 날
져근덧 생각 마라 이 시름 닛쟈ᄒᆞ니
ᄆᆞᄋᆞᆷ의 ᄆᆡ쳐 이셔 骨골髓슈의 ᄢᅦ텨시니
扁편鵲쟉[19]이 열히 오다 이 병을 엇디ᄒᆞ리
어와 내 병이야 이 님의 타시로다
출하리 싀어디여[20] 범나븨 되오리라
곳나모 가지마다 간 ᄃᆡ 족족 안니다가
향 므틘 ᄂᆞᆯ애로 님의 오ᄉᆡ 올므리라
님이야 날인 줄 모ᄅᆞ셔도 내 님 조ᄎᆞ려 ᄒᆞ노라

---

19) 扁鵲(편작): 중국 전국시대의 명의(名醫). 성은 진(秦)이고 이름은 월인(越人)이다. 젊어서 장상군(長桑君)이라는 의술에 능한 사람을 만나 약방(藥方)의 구전(口傳)과 의서(醫書)를 물려받아 그 비결을 터득하고 명의가 되었는데, 그를 시기한 진나라 태의령(太醫令)의 흉계로 암살당하였다.

20) 싀어디여: 죽어져서. 없어져서. '싀어디다'는 '물 새듯이 없어지다'는 뜻이다.

續쇽美미人인曲곡

鄭澈

사랑하는 임과 이별하다

뎨 가ᄂᆞᆫ 뎌 각시 본 듯도 ᄒᆞᆫ뎌이고
天텬上샹 白ᄇᆡᆨ玉옥京경[1]을 엇디ᄒᆞ야 離니別별ᄒᆞ고
ᄒᆡ 다 뎌 져믄 날의 눌을 보라 가시ᄂᆞᆫ고
어와 네여이고 이내 ᄉᆞ셜 드러보오
내 얼굴 이 거동이 님 괴얌 즉ᄒᆞᆫ가마ᄂᆞᆫ
엇딘디 날 보시고 네로다 녀기실ᄉᆡ
나도 님을 미더 군ᄠᅳ디 젼혀 업서
이ᄅᆡ야[2] 교ᄐᆡ야[3] 어ᄌᆞ러이 ᄒᆞ돗쎤디

1) 白玉京(백옥경): 도가(道家)에서 옥황상제가 산다는 곳. 여기서는 임금이 있는 궁궐을 가리킨다. 중국 당나라 시인 이백(李白)의 「경난리후천은류야랑억구유서회증강하위태수량재經亂離後天恩流夜郎憶舊遊書懷贈江下韋太守良宰」에 "하늘 위 백옥경은 열두 누각에 다섯 성이네(天上白玉京, 十二樓五城)"라고 하였다.
2) 이래야: 아양 떨며. 응석 부리며.

반기시ᄂᆞᆫ ᄂᆞᆺ비치 녜와 엇디 다ᄅᆞ신고
누어 ᄉᆡᆼ각ᄒᆞ고 니러안자 혜여ᄒᆞ니
내 몸의 지은 죄 뫼ᄀᆞ티 ᄡᅡ혀시니
하ᄂᆞᆯ히라 원망ᄒᆞ며 사ᄅᆞᆷ이라 허믈ᄒᆞ랴
셜워 플텨혜니 造조物믈의 타시로다

임의 일상사에 대해 염려하다

글란 ᄉᆡᆼ각 마오 ᄆᆡ친 일이 이셔이다
님을 뫼셔 이셔 님의 일을 내 알거니
믈 ᄀᆞᄐᆞᆫ 얼굴이 편ᄒᆞ실 적 몃 날일고
春츈寒한苦고熱열[4]은 엇디ᄒᆞ야 디내시며
秋츄日일冬동天텬은 뉘라셔 뫼셧ᄂᆞᆫ고
粥쥭早조飯반[5] 朝죠夕셕뫼 녜와 ᄀᆞᆺ티 셰시ᄂᆞᆫ가[6]
기나긴 밤의 ᄌᆞᆷ은 엇디 자시ᄂᆞᆫ고

임의 소식을 애타게 기다리다

님다히[7] 消쇼息식을 아므려나[8] 아쟈ᄒᆞ니

3) 교태야: 애교부리는 태도며.
4) 春寒苦熱(춘한고열): 봄의 꽃샘추위와 여름의 괴로운 더위.
5) 粥早飯(죽조반): 아침식사 전에 조금 먹는 죽.
6) 세시는가: 잡수시는가.
7) 님다히: 임의 쪽. 임의 편. '다히'는 '편, 쪽, 닿은 곳, 부근'이라는 뜻. 여기서는 선조(宣祖) 임금이 있는 곳을 말한다.
8) 아므려나: 어떻게 해서라도. 아무리 하여서라도.

오늘도 거의로다 닉일이나 사룸 올가
내 ᄆᆞ옴 둘 듸 업다. 어드러로 가쟈 말고
잡거니 밀거니 놉픈 뫼희 올라가니
구름은 ᄏᆞ니와 안개는 므ᄉᆞ 일고
山산川쳔이 어둡거니 日일月월을 엇디 보며
咫지尺쳑을 모ᄅᆞ거든 千쳔里리롤 ᄇᆞ라보랴
출하리 믈ᄀᆞ의 가 빅길히나 보랴ᄒᆞ니
ᄇᆞ람이야 믈결이야 어둥졍[9] 된뎌이고
샤공은 어디 가고 븬 빅만 걸렷는고
江강天텬의 혼자 셔셔 디는 힉롤 구버보니
님다히 消쇼息식이 더옥 아득ᄒᆞᆫ뎌이고

독수공방의 외로움을 토로하다

茅모簷쳠 ᄎᆞᆫ 자리의 밤듕만 도라오니
半반壁벽靑쳥燈등은 눌 위ᄒᆞ야 볼갓는고
오ᄅᆞ며 ᄂᆞ리며 헤뜨며[10] 바자니니[11]
져근덧 力녁盡진ᄒᆞ야 픗ᄌᆞᆷ을 잠간 드니
精졍誠셩이 지극ᄒᆞ야 ᄭᅮᆷ의 님을 보니
玉옥 ᄀᆞ톤 얼구리 半반이나마 늘거셰라
ᄆᆞ옴의 머근 말솜 슬ᄏᆞ장 ᄉᆞᆲ쟈ᄒᆞ니
눈믈이 바라나니[12] 말솜인들 어이ᄒᆞ며

9) 어둥정: 어리둥절하게. 어수선하게.
10) 헤뜨며: 헤매며. 산란한 마음으로 오고 가고 하며.
11) 바자니니: 방황하니. 바장이니.
12) 바라나니: 바로 나니. 즉시 나니. 또는 쏟아지니.

情정을 못 다ᄒᆞ야 목이조차 메여ᄒᆞ니
오뎐된[13] 鷄계聲성의 좀은 엇디 ᄭᆡ돗던고

죽어서라도 임의 곁에 가고 싶어하다

어와 虛허事ᄉᆞ로다 이 님이 어ᄃᆡ 간고
결의[14] 니러안자 窓창을 열고 ᄇᆞ라보니
어엿븐 그림재 날 조출 ᄡᅮᆫ이로다
출하리 ᄉᆡ여디여[15] 落낙月월이나 되야 이셔
님 겨신 窓창 안히 번드시 비최리라
각시님 ᄃᆞᆯ이야 ᄏᆞ니와 구즌비나 되쇼셔

13) 오뎐된: 방정맞은. 경망스러운.
14) 결에: 잠결에. 얼떨결에. 또는 즉시, 곧.
15) ᄉᆡ여디여: 죽어져서. 없어져서. 'ᄉᆡ어디다'는 '물 새듯이 없어지다'는 뜻이다.

自悼詞자도ᄉᆞ

曹友仁

임을 그리는 마음을 노래하다

임 향ᄒᆞᆫ 一片丹心일편단심 하ᄂᆞᆯᄭᅴ ᄐᆞ 나시니
三生結緣삼ᄉᆡᆼ결연이오 지은 ᄆᆞᄋᆞᆷ 안녀이다
ᄂᆡ 얼골 ᄂᆡ 못 보니 보ᄋᆞᆷ즉ᄃᆞ 홀가ᄆᆞᄂᆞᆫ
ᄆᆡᆺᄂᆞᆾ치 곱고 밉고 삼긴 ᄃᆡ로 진혀 이셔
臙脂白粉연지ᄇᆡᆨ분도 쓸 쥴을 모ᄅᆞ거든
皓齒丹脣호치단순을 두엇노ᄅᆞ ᄒᆞ리잇가
이 임 만ᄂᆞ 뵈와 셤길 일 ᄉᆡᆼ각ᄒᆞ니
紅顔홍안을 ᄆᆡᆺ쟈 ᄒᆞ니 盛色셩ᄉᆡᆨ이 몃더지며[1]
造物됴물이 多猜다싀ᄒᆞ니 괼 쥴 어이 긔필ᄒᆞᆯ고
芳年十五방년십오의 비혼 일 젼혀 업셔

1) 몃더지며: 얼마 사이이며.

扶桑繭絲부상견ᄉᆞ[2]ᄅᆞᆯ 銀河은하의 씨어ᄂᆡ여
鴛鴦機上원앙긔상[3]의 鳳凰文봉황문 노화 쨔니
ᄂᆡ 손의 나ᄂᆞᆫ ᄌᆡ조 농타야 ᄒᆞᆯ가마ᄂᆞᆫ
말나 지어ᄂᆡ면 帝躬졔궁을 ᄭᅳ리려니[4]
님은 모ᄅᆞ셔도 나ᄂᆞᆫ 님을 미더 이셔
早晩佳期조만가긔ᄅᆞᆯ 손고펴 기드리니
香閨歲月향규세월은 믈 흐르듯 디나간다
人生인ᄉᆡᆼ이 언마 치며 이내 몸 어이ᄒᆞᆯ고

임과 이별한 슬픔을 노래하다

珠簾쥬렴을 손소 것고 玉階옥계예 거러 나려
五雲深處오운심쳐[5]의 님 계신 ᄃᆡ 바라보니
霧閤雲窓무합운창이 千里萬里쳔니만니 ᄀᆞ려셔라
因緣인연이 업지 안여 하ᄂᆞᆯ이 아ᄅᆞ신가
一隻靑鸞일쳑쳥난으로 廣漢宮광ᄒᆞᆫ궁[6] ᄂᆞ라올라
듯고 못 뵈던 님 쳔ᄂᆞᆾ치 좀간 뵈니
ᄂᆡ 님이 잇뿐이라 반갑기를 가을ᄒᆞᆯ가

2) 扶桑繭絲(부상견사): 부상(扶桑)의 누에고치에서 뽑은 실. 부상은 해가 뜨는 동쪽 바다 속에 있다고 하는 상상의 나무, 또는 그 나무가 있는 곳을 가리킨다. 중국 송나라 소식(蘇軾)의 「조령안최백대도폭경삼장趙令晏崔白大圖幅徑三丈」에 "부상의 큰 누에고치 항아리와 비슷한데, 천녀가 은하수에서 비단을 짰다네(扶桑大繭如甕盎, 天女織絹雲漢上)"라고 하였다.

3) 鴛鴦機上(원앙기상): 원앙무늬 베틀 위. 중국 당나라 송지문(宋之問)의 「명하편明河篇」에 "원앙무늬 베틀 위로 가끔 반딧불이 가로지르고, 오작교 옆에는 외기러기 날아가네(鴛鴦機上疎螢度, 烏鵲橋邊一雁飛)"라고 하였다.

4) ᄭᅳ리려니: 감싸려니.

5) 五雲深處(오운심처): 오색구름이 가득한 곳. '오운'은 상서로운 오색구름이 머문다는 선인(仙人)이 사는 곳을 가리키는데, 전하여 임금의 궁궐을 의미한다.

6) 廣漢宮(광한궁): '廣寒宮(광한궁)'의 오기. 달 속에 있다는 상상의 궁전.

이리 뵈ᄋᆞᆸ고 다시 뵐 일 ᄉᆡᆼ각ᄒᆞ니
三千粉黛삼천분ᄃᆡ는 朝暮됴모애 뫼셔시며
六宮嬋娟뉵궁션연은 左右좌우에 버러시니[7)]
羞澁슈삽ᄒᆞᆫ 殘粧잔장을 어ᄃᆡ 가 바ᄅᆞᆯ 뵈며[8)]
齟齬서오[9)]ᄒᆞᆫ 態度ᄐᆡ도을 눌ᄃᆞ려 쟈랑ᄒᆞᆯ고
欄干紅淚난간홍누ᄅᆞᆯ 翠袖취슈로 베스스며
玉京옥경[10)]을 여희ᄋᆞᆸ고 下界하계예 ᄂᆞ려오니
人生薄命인ᄉᆡᆼ박명이 이더도록 삼길시고
空閨十年공규십년에 隻影쳥영을 버들 삼고
아ᄋᆡ온 ᄠᅳᆫ[11)]에 혼잔 말솜 ᄒᆡ온 마리
님은 ᄂᆡ 님이라 날을 어이 ᄇᆞ리신고
ᄉᆡᆼ각ᄒᆞ시면 ᄀᆡ 아니 어엿분가

임에게 자신의 억울함을 토로하다

貞心뎡심을 디킈고 鬼神귀신끠 ᄆᆡᆼ셔ᄒᆞ야
됴흔 ᄯᅢ 도라오면 보ᄋᆞ올가 혜엿던니

7) 三千粉黛(삼천분대)는～벌였으니: 수많은 아름다운 여자들이 아침저녁으로 임을 극진히 모신다는 뜻으로, 여기서는 수많은 신하들이 임금을 받들어 모심을 나타낸 것이다. '삼천분대'는 예쁘게 꾸민 수천 명의 여자를 뜻하는데, 여기서는 임금을 모시는 수많은 하급관리를 뜻하며, '육궁선연(六宮嬋娟)'은 여섯 개의 궁전에 있는 아름다운 미인을 뜻하는데, 여기서는 조정의 높은 벼슬아치를 가리킨다.
8) 발을 뵈며: 발보이며. 자랑하며.
9) 齟齬(서오): '齟齬(서어)'의 오기. '서어'는 서름서름하여 탐탁하지 못함의 뜻이다.
10) 玉京(옥경): '백옥경(白玉京)'의 준말로, 도가(道家)에서 옥황상제가 산다는 곳. 여기서는 임금이 있는 대궐을 가리킨다. 중국 당나라 이백(李白)의 「경난리후천은류야랑억구유서회증강하위태수량재經亂離後天恩流夜郞憶舊遊書懷贈江下韋太守良宰」에 "하늘 위 백옥경은 열두 누각에 다섯 성이네(天上白玉京, 十二樓五城)"라고 하였다.
11) 아ᄋᆡ온 ᄠᅳᆫ: 미상. '아쉬운 뜻'인 듯하다.

과연 ᄂᆡ 님이 젼혀 아니 ᄇᆞ리실ᄉᆞ
三千弱水삼쳔약슈[12]의 靑鳥使쳥됴ᄉᆞ[13] 건너오니
님의 消息소식을 반가이 ᄃᆞᆺ관졔고
多年다연 허튼 머리 트리텨 지버 곳고
雙臉啼痕쌍험졔흔을 분ᄠᅵ도 아니 미러[14]
먼 길 머다 안냐 허위허위 드러오니
그리던 얼굴을 보ᄃᆞᆺ 마ᄃᆞᆺ ᄒᆞ야 이셔
숨ᄶᅮ즌 새옴은 어이ᄒᆞ여 ᄒᆞᆫ단 말고
萋斐쳐비ᄅᆞᆯ ᄲᅡ내야 貝金패금을 ᄆᆡᆼ그ᄂᆞᆫ ᄃᆞᆺ[15]
玉上靑蠅옥샹쳥승[16]이 온갓 허믈 지어내니
ᄂᆡ 몸에 싸힌 죄는 그지 ᄀᆞ이 업거니와
天日텬일이 在上ᄌᆡ샹ᄒᆞ니 님이 짐쟉 아니실가
글란 더디고 셜운 ᄠᅳᆫ 닐오려니
百年人生ᄇᆡᆨ년인ᄉᆡᆼ애 이ᄂᆡ 님 만나 보아
誓海盟山셔ᄒᆡᄆᆡᆼ산[17]을 첫 말ᄉᆞᆷ 미덧더니

12) 三千弱水(삼천약수): 삼천 리 약수(弱水). '약수'는 신선이 사는 땅에 있다는 강으로, 길이가 삼천 리나 되며 물의 부력이 아주 약하여 기러기의 깃털도 가라앉는다고 한다.
13) 靑鳥使(청조사): 중국 신화에서 신녀(神女)인 서왕모(西王母)를 위하여 먹을 것과 편지를 전해 주었다는 파랑새. 곧 반가운 사자(使者)나 편지를 이르는 말.
14) 분때도 아니 밀어: 분도 아니 발라. '분ᄠᅵ밀다'는 '분바르다'는 뜻의 옛말이다.
15) 萋斐(처비)를~만드는 듯: 알록달록한 무늬를 짜내어 조개무늬 비단을 만드는 듯. '처비패금(萋斐貝金)'은 조개무늬처럼 아름다운 무늬가 있는 비단을 말하는데, 아름다운 색실을 모아 무늬 있는 비단을 짜듯이 남의 사소한 잘못을 모아서 큰 죄처럼 꾸미는 참언(讒言)을 비유한 말이다. 『시경』 소아(小雅) 「항백巷伯」에 "알록달록 아름다워라, 조개무늬 비단이 짜였네. 저 남을 참소하는 자여, 너무나 심하였도다(萋兮斐兮, 成是貝錦. 彼讒人者, 亦已大甚)"라고 하였다.
16) 玉上靑蠅(옥상청승): 옥돌 위에 앉은 쉬파리. '청승(靑蠅)'은 참소(讒訴)를 잘하는 소인을 비유하는 말이다. 중국 당나라 석관휴(釋貫休)의 「고의古意」에 "늘 생각건대 이태백이 신선 같은 필치로 조화 부렸네. 현종이 그를 불러 칠보상을 권했으니, 백호전이든 용루문이든 어울리지 않는 곳 없었네. 하루아침에 고력사(高力士) 신발 벗긴 뒤로, 옥돌 위에 쉬파리 하나 생기었네(常思李太白, 仙筆驅造化. 玄宗致之七寶牀, 虎殿龍樓無不可. 一朝力士脫靴後, 玉上靑蠅生一箇)"라고 하였다.
17) 誓海盟山(서해맹산): 산과 바다에 맹세함. 남녀가 서로 사랑할 때 맹세하는 말로, 애정이 산이나 바다처럼 영원불변함을 가리킨다. 여기서는 임금과 신하 사이의 변치 않는 의(義)를 말한다.

그 더듸 므스 일로 이 근원 그처 두고
옥 ᄀᆞᄐᆞᆫ 얼구롤 외오 두고 그리ᄂᆞᆫ고
ᄉᆞ랑이 슬믜던가 命薄명박ᄒᆞᆫ 타시런가
니ᄅᆞ면 모기 몌고 ᄉᆡᆼ각거든 가슴 ᄯᅳᆷ즉
長門咫尺댱문지쳑이 언마나 가렷관ᄃᆡ
薄行劉郎박ᄒᆡᆼ뉴랑은 ᄭᅮᆷ의도 아니 뵈며[18]
昭陽歌管소양가관[19]은 예 듯던 소릐로ᄃᆡ
長信宮댱신궁[20] 문을 닷고 아니 연단 말가
風霜풍상이 섯거 티고 衆芳즁방이 ᄠᅥ러지니
數叢黃菊수총황국은 눌 위ᄒᆞ야 퓌여시며
乾坤건곤이 凝閉응폐[21]ᄒᆞ야 朔風삭풍이 되오[22] 부니
ᄒᆞᄅᆞ[23] ᄲᅧ다ᄒᆞᆫ둘 열흘 치위 어니ᄒᆞᆯ고
銀針은침을 ᄲᅢ야 내야 五色오ᄉᆡᆨ 실 ᄢᅦ여노코
님의 ᄲᅡ딘 오술 깁고져 ᄒᆞ건마는

18) 長門咫尺(장문지척)이～아니 뵈며: 중국 한나라 무제(武帝)가 황후(皇后) 진아교(眞阿嬌)를 가까운 곳에 있는 장문궁(長門宮)에 유폐시킨 일에 빗대어 임금에게 버림받아 감옥에 갇힌 작자의 신세를 하소연하고 있다. 장문궁은 중국 한나라 궁전으로, 무제 때 황후 진아교가 황제의 총애를 잃은 뒤에 살았던 곳이다. 황후는 후궁인 위자부(衛子夫)가 임신했다는 사실을 알고 그녀를 저주하기 위해 무당을 불러 굿판을 벌이고 위자부가 기거하는 궁에 요사스런 물건을 파묻는 등의 짓을 했는데, 이에 분노한 무제가 황후를 폐위시켜 장문궁에 유폐시켰다. '박행유랑(薄行劉郎)'은 진아교를 폐위시켜 장문궁에 유폐시킨 무제 유철(劉徹)을 말하는데, 여기서는 광해군을 가리킨다.
19) 昭陽歌管(소양가관): 소양전(昭陽殿)에 거처했던 조비연(趙飛燕)이 악기를 타면서 부르는 노래. 중국 한나라 성제(成帝)의 황후 조비연은 몸이 가볍고 가무(歌舞)를 잘하였는데, 그 모양이 마치 나는 제비[飛燕] 같았다고 한다.
20) 長信宮(장신궁): 중국 한나라 성제의 후궁이었던 반첩여(班婕妤)가 거처하던 궁. 반첩여는 반황(班況)의 딸로 성제 때 첩여라는 직명을 받았으나 조비연에게 성제의 총애를 빼앗기자 장신궁으로 물러나 태후의 시중을 들었다고 한다.
21) 凝閉(응폐): 얼어붙고 막힘. 중국 당나라 이화(李華)의 「조고전장문弔古戰場文」에 "궁한 음기가 얼어붙고 막히는 때에 이르면, 바닷가는 차가운 바람이 몰아친다(至若窮陰凝閉, 凜冽海隅)"라고 하였다.
22) 되오: 아주 몹시.
23) ᄒᆞᄅᆞ: 하루를.

天門九重텬문구듕에 갈 길히 아득ᄒᆞ니
兒女深情아녀심졍을 님이 언제 술피실고
窮陰궁음도 거의로다 陽復양복이면 더디리[24]
冬至子半동지ᄌᆞ반[25]이 去夜거야의 도라오니
萬戶千門만호천문이 次第차뎨로 연ᄃᆞ 호ᄃᆡ
魚鑰어약을 굿게 즘가 洞房동방을 다다시니
눈 우희 서리는 언마나 노가시며
뜰ᄀᆞ의 梅花ᄆᆡ화는 몃 붕이 퓌연ᄂᆞᆫ고

임에 대한 원망을 표출하다

肝腸간댱이 다 써거 넉시조차 그쳐시니
千行怨淚쳔항원루는 피 되야 소ᄉᆞ나고
半壁靑燈반벽쳥등은 비치조차 어두웨라
黃金황금이 만ᄒᆞ면 買賦ᄆᆡ부나 ᄒᆞ련마는[26]
白日ᄇᆡᆨ일이 無情무졍ᄒᆞ니 覆盆복분[27]에 비췰손가
平生積釁평싱젹흔은 다 내의 타시로ᄃᆡ
言語언에 工巧공교 업고 눈츼 몰라 ᄃᆞᆫ닌 일를

24) 窮陰(궁음)도~더디리: 임의 떨어진 옷을 기워서 드리려고 하나 추운 겨울이 거의 지나가고 따뜻한 봄날이 되면 허사가 될 것을 안타까이 여겨 표현한 구절이다. '궁음'은 음력 섣달로, 겨울의 마지막을 가리킨다. '양복(陽復)'은 음력 11월을 가리키지만, 여기서는 글자 그대로 해석하여 따뜻한 봄날이 돌아옴을 뜻한다.
25) 冬至子半(동지자반): 동짓날 자정(子正).
26) 黃金(황금)이~하련마는): 황금이 많으면 부(賦)를 살까마는. 중국 한나라 무제 때 황후 진아교가 무제의 마음을 돌리기 위해 사마상여(司馬相如)에게 황금을 주고 부(賦)를 짓게 한 일을 가리킨다. 황후의 고독하고 처량한 마음, 임을 사모하는 정을 잘 표현한 사마상여의 「장문부長門賦」를 본 무제가 황후를 다시 총애하게 되었다 한다.
27) 覆盆(복분): 뒤집힌 동이. 동이를 뒤집어놓은 것처럼 상황이 암담한 것을 비유한 말이다. 전하여 억울함을 풀 길이 없음을 가리키기도 한다.

플텨 혀여 보고 다시곰 ᄉᆡᆼ각거든
眞宰진ᄌᆡ[28]의 處分쳐분을 눌ᄃᆞ려 무ᄅᆞ리뇨
紗窓梅月사창ᄆᆡ월에 셰한숨 다시 딧코
銀箏은징을 나오혀 怨曲원곡을 슬피 ᄠᆞ니
朱絃쥬현이 그처뎌[29] 다시 닛기 어려웨라
출하로 ᄉᆡ여뎌 子規ᄌᆞ규의 넉시 되여
夜夜야야 梨花니화의 피눈물 우러내야
五更오경에 殘月잔월을 섯거 님의 ᄌᆞᆷ을 ᄭᆡ오리라

---

28) 眞宰(진재): 우주의 주재자. 조물주. 하늘. 중국 당나라 두보(杜甫)의 「희우喜雨」에 "푸른 강에 밤비 내리니, 하늘이 자기 지은 죄를 한번 씻는구나(滄江夜來雨, 眞宰罪一雪)"라고 하였다.

29) 朱絃(주현)이 끊어져: 자기를 알아주는 사람이 없음을 탄식하는 말. 백아(伯牙)가 자신을 알아준 종자기(鍾子期)가 죽자 이를 탄식하며 거문고 줄을 끊었다는 『열자列子』「탕문湯問」의 고사에서 연유한 말이다.

원본
인물찬양가사

獨樂堂

在慶州玉山, 卽晦齋李先生所居堂也. 公往尋遺躅, 因作此歌.[1]

朴仁老

늘그막에 독락당을 찾은 감회를 읊다

紫玉山[2] 名勝地예 獨樂堂[3]이 蕭灑홈을 들런 디 오래로딕
이 몸이 武夫로서 海邊事ㅣ 孔棘거놀[4]
一片丹心에 奮義를 못내 ᄒᆞ야
金鎗鐵馬로 餘暇 업시 奔走터가
中心 景仰[5]이 白首에 더옥 깁허

1) 제목 다음에 이처럼 주석이 달려 있어 작품의 창작 동기를 알 수 있다. 해석은 현대어역 참고.
2) 紫玉山(자옥산): 경상도 경주에 있는 산. 독락당이 주변에 있다.
3) 獨樂堂(독락당): 이언적(李彦迪)이 벼슬을 그만두고 고향인 경상도 경주에 돌아와서 거처한 곳. 이언적의 제사를 받드는 옥산서원(玉山書院) 뒤편에 있다.
4) 海邊事(해변사)가 孔棘(공극)거늘: 바닷가 일이 매우 급박하거늘. 여기서는 임진왜란 때 왜구들이 침략하여 이를 막느라 분주한 상황을 가리킨다. '공극'은 매우 급박하다는 뜻으로, 『시경』 소아(小雅) 「채미采薇」에 "어느 하루인들 마음 놓으리오, 험윤의 침노가 매우 급박하구나(豈不日戒, 玁狁孔棘)"라고 하였다.
5) 中心(중심) 景仰(경앙): 마음속으로 덕망이나 인품을 사모하여 우러러봄. 여기서는 이언적을 사모함을 이르는 말이다.

竹杖芒鞋로 오날사 ᄎᄌ오니
峰巒은 秀麗ᄒ야 武夷山이 되여 있고
流水ᄂᆫ 盤回ᄒ야 後伊川이 되엿ᄂ다[6)]
이러ᄒᆫ 名區에 임ᄌᆡ 어이 업도썬고
一千年 新羅와 五百載 高麗에
賢人 君子들이 만히도 지닏마ᄂᆫ
天慳地秘ᄒ야 我先生ᄭᅴ 기치도다
物各有主[7)]ㅣ어든 ᄃᆞ토리 이실소냐

독락당 주변 경치를 찾아다니며 이언적의 모습을 회상하다

靑蘿를 헤혀드러 獨樂堂을 여러ᄂᆡ니
幽閑景致ᄂᆫ 견흘 ᄃᆡ 뇌야 업ᄂᆡ
千竿修竹은 碧溪 조차 둘너 잇고
萬卷書冊은 四壁의 사혀시니
顔曾이 在左ᄒ고 游夏ᄂᆫ 在右ᄒᆫ ᄃᆞᆺ[8)]

6) 峰巒(봉만)은~되었구나: 이언적이 거처한 독락당 주변의 경치를 중국의 유학자인 주희(朱熹)와 정이(程頤)에 빗대어 칭송한 구절이다. '무이산(武夷山)'은 중국 복건성(福建省)과 강서성(江西省) 경계에 있는 산으로, 남송 때 주희가 이곳에 무이정사(武夷精舍)를 짓고 은거하여 성리학을 주창하였다. '후이천(後伊川)'은 이천선생(伊川先生) 정이를 뒤따른다는 뜻이다. 정이는 북송의 유학자로 이천백(伊川伯)에 봉해졌으므로 이천선생이라 하며, 형 정호(程顥)와 함께 주돈이(周敦頤)에게 배워 이학(理學)의 기초를 세웠다.

7) 物各有主(물각유주): 만물은 각각 주인이 있음. 곧 무슨 물건이나 그것을 가질 사람은 따로 있음을 이르는 말. 중국 송나라 소식(蘇軾)의 「적벽부赤壁賦」에 "또한 저 천지 사이에 만물은 각각 주인이 있는 것이라, 진실로 나의 소유가 아닐진대 비록 한 털끝만 한 것이라도 취하지 말리라(且夫天地之間, 物各有主. 苟非吾之所有, 雖一毫而莫取)"라고 하였다.

8) 顔曾(안증)이~在右(재우)한 듯: 공자가 제자들을 거느리고 학문을 연마하는 모습에 빗대어 이언적이 거처한 독락당의 분위기를 나타낸 구절이다. '안증(顔曾)'은 안회(顔回)와 증삼(曾參)을, '유하(游夏)'는 자유(子游)와 자하(子夏)를 말하는데, 모두 공자의 제자다. 안회는 중국 춘추시대 노(魯)나라 사람으로, 집이 가난하였으나 안빈낙도(安貧樂道)한 것으로 유명하다. 증삼은 중

尙友千古[9]ᄒᆞ며 吟詠을 일을 삼아
閒中靜裏예 潛思自得ᄒᆞ야 혼자 즐겨 ᄒᆞ시덧다
獨樂 이 일홈 稱情ᄒᆞᆫ 줄 긔 뉘 알리
司馬溫公 獨樂園[10]이 아무려 조타 ᄒᆞᆫᄃᆞᆯ
其間眞樂이야 이 獨樂애 더로손가
尋眞[11]을 못ᄂᆡ ᄒᆞ야 養眞菴[12]의 도라드러
臨風靜看ᄒᆞ니 ᄂᆡ 뜻도 瑩然ᄒᆞ다
退溪先生 手筆이 眞得인 줄 알리로다[13]
觀魚臺[14] ᄂᆞ려오니 ᄭᆞᆯ온 덧ᄒᆞᆫ 盤石의 杖屨痕이 보이ᄂᆞᆫ 닷
手栽長松은 녯 빗ᄎᆞᆯ 씌여시니
依然物色이 긔 더옥 반가올샤

국 춘추시대 노나라 사람으로, 효도를 역설하였으며, 공자의 덕행과 학설을 조술(祖述)하여 공자의 손자 자사(子思)에게 전했다. 자유는 중국 춘추시대 오(吳)나라 사람으로 본명은 언언(言偃)이다. 문학에 뛰어났고 예(禮)의 사상이 투철하였다. 자하는 중국 춘추시대 사람으로 본명은 복상(卜商)이다. 위(衛)나라 문후(文侯)의 스승으로 시와 예에 능통하였다.

9) 尙友千古(상우천고): 천 년 전을 숭상함. 곧 책을 벗삼음을 이르는 말. 『맹자』「만장장구하萬章章句下」에 "천하의 선한 선비를 벗하는 것이 만족스럽지 않으면 또 옛사람을 숭상하게 되니, 그 사람이 지은 시를 낭송하고 그 사람이 쓴 책을 읽고서도 그를 모른대서야 되겠느냐? 그러므로 그 당시 세상을 논하는 것이니, 이것이 옛날로 올라가서 옛것을 벗하는 것이다(以友天下之善士, 爲未足, 又尙論古之人, 頌其詩, 讀其書, 不知其人可乎. 是以論其世也, 是尙友也)"라고 하였다.

10) 司馬溫公(사마온공) 獨樂園(독락원): 중국 송나라의 사마광(司馬光)이 은거하던 거처. 사마광은 죽은 뒤에 온국공(溫國公)에 봉해졌으므로 사마온공(司馬溫公)이라 한다. 만년에 재상에서 파면되자 낙양(洛陽)에 독서당과 동산을 만들어 '독락원'이라 이름짓고, 그곳에서 홀로 소요하고 책 읽으며 지냈다.

11) 尋眞(심진): 신선을 찾음. 또는 진경(眞境)을 찾음. 중국 송나라 위야(魏野)의 「심은자불우尋隱者不遇」에 "진경 찾다 잘못하여 봉래도 들었더니, 바람 없는데 향기 그윽하고 소나무 꽃가루 날리네(尋眞悟入蓬萊島, 香風不動松花老)"라고 하였다.

12) 養眞菴(양진암): 독락당 뒤에 있는 정자인 계정(溪亭). 퇴계(退溪) 이황(李滉)이 쓴 '양진암(養眞菴)'이라는 현판이 걸려 있다.

13) 退溪先生(퇴계선생)~알리로다: 퇴계 이황이 독락당 뒤의 정자에 직접 쓴 현판 '양진암'이 진실인 줄 알겠노라.

14) 觀魚臺(관어대): 독락당 주변에 있는 바위. 이언적이 독락당 주변 계곡의 바위 다섯을 골라 오대(五臺)라고 하였는데, 관어대(觀魚臺)는 '물고기 노는 것을 바라보는 곳'이란 뜻으로 붙인 이름이다.

神淸氣爽ᄒᆞ야 芝蘭室[15]에 든 덧ᄒᆞ다
多少 古跡을 보며 문득 ᄉᆡᆼ각ᄒᆞ니
層巖絶壁은 雲母屛이 절로 되야
龍眠妙手[16]로 그린 덧시 버러잇고
百尺澄潭애 天光雲影[17]이 얼희여 ᄌᆞᆷ겨시니
光風霽月[18]이 부는 ᄃᆞᆺ ᄇᆞ시는 ᄃᆞᆺ
鳶飛魚躍[19]을 말업ᄉᆞᆫ 벗을 삼아
沈潛翫索ᄒᆞ야 聖賢事業 ᄒᆞ시덧다
淸溪를 빗기 건너 釣磯도 宛然ᄒᆞᆯ샤
문노라 白鷗들아 녜닐을 아ᄂᆞ산다
嚴子陵이 어ᄂᆡ 해예 漢室로 가단 말고[20]

15) 芝蘭室(지란실): 향기로운 지초나 난초가 가득한 방. 곧 훌륭한 이가 거처하는 곳을 이르는 말. 여기서는 독락당 주변의 빼어난 경치를 가리킨다. 『공자가어孔子家語』에 “훌륭한 이와 함께 지내는 것은 향기로운 지초나 난초가 가득한 방에 들어가 있는 것과 같아서 오래되면 그 향기를 맡지 못할지라도 곧 그 향기와 더불어 동화된다(與善人居, 如入芝蘭之室, 久而不聞其香, 卽與之化矣)”라고 하였다.

16) 龍眠妙手(용면묘수): 용면(龍眠)의 뛰어난 그림 솜씨. ‘용면’은 중국 송나라 때 이름난 화가인 이공린(李公麟)을 말하며, ‘용면’은 그의 호이다. 문인 가문에서 태어나 진사시험에 급제하여 벼슬살이도 했으나, 벼슬을 사직하고 용면산(龍眠山)에 들어가 회화에 전념했다.

17) 天光雲影(천광운영): 하늘빛과 구름 그림자. 곧 만물이 천성(天性)을 얻어 조화를 이룬 상태를 이르는 말. 중국 남송의 유학자 주희의 「관서유감觀書有感」에 “반 이랑 네모진 연못이 거울처럼 열리니 하늘빛과 구름 그림자 어울려 오가네. 묻노니 저 물은 어찌 저렇게도 맑은가. 근원으로부터 맑은 물이 흘러오기 때문이지(半畝方塘一鑑開, 天光雲影共徘徊. 問渠那得淸如許, 爲有源頭活水來)”라고 하였다.

18) 光風霽月(광풍제월): 맑은 날의 바람과 비 갠 날의 달. 중국 북송의 시인 황정견(黃庭堅)이 유학자 주돈이의 인품을 칭송하면서 “그의 인품이 심히 높고 마음결이 시원하고 깨끗함이 마치 맑은 날의 바람과 비 갠 날의 달과 같구나(其人品甚高, 胸懷灑落, 如光風霽月)”라고 한 데서 유래하였는데, 사람의 도량이 넓고 시원스러움을 표현한 말이다. 후대에는 이 뜻이 점차 확대되어 세상이 잘 다스려진 상태를 뜻하기도 한다.

19) 鳶飛魚躍(연비어약): 솔개는 날아 하늘에 이르고 물고기는 연못에서 뜀. 천지만물의 자연스러운 운행이나 천지조화의 오묘한 작용을 뜻하거나 도를 행하는 것은 위나 아래나 모두가 밝은 것으로, 도의 작용이 아닌 것이 없음을 가리킨다. 『시경』 대아(大雅) 「한록旱麓」에 “솔개는 날아 하늘에 이르고 물고기는 연못에서 뛰네(鳶飛戾天, 魚躍于淵)”라고 하였다.

20) 嚴子陵(엄자릉)이～가단 말고: 중국 후한(後漢) 때의 엄광(嚴光)이 광무제(光武帝)가 내린 벼슬을 거부하고 자연에 은거한 사실을 가리킨 구절이다. 엄광은 중국 후한 광무제 때의 은사로서, 자릉(子陵)은 그의 자이다. 한나라 왕실의 제위를 빼앗아 ‘신(新)’이란 나라를 세웠던 왕망

苔深磯上애 暮烟만 줌겨셔라
春服을 싀로 입고 詠歸臺에 올라오니
麗景은 古今업서 淸興이 절로 하니
風乎詠而歸를 오놀 다시 본 둧ᄒ다[21)]
臺下 蓮塘의 細雨 잠긴 지닉가니
碧玉 곳ᄒ 너분 닙헤 ᄒ치ᄂ니 明珠로다
이러ᄒ 淸景을 보암즉도 ᄒ다마는
濂溪[22)] 가신 後에 몃몃 희를 디닌 게오
依舊 淸香이 다믄 혼자 남아고야
紫烟이 빗긴 아래 瀑布를 멀리 보니
丹崖 노푼 긋헤 긴 닉히 걸려는 둧
香爐峰 긔 어듸오 廬山이 예롯던가[23)]
澄心臺[24)] 구어보니 鄙吝턴 胸襟이 새로온 둧ᄒ다마는
寂寞空臺예 외로이 안자시니
風淸鏡面의 山影만 잠겨 잇고
綠樹陰中에 왼갓 식 슬피 운다

(王莽)을 타도한 광무제가 옛날 함께 공부했던 엄광에게 간의대부(諫議大夫)의 벼슬을 주었으나, 엄광은 이를 받지 아니하고 부춘산(富春山)으로 들어가 칠리탄(七里灘) 가에서 낚시질을 즐기며 숨어 살다가 일생을 마쳤다는 고사가 『후한서後漢書』「고사전高士傳」에 전한다.

21) 春服(춘복)을～본 듯하다: 독락당 주변에 있는 영귀대(詠歸臺)의 이름에 착안하여 『논어』「선진先進」에 나오는 증점(曾點)의 고사를 원용하여 봄날의 흥취를 표현한 구절이다. 『논어』「선진」에 공자가 제자들에게 만약 자기를 알아주는 사람이 있다면 어떻게 하겠느냐고 묻자, 증점이 "늦봄에 봄옷이 만들어지면 관을 쓴 어른 대여섯 명과 어린아이 예닐곱 명과 함께 기수(沂水)에서 목욕이나 하고 무우대(舞雩臺)에서 바람이나 쏘이면서 시를 읊조리고 돌아오겠다(莫春者, 春服旣成, 冠者五六人, 童子六七人, 浴乎沂, 風乎舞雩, 詠而歸)"라고 하였다.

22) 濂溪(염계): 중국 송나라의 도학자 주돈이. 주돈이의 자는 무숙(茂叔), 호는 염계다. 『태극도설太極圖說』을 지어 성리학의 개조(開祖)가 되었다.

23) 香爐峰(향로봉)～여기인가: 명산으로 유명한 여산(廬山)에 빗대어 독락당 주변의 경광을 칭송한 구절이다. 여산은 중국 강서성(江西省) 북쪽에 있는 산으로, 향로봉과 여산폭포(廬山瀑布)가 유명하다.

24) 澄心臺(징심대): 독락당 주변에 있는 바위. 이언적이 독락당 주변 계곡의 바위 다섯을 골라 오대라고 하였는데, 징심대는 '마음을 맑게 하는 곳'이란 뜻으로 붙인 이름이다.

徘徊思憶ᄒᆞ며 眞跡을 다 차ᄌᆞ니
濯纓臺[25] 淵泉은 古今 업시 말다마는
末路紅塵에 사ᄅᆞᆷ마다 紛競커든
이리 조ᄒᆞᆫ 淸潭애 濯纓[26]ᄒᆞᆯ 줄 긔 뉘 알리

이언적의 풍채와 덕행을 추앙하고 그리워하다

獅子巖 노피 올라 道德山[27]을 바라보니
玉蘊含輝[28]ᄂᆞᆫ 어제론 덧ᄒᆞ다마ᄂᆞᆫ
鳳去山空[29]ᄒᆞ니 杜鵑만 나죄 운다
桃花洞 ᄂᆞ린 물리 不舍晝夜ᄒᆞ야 落花조차 흘러오니
天台ㄴ가 武陵인가 이 ᄯᅡ히 어ᄃᆡᆫ 게오[30]

---

25) 濯纓臺(탁영대): 독락당 주변에 있는 바위. 이언적이 독락당 주변 계곡의 바위 다섯을 골라 오대라고 하였는데, 탁영대는 '갓끈을 씻는 곳'이란 뜻으로 붙인 이름이다.
26) 濯纓(탁영): 갓끈을 씻음. 곧 맑은 물에 갓끈을 씻고 흐린 물에 발을 씻듯이 물의 맑고 흐림을 통해 자신의 마음을 수양함을 비유한 말. 『맹자』 「이루장구상離婁章句上」에 "어떤 어린아이가 노래하기를 '창랑의 물 맑으면 나의 갓끈 씻을 것이요, 창랑의 물 흐리면 내 발 씻을 것이다'라고 하였다. 공자가 '제자들아, 저 노래를 들어보아라. 맑으면 갓끈을 씻고, 흐리면 발을 씻을 것이니 스스로 취할 것이다'라고 말하였다(有孺子歌曰, 滄浪之水淸兮, 可以濯我纓, 滄浪之水濁兮, 可以濯我足. 孔子曰, 小子聽之. 淸斯濯纓, 濁斯濯足矣, 自取之也)"라고 하였다.
27) 道德山(도덕산): 경상도 경주의 독락당 주변에 있는 산.
28) 玉蘊含輝(옥온함휘): 구슬이 쌓여 빛을 머금고 있음. 곧 덕이 있는 사람은 표시를 하지 않아도 남이 알아준다는 것을 비유한 말. 여기서는 이언적이 스스로 자신을 드러내진 않았지만 학덕이 높아서 다른 사람들이 알아준다는 뜻이다. 중국 진(晉)나라 육기(陸機)의 「문부文賦」에 "돌에 옥이 있으면 산이 빛나고, 물속에 구슬이 있으면 시내가 아름답다(石韞玉而山暉, 水懷珠而川媚)"라고 하였다.
29) 鳳去山空(봉거산공): 봉황 떠나고 산은 빔. 여기서는 이언적이 죽고 없어서 독락당이 텅 비어 버렸음을 뜻한다. 중국 당나라 시인 이백(李白)의 「등금릉봉황대登金陵鳳凰臺」에 "봉황대 위에 봉황이 노닐더니 봉황 떠나고 누대 비어 강물만 절로 흐르네(鳳凰臺上鳳凰遊, 鳳去臺空江自流)"라고 하였다.
30) 桃花洞(도화동)~어디인가: 중국의 천태산(天台山)과 무릉도원(武陵桃源)에 빗대어 독락당 주변의 경치를 칭송한 구절이다. 천태산은 중국 절강성(浙江省) 천태(天台)에 있는 산으로, 한나라 때 유신(劉晨)과 완조(阮肇)가 이 산에 들어가 약초를 캐다가 두 여인을 만나 반년을 살다

仙蹤이 아득ᄒᆞ니 아모뎐 줄 모ᄅᆞ로다
仁者도 아닌 몸이 므슴 理를 알리마ᄂᆞᆫ
樂山忘歸ᄒᆞ야 奇巖을 다시 비겨[31]
川原 遠近에 景致를 살펴보니
萬紫千紅은 비단빗치 되어 잇고
衆卉群芳은 谷風에 눌려 오고
山寺 鍾聲은 구룸 밧긔 들리ᄂᆞ다
이러ᄒᆞᆫ 形勝을 范希文[32]의 文筆인들 다 서ᄂᆡ기 쉬울넌가
滿眼 風景이 客興을 도오ᄂᆞᆫ ᄃᆞᆺ
任意逍遙ᄒᆞ며 짐즉 더듸 도라오니
擧目西岑의 夕陽이 거의로다
獨樂堂 고쳐 올나 左右를 살펴보니
先生 風彩을 親히 만나 뵈옵는 ᄃᆞᆺ
羹墻[33]의 儼然ᄒᆞ야 俯仰歎息ᄒᆞ며
當時 ᄒᆞ시던 닐 다시곰 思想ᄒᆞ니
明窓靜几예 世慮을 이즈시고
聖賢書의 着意ᄒᆞ야 功效를 일워ᄂᆡ여

고향에 돌아와보니 이미 7대 후손이 살고 있었다는 고사가 『태평광기太平廣記』에 전한다. 또한 중국 진(晉)나라 태원(太元) 때 무릉(武陵)에 사는 어부가 복사꽃 떠내려오는 물줄기를 따라올라가서 무릉도원이라는 이상향을 발견하였다는 이야기가 중국 진나라 도잠(陶潛)의 「도화원기桃花源記」에 전한다.

31) 仁者(인자)도~다시 비겨: 공자가 말한 '인자요산(仁者樂山)'이라는 구절을 취하여 작자 자신이 어진 자도 아니면서 산을 좋아한다고 겸손하게 표현한 구절이다. 『논어』 「옹야雍也」에 "지혜로운 사람은 물을 좋아하고 어진 사람은 산을 좋아하며, 지혜로운 사람은 동적이고 어진 사람은 정적이며, 지혜로운 사람은 낙천적이고 어진 사람은 장수한다(知者樂水, 仁者樂山, 知者動, 仁者靜, 知者樂, 仁者壽)"라고 하였다.

32) 范希文(범희문): 중국 북송 때의 정치가이자 시인인 범중엄(范仲淹). 희문(希文)은 그의 자이며 시호(諡號)는 문정(文正)이다. 동정호(洞庭湖)의 악양루(岳陽樓)를 대상으로 쓴 「악양루기岳陽樓記」로 유명하다.

33) 羹墻(갱장): 국과 담장. 곧 사모함이 지극함을 비유한 말. 중국에서 요(堯)임금이 죽은 뒤 순(舜)임금이 요임금을 그리워하였는데, 앉아 있을 때면 담장에 요임금이 보이고 밥을 먹을 때면 국에 요임금이 보였다는 고사가 『후한서後漢書』 「이고전李固傳」에 전한다.

繼往開來[34]ᄒᆞ야 吾道를 발키시니
吾東方 樂只君子[35]ᄂᆞᆫ 다문 인가 너기로라
ᄒᆞᄆᆞᆯ며 孝悌를 本을 삼고 忠誠을 벱허 니여
聖朝의 나아 들러 稷契[36]의 몸이 되야
唐虞盛時[37]를 일월가 바라더가
時運이 不幸ᄒᆞ야 忠賢을 遠斥ᄒᆞ니
듯ᄂᆞ니 보ᄂᆞ니 深山窮谷앤들 뉘 아니 悲感ᄒᆞ리
七年長沙[38]이 不見天日ᄒᆞ고
閉門深省ᄒᆞ샤 道德만 닷그시니
邪不勝正이라 公論이 절로 이러
尊崇道德을 사람마다 ᄒᆞᆯ 줄 아라

34) 繼往開來(계왕개래): 계왕성개래학(繼往聖開來學). 옛 성인(聖人)의 가르침을 이어받아서 후세의 학자들에게 가르쳐 전함. 『중용中庸』「중용장구서中庸章句序」에서 주희가 "우리 공자로 말하면 비록 그 지위를 얻지 못하였으나, 옛 성인의 가르침을 이어받아서 후세의 학자들에게 가르쳐 전하였으니, 그 공이 도리어 요순(堯舜)보다 더함이 있다(若吾夫子, 則雖不得其位, 而所以繼往聖開來學, 其功反有賢於堯舜者)"라고 하였다.

35) 樂只君子(낙지군자): 즐거운 군자. 곧 덕이 있는 사람을 이르는 말. 『시경』 국풍(國風) 「주남周南」에 "남쪽에 늘어진 나무 있으니 칡덩굴이 감겨 있도다. 즐거운 군자여, 복록으로 편안하도다(南有樛木, 葛藟纍之. 樂只君子, 福履綏之)"라고 하였다.

36) 稷契(직설): 중국 순임금 때의 명신(名臣)인 후직(后稷)과 설(契). 후직은 주(周)나라의 시조로서, 성은 희(姬)이고 이름은 기(棄)이다. 사마천(司馬遷)의 『사기』 「주본기周本記」에 의하면, 제곡(帝嚳)의 정비(正妃)인 어머니 강원(姜原)이 거인의 발자국을 밟고 잉태하여 낳아서 불길하다 하여 세 차례나 버려졌으므로 기(棄)라는 이름이 붙여졌다고 한다. 순임금을 섬겨 사람들에게 농사를 가르친 공으로 후직이라는 벼슬에 올랐다. 은(殷)나라의 시조인 설은 제곡의 둘째부인인 간적(簡狄)이 제비의 알을 삼켜서 낳았다고 한다. 순임금 때는 사도(司徒)라는 벼슬을 맡아 백성들의 교화에 힘썼으며, 우(禹)임금의 치수사업을 도와서 공을 세웠다.

37) 唐虞盛時(당우성시): 요순시절 같은 태평스런 세상. '당(唐)'은 요임금을 가리키며, '우(虞)'는 순임금을 가리킨다. 요임금은 왕위를 아들이 아닌 순에게 물려주었으며, 순임금은 우(禹)가 치수(治水)의 공이 있다 하여 그에게 왕위를 물려주어 현군(賢君)의 대표적인 인물들로 불린다. 보통 요임금과 순임금의 시기를 태평성대의 시기라 일컫는다.

38) 七年長沙(칠년장사): 중국 한나라 때 가의(賈誼)가 7년 동안 장사(長沙)에 귀양 갔던 일. 여기서는 1547년 양재역(良才驛) 벽서사건(壁書事件)에 무고하게 연루된 이언적이 평안도 강계(江界)에서 7년 동안 유배되었다가 그곳에서 죽은 사실을 가리킨다. 『사기』 「굴원가생열전屈原賈生列傳」에 따르면, 가의는 낙양인(洛陽人)으로 스무살 때 문제(文帝)에게 발탁되어 최연소 박사(博士)가 되었으며, 나중에는 태중대부(太中大夫)에 이르게 되었으나 대신들의 시기를 받아 장사왕태부(長沙王太傅)로 좌천되었다가 33세의 나이로 생을 마쳤다고 한다.

江界ᄂᆞᆫ 謫所로ᄃᆡ 遺化를 못ᄂᆡ 이져

窮巷絶域의 祠宇ᄌᆞ차 ᄉᆡ워시니

士林趨仰이야 더옥 닐러 무엇ᄒᆞ리

紫玉泉石 우희 書院을 디어 두고[39)]

濟濟靑襟[40)]이 絃誦聲[41)]을 이어시니

濂洛群賢[42)]이 이 ᄯᅡ히 뫼왓ᄂᆞᆫ 닷

求仁堂[43)] 도라올라 體仁廟[44)]도 嚴肅ᄒᆞᆯ샤

千秋血食[45)]이 偶然 아닌 일이로다

追崇尊敬을 ᄒᆞᆯ소록 못ᄂᆡᄒᆞ야

文廟從享[46)]이 긔 더옥 盛事로다

吾東方 文憲이 漢唐宋애 비긔로쇠

---

39) 紫玉泉石(자옥천석)~지어 두고: 이언적의 덕행과 학문을 추모하기 위해 1572년 경상도 경주의 자옥산에 옥산서원을 창건한 사실을 가리킨다.

40) 濟濟靑襟(제제청금): 수많은 선비들. 또는 재주가 많고 위풍이 있는 선비들. '청금(靑襟)'은 옛날 유생들이 입던, 깃이 푸른 옷을 말하는데, 보통 선비를 비유하는 말로 쓰인다. 『시경』 정풍(鄭風) 「자금子衿」에 "푸르고 푸른 그대의 옷깃이여, 아득하고 아득한 나의 그리움이로다(靑靑子衿, 悠悠我心)"라고 하였다.

41) 絃誦聲(현송성): 거문고를 타고 시를 읊는 소리. 곧 부지런히 학문을 닦고 교양을 쌓음을 비유적으로 이르는 말. 옛날에는 『시경』을 전수하고 배울 때, 음악에 맞추어 노래하는 것을 현가(絃歌)라 하고 음악 없이 낭독하는 것을 송(誦)이라 하였으며, 둘을 합쳐서 현송(絃誦)이라 하였다. 『예기禮記』 「문왕세자文王世子」에 "봄에는 낭독하고, 여름에는 음악에 맞추어 노래하였다(春誦, 夏絃)"라고 하였다.

42) 濂洛群賢(염락군현): 중국 송나라 때 주돈이와 정호·정이 형제가 길러낸 여러 어진 선비들. 주돈이는 염계에 살면서 제자들을 가르쳤고, 정호·정이 형제는 낙양(洛陽)에서 후학들을 길러냈다고 하여 이들을 '염락'이라 부른다.

43) 求仁堂(구인당): 옥산서원 내에 있는 강당.

44) 體仁廟(체인묘): 옥산서원 내에 있는 사당.

45) 千秋血食(천추혈식): 국가의 의식으로 지내는 제사가 영원히 끊이지 않음. '혈식'은 피 묻은 생고기를 제물로 바치고 받드는 제사를 말하는데, 주로 국가의 큰 제사와 정이품 이상의 실직(實職)을 누린 사람의 제사에는 생고기를 사용한 데서 연유한 것이다.

46) 文廟從享(문묘종향): 공자를 모신 사당인 문묘에 이언적을 함께 모심. 여기서는 1610년(광해군 2)에 김굉필(金宏弼), 정여창(鄭汝昌), 조광조(趙光祖), 이황(李滉)과 더불어 이언적을 조선 오현(朝鮮五賢)의 한 사람으로 문묘에 모신 사실을 가리킨다. 문묘는 공자 이래 유학을 발전시켜온 중국과 우리나라 학자들의 신위(神位)를 봉안(奉安)하여 제향(祭享)하는 곳으로 중앙의 성균관과 각 지방의 향교에 설치되어 있다.

紫陽 雲谷[47]도 어즈버 여긔로다
洗心臺[48] ᄂᆞ린 물에 德澤이 이어 흘러
龍湫 감흔 곳애 神物조차 ᄌᆞᆷ겨시니
天工造化ㅣ 긔 더옥 奇異ᄏᆞ야
無邊眞景을 다 ᄎᆞᆺ기 어려올ᄉᆡ
樂而忘返[49]ᄒᆞ야 旬月을 淹留ᄒᆞ며
固陋ᄒᆞᆫ 이 몸애 誠敬[50]을 넙이 ᄒᆞ야
先生 文集을 仔細히 살펴보니
千言萬語 다 聖賢의 말삼이라
道脈工程이 日月ᄀᆞᆺ치 ᄇᆞᆯ가시니
어드운 밤길헤 明燭 잡고 옌 덧ᄒᆞ다

이언적의 유훈을 길이 받들 것을 권면하다

진실로 이 遺訓을 腔子裏[51]예 가둑 담아

47) 紫陽(자양) 雲谷(운곡): 중국 송나라 주희가 머물며 공부하던 곳. '자양'은 중국 안휘성(安徽省)에 있는 산으로 주희가 자양서원(紫陽書院)을 세운 곳이며 주희의 호이기도 하다. '운곡'은 중국 복건성(福建省) 건양(建陽) 서북쪽에 위치한 산으로, 본래는 노봉(蘆峯)이라 하였으나 주희가 이곳에 초당을 짓고 거처하면서 운곡으로 고쳤다.

48) 洗心臺(세심대): 독락당 주변에 있는 바위. 이언적이 독락당 주변 계곡의 바위 다섯을 골라 오대라고 하였는데, 세심대는 '마음을 깨끗이 하는 곳'이란 뜻으로 붙인 이름이다.

49) 樂而忘返(낙이망반): 즐기느라 돌아갈 것을 잊음. 중국 주목왕(周穆王)이 선녀 서왕모(西王母)와 요지(瑤池)에서 주연을 벌여 흥겹게 놀면서 돌아갈 것을 잊은 데서 유래하였다. 『사기』「조세가趙世家」에 "목왕은 조보를 마부로 삼고 서쪽을 순수하던 중 서왕모를 만나 함께 즐거이 노닐다가 돌아갈 것을 잊었다(穆王使造父御, 西巡狩, 見西王母, 樂之忘歸)"라고 하였다.

50) 誠敬(성경): 유학에서 인간의 최고 목표로 설정한 '성(誠)'과 이에 도달하기 위한 수양 방법인 '경(敬)'. '성'은 도덕적 극치인 천도(天道), 곧 성인(聖人)의 도(道)를 말하며, '경'은 이러한 성의 경지에 도달하기 위한 수양 방법으로서의 인도(人道)를 말한다. 『중용中庸』에 "성실함은 하늘의 도이고, 성실하고자 하는 것은 사람의 도이다(誠者, 天之道也, 誠之者, 人之道也)"라고 하였다.

51) 腔子裏(강자리): 뱃속. 마음. '강자(腔子)'는 가슴과 배 사이에 있는 빈 곳을 가리킨다. 『정자

誠意正心[52]ᄒᆞ야 修誠을 넙게 ᄒᆞ면
言忠行篤[53]ᄒᆞ야 사ᄅᆞᆷ마다 어질로다
先生 遺化 至極홈이 엇더ᄒᆞ뇨
嗟哉 後生들아 趨仰을 더옥 놉혀
萬世千秋에 山斗[54]갓치 바ᄅᆡ사라
天高地厚도 有時盡 ᄒᆞ려니와[55]
獨樂堂 淸風은 가업실가 ᄒᆞ노라

유서程子遺書』에 "마음이란 요컨대 뱃속에 있는 것이다(心要在腔子裏)"라고 하였다.

52) 誠意正心(성의정심): 뜻을 성실하게 하고 마음을 바르게 함. 『대학大學』에서 말한 '팔조목(八條目)'에 해당한다. 『대학』에 "옛날에 광명한 덕을 천하에 밝히려고 한 사람은 먼저 자기의 나라를 다스리고, 자기의 나라를 다스리려고 한 사람은 먼저 자기의 집을 가지런히 하고, 자기의 집을 가지런히 하려고 한 사람은 먼저 자기 몸을 닦고, 자기 몸을 닦으려고 한 사람은 먼저 자기의 마음을 바르게 하고, 자기의 마음을 바르게 하려고 한 사람은 먼저 자기의 뜻을 성실하게 하고, 자기의 뜻을 성실하게 하려고 한 사람은 먼저 자기의 지식을 넓혔으니, 지식을 넓히는 것은 사물의 이치를 궁구함에 있다(古之欲明明德於天下者, 先治其國, 欲治其國者, 先齊其家, 欲齊其家者, 先修其身, 欲修其身者, 先正其心, 欲正其心者, 先誠其意, 欲誠其意者, 先致其知, 致知在格物)"라고 하였다.

53) 言忠行篤(언충행독): 말이 충성스럽고 행실이 돈독함. 『논어』「위영공衛靈公」에 "말이 충성스럽고 신실하며 행실이 돈독하고 공경스러우면 비록 오랑캐의 나라라 하더라도 행해질 것이다. 말이 충성스럽지 않거나 신실하지 않고 행실이 돈독하지 않거나 공경스럽지 않으면 제 고장이라 하더라도 행해질 수 있겠는가?(言忠信, 行篤敬, 雖蠻貊之邦, 行矣. 言不忠信, 行不篤敬, 雖州里, 行乎哉)"라고 하였다.

54) 山斗(산두): 태산(泰山)과 북두성(北斗星). 곧 태산과 북두성을 여러 사람이 우러러보듯이 남에게 존경받는 사람을 가리키는 말. 중국 당나라 한유(韓愈)가 죽은 후 그의 학설이 널리 퍼지자 학자들이 그를 태산북두를 우러러보듯이 존경하였다는 『당서唐書』「한유전韓愈傳」에서 유래한 말이다. 태산은 중국 오악(五岳)의 하나로 산동성(山東省)에 있는데 예로부터 중국인들이 성산(聖山)으로 받들어왔다. 또한 북두성은 『논어』「위정爲政」에서 공자가 "덕으로 정치를 하는 것은 마치 북극성이 제자리에 있고 여러 별들이 그것을 향하여 도는 것과 같다(爲政以德, 譬如北辰居其所, 而衆星共之)"라고 말한 것처럼 모든 별의 중심적 위치를 차지하고 있는 별자리이다.

55) 天高地厚(천고지후)도 有時盡(유시진) 하려니와: 하늘 높고 땅 두터워도 다할 때 있을 것이나. 중국 당나라의 시인 백거이(白居易)의 「장한가長恨歌」에 "하늘 오래고 땅 영원하대도 다할 때 있을 것이나, 이 한만은 끊이지 않고 다할 기약 없으리라(天長地久有時盡, 此恨綿綿無絶期)"라고 하였다.

嶺南歌

乙亥李相國謹元按第嶺南, 布德宣化, 想一道如一家, 當遆民皆感恩, 而願留, 故公作歌以謹表之[1)]

朴仁老

전란으로 황폐해진 영남지방에 순찰사가 새로 부임하다

嶺南 千里外에 壬辰變後 나믄 百姓
賊路初頭에 어닉 世業 가질넌고
遺墟蕪沒[2)]훈 딕 草屋數間 디어 두고
陳荒薄田[3)]을 가다 얼믹 갈리런고
又득 多事훈딕 賦役이나 적을넌가
朝夕도 못내 이어 飢寒애 늘거신들
戀主丹心이야 어닉 刻애 이즐넌고
白日 갓훈 聖明이 萬里 밧글 다 보시니
深仁至德으로 惻怛훈 뜻을 두샤

1) 제목 다음에 이처럼 주석이 달려 있어 작품의 창작 동기를 알 수 있다. 해석은 현대어역 참고
2) 遺墟蕪沒(유허무몰): 남은 터가 황무지같이 폐허가 됨.
3) 陳荒薄田(진황박전): 묵어서 거칠어진 땅과 메마른 밭.

巡相閤下[4])를 特別이 보내시니
嶺南 殘民이 再生秋[5]) 아니온가

순찰사의 선정을 칭송하다

白玉ᄀ치 몱그시고 河海ᄀ치 깁흔 뜻에
明德 新民[6])을 一身에 일을 삼아
九經 八目[7])을 誠敬[8])中에 부쳐 두고
稷契[9]) 皐陶[10]) 몸이 되야 致君堯舜[11])을 뵈옵고야 말랴 너겨

4) 巡相閤下(순상합하): 순찰사(巡察使)를 높여 부르는 말.
5) 再生秋(재생추): 다시 살아나는 때.
6) 明德(명덕) 新民(신민): 밝은 덕을 밝히고 백성을 가르쳐 새롭게 함. 『대학大學』에 "대학의 도(道)는 밝은 덕을 밝힘에 있으며, 백성을 가르쳐 새롭게 함에 있으며, 지선(至善)에 그침에 있다(大學之道, 在明明德, 在親[新]民, 在止於至善)"라고 하였다.
7) 九經(구경) 八目(팔목): 천하를 다스리는 아홉 가지의 큰 덕과 여덟 가지의 조목. '구경'은 『중용中庸』에 "무릇 천하와 국가를 다스림에 구경이 있으니, 몸을 닦음과, 어진 이를 높임과, 친척을 친히 함과, 대신(大臣)을 공경함과, 여러 신하들의 마음을 체찰(體察)함과, 여러 백성들을 자식처럼 사랑함과, 백공(百工)들을 오게 함과, 먼 지방의 사람을 회유(懷柔)함과, 제후(諸侯)들을 은혜롭게 하는 것이다(凡爲天下國家, 有九經曰, 修身也, 尊賢也, 親親也, 敬大臣也, 體群臣也, 子庶民也, 來百工也, 柔遠人也, 懷諸侯也)"라고 하였으며, '팔목'은 『대학』에 "옛날에 밝은 덕을 천하에 밝히고자 하는 자는 먼저 그 나라를 다스리고, 그 나라를 다스리고자 하는 자는 먼저 그 집안을 가지런히 하고, 그 집안을 가지런히 하고자 하는 자는 먼저 그 몸을 닦고, 그 몸을 닦고자 하는 자는 먼저 그 마음을 바루고, 그 마음을 바루고자 하는 자는 먼저 그 뜻을 성실히 하고, 그 뜻을 성실히 하고자 하는 자는 먼저 그 지식을 지극히 하였으니, 지식을 지극히 함은 사물의 이치를 궁구함에 있다(古之欲明明德於天下者, 先治其國, 欲治其國者, 先齊其家, 欲齊其家者, 先修其身, 欲修其身者, 先正其心, 欲正其心者, 先誠其意, 欲誠其意者, 先致其知, 致知, 在格物)"라고 하였다.
8) 誠敬(성경): 유학에서 인간의 최고 목표로 설정한 성실(誠實)과 이에 도달하기 위한 수양 방법인 '경(敬)'. '성(誠)'은 도덕적 극치인 천도(天道), 곧 성인(聖人)의 도(道)를 말하며, 경은 이러한 성의 경지에 도달하기 위한 수양 방법으로서의 인도(人道)를 말한다. 『중용』에 "성실함은 하늘의 도이고, 성실하고자 하는 것은 사람의 도이다(誠者, 天之道也, 誠之者, 人之道也)"라고 하였다.
9) 稷契(직설): 중국 순(舜)임금 때의 명신(名臣)인 후직(后稷)과 설(契). 후직은 주(周)나라의 시조(始祖)로서, 성은 희(姬)이고 이름은 기(棄)이다. 『사기』 「주본기周本紀」에 의하면, 제곡(帝嚳)의 정비(正妃)인 어머니 강원(姜原)이 거인의 발자국을 밟고 잉태하여 낳아서 불길하다 하여

承流宣化[12]ᄒᆞ야 養民ᄒᆞᆯ 뜻을 두샤
七十州[13] 一家 삼아 父母心을 가지시고
어미 일흔 모든 赤子 如保恩[14]을 닙히시니
大旱애 百穀이 時雨를 만나는 ᄃᆞᆺ
涸轍枯魚[15]ㅣ 깁픈 소애 잠겨는 ᄃᆞᆺ
千千萬萬家애 德化 골오 미쳐시니
不世情 東風[16]이 ᄒᆞᆫ 빗ᄎᆞ로 부ᄂᆞᆫ덧다
相國 恩波ᄂᆞᆫ 견ᄒᆞᆯ ᄃᆡ 뇌야 업ᄂᆡ
農桑을 勸ᄒᆞ시며 軍政도 다ᄀᆞ시니
男耕女織에 萬民이 安業ᄒᆞ고
弓矢斯張[17]ᄒᆞ야 武備도 ᄀᆞ잣ᄂᆞ다

세 차례나 버려졌으므로 기(棄)라는 이름이 붙여졌다고 한다. 순임금을 섬겨 사람들에게 농사를 가르친 공으로 후직이라는 벼슬에 올랐다. 은(殷)나라의 시조인 설(契)은 제곡(帝嚳)의 둘째 부인인 간적(簡狄)이 제비의 알을 삼켜서 낳았다고 한다. 순임금 때는 사도(司徒)라는 벼슬을 맡아 백성들의 교화에 힘썼으며, 우(禹)임금의 치수사업을 도와서 공을 세웠다.

10) 皐陶(고요): 성은 언(偃), 자는 정견(庭堅)이며, 순임금의 신하로 사구(司寇), 즉 옥관(獄官)의 장(長)을 지냈다.

11) 致君堯舜(치군요순): 요순(堯舜) 같은 임금을 섬김. 중국의 요임금은 왕위를 아들이 아닌 순에게 물려주었으며, 순임금은 우(禹)가 치수(治水)의 공이 있다 하여 그에게 왕위를 물려주어 현군(賢君)의 대표적인 인물들로 불린다. 보통 요임금과 순임금의 시기를 태평성대의 시기라 일컫는다.

12) 承流宣化(승류선화): 옛 성인의 유풍(流風)을 계승하고 덕화(德化)를 베풂.

13) 七十州(칠십주): 70개 고을. 경상도 전역을 가리킨다.

14) 赤子(적자) 如保恩(여보은): 백성을 어린 자식처럼 보호하는 은혜. 『대학』에 "「강고康誥」에 이르기를 '어린 자식을 보호하듯이 한다' 하였으니, 마음에 진실로 구하면 비록 딱 맞지는 않으나 멀지 않을 것이다(康誥曰, 如保赤子, 心誠求之, 雖不中, 不遠矣)"라고 하였다.

15) 涸轍枯魚(학철고어): 수레바퀴 자국의 고인 물에서 말라 죽어가는 물고기. 곧 몹시 곤궁하거나 위급한 처지에 있음을 이르는 말. 집이 가난한 장주(莊周)가 감하후(監河侯)에게 곡식을 빌리러 갔는데, 고을의 세금을 거둬들인 후에 빌려주겠다는 감하후의 말에 장주는 화가 나서 "내가 이리로 오는데 도중에 수레바퀴 자국에 있는 붕어가 약간의 물만 있어도 자신을 살릴 수 있다고 했소. 그래서 나는 남쪽 오월(吳越)로 가서 서강(西江)의 물을 보내주겠다고 했지요. 그러자 그 붕어는 불끈 성을 내며 차라리 건어물전에 가서 자기를 찾으라고 하더군요."라고 말하였다는 고사가 『장자莊子』「외물(外物)」에 전한다.

16) 不世情(불세정) 東風(동풍): 세태에 얽히지 않은 봄바람. 중국 당나라 시인 나업(羅鄴)의 「춘유春遊」에 "해마다 인간 세상의 일을 점검하는데, 오로지 봄바람만이 세태에 얽히지 않는구나(年年檢點人間事, 唯有春風不世情)"라고 하였다.

ᄒᆞ믈며 氷玉精神[18]에 霽月胸襟[19] 품으시고
盡心國事ᄒᆞ야 忠誠을 다ᄒᆞ시며
學校明倫[20]을 政事中에 大本 삼아
斯文一事[21]을 己任을 삼으시니
吾道幸甚[22]이 時運이 아니온가
政治 이러커니 뉘 아니 感激ᄒᆞ리
列邑 守令이 相國의 法을 밧아
愛民一心이 遠近 업시 다 ᄀᆞᆺᄒᆞ니
엇거제 石壕村이 武陵桃源 되엿는가[23]

---

17) 弓矢斯張(궁시사장): 활과 화살을 갖추어놓음. 『시경』 대아(大雅) 「공류公劉」에 "도타우신 공류께서 편안히 거처하지 않으셔서, 이에 밭두둑을 다스리고 경계를 다스려 노적을 쌓고 창고에 쌓으며, 마른 양식을 싸서 전대에 넣고 자루에 넣도다. 백성을 편안하게 하고 나라를 빛내고자, 활과 화살을 갖추고 창과 방패와 크고 작은 도끼를 가지고서야 비로소 길을 떠나시니라(篤公劉, 匪居匪康, 迺埸迺疆, 迺積迺倉, 迺裹餱糧, 于槖于囊, 思輯用光, 弓矢斯張, 干戈戚揚, 爰方啓行)"라고 하였다.

18) 氷玉精神(빙옥정신): 얼음과 옥처럼 맑고 깨끗하여 아무 티가 없는 정신.

19) 霽月胸襟(제월흉금): 비가 갠 날의 달과 같은 시원한 가슴. '제월' 또는 '광풍제월(光風霽月)'은 중국 북송의 시인 황정견(黃庭堅)이 유학자 주돈이(周敦頤)의 인품을 칭송하면서 "그의 인품이 심히 높고 마음결이 시원하고 깨끗함이 마치 맑은 날의 바람과 비 갠 날의 달과 같구나(其人品甚高, 胸懷灑落, 如光風霽月)"라고 한 데서 유래하였는데, 사람의 도량이 넓고 시원스러움을 표현한 말이다. 후대에는 이 뜻이 점차 확대되어 세상이 잘 다스려진 상태를 뜻하기도 한다.

20) 學校明倫(학교명륜): 학교를 설치하여 인륜을 밝힘. 『소학小學』에 "맹자가 '상(庠)·서(序)·학(學)·교(校)를 설치함은 모두 인륜을 밝히기 위한 것이다'라고 말하였다(孟子曰, 設爲庠序學校, 以敎之, 皆所以明人倫也)"라고 하였다.

21) 斯文一事(사문일사): 유교(儒敎) 한 가지 일. '사문'은 유교의 도의(道義)나 문화를 일컫는 말로서, 『논어』 「자한子罕」에 "하늘이 장차 사문을 없애려 하셨다면 나 같은 후인(後人)이 사문에 참여하지 못하였을 것이다(天之將喪斯文也, 後死者不得與於斯文也)"라고 한 공자의 말에서 유래하였다.

22) 吾道幸甚(오도행심): 우리 경상도에 행운이 많음.

23) 엇그제~되었는가: 엇그제 황폐한 마을이 지상낙원이 되었는가. 여기서는 임진왜란으로 폐허가 된 경상도 마을들이 순찰사의 선정으로 지상낙원처럼 회복된 것을 말한다. '석호촌(石壕村)'은 중국 호남성(河南省) 섬현(陝縣)에 있는 마을인데, 두보(杜甫)가 「석호리石壕吏」라는 시에서 무자비한 징병의 폐해로 고통받는 백성들의 모습을 읊은 이후 전란으로 황폐화된 마을을 뜻하게 되었다. '무릉도원(武陵桃源)'은 선경(仙境) 또는 낙원을 뜻하는데, 중국 진(晉)나라 도잠(陶潛)의 「도화원기桃花源記」에서 유래하였다. 중국 진나라 때 호남(湖南) 무릉에 사는 한 어부가 계곡물에 떠내려오는 복숭아꽃을 따라올라가 선경을 발견하였는데, 난리를 피해 수백

竹院松窓애 絃誦聲[24]을 이어거놀
綠楊亭畔애 擊壤歌[25]을 불러너니
無懷氏 젹 사람인가 葛天氏 쩍 百姓인가[26]
唐虞盛時[27]을 오놀 다시 본 둣ᄒᆞ다
許多 好訟輩는 어드러로 다 간게오
獄訟이 止息ᄒᆞ니 囹圄空虛 ᄒᆞ단 말가
民心이 感化ᄒᆞ야 절노절노 그러토다
必也使無訟을 千載下애 보아고야[28]
公庭이 無事ᄒᆞ니 村落도 일이 업다
多少 行人은 男女 分明 異路ᄒᆞ고

년 동안 숨어산 그곳의 사람들에게 융숭한 대접을 받고 돌아온 후 다시 찾으려고 했으나 찾을 수가 없었다고 한다.

24) 絃誦聲(현송성): 거문고를 타면서 시를 읊는 소리. 곧 부지런히 학문을 닦고 교양을 쌓음을 비유적으로 이르는 말. 옛날에는 『시경』을 전수하고 배울 때, 음악에 맞추어 노래하는 것을 현가(絃歌)라 하고 음악 없이 낭독하는 것을 송(誦)이라 하였으며, 둘을 합쳐서 현송(絃誦)이라 하였다. 『예기禮記』「문왕세자文王世子」에 "봄에는 암송하고, 여름에는 음악에 맞추어 노래하였다(春誦, 夏絃)"라고 하였다.

25) 擊壤歌(격양가): 중국 요임금 시대에 어떤 노인이 땅을 치면서 불렀다는 노래. 곧 태평성대를 이르는 말. 요임금이 민정을 살펴보고 있는데, 늙은 농부가 배를 두드리고 땅을 치면서 "해 뜨면 일하고, 해 지면 쉬고, 우물 파서 마시고, 밭 갈아서 먹으니, 임금의 힘인들 나에게 무슨 상관이 있는가(日出而作, 日入而息, 鑿井而飮, 耕田而食, 帝力于我何有哉)"라며 천하가 태평한 것을 노래하였다는 고사가 『십팔사략十八史略』「제요편帝堯篇」에 전한다.

26) 無懷氏(무회씨)~百姓(백성)인가: 중국 상고시대 전설상의 제왕인 무회씨(無懷氏)와 갈천씨(葛天氏) 때의 태평성대에 빗대어 작자의 만족스러운 생활을 표현한 구절이다. '무회씨'는 도덕으로 세상을 다스려 그 백성들이 모두 밥 먹는 것을 달게 여기며 인생을 즐겼다고 하며, '갈천씨'는 도덕이 높아서 말하지 않아도 믿고 교화를 펴지 않아도 교화가 행해져 온 천하가 절로 잘 다스려졌다고 한다. 중국 진나라 도잠의 「오류선생전五柳先生傳」에 "기분 좋게 술에 취하여 시를 지으니, 마음이 기뻐지네. 어쩌면 태고의 무회씨 시절 사람인가, 갈천씨 세상의 사람인가(酣觴賦詩, 以樂其志. 無懷氏之民歟, 葛天氏之民歟)"라고 하였다.

27) 唐虞盛時(당우성시): 요순시절 같은 태평스런 세상. '당(唐)'은 요임금을 가리키며, '우(虞)'는 순임금을 가리킨다.

28) 必也使無訟(필야사무송)을~보았구나: 반드시 송사(訟事)가 없도록 함을 천 년 후에 보았구나. '필야사무송'은 공자가 한 말인데, 그로부터 아주 오랜 세월이 지난 후에야 순찰사의 선정(善政)으로 조선에도 송사가 그치게 되었음을 과장되게 표현한 것이다. 『논어』「안연顔淵」에 "공자가 '송사를 결단함은 나도 남과 같이 하겠으나, 반드시 송사가 없도록 하겠다'라고 말하였다(子曰, 聽訟, 吾猶人也, 必也使無訟乎)"라고 하였다.

西疇 處處에 耕者讓畔 ᄒᆞᄂᆞᆫ괴야[29)]
뭇노라 布穀아 이 ᄯᅡ히 어ᄃᆡ오
어즈버 이 몸이 周界예 드러온 ᄃᆞᆺ[30)]
相國風化 아믹도 그지업닉

순찰사의 덕화와 은덕에 감사의 뜻을 표하다

召公[31)]의 德化 늣겨 寇君一年[32)] 빌고제라
嶺南 士民들아 이내 말삼 仔細듯소
相國恩德을 못 니즐 ᄒᆞᆫ 닐 ᄒᆞ식
齊紈[33)]를 만히 사고 眞彩[34)]를 가초 어더

29) 多少(다소)~하는구나: 중국 주(周)나라 문왕(文王)이 나라를 잘 다스려서 백성들이 서로 양보했다는 미풍양속에 빗대어 순찰사의 선정을 찬양한 구절이다. 『소학』에 "우(虞)나라와 예(芮)나라의 임금이 서로 토지를 다투어 오랫동안 화평하지 못하였다. 이에 서로 말하기를 '서백(西伯)은 어진 사람이니, 어찌 그를 찾아가서 바로잡지 않겠는가' 하고, 함께 주나라로 조회를 갔다. 그 국경에 들어가니, 밭을 경작하는 자들은 밭의 경계를 양보하고, 길 가는 자들은 길을 양보하였으며, 그 도읍에 들어가니, 남녀가 길을 달리하고, 머리가 반백이 된 자가 짐을 들고 다니지 않았으며, 그 조정에 들어가니, 사(士)는 대부(大夫)가 되기를 사양하고, 대부(大夫)는 경(卿)이 되기를 사양하였다(虞芮之君, 相與爭田, 久而不平. 乃相謂曰, "西伯仁人也, 往質焉." 乃相與朝周, 入其境, 則耕者讓畔, 行者讓路, 入其邑, 男女異路, 班白不提, 入其朝, 士讓爲大夫, 大夫讓爲卿)"라고 하였다.
30) 이 몸이 周界(주계)에 들어온 듯: '이 몸이 주(周)나라의 경계에 들어온 듯하다'의 뜻으로, 주나라의 서백(西伯)인 문왕(文王)이 나라를 잘 다스려 태평성대를 이룩한 것에 빗대어 순찰사의 선정을 찬양한 구절이다.
31) 召公(소공): 고대 중국 주(周)나라 초기의 사람으로 성은 희(姬), 이름은 석(奭)이다. 문왕의 아들이자 무왕(武王)의 아우로서 무왕을 도와 은(殷)나라를 멸망시키고 주나라를 건국하는 데 큰 공을 세웠으며, 연(燕)나라의 시조가 되었다. 여기서는 순찰사를 빗대어 표현한 것이다.
32) 寇君一年(구군일년): 떠나가는 관리에게 일 년 더 머물러달라고 백성들이 청함. 중국 한나라 광무제(光武帝) 때 구순(寇恂)이 영천(潁川)의 태수(太守)가 되어 선정을 베풀어 태평성대를 이루니 백성들이 일 년 더 머물러달라고 길을 막아 만류했다고 한다.
33) 齊紈(제환): 중국 제(齊) 땅에서 생산되는 최고급 품질의 비단. 반첩여(班婕妤)의 「원가행怨歌行」에 "제(齊) 땅에서 난 흰 비단을 새로 잘라 만드니, 희고 깨끗함 서리와 눈 같구나(新裂齊紈素, 皎潔如霜雪)"라고 하였다.
34) 眞彩(진채): 매우 진하게 쓰는 불투명한 채색. 또는 그것으로 그린 그림. 여기서는 좋은 물감

相國風度를 司馬溫公[35] 畵像갓치 無限無限 그려닉야
嶺南 千萬家애 壁上의 부져 두고
中心에 그리온 적이어든 보옵고쟈 ᄒᆞ노라

을 가리킨다.

35) 사마온공(司馬溫公): 중국 북송의 사마광(司馬光). 사마광은 죽은 뒤 온국공(溫國公)에 봉해져 '사마온공'이라 한다. 신종(神宗) 초에 왕안석(王安石)의 신법(新法)에 반대하여 은퇴하였으며, 그후에 재상이 되자 신법을 폐하고 구법(舊法)으로 통치하였다. 고결한 도덕성을 가지고 있었으며, 학문에 조예가 깊었을 뿐만 아니라 뛰어난 정치가로 평가된다.

원본 ◉ 종교가사

서왕가[1)]

懶翁和尙

인생이 무상하여 입산수도入山修道를 결심하다

나도 이럴만졍 셰샹애 인재러니

무샹을(무샹은 사ᄅᆞᆷ이 오래 사지 못ᄒᆞᄂᆞᆫ 말이라) ᄉᆡᆼ각하니 다 거즛 거시로쇠

부모의 기친 얼골 주근 후에 쇽졀업다

져근닷 ᄉᆡᆼ각ᄒᆞ야 셰ᄉᆞ을 후리치고

부모ᄭᅴ 하직ᄒᆞ고 단표ᄌᆞ 일납[2)]애

쳥녀장을 비기 들고 명산을 ᄎᆞ자드러

션지식[3)]을(션지식 불법 아ᄂᆞᆫ 사ᄅᆞᆷ이라) 친견ᄒᆞ야 ᄆᆞᄋᆞᆷ을 볼키려고

1) 원래는 '나옹화샹셔왕가라'로 되어 있지만 일반적으로 '서왕가'로 알려져 있으므로 여기서는 이를 따른다. 그리고 원문에 주석이 달려 있어 작품을 이해하는 데 도움을 주는데, 주석은 본문과 구별되게 ( ) 속에 작은 글씨로 표시하였다.
2) 일납(一衲): 한 벌의 누더기 옷.
3) 선지식(善知識): 불법을 잘 알고 덕이 높아 사람들을 교화할 만한 능력이 있는 승려.

천경만론을(천경만론 불경이라) 낫낫치 츄심ᄒᆞ야

뉵적[4]을(눈과 코와 셔와 몸과 귀와 탐심ᄒᆞ니 여섯 도적이로다) 자부리라

허공마롤(허공마는 사롬의 ᄆᆞ옴이라) 빗기 ᄐᆞ고

마야검[5]을(불법 아는 말이라) 손애 들고 오온산[6](ᄆᆞ옴과 몸과 오온산니라) 드러가니

졔산은(졔산은 셰간 번노심이라) 쳡쳡ᄒᆞ고 ᄉᆞ샹산[7]이(ᄉᆞ샹산은 아샹 인샹 즁싱샹 슈쟈샹이라) 덕옥 높다

염불의 공덕을 찬양하다

뉵근문두[8]애(뉵근은 눈과 코와 혀와 귀와 몸과 쓰과 뉵문이라) 자최 업슨 도적은 나며 들며(탐심을 내며 드리며 ᄒᆞ는 말이라) ᄒᆞ는 즁에

번노심[9] 베쳐 노코 지혜로 비롤 무어[10]

삼계[11] 바다(삼계는 욕계 뉵쳔과 식계 십팔쳔과 무식계 ᄉᆞ쳔과 삼계니라)

---

4) 육적(六賊): 사람의 마음을 어지럽히는 육식(六識)을 도적에 비유해서 이른 말. '육식'은 눈, 귀, 코, 혀, 몸, 뜻의 육근(六根)을 매개로 하여 일어나는 여섯 가지 번뇌, 즉 색(色), 성(聲), 향(香), 미(味), 촉(觸), 법(法)을 이른다. 이 여섯 가지 번뇌가 깨달음에 이를 수 있는 공덕을 빼앗는다고 하여 도적에 비유한 것이다.

5) 마야검(摩耶劍): 불법을 검에 비유해서 이른 말. '마야'는 '위대함', '뛰어남'을 뜻한다.

6) 오온산(五蘊山): 사람의 마음과 몸을 산에 비유해서 이른 말. '오온'은 사람의 의식과 행위를 구성하는 색(色), 수(受), 상(想), 행(行), 식(識)을 말한다.

7) 사상산(四相山): 사상(四相)을 산에 비유해서 이른 말. '사상'은 아상(我相), 인상(人相), 중생상(衆生相), 수자상(壽者相)의 네 가지 집착을 말한다.

8) 육근문두(六根門頭): 육근을 문(門)에 비유해서 이른 말. '육근'은 번뇌심을 일으키는 눈, 귀, 코, 혀, 몸, 뜻을 말하며, 번뇌심이 이 육근을 통해서 들고 난다고 하여 문에 비유한 것이다.

9) 번뇌심(煩惱心): 마음이나 몸을 괴롭히는 모든 망상(妄想).

10) 무어: 만들어.

11) 삼계(三界): 중생이 사는 욕계(欲界), 색계(色界), 무색계(無色界) 등의 세 세계. '욕계'는 식욕, 색욕, 재욕(財欲) 등 욕망이 강한 세계이고, '색계'는 욕계와 무색계의 중간 세계로 욕계처럼 식욕과 재욕은 없으나 색욕을 완전히 벗어나지 못한 세계이며, '무색계'는 육체와 욕망의 속박을 벗어나서 심신(心神)만이 존재하는 정신적인 사유의 세계를 이른다.

건네리라 념불즁싱 시러두고

삼승 딤때예 일승 돗글(불법 말숨이라) 두라두고[12)]

츈풍은 슌히 불고 비운으[13)] 셧도는디

인간을 싱각호니 슬프고 셜운지라

념불 마는 즁싱드라 몃 싱을 살냐 호고

셰스만 탐챡호야 익욕의 좀겻는다

호르도 열두 시오 혼 둘도 셜흔 날애 어늬 날애 한가홀고

쳥뎡호 불셩은 사롬마다 굿자신들 어니 날애 싱각호며

홍샤공덕[14)]은 볼니 구특호들[15)] 어니 시에 나야 쁠고(불셩은 사롬마다 굿자 인는 마리라)

셔왕은 머러지고(서왕은 극낙셰계) 지옥은 갓갑도쇠

이보시소 어로신네 권호노니 죵졔션근[16)] 시무시소(죵졔션근 부모 효양 불공 보시 념불 희쥬 동식이라)

금싱애 호온 공덕 후싱애 슈호느니

빅년탐믈은 호르아젹 듯글이오(사롬이 주근 휘면 셰간식 다 거즛 것시니라)

삼일 호온 념블은 빅천만 겁에 다홈업슨 보뵈로쇠

어와 이 보뵈 력쳔겁이블공호고 긍만셰이쟝금이라[17)](사롬의 불셩은 살

---

12) 삼승(三乘)~달아두고: 세 개의 돛을 달 수 있는 돛대에 하나의 돛을 달아두고. 곧 중생이 깨달음에 이르는 방법에는 성문승(聲聞乘), 연각승(緣覺乘), 보살승(菩撒乘) 등 세 가지 방법이 있는데, 그중 첫째 방법인 성문승을 택한다는 뜻. '성문승'은 부처의 가르침을 듣고 깨달음에 이르는 것을 말하고, '연각승'은 부처의 가르침에 의지하지 않고 홀로 깨달음의 경지에 이르는 것을 말하며, '보살승'은 큰 서원(誓願)을 세워 위로는 보리(菩提)를 구하고, 아래로는 중생을 교화하는 것을 말한다.

13) 비운으: '빅운은'의 오기인 듯하다.

14) 항사공덕(恒沙功德): 항하(恒河)의 모래알처럼 셀 수 없을 정도로 많은 공덕. '항하'는 인도의 갠지스 강을 말한다.

15) 구족(具足)한들: 빠짐없이 갖추어 있은들.

16) 종제선근(種諸善根): 선근을 심음. '선근'은 '몸', '입', '뜻'으로 짓는 업보가 선(善)으로 굳어져서 뽑을 수 없는 것을 이른다.

17) 역천겁이불고歷(千劫而不苦)하고 극만세이장금(極萬世而長今)이라: 사람의 불성은 생로병사(生老病死)가 없어 천겁이 지나고 만세가 다해도 괴롭지 않고 변함이 없다는 뜻.

며 늘그며 병들며 죽ᄂᆞᆫ 고외 다 업다 ᄒᆞᆫ 마리라)

건곤이 넙다 ᄒᆞᆫᄃᆞᆯ 이 ᄆᆞᄋᆞᆷ애 미출손가

일월이 ᄇᆞᆰ다 ᄒᆞᆫᄃᆞᆯ 이 ᄆᆞᄋᆞᆷ애 미출손가(사ᄅᆞᆷ의 본심광명은 하ᄂᆞᆯ 짜과 ᄒᆡ ᄃᆞᆯ 광명도 밋지 못ᄒᆞᆫ 말이라)

삼셰졔불[18]은 이 ᄆᆞᄋᆞᆷ을 아ᄅᆞ시고

뉵도즁ᄉᆡᆼ[19]은 이 ᄆᆞᄋᆞᆷ을 져ᄇᆞ릴시(뉵도ᄂᆞᆫ 쳔샹과 인간 귀신과 지옥 즘ᄉᆡᆼ 슈라과 뉵도니라)

삼계뉸회[20]을 어늬 날애 긋칠손고(사ᄅᆞᆷ되며 즘ᄉᆡᆼ되며 ᄒᆞ기를 긋칠 제 업다 ᄒᆞᆫ 말이니라)

져근닷 ᄉᆡᆨ각ᄒᆞ야[21] ᄆᆞᄋᆞᆷ을 ᄭᆡ쳐 먹고 태허[22]를 ᄉᆡᆼ각ᄒᆞ니

산 쳡쳡 슈 잔잔 풍 슬슬 화 명명ᄒᆞ고 숑쥭은 낙낙ᄒᆞᆫᄃᆡ

화장바다[23](니 인간셰계니라) 건네 저어 극낙셰계 드러가니

칠보금ᄃᆡ[24]예(칠보ᄂᆞᆫ 금과 은과 쟈거 마노 산호 호박 진쥬 칠뵈니라) 칠보망을 둘너시니 구경ᄒᆞ기 더욱 죠ᄒᆡ

염불을 권장하다

구품년ᄃᆡ[25]예 념불 소ᄅᆡ 자자 잇고

---

18) 삼세제불(三世諸佛): 과거, 현재, 미래의 모든 부처.

19) 육도중생(六道衆生): 천상(天上), 인간(人間), 아수라(阿修羅), 축생(畜生), 아귀(餓鬼), 지옥(地獄)의 여섯 세계를 윤회하는 중생.

20) 삼계윤회(三界輪廻): 중생이 해탈할 때까지 지은 업(業)에 따라 다른 생을 받아 삼계, 즉 욕계, 색계, 무색계를 돌며 끊임없이 생사를 반복한다는 뜻.

21) ᄉᆡᆨ각ᄒᆞ야: 'ᄉᆡᆼ각ᄒᆞ야'의 오기인 듯하다.

22) 태허(太虛): 맑고 참된 본바탕.

23) 화장바다: 미상. 원문 주석에 의하면 '인간세계'를 뜻한다.

24) 칠보금지(七寶錦地): 금, 은, 자개, 마노, 산호, 호박, 진주 등 일곱 가지 보배로 꾸며진 땅.

25) 구품연대(九品蓮臺): 극락세계에 왕생하는 사람이 앉는 아홉 종류의 연꽃 대(臺). 상상품(上上品)의 연꽃 대는 금강대(金剛臺), 하하품(下下品)의 연꽃 대는 금연화유여일륜(金蓮華猶如日輪)

청학 빅학과 잉무 공쟉과
금봉 쳥봉은 ᄒᆞᄂᆞ니 념불일쇠
쳥풍이 건듯 부니 념불 소릐 요요ᄒᆞ외[26)]
어와 슬프다 우리도 인간애 나왓다가 념불 말고 어이홀고
나무아미타불.

이라고 한다.
26) 요요(遙遙)ᄒᆞ외: 요요하도다. 멀고 아득하도다.

회심가[1]

清虛休靜

불법이 쇠퇴한 현실을 한탄하다

텬디이의[2] 분ᄒᆞᆫ 후에 삼나만샹 일어나니
유졍 무졍[3] 삼긴 얼골 텬진면목[4] 절묘ᄒᆞ딕
범부 고텨 셩인 되문 오직 사ᄅᆞᆷ 최귀ᄒᆞ다
요슌우탕[5] 문무쥬공[6] 삼강오샹[7] 팔죠목[8]을

1) 원래는 '회심가고'라 되어 있지만 일반적으로 '회심가'로 알려져 있으므로 여기서는 이를 따른다.
2) 천지이의(天地二儀): 하늘과 땅이라는 두 근본. '의(儀)'는 우주의 근본을 말한다. 『강희자전康熙字典』에 "두 근본은 하늘과 땅이고, 세 근본은 하늘과 땅과 사람이다(兩儀天地也, 三儀天地人也)"라고 하였다.
3) 유정(有情) 무정(無情): 희로애락(喜怒哀樂)의 감정을 가지고 있는 생물과 그렇지 않은 무생물.
4) 천진면목(天眞面目): 타고난 그대로의 참된 모습이나 마음.
5) 요순우탕(堯舜禹湯): 중국 상고시대 성군(聖君)인 요(堯)임금과 순(舜)임금, 하(夏)나라를 세운 우(禹)임금, 은(殷)나라를 세운 탕(湯)임금을 아울러 이르는 말. 뛰어난 군주를 찬양하거나 이상적인 군주를 지칭하는 표현으로 쓰인다.
6) 문무주공(文武周公): 중국 상고시대 주(周)나라의 문왕(文王), 무왕(武王), 주공(周公)을 아울러 이르는 말. 문왕은 무왕의 아버지로, 성은 희(姬) 이름은 창(昌)이다. 은(殷)나라 말기에 태공망(太公望) 여상(呂尙) 등 어진 선비들을 모아 국정을 바로잡고 융적(戎狄)을 토벌하여 아들 무왕

ᄐᆡ평셰에 장엄ᄒᆞ니 금슈상에 쳠화로다
동셔남북 간 ᄃᆡ마다 형뎨ᄀᆞᆺ티 화합ᄒᆞ니
텬하ᄐᆡ평 가감 업서 안양국[9]이 거의러니
어화 황공ᄒᆞ다 우리 민심 황공ᄒᆞ다
태고텬디 ᄂᆞ려오고 요순일월[10] 불가시되 야쇽ᄒᆞᆯ셔 말세풍쇽
츙효신힝 다 ᄇᆞ리고 애욕망에 깁히 드러
형뎨투징 마댠ᄂᆞ니 가련ᄒᆞ다 ᄇᆡᆨ발부모
의로[11]ᄒᆞᆯ ᄃᆡ 바히 업서 문외예 바잔일며[12] 흘니느니 눈믈일다
골육샹잔 져리ᄒᆞ니 촌외인[13]을 의논ᄒᆞᆯ가
인심이 ᄃᆡ변ᄒᆞ니 텬신이 발노ᄒᆞ야
대호악귀[14] 모라나야 비명악ᄉᆞ[15] 수업ᄉᆞ며
한ᄌᆡ풍상[16] ᄌᆞ조 드러 쳔문만호 긔근ᄒᆞ니
김가 박가 사ᄅᆞᆷ마다 부모쳐ᄌᆞ 분리ᄒᆞ야
농샹쳔변[17] ᄂᆞᆷ의 ᄯᅡ히 여긔뎌긔 긔ᄉᆞ[18]ᄒᆞ니

이 주나라를 세울 수 있도록 기반을 닦았다. 무왕은 문왕의 둘째아들로, 이름은 발(發)이다. 은나라의 주왕(紂王)을 정벌하고 주나라를 세웠다. 주공은 무왕의 동생으로, 이름은 단(旦)이다. 무왕이 죽은 후 왕권을 차지할 수 있었는데도 무왕의 어린 아들 성왕(成王)을 보좌하여 주나라의 예악과 문물을 정비했다.

7) 삼강오상(三綱五常): 유교에서 마땅히 지켜야 할 기본 도리. '삼강'은 군위신강(君爲臣綱), 부위자강(父爲子綱), 부위부강(夫爲婦綱)을 말하고, '오상'은 인(仁), 의(義), 예(禮), 지(智), 신(信)을 말한다.

8) 팔조목(八條目): 『대학大學』에 나오는 격물(格物), 치지(致知), 성의(誠意), 정심(正心), 수신(修身), 제가(齊家), 치국(治國), 평천하(平天下)의 여덟 가지 조목.

9) 안양국(安養國): 서방에 있다는 극락의 다른 이름. 『의적소義寂疏』에 의하면, '안양'은 마음을 편안하게 하고 몸을 쉬게 한다는 뜻이다.

10) 요순일월(堯舜日月): 중국 상고시대 요임금과 순임금이 다스린 시대. 곧 덕으로 천하를 다스리던 태평한 시대를 이르는 말.

11) 의로: '의뢰(依賴)'의 오기인 듯하다. 남에게 의지함.

12) 바잔일며: 바장이며. 부질없이 오락가락하며.

13) 촌외인(寸外人): 촌수를 따지기 어려운 먼 일가친척.

14) 대호악귀(大虎惡鬼): 큰 호랑이와 아주 몹쓸 귀신.

15) 비명악사(非命惡死): 제 목숨대로 살지 못하고 뜻밖의 재난으로 죽음.

16) 한재풍상(旱災風霜): 가뭄으로 인한 재앙과 바람과 서리. 곧 세상살이의 어려움과 고생을 이르는 말.

참혹ᄒᆞ다 주검이여 다ᄆᆞᆫ 됴ᄀᆡᆨ[19] 가마괴라

불법을 닦아 극락세계로 가자고 권면하다

불슌인도 술피시소 우텬ᄌᆡ앙[20] 뎌러ᄒᆞ니
텬고쳥비[21] ᄌᆞ조 ᄢᅵ텨 ᄌᆞ긔 존심 바로 ᄃᆞᆫ녀
일번으로 념불ᄒᆞ고 일번으로 츙효ᄒᆞ소
구텬이 감응ᄒᆞ면 요슌태평 아니 볼가
불법 어ᄃᆡ 일뎡ᄒᆞ며 요슌 어ᄃᆡ 시 이실고[22]
념불ᄒᆞ면 불법이요 츙효ᄒᆞ면 요슌이니
츙효 가져 입신ᄒᆞ고 념불 가져 안양 가새
아미타불 태ᄌᆞ시예 념불법문 고디 듯고
발원ᄒᆞ야 닐ᄋᆞ샤ᄃᆡ 내 ᄆᆞᆫ져 념불ᄒᆞ여
안양국에 가온 후에 귀쳔 남녀 노쇼 업시
나의 명호 외오니면 악ᄎᆔ[23]중에 아니 가고
극낙으로 바로 갈 줄 ᄉᆞ십팔원[24] 셰워시니
셰망[25]에 걸닌 사ᄅᆞᆷ 불국으로 인도ᄒᆞ니

17) 농상천변(隴上川邊): 밭 근처와 냇가.
18) 기사(饑死): 굶주려 죽음.
19) 조객(弔客): 남의 상사(喪事)에 조의(弔意)를 표하는 사람.
20) 우천재앙雨(天災殃): 비가 오는 날 하늘에서 내리는 재앙.
21) 천고청비(天鼓聽卑): 천고(天鼓)의 소리를 낮은 자리에서 겸손히 들음. '천고'는 불교에서 세계의 중심인 수미산(須彌山) 꼭대기에 있다는 도리천(忉利天) 선법당(善法堂)에 있는 큰 북으로, 치지 않아도 저절로 울리며 '원수가 온다', '원수가 갔다', '사랑하라', '싫증을 내라' 등 네 가지 소리를 낸다고 한다.
22) 불법(佛法)~있을까: 불법이 어찌 정한 것이 있으며, 요순시절이 어찌 정해진 때가 있겠는가.
23) 악취(惡趣): 악한 행위가 원인이 되어 태어나는 곳. 곧 지옥(地獄), 아수라(阿修羅), 축생(畜生)의 삼악도(三惡道)를 이르는 말.
24) 사십팔원(四十八願): 아미타불(阿彌陀佛)이 법장비구(法藏比丘)로 있을 때, 세자재왕(世自在王) 부처님 처소에서 세운 48가지의 맹세.

비감심[26]을 니르와다 즐겨 부터 념불ᄒᆞ소
금시태평 후시안양 만고복덕 구홀딘대
금구소셜 무샹법[27]을 지셩으로 봉지ᄒᆞ소
셔가여래 츌가시예 뉴리뎐샹[28] 칠보궁에
황개 쳥개[29] 밧치시고 삼쳔궁녀 시위ᄒᆞ니
텬샹 인간 아모ᄃᆡ도 뎌런 복덕 업ᄉᆞ오ᄃᆡ
헌신ᄀᆞᆺ티 ᄇᆞ리시고 만쳡쳥산 혼자 드러
뉵년고힝[30] 념불ᄒᆞ야 극낙으로 도라가니
셰간영화[31] ᄠᅧᆺᄠᅧᆺᄒᆞ고 불법진락 업슬딘대
만승왕위 ᄇᆞ리시고 셜산고힝 뎌리홀가[32]
츌격진인[33] 도일딘대 념불일셩 최귀ᄒᆞ니
셜산대ᄉᆞ 힝ᄉᆞ[34] 보와 츌농학[35]이 어셔 되소
셰간탐심 못 ᄇᆞ리면 삼악도[36]에 ᄠᅥ러디고

25) 세망(世網): 세상의 근심과 걱정을 물고기나 새가 그물에 걸림에 비유하여 이르는 말.

26) 비감심(悲感心): 인생의 무상함을 슬퍼하는 마음. 또는 다른 사람을 가엽게 여기는 자비심.

27) 금구소설金(口所說) 무상법(無上法): 석가모니(釋迦牟尼)가 말한 열반(涅槃)에 이르는 가르침. '금구'는 석가모니의 가르침이 금강석과 같이 견고하여 무너지지 않는다는 의미에서 석가모니의 입을 이르는 말이고, '무상법'은 일체의 법 가운데 열반보다 나은 것이 없다는 뜻에서 열반을 이르는 말이다.

28) 유리전상(琉璃殿上): 칠보 중의 하나인 유리로 만든 궁전 위.

29) 황개(黃蓋) 청개(靑蓋): 황제나 왕 등이 거둥할 때 햇볕 따위를 가리기 위해 받치는 의장의 하나. 모양은 일산(日傘)과 비슷하고, 가장자리를 넓은 헝겊으로 꾸며서 아래로 늘어뜨렸다.

30) 육년고행(六年苦行): 석가모니가 출가한 이후 도를 깨칠 때까지 겪은 6년 동안의 고행.

31) 세간영화(世間榮華): 속세의 영화. '세간'은 번뇌에 얽매여 헤어나지 못하고 있는 존재의 모든 현상을 가리키며, 보통 속세라는 의미로 쓰인다. 이와 대비하여 '출세간(出世間)'은 속세의 번뇌를 뛰어넘은 열반의 세계를 의미한다.

32) 만승왕위(萬乘王位)~저리할까: 석가모니가 가비라국(迦毘羅國) 태자의 지위를 버리고 출가하여 히말라야 산으로 들어가 6년 동안 수행한 일을 말한다.

33) 출격진인(出格眞人): 모든 격식과 구속에서 벗어나 참된 도를 체득한 사람.

34) 설산대사(雪山大師) 행사(行事): 설산대사가 설산(雪山)에 들어가 수행할 때 도를 구하기 위해 목숨조차 버렸던 행동. '설산대사'는 설산동자(雪山童子)라고도 하는데, 석가모니가 전생에 보살행을 닦을 때의 이름이다.

35) 출롱학(出籠鶴): 새장을 벗어난 학. 곧 마음의 집착을 벗어난 경지를 비유하여 이르는 말.

36) 삼악도(三惡道): 중생이 지은 선악의 업(業)에 따라서 윤회하는 여섯 가지 세계. 곧 지옥(地

물외ᄉᆞ[37]를 좃ᄉᆞ오면 안양세계 간다 ᄒᆞ니
ᄌᆞ조ᄌᆞ조 념불ᄒᆞ야 불국으로 어셔 가새
부모효심 바히 업고 념불 ᄒᆞᆫ번 아니ᄒᆞ며
무상복덕 ᄇᆞ라보며 쟝슈코쟈 기ᄃᆞ리니
동동 ᄒᆞ면 다 구신가 안즌방이 엇디 갈고[38]
신심 업시 도야나며 공덕 업시 득ᄒᆞᆯ딘대
신광션ᄉᆞ 폴 버히며 션ᄌᆡ동ᄌᆡ 블에 들가[39]
념불비방 죄를 보소 우마샤신[40] 뎌 아닌가
션ᄒᆡᆼ 닷근 덕을 보소 국왕 대신 뎌 아닌가
팔만대장[41] 니른 말과 ᄇᆡᆨ쳔논소[42] 사긴 말ᄉᆞᆷ
금ᄒᆞᆫ 거시 탐욕이오 권ᄒᆞᆫ 거시 념불이니
이리 귀ᄒᆞᆫ 사ᄅᆞᆷ인 제 뎌리 됴ᄒᆞᆫ 진묘법을
못 듯고ᄂᆞᆫ 말녀니와 듯고 ᄎᆞᆷ아 아니ᄒᆞᆯ가
뎡토문[43]을 귀경ᄒᆞ니 신심으로 념불ᄒᆞ면

獄), 아귀(餓鬼), 축생(畜生), 아수라(阿修羅), 인간(人間), 천상(天上) 중에서 악업을 많이 지은 결과로 태어난다는 지옥, 아귀, 축생을 이르는 말. 삼악취(三惡趣)라고도 한다.

37) 물외사(物外事): 세상의 속된 것으로부터 벗어나는 일. 여기서는 불법에 귀의하는 것을 의미한다.

38) 동동~갈까: 북을 치면서 굿을 한다고 앉은뱅이가 걸을 수 있겠는가. 곧 복덕(福德)과 장수(長壽)를 비는 굿을 해도 불법을 닦지 않고는 복덕과 장수를 얻을 수 없음을 이르는 말.

39) 신심(信心)~들까: 신심(信心)과 공덕(功德)이 없어도 복덕과 장수를 얻을 수 있다면, 신광선사(神光禪師)가 팔을 잘라 신심을 보이고, 선재동자(善財童子)가 불법을 구하기 위해서 불에 들어갔겠는가. '신광선사'는 중국 선종(禪宗)의 제2대 혜가(慧可)를 말한다. 40세 때 숭산(崇山) 소림사(少林寺)의 달마대사(達磨大師)를 찾아가서 가르침을 구하였으나 허락하지 않으므로, 왼팔을 잘라 그 굳은 뜻을 보여 달마대사의 제자가 되었다고 한다. '선재동자'는 『화엄경華嚴經』「입법계품入法界品」에 나오는 구도자로, 53명의 선지식(善知識)을 친견하여 법을 배우고 보현보살(普賢菩薩)을 만나서 열 가지 대원(大願)을 듣고 아미타불 국토에 왕생했다고 한다.

40) 우마사신(牛馬蛇身): 소, 말, 뱀의 몸뚱이. 삼악도(三惡道) 중의 하나인 축생(畜生)에 태어남을 의미한다.

41) 팔만대장(八萬大藏): 수많은 불교 경전. 불교에서 중생에게 팔만사천의 번뇌가 있어 이를 다스리기 위해 부처가 팔만사천의 법문을 말했다고 한다.

42) 백천논소(百千論疏): 수많은 논(論)과 소(疏). '논'은 고승(高僧)의 저서를 말하고, '소'는 경(經)과 논(論)을 쉽게 해석한 것을 말한다.

극낙도ᄉᆞ[44] 아미타불 금년으로 ᄃᆞ려가면
칠보년ᄃᆡ[45] 옥호광[46]에 무샹쾌락 슈ᄒᆞᆯ ᄣᅢ예
만셰만셰 디나가되 반일 ᄀᆞᆺ다 니ᄅᆞ시니
인간고초 하 셜우니 뎌 진락에 어셔 가새
몽즁 ᄀᆞᆺᄒᆞᆫ 사ᄅᆞᆷ사리 초로인싱 구디 너겨
쳔셰 밧게 사ᄅᆞ랴고 무ᄒᆞᆫ탐심 닐와드니
진심악샹[47] ᄂᆞᆺ치 올라 ᄃᆡ면ᄒᆞ기 놀납ᄉᆞ외

남을 통해 깨닫고 불법 닦아 극락세계로 갈 것을 권면하다

나의 용심 모르거든 ᄂᆞᆷ을 보와 씻티시소
무샹살귀[48] ᄂᆞ라드러 ᄉᆞ대환신[49] 썻ᄶᅧ낼 ᄌᆡ
힘을 가져 당젹ᄒᆞ며 ᄌᆡ믈 가져 인졍ᄒᆞᆯ가
만당쳐ᄌᆞ[50] 어ᄃᆡ 쓰며 우양젼지[51] ᄃᆡ드릴가
도산검슈[52] 졔디옥에 만반고통 슈ᄒᆞᆯ ᄣᅢ예

43) 정토문(淨土門): 염불로써 아미타불의 극락정토(極樂淨土)에 왕생하여 부처가 되기를 발원하는 법문. 또는 아미타불의 구원에 의하여 극락정토에 왕생해서 성불(成佛)하고, 다시 이 세상으로 돌아와서 중생을 제도(濟度)하는 일에 종사할 것을 가르친 법문.
44) 극락도사(極樂導師): 극락의 길잡이. 곧 극락으로 인도해주는 스승을 이르는 말.
45) 칠보연대(七寶蓮臺): 칠보(七寶)로 꾸민 연꽃 모양의 대(臺). 수행의 우열(優劣)에 따라 정토에 왕생하는 자가 앉는 아홉 종의 연화대를 구품연화대(九品蓮花臺)라고 하는데, 칠보연대는 중중품(中中品)에 해당한다.
46) 옥호광(玉毫光): 석가모니의 미간에 있는 흰 털에서 나오는 빛.
47) 진심악상(嗔心惡想): 성내는 마음과 사악한 생각.
48) 무상살귀(無常殺鬼): 알지도 못하는 사이에 와서 사람을 죽이는 귀신. 곧 죽음을 이르는 말. 죽음이 다가와 사람의 육신을 지(地), 수(水), 화(火), 풍(風)의 네 가지 요소로 분리할 때, 무상살귀가 다가와 사람을 죽인다고 한다.
49) 사대환신(四大幻身): 지, 수, 화, 풍 네 가지 요소의 결합에 의해 이루어진 환신. 곧 사람의 몸은 실상이 없고 환영(幻影)과 같음을 이르는 말.
50) 만당처자(滿堂妻子): 집에 가득한 아내와 자식들.
51) 우양전지(牛羊田地): 소, 양과 경작하는 토지.

디장보살[53] 대원인ᄃᆞᆯ 뎌ᄅᆞᆯ 엇디 구뎨ᄒᆞᆯ고
블속에 죽ᄂᆞᆫ 나비 제 들거든 엇디ᄒᆞᆯ고
즐어 죽ᄂᆞᆫ 쥬식에ᄂᆞᆫ 귀쳔 업시 다 즐기고
진락 슈ᄒᆞᆯ 념불에ᄂᆞᆫ 승쇽남녀 다 피ᄒᆞ니 말셰 되니 그러ᄒᆞᆫ가
지혜인이 아조 져거 녁ᄃᆡ왕후 고금호걸 부귀공명 쳐ᄌᆞᄋᆡ를
왕법으로 베말녀도 일뎡 말기 어렵거ᄂᆞᆯ
념불 듯고 뿌여나니 즉금셩인 이 아닌가
아모 쳠지 념불ᄒᆞ면 인인마다 칭찬ᄒᆞ고
아모 ᄉᆞ과 검다 ᄒᆞ면 노쇼 업시 외다 ᄒᆞ니
텬당 가며 디옥 갈 줄 사라신 지 알리로쇠[54]
긔한인[55]을 의식 주고 빈병인[56]을 구뎨ᄒᆞ며
아당시비[57] 바히 말고 금슈 보와 믜여 말면
요슌민[58]이 이 아니며 보현만ᄒᆡᆼ[59] ᄯᅩ 인ᄂᆞᆫ가
부모젼에 나사들며 합장ᄒᆞ고 ᄉᆲᄉᆞ오ᄃᆡ
인간ᄇᆡᆨ발 압히 업서 셔산낙일 민망ᄒᆞ니[60]
십이시즁 쥬야 업시 미타셩호[61] 외우쇼셔

---

52) 도산검수(刀山劍樹): 도산지옥(刀山地獄)과 검수지옥(劍樹地獄). 곧 산이 칼로 이루어진 지옥과 나무가 칼로 이루어진 지옥을 이르는 말.

53) 지장보살(地藏菩薩): 석가모니가 열반한 뒤부터 미륵불(彌勒佛)이 출현할 때까지 부처님이 없는 세계에서 천상에서 지옥까지의 일체 중생을 교화하는 보살.

54) 아무~알리로다: 염불하면 사람마다 모두 칭찬하고, 사과를 검다고 하면 사람들이 모두 잘못인 줄 알듯이, 살아 있을 때 이미 자신의 삶을 되돌아보고 천당 가고 지옥 갈 줄 안다는 뜻이다. '첨지(僉知)'는 나이 많은 사람을 낮추어 이르는 말이다.

55) 기한인(飢寒人): 헐벗고 굶주린 사람.

56) 빈병인(貧病人): 가난하고 병든 사람.

57) 아당시비(阿黨是非): 아첨하고 편드는 것과 옳고 그름을 따지는 말다툼.

58) 요순민(堯舜民): 중국 상고시대 요임금과 순임금 때의 백성. 곧 태평성대의 백성을 이르는 말.

59) 보현만행(普賢萬行): 보현보살이 중생 교화를 위해 베푸는 수많은 행위.

60) 인간백발~민망하니: 사람이 늙으면 언제 죽을지 알 수 없으니 답답하고 걱정스럽다는 뜻이다. '서산낙일(西山落日)'은 서산에 지는 해라는 뜻으로, 세력 등이 기울어져 어쩔 수 없이 멸망하게 된 상황을 비유하는 말이지만, 여기서는 사람이 늙어 죽는 것을 뜻한다.

61) 미타성호(彌陀聖號): 아미타불이라는 성스러운 이름.

간청ᄒᆞ는 그 효ᄌᆞ와 신청ᄒᆞ는 뎌 부모는
비록 말셰 나와시나 관음후신[62] 아니신가
금싱 녀신 득ᄒᆞᆫ 사롬 젼싱 죄로 나와시니
음해샤심 다 ᄇᆞ리고 ᄌᆞ비션심 념불ᄒᆞ면
마야부인 부러ᄒᆞ니 팔셰용녀 이 아닌가[63]
빗바왕과 위부인을 뉴리태자 아샤왕이 주기고쟈 가도와놀
위부인이 슬피 울고 불젼에 ᄀᆞᆫ도ᄒᆞᆫ대
셔가여래 아ᄅᆞ시고 녕산으로 ᄃᆞ려다가 극락으로 보내시고[64]
쳥뎨부인 살싱ᄒᆞ고 무간옥에 갓텨거놀
츌가효ᄌᆞ 목년존쟈 념불ᄒᆞ야 건뎌내고[65]
손경덕이 목 버힐 제 념불ᄒᆞ고 죽댜니니[66]

---

62) 관음후신(觀音後身): 관음보살(觀音菩薩)이 다시 태어난 몸. '관음보살'은 자비로워서 중생이 괴로울 때에 정성을 다하여 그 이름을 외우면 구제해준다고 한다.

63) 마야부인(摩耶夫人)~아닌가: 여자로 태어났더라도 악한 마음을 버리고 선한 마음으로 염불하면, 석가모니의 어머니인 마야부인이 부러워했던 팔세용녀(八世龍女)가 될 수 있음을 나타낸 구절이다. '팔세용녀'는 『법화경法華經』「제바달다품提婆達多品」에 나오는 사갈라(娑竭羅) 용왕의 딸을 말한다. 나이 겨우 8세이지만 지혜가 숙성하여 문수보살(文殊菩薩)의 교화로 제법실상의 진리를 깨닫고, 석가모니에게 와서 보살행을 수행하여 남방무구세계(南方無垢世界)에 가서 성불하였다고 한다.

64) 빗바왕과~보내시고: 인도 마갈타국(摩竭陀國)에서 태자 아사세(阿闍世)가 모반하여 아버지 빈바왕(頻婆王)과 어머니 위제희(韋提希)를 옥에 가두어 죽이려고 했을 때, 옥에 갇힌 위제희의 간절한 기도를 들은 부처님이 구제한 일을 표현한 구절이다. '아사왕(阿闍王)'은 빈바왕의 아들로, 제바달다(提婆達多)의 꼬임에 빠져 부왕을 죽이고 어머니 위제희를 가두는 등의 죄를 지었으나, 뒤에 석가모니에게 귀의하여 교단의 외호자(外護者)가 되어 불경을 결집하는 대사업을 완성했다. '영산(靈山)'은 인도 마갈타국의 왕사성(王舍城) 부근에 있는 영취산(靈鷲山)으로, 석가모니가 법화경(法華經)을 설한 곳으로 유명하다.

65) 청제부인(青提夫人)~건져내고: 석가모니의 10대 제자 중 한 사람인 목련존자(目蓮尊者)가 살생과 방탕한 생활을 한 과보로 무간지옥(無間地獄)에 빠져 고통받고 있는 어머니 청제부인(青提夫人)의 영혼을 부처님께 간청하여 구제한 것을 표현한 구절이다. '무간지옥'은 가지각색의 형벌로 끊임없이 괴롭힘을 당하는 지옥으로, 오역죄(五逆罪)를 범하거나 삼보정재(三寶淨財)인 절이나 탑을 무너뜨리거나 불법을 공부하는 사람을 비방하고 시주(施主)를 축낸 사람은 이 지옥에 떨어진다고 한다.

66) 손경덕(孫敬德)이~죽잖으니: 염불의 영험함을 표현한 구절이다. 중국 위(魏)나라 때의 사람인 손경덕(孫敬德)이 도적 구초(口招)에게 잡혀 억지로 부하 노릇을 하다가 같은 도적의 무리로 몰려 죽임을 당하게 되었는데, 『고왕관세음경高王觀世音經』을 천 번 외운 영험으로 세 번이나 목을 내리쳤으나 세 번 다 칼이 부러져 목숨을 구하게 되었다고 한다.

오직 념불 어셔 ᄒᆞ고 일체원슈 밋디 마소

불법을 닦아 극락세계에 가기를 기원하다

광대녕통 무량슈불 ᄌᆞ긔상에 명ᄇᆡᆨᄒᆞ야
셔가여릐 아니 나고 보리달마 못 외신 직
부아 모아 쇼쇼ᄒᆞ고 ᄎᆞ다 덥다 녁녁ᄒᆞᆫᄃᆡ[67)]
ᄋᆡ욕심이 밤이 되야 의ᄂᆡ쥬를 바히 몰나
어분 아기 못 어드며 가진 졈심 ᄇᆡ골ᄒᆞ니[68)]
반야혜검[69)] ᄲᅡ혀나야 무명황초[70)] 버히시고
아미타불 외오다가 ᄌᆞ긔 미타 친히 보면
일보도 옴디 아녀 극낙국에 니뢰ᄂᆞ니
부는 ᄇᆞ람 요풍이오 볼근 광명 슌일이라[71)]
년화ᄃᆡ예 올라안자 됴쥬청다[72)] 부어 먹고

67) 광대영통(廣大靈通)~역력(歷歷)한데: 석가모니가 이 세상에 오지 않고 달마대사가 인도에서 중국으로 오지 않았다고 하더라도 부(父)와 모(母), 추움과 더움이 뚜렷하게 구별되듯이, 불성(佛性)은 스스로 드러난다는 뜻이다. '무량수불(無量壽佛)'은 아미타불의 다른 이름이지만, 여기서는 불성을 뜻한다. '보리달마(菩提達磨)'는 중국 선종(禪宗)의 시조(始祖)인 달마대사로, 중국 숭산 소림사에서 9년 동안의 면벽참선(面壁參禪) 끝에 득도했다고 한다.

68) 애욕심(愛慾心)이~배곯으니: 욕심이 마음을 가려 스스로 지닌 불성을 모르기 때문에 아기를 업고 있으면서도 아기를 찾고 점심을 가지고 있으면서도 배를 곯는다는 뜻이다. 곧 세상 사물에 집착하는 마음 때문에 불성을 알지 못하고 고통을 받음을 말한다. '애욕심'은 사물에 집착하는 마음을 말하고, '의내주(衣內珠)'는 옷 속의 구슬이라는 뜻으로 불성을 이르는 말이다.

69) 반야혜검(般若慧劍): 반야(般若)라는 지혜의 검. '반야'는 모든 법의 진실상(眞實相)을 아는 지혜를 이르는 말이다.

70) 무명황초(無明荒草): 번뇌의 거친 풀. 곧 참된 진리에 무지한 것을 거친 풀에 비유하여 이르는 말.

71) 부는~순일(舜日)이라: 부는 바람과 밝은 해가 중국 상고시대 성군(聖君)인 요임금과 순임금 시절의 바람과 해라는 뜻이다. 곧 몸과 마음이 평화롭고 편안하여 태평함을 이르는 말.

72) 조주청다(趙州淸茶): 중국 당나라 때 조주(趙州)의 관음원(觀音院)에 있던 진제대사(眞際大師)가 끓여주던 맑은 차. 진제대사가 자신을 찾아온 사람에게 전에도 이곳에 온 적이 있느냐고 물으니 한 사람은 온 적이 없다고 대답하고 다른 한 사람은 온 적이 있다고 대답했다. 진제대

빅우거[73]를 멍에 메워 녹양천변 방초안에

등등임운 임운등등[74] 즈지히 노닐면서 태평곡을 부르리라

나무아미타불 나라리 리라라 나모아미타불

사는 두 사람 모두에게 차를 마시라고 했다. 이를 지켜본 관음원의 주지가 진제대사에게 처음 온 자에게 차를 마시라 하는 것은 좋지만 전에 왔던 자에게 차를 마시게 하는 까닭이 뭐냐고 묻자, 진제대사는 주지에게도 차를 마시라고 했다는 일화가 전한다. 이 일화에서 후에 '조주(趙州)의 끽다거(喫茶去)'란 것이 하나의 공안(公案)이 되었다고 한다.

73) 백우거(白牛車): 흰 소가 끄는 수레. 곧 『법화경法華經』의 '화택(火宅)의 비유'에 나오는 양거(羊車), 녹거(鹿車), 우거(牛車) 중의 하나로, 보살을 이르는 말. '양거'는 성문(聲聞), '녹거'는 연각(緣覺)을 의미한다.

74) 등등임운(騰騰任運) 임운등등(任運騰騰): 모든 일에 대하여 전혀 사로잡힘이 없이 불도에 정진함. '임운'은 마음을 써서 새삼스러이 노력하지 않더라도 혼자 할 수 있는 것을 말하고, '등등'은 공중을 날듯이 자유로움을 의미한다.

원본 ◉ 자전적 술회가사

墳山恢復謝恩歌

姜復中

선산을 빼앗긴 울분을 토로하다

葛麻山[1]은 全盛時에 武陵의 桃源[2]이 되고

龍溪山[3] 天登山[4] 大芚山[5] 三神山[6]

1) 葛麻山(갈마산): 충청도 논산(論山)에 있는 산.
2) 武陵(무릉)의 桃源(도원): 선경(仙境) 또는 낙원. 중국 진(晉)나라 도잠(陶潛)의 「도화원기桃花源記」에서 유래하였다. 중국 진나라 때 호남(湖南) 무릉에 사는 한 어부가 배를 타고 가다가 도화림(桃花林)에서 길을 잃었다. 어부는 계곡물에 떠내려오는 복숭아꽃을 따라올라가 굴속에 들어갔다가 선경을 발견하였다. 그곳에 사는 사람들은 진(秦)나라의 난을 피해 온 사람들이었는데, 수백 년 동안 바깥세상과 접촉을 끊고 산다고 하였다. 그는 융숭한 대접을 받고 귀가하였는데, 그곳의 이야기는 입 밖에 내지 말라는 당부를 어기고 다시 찾으려고 했으나 찾을 수가 없었다고 한다.
3) 龍溪山(용계산): 전라도 고산(高山)에 있는 산.
4) 天登山(천등산): 전라도 고흥(高興)에 있는 산.
5) 大芚山(대둔산): 충청도 진산(珍山)에 있는 산.
6) 三神山(삼신산): 중국 전설에 나오는 봉래산(蓬萊山), 방장산(方丈山), 영주산(瀛洲山). 이 이름을 본떠 우리나라의 금강산을 봉래산, 지리산을 방장산, 한라산을 영주산이라 부른다. 여기서는 지리산을 가리킨다.

모든 믈이 玉溪洞[7]에 直注ᄒᆞ야
有名ᄒᆞᆫ 栗嶺川[8]과 盤盤合流ᄒᆞ야
十里長江이 臺山 白雲臺[9]과
晝夜의 相對ᄒᆞ고 天定配匹 되연ᄂᆞᆫᄃᆡ
三綱行實[10]과 海東名臣錄[11]과
南秋江集[12] 與地勝覽[13]의 芳名이 照耀ᄒᆞ야
先賢高祖 孝子 中和齋 生員 姜應貞[14]은
平生의 主人 되여 樂有餘ᄲᅮᆫ일러니
當今의 敗散키ᄂᆞᆫ 自古로 舜象變[15]이 至今의 ᄯᅳᆺ지 아녀
한아비 죽근 後에 死肉이 未冷ᄒᆞ야
ᄂᆡ 아비 代任[16]은 異母弟 陰壤陷兄[17]ᄒᆞ야
虛事羅織[18] 呈狀으로 獄中의 드러 이셔

7) 玉溪洞(옥계동): 충청도 진산에 있는 골짜기.
8) 栗嶺川(율령천): 충청도 은진(恩津)에 있는 시내. 전라도 고산의 용계산에서 발원하여 시진포(市津浦)로 들어간다.
9) 臺山(대산) 白雲臺(백운대): 충청도 은진에 있는 산과 그 산에 있는 바위.
10) 三綱行實(삼강행실): 조선시대에 충신, 효자, 열녀의 행적을 그림과 글로 칭송하여 펴낸 『삼강행실도三綱行實圖』. 1432년(세종 14)에 설순(偰循) 등이 왕명에 의해 간행하였으며, 1481년(성종 12)에 언해본을 간행하였다.
11) 海東名臣錄(해동명신록): 미상. 조선 후기 김육(金堉)이 편찬한 『해동명신록』이 있으나, 간행 연대가 이 작품의 창작 이후인 것으로 보아 여기서는 조선시대 명신의 언행과 업적에 관해 편찬한 또다른 책을 가리키는 듯하다.
12) 南秋江集(남추강집): 조선시대 생육신(生六臣)의 한 사람인 추강(秋江) 남효온(南孝溫)의 시문집.
13) 與地勝覽(여지승람): 조선시대 성종 때 노사신(盧思愼) 등이 편찬한 우리나라의 지리서인 『동국여지승람東國輿地勝覽』.
14) 姜應貞(강응정): 조선 전기의 문신으로, 호는 중화재(中和齋)이며 작자의 고조(高祖)이다. 충청도 은진에 살면서 부모가 죽은 뒤 여묘(廬墓)의 예를 다함으로써 효행으로 이름나 효자 정문이 세워졌다.
15) 舜象變(순상변): 중국의 순(舜)임금과 그의 이복동생 상(象) 사이의 골육상쟁. 곧 이복동생인 상이 순임금을 죽이려고 했던 일을 가리키는 말. 여기서는 강응정의 이복동생이 문서를 위조하여 선산을 강탈한 사건을 비유한 것이다.
16) 代任(대임): 작자의 부친인 강령(姜齡). '대임(代任)'은 그의 호인 듯하다.
17) 陰壤陷兄(음양함형): 남몰래 형을 모함함.
18) 虛事羅織(허사나직): 부질없이 없는 죄를 얽어서 꾸며 죄를 만듦.

小祥을 지닉고 一定 죽게 되엿거늘

明宰 痛卞[19]ᄒᆞ야 解放 脫送[20] 後의 不得已 去鄕ᄒᆞ고

扶老携幼ᄒᆞ야 四十餘年를

在外 艱苦과 處處 乞糧時에

尼山官[21] 上下人이 再再 等狀[22]의 雖得虛名이나

닉 몸의 所行과 流離表跡[23]은 白日이 ᄃᆞ려 잇고

其間의 葛麻山 一洞이 ᄃᆞ

厲氣所種[24] 되어 無數結黨ᄒᆞ고

鼠竊狗偸는 곳곳의 싸혀 이셔

朝生暮惡[25]ᄒᆞ야 僞造文記 ᄆᆡᆼ그라

先賢 器物과 우리 墳山를 ᄃᆞ 쓰러 拒奪ᄒᆞ고

乘時用術ᄒᆞ야 無窮作亂ᄒᆞ니 墳山이 兀兀[26]ᄒᆞ고

先賢 壯跡은 어드러 가돗썬고

삼대에 걸친 산송 문제가 해결된 기쁨을 노래하다

蒼天도 이 ᄠᅳᆮ 아라 丁酉倭亂의

繼祖母[27]ㅣ 已失末女ᄒᆞ고 그려

晝夜의 痛哭ᄒᆞ고 ᄒᆞᄆᆞ 죽게 되엿거늘

19) 明宰(명재) 痛卞(통변): 훌륭한 관리의 엄정한 분변. 여기서는 조선 선조 때 병조좌랑(兵曹佐郞)을 지낸 서익(徐益)의 도움을 받았던 사실을 말한다.
20) 脫送(탈송): '脫訟(탈송)' 또는 '脫喪(탈상)'의 오기인 듯하다.
21) 尼山官(이산관): 충청도 논산의 관리. '이산(尼山)'은 논산의 옛 이름이다.
22) 等狀(등장): 여러 사람이 이름을 잇대어 써서 관청에 어떠한 요구를 하는 일.
23) 流離表跡(유리표적): 선산과 관련한 송사를 진행하는 중에 드러난 행적들.
24) 厲氣所種(여기소종): 요사스럽고 간악한 사람.
25) 朝生暮惡(조생모악): 선량한 사람이 쉽게 악에 물듦.
26) 兀兀(올올): 위태로움.
27) 繼祖母(계조모): 조부의 후취인 김씨. 곧 작자의 사촌동생인 강복고의 친할머니를 가리키는 말.

億萬蒼生의 無知ᄒᆞᆫ 이 모미 幸以得進ᄒᆞ니
甚愛親子요 아비 잡던 아ᄌᆞ비도
自作其罪로 獄中의 드러 이셔 判然 죽게 되엿거늘
無情한 이 몸이 代罪ᄒᆞ야셔 强卞[28] 白活[29] ᄒᆞ야
卽時 放送ᄒᆞ니 又如己子ᄒᆞ야 自然 降和커늘
壬寅年[30]의 드러와셔 墳山를 守護ᄒᆞ고 奉祭祀나 ᄒᆞᄌᆞ ᄒᆞ니
彼奪黨類ᄂᆞᆫ 盜賊이 ᄆᆡ 메고[31]
無辜한 이ᄂᆡ 몸을 僞造文記 ᄆᆡᆼ그라셔
非理好訟 한ᄃᆞ ᄒᆞ고 諠諠傳說ᄒᆞ야
ᄂᆡ 江亭 불 지르고 父子家를 불 지르니
ᄯᅩᆨ박의 담은 世間 이러커든 어이 살리
四寸弟 姜復古도 去年 歲末의
졔 아ᄃᆞᆯ 征役 만나 못 견듸계 되엿거늘
ᄂᆡ 救援 勿定ᄒᆞ니 祝手自降ᄒᆞ야
三代 大變이 無爲而化ᄒᆞ니 큰 근심 덜과다[32]

선산의 투장 문제가 해결된 과정을 노래하다

ᄂᆡ 더 즐겨 ᄒᆞᄃᆞ가셔[33]
去年 十月의 墳山의 偸葬 만나

28) 强卞(강변): '强辯(강변)'의 오기인 듯하다.
29) 白活(발괄): 관청에 억울한 일을 말이나 글로 하소연함. 이두로는 '발괄'이라고 읽는다.
30) 壬寅年(임인년): 작자가 40세 때인 1602년(선조 35).
31) 盜賊(도적)이 매 메고: 도적이 매를 들고. 잘못한 사람이 아무 잘못도 없는 사람을 나무란다는 뜻의 '적반하장(賊反荷杖)'을 가리킨다.
32) 三代(삼대)~덜었도다: 삼대에 걸친 선산 관련 송사가 상대편 강복고의 굴복으로 해결된 사실을 가리킨다. '무위이화(無爲而化)'는 애써 하지 않아도 일이 이루어짐을 뜻한다.
33) 내 더 즐겨 하다가서: 내가 더욱 즐겁게 지내다가.

不計晴雨ᄒᆞ고 ᄌᆞᆽ드기 老病人이

今至 八月를 長立官門[34] ᄒᆞ여시니

오날 아니 쥭그면 來日 一定 살똥말똥

昔者 信陵君이 豪□□□ 富貴호ᄃᆡ

百年이 못ᄒᆞ여셔 므덤 우희 밧틀 가니[35]

ᄒᆞ□며[36] 그 밧기야 므러 므슴ᄒᆞ리 ᄒᆞ야

나곳 아니면 이 墳墓도 그러홀가

ᄂᆡ 肝腸 ᄃᆞ 타도록 이러가며 져러가며

天下를 ᄃᆞ 헵쩌[37] 굴므락 머그락

遠近를 모로고 晝夜의 恨호ᄃᆡ

ᄂᆡ 뜻을 알 리 업셔 이 決訟을 뉘 ᄒᆞ더니

黃霸龔遂[38] 어듸 가셔 이런 뜻을 모로는고

이졔만 ᄉᆞ라시면 太平케 아니ᄒᆞ랴

百年을 다 ᄉᆞᄅᆞ사 ᄂᆡ 나히 일흔둘희 前程이 아됴 업셔

天使도 온ᄃᆞ ᄒᆞ고 倍奉도 ᄌᆞᄌᆞ러니

가ᄃᆞ가 죽글만졍 上言이ᄂᆞ ᄒᆞ여 보ᄌᆞ

靑藜杖만 감셔쥐고 허위허위 가ᄃᆞ가셔

34) 長立官門(장립관문): 관아에 이익을 얻고자 오랫동안 드나듦. 여기서는 오랫동안 관문에 버텨 서서 판결을 기다림을 가리킨다.

35) 昔者(석자)~가니: 신릉군(信陵君)의 삶을 예로 들어 세월의 무상함을 표현한 구절이다. 신릉군은 중국 전국시대 위(魏)나라 소왕(昭王)의 아들로, 항상 식객 삼천 명을 두고 호사스런 생활을 하다가 죽어 땅에 묻히자, 그 무덤 위에서 농부가 밭을 갈게 되었다고 한다. '豪□□□'은 '豪放ᄒᆞ고'인 듯하다. 중국 당나라 이백(李白)의 「양원음梁園吟」에 "옛사람은 신릉군의 부귀를 부러워했건만 지금 사람은 신릉군 무덤 위에 밭을 갈도다(昔人豪貴信陵君, 今人耕種信陵墳)"라고 하였다.

36) ᄒᆞ□며: 'ᄒᆞ믈며'인 듯하다.

37) 헵쩌: 허둥거려.

38) 黃霸龔遂(황패공수): 중국 한나라 무제(武帝) 때의 황패(黃霸)와 공수(龔遂). 황패는 영천태수(潁川太守)가 되어 청렴한 관리로 이름을 얻었으며, 여러 지방관을 거치면서 그 치적이 천하의 제일로 알려져 후에 벼슬이 승상(丞相)에까지 이르렀다. 공수는 발해에 도둑이 일어났는데도 수령이 제압하지 못하자, 발해태수(渤海太守)가 되어 도둑을 제압하고 백성을 잘살게 하였다. 여기서는 송사를 잘 해결해줄 현명한 관리의 뜻으로 쓰였다.

天安 大路中의 往來人이 닐온 말이
公洪道[39] 監司는 明鏡의셔 明鏡되여
千里를 머드 호디 千里 쌋끠 드 빗취데
人皆傳說커늘 암킈나 보즈 ᄒᆞ여
議送[40] ᄒᆞᆫ 張 뭇ᄒᆞ오니 果若人言ᄒᆞ야
社稷臣 이使道[41] 듯쟈 보쟈 반기시고 差使員[42] 定ᄒᆞ야
先賢 墳山의 偸葬 急速 掘出ᄒᆞ라
背書 推給[43] 後의 이 몸을 불러드려
高祖 辭說 무르시고 됴ᄒᆞᆫ 飮食 머기시니
大旱七年의 時雨를 본 둣ᄒᆞ고[44]
三春歡樂인돌 그데도록 즐거오며
三年 든 죽글 病의 淸心元 蘇合元[45]이 그데도록 快樂ᄒᆞ랴
그 議送 到付ᄒᆞ니 推官[46]이 모드 이셔 掘塚을 可否ᄒᆞ니
凡人은 ᄏᆞ니와 四寸弟 姜復古 □□□當이드[47]
箇箇 捧招[48]로 緣由 報□□□ [49]

---

39) 公洪道(공홍도): 충청도의 옛 이름. 충청도는 지역의 가장 큰 고을인 충주(忠州)와 청주(淸州)의 머리글자에서 연유한 이름인데, 조선시대에 이들 고을에서 모반이나 강상죄인(綱常罪人) 등이 발생하여 현(縣)으로 강등됨에 따라 공주(公州)와 홍주(洪州)의 머리글자를 따서 공홍도(公洪道)로 불리기도 하였다.
40) 議送(의송): 백성이 고을 원의 판결에 불복하여 관찰사에게 올리는 소장(訴狀).
41) 이使道(사또): 당시 충청도 관찰사였던 이안눌(李安訥). 이안눌은 조선 인조 때의 문신으로, 호는 동악(東岳)이다. 시문에 능하고 글씨를 잘 썼으며 예조판서와 형조판서를 역임하였다.
42) 差使員(차사원): 조선시대 때 각종 특별한 임무를 수행하기 위해 임시로 차출된 관리.
43) 背書(배서) 推給(추급): 관찰사 이안눌에게 올린 의송의 뒷면에 쓴 판결문. 또는 그러한 판결문을 작성하는 일.
44) 大旱七年(대한칠년)에~본 듯하고: 오랜 가뭄에 비가 흡족하게 내린 것처럼 송사가 해결된 기쁨을 표현한 구절이다. 중국 은(殷)나라 탕왕(湯王) 때 7년 동안이나 가뭄이 계속 되자, 탕왕이 스스로 희생물이 되어 기우제를 지내니 하늘이 감동하여 비를 내렸다는 고사가 『십팔사략十八史略』「은왕성탕殷王成湯」에 전한다.
45) 淸心元(청심원) 蘇合元(소합원): 정신을 맑게 하는 데 쓰는 약.
46) 推官(추관): 큰 송사를 담당하는 관원.
47) □□□當이드: '猶爲不當이드'인 듯하다. '유위부당(猶爲不當)'은 오히려 부당하다고 여김의 뜻이다.

千萬分□□□도[50] 이길 씰히 젼혜 업셔
ᄋᆡ고 셜올쌰 이ᄂᆡ ᄯᅳᆫ 어ᄃᆡ 두리
네 高祖ㅣ ᄂᆡ 高祖요 ᄂᆡ 高祖ㅣ 네 高祖ㅣ니
私情도 보련니와 高祖ㅣᆫ들 네 ᄇᆞ리며
高祖곳 아니면 네 몸인돌 삼겨날싸
吾門이 不幸ᄒᆞ야 이러이러 ᄒᆞ돗썬가
두어라 엇지ᄒᆞ리
堯舜이 化其子를 아니코쟈 못ᄒᆞ시며
周公이 和兄弟를 아니코쟈 못ᄒᆞ시랴[51]
聖賢도 未免變憂ᄂᆞᆫ 이러ᄒᆞ야 그런탄ᄯᆞ
ᄒᆡ 지거든 혼ᄌᆞ 울고 客窓을 지혀 이셔 셴 머리ᄅᆞᆯ 두들이고
鷄鳴聲 돗도록 고초안ᄌᆞ 恨ᄒᆞ면셔
ᄒᆞᆫ숨을 ᄂᆡ 지ᄂᆞ야 한숨이 졔 지히고
눈믈을 ᄂᆡ ᄂᆡ나야 눈믈이 졔 흘러셔
梨花一枝예 春帶雨ᄒᆞ여 이시니[52]
조고만ᄒᆞᆫ 몸의 憂患도 ᄒᆞ고 만타
月虧도 則盈이오 鏡分도 則合이니

48) 捧招(봉초): 죄인을 문초하여 구두로 진술을 받던 일. 여기서는 강복고와 그 주변 사람들이 각각 굴총(掘塚)이 부당하다는 진술서를 쓴 것을 말한다.

49) 報□□□: '報狀ᄒᆞ니'인 듯하다. '보장(報狀)'은 어떤 사실을 상관에게 보고함의 뜻이다.

50) 千萬分□□□도: '千萬分揀ᄒᆞ여도'인 듯하다.

51) 堯舜(요순)이~못하시랴: 요임금, 순임금, 주공(周公)과 같은 성현들도 마음대로 할 수 없는 일이 있음을 표현한 구절이다. 요임금은 아들인 단주(丹朱)를 잘 가르치지 못하여 순에게 선양하였고, 순 역시 아들인 상균(商均)을 잘 가르치지 못하여 우(禹)에게 선양하였다는 고사가 『맹자』「만장장구상萬章章句上」에 전한다. 주공은 형제들과 화목하지 못하여 동모형제(同母兄弟)인 관숙(管叔), 채숙(蔡叔), 곽숙(霍叔)이 주공의 섭정에 반기를 들자 그들을 제거하였다는 고사가 『맹자』「공손추장구하公孫丑章句下」에 전한다.

52) 梨花一枝(이화일지)에~있으니: 중국 당나라 백거이(白居易)의 「장한가長恨歌」의 한 대목을 인용하여 작자의 슬픈 마음을 토로한 구절이다. 백거이의 「장한가」에 "고운 얼굴 쓸쓸해 눈물이 방울져 흐르니, 배꽃 한 가지가 봄비에 젖음일레라(玉容寂寞淚闌干, 梨花一枝春帶雨)"라고 하였다.

墳山 恢復을 닉 혼즈 ᄇᆞᄅᆞ다가
四寸弟 姜復古로 ᄇᆞ랄 낄히 젼혀 업셔
이리 혜고 져리 혜고 못 주거 ᄉᆞᄅᆞ신들 사룻셔도 쓸ᄃᆡ업ᄃᆞ
茫茫宇宙 間의 날 갓튼 이 ᄯᅩ 인는가
蒼天만 바ᄅᆞ며 晝夜의 願ᄒᆞᄃᆞ가
忠孝兼全 이使道 牒報[53] 回下 書目[54]內에
擧法擧理ᄒᆞ야 先賢 墳山의 偸葬 急速 掘出은
爲國之忠誠이 至矣□□[55]
□文議理ᄒᆞ야 □□□ □度 題□□
爲□□□□□□□이 極矣□□[56]
□□□□□컨ᄃᆡ □□□□人이니 正謂此也ㅣ로ᄃᆞ[57]
營門 □□ □置 快活ᄒᆞ니[58]
石壁의 羊ᄀᆞ티 ᄇᆞ티들고 견ᄃᆡᄃᆞ가 貴ᄒᆞᆫ 일 보옵괘ᄃᆞ
三公인들 닉 블오며 壯元及第 관겨ᄒᆞ랴
神仙도 아닌 닉고 黃鶴도 아니로ᄃᆡ
九萬里 長天의 져기면 날리로ᄃᆞ

이안눌의 은혜를 칭송하다

神仙이 나려온가 四聖十哲[59] 도라온가

53) 牒報(첩보): 하급관청에서 상급관청에 올리는 문서인 첩정(牒呈).
54) 書目(서목): 첩보에 첨부되는 문서로, 첩보의 요지를 적은 것.
55) 至矣□□: '至矣로ᄃᆞ'인 듯하다.
56) □文議理ᄒᆞ야~極矣□□: '成文議理ᄒᆞ야 洞辨ᄒᆞᆫ 忖度 題辭ᄂᆞᆫ 爲先賢孝行之情이 極矣로ᄃᆞ'인 듯하다.
57) □□□□□컨ᄃᆡ~正謂此也ㅣ로ᄃᆞ: '由此而觀之컨ᄃᆡ 智者能知人이니 正謂此也ㅣ로ᄃᆞ'인 듯하다.
58) 營門 □□ □置 快活ᄒᆞ니: '營門 ᄂᆞ린 措置 快活ᄒᆞ니'인 듯하다.
59) 四聖十哲(사성십철): 중국의 복희씨(伏羲氏), 문왕(文王), 주공(周公), 공자의 네 성인(聖人)과

東岳之積善積德이 山高水長ᄒᆞ여(60) 與天地로 無窮이로다

天上의 日月恩과 人間의 君父恩과 東岳 光恩과

世上 公論의 누를 더타 議論할고

平生의 不敏狂生이니 그 勝否ᄂᆞᆫ ᄂᆡ 몰ᄅᆞ도

周公之大忠(61)과 大舜之大孝(62) 이ᄂᆞ긔ᄂᆞ ᄃᆞ르랴

공자의 뛰어난 제자 열 사람. '십철(十哲)'은 안회(顔回), 민자건(閔子騫), 염백우(冉伯牛), 염옹(冉雍), 재아(宰我), 자공(子貢), 염구(冉求), 자로(子路), 자유(子游), 자하(子夏) 등 공자의 뛰어난 제자 열 사람을 이른다.

60) 東岳之積善積德(동악지적선적덕)이 山高水長(산고수장)하여: 송사를 원만하게 해결해준 동악 이안눌의 선과 덕이 산처럼 높고 물처럼 길다는 것을 표현한 구절이다. '산고수장(山高水長)'은 인품과 절조의 고결함을 높은 산과 긴 강물에 빗대어 칭송한 말이다.

61) 周公之大忠(주공지대충): 무왕(武王)의 동생인 주공이 무왕이 죽자 왕권을 장악하라는 주변의 유혹을 뿌리치고 조카인 성왕(成王)을 도와 왕실의 기초를 튼튼히 한 것을 이른다.

62) 大舜之大孝(대순지대효): 순임금이 완악(頑惡)한 아버지 고수(瞽瞍)를 감화시킨 큰 효도. 순임금의 지극한 효성으로 완악한 아버지 고수도 마침내 아버지의 도를 되찾게 되고 부자간의 윤리가 갖추어진 일이 『맹자』「이루장구상離婁章句上」에 전한다.

모하당술회述懷

金忠善

조선에 귀화한 심회를 읊다

어와 이너 平生 凶險도 홀셔이고
널으고 널은 天下 어이ᄒᆞ여 마다ᄒᆞ고
남만좌임鄕[1]에 격셜風[2]의 生長ᄒᆞ여

1) 남만좌임鄕: 남만좌임향(南蠻左袵鄕). 남쪽 오랑캐의 나라. '남만'은 남쪽의 오랑캐를 이르는 말이고, '좌임'은 옷 입는 방식이 오른쪽 섶을 왼쪽 섶 위로 여몄다는 데서 유래하여 미개한 상태 또는 오랑캐를 이르는 말이다. 『논어』「헌문憲問」에 "관중(管仲)이 환공(桓公)의 재상이 되어 환공은 제후를 거느려 천하를 통일하고 바로잡아놓아서 사람들은 지금까지도 그 혜택을 입고 있다. 관중이 없었다면 나는 머리를 풀고 옷섶을 왼쪽으로 여미고 살 뻔했다. 어찌 필부필부(匹夫匹婦)가 자자한 신의를 지키는 것과 같겠느냐? 개천에서 제 손으로 목매어 죽어도 알아줄 사람은 없다(管仲相桓公, 霸諸侯, 一匡天下, 民到于今受其賜. 微管仲, 吾其被髮左衽矣. 豈若匹夫匹婦之爲諒也, 自經於溝瀆而莫之知也)"라고 하였다.
2) 격셜風: 격설풍(鴃舌風). 오랑캐의 풍속. '격설'은 알아들을 수 없는 말이라는 뜻으로, 외국인이나 야만인의 말을 얕잡아 이르는 말이다. 『맹자』「등문공장구상滕文公章句上」에 "이제 남쪽 오랑캐가 선왕의 도가 아니거늘, 그대는 그대의 스승을 배반하고 배우니, 또한 증자와 다르도다(今也南蠻鴃舌之人, 非先王之道, 子倍子之師而學之, 亦異於曾子矣)"라고 하였다.

中夏의 죠흔 文物 一見이 願닐너니
明天이 잇뜻 알고 鬼神이 感動ᄒᆞ여
긔 어인 清正[3)]이 東伐朝鮮 ᄒᆞ올 적에
年少無識 이ᄂᆡ 몸을 先鋒將을 ᄉᆞ여단ᄂᆡ
非義興師 ᄒᆞᄂᆞᆫ 쥴를 心中에 알것마ᄂᆞᆫ
東土의 禮義방[4)]을 ᄒᆞᆫ변 귀경ᄒᆞ려 ᄒᆞ고
諒若欣然 仗鉞下에 先鋒將이 되올 적의
誓不復還 ᄒᆞ량으로 意中에 決斷ᄒᆞ고
先墳의 ᄒᆞ직ᄒᆞ고 親戚을 離別ᄒᆞ며
七兄弟 두 안ᄒᆡ을 一時의 다 ᄯᅥ나니
슬푼 마음 셜은 뜻지 업다 ᄒᆞ면 빈말이라
行軍 북 ᄒᆞᆫ 쇼리에 發船을 ᄒᆞ단 말가
劍戟은 秋霜 갓고 旌旗ᄂᆞᆫ 蔽日ᄒᆞᆫ다
扣枻乘流ᄒᆞ여 順風을 기달으니
雄心은 ᄲᆡ야나고 壯氣도 함도 홀ᄉᆞ
長劒을 ᄲᆡ여들고 船上에 의지ᄒᆞ니
天地間 壯한 氣운 나ᄲᅮᆫ인 듯ᄒᆞ여도다
놉플사 大板城[5)]은 海中에 嵯峨ᄒᆞ고
雄壯ᄒᆞ다 對馬島[6)]ᄂᆞᆫ 東國이 여긔로다
黑龍歲 黑蛇月[7)]에 渡海을 ᄒᆞ단 말가

---

3) 清正(청정): 임진왜란 당시 왜군 장수인 가토 기요마사(加藤清正).

4) 禮義방: 예의방(禮義邦). 예의국(禮義國).

5) 大板城(대판성): 大阪城(대판성)의 오기인 듯하다. 오사카 성(城). 임진왜란을 일으킨 도요토미 히데요시(豊臣秀吉)가 1583년에 축성했다.

6) 對馬島(대마도): 일본 규슈(九州)와 우리나라 남단 사이에 위치한 섬. 예로부터 우리나라와 일본 열도(列島) 사이의 중계지로서 대외적으로 중요한 역할을 해왔으며, 임진왜란 때 일본 수군의 중요한 근거지였다.

7) 黑龍歲(흑룡세) 黑蛇月(흑사월): 임진년(壬辰年)인 1592년 음력 4월. '흑(黑)'은 검은색이므로 천간(天干)에서 임(壬)을 가리키고, '용(龍)'은 지지(地支)에서 진(辰)을 가리키므로, '흑룡세'는 임진년을 가리킨다. '흑사월(黑蛇月)'은 을사월(乙蛇月)인 '청사월(青蛇月)'의 오기인 듯하다.

귀로 들은 朝鮮國이 눈의 보니 여긔로다
山川을 들러보고 人物을 살피보니
衣冠도 졔졔[8]ᄒᆞ고 禮樂도 식식[9]홀ᄉᆞ
康衢 젹 烟月[10]인가 太古 젹 春臺[11]련가.
三代風俗[12] 아니련가 東魯至治[13] 여긔로다
大中夏 져려ᄒᆞᆫ가 小中夏 거록홀ᄉᆞ
禮樂도 빈빈[14]ᄒᆞ고 民物도 찬란ᄒᆞ다
中心이 恍惚ᄒᆞ여 如狂如癡 欽慕ᄒᆞ니
用夏變夷[15] ᄒᆞ올 ᄯᅳᆺ지 藹然이 소사나니
手下에 三千兵은 梟雄도 홀셔이고
他國兵 왓다 ᄒᆞ고 人民이 騷動ᄒᆞ니
曉諭書 急히 지여 거리거리 掛榜ᄒᆞ고
講和書 일변 지여 東國에 投托ᄒᆞ니[16]

---

8) 제제: 제제(濟濟). 삼가고 조심하여 엄숙함.
9) 식식: 식식(式式). 질서 있는 모양.
10) 康衢(강구) 적 烟月(연): 번화한 큰 길거리에 달빛이 연기에 은은하게 비치는 모습. 곧 태평한 세상의 평화로운 풍경을 이르는 말.
11) 太古(태고) 적 春臺(춘대): 먼 옛날의 태평성대. '춘대'는 날씨가 좋은 봄날에 올라가서 좋은 경치를 바라보는 곳으로, 태평성대를 가리키는 말이다. 『노자老子』「도덕경道德經」에 "뭇사람들은 마치 풍성한 잔칫상을 받은 듯, 봄에 높은 대에 올라가 사방을 전망하듯이 즐거운 양 들떠 있네(衆人熙熙, 如享太牢, 如春登臺)"라고 하였다.
12) 三代風俗(삼대풍속): 중국 하(夏), 은(殷), 주(周) 시대의 풍속. 곧 태평성대의 시대를 이르는 말.
13) 東魯至治(동로지치): 동쪽 노(魯)나라의 잘 다스려진 정치. 곧 중국 주(周)나라 때 주공(周公)이 문왕(文王)과 무왕(武王)을 도와 주나라의 기틀을 확립한 것을 받들어 예악으로 잘 다스려진 정치를 이르는 말. '동로'는 중국 주나라의 예악문물을 정비한 주공의 후손이 제후로 봉함을 받은 산동(山東) 지역의 노나라를 가리킨다.
14) 빈빈: 빈빈(彬彬). 문채(文彩)와 바탕이 잘 갖추어져 훌륭함. 곧 조화를 이루어 균형이 잡힌 상태를 이르는 말.
15) 用夏變夷(용하변이): 하(夏)나라의 풍속으로 오랑캐의 풍속을 변화시킴. 곧 중국의 앞선 문물로 오랑캐의 풍속을 교화시킴을 이르는 말. 『맹자』「등문공장구상」에 "나는 하나라의 풍속으로 오랑캐의 풍속을 변화시켰다는 말은 들었어도 오랑캐의 풍속으로 변화시켰다는 말은 들어본 적이 없다(吾聞用夏變夷者, 未聞變於夷者也)"라고 하였다.
16) 曉諭書(효유서)~投托(투탁)하니: 임진왜란 때 왜군의 장수인 작자가 조선의 백성들에게 침략의 뜻이 없음을 알리는 글을 지어 거리에 붙이고, 또 항복 문서를 지어 조선에 투항한 것을

孔孟에 道德禮意 親니 아니 볼겨니고
侏俚俗[17] 다 바리고 揖讓風[18]의 나아가니
幽谷에 들엇든 식 喬木에 치닷난 듯[19]
밤길로 가던 소경 日月을 보왓난 듯
동방 聖君 뫼압고셰 萬古太平 누류리라

귀화하여 임진왜란에서 공을 세운 이력을 서술하다

勇略을 다시 닉고 壯氣를 收拾ᄒᆞ여
실이城[20] ᄒᆞᆫ 사흠에 屢千級 斬首ᄒᆞ니
이거시 뉘 공인고 聖上의 德이로다
그 어인 節度使가 褒啓을 ᄒᆞ단 말가
玉音이 丁寧ᄒᆞ오ᄉᆞ 乘馹上來 시겨시니
王命을 뫼압고ᄉᆞ 蒼黃이 入京ᄒᆞ여
彤庭에 試藝ᄒᆞ고 天褒를 猥蒙ᄒᆞ니
私分이 未安ᄒᆞ여 感泣이 漣漣ᄒᆞ니
하물며 草資階가 職嘉善 나리시니[21]

드러낸 구절이다.

17) 侏俚俗(주리속): 난쟁이의 속된 풍속. 여기서는 일본의 풍속과 문화를 가리킨다.

18) 揖讓風(읍양풍): 예악(禮樂)과 문덕(文德)이 잘 갖추어진 풍속. 예악은 예법과 음악을 말하고, 문덕은 예악으로써 교화하여 사람들을 심복시키는 문치(文治)의 덕을 말한다.

19) 幽谷(유곡)에~치닫는 듯: 깊은 골짜기에 들어갔던 새가 높은 나무로 치닫는 듯. 곧 오랑캐의 풍속을 버리고 중국 공자의 도를 따름을 이르는 말. 『맹자』「등문공장구상」에 "내 깊은 골짜기에서 나와 높은 나무로 옮겨간다는 말은 들은 적이 있지만, 높은 나무에서 내려와 깊은 골짜기로 날아간다는 말은 들은 적이 없다(吾聞出於幽谷遷於喬木者, 未聞下喬木而入於幽谷者)"라고 하였다.

20) 실이城(성): 울산(蔚山)에 있는 시루성. 임진왜란 때 왜군 장수인 가토 기요마사가 쌓은 왜성. 시루를 엎어놓은 것 같다 하여 '시루성' 또는 '증성(甑城)'이라고 한다.

21) 하물며~내리시니: 임진왜란 때 투항한 작자가 시루성 싸움에서 공을 세워 가선대부(嘉善大夫)의 직품을 처음으로 받은 것을 가리킨다.

ᄒᆞ물며 羈旅人니 恩寵을 猥蒙ᄒᆞ고
隕首와 結草語[22]는 녯말노 들엇더니
罔極홀ᄉᆞ 聖恩니야 이ᄂᆡ 몸의 밋쳐서라
天敎를 미압고ᄉᆞ 轅門에 도라오니
一心이 未懈ᄒᆞ여 報恩을 思慕터니
ᄋᆡ달올ᄉᆞ 天朝兵이 賊謀에 ᄲᅡ진 ᄇᆡ라
提督이 大怒ᄒᆞ여 우리 元帥 베려 ᄒᆞᄂᆡ[23]
軍令狀 急히 들고 伏地ᄒᆞ고 알왼 말ᄉᆞᆷ
왜장두 버혀 들여 元帥續命 ᄒᆞ오리다
三尺劒 빗겨 들고 甑城에 突入ᄒᆞ니
ᄡᅥᆨ맛참 이경이라 鼓喊ᄒᆞ고 ᄎᆞᆼ돌ᄒᆞ니
匹馬 單創의 對賊ᄒᆞ리 그 뇌런고
數千級 賊首을 片刻에 버혀다가
大都督 將臺下의 再拜ᄒᆞ고 드리시ᄆᆡ
天將이 大喜ᄒᆞ여 上達天聽 ᄒᆞ섯도다
資憲階賜姓名이 一時에 特降ᄒᆞ니[24]
어와 聖恩니야 갑기도 罔極ᄒᆞ다
이ᄂᆡ 몸 가리 된들 이 恩惠 갑플소냐

---

22) 隕首(운수)와 結草語(결초어): 살아서는 머리를 바치고 죽어서는 풀을 묶는다는 말. 곧 은혜를 잊지 않고 갚음을 이르는 말. '결초(結草)'는 결초보은(結草報恩)을 가리키는데, 한 노인이 죽은 뒤에도 풀을 묶어 은혜에 보답한 고사가 『좌전左傳』에 전한다. 중국 당나라 이밀(李密)의 「진정표陳情表」에 "제가 바라건대 조모 유씨가 다행히 여생을 끝까지 마칠 수 있다면, 살아서는 머리를 바치고 죽어서는 마땅히 풀을 묶어 은혜에 보답하겠습니다(庶劉僥倖, 卒保餘年, 臣生當隕首, 死當結草)"라고 하였다.

23) 애달플사~베려 하네: 정유년(1597) 10월에 중국 명나라 제독(提督) 마귀(麻貴)가 경상우도(慶尙右道) 병마절도사(兵馬節度使)인 김응서(金應瑞)로 하여금 조선과 명나라의 연합군을 이끌고 시루성의 왜적을 공격하게 하였으나, 크게 패하자 마귀가 노하여 군율에 따라 그를 참수하려 하는 상황을 나타낸 구절이다.

24) 資憲階賜姓名(자헌계사성명)이~特降(특강)하니: 임진왜란 때 작자가 시루성 싸움에서의 공로로 '김충선(金忠善)'이라는 성명과 정이품 문무관의 품계인 자헌대부(資憲大夫)를 하사받은 것을 가리킨 구절이다.

竭忠報國 ᄒᆞ올 길이 암마도 업ᄉᆞ로다
실퓨다 우리 聖君 義州로 播遷ᄒᆞᄉᆞ[25)]
一國臣民이 뇌 아니 痛哭ᄒᆞ리
쥭을 힘 다 들여셔 賊陣을 破滅ᄒᆞ고
君父讐 갑푼 휴에 會宴을 ᄒᆞ오리라
東國兵器 도라보니 精妙도 젹을시고
이 兵器 가지고서 破賊을 어이ᄒᆞ리
鳥銃과 火藥法을 各陣에 敎訓ᄒᆞ니
한두 달 지닌 휴의 一等兵器 되단 말가
八年[26)]을 橫行ᄒᆞ야 勝戰을 快이 ᄒᆞ고
獻捷九重 ᄒᆞ온 후에 嶺南 奠居 시겨시니

이괄의 난을 진압한 공을 서술하다

仁廟朝 甲子歲에 逆适이 謀叛ᄒᆞᆯ 졔[27)]
그 어인 一封凶檄 忽然이 威脅ᄒᆞ니
졔 비록 공갈ᄒᆞᄂᆞ 니 엇지 應ᄒᆞᆯ소냐
檄書을 裂破ᄒᆞ고 适使을 버혀 달고
焚香祝天 六日ᄒᆞ야 討賊平亂 願請ᄒᆞ니
元兇은 就殲ᄒᆞᄂᆞ 餘黨이 남아 이서
暴悍ᄒᆞᆯᄉᆞ 徐牙之[28)]은 왜즁의도 飛將이라

25) 우리~播遷(파천)하샤: 임진왜란 때 선조(宣祖)가 북상하는 왜군에 쫓겨 평안도 의주로 피란을 간 일을 가리킨 구절이다.
26) 八年(팔년): 칠 년 동안의 임진왜란을 가리키므로 '七年(칠년)'의 오기로 보는 것이 옳을 듯하다.
27) 仁廟朝(인묘조)~謀叛(모반)할 제: 인조(仁祖) 갑자년(1624)에 이괄(李适)이 난을 일으킬 때. 인조반정 때 공을 세운 이괄이 논공(論功)에서 우대받지 못하고 평안병사(平安兵使) 겸 부원수(副元帥)로 좌천되자 이에 불만을 품고 난을 일으킨 것을 말한다.

東西橫行 作亂ᄒᆞ여 爲國大患 되여 잇ᄂᆡ
慶尙道 監兵營이 四方發捕 ᄒᆞ여시나
뉘라서 犯接ᄒᆞ여 어이ᄒᆞ야 잡을소냐
朝令이 급피 날여 斬捕牙之 시겨시니
잡다가 못 잡은들 王命을 거슬소냐
單騎로 逐踏ᄒᆞ여 金海로 쏫차가니
嶺南藪 깁푼 곳의 牙賊을 만나보고
奇計을 쑴여니여 權道[29]로 잡으리라
온언으로 위로ᄒᆞ고 진정으로 기유ᄒᆞ여
旨酒로 相勸ᄒᆞ야 終日토록 먹은 후에
不省人事 취도[30]커날 寶劒을 先奪ᄒᆞ고
軍卒을 號令ᄒᆞ여 縛致麾下 ᄒᆞ단 말가
졔아무리 飛將인들 升天入地 ᄒᆞᆯ작소냐
邦憂을 快除ᄒᆞ고 九重의 獻馘ᄒᆞ니
宗社의 幸이 되고 國家의 福이로다
聖上의 神功으로 殲賊平亂 ᄒᆞ여시니
歷歷히 헤여보니 이니 공이 아니로다
惶恐ᄒᆞᆯᄉᆞ 田民賜牌 因傳敎 나리시니
은슈[31]도 가이 업고 感泣이 無窮ᄒᆞ나
王事에 盡力홈이 臣子의 職分니라

28) 徐牙之(서아지): 임진왜란 때 귀화한 왜군의 장수로, 이괄의 난 때 그의 부장(副將)이었다.
29) 權道(권도): 그때그때의 형편에 따라 일을 처리하는 방도. 여기서는 이괄의 난 때 작자가 꾀를 내어 서아지를 함정에 빠뜨려 잡아 죽인 것을 말한다. 『맹자』「이루장구상」에 중국 제(齊)나라 순우(淳于)가 맹자에게 형수가 물에 빠지면 손을 뻗쳐 건져야 하느냐고 묻자 맹자가 "형수가 물에 빠졌는데 구해내지 않는다면 그것은 이리와 같다. 남녀 사이에 친히 손으로 물건을 주고받지 않는 것은 일반적인 예의요, 형수가 물에 빠졌을 때 손으로 구해내는 것은 권도이다(嫂溺不援, 是豺狼也. 男女授受不親, 禮也. 嫂溺援之以手者, 權也)"라고 하였다.
30) 취도: 취도(醉倒). 술에 취하여 쓰러짐.
31) 은수: 은수(恩授). 은혜를 내림.

牙賊의 一과頭[32]로 賞을 어이 밧자올가
ᄂᆡ 엇지 臣子로서 이 민전 차지ᄒᆞ리
구틔여 辭讓ᄒᆞ고 나죠ᄋᆡ 還納ᄒᆞ여
守禦廳[33] 屯田 ᄉᆞᆷ아 군량을 보틔리라

병자호란에 참전한 심회를 노래하다

壬甲兩亂[34] 平定 후ᄋᆡ 헐마 國亂 ᄯᅩ 이실가
마ᄋᆞᆷ을 지거노코[35] 山中ᄋᆡ 누윗더니
이 어인 北方 근심 ᄒᆡ마당 일어나니
朝家의 不幸니라 乙夜憂[36] 기치신니
天門의 因見ᄒᆞᄉᆞ 防憂策을 뭇자오며
ᄂᆡ 비록 무ᄌᆡᄒᆞᄂᆞ 效死竭忠 안닐쇼냐
彤階ᄋᆡ 四拜ᄒᆞ고 所懷을 알왼 말ᄉᆞᆷ
十年 仍防 自願ᄒᆞ여 北方 근심 탕척ᄒᆞ고
楓階[37]ᄋᆡ 도라와서 復命을 ᄒᆞ올 적의
後苑의 因見ᄒᆞᄉᆞ 盛饌으로 먹여시니
盤中ᄋᆡ 點點珍羞 맛맛시 영총이요
잔 속ᄋᆡ 가득ᄒᆞᆫ ᄉᆞᆯ 먹음먹음 은파로다
ᄒᆞ물며 二品正憲[38] 놉픔도 놉거니와

32) 一과頭: 일과두(一顆頭). 머리 하나.
33) 守禦廳(수어청): 조선시대 남한산성과 경기도 일대의 진을 관할하던 오군영(五軍營)의 하나.
34) 壬甲兩亂(임갑 양 난): 임진년(1592)의 임진왜란과 갑자년(1624)의 이괄의 난.
35) 지거노코: 미상. 문맥상 '풀어놓고'의 뜻인 듯하다.
36) 乙夜憂(을야우): 한밤중의 근심. '을야는 밤 9시부터 11시 사이를 말하는데, 임금이 이 시간까지 취침하지 못하고 근심함을 '을야우'라 한 것이다.
37) 楓階(풍계): '楓陛(풍폐)'의 오기. 중국 한나라 때에 궁전에 단풍나무를 심은 데서 유래한 말로, 궁전을 가리킨다.

敎旨中 八字明書[39] 煌煌이 빗날시고
닉 엇지 외國 賤俘 이디도록 榮寵홀고
도로혀 셩만케[40]가 홍즁의 삐여나닉
卒富貴不祥語[41]를 옛말노 들엇더니
동토에 投托홀지 禮義도 欽慕ᄒᆞ고
子孫이나 기쳐 두고 즁화인 숨아시믹
富貴도 念 밧기요 功名도 쯧 밧기라
오날날 부귀공名 千古의 업슬시고
天階의 하직ᄒᆞ고 鄕里의 도라와셔
私分에 惶恐ᄒᆞ여 밤낫지로 未安터니
邦厄이 못다 ᄒᆞ고 時運이 不幸ᄒᆞ여
丙子歲 十二月에 淸兵이 大驅ᄒᆞ니
都城은 함몰ᄒᆞ고 大駕난 播遷ᄒᆞ야
인민을 겹약[42]ᄒᆞ고 죠야가 산난되니
심신이 아득ᄒᆞ고 간장이 씩여닉니
行李을 직촉ᄒᆞ여 匹馬로 달여오니
賊陣은 雲屯ᄒᆞ고 殺氣은 蔽天이라
경안교[43] 다다라셔 賊勢을 살펴보니
强弱이 不敵ᄒᆞ여 朝夕에 망키 되니
하날게 祝手ᄒᆞ고 決死生 ᄒᆞ오리다

---

38) 二品正憲(이품정헌): 조선시대 정이품 문무관의 품계인 정헌대부(正憲大夫).
39) 敎旨中(교지중) 八字明書(팔자명서): 교지 가운데 여덟 글자. 광해군이 서울로 돌아온 작자를 위해 잔치를 베풀고 어필로 '자원하여 계속 변방을 지켰으니 그 마음이 가상하다(自願仍防 其心可嘉)'라는 여덟 글자를 써서 그 공로를 치하한 것을 가리킨다.
40) 셩만케: 미상. '분발하는 마음'의 뜻인 듯하다.
41) 卒富貴不祥語(졸부귀불상어): '猝富貴不祥語(졸부귀불상어)'의 오기. 갑자기 얻은 부귀는 상서롭지 못하다는 뜻으로, 갑작스러운 부귀 다음에 재앙이 따르기 쉬움을 이르는 말이다.
42) 겹략: 겁략(劫掠). 위협을 하거나 폭력 따위를 써서 강제로 빼앗음.
43) 경안교: 경안교(慶安橋). 경기도 광주(廣州)에 있는 다리.

手下에 ᄯᆞᆯ인 軍兵 다만 一百쉰ᄲᅮᆫ이라
長劒을 놉피 들어 용밍을 다시 ᄂᆡ여
좌츙우돌ᄒᆞ며 삼 쎄닷 즛처 가니[44]
數千萬 胡賊兵이 칼ᄭᅳᆺ티 풀입히라
卯辰時 두 시간에 누만급 참수ᄒᆞ니
賊屍가 如山ᄒᆞ며 流血이 시ᄂᆡ 되니
胡兵에 버힌 머리 일우 헤지 못ᄒᆞ로다
죽은 놈의 코만 버혀 戰帒 ᄉᆞᆨ에 너허ᄂᆡ니
意氣가 승승ᄒᆞ야 胡陣에 축답[45]ᄒᆞ니
億千萬 兵馬라도 一身으로 당ᄒᆞ로다
天意가 슬토던지 鬼神이 싀기던가
긔 어인 火藥庫에 失火을 ᄒᆞ단 말가
兵器가 탕연[46]ᄒᆞ고 勇氣가 최찰[47]ᄒᆞ니
아모리 영웅인들 用武ᄒᆞᆯ 길 전이 업다
陣勢을 둘러보고 賊情을 探知ᄒᆞ니
암마도 고군弱卒 强弩末勢[48] ᄒᆞ리업서
찰아리 파진ᄒᆞ고 扈從聖君 ᄒᆞ오리라
탄 말을 돌녀 몰아 幸在所[49]로 가단 말가
南漢에 得達ᄒᆞ여 城門의 들여 ᄒᆞᆯ 제

---

44) 삼 쎄닷 즛처 가니: 삼을 베듯 마구 쳐가니. '즛치다'는 '마구 치다'는 뜻이다.
45) 축답: 축답(逐踏). 뒤쫓음.
46) 탕연: 탕연(蕩然). 헛된 모양. 또는 자취 없이 된 모양.
47) 최찰: '최절(摧折)'의 오기인 듯하다. '최절'은 '꺾다' 또는 '꺾이다'의 뜻이다.
48) 强弩末勢(강노말세): 강한 쇠뇌의 마지막 약한 기세. 강한 쇠뇌로 쏜 화살도 마지막에는 힘이 떨어져 얇은 비단조차 뚫지 못한다는 뜻으로, 아무리 강한 힘도 마지막에는 결국 쇠퇴한다는 의미이다. 중국 한나라 무제(武帝) 때 어사대부(御史臺夫) 한안국(韓安國)이 흉노를 공격하는 원정계획에 반대하며 "강한 쇠뇌로 쏜 화살도 마지막에는 힘이 떨어져 노(魯)나라에서 만든 얇은 비단조차 뚫을 수가 없다(强弩之末, 不能入魯縞)"라고 한 고사가 『사기』 「한장유열전韓長孺列傳」에 전한다. 이것은 아무리 강한 군사력도 장도(長途)의 원정에는 여러모로 군사력이 쇠퇴해질 수 있음을 표현한 것이다.
49) 幸在所(행재소): 임금이 멀리 거둥할 때 임시로 머무르던 별궁(別宮).

胡兵이 위와사고[50] 講和을 ᄒᆞ단 말가
듯자 ᄒᆞ니 斷腸이요 보자 ᄒᆞ니 傷心이라
長劒을 ᄶᅡ를 치고 賊鼻戰㑊 ᄶᅥᆫ지노코
痛哭ᄒᆞ고 물너셔니 胸膈이 막키이너
슬푸다 神宗皇帝 東國을 救ᄒᆞ더니
東國이 扁小ᄒᆞ여 報恩ᄒᆞᆯ 길 ᄌᆞᆫ히 업다[51]
胡兵이 充斥ᄒᆞ여 神州가 늑침ᄒᆞ니[52]
이지 와 헤계 되면 白骨이 難忘니라
긔 어이 져바리고 犬羊天地[53] 섬길소냐
禮儀東方 귀ᄒᆞᆫ 일홈 오날날 업기 되야
春秋大義[54] 고사ᄒᆞ고 舊恩을 이질소냐
數千載 魯仲連[55]이 긔 아니 븟글일가
淸陰公[56] 당당大義 講和書 裂破타너

50) 위와사고: 미상. '에워싸고'의 뜻인 듯하다.
51) 슬프다~없다: 병자호란에 패함으로써 임진왜란 때 중국 명나라 황제 신종(神宗)이 조선에 원군을 보낸 은혜를 갚을 길이 없어졌다는 안타까움을 표현한 구절이다.
52) 神州(신주)가 육침하니: 중국 명나라가 망하니. '신주'는 중국의 별칭으로, 전국시대 때 제(齊)나라의 추연(鄒衍)이 중국을 '신주'라 한 데서 유래하였다. '육침(陸沈)'은 나라가 적에게 멸망되는 것을 말한다.
53) 犬羊天地(견양천지): 개와 양의 세상. '견양'은 보잘것없거나 하찮은 것을 이르는 말로서, '견양천지'는 오랑캐가 세운 중국 청나라를 가리킨다.
54) 春秋大義(춘추대의): 명분과 인륜 질서를 숭상하고 문화가 발전한 나라와 그렇지 않은 나라를 구분하는 것. 곧 공자가 『춘추春秋』에서 보여준 엄정한 비판의식과 역사인식을 말한다. 여기서는 한족(漢族)의 나라인 중국 명나라를 섬기는 것을 가리킨다.
55) 魯仲連(노중련): 중국 전국시대 제(齊)나라의 은사인 노련(魯連). 그는 중국 전국시대 제나라의 은사이자 유세가로, 호는 중련(仲連)이다. 진(秦)나라가 조(趙)나라를 포위하고 위(魏)나라의 신원연(新垣衍)을 조나라의 평원군(平原君)에게 보내어 진나라 왕을 추대하여 황제로 삼고자 했는데, 노중련이 그 말을 듣고 신원연을 찾아가서 "포악한 진나라를 추대하면 나는 차라리 동해 바다에 빠져 죽을지언정 진나라 백성이 되지 않겠다" 하여 신원연의 의논을 중지시키니, 진나라의 장수가 그 소문을 듣고 30리를 퇴각했고, 마침 각국 지원병이 와서 조나라는 포위에서 벗어나게 되었다는 고사가 『사기』 「노중련추양열전魯仲連鄒陽列傳」에 전한다.
56) 淸陰公(청음공): 김상헌(金尙憲). '청음'은 그의 호이다. 1636년 예조판서 재임 중 병자호란이 일어나자 주화론(主和論)을 배척하고 끝까지 주전론(主戰論)을 펴다가 인조가 청나라에 항복하자 안동에 은거하였다. 1639년에는 청나라가 명나라를 공격하기 위해 요구한 출병에 반대하

吳교리 尹교리와 洪쟝녕[57]의 斥和疏은
秋霜이 凜凜ᄒᆞ고 丹忠이 貫日ᄒᆞ니
一相公 三學士ᄂᆞᆫ 天下의도 有光ᄒᆞᆯᄉᆞ
萬古綱常 발가 잇고 千秋당론[58] 거록ᄒᆞ다
이ᄂᆡ 몸 쥭어지여 九原[59]에 넉시라도
四君子 ᄶᅡᆯ아단녀 義魄忠魂 참여코져
英雄壯士 一寸肝腸 어이 아니 ᄶᅥᆨ거지리
平生一片 慕夏心을 ᄂᆔ기[60] 손의 붓쳐 들고
怒髮이 衝冠ᄒᆞ고 憤氣가 騰天ᄒᆞ니[61]
蒼天이 말이 업고 曉月이 凄凉ᄒᆞ다
슬픈 마음 설운 회표 벗즐 삼고 돌아서니
天地가 아득ᄒᆞ고 눈물이 압플 막ᄂᆡ
이러ᄒᆞ나 저러ᄒᆞ나 平定禍亂 거의 되니
大駕가 환에[62]ᄒᆞᄉᆞ 臣民이 쵸졍[63]ᄒᆞ니
莫非天運 시겨시니 ᄋᆡ달온들 어이ᄒᆞ리

는 상소를 올렸다가 청나라에 압송되어 6년 후 귀국하였다.

57) 吳(오)교리 尹(윤)교리와 洪(홍)쟝녕: 오교리(吳校理) 윤교리(尹校理)와 홍장령(洪掌令). 오달제(吳達濟), 윤집(尹集), 홍익한(洪翼漢). 병자호란 때 청나라와의 화의(和議)를 반대하고 척화(斥和)를 주장하는 상소를 올리는 등 청나라에 저항하다가 끌려가서 처형당했는데, 이 세 명을 가리켜 '삼학사(三學士)'라 한다.

58) 千秋(천추)당론: 千秋讜論(천추당론). 오랜 세월 변치 않는 곧은 말.

59) 九原(구원): 중국 전국시대 진(晉)나라 경대부(卿大夫)의 묘가 있던, 산서성(山西省) 신강현(新絳縣) 북쪽에 있는 지명. 일반적으로 묘지, 구천(九泉), 황천(黃泉)의 뜻으로 쓰인다.

60) ᄂᆔ기: 잘못 들어간 듯하다.

61) 怒髮(노발)이~騰天(등천)하니: 머리털이 갓을 찌를 만큼 곤두서 있고, 분한 마음이 하늘을 찌를 듯 격렬하게 북받쳐오르니. 곧 격렬하게 화가 난 모양을 비유한 말. 중국 진(秦)나라 소양왕(昭襄王)이 조(趙)나라 혜문왕(惠文王)의 보물인 화씨벽(和氏璧)을 빼앗기 위하여 15개의 성과 바꾸자고 하자, 혜문왕의 사신으로 갔던 인상여(藺相如)가 진나라 소양왕을 꾸짖을 때 분노가 서릿발 같아서 머리털이 곤두서서 갓을 찌를 정도였다는 고사가 『사기』 「염파인상여열전廉頗藺相如列傳」에 전한다.

62) 환어: 환어(還御). 임금이 대궐로 돌아옴. 환궁(還宮).

63) 초정: 초정(稍靜). 점차 안정됨.

우록촌에 한거한 감회를 노래하다

匹馬로 다시 몰아 友鹿村[64] 돌아올 졔
塵世을 하즉ᄒᆞ고 山中의 들어오니
無情ᄒᆞᆫ 山川이요 有意ᄒᆞᆫ 白鷗로다
黃鶴峰[65] 겻틔 두고 仙遊洞[66] 들어가니
李謫仙[67] 安期生[68]이 이곳의 놀아던가
特立ᄒᆞᆫ 셔鳳巖[69]은 긔이도 ᄒᆞ셔이고
쇼쇼九成[70] 소릐런가 西周岐陽[71] 여긔런가
이 어인 鳳鳥 일홈 文明도 ᄒᆞ셔이고
紫陽과 白鹿洞은 朱夫子 杖屨地라[72]
거룩ᄒᆞᆫ 道德場이 맛쵸와 갓틀시고
이닉에 後子孫의 講學人이 아니 날가
寒泉[73]에 沐浴ᄒᆞ고 三聖山[74] 바람 쇠여

64) 友鹿村(우록촌): 대구 달성(達城)에 있는 마을.
65) 黃鶴峰(황학봉): 대구 달성에 있는 산봉우리.
66) 仙遊洞(선유동): 대구 달성에 있는 골짜기.
67) 李謫仙(이적선): 중국 당나라의 시인 이백(李白). 두보(杜甫)와 함께 중국 최고의 시인으로 꼽히며, 시성(詩聖) 두보에 견주어 적강(謫降)한 신선이라는 뜻으로 시선(詩仙) 또는 적선(謫仙)이라 한다.
68) 安期生(안기생): 중국 진시황(秦始皇) 때의 방사(方士). 일찍이 황제(黃帝)와 노자(老子)의 설을 배우고 동해 바닷가에서 약을 팔았으며, 진시황이 우대를 해주자 서(書)와 적석(赤舃) 한 짝을 보답으로 주었다는 고사가 중국 한나라 유향(劉向)의 『열선전列仙傳』에 전한다.
69) 셔鳳巖(봉암): 棲鳳巖(서봉암). 또는 서쪽 봉암(鳳巖). 대구 달성에 있는 바위.
70) 소소九成(구성): 蕭韶九成(소소구성). 중국 순(舜)임금이 만든 음악을 아홉 번 곡조를 바꾸어 연주함. 곧 흥겹고 화평하게 연주함을 이르는 말. '소소'는 순임금의 음악 이름으로, 아름답고 묘한 선악(仙樂)을 가리킨다. 『서경書經』 「익직益稷」에 "소소를 아홉 번 곡조를 바꾸어 연주하니, 봉황이 날아와 춤을 추네(蕭韶九成, 鳳凰來儀)"라고 하였다.
71) 西周岐陽(서주기양): 중국 주(周)나라의 기양(岐陽). 기양은 기산(岐山)의 남쪽을 가리키는데, 문왕(文王)이 기양에 살 때 봉황이 왔다는 고사가 전한다.
72) 紫陽(자양)과~杖屨地(장구지)라: 중국 송나라 유학자 주희(朱熹)가 강학(講學)을 한 자양서원(紫陽書院)과 백록동서원(白鹿洞書院)에 빗대어 작자 자신의 은거지를 표현한 구절이다. '자양'은 우록촌 남쪽에 있는 지명이고, '백록동'은 우록촌 북쪽에 있는 지명이다.

石逕에 막ᄃᆡ 집허 慕夏堂[75] 도라오니
稚子ᄂᆞᆫ 문의 셔고 美酒ᄂᆞᆫ 盈樽ᄒᆞ니[76]
두석 잔 먹은 후에 비회가 절노 나ᄂᆡ
슬프다 一介賤夫 萬里殊方[77] 붓처 잇서
罔極ᄒᆞᆯᄉᆞ 三朝恩[78]을 疊疊이도 입어서라
白骨이 흙이 된들 이 은혜 갑플소냐
子孫이나 기처 잇셔 聖人氓[79]을 삼아 두고
世世相傳 孝忠ᄒᆞ여 國恩을 갑프리라
男女子孫 成行ᄒᆞ여 眼前의 가득ᄒᆞ니
너의ᄂᆞᆫ 後生이라 聖恩을 어이 알리
이ᄂᆡ 말 들은 후에 刻骨銘心 不忘ᄒᆞ라
榮達을 탐치 말고 몸ᄯᅡᆨ기만 숭상ᄒᆞ라
가훈을 지여ᄂᆡ여 後孫에 유게[80]ᄒᆞ고
慕夏堂 현판ᄒᆞ여 平生只願 거러두니

73) 寒泉(한천): 대구 달성에 있는 시내.
74) 三聖山(삼성산): 대구 달성에 있는 산.
75) 慕夏堂(모하당): 작자가 우록촌에 은거해 살던 집.
76) 稚子(치자)는~盈樽(영준)하니: 어린아이는 문에 서 있고, 맛있는 술은 술동이에 가득히 있으니. 중국 진(晉)나라 도잠(陶潛)의 「귀거래사歸去來辭」에 "마침내 조그마한 집을 바라보고 기뻐 달려가니, 동복(僮僕)들은 환영하고 어린아이는 문에서 기다리네. 세 갈래 좁은 길은 황폐해졌으나, 아직도 소나무와 국화는 시들지 않았네. 어린아이 손을 잡고 방에 들어가니, 술이 술동이에 가득히 있네(乃瞻衡宇, 載欣載奔, 僮僕歡迎, 稚子候門. 三徑就荒, 松菊猶存 携幼入室, 有酒盈樽)"라고 하였다.
77) 萬里殊方(만리수방): 만 리 떨어진 타향. 여기서는 작자가 고향인 일본을 떠나 조선의 경상도에 은거한 것을 말한다. 중국 당나라 두보의 「구일오수九日五首」에 "타향에 해 지니 검은 원숭이 울고, 고향에선 서리 오기 전에 흰 기러기 날아왔었지(殊方日落玄猿哭, 舊國霜前白雁來)"라고 하였다.
78) 三朝恩(삼조은): 삼대(三代)에 걸친 조정(朝廷)의 은혜. 곧 선조, 광해군, 인조에게 입은 은혜.
79) 聖人氓(성인맹): 성인(聖人)의 백성. 『맹자』 「등문공장구상」에 "진량의 제자 진상은 동생 진신과 함께 농기구를 짊어지고 송나라로부터 등나라에 와서 '임금께서 성인의 정치를 행하신다는 말을 들었는데 역시 성인이시니, 성인의 백성이 되기를 원합니다'라고 말했다(陳良之徒陳相, 與其弟辛, 負耒耜而自宋之滕, 曰聞君行聖人之政, 是亦聖人也, 願爲聖人氓)"라고 하였다.
80) 유게: 유계(遺誡). 가르침을 남김.

孝悌忠信 業을 삼고 禮義廉恥 家風 삼아
子子孫孫 相傳ᄒᆞ여 和睦으로 누어스라
西山의 일박ᄒᆞ니 年今 七十 老翁니라
身後地 점두ᄒᆞ여 萬年幽宅 定ᄒᆞ엿고
友鹿村 卜居ᄒᆞ여 白雲明月 히롱ᄒᆞ니
羲皇氏 적 百姓인가 葛天氏의 百姓인가[81]
生逢堯舜[82] 自樂ᄒᆞ고 有子有孫 이러ᄒᆞ니
平生에 願ᄒᆞᆫ 바를 낫낫치 일위셔라
南風이 ᄣᅥ로 불 졔 故國을 싱각ᄒᆞ니
先墳이 平安ᄒᆞᆫ가 七兄弟 無事ᄒᆞᆫ가
至親骨肉들이 살아난가 죽엇난가
간운사[83] 춘초몽[84]이 어난 ᄣᅢ에 업슬소냐
國家에 不忠ᄒᆞ고 私門에 不孝 되니
天地間 一罪人이 나밧긔 ᄯᅩ 잇난가
안마도 세승의 兇ᄒᆞᆫ 八字는 나 ᄒᆞ나뿐닌가 ᄒᆞ노라

---

81) 羲皇氏(희황씨)~百姓(백성)인가: 중국 상고시대 전설상의 임금인 희황씨와 갈천씨(葛天氏)가 다스리던 때의 태평성대에 빗대어 작자의 만족스러운 생활을 표현한 구절이다. '희황씨'는 중국 고대 삼황오제(三皇五帝)의 한 사람인 복희씨를 말한다. 복희씨는 서계(書契)를 만들고 그물을 발명하여 어업·수렵·목축을 가르쳤으며, 황하(黃河)에서 길이 여덟 척이 넘는 용마(龍馬)가 등에 지고 나왔다는 하도(河圖)를 보고서 『주역周易』 팔괘(八卦)를 그렸다고 한다. '갈천씨'는 중국 태고 때 임금으로, 도덕이 높아서 말하지 않아도 믿고 교화를 펴지 않아도 교화가 행해져 온 천하가 절로 잘 다스려졌다고 한다.

82) 生逢堯舜(생봉요순): 살아서 요순(堯舜)과 같은 어진 임금을 만남. 중국 당나라 두보의 「자경부봉선현영회自京赴奉先縣詠懷」에 "생전에 요, 순과 같은 임금을 만나, 영영 이별하기 차마 못하겠네(生逢堯舜君, 不忍便永訣)"라고 하였다.

83) 간운사: 간운사(看雲思). 구름을 보고 생각함. 곧 자식이 타향에서 부모를 생각하는 마음을 이르는 말. 중국 당나라 때 적인걸(狄仁傑)이 태항산(太行山)에 올라가 하양(河陽)을 내려다보며 부모님이 계신 곳이 저 구름 아래라고 말하자 구름이 사라져 더 잘 볼 수 있었다는 고사가 『당서唐書』 「적인걸전狄仁傑傳」에 전한다.

84) 춘초몽: 춘초몽(春草夢). 봄풀의 꿈. 곧 젊은날의 포부를 이르는 말. 중국 송나라 주희의 「우성偶成」에 "못가의 봄풀은 꿈에서 아직 깨지 못했는데, 섬돌 앞의 오동나무는 벌써 가을 소리를 내는구나(未覺池塘春草夢, 階前梧葉已秋聲)"라고 하였다.

원본 ◉ 애정가사

美人別曲

楊士彦

그ᄃᆡ롤 내 모ᄅᆞ랴 巫山의 神女[1)]로다
塵寰을 내이 너겨 눌 위ᄒᆡ여 ᄂᆞ려온다
양ᄌᆞᄂᆞᆫ 梨花一枝예 ᄃᆞᆳ비치 절로 흘러드ᄂᆞᆫ ᄃᆞᆺ
白沙長汀의 海棠春栢이 흐터디여 픠엿ᄂᆞᆫ ᄃᆞᆺ
눈서븐 淸溪鶴[2)] ᄐᆞᆫ 道士이 靑鶴洞[3)]으로 ᄂᆞ라드ᄂᆞᆫ ᄃᆞᆺ

---

1) 巫山(무산)의 神女(신녀): 중국 초(楚)나라의 회왕(懷王)이 낮잠을 자다 꿈속에서 만나 사랑을 나누었다는 신녀. '무산은 중국 중경시(重慶市) 무산(巫山) 동쪽에 있는 산이다. 옛날 초나라 양왕(襄王)이 송옥(宋玉)과 함께 운몽대(雲夢臺)에 놀러 가서 고당관(高唐觀)을 바라보니, 그 위로 구름이 곧바로 치솟았다가 홀연히 모습을 바꾸며 순간순간마다 변화가 끝이 없었다. 이에 왕이 송옥에게 무슨 기운인지 묻자, 송옥은 아침구름이라고 아뢰었다. 왕이 다시 아침구름에 대해 물으니, 송옥은 선왕 회왕이 고당에서 놀다가 피곤하여 낮잠을 자는데, 꿈에 무산의 신녀가 나타나서 회왕의 잠자리를 돌본 뒤, 아침에는 구름이 되고 저녁에는 비가 되어 아침저녁으로 양대(陽臺)의 아래에 있다고 하면서 떠났으며, 아침에 보니 과연 그녀의 말과 같으므로 조운묘(朝雲廟)라는 사당을 세웠다고 대답하였다. 송옥의 「고당부서高唐賦序」에 전하는 내용이다.

2) 淸溪鶴(청계학): 청계(淸溪)는 중국 절강성(浙江省) 청전(靑田) 목계(沐溪)를 말한다. 『초학기初學記』와 『예문유취藝文類聚』에 의하면 이 마을에 한 쌍의 백학이 있어 매년 어린 학을 낳아서 다 자라면 늙은 학을 떠나 날아갔다고 한다. 여기서는 신선이 타고 다니는 학을 가리키는 듯하다.

3) 靑鶴洞(청학동): 예로부터 전해오던 도인(道人)들의 이상향.

싁싁흔 海東靑이 碧海로 디나는 둧
머리는 潮陽太守 南遷홀제 衡山 구룸 헤도는 둧[4]
朱脣雪齒로 半맛깜 운는 양은
仙宮 三色桃花[5] 훈르밤 빗기운에 절로 피여 가는 둧
銀屛 소개 안잔는 양 月中姮娥 桂樹룰 지혓는 둧[6]
漢家 趙飛燕이 避風臺 소개 녀믜치고 안잔는 둧[7]
숨 끼여 宿痕을 계워 花冠이 旦正흐니[8]

---

4) 머리는~헤치는 듯: 한유(韓愈)가 당나라 헌종(憲宗)이 부처의 손가락뼈를 대궐로 들여오는 것에 반대하는 「논불골표論佛骨表」를 올렸다가 조주자사(潮州刺史)로 좌천된 일과 한유가 형산(衡山)의 사당에서 정성을 다하여 시를 올려 기도함으로써 비를 몰고 오는 구름을 물리친 일을 아울러 나타낸 구절이다. '조양태수(潮陽太守)'는 한유가 좌천된 조주자사를 가리키며, 형산은 오악(五嶽)의 하나인 남악(南嶽)을 말한다. 중국 송나라 소식(蘇軾)의 「해시海市」에 "옛날 한유가 남쪽 귀양에서 돌아오는 길에, 형산의 석름봉과 축융봉을 보고 기뻐하였네(潮陽太守南遷歸, 喜見石廩堆祝融)"라고 하였으며, 역시 소식의 「조주한문공묘비潮州韓文公廟碑」에 "그러므로 한유의 정성은 형산의 구름을 열 수 있으나, 헌종의 미혹됨을 돌이킬 수 없네(故公之精誠, 能開衡山之雲, 而不能回憲宗之惑)"라고 하였다.

5) 仙宮(선궁) 三色桃花(삼색도화): 중국 신화에 나오는 신녀(神女)인 서왕모(西王母)가 산다는 요지(瑤池)에 열리는 복숭아인 '반도(蟠桃)'를 가리키는 듯하다. '삼색도화(三色桃花)'는 한 나무에 세 가지 색의 꽃이 피는 복숭아를 말한다.

6) 銀屛(은병)~기대는 듯: 은병풍 속에 앉은 모습은 달 속의 항아(姮娥)가 계수나무에 기대는 듯. '은병'은 은으로 상감한 병풍으로, 백거이(白居易)의 「장한가長恨歌」에 "베개 밀치고 옷자락 부여잡고 일어나 배회하니, 주렴과 은병풍이 죽 늘어서 펼쳐 있도다(攬衣推枕起徘徊, 珠箔銀屛迤邐開)"라고 하였다. 항아는 달 속에 있다는 전설 속의 선녀로서 상아(嫦娥)라고도 하는데, 『회남자淮南子』에 "예(羿)가 불사약을 달라고 서왕모에게 청하였는데, 항아가 그것을 훔쳐서 월궁(月宮)으로 달아났다(羿請不死之藥於西王母, 姮娥竊之, 奔月宮)"라고 하였다.

7) 漢家(한가)~앉았는 듯: 중국 한(漢)나라 조비연(趙飛燕)이 피풍대(避風臺) 속에 여미어 입고 앉은 듯. 조비연은 중국 한나라 성제(成帝)의 황후이다. 가무에 능하고 몸이 가벼워 비연(飛燕)이라 불렸는데, 성제의 총애를 받아 궁인에서 황후의 지위에까지 올랐다는 기록이 『한서漢書』에 전한다. 피풍대는 몸이 가벼워 바람을 이기지 못하는 조비연에게 한나라 성제가 지어준 대(臺)이다.

8) 꿈~旦正(단정)하니: 꿈 깨어 잠기운을 이기지 못해 화관(花冠)이 단정하니. 문맥상 '花冠이 旦正흐니'는 '花冠이 端正하지 않으니'의 오기인 듯하다. '화관'은 칠보(七寶)로 꾸민 부녀자의 예장용 관으로, 대궐에서는 의식이나 정재(呈才)가 있을 때, 민간에서는 혼례나 경사가 있을 때 대례복이나 소례복에 병용하였다. 이 구절은 백거이의 「장한가」에서 저승의 양귀비(楊貴妃)가 현종(玄宗)이 보낸 방사(方士)를 맞이하면서 "구름 같은 머리 반 드리우고 막 잠에서 깬 듯, 화관 바로하지 않고 뜰로 내려오네(雲鬢半偏新睡覺, 花冠不整下堂來)"라고 한 대목을 원용한 듯하다.

明妃 胡塞예 漢宮이 어드메오
一曲 淸商으로 가는 길흘 니젼는 듯[9)]
林邛道士를 太眞이 만나 이셔
離宮 寄別 몯내 무러 허튼 시름 푸먼는 듯[10)]
綠衣黃裳乙 半마짬 헤틴 양은
陶淵明 栗里 三逕의 松菊이 헤드런는 듯[11)]
岐陽[12)] 絲桐[13)] 소개 놀애 소릐는
杜拾遺 曲江暮春에 暖日平蕪에 緩緩行 ᄒᆞᄂᆞᆫ 듯[14)]

---

9) 明妃(명비)~잊었는 듯: 중국 전한(前漢)의 원제(元帝)가 흉노(匈奴)와의 화친을 위해 궁녀 왕소군(王昭君)을 오랑캐 땅으로 시집보냈는데, 왕소군은 그 원통함을 이기지 못해 말 위에서 비파를 뜯으며 원한을 노래한 것을 말한다. '명비'는 왕소군을, '호새(胡塞)'는 흉노를 가리키며, '일곡(一曲) 청상(淸商)'은 왕소군이 원한을 비파로 노래한 것을 말한다. 왕소군을 '명비'라고 칭하는 이유는 서진(西晋) 시기에 사마소(司馬昭)의 이름을 피하여 '소군(昭君)'을 '명군(明君)'으로 개칭했다가 후에 '명비'라고 칭하게 되었기 때문이다.

10) 林邛道士(임공도사)를~품었는 듯: 백거이의 「장한가」에 "임공의 도사가 도성에 머물고 있는데, 정성으로 혼백을 불러올 수 있다 하니, 양귀비 그리워 잠 못 드는 군왕을 위해 방사로 하여금 양귀비 혼백 찾게 하였네(臨邛道士鴻都客, 能以精誠致魂魄, 爲感君王展轉思, 遂敎方士殷勤覓)"라고 한 대목에서 따온 구절이다. 「장한가」는 안녹산의 난으로 죽은 양귀비를 향한 현종의 애절한 마음에 감동받은 도사와 방사들이 저승에서 양귀비를 만나 둘 사이의 못다 한 사랑을 확인하는 내용으로 되어 있다. '임공(林邛)'은 '임공(臨邛)'의 잘못으로 중국 사천성(四川省) 공래(邛崍)의 옛 이름이자 별칭이며, '태진(太眞)'은 양귀비를 가리킨다. '이궁(離宮)'은 항상 거처하는 궁정 밖에 따로 지은 궁전이라는 뜻으로, 양귀비가 거처하던 궁궐을 말하는 듯하다.

11) 陶淵明(도연명)~흐드러진 듯: 도연명(陶淵明)이 벼슬을 버리고 향리(鄕里)에 은거하며 집의 동쪽 울타리 밑에 국화를 심어 사랑한 일과 한나라의 은사 장후(張詡)가 뜰에 세 갈래의 좁은 길을 내고 소나무, 대나무, 국화를 심고서 친구 양중(羊仲), 구중(裘仲)과 교유하며 세상에 나오지 않은 일을 아울러 표현한 구절이다. 도연명은 진(晉)나라 말기의 시인으로 은사의 대명사로 불리며, '율리(栗里)'는 그가 거처하던 곳으로 중국 강서성(江西省) 덕화(德化)에 있다. '삼경(三逕)'은 장후의 고사에서 유래한 말로서 은사의 집 뜰을 뜻한다.

12) 岐陽(기양): 중국 섬서성(陝西省) 기산(岐山)의 땅 이름. 주(周)나라 성왕(成王)이 엄(奄)나라를 무찌르고 돌아오는 길에 제후들을 모아 사냥한 곳이다.

13) 絲桐(사동): 거문고. 거문고의 바탕으로 오동나무를 쓰므로 거문고의 별칭으로 쓰인다.

14) 杜拾遺(두습유)~하는 듯: 두보(杜甫)가 늦은 봄날 햇빛이 따스하게 비치는 곡강(曲江)의 들판에서 천천히 걸어가는 듯. 이 구절은 두보가 나이 48세 때인 758년 어느 봄날에 장안(長安) 동남쪽의 명승지 곡강을 거닐면서 「곡강曲江」 「곡강대주曲江對酒」 「애강두哀江頭」 등의 시편을 남긴 것을 가리킨다. '두습유'는 당나라 숙종(肅宗) 때 좌습유(左拾遺) 벼슬을 하였다고 해서 두보를 달리 이르는 말이며, 곡강은 한나라 때부터 명승지로 유명한 못으로 제왕들이 매년

天台山[15] 綠蘿月[16]의 數聲淸猿이 구룸 소개 흐르는 듯
춤츠는 양은 未央宮 늘의딘 버드리[17] 자다가 굽니는 듯
西施의 姑蘇臺[18]上의 興계워 노니는 듯
香山居士이 玉蘭의 지혀 이셔 弱質을 나오혀는 양은[19]
林處士 西湖雪夜의 梅花가지 이어는 듯[20]
嬌態를 계워 白紗閣畔[21]의 오마가마 ᄒᆞ는 양은
瑤臺에 宴罷ᄒᆞ고 梁王 宮女 ᄂᆞ리는 듯[22]

봄마다 그해의 진사시(進士試) 합격자들을 이곳에 초청하여 연회를 베풀기도 하였다.

15) 天台山(천태산): 중국 절강성(浙江省) 천태(天台)에 있는 산. 수(隋)나라 때 지의(智顗)가 천태종을 개설하여 불교의 성지가 되었으며, 당나라 때 사마승정(司馬承禎)이 이 산에 머무른 후에는 도교의 성지로 이름을 얻게 되었다.

16) 綠蘿月(녹라월): 푸른 여라(女蘿) 덩굴에 걸려 보이는 달. 곧 깊은 산속을 비추는 달을 이르는 말.

17) 未央宮(미앙궁) 늘어진 버들이: 이 구절은 백거이의 「장한가」에 나오는 "돌아오니 연못과 동산은 옛날 그대로이고, 태액지의 연꽃도 미앙궁의 버드나무도 그대로이네. 연꽃은 얼굴 같고 버들가지는 눈썹 같으니, 이를 보고 어찌 눈물 흘리지 않으리오(歸來池苑皆依舊, 太液芙蓉未央柳. 芙蓉如面柳如眉, 對此如何不淚垂)"라는 대목을 원용한 것이다. 미앙궁은 중국 한나라 고조(高祖)가 승상인 소하(蕭何)에게 명하여 장안에 지은 궁전이다.

18) 西施(서시)의 姑蘇臺(고소대): '서시'는 중국 춘추시대 월(越)나라의 미인이다. 월나라의 왕 구천(句踐)이 오(吳)나라에 망하자 서시를 오나라 왕 부차(夫差)에게 보냈는데, 부차가 서시에게 반하여 국사를 돌보지 않아 구천과 범소백(范少伯)의 침공을 받아 망하였다. '고소대'는 오나라의 왕 부차가 고소산(姑蘇山) 위에 쌓은 대로서, 월나라를 무찌르고 얻은 서시 등 천여 명의 미녀를 이곳에 살게 하였다.

19) 香山居士(향산거사)가~양은: 미상. '난간에 기대어 연약한 몸을 나울거리는 모양은'의 뜻인 듯하다. '향산거사'는 중국 당나라의 시인 백거이를 가리키는데, 작품의 흐름으로 보아 잘못 삽입된 듯하다. '옥란(玉蘭)'은 '옥란(玉欄)'의 오기인 듯하며 난간을 미화한 표현으로 보인다.

20) 林處士(임처사)~흔들리는 듯: 중국 송나라 때 은사인 임포(林逋)와 관련된 고사를 빗대어 표현한 구절이다. 임포는 항주(杭州) 전당(錢塘) 사람으로 자는 군복(君復)이고 호는 화정(和靖)이다. 평생 동안 장가도 들지 않고 항주의 서호(西湖)에서 학을 자식처럼, 매화를 아내처럼 사랑하며 살았다고 하여 사람들이 '매처학자(梅妻鶴子)'라고 불렀다.

21) 白紗閣畔(백사각반): 흰 깁을 두른 누각 가.

22) 瑤臺(요대)에~나리는 듯: 요대에 잔치 끝나고 양왕의 궁녀들이 내려오는 듯. '요대'는 하(夏)나라 걸왕(桀王)이 말희(妺喜)를 비롯한 삼천 궁녀들과 주색에 빠져 놀았던 곳 또는 신선이 산다는 곳을 가리킨다. 여기서는 바로 이어서 나오는 '양왕(梁王) 궁녀(宮女)'와 결부시켜볼 때, 보석으로 장식한 화려한 궁전을 말하는 듯하다. 양왕의 성명은 유무(劉武)이며, 양나라 지방의 제후로 봉해졌고 효왕(孝王)이란 시호를 받았으므로 양효왕이라 부른다. 사치가 극에 달해 그가 지은 동원(東苑)은 둘레가 300여 리나 되었고, 사냥을 할 때는 그 위세가 천자와 같았다고 한다.

七月七日 烏鵲橋의 躕躇 更躕躇 織女星 이론 ᄃᆞᆺ
謝安石 携妓東山[23)]을 블랴 말랴 ᄒᆞ노라

23) 謝安石(사안석) 携妓東山(휴기동산): 풍류를 좋아하던 사안석(謝安石)이 기생을 데리고 동산(東山)에 은둔하고는 나라에서 불러도 나가지 않은 것을 말한다. 사안석은 중국 진(晉)나라 때의 재상 사안(謝安)을 말하며, '안석(安石)'은 그의 자이다. 어려서부터 명성을 날렸으나 벼슬에 나아가지 않고 동산에 은둔하고 있다가, 40여 세에 이르러서야 비로소 세상에 나아가 많은 공을 세우고 재상의 지위에 올랐다. 중국 당나라 시인 이백(李白)의 「등양왕서하산맹씨도원중登梁王棲霞山孟氏桃園中」에 "사안에겐 절로 동산의 기생들 있었는데, 금병풍에 웃음 머금고 앉아 있으면 꽃 같았네(謝公自有東山妓, 金屛笑坐如花人)"라고 하였다.

해설

조선 전기 사대부의 삶과 문학적 형상화

가사의 명칭과 효시 작품

조선시대 문헌에 나타난 가사의 명칭은 '장가長歌', '가사歌詞', '가사歌辭' 등으로 다양하며, 한글로 'ᄀᆞᄉᆞ', '가ᄉᆞ', '가사'라고 하기도 하였다. 옛 문헌에서는 짧은 노래의 시조를 일컫는 '단가短歌'와 대비하여 길이가 긴 노래라는 의미에서 가사를 '장가'라고 지칭하였다. 가사 외에도 경기체가나 고려 속요, 사설시조 등의 긴 노래도 장가라고 하였다는 점에서 장가라는 용어는 단순히 노래의 장단長短을 구별하기 위해 쓰인 것임을 알 수 있다. 또한 '가사歌詞', '가사歌辭' 또는 한글로 'ᄀᆞᄉᆞ', '가ᄉᆞ', '가사'라고 한 것도 문학 갈래의 명칭이라기보다는 음악과 관련하여 '노랫말'이라는 뜻으로 쓰인 경우가 대부분이다. 학자들 사이에 의견이 분분하긴 하지만, 지금 학계에서는 대체로 '가사歌辭'라는 용어로 통일하여 쓰고 있다.

가사의 효시 작품으로는 고려 말 나옹화상懶翁和尙의 「서왕가西往歌」를 들기도 하고, 조선 전기 정극인丁克仁의 「상춘곡賞春曲」을 거론하기도 한다. 「서왕가」는 고려 말 창작된 이후 오랫동안 구비 전승되다가 18세기

초에 이르러서야 문자로 정착되었으며, 나옹화상과 같은 고승이 품격이 떨어지는 대중적인 포교용 가사를 짓지 않았으리라는 점 때문에 후대인의 의작擬作으로 간주되기도 한다. 그래서 이에 대한 반론으로, 「상춘곡」을 가사의 효시로 봐야 한다는 주장이 제기되었다. 하지만 「상춘곡」도 최초의 작품으로 보기에는 형식이 매우 정제되어 있고 작품에 나타난 시어나 작품에 반영된 사상이 정극인과는 거리가 있다는 점 때문에 가사의 첫 작품으로 인정할 수 없다는 견해가 제시되어 있다. 더구나 「서왕가」와 마찬가지로 「상춘곡」이 수록된 정극인의 문집 『불우헌집不憂軒集』 역시 정극인이 죽은 지 300여 년이 지난 1786년정조 10에야 간행되었기 때문에 가사의 효시가 어떤 작품인지는 확정하기 어려운 상황이다. 그렇지만 어떤 작품이 그 첫자리를 차지하든, 가사가 조선시대 사대부의 삶과 밀접하게 관련돼 있었다는 점은 부인할 수 없는 사실이다.

조선 전기 가사의 성격

가사는 시조와 함께 조선시대에 크게 번창한 국문시가 갈래였다. 작품의 길이가 길고 짧은 차이가 있지만, 가사는 여러 면에서 시조와의 친연성이 매우 강하다. 둘 다 4음보 율격의 형식적 특징을 공유하고 있으며, 발생 초기에는 주로 양반 사대부의 전유물이다시피 하다가 조선 후기에 이르러서는 서민층과 양반 부녀층으로 작자층이 확대된다는 공통점을 지닌다. 그러므로 조선시대 내내 사대부들은 한시漢詩로 다 풀어내지 못한 내면의 정한과 흥취를 가사와 시조라는 우리말 노래로 해소하려 했다고 해도 과언이 아닐 것이다. 특히 조선 전기에 국한시켜보면, 가사는 시조와 마찬가지로 사대부 작자들이 독점적으로 향유하던 문학 갈래였던 셈이다.

이러한 점에서 볼 때 가사나 시조 모두 사대부 작자들의 미의식이나 세계관이 뚜렷이 투영되어 있다는 점에서는 큰 차이가 없다. 다만 석 줄짜리 짧은 형식의 시조를 통해서 절제되고 압축적인 미감을 창출했다면, 4음보 율격 외에 아무런 제한이 없는 긴 형식의 가사를 통해서는 유장하고 복합적인 정서를 표출했다는 차이가 있을 뿐이다. 결국 조선 전기의 가사와 시조는 대부분 작자가 사대부 계층이며 4음보 율격을 지녔다는 점은 같되, 작품의 길이나 미감, 정서 등에서는 다소 차이를 보인다. 응축된 감정을 표출하는 데에 정형성을 지닌 시조가 제격이라면, 유려하고 복잡한 심정을 표현하는 데에는 형식상 별다른 제약이 없는 가사가 적합하다. 그래서 가사나 시조 중 어느 하나만을 창작한 사대부 작자보다는 이 둘을 모두 지은 경우가 훨씬 더 많다.

다만, 가사는 시조에 비해 특별한 형식적 제약이 없어서 작품의 길이가 무한정 늘어날 수 있다는 장점이 있다. 따라서 가사라는 그릇에 담을 수 있는 내용도 매우 다양하며, 거기에 따른 작자의 정서 표출도 복합적이고 다층적이다. 이와 같은 가사의 다양성과 복합성은 이 책에서 다룬 가사 작품들에서도 쉽사리 확인할 수 있다.

작자층과 주제별 유형 분류

이 책에서는 조선 전기 사대부가 지은 가사를 주로 다루었다. 나옹화상이나 청허휴정淸虛休靜 같은 승려나 김충선金忠善처럼 귀화한 외국인도 포함되어 있지만, 대부분의 작자는 사대부 남성이다. 과거에 급제해서 높은 벼슬을 지낸 사람, 아예 벼슬길에 나가지 않고 향촌에 은거한 사람 등 관직의 차이는 있지만 이들이 속한 계층은 같다. 물론 이 책에서는 다루지 않았지만 허난설헌許蘭雪軒 같은 여성작가도 있으나 조선 전기 가사 대부분은 주로 사대부 남성이 창작했다. 특히 시조의 경우 황진이黃眞伊나 계랑桂娘, 한우寒雨 등 기녀들의 작품이 다수 존재하는 것과 달리, 조선 전기 가사 작품 중 기녀가 창작한 것은 한 편도 찾아볼 수 없다는 것은 이례적이다.

이 책에서 다룬 작자는 모두 26명으로, 정극인이나 송순宋純처럼 한 작품만 남긴 경우도 있지만 박인로朴仁老, 정훈鄭勳, 정철鄭澈, 조우인曺友仁처럼 4편 이상씩 창작한 경우도 드물지 않게 볼 수 있다. 지금까지 전해오는 조선 전기 가사 작품은 대략 60여 편 정도인데, 이중에서 작자가 확실하고 문학사적 의의가 있는 작품들을 선별하여 43편을 선정했다. 나옹화상의 「서왕가」는 고려 말에 창작된 것이지만, 조선 전기 가사와 긴밀하게 맞닿아 있기에 이 책에 포함시켜 다루었다. 또한 여성작가인 허난설헌은 조선 전기 인물이지만, 사대부 작자를 중심으로 한 이 책의 체제와 부합하지 않아 편의상 조선 후기 가사에서 다루기로 했다.

이 책에서는 43편의 조선 전기 가사 작품을 주제에 따라 '은일가사', '세태비판가사', '기행가사', '전쟁가사', '유배가사', '인물찬양가사', '종교가사', '자전적 술회가사', '애정가사' 등의 9개 부部로 나누어 제시했다. 물론 여기서 제시하는 주제별 분류는 엄정한 학술적 연구결과를 따른 것이 아니라 임의로 분류한 것이다. 가사라는 문학 갈래가 지닌 다양성과 복합성 때문에 한 작품이 단일한 주제와 정서로만 이루어져 있는 경우는 드물다. 여러 가지 주제와 정서를 여러 겹으로 두르고 있는 작품들이 대부분이기 때문에 주제별 분류 자체가 무의미할 수도 있다. 그렇지만 작품에 대한 세밀한 이해와 깊이 있는 감상을 위해서는 다소 도식적이긴 하지만 주제별 분류를 택할 수밖에 없다. 주제별 분류와 함께 이 책에서 다룬 43편의 작품들을 작자의 생몰연대와 작품의 창작연대를 중심으로 시대순으로 제시하면 다음과 같다.

번호	작자(생몰연대)	작품명	주제별 분류
1	나옹화상(1320~1376)	서왕가	종교가사
2	정극인(1401~1481)	상춘곡	은일가사
3	이인형(1436~1504)	매창월가	은일가사
4	조위(1454~1503)	만분가	유배가사
5	이서(1484~?)	낙지가	은일가사
6	송순(1493~1582)	면앙정가	은일가사
7	양사언(1517~1584)	미인별곡	애정가사
8	허강(1520~1592)	서호별곡	은일가사
9	청허휴정(1520~1604)	회심가	종교가사
10	양사준(?~?)	남정가	전쟁가사
11	백광홍(1522~1556)	관서별곡	기행가사
12	정철(1536~1593)	성산별곡	은일가사
13		관동별곡	기행가사
14		사미인곡	유배가사
15		속미인곡	유배가사
16	고응척(1531~1605)	도산가	은일가사
17	이현(1540~1618)	백상루별곡	기행가사
18	허전(1563~?)	고공가	세태비판가사
19	이원익(1547~1634)	고공답주인가	세태비판가사
20	최현(1563~1640)	명월음	전쟁가사
21		용사음	전쟁가사
22	박인로(1561~1642)	태평사	전쟁가사
23		선상탄	전쟁가사
24		누항사	은일가사
25		사제곡	은일가사
26		독락당	인물찬양가사
27		영남가	인물찬양가사
28		노계가	은일가사
29	차천로(1556~1615)	강촌별곡	은일가사
30	김득연(1555~1637)	지수정가	은일가사
31	조우인(1561~1625)	출새곡	기행가사
32		관동속별곡	기행가사
33		자도사	유배가사
34		매호별곡	은일가사
35	정훈(1563~1640)	성주중흥가	세태비판가사
36		탄궁가	은일가사
37		우활가	은일가사
38		용추유영가	은일가사
39		수남방옹가	은일가사
40	강복중(1563~1639)	분산회복사은가	자전적 술회가사
41	김충선(1571~?)	모하당술회	자전적 술회가사
42	채득기(1605~1646)	봉산곡	은일가사
43	신계영(1577~1669)	월선헌십육경가	은일가사

유형별 작품의 특징과 의의

앞의 표에서 보듯이 조선 전기 가사 작품들 중에서 은일가사가 19편으로 가장 많은 수를 차지하고 있다. 그 뒤를 기행가사(5편)와 전쟁가사(5편), 유배가사(4편), 세태비판가사(3편), 인물찬양가사(2편), 종교가사(2편), 자전적 술회가사(2편), 애정가사(1편)가 잇고 있다.

조선 전기에 은일가사가 유독 많이 창작된 것은 작자층인 사대부의 이념적 특징에서 비롯된 바가 크다. 주지하다시피 조선 건국의 주체인 사대부들은 유학을 통치이념으로 채택하여 "벼슬길에 나아가서는 천하를 다스리고, 벼슬에서 물러나서는 홀로 수양한다"는 겸제兼濟와 독선獨善을 몸소 실천하고자 하였다. 유학을 신봉하는 사대부들은 벼슬길에 나아가 자신의 경륜을 펼치는 것 못지않게 세상과 어긋날 경우 벼슬에서 물러나 수양을 하는 것도 중요하게 여겼다. 특히 정치적 부침이 심할수록 사대부들은 이러한 '진퇴관進退觀'에 입각하여 자연에서 수양하는 삶을 소중하게 생각하였으며, 그 결과 자연에 묻혀 안분지족安分知足을 구가하는 은일가사를 많이 창작하게 된 것이다. 그러므로 은일가사의 내용은 현실을 외면한 채 속세와의 인연을 끊고서 자신의 삶만을 보존하려는 은둔과는 구별된다. 이른바 자신을 바르게 닦은 사람이 집안을 가지런히 할 수 있고, 그후에야 나라를 다스리고 천하를 태평하게 할 수 있다는 '수신제가치국평천하修身齊家治國平天下'의 이념이 바로 사대부들의 은일가사에 깔려 있는 것이다.

기행가사는 대부분이 관직을 맡은 사대부 작자들에 의해 창작된 것이어서 은일가사와는 양상이 다소 다르다. 조선 전기에 창작된 기행가사는 작자들이 강원도 관찰사觀察使, 경성판관鏡城判官, 평안도 평사評事, 영위사迎慰使 등 공적인 직책을 부여받은 관리들이며, 여행지 역시 금강산과 관동팔경처럼 예나 지금이나 명승지로 이름난 곳이거나 평안도 안주安州의 청천강과 함경도 등 당시에는 쉽사리 갈 수 없는 변방 지역들이다. 은일가사가 벼슬에서 물러났거나 아예 벼슬길에 나가지 않은 작자의 향리鄕里 주변 자연을 배경으로 한 것이라면, 기행가사는 현직 관료들이 공적인 임무를 수행하면서 여행한 곳을 대상으로 하고 있다. 그렇기 때문에 은일가사에서는 벼슬에 얽매이지 않은 데서 비롯된 여유롭고 소박한 정취를 느낄 수 있지만, 기행가사에서는 명승지를 유람한 작자의 회포와 흥취에 관료로서의 공인의식이 덧붙여져 복잡다단한 심정을 감지할 수 있다.

유배가사는 유배나 탄핵 등의 정치적인 시련으로 인해 관직에서 쫓겨난 사대부가 유배지나 낙향한 곳에서의 경험과 소회를 읊은 것이다. 그런데 대부분의 유배가사는 타의에 의해 임금의 곁을 떠나게 된 작자가 임금을 간절히 그리워하는 내용인 '충신연주지사忠臣戀主之詞'로 이루어져 있어 '연군가사戀君歌辭'로 일컬어지기도 한다. 또한 이들 가사들은 임금과 신하의 관계를 남녀관계에 빗대어 우의적으로 형상화하고 있다는 특징을 지닌다. 임금에게 버림받은 작자 자신의 처지를 천상계에서 죄를 지어 지상계로 하강한 선녀에 비유하고, 절대적 존재인 임금은 천상계의 옥황상제로 형상화함으로써 봉건시대 절대권력자에 대한 신하로서의 무조건적인 복종과 끝없는 충성을 드러내는 것이다. 다시는 임금 곁으로 돌아가지 못하고 유배지나 낙향지에서 생을 마감할 수 있다는 극도의 절망감이 이러한 우의적 형상화 수법을 사용하게 한 원동력인 셈이다. 또한 작자 자신의 처지에 대한 비관, 장래에 대한 불안감, 자신을 모함한 상대에 대한 원망 등이 임금을 향한 충성심, 그리움, 애원 등과 혼합되어 다채로운 감정의 변화와 굴곡 심한 삶의 한 단면을 유배가사에서 엿볼 수 있다.

조선시대를 전기와 후기로 나누는 분기점 역할을 하는 것이 임진왜란과 병자호란이라는 양대 전란인데, 이중에서도 특히 임진왜란을 배경으로 하여 창작된 것이 조선 전기의 전쟁가사 작품들이다. 을묘왜변乙卯倭變의 경험을 소재로 한 양사준楊士俊의 「남정가南征歌」를 제외한 나머지 전쟁가사 작품들은 모두 임진왜란과 관련이 있다. 전란으로 황폐화된 당시 현실에 안일하게 대처하는 위정자들에 대한 비분강개가 드러나기도 하고, 왜군에 대한 적개심과 전란 자체에 대한 증오심이 평화를 간절히 바라는 작자의 심정과 어우러져 나타나기도 한다. 이러한 점 외에도 위기에 처한 국가와 민족의 수난을 통탄하고 전란으로 피폐해진 백성들의 참상에 가슴 아파하는 작자의 모습이 공통적으로 나타난다. 이는 전쟁가사의 작자가 모두 사대부여서 전란을 극복하려는 불굴의 투혼과 임금을 향한 충성의 굳은 의지가 필연적으로 수반될 수밖에 없기 때문에 나타난 현상이다. 그러므로 조선 전기 전쟁가사는 작자의 구체적이고 생생한 체험에 바탕을 두고서 우국충정의 심정을 진솔하게 그리고 있다는 점에서 그 의의를 찾을 수 있을 것이다.

세태비판가사는 부조리한 현실에 대한 신랄한 풍자와 날카로운 비판을 담고 있는 것을 말하는데, 조선 전기 세태비판가사는 주로 정치현실을 대상으로 하는 것이 특징이다. 허전許㙉의 「고공가雇工歌」와 이에 화답한 이원익李元翼의 「고공답주인가雇工答主人歌」는 모두 국가의 운영을 농사에 빗대어 표현하는 우의적 수법을 사용하고 있다. 두 작품 모두 임진왜란 직후 황폐한 현실은 도외시하고 오로지 당리당략黨利黨略만 일삼는 위정자들을 비판하는 데 중점을 두고 있어 작자의 우국애민憂國愛民의 태도를 엿볼 수 있다. 이와 마찬가지로 정훈鄭勳의 「성주중흥가聖主中興歌」도 부조리한 정치현실에 대한 날카로운 비판의식을 드러내고 있다는 점에서 주목할 만하다. 광해군의 폭정을 신랄하게 고발하고 인조반정仁祖反正을 맞이한 감격과 기쁨을 노래하는 데에서 임금에 대한 충성과 나라를 위한 우국정신을 엿볼 수 있다. 이들 작품들은 당시의 시대

상황과 현실인식을 구체적으로 파악하는 데 큰 도움을 준다.

인물찬양가사는 말 그대로 대상 인물을 찬미하고 칭송하는 것을 주제로 한 가사다. 이에는 박인로朴仁老의 「독락당獨樂堂」과 「영남가嶺南歌」가 속해 있는데, 두 작품을 통해 조선시대 국문시가의 3대 시인으로 손꼽히는 박인로만의 고유한 문학적 특징을 파악할 수 있다. 인물찬양가사의 성격상 미사여구美辭麗句의 한문 어투와 고사故事들이 정도 이상으로 많이 사용되고 있지만, 박인로 특유의 능숙한 어휘 구사와 유려한 작품 전개는 유감없이 발휘되고 있다. 또한 이 두 작품을 통해 성리학적 수양을 몸소 실천하고자 하는 박인로의 의지와 각오도 읽을 수 있다.

자전적 술회가사는 작자가 한평생 겪은 사건들을 늘그막에 서술한 일종의 자서전적 가사로, 강복중姜復中의 「분산회복사은가墳山恢復謝恩歌」와 김충선金忠善의 「모하당술회慕夏堂述懷」가 전하고 있다. 이 두 작품은 관념적이고 추상적인 이념을 토로하는 다른 사대부가사와 달리 현실적 문제에 대한 작자 자신의 관심과 입장을 표방하고 있어 주목할 만하다. 또한 한 개인의 일생사를 고스란히 담고 있어 작자의 내면을 깊이 있게 들여다볼 수 있다는 것도 중요한 특징이다.

이밖의 조선 전기 가사에는 종교가사와 애정가사가 있는데, 이 둘은 조선 전기 사대부의 유학적 경향에서 다소 벗어난 것들이다. 불교를 숭상하던 고려시대에 창작된 나옹화상의 「서왕가」를 청허휴정의 「회심가」가 불교가사의 명맥을 유지하는 차원에서 계승하고 있다는 것은 그 나름의 의의가 있다. 사대부 유학자에 의해 배척받던 불교가 유교나 노장사상과 접합하여 당시의 시대상황에 대처하는 모습을 「회심가」가 잘 보여주고 있기 때문이다. 한편, 양사언楊士彦의 「미인별곡美人別曲」은 아름다운 여인 그 자체를 대상으로 하고 있다는 점에서 매우 독특한 작품이다. 정철의 「사미인곡思美人曲」이나 「속미인곡續美人曲」에서 보듯이 대부분의 조선 전기 가사 작품들이 임금을 '미인美人'에 빗대어 표현하는 것과 달리, 「미인별곡」에서의 미인은 문자 그대로 아름다운 여인을 뜻한다. 「미인별곡」은 아름다운 여인과 함께 즐기고 싶다는 심정을 진솔하게 드러내고 있어, 당시 사대부 남성의 욕망을 엿볼 수 있는 흥미로운 작품이다.

조선 전기 가사 작품들을 주제별로 분류하여 개략적인 특징을 살펴보았지만, 단 9개의 주제만으로 전부 설명할 수 없을 만큼 가사의 내용은 다양하고 복합적이다. 율격 외에는 특별한 제약이 없기 때문에, 현실이 복잡할수록 가사의 유형은 더욱 다양할 수밖에 없다. 그리하여 조선 후기에 접어들면 가사의 내용이 더 다채로워지고 작자층 역시 사대부 부녀와 서민으로까지 확대된다. 그래서 가사를 감상하면 그 당시의 구체적 삶의 실상과 따뜻한 온기를 생생히 느낄 수 있는 것이다.

지금은 더이상 창작되지도 않고 일반대중의 관심에서도 멀어졌지만, 가사는 조선시대를 풍미했던 우리말 노래로 큰 인기를 구가했다. 아름다운 자연에 감탄하기도 하고, 부조리한 현실을 비판하기도 하며, 나라에 닥친 위기에 눈물을 쏟기도 하면서, 가사는 단순히 한 개인의 경험과 생각을 담아내는 데 그치지 않고 사람들 사이를 연결하는 소통의 매개 역할을 톡톡히 한 것이다. 세월이 흘러서 현대적 정서를 담아내는 새로운 문학 갈래들이 많이 등장했지만, 우리 감성의 바닥 어딘가에 자리잡고 있을 가사의 시대적 소임을 부정할 수는 없을 것이다.

강복중(姜復中, 1563~1639)

조선시대 문신으로, 자는 재기載起, 호는 청계망사清溪妄士다. 16세 때 이복형제간에 산송山訟이 벌어져 선산을 빼앗기고 고향인 충청도 은진恩津에서 논산論山으로 이주하였다. 그 뒤 11년이 지나 다시 고향으로 돌아와 백운대白雲臺에 초옥을 짓고 생활하였다.

고향에 돌아와서는 충청감사 이안눌李安訥의 도움으로 고조부 강응정姜應貞 묘소의 산송 문제를 어렵사리 해결하게 되는데, 가사 「분산회복사은가墳山恢復謝恩歌」에 이러한 사실이 잘 나타나 있다. 그는 이 작품에서 산송 문제를 해결하기까지의 경과를 사실적으로 상세하게 기술하고, 선산을 회복하게 된 기쁨과 이안눌에 대한 감사의 마음을 잘 드러내고 있다.

또 1639년에는 노구의 몸으로 상경하여 궁궐을 두루 돌아보고서 가사 「위군위친통곡가爲君爲親痛哭歌」를 지었는데, 이 작품에는 병자호란으로 피폐해진 현실에 대한 탄식과 고달프게 살아온 자신의 삶에 대한 회포가 장황하지만 진솔하게 그려져 있다. 그해 6월에 77세를 일기로 세상을 떠났다.

국문시가 작품으로 필사본 가집 『청계망사공유사가사清溪妄士公遺事歌詞』에 「분산회복사은가」와 「위군위친통곡가」의 가사 2편과 「수월정청흥가水月亭清興歌」 등의 시조 65수가 전하고 있다.

고응척(高應陟, 1531~1605)

조선시대 학자로, 자는 숙명叔明, 호는 두곡杜谷·취병翠屛이다. 김범金範의 문인으로 1561년에 문과에 급제하였다. 이듬해 함흥교수咸興敎授로 부임했다가 1563년 사직한 뒤 고향에 묻혀 도학을 연마했다. 40살 이후에 회덕현감, 예안현감, 풍기군수, 상주제독, 안동제독, 경주제독 등을 역임하였다.
드문드문 벼슬살이도 했지만 일생의 대부분을 학문 정진과 유교적 수양으로 보냈다. 특히 『대학大學』에 심취한 그는 도학적 이념과 교훈을 시조나 가사 등의 국문시가뿐만 아니라 부賦나 한시 등 다양한 장르로 표출하였다. 그의 문집인 『두곡집杜谷集』에 실려 있는 시조 28수 대부분이 『대학』의 내용을 제재로 하고 있으며, 상당수의 부나 한시 작품들도 유교적 이념에 경도되어 있다는 데서 그의 학문적 성향과 작품 경향을 가늠할 수 있다. 현실을 초탈하여 유교적 수양에 전념하려는 성향은 임진왜란 때 안동의 도산陶山으로 피란하여 지은 가사 「도산가陶山歌」에도 고스란히 드러나 있다. 저서에 문집 『두곡집』과 『대학개정장大學改正章』이 있다.

김득연(金得研, 1555~1637)

조선시대 학자로, 자는 여정汝精, 호는 갈봉葛峯이다. 1579년 조목趙穆을 모시고 도산서원陶山書院과 청량산淸凉山을 유람하면서 『청량산유록淸凉山遊錄』을 비롯해 수십 편의 한시를 남겼으며, 유성룡柳成龍·구봉령具鳳齡·정구鄭逑 등에게 가르침을 받았다.
38세 되던 1592년에 임진왜란이 일어나자 여러 선비들과 함께 의병을 일으켰다. 사재私財를 내어 의창義倉을 설치하여 군대를 모으고 군량을 조달하는 한편, 명明나라 군대의 종사관들을 접견하기도 했다. 이때 지원군으로 참여했던 명나라 종사관들이 그의 문장과 덕행에 크게 감동하여 이를 찬양하는 시와 글을 남겼다.
과거에 뜻을 두지 않다가 1602년 생원진사시에 급제했으나, 북인北人정권에서는 자신의 뜻을 펼칠 수 없다고 판단하여 일생 동안 벼슬길에 나아가지 않았다. 고향인 경상도 안동安東의 와룡산臥龍山에 지수정止水亭이라는 정자를 짓고, 후학을 가르치고 원근의 문사들과 교유하면서 순수한 처사로서의 삶을 살았다. 고향에 은거하며 생활하는 동안 지수정 주변의 경치와 풍류를 노래한 가사 「지수정가止水亭歌」를 지은 것으로 보인다. 이후 1636년 병자호란이 일어났을 때에는 고령에도 불구하고 비분과 강개를 한시로 표현하기도 했으나, 이듬해인 1637년에 세상을 떠났다.

국문시가 작품으로 가사 「지수정가」와 연시조 「산중잡곡山中雜曲」을 포함한 시조 수십 편이 전하고 있으며, 문집으로 『갈봉유고葛峯遺稿』와 『갈봉선생유묵葛峯先生遺墨』이 있다.

김충선(金忠善, 1571~?)

조선에 귀화한 일본인으로, 본명은 사야가沙也加이며, 자는 선지善之, 호는 모하당慕夏堂이다. 임진왜란 때 가토 기요마사加藤淸正 휘하 장수로 조선에 침입했다가 귀화하였다. 귀화한 이후 조선의 장수가 되어 경주慶州, 울산蔚山 등지에서 전공을 세워 첨지僉知의 직함을 받았으며, 정유재란 때 의령宜寧 전투에 참가하여 많은 공을 세워 조정으로부터 가선대부嘉善大夫를 제수받았다. 이어서 권율權慄, 한준겸韓浚謙 등의 주청으로 새로운 성명姓名을 하사받았으며 자헌대부資憲大夫에 승품되었다. 그 뒤에 오랑캐의 침입으로 변방이 소란하자 종군을 자원하여 10여 년 동안 변방을 방어하는 데 힘썼다.

1624년 이괄李适의 난 때 이괄의 부장副將이었던 서아지徐牙之를 잡아 죽인 공으로 토지를 받았으나 사양하고 수어청守禦廳의 둔전屯田으로 사용하도록 하였다. 이어 병자호란이 일어나자 전력을 다하여 참전하여 광주廣州의 쌍령雙嶺 전투에서 큰 전과를 올리기도 하였다. 전란 후에 고향으로 삼은 대구 달성達成의 우록촌友鹿村으로 돌아왔다.

만년인 1640년경에 파란만장한 자신의 일생을 자전적으로 술회한 가사 「모하당술회慕夏堂述懷」를 지어 임병 양 난을 몸소 겪은 감회를 절절하게 드러냈다.

나옹(懶翁, 1320~1376)

고려 말기의 승려로, 속성俗姓은 아牙, 호는 나옹 · 강월헌江月軒이며, 법명은 혜근惠勤 또는 혜근彗勤이다. 경상도 문경聞慶에 있는 대승사大乘寺의 요연선사了然禪師에게 가서 중이 되었으며, 중국 서천西天의 지공화상指空和尙을 따라 심법心法의 정맥正脈을 이어받고 돌아왔다. 공민왕 때 왕사王師를 지냈으며, 우왕의 명을 받고 경상도 밀양密陽의 영원사瑩原寺로 가다가 경기도 여주驪州의 신륵사神勒寺에서 죽었다. 이색李穡이 글을 지어 세운 비碑와 부도浮屠가 양주楊州의 회암사檜巖寺에 남아 있다.

어려운 불교 교리와 수행에 관한 초보적인 사항을 되도록 쉬운 말로 풀어서 하층의 신도를 포섭하려는 의도로 가사 「서왕가西往歌」를 지은 것으로 알려져 있다. 저서로는 『나옹화상어록懶翁和尙語錄』과 『가송歌頌』이 전한다.

박인로(朴仁老, 1561~1642)

조선시대 무인으로, 자는 덕옹德翁, 호는 노계蘆溪 · 무하옹無何翁이다. 1592년 임진왜란이 일어나자 의병장 정세아鄭世雅의 막하에서 별시위別侍衛로 의병활동에 참여하였으며, 무과에 급제하여 수문장守門將, 선전관宣傳官, 조라포助羅浦 만호萬戶 등을 지냈다.

임진왜란 때인 1598년에는 성윤문成允文의 막하에서 수군水軍으로 종군하여 왜적과 맞서 싸웠는데, 이때 가사 「태평사太平詞」를 지었다. 전란이 끝난 후에는 성현의 경전을 탐구하면서 여러 도학자들과 교유하며 지냈다. 특히 이덕형李德馨과의 친분이 돈독하여, 시조 「조홍시가早紅柿歌」와 가사 「사제곡莎堤曲」과 「누항사陋巷詞」 등 여러 작품을 지었다.

1605년에는 가사 「선상탄船上歎」을 지어 왜적에 대한 비분강개와 평화에 대한 염원을 표출했으며, 1619년에는 이언적李彦迪의 유적인 경주 옥산서원玉山書院의 독락당獨樂堂을 찾아가 그를 기리는 정을 노래한 가사 「독락당」을 지었다. 1635년에는 영남지방 순찰사의 덕치德治를 찬양한 가사 「영남가嶺南歌」를 지었고, 그 이듬해에는 은거지인 경상도 영천永川 노계蘆溪의 아름다운 경치와 한가로운 생활을 읊은 가사 「노계가蘆溪歌」를 지었다. 자연을 벗하여 안빈낙도하는 삶을 살다가 1642년 세상을 떠났다.
정철鄭澈·윤선도尹善道와 함께 조선시대 3대 시인으로 손꼽힐 만큼 많은 국문시가 작품들을 남겼으며, 문집으로 『노계선생문집蘆溪先生文集』이 전한다.

백광홍(白光弘, 1522~1556)

조선시대 문신으로, 자는 대유大裕, 호는 기봉岐峯이다. 1522년 전라도 장흥에서 태어났으며, 태인의 이항李恒에게서 학문을 배웠다. 또 김인후金麟厚, 기대승奇大升, 이이李珥, 정철鄭澈, 양응정梁應鼎, 최경창崔慶昌, 이후백李後白, 임억령林億齡 등 당대의 대문장가들과도 교유하였다. 그의 아우인 광안光顔·광훈光勳과 종제 광성光城 등과 함께 '백씨사문장白氏四文章'으로 불릴 정도로 문장에 뛰어난 재능을 보였다.
1552년 과거에 급제한 후 홍문관정자弘文館正字로 벼슬살이를 시작했다. 1555년에 평안도 평사評事를 제수받아 변방에 나갔는데, 이때 관서지방의 절경과 생활상, 자연풍물 등을 읊은 가사 「관서별곡關西別曲」을 지었다. 이 작품은 정철의 「관동별곡關東別曲」에 큰 영향을 끼친 것으로 평가받고 있다.
평안도 평사에 부임한 지 1년 뒤인 1556년 가을에 병이 들어 벼슬을 내놓고 귀향하는 도중 전라도 부안에서 35세의 나이로 세상을 떠났다. 문집으로 『기봉집岐峯集』이 전한다.

송순(宋純, 1493~1582)

조선시대 문신으로, 자는 수초遂初·성지誠之, 호는 기촌企村·면앙정俛仰亭이다. 1519년 문과에 급제하여 승문원권지부정자承文院權知副正字를 시작으로 세자시강원설서世子侍講院說書, 사간원정언司諫院正言 등을 역임하였다.
1533년에 김안로金安老가 권력을 잡자 고향인 전라도 담양潭陽으로 돌아와 면앙정을 짓고 시를 읊으며 지냈다. 이때 지은 가사 「면앙정가俛仰亭歌」는 면앙정 주변의 아름다운 풍경과 자신의 유유자적한 생활을 빼어난 솜씨로 노래한 작품이라는 평가를 받고 있다.

이후 1537년 김안로가 사사된 뒤 5일 만에 홍문관부응교弘文館副應敎에 제수된다. 뒤이어 승문원우부승지承文院右副承旨, 경상도 관찰사, 사간원대사간司諫院大司諫 등의 요직을 거치다가 전라도 관찰사로 좌천되기도 했다. 1550년에는 대사헌 · 이조참판이 되었으나, 진복창陳福昌과 이기李芑 등의 탄핵을 받아 충청도 서천舒川으로 귀양을 가기도 했다.

이듬해에 풀려나 1552년 선산도호부사善山都護府使가 되고, 이해에 면앙정을 증축하였다. 이때 기대승奇大升이 「면앙정기俛仰亭記」를 쓰고 임제林悌가 부賦를 쓰고, 김인후金麟厚, 임억령林億齡, 박순朴淳, 고경명高敬命 등이 시를 지어 면앙정가단俛仰亭歌壇을 이루게 되었다. 1569년 한성판윤漢城判尹을 거쳐 의정부우참찬議政府右參贊이 된 뒤, 벼슬을 사양하고 은퇴하였다. 전라도 담양潭陽의 구산서원龜山書院에 제향되었다.

국문시가 작품으로 가사 「면앙정가」와 연시조 「오륜가五倫歌」를 포함한 시조 여러 수가 전하며, 문집으로 『기촌집企村集』과 『면앙집俛仰集』이 있다.

신계영(辛啓榮, 1577~1669)

조선시대 문신으로, 자는 영길英吉, 호는 선석仙石이다. 25세 때인 1601년 사마시에 합격하여 생원이 되었으나, 벼슬에 뜻이 없어 충청도 예산禮山으로 낙향하였다. 광해군의 폭정에 혐오를 느껴 과거시험을 보지 않다가 1619년 문과에 급제하면서 관직에 나아갔다.

1624년 통신사 정립鄭岦의 종사관으로 일본에 건너가 도쿠가와 이에미쓰德川家光의 쇼군將軍 취임을 축하하고, 이듬해 임진왜란 때 포로로 잡혀간 조선인 146인을 데리고 귀국했다. 1637년에는 병자호란 때 포로로 잡혀간 사람들을 대가를 지불하고 귀환시키는 속환사贖還使가 되어 심양에 다녀왔고, 그 뒤 나주목사, 강화유수 등을 거쳐 전주부윤을 역임하였다. 1639년에는 볼모로 잡혀간 소현세자昭顯世子를 맞으러 부빈객副賓客으로 심양에 갔으며, 다시 1652년에 사은사謝恩使의 부사로 청나라에 다녀왔다.

1655년에 사직하고 고향으로 돌아와 전원에서 한가롭게 여생을 보냈는데, 이때 지은 가사 「월선헌십육경가月先軒十六景歌」는 자연을 즐기며 살아가는 전원생활의 흥취를 노래한 것이다. 국문시가 작품으로 「전원사시가田園四時歌」「제석유감除夕有感」 등의 시조와 가사 「월선헌십육경가」가 전하며, 문집으로 『선석유고仙石遺稿』가 있다.

양사언(楊士彦, 1517~1584)

조선시대 문신으로, 자는 응빙應聘, 호는 봉래蓬萊 · 완구完邱 · 창해滄海 · 해객海客이다. 형 사준士俊, 아우 사기士奇와 함께 문장에 뛰어나 중국의 소순蘇洵 · 소식蘇軾 · 소철蘇轍 등의 '삼소三蘇'에 견줄 정도였으며, 글씨에도 능해서 안평대군安平大君 · 김구金絿 · 한호韓濩와 함께 조선 전기의 4대 서예가로 불렸다.

1546년 문과에 급제하여 삼등三登, 함흥咸興, 평창平昌, 강릉江陵 등의 수령이 되었고, 성균관사성成均館司成, 종부시정宗簿寺正을 거친 후 다시 외직으로 회양淮陽, 철원鐵原의 수령을 역임하였다. 1568년 회양군수로 있을 때는 매번 금강산을 왕래하며 경치를 감상하였는데, 이때 금강산金剛山 만폭동萬瀑洞 바위에 '봉래풍악원화동천蓬萊楓嶽元化洞天'이라고 새긴 글자가 지금도 남아 있다.

그후 안변安邊의 군수로 있을 때는 백성을 잘 보살펴 통정대부通政大夫의 품계品階를 받았으며, 북쪽에 변란이 일어날 것을 미리 예측하고 말과 식량을 많이 비축해 위기를 모면하기도 하였다. 그러나 태조 이성계의 증조부 묘인 지릉智陵의 화재 사건에 책임을 지고 해서海西로 귀양을 갔다가 2년 뒤 풀려나 돌아오는 길에 죽었다.

작품으로는 가사 「미인별곡美人別曲」과 시조 1수가 전한다. 「미인별곡」은 본래 제목과 작자가 표기되지 않은 채 필사본 형태로 전해오던 것인데, 후대의 연구자들이 그의 문집인 『봉래집蓬萊集』에 수록된 한시 「미인곡美人曲」과 내용이 유사하다고 하여 제목을 '미인별곡'이라 붙이고 작자를 양사언으로 추정한 것이다.

양사준(楊士俊, ?~?)

조선시대 문신으로, 자는 응거應擧, 호는 풍고楓皐이다. 돈녕주부敦寧主簿를 지낸 양희수楊希洙의 아들이고, 문인이자 서예가인 양사언楊士彦의 형이다.
1546년에 과거에 급제한 이후로 첨정僉正을 역임하였다. 1555년 을묘왜변乙卯倭變 때 김경석金慶錫의 종사관이 되어 전라도 영암에서 왜구와 싸웠는데, 가사 「남정가南征歌」는 이때의 경험을 바탕으로 하여 지은 것이다. 당시 전란에 직접 참여한 작자의 생생한 경험담과 감회가 아주 사실적으로 그려진 작품이다. 그 이후 평양서윤平壤庶尹, 간성군수杆城郡守를 역임했으나, 1564년 병으로 사직하였다.

이서(李緖, 1484~?)

조선시대 왕손王孫으로, 자는 계숙繼叔이다. 태조의 장손인 양녕대군讓寧大君의 증손으로, 이산수伊山守 사성嗣盛의 셋째아들이다.
1507년 둘째형 하원수河源守 찬纘이 이과李顆와 함께 견성군甄城君 돈惇을 추대하여 역모를 일으키려 한다는 누명을 쓰고 전라도 명양현鳴陽縣으로 유배되었다. 그후 14년 만인 1520년 유배에서 풀려났지만, 스스로 귀경을 단념하고 전라도 담양의 대곡大谷에 은거하며 일생을 마쳤다. 은거 중에 학문을 연구하며 자손과 후진의 교육에 전념하였으며, 특히 중국 중장통仲長統의 「낙지론樂志論」을 탐독하여 안빈낙도의 생활을 누렸다.
국문시가 작품으로 담양에서 은거할 때인 1523년경에 지은 것으로 보이는 가사 「낙지가樂志歌」가 전하며, 문집으로 『몽한영고夢漢零稿』가 있다.

이원익(李元翼, 1547~1634)

조선시대 문신으로, 자는 공려公勵, 호는 오리梧里이며, 시호는 문충文忠이다. 1564년에 사마시에 합격하고 1569년 문과에 급제하였다. 그 이듬해 승문원부정자承文院副正字, 봉상시직장奉常寺直長 등을 거쳐 1573년 성균관전적成均館典籍이 되었다. 그해 성절사聖節使 권덕여權德輿를 따라 명나라에 다녀온 뒤 호조좌랑戶曹佐郞, 예조좌랑禮曹佐郞 등을 역임하였다. 이후 동부승지同副承旨, 호조참의戶曹參議, 대사헌大司憲, 이조판서吏曹判書 등을 지냈다.

1592년 임진왜란이 일어나자 이조판서로서 평안도 도순찰사都巡察使의 직무를 띠고 왕의 피난길을 선도하였으며, 이듬해 평양 탈환작전에 공을 세워 평안도 관찰사觀察使가 되었다. 1598년에 영의정이 되었는데, 류성룡柳成龍을 변호하는 소를 올리고 사직하였다.

이후 1608년 광해군이 즉위한 후 다시 영의정을 역임하였는데, 수차 사의를 표했으나 수리되지 않았다. 그러던 중 1615년 폐모론廢母論을 반대하다가 홍천洪川에 유배되기도 하였다. 1624년 이괄李适의 난 때는 80세의 노구로 공주公州까지 왕을 호종扈從하고 돌아와 훈련도감도제조訓鍊都監都提調를 마지막으로 벼슬길에서 물러났다.

국문시가 작품으로 허전許堿의 「고공가雇工歌」에 화답한 가사 「고공답주인가雇工答主人歌」와 시조 1수가 전하며, 문집으로 『오리집梧里集』과 『속오리집續梧里集』 등이 있다.

이인형(李仁亨, 1436~1504)

조선시대 문신으로, 자는 공부公夫, 호는 매헌梅軒이다. 어려서부터 재주가 뛰어나 15, 16세에 문명文名을 떨쳤다. 1455년 20세로 진사시에 합격하였으나 젊은 나이에 출사하는 것은 교만한 성품을 기른다고 하면서 관직에 나가지 않다가 1468년 문과에 장원급제하면서 전교傳敎, 성균관전적成均館典籍, 홍문관부교리弘文館副校理 등을 지냈다. 1473년 북평사北評事에 임명되어 변방에 나갔으나 적의 침략에 대한 대비가 소홀하였다는 이유로 품계와 관직을 몰수당하였다. 이후 귀향하여 잠시 벼슬에 뜻을 버리고 학문에 열중하였다.

얼마 뒤 다시 관직에 복귀하여 대사간大司諫, 대사헌大司憲 등을 역임하다가 1504년에 생을 마감하였다. 1504년 갑자사화甲子士禍 때 무오사화戊午士禍에 연루된 유생들의 구명을 주동했다는 이유로 부관참시剖棺斬屍를 당했다가 1506년에 신원되어 예조판서에 추증되었다. 경상도 고성固城의 위계서원葦溪書院에 제향되었다.

국문시가 작품으로 가사 「매창월가梅牕月歌」가 전하며, 문집으로 『매헌선생실기梅軒先生實記』와 『매헌선생문집梅軒先生文集』이 있다.

이현(李俔, 1540~1618)

조선시대 문신으로, 자는 경연警然, 호는 교취당交翠堂이다. 세종대왕의 넷째아들 임영대군臨瀛大君의 증손이다. 1562년 무예시武藝試에 합격하여 훈련원정자訓練院正字를 제수받았다. 1592년 임진왜란이 일어나자 왕을 개성까지 호종扈從하였고, 그해 겨울 윤두수尹斗壽의 추천으로 한음군漢陰君에 봉해졌다.

1595년 명나라 군사를 맞이하기 위한 영위사迎慰使가 되어 평안도 안주安州에 1년 반 동안 머물렀는데, 이때 그곳 백성들의 간청으로 백상루 주변의 아름다운 경치와 감회를 담은 가사 「백상루별곡百祥樓別曲」을 지었다.

1618년 정인홍鄭仁弘, 이이첨李爾瞻의 무리가 김제남金悌男과 영창대군永昌大君을 죽이고 폐모론廢母論을 일으키자 이항복李恒福, 이원익李元翼 등 원로대신들과 함께 반대하다가 삭탈관직削奪官職되어 축출되었고, 유배지에서 생을 마감하였다. 문집으로 『교취당집交翠堂集』이 있다.

정극인(丁克仁, 1401~1481)

조선시대 문신으로, 자는 가택可宅, 호는 불우헌不憂軒 · 다헌茶軒 · 다각茶角이다. 1429년 생원이 된 후 여러 번 과거에 응시했으나 떨어졌다. 1437년에 세종이 흥천사興天寺의 중건사업을 시행하자 그 부당함을 계啓로써 올리고, 이어 요승妖僧 행호行乎의 방자한 행실을 비판하고 숭유억불의 이념 실현을 주장하는 상소를 올렸다. 세종이 진노하여 죽음을 내리려는 것을 황희黃喜의 구명운동으로 목숨은 건졌으나 북도北道로 귀양을 갔다. 그 뒤 행호의 요사스런 행실이 드러나 죽음을 당하자 그의 명성이 세상에 알려지게 되었다.

이 일이 있은 후 고향인 전라도 태인泰仁에서 은거생활을 시작하였다. 향리의 교화에 힘쓰며 생활하던 중 1453년에 비로소 과거에 합격했다. 1455년 세조가 즉

위하자 전주부교수참진사全州府敎授參賑事로 있다가 그만두고 태인으로 다시 돌아갔으나 곧 조정으로 되돌아왔다. 이후 성균관주부成均館主簿, 종학박사宗學博士, 통례문통찬通禮門通贊 등을 지내다 1469년에 사간원정언司諫院正言이 되었다.
1470년 나이가 많다는 이유로 관직을 사양하고 다시 태인으로 돌아와 후진을 양성하며 생활하였다. 이때 자연에 묻혀 봄 경치를 완상하며 안빈낙도安貧樂道하는 생활을 노래한 「상춘곡賞春曲」을 지었다. 또한 1472년 벼슬의 뜻을 접고 향리의 자제를 열심히 가르친 공으로 삼품산관三品散官이 내려지자 이에 감격해 단가短歌 「불우헌가不憂軒歌」와 경기체가 「불우헌곡不憂軒曲」을 지어 송축했다.
비록 큰 벼슬을 지낸 적은 없지만 선비로서 청빈한 삶을 살다가 1481년 81세의 나이로 삶을 마감하였다. 예조판서에 추증되고 전라도 정읍井邑의 무성서원武城書院에 배향되었다. 문집으로 『불우헌집不憂軒集』이 있다.

정철(鄭澈, 1536~1593)

조선시대 문신으로, 자는 계함季涵, 호는 송강松江이다. 어릴 때에 을사사화乙巳士禍와 양재역 벽서사건 등에 연루된 아버지와 형 때문에 유배생활을 했는데, 1551년에 유배에서 풀려나자 전라도 담양의 창평으로 이주하였다. 과거에 급제할 때까지 이곳에서 10년을 보내는데, 임억령林億齡에게 시를 배우고 양응정梁應鼎, 김인후金麟厚, 송순宋純, 기대승奇大升에게 학문을 배웠다. 또 이이李珥, 성혼成渾, 송익필宋翼弼 같은 선비들과도 교유하였는데, 이때 가사 「성산별곡星山別曲」을 지었다.
1562년에 문과에 급제하여 벼슬길에 나아가게 되지만, 동서분당東西分黨에 따른 당쟁의 소용돌이에 휘말려 벼슬을 버리고 창평으로 돌아갔다. 창평에서 생활하던 중 1580년에 강원도 관찰사로 등용되었다. 이 무렵 가사 「관동별곡關東別曲」을 지어 금강산과 관동팔경關東八景의 절경을 유람한 정회를 읊었다.
1583년에 예조판서禮曹判書로 승진하고 이듬해 대사헌大司憲이 되었으나, 동인東人의 탄핵을 받아 사직하고 다시 창평으로 돌아가 은거생활을 하였다. 이때 「사미인곡思美人曲」 「속미인곡續美人曲」 등의 가사와 시조 · 한시 등 많은 작품을 지었다.
말년의 벼슬살이도 순탄치 않아 정치적 부침을 거듭하다가 강화의 송정촌松亭村에서 58세의 나이로 별세하였다. 윤선도尹善道와 함께 시가문학의 쌍벽으로 일컬어지며, 문집 『송강집松江集』과 시가집인 『송강가사松江歌辭』 등이 있다.

정훈(鄭勳, 1563~1640)

조선시대 문인으로, 자는 방로邦老, 호는 수남방옹水南放翁이다. 전형적인 양반 집안에서 태어났으나 관직에 나가지 않고 전라도 남원南原에 묻혀 일생을 보냈다. 그러면서도 임금에 대한 충성심과 나라를 걱정하는 우국의 마음은 매우 컸다.
광해군光海君이 영창대군永昌大君을 죽이고 인목대비仁穆大妃를 폐한 일에 비분강개하던 그는 1623년 인조반정仁祖反正으로 광해군의 폭정에서 벗어나게 되자 그 감격과 기쁨을 가사 「성주중흥가聖主中興歌」로 노래하였다.
또 1624년 이괄李适의 난 때에는 노구에도 불구하고 의병을 모아 출전하였으며, 1627년의 정묘호란과 1636년의 병자호란 때에는 늙고 몸이 쇠약하여 전쟁에 나가지 못하자 아들을 대신 출정시켰다.
관직에 나아가지 않은 대신 주변의 아름다운 자연경관을 찾아다니며 그 심회를 가사로 읊기도 하였다. 자연에 묻혀 한가롭게 지내는 삶을 「수남방옹가水南放翁歌」로 노래하였고, 지리산 아래 용추동龍湫洞 일대의 자연경관과 그곳에서 사는 흥취를 「용추유영가龍湫遊詠歌」를 통해 드러내었다. 또한 자신의 처지를 탄식하면서도 안빈낙도安貧樂道하려는 심정을 「탄궁가嘆窮歌」와 「우활가迂闊歌」를 통해 노래하였다. 그외 「자경自警」「기우인寄友人」「곡처哭妻」 등의 시조도 수십 편 남겼으며, 문집으로 『수남방옹유고水南放翁遺稿』가 있다.

조우인(曺友仁, 1561~1625)

조선시대 문신으로, 자는 여익汝益, 호는 매호梅湖·이재頤齋다. 1588년에 사마시에 합격하였고, 1605년에 문과에 급제하였다. 그후 여러 관직을 두루 역임하다가 1616년에 함경도 경성판관을 제수받았다. 경성판관 때 친척 형인 조탁曺倬의 부탁으로 가사 「출새곡出塞曲」을 지었다.
1621년에는 제술관製述官으로 있으면서 광해군의 잘못을 풍자한 시를 지었다가

3년간 옥살이를 하였다. 이때 가사 「자도사自悼詞」를 지은 것으로 추정되는데, 임금을 사모하는 충성스런 신하의 마음이 잘 나타나 있다. 1623년 인조반정仁祖反正으로 옥에서 풀려나 중추부첨지사中樞府僉知事, 동부승지同副承旨, 우부승지右副承旨를 역임하였다.
이후 경상도 상주尙州의 매호梅湖에서 은거하다가 1625년 65세를 일기로 여생을 마쳤다. 말년에 가사 「매호별곡梅湖別曲」과 「관동속별곡關東續別曲」을 지었다. 문집 『이재집頤齋集』과 시가집 『이재영언頤齋詠言』이 있다.

조위(曺偉, 1454~1503)

조선시대 문신으로, 자는 태허太虛, 호는 매계梅溪다. 1472년 생원진사시에 합격하였고, 1474년 문과에 급제하여 관직생활을 시작하였다. 성종 때 실시한 사가독서賜暇讀書에 첫번째로 뽑힐 정도로 재주가 뛰어났다. 그 뒤 홍문관수찬弘文館修撰, 사헌부지평司憲府持平, 홍문관교리弘文館校理 등을 차례로 거친 뒤, 어머니 봉양을 위해 외직을 청하여 함양군수가 되었다. 이어 도승지都承旨, 호조참판戶曹參判, 동지중추부사同知中樞府事를 두루 역임하였다.
1498년에 성절사聖節使로 명나라에 다녀오던 중, 무오사화戊午士禍에 연루되어 오랫동안 유배생활을 하다가 유배에서 풀려나지 못한 채 죽었다. 유배생활을 하던 중에 가사 「만분가萬憤歌」를 지어 임금과 이별한 심정과 자신의 억울함을 표출하였다. 문집으로 『매계집梅溪集』이 있다.

차천로(車天輅, 1556~1615)

조선시대 문신으로, 자는 복원復元, 호는 오산五山 · 귤실橘室 · 청묘거사淸妙居士다. 특히 시에 능해 한호韓濩의 글씨, 최립崔岦의 문장과 함께 '송도삼절松都三絶'이라 일컬어졌다.
1577년 과거에 급제하여 개성교수開城敎授, 안변교수安邊敎授를 지냈다. 1586년 과거시험에서 동향인 여계선呂繼先의 표문表文을 대신 지어주어 장원급제시킨 일이 발각되어 명천明川으로 유배되었다. 그러나 그의 문학적 재능을 인정한 선조의 배려로 1588년 유배에서 풀려났으며, 이듬해 통신사 황윤길黃允吉을 따라 일본에 다녀왔다.

그는 명나라에 보내는 대부분의 외교문서를 담당하였는데, 문명文名이 명나라에까지 떨쳐 동방문사東方文士라는 칭호를 받았다. 특히 명나라 사신들이 문장의 속작速作을 실험하기 위해 미리 준비한 시에 거침없이 대응하여 이름을 더욱 떨쳤다.

벼슬살이는 순탄치 않았는데, 두 차례의 탄핵을 받았으며 인목대비仁穆大妃 폐비를 반대하는 상소문을 올렸다가 역적으로도 몰렸다. 이후 전라도 익산益山으로 피신하여 은둔생활을 하다가 1615년 세상을 마쳤다. 말년에 가사 「강촌별곡江村別曲」을 지어 자연에 묻혀 사는 한가로운 삶을 노래하였다. 문집 『오산집五山集』과 시평집 『오산설림五山說林』이 있다.

채득기(蔡得沂, 1605~1646)

조선시대 학자로, 자는 영이詠而, 호는 우담雩潭·학정鶴汀이다. 어려서부터 총명해 경사백가經史百家에 통달하였고 역학, 천문, 지리, 의학 등에도 조예가 깊었다. 과거시험에 여러 번 떨어지자 과거공부를 단념하고 화산華山 선유동仙遊洞에 은둔하였다. 1636년 병자호란이 일어나 남한산성이 함락되자 분한 마음을 참지 못해 다시 경상도 상주尙州의 무지산無知山에 들어가 두문불출하고 독서에 전념하였다. 그러다가 천주봉天柱峯 아래의 우담雩潭으로 옮겨 무우정舞雩亭을 짓고 살았다.

병자호란이 패배로 끝나고 소현세자와 봉림대군이 볼모로 청나라에 잡혀갈 때 임금이 그로 하여금 모시게 하였으나, 병을 핑계로 왕명을 거역하여 3년 동안 충청도 보은報恩에 유배되었다. 유배에서 풀려나서는 경상도 상주의 경천대擎天臺 부근에 은거하다가, 세자와 대군을 모시라는 왕명이 다시 내리자 중국의 심양으로 갔다. 이때 가사 「봉산곡鳳山曲」을 지어 청나라로 향하는 심정을 읊었다.

1645년 세자와 대군이 볼모에서 풀려나자 함께 조선으로 돌아왔으며, 효종이 내린 벼슬을 사양하고 고향에서 유유자적하게 지내다가 1646년 42세의 나이로 생을 마감하였다. 문집으로 『우담유고雩潭遺稿』가 있다.

청허휴정(清虛休靜, 1520~1604)

조선시대 승려로, 이름은 여신汝信, 아명은 운학雲鶴, 자는 현응玄應, 호는 청허淸虛이다. 별호는 백화도인白華道人·서산대사西山大師 등이고, 법명은 휴정이다.
과거를 보기는 했지만 뜻대로 되지 않자 친구들과 같이 지리산 일대를 구경하면서 여러 사찰에 기거하던 중 영관대사靈觀大師의 설법을 듣고 출가하게 되었다.
1589년 정여립鄭汝立의 역모逆謀에 가담했다는 누명을 쓰고 투옥되었으나 곧 결백이 밝혀져 석방되었다. 1592년에 임진왜란이 일어나자 승병僧兵을 이끌고 전란에 참여하여 큰 공을 세웠으며, 이후 여러 곳을 순력巡歷하다가 1604년 묘향산 원적암圓寂庵에서 입적하였다.
불교사상을 통해 당시의 세태를 정화하기 위해 가사 「회심가回心歌」를 지었으며, 문집 『청허당집淸虛堂集』과 『선교결禪敎訣』『심법요초心法要抄』 등의 불교 관련 저서를 여럿 남겼다.

최현(崔晛, 1563~1640)

조선시대 문신으로, 자는 계승季昇, 호는 인재訒齋다. 고응척高應陟과 김성일金誠一의 문하에서 수학하면서 학문을 연마하였다. 26세에 생원시에 합격하고 이듬해 금오랑金吾郎에 천거되었는데, 이해 여름 임진왜란이 발발하자 고을의 동지들과 의병을 일으켜 공을 세웠다. 우국의 마음을 담은 가사 「용사음龍蛇吟」과 「명월음明月吟」은 이즈음에 창작한 것으로 보인다.
1606년 과거에 급제하여 관직생활을 시작하였다. 1608년에는 동지사冬至使의 서장관書狀官으로 명나라에 다녀오기도 하고, 1612년에는 『선조실록宣祖實錄』 편수에 참여하기도 하였다. 광해군 때 천도론遷都論이 일어나자 이를 반대하여 중단시켰고, 이이첨李爾瞻이 영창대군永昌大君을 모함하려는 움직임을 보이자 사퇴하여 11년 동안을 향리에서 은거하였다.
1623년 인조반정仁祖反正 후 홍문관수찬弘文館修撰에 임명되었고, 이듬해 부제학副提學을 거쳐 강원도 관찰사가 되었다. 1627년에 이인거李仁居의 모반에 관련되었다는 혐의로 투옥되었다가 왕의 특명으로 석방되었다. 예조판서에 추증되고, 경상도 선산善山의 송산서원松山書院에 제향되었다. 문집 『인재집訒齋集』과 선산지방의 읍지인 『일선지一善志』를 남겼다.

허강(許橿, 1520~1592)

조선시대 학자로, 자는 사아士牙, 호는 송호松湖·강호거사江湖居士다. 부친인 허자許磁가 이기李芑의 횡포를 탄핵하다가 홍원으로 귀양 가서 죽자, 벼슬을 마다하고 서강西江에 은거하였기에 '서호처사西湖處士'라고 불렸다. 이때 자신의 은거생활에 대한 소회를 읊은 것이 「서호사육결西湖詞六闋」인데, 양사언楊士彦이 여기에 악조를 붙여서 「서호별곡西湖別曲」이라 하였으며, 이를 허강이 다시 수정한 것이 지금 전하는 가사 「서호사西湖詞」다. 40년 동안 강호에서 생활하면서 지내다가 임진왜란 때 토산兔山에서 피난하던 중 죽었다.
문집으로 『송호유고松湖遺稿』가 있으며, 시조 몇 수와 가사 「서호사」가 손자인 허목許穆이 엮은 『선조영언先祖永言』에 전한다.

허전(許塡, 1563~?)

조선시대 문신으로, 자세한 행적은 알려져 있지 않다. 1593년에 진사를 거쳐 함종현감咸從縣監의 벼슬을 했다는 기록 정도가 남아 있을 뿐이다. 다만 그가 지은 「고공가雇工歌」에 당시 영의정을 지낸 이원익李元翼이 「고공답주인가雇工答主人歌」로 화답한 것을 보면 널리 알려진 인물이었을 것으로 추정된다.

옮긴이 **최현재**
서울대학교 국문학과를 졸업하고 같은 대학에서 석사와 박사 학위를 받았다. 당대의 삶과 문학적 형상화의 관계에 관심을 두고 우리 고전시가 작품들, 특히 조선시대의 시조, 가사, 잡가 등을 공부하고 있다. 현재 군산대학교 국문학과 교수로 재직 중이다. 저서로 『조선 중기 재지사족의 현실인식과 시가문학』 『동아시아의 타자인식』(공저) 『우리 고전 캐릭터의 모든 것』(공저) 등이 있다.

한국고전문학전집 013
조선 전기 사대부가사

초판 인쇄 2012년 12월 17일
초판 발행 2012년 12월 24일

옮긴이 최현재 | 펴낸이 강병선

책임편집 구민정 | 편집 오경철 이명애 | 독자모니터 황치영
디자인 윤종윤 이주영 | 마케팅 우영희 나해진 | 온라인 마케팅 김희숙 김상만 이원주
제작 서동관 김애진 임현식 | 제작처 영신사

펴낸곳 (주)문학동네
출판등록 1993년 10월 22일 제406-2003-000045호
주소 413-756 경기도 파주시 문발동 파주출판도시 513-8
전자우편 editor@munhak.com | 대표전화 031)955-8888 | 팩스 031)955-8855
문의전화 031)955-8889(마케팅), 031)955-2671(편집)
문학동네카페 http://cafe.naver.com/mhdn

ISBN 978-89-546-2009-3 04810
978-89-546-0888-6 04810 (세트)

* 이 도서의 국립중앙도서관 출판시도서목록(CIP)은 e-CIP 홈페이지(http://www.nl.go.kr/ecip)와 국가자료공동목록 시스템(http://www.nl.go.kr/kolisnet)에서 이용하실 수 있습니다.
(CIP제어번호: CIP2012005841)

www.munhak.com